WENHUA SHIYU
ZHONG DE QINGDAI
WENXUE YANJIU

文化视域中的清代文学研究

张　兵　等著

人民出版社

目　　录

前　言

　　进入 21 世纪后的清代诗歌研究，在已有成果的基础上，向更深、更广阔的层面发展，使清诗的总体面貌得到越来越清晰的展现。在取得新成果的同时，清诗研究也呈现出一些新的趋向，诸如文化视角、群体研究以及作家作品和大型出版工程的推动等。新的研究视角的引入，使人们对清代文学，尤其是清诗的存在状况和发展轨迹有了更为客观的认识；更加深入的文献整理工程的有力推动，又使清代文学研究建立在更加扎实的文本基础之上，同时，又使它的进一步发展具备了内在和持续的潜力。

一、文化学观照下的清代文学研究现状

　　中国古代的文学与文化，如影随形，血肉相连，很难剥离。从文化视角切入中国古代文学研究是一种古老而常新的方法。孔子所谓《诗经》的"兴"、"观"、"群"、"怨"；《毛诗序》所云："情发于声，声成文谓之音。治世之音安以乐，其政和；乱世之音怨以怒，其政乖；亡国之音哀以思，其民困。故正得失，动天地，感鬼神，莫近于诗。先王以是经夫妇，成孝敬，厚人伦，美教化，移风俗。"这些对《诗经》的文化解读，所强调的显然是文学的文化功能，具有非常浓厚的文化意味。中国古代的文学文艺，向来就有文史哲合一的传统，因此，在文学发展的漫长历史中，如孔子解《诗》、《毛诗序》之类从文化角度审视文学文本，甚至揭文学文本以研究社会历史文化的现象比比皆是。直至 20 世纪初，陈寅恪等以诗证史、文

史互证研究方法的自觉运用，仍然是这一传统的延续和完善。当然，随着现代意义的文学史观念的传入，对文学的文化学研究已呈自觉状态。如刘师培《南北学术不同论》中讨论"南北文学之不同"、汪辟疆《近代诗派与地域》中谈文学的地域性特征等，尽管均受到《汉书·地理志》等中国古代典籍的影响，但当时外来文学观念对文学与地域关系的高度关注乃是二人对这一问题进行探讨的学术背景。

不可否认，进入20世纪80年代，在国内学术研究已打破禁区和国外学术思潮与批评方法大量引进的学术背景下，运用文化学的批评方法研究中国古代文学才真正进入了完全自觉的状态，并且出现了一批标志性的学术成果。如程千帆《唐代进士行卷与文学》、傅璇琮《唐代科举与文学》、王小盾（昆吾）《隋唐五代燕乐杂言歌辞研究》、王勋成《唐代铨选与文学》、戴伟华《唐代幕府与文学》、陈华昌《唐代诗与画的相关性研究》、刘跃进《门阀士族与永明文学》、孙昌武《佛教与中国文学》、《道教与唐代文学》、陈顺智《魏晋玄学与六朝文学》、查屏球《唐学与唐诗》、李春青《宋学与宋代文学观念》、马茂军《北宋儒学与文学》、罗立刚《宋元之际的哲学与文学》、萧庆伟《北宋新旧党争与文学》、龚斌《青楼文化与中国文学研究》、沈松勤《唐宋词社会文化学研究》等，这些论著，除关注文学文本的研究之外，将研究视野转向科举、音乐、幕府、绘画、社会群体（家族、社团、流派）、宗教、学术、党争、青楼等文化层面，注意在相关学科的联系中，寻找事物之间的关系以及对其品性与原理的阐释，使许多在纯文本研究中难以确切说明和解释的问题得到了明确而深入的揭示，拓宽了研究思路和范围，丰富了古代文学的研究方法，将古代文学研究带入了一个更广阔的天地。

当然，作为中国古代文学文化学研究起步阶段的成果，就整体层面而言，这些研究有两个明显的不足：一是文化学学科或种类的涵盖面太窄，文化视角不广，许多在文学史中本应纳入研究视域的问题并未涉及；二是就具体的文学现象或文学本身而言，或分体，或断代，多集中于唐宋文学，尤其是诗词两种文体，相对于具有漫长发展历史和诸体皆备的中国古代文学而言，显然是远远不够的。

中国古代文学的文化学研究具有非常广博的研究领域，除上述研究者已涉及的范围外，隐逸、民族、民俗、都市、农业、商业、案狱、地域等文化种类与文学的关系均可进入研究者的视域，进行深入探讨，而宗教、学术、幕府、社会群体、科举、党争等文化层面的研究仍可继续关注。对于研究优势尚不突出、研究成果相对薄弱的文学史环节和文体，文化学视角的研究更应加强。如明清文学，原有的研究主要将这一历史阶段长达五百四十多年的文学史分割成小说、戏剧、诗歌、散文等几大板块，以时间为序依次评介作家作品。这种研究对于作家作品和文学现象赖以产生的历史文化氛围、文学史流变的基本理路、作家人格与心态的成因、文学特质的内在联系等均缺乏深入的揭示，如果从文化视角切入，在案狱、党争、幕府、科举、商业、宗教、地域、社会群体、学术等不同层面进行探讨，梳理文学内部规律和文学与文化的内在联系与影响，可使一些极具文化质地与特征的复杂的文学现象得到纵深的开掘与研究。

作为整个中国古代文学发展中重要环节的清代文学，文化学视角的切入应该说具有更加特殊的意义。客观地说，清代作为中国古代文化的总结期，文学具有更加浓厚的文化色彩，这也成为清代文学的一大特点。清代文学浓厚的文化色彩使文化和文学更加水乳交融、混沌难分，因而清代文学更具有"泛文学"的特征。所以，中国古代文学尤其是清代文学研究中采用文化视角，实是研究趋势，也是逻辑必然。文化视角作为一种研究方法和思路，在近几年来清诗研究视野的拓展与研究方法的转换上成为一个新亮点，主要表现在以下几个研究方面。

在以地域文化视角研究清代文学方面，蒋寅的《清代诗学与地域文学传统的建构》①尤堪注意。该文认为明清以来区域经济的普遍开发，促进了地域文化的多元发展。人们对地域文化差异和地域传统的认识，随着交通和传播的发达而加深。与地方志编纂相伴的地方性文学总集、选集和诗话不断涌现，使文学的地域传统日益浮现出来，并在人们的风土和文化比较中得到深化，由此形成与经典文本所代表的"大传统"相对的地域性的"小传统"。这种小传统以方志、总集和领袖人物的影响等多种力量左右着地方的文学风气，同时成为文学批评中重要的参照系。当小传统与大传统在审美趣味和创作观念上出现差异、趋向不一致时，小传统往往具有更大的影响力。透过清代诗学，可以清楚地看到小传统与大传统的互动，以及从中不断建构起来的地域文学传统。此外如马大勇《清初中州诗坛的构成与诗学取向》②一文认为清初诗坛异彩纷呈，而中州诗人群体为其中重要一翼。文章对薛所蕴、王铎及孟津诗派、彭而述、张文光、赵宾等一系列诗坛名家进行考证梳理，展现出中州诗人群体在清初的整体面貌，补地域性诗史研究之一端。另外，陈书录、朱则杰、翟振业、纪玲妹等学者的相关研究都凸显了清代诗歌的地域性特色。清代诗坛出现的具有地域特性的流派和群体，在区域的流派和群体发展中，文学家族发挥着重要的作用，同时在整个清代文学演变的进程中也具有重要意义，这方面如刘旭锦、杨燕、章海凤、洪永铿、邢蕊杰、蔡静平等人的硕士、博士论文对于家族文学研究比较关注，此外还有罗时进《清代江南文化家族雅集与文学创作》③、胡传淮《清代遂宁张氏家族诗人初探》④等也对文学家族予以较多关注。

　　关注科举制度与文学的关系，是清代文学研究中文化学观照的

---

①　见《中国社会科学》2003 年第 5 期。

②　见《西北师大学报》（社科版）2004 年第 5 期。

③　见《文学遗产》2009 年第 2 期。

④　见《四川职业技术学院学报》2007 年第 3 期。

又一方面。这方面重要的论文有蒋寅《科举阴影中的明清文学生态》①、王英志《袁枚求学受业考述》②等，这些论文对科举制度与文学关系的探讨用力尤多。

近年来从文化视角研究清代文学，除了上述从地域、家族和科举角度的关注外，还有学者从诗歌的外部环境即文化生态学角度进行探讨。如严迪昌先生《往事惊心叫断鸿——扬州马氏小玲珑馆与雍、乾之际广陵文学集群》③，文章通过对扬州马氏小玲珑山馆养护士心、遮蔽风雨于险危时世之人文功德的个案举证，以及对雍、乾之际广陵文学集群相濡以沫、相知以心、人格自持、个性自葆景观的扫描辨认，揭示清代特定的云谲波诡时期文学领域的"空洞"现象与"法"外补苴。严先生的《从〈南山集〉到〈虬峰集〉——文字狱案与清代文学生态举证》④是清代文字狱与文学生态研究的代表作，文章以戴名世《南山集》与李遴《虬峰集》为个案，辨析自康熙末年至乾隆后期、祸延百年之文字案狱，其威劫天下士心，戕害朝野文人灵智，从而导致清代文学生态丕变。文学批判理念的失落，仗马寒蝉态势的构成，正是清王朝处于所谓的"盛世"对庙堂以至山林之士气一并洗劫的恶果。此外，从这一角度切入研究的还有张兵、王人恩、张毓洲等人的论文。

关于士风及诗人人格心态与文学的相互关系的研究，也是从文化角度研究清代诗歌所呈现出的新特点，如关爱和、王英志、李明军、刘磊、周月亮、靳能法、黄玉琰、王子宽等人的相关论文，是这方面研究的重要成果。

不言而喻，广阔的文化视角有助于更深刻独到地发掘和揭示古代文学的内在精神、民族特质和发展规律，对于古代文学学科建设

---

① 见《文学遗产》2004 年第 1 期。
② 见《西北师大学报》(社科版) 2000 年第 3 期。
③ 见《文学遗产》2002 年第 4 期。
④ 见《文学遗产》2001 年第 5 期。

将起到积极的推动作用。但每个学科都有自己的界线，保留各自的界线仍是非常必要的。如果一味强调古代文学的文化学视角，无视文学的界线，脱离文学文本，不仅不能对许多复杂的文学现象作出尽如人意、令人信服的解释，而且会误入歧途，出现过多的误解或过度的诠释。另外，除关注文学与文化之外，清代文学的社会学、美学与心理学研究，仍有着广阔的学术前景。

二、进入新世纪以后清诗研究的实绩

诗歌能使我们把握一个时代文学的精神脉搏和特殊风貌，在这个意义层面上，清代诗歌为我们展示出清代文学的整体生态和发展趋势。清代诗歌发展流变的史程能够折射出清代不同时期的文人心态和文学观，而有清一代诗歌，据近年《全清诗》筹备过程中的初步推算，有作品传世的作家远在 10 万人以上[1]。检研究者对清诗的价值及清诗成为一门独立学科的论述[2]，而知清诗研究在 20 世纪开始起步，同时进入了清代诗学建构的草创期。经历起伏和跌宕后，20 世纪 80 年代，清代诗歌研究在前辈学人筚路蓝缕的开拓下，出现在中国诗歌研究界的视野当中，从此清诗研究进入一个崭新的发展时期，并取得了丰硕的成果。进入新世纪以后，清诗研究逐渐拂去历史的尘埃，使其总貌进一步明晰起来，研究也取得了新的成绩。

（一）目录学研究与别集整理

近年出版的清代诗文目录著作主要有李灵年、杨忠主编的《清人别集总目》（安徽教育出版社，2000 年），柯愈春的《清人诗文

---

① 参见蒋寅主编：《中国古代文学通论·清代卷》，辽宁人民出版社 2005 年版，第 17 页。

② 参见张仲谋：《二十世纪清诗研究的历史回顾》（《泰安师专学报》1999 年第 5 期）、王顺贵：《八十年代以来清代诗学研究述评》（《苏州大学学报》2003 年第 1 期）等文。

集总目提要》（北京古籍出版社，2001 年），张寅彭的《新订清人诗学书目》（上海古籍出版社，2003 年）等。为清诗研究打下了坚实的基础。

近年来一批清人别集得以整理出版，或点校，或笺注，或重印，为清诗研究提供了基础文本，有力地推动了清诗研究的发展。如上海古籍出版社推出的"中国近代文学丛书"收录近代张之洞、陈三立等数十家诗人的诗集，其"清代学者文集丛刊"中收录钱大昕、戴震等人文集，其"中国古典文学丛书"中收有马祖熙标校的《安雅堂全集》（2007 年）、麻守中点校的《秋笳集》（2009 年）、曹光甫点校的《瓶水斋诗集》（2009 年）等，还出版有朱铸禹的《全祖望集汇校集注》（2000 年）、李保民的《吕碧城诗文笺注》（2007 年）等。中华书局出版有刘德权点校的《洪亮吉集》（2001 年）、陈祖武点校的《杨园先生全集》（2002 年）、胡守仁等点校的《魏叔子文集》（2003 年）、刘崇德等点校的《边随园集》（2007 年）、章文钦的《吴渔山集笺注》（2007 年）等。人民文学出版社出版有张剑、陶文鹏、梁光华编辑点校的《莫友芝诗文集》（2009 年）、李圣华的《汪琬全集笺校》（2010 年）等。

另外，不少省市和高校出版社近年来也整理出版了部分清代诗文别集，影响相当广泛。如齐鲁书社的《宋琬全集》（2003 年）、《孔尚任全集辑校注评》（2004 年）、《王士禛全集》（2007 年）。凤凰出版社的《周亮工全集》（2008 年）、《金圣叹全集》（2008 年）。黄山书社的《吴汝纶全集》（2002 年）、《睫暗诗钞》（2009 年）。广东人民出版社的《独漉诗笺》（2009 年）。北京图书馆出版社的《栋亭集笺注》（2007 年）。岳麓书社的《龙启瑞诗文集校笺》（2007 年）、《南村草堂诗钞》（2008 年）。中山大学出版社的《屈大均诗词编年笺校》（2000 年）、《大汕和尚集》（2007 年）。巴蜀书社的《遗园诗集校注》（2009 年）。三秦出版社的《巢经巢诗钞笺注》（2002 年）、《邮亭诗钞笺注》（2003 年）。天津人民出版社的《黄遵宪集》（2003

年）。以及甘肃人民出版社的《邢澍诗文笺疏及研究》（2008 年）、敦煌文艺出版社的《铁堂诗草释注》（2003 年）、黄河出版社的《赵执信诗集笺注》（2002 年）等。

（二）诗 选

20 世纪 80 年代以来，清诗选本大量出版，在清诗的普及方面取得了一定的实绩，其中以福建师范大学中文系古典文学教研室选注的《清诗选》影响最为广泛。新世纪以来，朱则杰的《清诗选评》（三秦出版社，2004 年）也产生了较大影响。另外，清诗选本仍然侧重于少数名家，如中华书局出版的曹旭选注的《黄遵宪诗选》（2008 年），孙钦善选注的《龚自珍诗词选》（2009 年），浙江古籍出版社出版的徐正主编的《吕留良诗文选》（2009 年）。人民文学出版社 2009 年推出的"明清十大家诗选"，其中清代有六家：孙之梅选注《钱谦益诗选》，叶君远选注《吴伟业诗选》，赵伯陶选注《王士禛诗选》，王英志选注《袁枚诗选》，李圣华选注《黄景仁诗选》，郭延礼选注《龚自珍诗选》。此外一些大型的诗选也得以出版，如浙江古籍出版社出版的《晚清四十家诗钞》（2006 年），岳麓书社出版的《十八家诗钞》（2009 年）等。

（三）年 谱

近十年来清人年谱的编撰也取得了突出的成绩，出现了一批具有代表性的研究成果。如：刘聿鑫《冯惟敏、冯溥、李之芳、田雯、张笃庆、郝懿行、王懿荣年谱》（山东大学出版社，2002 年）。卞僧慧《吕留良年谱长编》（中华书局，2003 年），王章涛《阮元年谱》（黄山书社，2003 年），樊克政《龚自珍年谱考略》（商务印书馆，2004 年），[法] 戴廷杰《戴名世年谱》（中华书局，2004 年），胡传淮《张问陶年谱》（巴蜀书社，2005 年），冯其庸、叶君远《吴梅村年谱》（文化艺术出版社，2007 年），李圣华《方文年谱》（人民文学出版社，2007 年），许全胜《沈曾植年谱长编》（中华书局，2007 年），许隽超《黄仲则年谱考略》（上海古籍出版社，2008 年），张剑《莫友芝年谱长编》（中华书局,2008 年），于文江、赵丰田《梁启超年谱长编》（上海人民出版社,2009 年），党明放《郑板桥年谱》（首都师范大学出版社，2009 年），朱德慈《潘德舆年谱考略》（中国社会科学出版社，2009 年）等。

（四）论　著

近十年来，出版与清诗相关的研究专著 30 余种。通论性质的有傅璇琮、蒋寅主编的《中国古代文学通论·清代卷》（辽宁人民出版社，2005 年），该书以科学的方法对清代诗歌的发展历程、成就及其特色进行整体把握，并剖析了文学与各种外部因素的关系，展示了不同时代文学的主导倾向，能够准确把握研究的走向，如对清代文学与社会政治、学术文化、地域文化、科举制度的关系都有深入的论述。此外对清代诗文文献的流传与收藏，总集与别集的种类和特点等都有详尽的评述。其他如周劭《清诗的春夏》（中华书局，2004 年），魏中林《钱仲联讲论清诗》（苏州大学出版社，2004 年）等都是重要著作。在诗话的收集、整理方面有蒋寅《清诗话考》（中华书局，2005 年）等。

三、近年来清诗研究的趋势和走向

前文提到以文化学视角对清代文学加以观照，是新世纪前后几十年清代文学研究的一大亮点，但以文化学视角研究清代文学，本质上讲仍是一种研究思路和方法，与下文所及的微观和中观视野仍有不同，故而前文将其提出来专门加以论述。这里则从微观和中观角度来讨论清诗研究的相关成果，总结清诗研究的趋势和走向。

（一）作家作品研究方面的新进展

清诗作家作品研究在 20 世纪 80 年代以来研究成果基础上取得了新的突破，仍是清诗研究的重点。新世纪的作家研究仍然关注大家名家，不少论文在作家研究层面上有了新的拓展。

关于吴伟业，叶君远在《论"梅村体"》、《吴梅村：清代诗坛第一家》①等文中认为吴梅村的叙事歌行是其最擅长、最有特色、成就最高的审美创造，在严格意义上代表着史称之"梅村体"。"梅村体"具有"事俱按实"、以人系事、富于故事性、戏剧性、强烈的抒情性以及雅俗相融、融汇众美、自成面目等创作个性和创造品格，是我国古典叙事诗自汉唐以来的新发展，并认为吴梅村生活于明清易代之际，是入清后的诗坛领袖。魏中林、贺国强的《诗史思维与梅村体史诗》②认为阐明史诗思维构成吴梅村史诗运思的主要特征，并指出吴梅村这方面的成就超出此前的"诗史"传统。此外，对吴伟业研究关注较多的还有叶君远、施祖毓、徐江、朱则杰、王飚等学者。研究专著有叶君远的《清代诗坛第一家——吴梅村研究》（中华书局，2002 年）、《吴伟业与娄东诗传》（吉林人民出版社，2000 年），徐江《吴梅村研究》（首都师范大学出版社，2001 年），施祖毓《吴梅村钩沉》（香港天马图书有限公司，2003 年）等。

关于钱谦益和沈德潜的研究，主要侧重于二人的诗学理论，重要的有罗时进、张丽华、陆平等人的相关论文。论著有裴世俊《四海宗盟五十年：钱谦益传》（东方出版社，2001 年）等。

关于王士禛，裴世俊《王士禛主盟清初诗坛探因》③从内外两方面探讨了王士禛主盟清初诗坛的原因，并指出神韵诗论是历史、时代和个人选择合一的结果。蒋寅《王士禛与江南遗民诗人群》④认为王士禛任扬州推官的五年，是他毕生政治、文学事业取得成功的关键性的第一步。在这五年中，他利用自己的家世背景、社会地位和文学才能，积极地结交在当时拥有舆论影响力的江南遗民群

---

① 见《南京师范大学文学院学报》2002 年第 2 期，《闽江学刊》2010 年第 1 期。
② 见《文学遗产》2003 年第 3 期。
③ 见《西北师大学报》（社科版）2003 年第 2 期。
④ 见《北京大学学报》（哲社版）2005 年第 5 期。

体。王渔洋诗学理论研究有蒋寅的《王渔洋"神韵"概念溯源》①，文章首先通过追溯"神韵"的语源，肯定前人认为它系由画论移植于诗学，是目前根据文献所能得出的假说。又经广泛考察历代文献，发现在元代"神韵"已用于诗文评，其审美内涵则到明代中叶基本定型，至迟在胡直的诗论中已有较成熟的理论概括。这一结论澄清了学界认为胡应麟始用"神韵"论诗的不确之说。并指出王渔洋最初使用"神韵"概念是不自觉的，经钱谦益品题后，日益意识到"神韵"的理论意义，自觉地加以申说发挥，最终被诗坛广为接受，尊奉为其诗学的核心范畴，并产生广泛而深远的影响。另外，王利民、李圣华、顾启、黄金元等学者的相关论文从诗歌内涵和生平交游两方面对王士禛这一中国古典诗学的集大成者进行了深入的研究。具有代表性的论著是蒋寅的《王渔洋与康熙诗坛》（中国社会科学出版社，2001 年），从康熙诗学的演进过程来凸显王士禛的诗学成就，具有突破个案研究的文学史意义；《王渔洋事迹征略》（人民文学出版社，2001 年）搜集了大量的渔洋集外诗文和生平事迹、酬唱交游的资料，对王渔洋生平、创作和批评活动进行了详细梳理。此外还有裴世俊《王士禛传论》（中国戏剧出版社，2001 年），王小舒《王渔洋与神韵诗》（山东文艺出版社，2004 年），王利民《王士禛诗歌研究》（中华书局，2007 年）等。

　　袁枚研究是近年来清诗研究的热点，取得的成果也相当显著。单篇论文涉及诗人的家世、生平、交游、个性及其创作的文化构成等各个方面，有些论文还重点分析了袁枚的诗史地位、性灵诗的创作和"性灵说"的内涵。如王英志《袁枚于乾嘉诗坛的影响》肯定袁枚的诗坛盟主地位，从正负两方面论述袁枚于乾嘉诗坛的影响。王英志《袁枚性灵诗的艺术特征》认为袁枚性灵诗于清代乾隆诗坛独树一帜，绝少依傍。王英志《狂放之性与闲适之趣》论述了袁

---

① 见《北京大学学报》（哲社版）2009 年第 2 期。

枚"抒发狂放之性"和"表现闲适之趣"的两类诗的诗旨和艺术特征①。关于诗论研究，王英志《〈文心雕龙〉与袁枚性灵说》②认为袁枚性灵说之"性灵"一词最早的源头即是《文心雕龙》，而性灵说由真情论、诗才论、个性论构成，这三方面的思想也大都在《文心雕龙》中有所体现。此外如石玲《袁枚诗与白居易诗之"貌类"及内在成因》、《袁枚诗歌的禅影踪迹》③等文从不同角度对袁枚诗歌予以论述。论著有王英志《袁枚暨性灵派诗传》（吉林人民出版社，2000年）、《袁枚评传》（南京大学出版社，2002年）、《随园性灵》（东南大学出版社，2004年），石玲《袁枚诗论》（齐鲁书社，2003年）等。

近年来作家作品研究在20世纪研究的基础上，更进一步深入挖掘，并在研究的方法和广度上呈现出新的特点和趋势。首先表现为在作家生平、交游和诗作考证的基础上，进一步探讨作家的人格、心态，以及作品的深层内涵和艺术成就，这方面关注较多的有叶君远、朱则杰、王英志、黄建军等学者。其次，在研究广度上由大作家向二流作家转变。有清一代诗人数量之众，远超前代，但过去的研究仅仅关注清代以来知名度相对比较大的那一部分作家。近年来研究者在关注大作家形成代表性研究成果的同时，开始重点关注二流作家甚至是三流作家，这也是清诗研究开始走向成熟的标志。如王英志《陈廷敬的诗坛地位与宗杜倾向》、马卫中《桂枝未遂知衔恨，诗草空遗泪眼看——吴历诗漫论》、潘承玉《张潮：从历史尘封中披帷重出的一代诗坛怪杰》、朱则杰、陈凯玲《清初女诗人钱凤纶考》、曹旭《论何绍基诗歌美学创变》、刘世南、刘松来《"旅怀伊郁孟东野，句律清奇陈后

---

① 这三篇文章分别载于《扬州大学学报》（人文版）2000年第5期，《江苏社会科学》2001年第4期，《中国韵文学刊》2003年第1期。

② 见《文学评论》2008年第5期。

③ 分别见《文学评论》2005年第3期和《文史哲》2002年第1期。

山"——江湜"伏敌堂诗"的风格及其成因》、朱则杰《鲁之裕卒年及其他》、赵杏根《浙西诗人吴锡麒》、马大勇《逃禅绣佛长斋里，避世佳人锦瑟旁——论王士禄的"逃"情结》①等。最后，作家个案研究多从地域和流派角度来展开，因为流派群体和地域文学是清代文学比较显著的特点。蒋寅指出，清代地域诗派的强大实力，已改变了传统的以思潮和时尚为主导的诗坛格局，出现了以地域性为主的诗坛格局②。因此把作家放在具体的地域和群体中来观照，能够更准确地把握作家的创作成就及其影响。如王慧《山左诗人丁耀亢》、崔国光《清初诗人张笃庆及其诗歌创作》、马大勇《世情已烂熟，吾道总艰难——论田雯的"疏离"心迹》、赵杏根《论清代无锡诗人杨芳灿》、张兵《清初关中遗民诗群的构成与王弘撰、李柏的诗歌创作》、《王夫之与清初湖南遗民诗创作》、李舜臣《明季清初滇南诗僧苍雪论略》、蒋寅《黄宗羲与浙派诗学的史学倾向》③等。

（二）流派群体研究的新成就

流派群体研究是 20 世纪 80 年代以来清诗研究取得的重要收获，其开山之作当为刘世南的《清诗流派史》。近十年来清诗流派和群体研究在原有的基础上进一步拓展，共发表论文百余篇。这些论文几乎涉及了清诗史上所有重要的流派和群体，通过深入细致的刻画，勾勒出清诗发展历程中流派和群体纷呈的繁富景观。清代诗人总数远超前代，诗歌流派群体数量也远远超过了唐代和宋代。大

---

① 分别见《古典文学知识》2006 年第 1 期，《常熟理工学院学报》2009 年第 4 期，《苏州大学学报》（哲社版）2002 年第 1 期，《文学遗产》2007 年第 3 期，《文学评论》2008 年第 5 期，《文学遗产》2009 年第 1 期，《文艺研究》2004 年第 2 期，《杭州师范学院学报》（社科）2000 年第 5 期，《泰山学院学报》2006 年第 5 期。

② 参见蒋寅主编：《中国古代文学通论·清代卷》，辽宁人民出版社 2005 年版，第 293 页。

③ 分别见《文史杂志》2001 年第 5 期，《东岳论丛》2001 年第 3 期，《徐州师范大学学报》（哲社版）2004 年第 5 期，《无锡轻工大学学报》（社科版）2001 年第 1 期，《兰州大学学报》（社科版）2000 年第 3 期，《文学遗产》（网络版）2009 年第 2 期，《云南师范大学学报》（哲社版）2003 年第 1 期，《上海学刊》2008 年第 5 期。

多数诗人存在于具体的流派和群体当中，而有清一代最具有影响的流派和作家群体又都是在地域的基础上形成的①，因此近来的研究多关注这一特性，呈现出从地域角度探析流派群体的构成和创作的新走向。关于清初遗民诗群，张兵的相关系列论文着笔甚多，潘承玉的《清初诗坛中坚：遗民性情诗派》等文②及其专著《清初诗坛：卓尔堪与〈遗民诗〉研究》（中华书局，2004 年），也是遗民诗群研究的力作。关于贰臣诗群研究，关注较多的有裴世俊、平志军、刘丽等学者。

关于清代中后期诗群研究，重要的有郑幸、贺国强、魏中林、石玲、陈宇俊、马亚中、肖晓阳等学者的论文。另外，对于清代少数民族文学群体的研究具有代表性的成果是严迪昌先生的《八旗诗史案》③，文章认为以满族为中心，兼及汉军、蒙古的清代八旗文学集群，成熟于康熙朝前三十年，升华于乾隆一朝。在康、雍、乾三朝"盛世"交替之际的权力争斗中，宗室族众备尝生死荣辱，从而与汉文化中深厚累积之人生理念、生命体审相撞击，成为横逸于皇权藩篱之外的丛丛寒花。文章在对顺、康至嘉、道数朝八旗人文态势生成史程与内因的架构中，以顺、康之际的高塞为先期范型，继以雍、乾时期的恒仁、永忠两代诗人为典型个案，揭示八旗诗群的沉痛心史及实质。他如朱则杰、陈凯玲《"辽东三老"考辨》④以"辽东三老"为中心，对其来龙去脉以及相关并称群体进行梳理，有助于恢复历史原貌，更正了长期以来的诸多舛误。

此外，傅璇琮、蒋寅主编《中国古代文学通论·清代卷》（辽宁人民出版社，2005 年）也指出地域和共同的创作倾向在流派群

---

① 参见蒋寅主编：《中国古代文学通论·清代卷》，辽宁人民出版社 2005 年版，第 527 页。

② 见《复旦学报》2004 年第 5 期。

③ 《西北师大学报》（社科版）2004 年第 3 期。

④ 《社会科学战线》2009 年第 3 期。

体的形成中具有重要意义。专著还有马大勇《清初庙堂诗歌集群研究》（吉林人民出版社，2007 年）、王富鹏《岭南三大家研究》（人民文学出版社，2008 年）、陈玉兰《清代嘉道时期江南寒士诗群与闺阁诗侣研究》（人民文学出版社，2004 年）等。

最后，近年来一些大型文献整理工程在某种意义上也代表了清代文学研究新的发展走向，值得称道。首先值得一提的是"四库"系列丛书的出版，使一大批原先很难读到的清代诗文集，尤其是清代前期诗文集流通于世，为研究者提供了十分便利的条件。其次，国家"清史编纂工程"也对清诗研究具有巨大的推动作用。其大型文献整理项目《清代诗文集汇编》，共收录清代诗文集 4000 余种，精装 800 巨册。《清代诗文集汇编》的整理、出版是国家清史纂修工程开展以来规模最大的文献整理项目，对清代文献的整理和清诗研究的发展可谓功在当代，利在千秋。

第一章 清初遗民诗群的地域分布及诗歌创作

　　所谓"清初遗民诗群"，实即清初所有明遗民诗人群体之泛称。事实上，这个诗人群体是以群体网络的形式出现的。网络的分割主要以地域为界，而网络的联系也以不同地域遗民的互动为纽带。由于各地差别甚大的人文积淀，再加上清兵入关后对各地征服时间与戮掠程度的不同，清初遗民诗群的地域分布已极不均衡，这种地域分布的不均衡性，不仅在遗民人数的多寡悬殊上表现得比较明显，而且体现出遗民处世方式、人格特征乃至遗民诗歌与遗民文化创造上的差异。大致而言，大江南北、西南、岭南一带遗民较多，江浙一带更为集中，而北方相对为少。这只是一个直观的感觉，若仔细考察，各地情况又有差异。我们在沿袭传统的地域概念的同时，主要参照清初遗民诗群分布的具体态势，将这个大群体划分为北方、淮海、江南、岭南、西南等几个较大的区域进行讨论。当然，在每个区域中都有若干个遗民群落。对于遗民的群体归类，主要依据其生活空间及与某个群体的联系，再参之以创作特征与人格特点。这样，我们将云游各地，但在创作与个人气质上带有明显地域色彩的遗民仍归其出生地。如孙枝蔚、王弘撰一寄居扬州，一云游江浙，仍归关中诗群；万寿棋、阎尔梅在家乡的时间均很少，仍归淮海诗群。他如顾炎武归吴中，方以智归皖中，黄周星归湖南，孙奇逢归畿辅，屈大均归岭南等，均依此例。而那些将生活与创作完全融入客居地的遗民则归于其所生活的群体中，如四川的费密，湖北的杜

17

潏、杜芥兄弟等分别归入泰州和金陵诗群。不可否认的是，遗民诗群的划分，除地域因素外，还往往带有家族文化的成分，如宁都三魏，金陵二杜，桐城方氏，山右傅山父子等，而不少遗民诗群还具有诗歌流派的性质，如河朔诗派、岭南诗派等。这都是我们在讨论清初遗民诗群的地域分布时必须予以考虑的。北方遗民诗群主要包括山左、山右、畿辅、关中等几个遗民群体，与江南、岭南、西南等地相较而言，诗人数量为少，尤其是中州一地，莽莽中原，能诗之遗民则仅贾开宗、田兰芳、张镜心寥寥数人而已。淮海地区实际上是北方向南方的一个过渡地带，遗民群体的构成与人格特征都有不同于南、北方之处，遗民群体主要集中在长江下游临近黄海的部分地区，淮安、扬州、泰州等为其聚集点。与地处南北交通要冲有关，这里的遗民流动较频繁，与政府官吏来往也较密切。江南遗民诗群是清初遗民诗群中最庞大的一个群体。我们所说的江南，既非清初行政区划中的江南省，也非传统观念中的南方，而是把淮海之外的整个长江中下游地区作为一个整体来看待，依据遗民在各自生活空间中聚集成群的情况，我们主要以杜濬、邢昉为代表的金陵遗民诗群，顾炎武、归庄、徐枋为代表的吴中遗民诗群，方以智、方文、钱秉镫为代表的皖中遗民诗群，黄宗羲为代表的两浙遗民诗群，顾景星为代表的湖北遗民诗群，王夫之为代表的湖南遗民诗群及魏禧和易堂九子为研究对象。江南遗民诗群人数之多、群体特征之突出是显而易见的。以江苏为例，尽管我们以金陵、吴中两地遗民群体为审视对象，但其他各地遗民分布尚多。除江南之外，岭南、西南也是清初遗民较多、较集中的两个区域。仅陈伯陶《胜朝粤东遗民录》，即得岭南遗民二百九十余人。秦光玉《明季滇南遗民录》又收云南遗民一百四十余人，这些遗民能诗者甚众，又形成岭南诗派，结有雪峰诗社，其中屈大均、陈恭尹、吴中蕃、陈佐才诸人均在创作上取得了突出的成就。清初遗民以一个相对完整的社会群体的面貌活动在历史舞台上，这个社会群体尽管在某种意义上属于隐士的一种类型，明显地体现出隐士的人格特征，但是它又绝不游离于社会政治之外，与社会政治的关系十分密切。他们不仅以自己高尚的志节树起了一座人格丰碑，而且积极从事文化的创造，为清代文化的繁荣作出过重大贡献。作为一个社会群体，清初遗民文化创造中最具特色、最有成就者，当为诗歌。他们的诗歌创作，不仅是清诗的主流，而且在中国古代诗史上占有相当重要的位置。以上所论，是对清初遗民诗群地域分布及其文化活动的意义的一个大致勾勒，需要说明的是，限于本书体例和篇幅，本章不拟全面介绍遗民诗群的地域分布和其诗文化活动，而仅仅选取泰州、湖南、山左、关中等几个典型遗民群体进行讨论。

第一节　泰州遗民诗群的群体
构成及创作特征

　　清初明遗民诗群是以群体网络的形式出现的。网络的分割，主要以地域为界；而网络的联系，也以不同地域遗民的互动为纽带。处于由北方向南方过渡地带的淮海地区，遗民群体主要集中在长江下游临近黄海的部分地区，其中，地处南北交通要冲的淮安、扬州、泰州等为遗民聚集点。这是一个南北文化圈的交融过渡地带，文人性格与心态也有其独具的特点。清兵下江南，淮海一地首当其冲，蹂躏、践踏、屠戮、洗劫，血火冲突的大幕首先在这里拉开，"扬州十日"的屠城惨剧也在这里搬演。淮安、扬州诸地，本就人文荟萃、文采风流，有着深厚的文化积淀和浓烈的人文氛围。随着清政权的日趋巩固，那班深负家国剧痛的世家子弟与遗民故旧，普遍怀着一颗痛创的心，重新料理被战争破坏的家园，以度劫后余生。这些地方的遗民，不仅人数多，而且活动频繁。淮海地区之所以在清初成为遗民活动频繁的地带，除去深厚文化的沐染、良好的群众基础及清兵杀戮的酷烈之外，首先与这一地区优越的地理位置密切相关。淮安、扬州诸地处运河岸边，水陆交通便利，但又远离通都大邑，便于遗民活动。其次与这一地区地方官吏所创造的较为宽松的文化氛围有关。周亮工、王士禛是这方面较为典型的代表。且不说周亮工对遗民故老的褒奖与接济，单以王士禛而言，姑不论其目的何在，亦不论其故国之思的真假，即以其顺治十七年（1660）至康熙四年（1665）扬州推官任上所结交的遗民节士而言，仅据《渔洋山人精华录》稍加排列，就有纪映钟、方文、邝露、屈大均、申涵光、张盖、孙奇逢、林古度、杜濬、邵潜、王弘撰、姜埰、孙默、吴嘉纪、冒襄、余怀、孙枝蔚等近四十位；另外还有当时尚未出仕的朱彝尊、陈维崧诸人。吴梅村曾言，渔洋"在广陵，日了公事，夜接词人"[1]，当为实情。而渔洋本人也说："余在广陵五年，多布衣交。"[2] 又说："论文无嚅唲，结交多老苍。"[3]（《述旧赠刘公勑吏部》）可以说，这些沾染了普遍时代哀伤情绪的政府官吏兼风流文士双重身份的诗人的加入，对于遗民社会的结构、遗民诗，乃至遗民文化的创造而言，的确产生了一定的影响。

这里所讨论的"泰州"，即是一个由时空复合构筑而成的历史概念。就地域言，是指长江下游临近黄海的部分地区；就行政区划言，清初属江南省扬州府辖，现今则属江苏省治；就时间而言，则专指清初三四十年的时间。泰州古称海陵，清初领如皋一县（雍正二年（1724），如皋始划为通州领县），因属扬州府辖，所以后世述"艺文"者，亦多归之扬州。就清代初年遗民活动的地域范围与

---

① 王士禛：《居易录》，见《带经堂诗话》卷七（六），人民文学出版社 1963 年版，第 177 页。

② 王士禛：《渔洋诗话》，见《带经堂诗话》卷八（十六），人民文学出版社 1963 年版，第 191 页。

③ 李毓芙等：《渔洋山人精华录集释》卷三，上海古籍出版社 1999 年版。

分布态势而言，扬州实际上形成了一个相对独立、极富个性的社会结构。这里，遗民群体的构成绝不以泰州、兴化、宝应、高邮、靖江、江都、邗江、仪征诸州县为个体单位而自成区域结构；而是一个既相对独立，又紧密联系的复合结构整体。以吴嘉纪为首的泰州遗民诗群的活动范围绝非泰州一域所能局限，尤其是吴嘉纪诸遗民晚年奔走于泰州、扬州之间，甚至以居扬州的时间为多。因此，泰州遗民诗群是一个既具独特文化个性，但又与扬州遗民诗群乃至淮海遗民诗群有着隶属关系的创作群体。同样，在勾勒泰州遗民诗群的结构与创作面貌时，我们除力图展现其独特的文化个性之外，主要揭示其与外围群体的联系与交往，肯定其在扬州遗民诗群，乃至整个江北遗民社会的地位。

一、泰州遗民诗群的社会结构与群体心态

康熙二十五年（1686），孔尚任随孙在丰治淮时，曾给泰州遗民黄云写过一首题为《过访黄仙裳，依韵奉答》的七言律诗，诗云：

> 江左遗贤半海滨，诗篇萧散赠劳臣。
> 庐中剑佩存高义，窗外禽鱼化至仁。
> 欲访孤踪千顷阔，曾吟好句百回新。
> 相逢却值黄花候，亲见东篱漉酒巾。①

诗中所谓"遗贤"尽管并不仅仅局限于遗民，但"江左遗贤半海滨"一句，却道出了泰州遗民社会的结构形态。

或许由于"扬州十日"屠城惨剧及通海大案的震慑与威压，泰州遗民群体就人格类型而言，多属隐士型。在这个遗民群体中，像顾炎武、阎尔梅、方以智、屈大均一样入清后仍斗争不息的斗士较少。清兵攻入扬州诸府县时，他们或奋起抵抗，或奔波亡命；乱后

---

① 孔尚任：《湖海集》卷一，见徐振贵主编：《孔尚任全集》第二册，齐鲁书社2004年版。下引孔尚任诗皆出此集，不再标注。

虽坚决不与清廷合作，但抗争意志已消亡，多隐居家乡，或诗书自娱，或耕种自足，似与世事无涉。而泰州遗民社会就其结构而言，除略具封闭性特点之外，又与外界有一定联系，呈多元化格局。具体来说，泰州遗民诗群的人员构成主要分为泰州本籍遗民与流寓泰州的外籍遗民两部分；从其社会活动的范围与生活方式而言，又可大致别为隐居家园与游食他乡两类。另外，扬州其他州县与泰州遗民群有来往的遗民及流寓扬州诸地的外籍遗民于泰州遗民社会的结构也有一定程度的影响。

泰州遗民群体的中坚人物是吴嘉纪和冒襄[1]，此二人又因生存方式与人生境遇的不同而成为这一群体两种不同类型遗民的代表。吴嘉纪在明朝灭亡之后，即走上了为衣食而奔波的流寓生涯；冒襄则于亡国之后隐居家园，诗酒歌吟，了其余生。黄浣生、宫伟镠、王剑、邓汉仪、周雪山、黄云、张一俦、沈默、王言纶、徐发荚、季来之诸人则是这个遗民群中的主要泰州籍遗民。其中，黄浣生，原名位中，号眉房，明时官锦衣卫指挥金事，授金吾将军，福王时协理两淮盐政事，明亡后隐居不仕，有《德园诗集》行世[2]。宫伟镠，字紫阳，号紫云，别号桃都漫士，明崇祯十六年（1643）进士，官翰林院检讨。入清，两荐举未就，晚年隐居春雨草堂，闭门著书，有《春雨草堂集》等行世[3]。邓汉仪（1617—1689），字孝威，一字旧山，工于诗，与吴伟业、龚鼎孳共主风雅二十余年，辑《诗观》三集，影响甚大。晚年居董子祠，执经问业者甚众。其《慎墨堂诗》取法唐人，兼及苏、陆，为当时正轨，影响较大。汉仪于康熙十八年（1679）召试博学鸿儒科，但作赋故意不用四六，

<hr>

① 关于吴嘉纪和冒襄的生平与创作，学界论述已多，此不赘述。可参拙文《论吴嘉纪诗的文化构成与创作特征》，《西北师大学报》1997年第5期；顾启：《冒襄研究》，江苏人民出版社1993年版。

② 赵国璋：《江苏艺文志·扬州卷》，江苏人民出版社1995年版。

③ 赵国璋：《江苏艺文志·扬州卷》，江苏人民出版社1995年版。

未被录取，因年老授中书舍人衔放归，保持了遗民身份。袁行云曾说："汉仪举鸿博而未应试，与傅山、孙枝蔚情形略似。"① 黄云（1620—1702），字仙裳，号旧樵，早岁为庠生，晚年贫苦，但屡辞征聘，肆力于诗，有《康山》《樵青》诸集行世，《江苏诗征》卷六十四录其诗11首。张一侪，字尔弼，工诗、古文，崇祯时曾与张幼学、陆舜成立曲江社，又主贞一、江淮诸文社，名倾一时。鼎革后，张幼学、陆舜二人分别于顺治三年（1646）、康熙三年（1664）考取举人、进士，独张一侪隐居不求仕进。《海安考古录》卷三"儒林"条言其事颇详②。王剑，字水心，是泰州遗民王衷丹的学生，王衷丹为王艮五世支孙。王剑承其师志，明亡之后剃发入僧舍，号残客，苦吟不辍，有《逃禅集》行世③。王剑卒后，吴嘉纪曾有《哭王水心》诗悼之④。周雪山事，《退庵笔记》卷六述之较详⑤，沈默《幽发录》收《海陵丛刻》中，于泰州遗民之交往亦多载述。当时与吴嘉纪唱和的遗民诗人，仅隐于东淘樊村者即有王言纶、徐发大、徐发荚三人⑥。而安丰场遗民季来之，字大来，殚心理道，得王艮之传，据袁承业《明孝廉季大来先生传》载："甲申，国事大变，先生时有恢复之意，不乐与人言，不欲与世交。至乙酉清兵南下，屠扬州，江南尽失，先生知势不可为，乃潜居一楼，禁足不下者十余年。终身服先朝之服，未尝剃发。著书盈箧，不以示人，惟吴嘉纪、王大经、沈聊开、周庄数人得共谭论。"⑦ 季氏

---

① 参见袁行云：《清人诗集叙录》卷七，文化艺术出版社1994年版。
② 《海陵丛刻》第13种，民国排印本。《海陵丛刻》第八种还收其孙张符骧《依归草》一种。
③ 参见袁承业：《明遗民王太丹先生小传》、《明遗民王水心先生小传》，分别载《国粹学报》第79、80期。
④ 参见杨积庆：《吴嘉纪诗笺校》卷十四，上海古籍出版社1980年版。下引吴嘉纪诗均出此书，不再标注。
⑤ 参见《海陵丛刻》第一种。
⑥ 参见《东台县志》。
⑦ 参见《国粹学报》第71期。

之行为、心境，堪为泰州遗民诗群之典型。袁承业《拟刻东淘十一子姓氏》曾列泰州遗民季来之、吴嘉纪、王大经、周庄、沈聃开、王言纶、王衷丹、王剑、傅瑜、徐发荚、周京十一人，且言："右诸子皆为明儒，萃生于万历年间，同处东淘左右。国变后，隐居不仕，沉冥孤高，与沙鸥海鸟相出入。结社于淘上，有所怀抱，寄托诗文。"① 不难看出，泰州遗民诗群的成员多隐居家园，以诗书自娱，又深受王艮理学的熏陶；而吴嘉纪又与他们多有联系，结社吟诗为其交游手段。

另外，寓居泰州的外籍遗民也是泰州遗民诗群的重要组成部分，主要成员有许承钦、吕潜、戴胜征、雷毅、程守、徐芳、乔孚五、费密等人。其中许承钦，字钦哉，号漱雪，湖北汉阳人，崇祯四年（1631）进士，知溧水县，迁户部主事，后流寓泰州，有《漱雪集》。吕潜，字孔昭，号半隐，四川遂宁人，为崇祯朝兵部左侍郎吕大器子，崇祯十六年（1643）进士，乱后流寓江左。沈默《幽发录》云："康熙癸丑来泰州，遂家焉"② ，有《怀归草堂诗集》。吕潜诗，卓尔堪《明遗民诗》卷八收 11 首，其中多乱离漂泊之感，亦含思乡之情，诗风沉郁凄苦。戴胜征，字岳子，安徽休宁人，康熙间流寓泰州之东陶及河阜。阮元辑《淮海英灵集》载其事，吴嘉纪《陋轩诗》卷十有三题五首诗即写给戴胜征，《诗四首为隆阜戴节妇赋》当为戴氏之母而作。光绪《泰州志》云："（戴胜征）与嘉纪同歌啸于寒庐野水间，其诗清冷古淡，甚于嘉纪，著有《石枰诗抄》二卷。"《石枰诗抄》前有吴嘉纪序，吴嘉纪殁，戴有《哭吴野人》诗四首悼之。雷毅，字希乐，泾阳人，为孙枝蔚婿，国变后寓泰州，《陋轩诗》卷二有《送雷希乐》。程守，字非二，歙县人，《陋轩诗》卷二有《寄程蚀庵》。徐芳，字仲光，江西南城人，明亡

---

① 参见《国粹学报》第 81 期。

② 《海陵丛刻》第 18 种。吕潜事迹，黄容《明遗民录》卷三、《皇明遗民传》卷一、孙静庵《明遗民录》卷十五有载。

寓泰州，有《松明阁诗选》。《明遗民诗》卷十录其诗 13 首，多写亡国之痛，并表其坚贞志节，如《过虎岩》云：“三过不肯入，始知山隐难”，则有深意存焉。费密，字此度，号燕峰，四川新繁人，明末避张献忠之乱，弃家，流寓泰州，有《鹿峰》、《燕峰》诸集。孙桐生辑《国朝全蜀诗抄》卷一收费密诗三十余首，且评曰：“吾蜀诗人，自杨升庵先生后，古文凌替，得费氏父子起而振之。其诗以汉魏为宗，遂为西蜀名家。”① 可见，这些外籍泰州遗民，均于明末乱世或国变后流寓泰州，且与本籍泰州遗民来往密切，也带有泰州遗民诗群的共同特征。

值得注意的是，随着活动范围的拓展，泰州遗民诗群的辐射面也逐渐扩大，兴化陆廷抡、宗元豫、李沂兄弟叔侄②，江都宗元鼎等遗民遗老均与泰州遗民诗群保持密切联系。而流寓扬州，往来泰州诸地的杜濬、方文、孙枝蔚、屈大均、林古度、龚贤、黄周星等人，都与泰州遗民诗群有过接触。夏荃《退庵笔记》卷一“陆志”条记载：“陆悬圃先生廷抡，兴化人，工古文词，鼎革后不应试，与同里宗子发元豫、李艾山沂称昭阳三隐。……时许漱雪农部承钦，吕半隐太常潜皆寓泰，与廷抡欢甚。”③ 也正是在这种交往与交流的过程中，泰州遗民社会的结构态势才渐趋明朗化，其文化个性亦逐渐形成。

泰州遗民诗群是一个隐逸型的诗人群体，隐居家园，诗书自娱者居多；如吴嘉纪因衣食所迫，奔波流寓者较少。同时，因为生计考虑，再加地方官僚与富商大贾的主动靠拢，这个群体的成员又多与当地官绅、大户往来。以吴嘉纪言，除与周亮工、王士禛等诗酒唱和外，其所来往交游即多徽商。《陋轩诗》中写给原籍歙县，后

---

①　参见孙桐生：《国朝全蜀诗抄》卷一，巴蜀书社 1985 年影印本。

②　严迪昌：《兴化李氏与清初“昭阳诗群”》于兴化李氏文化世家在清初之生存和创作状况论之甚详，可参。参见《中国典籍与文化论丛》第四辑，中华书局 1997 年版。

③　《海陵丛刻》第一种。

寓居扬州的吴、汪二姓盐商的诗不少。从这些作品中,我们不难看出,遗民诗人与官绅大户、富商大贾之间尽管不乏真诚的友谊,甚至有些遗民诗人本身即为富室,但是,遗民与官绅之间的关系仍然是非常微妙的。一方面,官绅大户需借遗民故老装点门面,乃至如王士禛等借遗老之鼓扬而铺平走向诗坛盟主道路者亦不乏其人;另一方面,为衣食而奔波,借诗文以扬名的遗民也需要官绅大户的支持与扬誉。《陋轩诗》卷二有两首诗,写给周亮工的《得周金宪青州书》云:"相忆三千里,冰雪寄尺书。开阅竟何如,分我以俸钱。携归尽籴米,妻儿过凶年";悼念徽商吴元霖的《哭吴雨臣》其二有言:"君解囊中金,趣我出行贾。"足见官绅富商对吴嘉纪的衣食资助。而吴嘉纪第一个诗集的刊刻即由周亮工资助,吴嘉纪诗名的扬播在某种程度上亦多得力于周氏。汪楫《悔斋集》有《哭周栎园先生诗》云:"每逢佳士必书绅,最爱吴陵吴野人。一卷新诗夸国士,百年荒海识遗民"[①];《陋轩诗序》又说:"辛丑岁,周栎园先生在广陵,见野人诗,推为近代第一。"[②] 此种情形,王士禛曾于《分甘余话》、《居易录》、《悔斋诗序》中一再予以展示,尽管渔洋曾别有用心地说:"一个冰冷底吴野人被君辈弄做火热,可惜!"[③] 但野人从海陵至广陵,从"名不出百里"到"誉满海内",栎园实为知音与功臣。另外,这个群体成员之间及与外界交流聚会的方式和媒介为诗酒文会。这一点,仅从《陋轩诗》即可看出。如《冶春绝句和王阮亭》为康熙三年清明在扬州与王士禛、林古度、杜濬、孙枝蔚诸人修禊红桥时所作,《上巳集汪叔定、季角见山楼》为康熙四年与汪耀麟、汪懋麟兄弟和杜濬、孙枝蔚等人集汪氏见山楼时所作。正是在这种交流中,泰州遗民诗群的影响才逐渐扩大。

泰州遗民诗群不仅在社会结构上有着自己的特点,而且在心理

---

① 转引自杨积庆:《吴嘉纪诗笺校》附录,上海古籍出版社1980年版。

② 转引自杨积庆:《吴嘉纪诗笺校》附录,上海古籍出版社1980年版。

③ 参见王士禛:《分甘余话》卷四,中华书局1989年版。

取向上也有着相同的地方，呈现出相似的群体心态。相近的身份决定了相似的心态。泰州遗民的隐居方式比较一致，即多隐于"鱼盐"。正如吴嘉纪诗中所写："隐居在何处？乃在鱼盐中"（《送吴后庄归湾址》）；"隐者多入山，丈人唯爱石。但存岩栖意，城郭亦自适"（《程临沧、飞涛两尊人双寿诗》）。正因如此，他们除共同呈现出国亡家破之后凄苦苍凉的心境、孤独无依的感受外，又不约而同地展露出一种田园隐居、与世无争的悠闲心态。吴嘉纪诗云："朝看天际云，暮倚门前柳。士穷无怨音，时欲安能咎。"（《寄阎再彭》）一派隐者风范。冒襄《冬夜社集芙蓉斋看月即席限韵》其三云："聚首兵戈后，幽怀托素交。山河蟠旧影，星月守孤巢。脱叶辞寒木，诛茅恋北郊。密娱聊旦暮，奈尔故相潮。"①幽隐的孤寂只有在友朋聚首的欢娱中稍得消解。当然，这个群体的心态随着岁月的迁移，前后期也有不尽一致的地方。但无论如何，他们眷怀故国的心魂时刻未能泯灭。

这里，我们仅以孔尚任从康熙二十五年（1686）南下，到二十八年北归，首尾四年中在泰州接触的遗民为线索，以《湖海集》和相关材料为依据进一步把握泰州遗民诗群之晚境与群体心态之嬗变。孔尚任至泰州时，75岁的冒襄老人正好寓居宫伟镠家，孔、冒二人高宴清谈，盘桓数十日，孔尚任从冒襄那里了解到不少南明旧事，为创作《桃花扇》积累了大量素材。可以想见，冒襄老人当时是在怎样一种凄苦的心境中追忆往事。又有邓汉仪、许承钦二人，孔尚任与他们相识时，邓年约七十，许已八十二岁。邓虽应荐被迫参加了康熙十八年的博鸿考试，但其民族气节始终如一②。孔、邓、许三人常在一起饮酒"话旧"，孔有诗曰："所话朝皆换，其时我未生。"（《湖海集》卷五《又至海陵，寓许漱雪农部间壁，见招

---

① 《朴巢诗选》，张明弼、杜濬评选，冒广生校本。下文引冒襄诗均出此本，不再标注。

② 《邓征君传》，夏荃辑：《海陵文征》卷十二，光绪癸未刊本。

小饮，同邓孝威、黄仙裳、戴景韩话旧分韵》）邓在诗下评道："不堪为门外人道。"他们所话之旧显然是"舆图换稿"的前朝之"旧"。孔尚任称许承钦为"先代遗耆"，孔诗曰："追陪炎暑夜，一半冷浮名。"许承钦"一夕快谈"竟使孔尚任的功名心冷却了一半，足见其感召力之大。还有泰州姜堰遗民黄云，以及家居距泰州约30里的宜陵东原，又常至泰州、姜堰的宗元鼎，都是孔尚任结交的对象。当时黄云七十八岁，宗元鼎亦年近八十。孔、宗两人交谊尤笃，二人"同眠同食，异常缱绻"①（《与黄仙裳》），孔有诗云："飘零雨雪逢春夜，疏散冠裳聚古狂。携手已无新涕泪，写心曾有旧诗章。"（《定九自广陵来访，同黄仙裳、交三、秦孟岷即席分赋》）所谓衣冠"疏散"之"古狂"，"写心"之"旧诗章"，以及《答宗定九》札中所言"无限千秋，正可从容话语"等等②，大抵都离不开"南朝千古伤心事"。宗元鼎与黄云为儿女亲家，孔尚任于黄云亦可谓尊崇有加，二人甚至"每夕聚首，至夜分始散"。孔曾有"洛社耆英偏爱惜"，"旧新情话漏添长"等诗句。若将这些互相"爱惜"的"洛社耆英"所说的"旧新情话"与孔宗二人所言"话语"联系起来，显然仍指亡国之恨。另外，国变后寓居江宁之杜濬，又时客扬州，往来于泰州、姜堰、如皋之间，与黄云、冒襄等均有交往。康熙二十六年（1687）夏，孔尚任由泰州乘船到扬州，年约七十六岁的杜濬登舟乞饮，孔尚任喜而赋诗，接着又有《与杜于皇》一札，其中写道："冒暑过舟，痛饮至日夕。先生岂尽嗜酒哉！实有一段倾吐不了之衷，特借杯酌以淹其时耳。"③究竟是什么"倾吐不了之衷"要"借杯酌以淹其时"？孔

---

① 孔尚任：《湖海集》卷十一，徐振贵主编：《孔尚任全集》第二册，齐鲁书社2004年版。

② 孔尚任：《湖海集》卷十一，徐振贵主编：《孔尚任全集》第二册，齐鲁书社2004年版。

③ 孔尚任：《湖海集》卷十一，见徐振贵主编：《孔尚任全集》第二册，齐鲁书社2004年版。

氏虽未明说，但联系上文与邓孝威等"话旧"即可推知，肯定与故明政权之覆灭有关。

尤可称道者，清初泰州有两位能诗女子，一名蒋葵，字冰心；一名蒋蕙，字玉洁。二人本为姊妹①，国变后俱落发为尼，居州桥北青莲庵。葵法名"德日"，蕙法名"德月"②。"日"、"月"为"明"，"德"、"得"相通，合之则为"德明"或"得明"，既暗寓不忘故国之意，亦以表冰清玉洁之心。康熙二十六年初春，孔尚任至青莲庵访问了蒋氏姊妹，且以《初春偶过青莲庵题壁》诗表达了自己茫然若失的心态。泰州遗民诗群的确不可少了蒋氏姊妹。

沿着孔尚任走过的路粗粗寻检一过，实在不难窥见，这批白头老遗民，当一切都在时间的流逝中从动荡趋于静寂时，岁月的风尘仍永远无法湮没他们记忆中那残酷的一幕。黄昏渐渐临近，不少人可谓风烛残年，但面对一位"知音"，他们又不断沉浸在往事的回忆中。辛酸、凄苦、悲凉、痛楚的情境与诗人们起伏波动的心魂均完整地呈现在世人面前。

二、泰州遗民诗群的创作特征

泰州遗民诗群中存诗量较大，诗作亦较有特色者为吴嘉纪、冒襄、邓汉仪、许承钦、宗元豫、费密、吕潜、宫伟镠、徐芳、黄云诸人，这里即以他们的诗作为讨论对象，来揭示泰州遗民诗群的创作特征。

第一，与泰州遗民群体的生存环境及其悲苦而凄凉的人生境遇相一致，这个诗群在创作中将目光投向现实，关注现实人生，言苦之作极多。他们或抒自己之悲苦人生，或言友朋之苦况，或道民生之疾苦，大都真实而具体。苦吟诗人吴嘉纪正是在一种苦涩的人生

①　阮元：《淮海英灵集》壬集卷一选蒋葵、蒋蕙诗三首，且言蕙为"葵之女弟"。《丛书集成初编》本。

②　夏荃：《退庵笔记》卷十，见《海陵丛刻》第一种。

境遇中抒发着自己、朋友以及与老百姓共同的苦难。

吴嘉纪之苦首先为生活之苦。汪懋麟《陋轩诗序》言其"家最贫,丰年常乏食"①。陈鼎《留溪外传》也说:"陋轩者,草屋一楹,环堵不蔽,与冷风凉月为邻,荒草寒烟为伍。"②吴嘉纪诗真实而全面地描绘了自己的生活状况。《吾庐》、《破屋诗》、《自题陋轩》等诗写自己的居住环境,其中《自题陋轩》写道:"风雨不能蔽,谁能爱此庐。荒凉人罕到,俯仰我为居。"其简陋残破之状可以想见。诗人又因衣不蔽体而时时苦恼。《新寒》云:"妻子同悬百结衣";《郝羽吉寄宛陵绵布》又云:"淘上老人心凄凄,无衣岁暮娇儿啼。多年败絮踏已尽,满床骨肉贱如泥。"诗人还常常为饥寒之苦所困扰。《秋霖》说:"破屋暮寒生,积霖不肯晴。借粮邻老厌,衣葛里人惊。"如此苦况,的确令人哀叹。吴嘉纪还有《偶成》一诗,写自己贫困潦倒的状况,苦调悲声,读来催人泪下,诗曰:

飒飒风沙里,朝朝语笑稀。

飘零几鹤发,寒暑一鹑衣。

肺病赠书卷,乡心对夕晖。

妻儿守饥困,定不怨迟归。

贫病潦倒之态,孤苦飘零之状,殷殷思乡之情,以及那凄涩的自我安慰,均令人黯然神伤。

吴嘉纪苦吟不辍,还由于他要吐露心中的悲愤。他尽管伏处草野,但有强烈的用世心:"我生如蜻蛚,草间吟不休。思欲吐悲愤,不鸣复何由?"少年时的雄心壮志时常在心中跃然欲动,美好的愿望无法实现,他只有长歌当哭。《垂钓行答郑绎州》云:

壮志犹存貌已老,夜深顾影生叹嗟。

悔未从学安期生,徒羡其枣如大瓜。

---

① 见汪懋麟:《百尺梧桐阁集》卷二,上海古籍出版社 1980 年影印本。
② 转引自杨积庆:《吴嘉纪诗笺校》附录,上海古籍出版社 1980 年版。

又未获从李广游，弯弓射虎南山头。

掩饰不住的强烈使命感，晚年仍激荡于诗人心头。儒家传统积极用世的思想，仍深深地牢笼着他。

吴嘉纪一生，虽贫困异常，但"肝肠甚热，急人之饥，过己之饥；急人之溺，过己之溺"[1]。因此，朋友的苦难也经常诉诸笔端。他的不少朋友与他一样为谋衣食不得不远走他乡，漂泊流离："一从别家人，头发都不黑。悲哉壮士躯，用以求衣食。"(《留别王黄眉》)其中，吴介兹无钱养家："旧宅遍秋草，寒蝉鸣落晖。闻君远归来，儿女啼无衣"(《寄吴介兹》)；钱湘灵怀才不遇："萧条万竿竹，念君羁此间。……高怀弃道傍，兰蕙同草菅"(《怀钱湘灵》)；王太丹孤独卧病，死不能葬："朝寻斋外飞野鹜，人迹不到如穷谷。中有老友王太丹，经年卧对萧萧竹"(《王太丹死不能葬，吴次严、汪次郎赠金发丧，感泣赋此》)；孙豹人穷客扬州："眼暗我行路，头白君问津。同是衣食计，天涯成老人。"(《送孙豹人》其一)诸如此类，不胜枚举。

吴嘉纪不仅关注自己和朋友的贫穷困顿、郁郁不欢，更为可贵的是，他常常将笔触伸向贫民，为苦难时代的人们鸣不平。他真实而具体地写出了苏北煮盐灶户的穷苦与艰辛："早夜煎盐卤井中，形容黎黑发蓬蓬。百年绝少生人乐，万族无如灶户穷。"(《赠张蔚先生》)他如《朝雨下》、《凄风行》、《海潮叹》、《临场歌》、《流民船》、《堤上行》、《疾风》、《税完》、《远村吟》、《过兵行》等篇，对江淮一带百姓的悲苦命运，从煮盐劳作之苦、水旱之苦、税役之苦、兵祸之苦等各个方面予以揭示，组合成一幅罕见的苦难图长卷。传诵人口的《绝句》，以反衬手法，极其鲜明地刻画盐民的艰辛生活，给读者留下了深刻印象：

白头灶户低草房，六月煎盐烈火旁。

---

[1]　参见邓之诚：《桑园读书记》，辽宁教育出版社1998年版。

　　　　　走出门前炎日里，偷闲一刻是乘凉。

　　以"偷闲"写煎盐的繁忙繁重，以"乘凉"写盐工酷热难熬，从身心两方面曲尽灶户之苦状，确为白描传神之笔。对于盐民的辛苦，诗人感同身受，其沉痛心情宛然可见。

　　嗟贫、叹贫，抒写人生苦况，几乎成了泰州遗民诗群创作的一个主调，黄云、邓汉仪、徐芳、宫伟镠等人均创作了不少反映人生苦难的诗作，形象地展现了那一时代读书人的生存状况。邓汉仪《曾庭闻枉顾草堂赋赠》云："一时聚散兼贫病，千载存亡只弟兄"（黄云等人诗作引自卓尔堪辑《明遗民诗》和阮元辑《淮海英灵集》等书）。黄云《阳儿之江上中途遇雪》写道：

　　　　　木叶萧萧打荜门，一天风雪又黄昏。

　　　　　辞家初放今宵棹，沽酒却投何处村。

　　　　　自愧饥寒驱爱子，谁能羁旅重王孙。

　　　　　劳生须信难高卧，未敢怀安守故陵。

　　因饥寒所迫，只好让爱子外出谋生。生活对于身处江头海角的这批遗民节士而言，的确过于严酷。然而，当朝廷下诏征召，甚至"严逼"出仕时，他们却找出种种理由来拒绝。遗民的操守，在他们心中是如此神圣。

　　第二，集中表达身处乱世的漂泊流离之感，家国兴亡之感，乃至故国旧君之思，是泰州遗民诗群创作的又一特征。尽管由于清初政治形势之险恶，文网之酷密，这类作品大多已被删去，留存至今者也多经过改动，但透过这些为数不多的作品，我们依然可以感受到这批遗民诗人萦绕故国旧君之心魂。

　　吴嘉纪在明朝并无功名，但亡国之痛使他毅然自绝仕进之途，而且终其一生，强烈的民族正义感和家国兴亡感难以去怀。《过史公墓》、《拜曾襄愍公墓》、《谒岳武穆祠》、《玉钩斜》、《登清凉台》、《泊船观音门十首》等，均为哀时伤乱之作，以悲怆感怀的笔调，悼念故国。《过兵行》、《挽饶母》、《董姬》、《李家娘》、《忆昔行，赠门人吴麈》等诗愤怒谴责清兵南下时烧杀抢掠的暴行，对人民流离失所的惨状一洒同情之泪。另外，像《一钱行，赠林茂之》借物兴叹，表彰友人系心故国的苦衷。诗云：

> 先生春秋八十五，芒鞋重踏扬州土。
>
> 故交但有丘莹存，白杨摧尽留枯根。
>
> 昔游倏过五十载，江山宛然人代改。
>
> 满地干戈杜老贫，囊底徒余一钱在。
>
> 桃花李花三月天，同君扶杖上渔船。
>
> 杯深颜热城市远，展却空囊碧水前。
>
> 酒人一见皆垂泪，乃是先朝万历钱。

林古度虽年事已高，贫病漂泊，但一枚万历钱却随身携带五十年，故国情深，挥之不去。"江山宛然人代改"一句，将朝代更替，江山依旧，但人事全非的感受宛然托出。又如《赠歌者》云：

> 战马悲笳秋飒然，边关调起绿樽前。
>
> 一从此曲中原奏，老泪沾衣二十年。

此诗虽写于明亡二十年后，但诗人对故国的眷恋之情丝毫未减。乍闻歌者"战马悲笳"之曲，不由得悲从中来，想起当年清兵南下，中原沦陷，不禁又是老泪纵横。

明末四公子之一的冒襄，在明清之际政坛、文坛均有着深广的影响。他是崇祯朝重臣冒起宗的大公子。明亡后，冒起宗"自以世臣乔木，不获攀髯上升，惟祝宗祈死。家居十年，足迹不出，所著《经质》二卷、《史拈》三卷，盖皆暮年排日消遣之作，实则胸中五岳至不平也"[①]。冒起宗义不降清之志，给冒襄以深远影响。清兵南下时，他在扬州参加了抗清斗争，失败后又避难浙江盐官，一百多天中"皆展转深林僻路，茅屋鱼艇，或月一徙，或日一徙，或

---

① 冒广生：《家乘旧闻》，参见《如皋冒氏全书》，光绪辑刻本。

一日数徙，饥寒风雨，苦不具述"①。间关归如皋后，又与钱谦益等隔江南北呼应，支持海上张煌言、郑成功的复明运动②。在这一切均遭挫折后，他坚拒清廷征召，隐居水绘园，过着清贫而自由的生活。即王宏《冒巢民先生七十有三寿序》所云："熙朝征书屡下，先生坚卧不出。"③ 当时，他家的水绘园经常出入着大批遗民，并养护着不少遗民故旧的子弟。且不说陈维崧"如皋八年"避祸于此，单就先后来水绘园的魏大中的孙辈，方以智之子方中通兄弟，戴重之子戴本孝、戴移孝，姜埰等人的子侄而言，已足以证明冒襄老人的凝聚力。而著名遗民王弘撰、杜濬、邵潜、黄云、纪映钟、余怀、孙枝蔚、宗元鼎等也经常啸傲其间，频繁唱和，听曲遣怀。正是相同的故国之思将他们聚集到了一起。高世泰《奉贺冒辟疆五十寿序》云："巢民之友，皆尚志之友。居友以园林，则避世之桃花源；娱友以丝竹，则嬉笑怒骂之文章也。"④ 徐倬《赠冒辟疆征君序》亦云："时时赋诗……大都不合时宜，方寸之间，隐然有不平之气。"⑤ 他们迂回曲折地表达对满清政权的极大不满和对故国旧君的强烈思念，在当时的思想文化界与文艺界曾产生过极大影响。

冒襄诗，虽唱和应酬、模物写景之作为多，如《朴巢诗选》卷一所收五律中即有四题十八首为社集芙蓉斋时的唱和之作，《同人集》所收亦为唱和之作，但其于国亡家破后的悲苦心境，乱世漂离之感，作为遗民的不屈志节，均倾吐于字里行间。"山水碎后方知火，剑锋摧来迅若丸"（《病》）；"五载乱离三世隐，四时佳景九秋迥"（《九月七日……》）；"沐浴四朝怀古日，崎岖异国剩残身"（《步韵寿友人八首》其二）；"羁栖憔悴不堪问，遥忆家园隔万军"（《思

---

① 冒襄：《影梅庵忆语》，参见《闺中忆语五种》，中国广播电视出版社1993年版。
② 陈寅恪：《柳如是别传》第五章"复明运动"，上海古籍出版社1980年版。
③ 冒襄：《同人集》卷二，康熙冒氏水绘庵刻本。
④ 冒襄：《同人集》卷二，康熙冒氏水绘庵刻本。
⑤ 冒襄：《同人集》卷二，康熙冒氏水绘庵刻本。

乡》)。这些平实的语言中蕴含着深情，抒发着诗人的家国之痛与黍离之悲，倾吐着诗人忧国忧民的心声。又如《雨夜荒村》写道：

> 苍茫古僻暮天幽，积雨平林不系舟。
> 檐溜滴残孤枕血，砌蛩啼彻异乡秋。
> 伤心霜雪摧双鬓，沉陆风波拒一鸥。
> 不有良朋急同难，全家流浪孰淹留。

此诗为冒襄避难浙江盐官时所作。首联写雨中荒村的幽暗环境，衬托出战乱中人们的苦难生活。颔联紧扣雨夜，极写诗人的沉痛心情。颈联进一步写深广之忧思与严肃之思考，蕴含对明末腐朽政治的谴责。尾联礼赞大难中的真挚情谊。全诗沉郁苍凉，感情真挚，意境深邃。杜濬评曰："三四心碎，通首神凄。"得其精髓。

另外，费密的《高邮遇故人》《芜湖》，宫伟镠的《感怀》，吕潜的《江阴晤年友张四若志感》《石亭寺楼与友人话旧》《上谷感怀》《江望》，许承钦的《过李家口》《白沟河》，宗元豫的《忆昔行寄陈确庵》《吴子朴北游》，黄云的《送何龙若归旧京》，邓汉仪的《咏怀》等诗，或感叹乱离，或追念故园，均情真意切，表达了鼎革之际志节之士的普遍心声。这里再以吕潜的几首乱离诗为例，进一步体认泰州遗民诗群的创作主调。

吕潜于鼎革之际流落江左，最后定居泰州。飘零的身世使吕潜诗中尤多乱离之感。《石亭寺楼与友人话旧》云："天涯寄食无耕土，世外藏名有钓车。试看滕王遗迹尽，西山空对晚烟斜。"《上谷感怀》又云："华表不归遗老尽，斜阳立马泪难收。""天涯寄食"、"斜阳立马"均为身世之感，悲凉凄苦之音弥漫于字里行间。而《江阴晤年友张四若志感》更将这种乱离之感表达得淋漓尽致：

> 二十年前别，重逢白发生。
> 登堂如有泪，对面各无声。
> 多难惟存骨，居贫不堕名。
> 天涯兄弟少，凄绝动江城。

　　分别二十多年的老朋友，相逢时已是满头白发，更何况又重逢在多灾多难的时代，激动、悲伤之情交织在一起，乱离之感溢于言表。

　　第三，泰州遗民诗群中既有以孤冷为创作主调的吴嘉纪，又有以质朴沉郁见长的冒襄，更有以简淡清逸为特色的黄云。可谓风格各异，多姿多彩。但这个诗人群体在诗风上呈现出不同特色的同时，又较为一致地体现出凄苦、严冷的风调，在诗学取向上又普遍以杜甫为宗。

　　吴嘉纪诗的"严冷"风致，当时不少人就已经体味到了。周亮工《吴野人陋轩诗序》曾引吴嘉纪友人吴晋的话说："展宾贤诗竟卷，如入冰雪窖中，使人冷畏。"① 汪懋麟《吴处士传》说："其为诗，工为严冷危苦之词，所撰今乐府，尤凄急幽奥。"② 孙枝蔚在《客中苦热，寄怀吴宾贤》中也说："野翁诗数卷，气与冰雪同。"③ 近人邓之诚则说得更具体："读野人诗，如沁寒泉，如沃冰雪，如饮甘露，如触幽香。"④ 诗风冰冷，这也是我们读吴嘉纪诗的强烈感受。无论是诗人为饥寒所困而发出的悲鸣，还是诗人描绘灾后、战后萧索荒凉的景象，以及徭役、赋税给百姓带来的凄苦，随便拈出一首，即可体会到冰寒清冷的风调来。"草屋纸窗破，冷风彻夜鸣"（《秋夜》）；"满屋风泠泠，孤灯虫凄凄"（《秋怀》）；"东风吹不歇，草色出寒灰"（《泊船观音门十首》其三）。诗人以凄清孤冷的景象来突出环境的萧条冷落，从而衬托出主人公内心的孤冷。"破"、"冷"、"泠泠"、"凄凄"、"寒"等冷色词汇的遣入，确使人"冷畏"。又如《归东淘答汪三韩过访五首》其一写道：

　　　　陇无荷锄人，路有催租马。

　　　　白骨委尘埃，尽是逋赋者。

① 《赖古堂集》卷十四，上海古籍出版社 1979 年影印本。
② 《百尺梧桐阁集》卷五，上海古籍出版社 1980 年影印本。
③ 《溉堂续集》卷一，上海古籍出版社 1979 年影印本。
④ 参见邓之诚：《桑园读书记》，辽宁教育出版社 1998 年版。

> 皮肉饲饥鸢，居室余败瓦。
>
> 哀哀鸧鸹啼，汩汩溪流泻。
>
> 我归齿发暮，方叹生计寡。
>
> 乡党复遘患，倚徙泪盈把。

字里行间渗发着清凉之气，哀怨凄清，悲仓幽咽，读之寒彻心脾。至于像《题方嘉客挝鼓遗像》所云："亦夏肮脏就长夜，腥烟血燐烧枯野。胧胧月落灵龟鸣，魑魅咽喉一时哑。"《送瑶儿》所云："里右荒丘枯白杨，枝上妖禽啼夜霜。鱼盐死客子，骸骸寄他乡。"这类文字，更是凄厉阴森，令人惊悚。

"冰雪冷"的诗风是清初泰州遗民诗群创作的普遍特征。《朴巢诗选》的编选者、清初著名遗民杜濬曾评冒襄五言古诗曰："微近东野，冷秀亦敌。"光绪《泰州志》也说戴胜征诗风"清冷古淡"，吕潜诗风"凄苦"。而吴嘉纪《江健六过访，阅其近诗有赠》也以"一卷新诗冰雪冷"评论朋友诗。可见，"严冷"诗风是泰州遗民诗群的创作主调。

泰州遗民诗群"严冷"诗风的成因是多方面的，但诗人所生存的冷酷的时代环境及凄苦的人生境遇无疑是首要因素。吴嘉纪《送贵客》诗中说："髭上生冰霜，歌声不得热"，颇能道出个中三昧。吴嘉纪《堤决诗》"小序"又写道："庚申七月十四日，淘之西堤决，俄顷，门巷水深三尺，欲渡无船，欲徙室无居，家人二十三口，坐立波涛中五日夜；抱孙之暇，作《堤决诗》十首，诗成，对落日击水自歌，境迫声悲，不禁累累涕下。"其中"境迫声悲"四字，最能说明诗人幽凄哀婉、悲呃断肠诗风之成因。屈大均《读吴野人东淘集》二首其一也说："东淘诗太苦，总作断肠声。不是子鹃鸟，谁能知此情？"① 其次，泰州遗民诗人孤高冷峻的个性也影响

---

① 《翁山诗外》卷八，参见欧初等主编：《屈大均全集》第一册，人民出版社1996年版。

了他们的诗风。以吴嘉纪为例，据他的朋友汪楫《陋轩诗序》载：
"野人性严冷，穷饿自甘，不与得意人往还；所为诗古瘦苍峻，如
其性情。"① 其《选陋轩诗》又评价吴嘉纪："峻嶒冰雪骨，对之泠泠
清；讽咏见哀怨，取舍无逢迎。"② 吴嘉纪如此，冒襄、黄云、邓汉
仪等泰州遗民也均为个性孤傲峻洁之人。

另外，在诗学取向上，清初泰州遗民诗人也多以杜甫为取法对
象。吴嘉纪、冒襄概莫能外。潘德舆曾说吴嘉纪诗得"陶、杜之真
衣钵"③。吴嘉纪诗得陶诗、杜诗之真传，不仅同时代的人已指出，
而且今人也多有肯定者。如邓之诚曾言："其诗学杜，得其神，遗
其貌。若《风潮行》《朝雨下》……诸诗字字皆血泪也。"④ 袁行云
亦云："嘉纪诗学杜。"⑤ 吴嘉纪自己也以杜甫为榜样，《望君来》云：
"不有杜诗，谁与说胸臆？"《抵邗，集汪耻人斋，次韵答周元亮先
生》其一亦云："艰难王子椁，羞涩杜陵囊。"可见，诗人正是以杜
诗为效法对象，以表达穷苦百姓的胸臆为己任。他描写民生苦难诸
作与杜甫"三吏""三别"有着明显的血缘关系。吴嘉纪学杜，既
得杜诗的"诗史"精神，又得杜诗沉郁遒劲之风格。

泰州遗民诗群的另一杰出代表冒襄也追求质实深厚、朴素沉
郁，嗣响杜甫。冒襄曾在清代初年与董小宛一起编纂《四唐诗》，
"购全集，类逸事，集众评，列人与年为次第，每集细加评选，广
搜遗失"；"每得一帙，必细加丹黄，他书有涉此集者，皆录首简，
付姬收贮……细心商订，永日终夜，相对忘言"⑥。从陈维崧《题董
宛君手书唐绝》可知，冒襄还编有《唐绝》一卷⑦。可见，他对唐诗

① 转引自杨积庆：《吴嘉纪诗笺校》附录，上海古籍出版社1980年版。
② 转引自杨积庆：《吴嘉纪诗笺校》附录，上海古籍出版社1980年版。
③ 《养一斋诗话》卷四，见郭绍虞编《清诗话续编》下册，上海古籍出版社1983年版。
④ 《清诗纪诗初编》卷一，上海古籍出版社1984年版。
⑤ 袁行云：《清人诗集叙录》卷五，文化艺术出版社1994年版。
⑥ 冒襄：《影梅庵忆语》，见《闺中忆语五种》，中国广播电视出版社1993年版。
⑦ 冒襄：《同人集》卷三，康熙冒氏水绘庵刻本。

的确下了大功夫。由于遭遇相似，心境相通，冒襄又于唐诗中特别喜爱杜诗。据陈维崧《跋巢民手书少陵发秦州纪行古诗册》记载："巢民先生沉酣读杜，岁辄评注一过，脱遇会心处，亦复欣然抄撮，所录纪行诗廿五首字字绮丽，而先生波磔纵横，复与诗章相辉映，真双绝也。"[①] 杜濬《诗跋》也指出冒褒精通杜诗："此编巍巍堂堂，一从少陵入手。……观者当另着眼矣。"又言其"新诗一变至杜"[②]。冒襄一生，诗风数变。青年时走过公安、竟陵的路子，又受宋诗影响，中年历国变，方着力继承杜诗传统，真实反映当时的社会生活，抒发自己的情感体验，逐步形成激楚苍凉、锋芒毕露的风格。

泰州遗民诗人除关注民生疾苦，表达故国旧君之思，抒发乱离漂泊之感外，还撰写大量描写山水田园景色、表现亲情、友情的诗作。这些作品尽管体现了诗人对祖国山水和故乡的热爱之情，以及诗人珍视亲情、友情的可贵品质，诗风已各具特色，但不能代表泰州遗民诗群创作的独具特征，所以这里不再述论。

第二节　王夫之与湖南遗民诗创作

元明两代，直至清代康熙三年（1664）以前，湖南尽管与湖北同属湖广省，且置武昌，但是，作为一个独立的文化存在，其地域特色却异常显著。尤其是湖湘一带的文学创作，其流派与群体的构成中，蕴含着诸多地域因素。就清代初年遗民群体的地域分布而言，湖南一地，尤其是衡州、湘潭、宁乡诸府县遗民相对集中，且活动频繁，遗民诗创作也相对兴盛。其中著名者，仅邓之诚先生

---

① 冒襄：《同人集》卷三，康熙冒氏水绘庵刻本。
② 冒襄：《同人集》卷三，康熙冒氏水绘庵刻本。

《清诗纪事初编》所录，即有衡阳王夫之，湘潭黄周星，宁乡陶汝鼐及其子陶之典，华容严首升诸家。另有《清诗纪事初编》未录而当时声名较著者如郭都贤、黄学谦、郭金台、程本、王嗣乾、潘应斗等一大批诗人。又据王夫之诗文各集及清同治《衡阳县志》、邓显鹤《沅湘耆旧集》等书考知，仅衡阳一地举人，入清隐居不仕者即有王介之、管嗣裘、夏汝弼、文之勇、刘子参、郭凤跕、李国相、陈五鼎、唐访、刘象贤、唐端笏等人。《沅湘耆旧集》卷三十五、三十六多为其立传，并录其诗一首至35首不等。清兵入湖南时，这些诗人大都参加了抗清斗争，且多为匡社成员。当时，他们或与船山并肩出入行伍，或与船山共同砥砺气节、切磋学问。可见，在船山周围，那时确确实实存在过一个遗民群体，而这个遗民群体的精神领袖无疑是王夫之。因此，在评介王夫之及其诗作之前，我们有必要先对郭都贤、陶汝鼐、黄周星、严首升四人的创作情况作一些大致了解。

一、湖南四遗民诗论

除王夫之外，湖南遗民诗群中存诗较多，诗艺最工，且抒故国之思最浓的诗人当数郭都贤。郭都贤，字天门，号顽石，又号些庵。益阳人。天启二年（1622）进士，授行人，累迁金都御史。崇祯十五年（1642），巡抚江西，罢斥贪墨，奖励循良，执法严明。后遭诽谤，弃官居庐山。明亡，落发为僧。初依熊开元于嘉鱼，寓梅熟庵；继则流寓沔阳等地，前后19年。归里结草庐于桃花江畔，后客死江陵承天寺。些庵一生流离转徙，晚年寄身佛门，但"故国之戚，一饭不忘"[①]。著有《衡岳集》、《止庵集》、《些庵杂著》、《湘痕秋声吟》等多种。其诗曾得到钱谦益、魏禧、王夫之、陶汝鼐等人的赞赏，但《列朝诗集》、《明诗综》竟不录一首，以致邓显鹤云：

---

① 《沅湘耆旧集》卷二十八《郭都贤传》，道光二十三年新化邓氏南村草堂刻本。

"虞山、秀水若合力以屏之者然，殊不可解。"① 今常见选录郭都贤诗最多的诗选为《沅湘耆旧集》，该书卷二十八、二十九共录郭氏古今体诗 221 首。邓显鹤云："余辑《资江耆旧集》录先生诗四卷，或病其太宽，今删为二卷。"② 可见，《沅湘耆旧集》所录郭都贤诗，是由《资江耆旧集》所录郭诗筛选出来的。其中所载郭都贤、王夫之、陶汝鼐等遗民交游材料，足证湖湘遗民群之声气互通。

郭都贤是一位极具创作个性的诗人。他曾作《补山堂歌》、《洞庭秋》等诗，尤其是《洞庭秋》七律，仿杜陵《秋兴》，多达 90 首，当世除牧斋《后秋兴》之外，罕有相匹敌者，因此，"盛传于时，和之者遍海内"③。长篇大章，气汹势猛，豪健异常，这是湖湘遗民诗创作的共同特点。但陶汝鼐又说："些公以故老流离睠怀宗社，所作诗文居然得《九歌》之遗。"④ 事实上，充溢于郭都贤诗中的情思，多为怆怀故国之感。诗人在《寒霜十感》"诗序"中也曾说："国难在疚，目裂魂销，自夏徂秋，奄奄如泉下人，不复向笔墨作生活矣。复感寒霜，悲歌当哭，言之长也。"甚至当明朝灭亡 17 年之后，他还在追忆那惊天动地、触目惊心的一幕

攀断乌号泪满镞，羽林散尽仗前旄。

玉阶不信千官剩，金阙非无百雉高。

万古煤山疑宿草，数行血诏洒惊涛。

悠悠国步天难问，十七年来首重搔。

（《寒霜十感》其一）

崇祯帝吊死煤山，标志着明朝的灭亡。国亡之后，诗人曾一再痛恨自己苟且偷生："七尺苟全何处是，百年将半不知非"（《乙酉初度》其一）；"国难几回惭后死"（《被命五首》其一）。但诗人

---

① 《沅湘耆旧集》卷二十八《郭都贤传》，道光二十三年新化邓氏南村草堂刻本。
② 《沅湘耆旧集》卷二十八《郭都贤传》，道光二十三年新化邓氏南村草堂刻本。
③ 《沅湘耆旧集》卷二十八《郭都贤传》，道光二十三年新化邓氏南村草堂刻本。
④ 转引自《沅湘耆旧集》卷二十八。

心中永不泯灭的则是复国之志。他不断吟唱道："国仇未雪家焉用"（《浮湘亭》）；"到底一海能割楚，从来三户足亡秦"（《被命五首》其三）；"今日一成兴有夏，当年五世报先韩"（《被命五首》其五）。诗人一再运用历史上的复仇典故，诗句大都悲壮淋漓，气格遒上，诗人的复国壮心昭然若揭。当然，郭都贤诗也叙写诗人离群索居的孤寂之感以及与亲友聚首时的欢娱，但孤寂中隐含深情，欢娱中夹杂愁苦。《中秋同人咏月》云："金波银海泛，飘泊怅离群。"《惊秋》又云："白首无归客，枯髯老秃翁。"这位"寡累堪依佛"（《自遣》其二）的世外人内心所牵念的仍然是归入尘世。更为可贵的是，诗人的笔触还常常关涉着世情。在《登岳阳楼》中，他写大旱之后的荒凉景象："不堪焦土浮炎海，十载荒城夜照邻"；在《得友人书有怀，时相别已离八寒暑矣》中，他揭露当时徭役的繁重："书来苦徭役，负米急从征。"不难看出些庵是一位时刻挂心俗世的多情僧。

些庵诗多豪气淋漓，雄浑悲壮，但晚岁不少作品却趋于悲郁低沉。这除去岁月变异销蚀了诗人的壮心之外，与清代初年特定的政治文化氛围密切相关。顺治后期到康熙二十年前的数十年间，是清王朝立国之初，政权渐趋稳固、版图走向统一的时期。一方面新政权还未能完全推进文治武功，即还没有完全来得及刚柔相济、恩威齐施，而是为维护刚建立的统治秩序，更多地采取了高压镇服的手段，一时间，文网酷密，案狱迭起，杀戮、贬斥，不一而足。另一方面，文人才士们身际如此现实，深感进退出处维艰，进既险恶，退复无门，特别是对那些与已经覆亡了的旧王朝有着千丝万缕联系的文士以及个性倔强、傲骨难去的才人来说，余痛未绝，险境时逼，那的确是一个异常压抑的浊暗时代。些庵既处在这样一个政治与文化双重高压的时代氛围之中，其身心所受的摧残可想而知，曾一度豪气四溢的些庵诗只能豪气尽减，悲从中来。如"视息人间事已非，空吟嘉祐暮烟微"的忧苦（《五十诞辰》其一）；又如"相逢不是旧衣冠，破衲髡头掩泪看"的悲叹（《诞日诸亲友少长咸集》

其一）；再如"望尽白头丹益苦，老人无泪哭无声"（《中秋》）。故国之思虽未泯灭，但诗人之心境气力却大不如国亡之初。

另外，些庵晚年亦多写景、咏物之作，且多具清新淡雅之风调。他咏"户蟋"、咏"残荷"，还写"桐雨"，其《桐雨》诗云："占尽花间小凤名，缘天百尺响自惊。夜来滴滴痕如泪，知落相思第几声。"梧桐细雨，本为文人骚客笔下常见之意象。但些庵之"桐雨"却别具韵味。清新诗境中所透发的正是这位不得已而抛却尘世，却又痴痴迷恋着世情的诗僧的一腔隐痛。

对于郭都贤诗，邓显鹤曾有过一个较为准确的评价，其《沅湘耆旧集》中有言：

> 先生诗，当海内鼎沸，末流横绝之日，不假侈言风雅，而雄篇巨章，往往凌厉一世。虽才豪气猛，时易语言，矢口成音，间乏蕴藉。倪文正公所云"爱他风骨耐他粗"，良非虚语。要以感时书事，足当诗史之目；芬芳悱恻，犹是骚人之遗。求之胜国末年，雅音将歇之时，亦云希矣。[1]

《沅湘耆旧集》所录些庵诗，"乏蕴藉"者不多。"粗"者可能已为邓氏诸人所删。邓氏以"诗史"目些庵诗，确为的论。

湘人引以自豪的"二庵"，一为些庵郭都贤，一为密庵陶汝鼐。陶汝鼐，字仲调，一字燮友，号密庵。宁乡人。生于明神宗万历二十九年（1601），卒于清康熙二十二年（1683），享年83岁。密庵在明崇祯二年（1629），曾以贡生廷试授知州，不就；崇祯六年应试成湖广举人。弘光时为何腾蛟监军，永历时为御史，积极参与湖广及西南一带的抗清斗争。入清不仕。密庵晚年曾入宁乡沩山祝发为僧，号忍头陀，又改字忍草，足见其志节。密庵曾以诗、文、书法倾动一时，有"楚陶三绝"之誉；又承袭父志，孜孜于《周易》的研究，以致董说从苏州灵岩山远道访密庵于宁乡，并称"十年注

---

① 参见《沅湘耆旧集》卷二十八《郭都贤传》，道光二十三年新化邓氏南村草堂刻本。

易，千里浮湘，得仲调一人知己"（见《董若雨诗文集》）。密庵著述颇丰，但散佚亦多，流传不广。初刻《广西涯乐府》、《嘬古集》、《褐玉堂诗集》、《湘累集》、《寄云楼集》等，继乃刻成《荣木堂全集》三十六卷，编诗止康熙十八年[1]。密庵诗今易觅见者为1920年3月汋峤遗书馆刊本《陶密庵先生遗集》中所收诗，及《沅湘耆旧集》卷三十、三十一所录诗162首。

密庵诗早年受公安、竟陵浸染，具清逸空灵之气。他的父亲陶显位，曾任山西潞安府教授，后在桃源执教达六年之久，与桃源人江绿萝过从甚密。而江氏当时又与公安的袁宏道兄弟倡为诗、古文，以性灵相标榜，是公安派的重要人物。若寻此蛛丝马迹，密庵早年受公安诗风的濡染程度亦不难想见。诗人自己曾说，他从14岁起，就学作公安近体诗，以"三袁"为师。1621年，密庵21岁那年，路过湘潭，曾得到当时竟陵派诗人周圣楷的赏识和资助，第一次刊行了诗集；24岁在武昌应乡试时，又亲谒竟陵派领袖钟惺，得到了钟惺的当面指点。密庵早年所处的诗坛，正是公安、竟陵转换更替的时期，竟陵诗风弥漫诗坛，其发源之地湖广一带更盛。耳濡目染，再加特殊人际关系的影响，密庵早年诗作中，竟陵的幽深孤峭、公安的性灵均烙下了深深的印记。

郭都贤在为密庵《嘬古集》写的序中说密庵诗"字字鲜洁"，读密庵早年诗作，确有一股清新灵脱之气充溢于字里行间。他写中山雨景："急雨响山绿，湿云投寺青。径留冬在叶，峰送夜归椎。"（《德山八方亭看雨》）遣字用词务求鲜活，境界清幽淡远。写秋夜月下的感受："莲中贮酒沾红粉，竹下酣歌啊碧筠。渐到晓烟醒酒力，妙高峰磬下璘璘。"（《秋夜长沙看月即事》）晓风残月中，宿酒初醒时，听着妙高峰古刹传来的悠悠清磬声，境界的清幽孤冷自不待说。又如其《兰溪月夜》写道：

---

[1] 中国科学院图书馆藏康熙刻本《荣木堂合集》，为三十五卷。

月落不寒水，烟匀竟入沙。

岂无清思发，感此故人遐。

树杪数声雁，芦边几寸花。

不明今夜梦，何处碧云遮？

诗中没有艰深的词句，更无生僻的故实，亦不见刻意雕饰的斧凿之痕。身边的生活，心底的感念，娓娓道来，明白如话，而又不显俚俗。其鲜活的文字、空灵清幽的境界足见密庵诗取法公安、竟陵之优长。至于邓之诚《清诗纪事初编》所言密庵"与竟陵习，然不受其熏染"，显然是偏袒密庵，为其曲意辩护。而朱彝尊《明诗综·诗话》云："诗虽未脱竟陵之派，然觉气爽殊伦"；陈田《明诗纪事》云："诗有异才，惜为竟陵所染。"其实，为密庵诗学竟陵而惋惜，大可不必。因为时代风云的鼓荡使密庵的竟陵诗与钟惺等人的竟陵诗大异其趣。密庵诗绝非公安、竟陵之清幽空灵所能囊括。

诗人的情思总不免要受到社会环境的影响。密庵一生，有一半时间是在国破家亡、生灵涂炭的战乱之中及清朝政府严刑峻法的高压之下度过的。亡国之初，他奋力抗敌，出生入死，备历艰危，最后托足空门，以保晚节。正因为有了这样的生活基础，才使密庵中年以后的诗作呈现出特殊的个性和独异的风格。他的不少作品以激越凄楚之情调叙写亡国后的社会现实，足当"诗史"之论[1]。早在崇祯二年（1629），诗人在北京遇清兵围攻京城，在这生死存亡的紧要关头，他忧心国事，激愤悲怆，慷慨欷歔，泪随语下，吟成《围城杂咏》组诗。组诗其二云："谁有开城应致能，虎贲龙将一时增。长安市上呼卢客，鸡足山中蓄发僧。"其八云："堪叹盈庭乏壮图，词臣慷慨便捐躯。一军顿尽如儿戏，天子沈怜是丈夫。"国难当头，但朱明政权从天子到大臣却腐朽无能，扼腕悲叹的诗人早将幽深孤峭的竟陵情趣置诸脑后。另外，如《郡城五日友人设蒲尊延眺，矜

---

① 《沅湘耆旧集》卷三十《陶汝鼐传》称其"犹不愧诗史"。

予再生，书此志叹》、《白水六月五日》、《乱后晓出浯溪》、《放还贻别诸同难者》、《官军谣》等，均为关涉时事的诗史之作，其中所透发的多为慷慨淋漓的浩叹。当然，除感念时事之外，密庵诗中追怀故国、表白志节之作亦复不少。如"乱后江山愁结易，古来臣子志难同"（《和徐枋扇头诗》之一）；又如"城上独留孤鹤老，江南长恨一龙乖"（《大礨歌》三十首之一）。其苍凉沉郁之风调，足当少陵力作。又如《七月二十八日烈风寒雨》写道：

> 那得不惊秋？风号万木愁。
>
> 飞涛松卷地，急雨稻争流。
>
> 且未辞纨扇，宁知理敝裘。
>
> 萧寒北牖下，独坐看吴钩。

此诗作于密庵晚年。平静的初秋忽被一场狂风暴雨荡成萧瑟凄寒。在这"风号万木愁"的时节，诗人并没有关牖闭户、瑟缩局促于一隅，而是端坐于寒气逼人的北窗之下，端详抹拭着自己心爱的宝刀。诗人在为读者推出了狂动的大背景和貌似平静的小画面之后，并没有多说什么，然而，涌集诗人心头的故国覆巢之恨，英雄末路之悲，以及那老而弥坚的故国之志均诉诸笔端，展露无遗。这正是密庵晚年诗作的真面目。

顺治六年（1649），密庵在其《噓古集·自序》中写道："甚矣，楚骚之不可绝也。……以《离骚》续《诗》，以乐府续《离骚》，得其意矣。"密庵诗正是继承了屈《骚》的爱国传统，在故国存亡之际，焕发出独具的魅力。托迹空门、寄心禅悦的密庵，貌似尘缘洗尽、古井不波，其实他与些庵等遗民僧一样，都是一些外凉内热、念念不忘苍生的济世者，只是固有的文化观念和特定的时代情境不容他们作有违初衷的抉择罢了。

除"二庵"之外，湖南遗民诗群中虽存诗不多，但诗集却易寻觅、诗风亦较特出者为黄周星。

黄周星，字景虞，号九烟。湘潭人。崇祯十三年（1640）进士，官户部主事。本出于黄，遂复黄氏，为上元人①。明亡不仕，自称黄人，字略似，号半非，别号圃庵，又有汰沃主人、笑苍道人之称。流寓吴越诸地，以寄寓南浔马家巷时间为最长。年七十，自沉于南浔河②。黄氏性豪放，愤世嫉俗，以善骂名于时，但交游颇广，钱谦益、徐枋、杜濬、吕留良等人均与之友善。所著《夏为堂集》、《刍狗斋集》及所编选之《唐诗快》等，今均不传。黄周星诗现较易觅见者除《沅湘耆旧集》卷二十七所录13首之外，道光扬州刻本《九烟先生遗集》卷三、卷四所收为198首。这尽管非九烟诗之全部，但从中亦可窥见九烟其人与其诗之六略。

九烟诗如九烟之人，豪放恣肆，感慨淋漓。九烟早岁虽有科名之盛，但一生辗转流离，备尝艰辛，常怀抑郁不平之气；再加中年遭逢国变，愤激尤甚。其《选唐诗快自序》云："仆生不辰，穷愁拂郁，倔强支离，虽幸窃早岁之科名，无救于中年之贫贱。"《芥庵和尚诗序》亦云："以嵚崎澹荡之性，处喧湫声利之场，其势不能相入。兼之少年磊砢，感愤易生，境遇所触，往往发为声歌，殆不下数百首。"九烟"数百首""少年"感愤之作今多不存，但仅《九烟先生遗集》所录而言，侘傺无聊、感慨横生之作也不少。如其《有

---

① 关于黄周星的姓氏，除众人皆知的本姓黄，因初育于周氏，遂称黄周星之外，还有一种截然相反的记载。现录于此，聊备一说。清嘉庆丙子孟冬，黄周星族孙周系英在《九烟先生传略》中写道："先生生于上元，育于黄氏。幼有神童之目，六岁能文，八岁刻周郎帖，十二入南监，弱冠隽北闱，崇祯庚辰成进士，授户部，未就职，即于是年随父挈家归故里。明年父殁，先生与族人不相能，忿然去。自是遂冒黄姓，为上元人矣。"（见道光己酉孟秋扬州刻本《九烟先生遗集》）又说，黄周星的父亲"颖州年二十游金陵，爱其山水秀丽，居焉"（同上）。而黄周星本人在《芥庵和尚诗序》中也说："余本湘人，今寄迹白门，于湘不忍遽忘，犹复主来羁栖于湘者数四。不知者多以余为非湘人，余亦不欲自明其为湘人也。"（同上卷一）其《潇湘八景八首》"小序"亦云："余聚族于斯，睹闻颇真。"（同上卷四）

② 关于黄周星自沉之地，现存两说：一为湖州南浔河，杜濬《绝命诗书后》、朱彝尊《明诗综》、查为仁《莲坡诗话》、杨际昌《国朝诗话》均主此说；一为南京秦淮河，卓尔堪《明遗明诗》、周系英《九烟先生传略》等主此说。九烟一生虽奔波于湖广、金陵、吴越间，但其晚年却小居南浔，因此，自沉于南浔的可能性较大。

感》即云："此身何故落潇湘，闷对长天泪几行。山水无缘供酒椀，文章多病恼诗囊。人情只向黄金热，世法谁容白眼狂。明日扁舟吴越去，从渠自作夜郎王。"与世俗的绝难相容，使诗人于自在洒脱的表象背后，隐含着一腔郁勃不平之气。又如其《荒寺愁坐同允康赋》云："举目河山千古泪，对床风雨两人秋。"则是直抒山河变异之感。再如《秋日与杜于皇过高坐寺登雨花台》写道：

> 披发何时下大荒，河山举目共凄凉。
>
> 客来古寺谈秋雨，天为幽人驻夕阳。
>
> 去国屈原终倔直，无家李白只伴狂。
>
> 百年多少凭高泪，每到西风洒几行。

秋日登高，每兴肃杀之感，况于故国沦亡，自身零落之际。"河山举目共凄凉"，将诗人心头之悲感和盘托出，再加以"去国"、"无家"等字眼，更使全诗笼罩在一种悲慨的氛围之中。

九烟诗中写景咏物之作最多。潇湘烟云、金陵文物，乃至吴越山川，均在诗人笔下得以展现。如《潇湘八景八首》、《西湖竹枝词三首和杨廉夫韵》、《题宗定九新柳堂》、《六月六日登洞庭西山漂缈峰放歌》、《天台》、《丹阳舟中夜雪》、《盆兰》等佳作不少。有清新自然、明快畅达者如《次韵村居》，诗云："酷似江南红叶村，稻花千顷带云屯。沿堤雨后还栽柳，是水春来尽绕门。芳草烟中蝴蝶梦，晓风枝上杜鹃魂，残生只可销闲事，遍望归鸦日又昏。"景色自是清新，但"蝴蝶梦"、"杜鹃魂"等词的嵌入，却使诗调顿显哀怨。衔杜鹃啼血之志的诗人只能于黄昏之际望归鸦而销残生，这的确是莫大的悲哀。九烟写景诗亦有激楚苍凉，感奋悲怆者，如《平台春望》写道：

> 春风万里客登台，平楚苍然霁色开。
>
> 百雉似连孤塔涌，群峰欲渡大江来。
>
> 生前富贵杨麾笑，乱后文章庾信哀。
>
> 满眼烟花今古梦，天荒地老独徘徊。

前两联写景境界阔大，豪气横生；后两联抒情则低沉抑郁，感慨无限。九烟写景诗多熔景物描写与时代、身世之感于一炉，情境相生，感慨深沉。

另外，九烟诗足当诗史者亦不少，如《和楚女诗十首》、《楚州酒人歌》、《垂虹桥新涨歌》等长篇大章，即与当时时事密切关联。诚如陈田《明诗纪事》所言："九烟长歌，真气喷薄而出。"九烟鼎革以后诗作，人多目之以屈《骚》。如卓尔堪《明遗民诗·黄周星》即云："今所存皆鼎革以后所作，颇近三《骚》。素怀灵均之志，终投秦淮以死。"诗承屈《骚》遗风，是明遗民诗的一大特点，但效灵均之志，投水自沉，则在遗民诗人中较为特出。

再看严首升。

严首升，字平子，一名颐，字解人。华容人。崇祯中拔贡，入清不仕，削发为僧。著有《濑园集》二十卷。严首升诗《沅湘耆旧集》卷三十八收录33首，且言："诗染竟陵，习气太深，故不多录。"严氏的竟陵习气，究竟对他的创作有多大影响呢？通读严氏现存诗作，我们便会发现：严首升诗尽管受到竟陵诗风的熏染，甚至沾染了竟陵诗的一些不良习气，但其感叹乱离，内容充实，词句平实者亦不少。如"归舟更问荆州路，闻道荆州尚枕戈"（《岳阳旅次》）；"寇退兵方至，谁怜行路难"（《舟中》），即以质朴的语言，实录动荡不宁的社会现实。有些诗作则叙说国亡家破之后诗人所遭受的痛创。如顺治二年（1645），诗人所作《东陵收亡兄中子骸，予同母十人亡其七，中子男女六人亡其三》，即写国难之际，严氏家族所蒙受的惨痛创伤。诗云："几曾垂涕不云然 料得如弦在道边。官具贼肠壮士死，弟收兄骨路人怜。十亡其七嗟同父，六仅存三况先天。不用吾言今倘悔，尚堪无咎到黄泉。"那是一场惨绝人寰的大劫难，诗人的载述是我们了解那场惨祸的一个窗口。10年后，当诗人回想起那场灾难时，仍心有余悸。其《偶成》诗写道：

> 忆昔大乱初，人命如流水。天地入杀机，一时发靡止。壮

夫填沟壑，羸老无存理。细数亲旧辈，上下五旬里。家兄近七旬，俾我惧与喜。朋寿两三人，井里咸诎指。顷乃十日内，同时歌蒿里。人生无定期，阎罗不序齿。却如百物生，日至皆熟矣。纷纷未熟时，花开复结子。

在那场灾难中，蒙受灭顶横祸的不仅仅是严氏家庭，严氏之祸只是受灾者的一个缩影。严首升诗的诗史价值亦于此略见一斑。严氏不少写个人感受的小诗亦清新可喜。如《墨山道中》说："官道明寒月，行人夜不稀。囊空难借宿，家近重思归。汗马霜无力，枯山风有威。道旁列酒肆，喜尔醉充饥。"平实的叙说中，行路之人的感受跃然纸上。

至于严氏染竟陵之习，对于他的创作似乎没有多大妨碍。陈田《明诗纪诗》曾言："平子论明诗，推李空同、徐青藤、汤义仍，不许与竟陵，而所作乃与竟陵无殊。惟七律音节嘹亮。"陈氏显然仍拘泥于晚明以来诗界对七子、公安、竟陵诗学认识的怪圈。其实，时代风云早就将七子的格高调响、竟陵的幽深孤峭推入了一种全新的境界。

综观上述四位诗人的创作，尽管诗风不同，内容有异，但我们亦不难看出以密庵等人为代表的湖南遗民诗创作的共同倾向。首先，屈子的忠爱诗魂浸透了湖南遗民诗。密庵等人的青年时代大都是在危机四伏、矛盾重重的明代末年度过的，多难的时代使敏感的诗人过早地萌生了一种忧患意识；他们又都共同经历了那场神州陆沉、山崩海立般大动荡的岁月，固有的文化积淀再加上征服者的异常残暴，使他们或多或少参与了当时的抗清斗争；明亡以后，他们或奔走四方，意有所为，或托迹僧道，苦持志节。可以说，屈子人格与诗在这批遗民诗人中树起了一座丰碑，是他们效法的典范。其次，由于身处湖湘之地，这批诗人均程度不同地受过公安、竟陵诗风的浸染，但由于时代的变异，尤其是天崩地解般时代风雷的震荡，他们的性灵诗与竟陵诗均有着充实的内容，高昂的格调，足以展露那个特定时代的世事人心。

湖南遗民诗群最杰出代表人物是王夫之。

二、王夫之诗的文化构成与创作取向

在今人心目中，顾炎武、黄宗羲、王夫之诸大儒声名皆著，并驾齐驱。但在清代，直至道光末年，船山及其著述却隐晦不彰。正如李元度所言："当是时，海内硕儒，推容城（孙奇逢）、盩厔（李颙）、余姚（黄宗羲）、昆山（顾炎武）。先生刻苦似二曲，贞晦过夏峰，多闻博学，志节皎然，不愧黄、顾两君子。然诸先生肥遁自甘，声望益炳，虽荐辟皆以死拒，而公卿交口，天子动容，其著述易行于世。惟先生窜身猺洞，席棘饴荼，声影不出林莽。"① 船山之不显，除了地域的阻隔外，还与其"素恶东林、复社驰骛声势标榜之习，与中原人士、江介遗老不相往来"② 亦不无关系。而船山之声名彰显，除去其文化遗产本身所蕴含的无穷魅力之外，显然又得力于湘乡后学的褒扬推奖，还巧借了清末反满民族思潮的"东风"。尽管如此，研究船山的学者又多倾心于船山哲学与史学成就的探讨，而对船山的诗歌创作显然重视不够。因此，这里主要着眼于船山诗文化构成的分析，拟就船山的诗文化熏沐、船山诗的主题取向诸问题略作阐发。

（一）船山的诗文化熏沐

所谓诗文化的熏沐与孕化，对于身处特定时代、特定地域环境中的诗人而言，是一个既宽泛又特指的命题。言其宽泛，是因为在一位独具创作个性而又卓有成就的诗人身上，既有纵向的时间长河里一切诗学积淀对诗人的孕育，又有横向空间环境中诗学氛围对诗人的感染；言其特指，是因为就一个生活在独特地域与家庭环

---

① 《国朝先正事略》卷二十七《名儒·王而农先生事略》。
② 参见欧阳北熊：《水窗春呓》，中华书局 1984 年版，第 7 页。

境中的诗人而言，其所接受的最直接最浅近的诗学影响往往来自其近旁的父兄、师长、亲朋，而这种诗文化氛围的熏沐常常又呈显性状态。

船山远祖，明初本以武功起家，祖上亦多为中下级军官。直到其高祖王宁，"始以文墨教子弟"，曾祖王雍方"以文名著南楚"①，且"苦吟清彻"。船山的父亲王朝聘，字逸生，学者称武夷先生，"少师事邑大儒伍学父先生定相，研极群籍"，对船山学术影响很大。据船山回忆，武夷先生以文艺为累，"于文词诗歌不数操觚"②，因此，对船山诗歌创作谈不上什么影响。另外，船山的长兄王介之，明亡后以"青衫终老"，致力于经学研究，于诗亦不甚留心。《沅湘耆旧集》卷三十六虽收录介之诗，但数量太少，诗风亦无明显特点。所以，介之对船山之影响，亦主要在学术和气节上。

对船山诗歌创作有过最直接且最大影响的人是其叔父王廷聘。

王廷聘，字蔚仲，人称牧石先生。牧石先生既是船山的叔父，也是船山的老师。关于他的生平材料，现在能见到的主要是《姜斋文集》卷二中的《显考武夷府君行状》《牧石先生暨吴太恭人合祔墓表》和卷十中的《家世节录》所载有关事迹。在这三篇文章中，船山详细记载了牧石先生的诗学好尚，现转录如下：

《显考武夷府君行状》云：

> 仲父牧石翁，讳廷聘，字蔚仲，文名享誉，与先君子颉颃。晚退筑幽居，吟咏自适，诗绍黄初、景龙，视公安、竟陵蔑如也。

《牧石先生暨吴太恭人合祔墓表》云：

> 先生少攻吟咏，晚而益工。于时公安、竟陵哀思之音，歆动海内。先生斟酌开、天，参伍黄、建，拒姝媚之曼声，振噌

---

① 《姜斋文集》卷一《显考武夷府君行状》，《王船山诗文集》，中华书局1962年版。
② 上引见《姜斋文集》卷十《家世节录》，《王船山诗文集》，中华书局1962年版。

呟之元韵。屡婴离乱，遗稿无存。

《家世节录》云：

仲父和易而方介，恬于荣利，博识，工行楷书。古诗得建安风骨，近体逼何、李而上，深不喜竟陵体诗，每颦蹙曰：“何为作此儿女嚅晲。”

由于屡遭祸乱，牧石先生诗稿在船山晚年时已佚，但通过船山的介绍，我们不难了解牧石先生的诗风与诗学主张。而船山于汉魏六朝和唐代诗歌，不仅下功夫研究，在《古诗评选》、《唐诗评选》诸书中详加点评，而且在创作中自觉效仿。于明代诗歌，尤其是公安、竟陵的创作却指责较多，其中之渊源关系实不难寻绎。

关于船山学诗写诗的过程，他自己也曾有过较为详尽的载述。他说：“余自束发受经义，十六而学韵语，阅古今人所作诗不下十万。”[①] 又说：“崇祯甲戌，余年十六，始从里中知四声者问韵。……已而受教于叔父牧石先生，知比耦结构，因拟问津北地、信阳，未就而中改从竟陵时响。至乙酉乃念去古今而传己意。丁亥与亡友夏叔直避购索于上湘，借书遣日，益知异制同心，摇荡声情而檃括于兴观群怨，然尚未即捐故之。寻遘鞠凶，又展转戎马间，耿耿不忘此事，以放于穷年。”[②] 船山诗歌的创作历程是极为曲折的。他最初欲问津七子，继而改学竟陵，最终又逐渐摆脱了竟陵诗风的羁绊，走出自己的路。所谓“檃括于兴观群怨”，即在对传统儒家诗教观进行充分认识的基础上，吸取历代诗歌发展的经验，创作出有自己特色的诗歌来。船山之所以在公安、竟陵诗风弥漫诗坛之际，独不阿俗好，而追步唐音，上溯汉魏六朝，喜华赡深厚之作，摒妩媚俚俗之调，除动荡的客观现实的熏陶外，其叔父王廷聘的启迪与影响亦为关键。当然，船山青年时代的文社活动对其诗歌

① 《夕堂永日绪论·序》，参见《姜斋诗话》，人民文学出版社 1961 年版。

② 《述病枕忆得》，参见《王船山诗文集·姜斋诗集·忆得》，中华书局 1962 年版。

创作也有一定程度的沐染。船山曾言："崇祯初，文士类以文社相标榜，夫之兄弟亦稍与声气中人往还。"只是由于材料不足，难以寻检其具体情况罢了。至于竟陵诗风对船山早年诗歌之浸染，是明清之际诗坛，尤其是湖南诗界的普遍现象，前面在讨论清初湖南四遗民诗时已叙及。对船山之诗学竟陵，亦应作如是观。

正是有了这种诗文化的熏沐，船山诗才在主题取向与诗风呈现上有着自己独具的特色。

（二）船山诗的主题取向

船山于诗，同那些早慧的天才诗人相比较，尽管起步略晚，但由于诗人勤于创作，所以存诗也不少。据船山《述病枕忆得》载，诗人早年诗集《潋涛园初刻》、《买薇集》均流失于丧乱中。今存船山诗作，仅嵇文甫先生点校之《王船山诗文集》即收有《五十自定稿》、《六十自定稿》、《七十自定稿》、《柳岸吟》、《分体稿》、《编年稿》、《剩稿》、《落花诗》、《遣兴诗》、《和梅花百咏诗》、《洞庭秋诗》、《雁字诗》、《仿体诗》、《岳余诗》和《忆得》等多种。船山诗众体兼备，内容广博，既体现了时代的心声，又展露了个人的心迹，极具诗史价值。举凡家国变异之痛，亲故离合之悲，乃至时序之更替，物候之迁移均在船山诗中留下了深深的印迹。

1. 战斗豪情与亡国哀痛之抒写

在清初遗民诗人中，船山属高举义旗、亲历战斗者。艰苦卓绝的斗争生涯既使诗人备尝艰辛，又磨炼了他的斗志。"回首少年心绪迥，冲寒狂折野梅红。"（《咏雪》）天寒地冻、大雪纷飞，但朝气锐发的"少年"却冲着刺骨的寒风，凭着一股狂热的豪情，去摘取那鲜红美丽的梅花。这折梅"少年"，正是故国沦亡之际内心鼓荡着战斗激情的船山的写照。顺治六年（1649），船山与管嗣裘起兵抗清失败，遂离湘入粤，途经耒阳，宿曹氏江楼，面对初冬月夜凄凉肃杀的景象，诗人感慨万端：

> 野水瑶光上小楼，关河寒色满楼头。

　　韩城公子椎空折，楚国佳人橘过秋。

　　淅淅雁风吹极浦，鳞鳞枫叶点江洲。

　　霜华夜覆荒城月，独倚吴钩赋远游。

（《耒阳曹氏江楼迟旧游不至》）

登楼野望，满目苍凉，但以博浪沙中椎击秦皇的张良和念念不忘君国的屈原嵌入诗境，再点缀以鳞鳞枫叶，抒情主人公的勃勃英气与傲霜不屈之概已跃然纸上。"颈血如泉已迸出，红潮涌上光陆离"（《哀歌示叔直》），这也是诗人当年投奔永历政权时神采焕发、热血沸腾的形象的生动写照。后来，诗人又有《上湘旅兴》、《湘水》诸作，以"锦涛卷绣旗"、"巴丘战垒新"之句再现湖广一带人民抗清斗争的宏伟气势，而诗人渴望斗争之热情深寓其中。"一枕冰魂随故剑，飞光犹漏子胥潮"（《萍乡中秋同蒙圣功看月》）；"宝刀蚀虎气，孤镜吼龙吟"（《初秋》其三），则又抒发了诗人再展报国宏愿的激奋情怀。

1655 年，船山读文天祥《指南录》，与文天祥的思想感情产生共鸣，作《读指南集二首》以缅怀这位为国家兴亡而洒尽热血、名垂青史的民族英雄。但面对严酷的现实，诗中又发出"沧海金椎终寂寞，汗青犹在泪衣裳"的哀叹。斗争的失败，曾使诗人悲愤殷忧、哀痛异常。《即事》其一云："乾坤余一泪，长对暮烟横"；其二云："自问沧江侣，谁为共濯缨。"但船山的故国之思却一日也未泯灭。他曾说："万族同彀转，吾生宁依圭。"（《瓜圃夕凉》）又说："故国余魂常缥缈，残灯绝笔尚峥嵘。"（《病起连雨四首》其三）还说："冻蝶粉销依曲砌，惊乌月落眷南枝。初心鼎鼎分明在，寻药承思瘴海时。"（《即事》其二）这种表达强烈而深沉的故国哀思的诗句在船山作品中俯拾即是。船山 70 岁时，曾有《敕筑土室，授童子读，题曰蕉畦，口占示之》绝句三首，其一云："莫剪当檐叶，凭传萧瑟音。岳峰窗外雨，滴碎汝翁心。"窗外的雨点，滴碎了七十老翁的心！烈士暮年的凄凉心境中，竟涵负着如此厚重的愁苦。嵇文甫也曾说："船山深于文学，神契楚骚。其生平诗文，如本编所辑录，悱恻缠绵，帚蒿凄怆，其耿耿孤忠，苑结不能自已之情，随处迸发流露，真可谓《离骚》之嗣音。"[①] 船山正是将郁积胸中的一片孤心、斑斑血泪尽力倾注于诗歌这一抒情载体中，与其他遗民诗人一道共同敲响了清代爱国诗的黄钟大吕。

2. 写景咏物诗的独特寄托

读船山诗者，莫不留下一个强烈的印象，即船山诗绝大多数非写景，即咏物，而这些写景咏物诗又多将自然风物染上一层惨淡的劫后山河的暗色，凄清幽远，别有寄托。被狂风暴雨洗劫之后的旧国青山、寒禽衰草，作为特定的人文景观，与备受煎熬的凄怆心灵相遇合，诗人不期然地低唱出物我吻合的心期：

> 拾级千寻上，登临一倍难。
>
> 日斜双树径，云满曼花坛。
>
> 龙雨腥还合，佛灯青欲残。
>
> 振衣情不惬，北望暮云寒。

（《重登双髻峰》）

船山眼中的自然景物，多被愁惨凄厉的气氛所烘染，作为故国之恸的象征，突出了山川在社会范畴中的残缺感，或是美好事物被摧毁之痛，宛然一片愁云惨雾。"如何蜀鸟恨，夜月未销愁"（《花咏八首·杜鹃》）；"败叶留不扫，鏦铮扣哀弦。虫吟凄切外，秋色备清喧"（《败叶庐》）；"寒山犹半绿，浅月动浮光"（《上湘旅兴》其一）。如此惨痛的吟唱，船山诗中不胜枚举。置身如此惨痛的情景之中，诗人的自我形象亦多以寒梅、哀雁、孤鹤等为喻。如《咏归雁》写道："凉叶飞不息，凋荷尚孤擎。海天杳何许，层递秋云生。栖鸟鸣高树，焉知归雁情。"在审美体验的洒脱中，又流露着遗民的些许哀婉。

---

① 《王船山诗文集·序言》，中华书局 1962 年版。

随着社会氛围的变异，个人心绪的演化，船山景物诗之着色也渐趋淡化："隐几非畴昔，天游各徜徉。古槐珠蕊熟，曲岸萼红香。晴稻收云日，秋瓜切粉黄。呼炊忘主客，撰屦已斜阳。"（《过芋岩不值》）清新隽永、淡雅冲远的韵致直逼王孟山水田园诗境。又如《东台山》写道：

> 百里初见山，西晖客望闲。
>
> 半峰明紫树，群岫倒苍湾。
>
> 仙馆箫声歇，渔舟隔浦还。
>
> 祝融知近远，清梦惊云间。

清幽淡远的意境中又蕴含着近乎诗意般的怅触。当然，如此情境，均非船山景物诗之主流。船山景物诗，能于诗境中潜藏故国之思与复国之志者，方显诗人之真性情。如《落日遣愁》云："落日群峰外，青空邀晚红。晴天添雪色，远槭缓双鸿。心放闲愁外，生凭大化中。天年随物理，楚国想遗风。"从表象看，诗人似乎完全陶醉于深冬黄昏雪后初晴的美景之中，但收尾两句却又将诗人拉回现实。屈原的忠爱遗风，"楚虽三户，亡秦必楚"的抗暴古训时刻铭记诗人心中。

船山不仅尽力展现残缺山河的自然美，而且注意揭示自然万物所蕴含之物理。首先，船山写景诗所咏物象景态均有着鲜明的时序性，春夏秋冬四季之景均在其笔下有所展示。如写春景，即有《早春》《春兴》《春尽》等；写夏景，即有《初夏》《始夏》《夏夜》、《夏夕》等；写秋景，又有《迎秋》《初秋》《秋阴》《秋兴》《惊秋》《秋日杂咏》等；写冬景，则有《始冬寓目》《冬夕》等。这些诗题不仅昭示着诗作的内容，也暗示着诗人的情感流向。始春之初荣，暮春之昌盛，秋日之萧瑟，冬日之枯萎，不仅体现了敏于时序的诗人对岁月流逝的叹息，而且通过盈缩有期、枯荣交替的时序变化，揭示自然界的天情物理。其次，船山咏景诗所描写景象还有着鲜明的地域性，充分反映了诗人置身不同环境中的不同经历和心态。如《初入府江》、《佛山》、《苍梧舟中望系龙舟》、《重登双髻峰》、《新秋看洋山雨过》、《次定山》、《涟江夕泛》、《长沙旅兴》、《三十六湾初见新绿》等，每首诗不仅具有明显的地域特点，而且蕴含着诗人的心史。正是这种"外周物理"、"内极才情"的双重合力，才使船山咏物写景之作寄托深远，蕴含宏广。

3. 亲情友情诗的真蕴

船山一生，除曾至两广追随永历政权外，活动范围基本限于湖广一地，再加其不愿与"中原士人"、"江介遗老"来往，所以其交游多限湖广一隅。清初诗坛与船山有过来往的诗人，除湖广籍之外，他省仅金堡与方以智二人，且均为追随永历政权时结交。船山交游尽管不广，但他笃于友情，举凡友朋之聚散离合、生老病死，均诉诸笔端。另外，船山诗还于亲情多所反映，其中既有父子兄弟之情，又有夫妇之情。这些作品大致可分赠答与悼亡两种题材。诗人在表现亲情友情的同时，又时时不忘抒发易代之际的独特感受，因此，船山的这类诗作在主题取向上亦以系心君国为念，蕴含着深厚的故国之思。

与船山交往的湖广籍士人及旅居湖广的诗人中，既有早年与他共结文社，后来又共同奔走抗清的管嗣裘、夏汝弼、文之勇、郭凤跹、刘子参、李国相诸人，又有三藩之乱期间及诗人老年时来往较密的刘象贤、蒙正发、章载谋、程奕先、唐端笏、李缓山诸人。船山诗中，仅写给蒙正发的，即有《送蒙圣功暂还故山》、《萍乡中秋同蒙圣功看月》、《留别圣功》、《雨中过蒙圣功斗岭》诸题，写给管嗣裘的亦有数首，均表达了友朋之间的深情厚谊。更为可贵的是，船山与方以智自效力永历政权时结交以来，书信往还，互相勉励，共同度过那段艰苦的岁月。船山诗中有四首是写给方以智的，其中两首为悼亡。如《闻极丸凶问，不禁狂哭，痛定辄吟二章》其一有言："长夜悠悠二十年，流萤死焰烛高天。春浮梦里迷归鹤，败叶云中哭杜鹃。"诗人失去挚友的痛伤情怀表露无遗。

　　船山之亲情诗，以其悼念亡妻郑氏诸作最具特色，亦最见真情。1651 年，郑氏与船山在桂林结婚，后偕隐于南岳双髻峰，1661 年病逝。郑氏亡故之后，船山曾有《岳峰悼亡四首》、《续哀雨诗四首》诸作悼念。郑氏既是船山的妻子，又是他同生死、共患难的战友，因此，在这些诗中诗人不仅表达了对妻子的深切思念与哀悼，又反映了亡国之际的社会现实以及诗人对故国灭亡的哀痛，悼妻与悼国合二为一。如《续哀雨诗四首》其四云："丹枫到冷心元赤，黄鞠虽晴命亦秋。韶月华年春日暖，倡条冶叶漫当头。"《岳峰悼亡四首》其四亦云："地下容能拜，人间别已长。蝶飞三月雨，枫落一林霜。他日还凄绝，余魂半渺茫。"个人的悲剧与民族的悲剧紧密连在一起，这便是船山悼亡诗的特点。正是这种巧妙的结合，将中国古代诗歌中的悼亡诗境界提高了一个层次。

　　总之，船山诗无论纪事、写景、咏物、咏史，还是表达亲情友情，均以家国为念，透发着浓厚的故国之思。船山曾把自己与屈原相比，说"孤心尚相仿佛"（《楚辞通释·序例》），又说："有明王夫之，生于屈子之乡，而遭闵戢志，有过于屈者。"（《姜斋文集》卷五，《九昭·序》）船山所遭受的时代灾难，较之屈原，的确有过之而无不及。近代词家朱祖谋《彊村语业》卷三有《忆江南》一阕评船山词："苍梧恨，竹泪已平沉。万古湘灵闻乐地，云山韶入凄音，字字楚骚心。"[①] 其实，若以"字字楚骚心"评船山诗，亦再恰当不过。船山诗自始至终贯穿着屈子的忠爱诗魂，呈现出一片"骚心"。

---

　　①　白敦仁：《彊村语业笺注》，巴蜀书社 2002 年版。

第三节 山左遗民诗群的分布
态势及创作特征

清初北方遗民诗群中，作者阵容最为庞大、群体特征也最明显者当属山左。明清之际频繁的诗文社事以及浓厚的诗文化氛围，对于这个群体的诗歌创作曾起过不可低估的影响；而清代初年的政治和军事局势，对于这个群体成员处世心态的选择与人格类型的形成也起了不小的作用。徐夜尽管是山左遗民诗群人格类型的当然代表，但是，要把握和审视这个遗民诗群的形成过程与创作特征，若仅仅着眼于徐夜所在的遗民小集团，显然很不够。构成山左遗民诗群的所有遗民小集团，仍然是我们把握整个诗群总体特征的主要对象。

一、清初山左诗文化氛围与遗民诗创作盛况

清代初年，是山左地方文学创作的繁盛期，尤以诗歌为最。当然，这种繁盛局面并非骤起于清初，而是渊源有自。且不论齐鲁大地深厚的文化底蕴，即自明代中晚期以来，李攀龙、谢榛等后七子成员的拓创标举，赵进美、王象春诸人的承启与推波助澜，已将一个鲜活的地域诗群明晰地托献于诗界。王士禛曾在《古夫于亭杂录》和《香祖笔记》中多次载述过这种盛况，如《古夫于亭杂录》即云：

> 吾乡风雅，明季最盛，如益都王（遵坦）太平、长山刘（孔和）节之，尤非寻常所及。……他如益都王（若之）湘客，诸城丁（耀亢）野鹤、邱（石常）海石，掖县赵（士喆）伯濬、（士亮）丹泽，莱阳姜（埰）如农、弟（垓）如须、宋（玫）文玉、弟（琬）玉叔、董（樵）樵谷，淄川高（珩）葱佩，益都孙（廷铨）道相、赵（进美）韫退，章丘张（光启）元明，新城徐（夜）

东痴辈，皆自成家。①

从渔洋所列举的近二十位明清之际山左诗人的庞大阵势，实不难想见其时山左诗界之盛况。另外，赵执信在《谈龙录》中论及山左诗界时，还提供过一个紧接"新城徐东痴辈"之后的山左诗人名单。秋谷道：

> 本朝诗人，山左为盛。先清止公与莱阳宋观察荔裳（琬）同时，继之者新城王考功西樵（士禄）及其弟司寇，而安丘曹礼部升六（贞吉）、诸城李翰林渔村（澄中）、曲阜颜吏部修来（光敏）、德州谢刑部方山（重辉）、田侍郎、冯舍人后先并起。然各有所就，了无扶同依傍，故诗家以为难。②

秋谷所列山左诗家，如赵进美、宋琬、王士禛、王士禄、曹贞吉、李澄中、颜光敏、谢重辉、田雯、冯廷櫆诸人，都是清初诗坛卓有成就者。卢见曾《国朝山左诗钞》曾备载其名，并大加扩充，其于乾隆二十三年（1758）所作《国朝山左诗钞序》亦述及清初山左诗界盛况，可与渔洋、秋谷所载互为补充。卢氏于《序》中曾一再赞叹："国初诗学之盛莫盛于山左"，"山左之诗，甲于天下，盖由我朝肇兴！"③ 这个阵容庞大、创作实绩突出的山左诗人群体中，有不少是遗民诗人，他们同时又隶属于山左遗民诗群。

至于明清之际山左诗歌创作兴盛之原因，除科举盛隆等多种因素的促发之外，明季以来山左地区浓厚的诗文结社风气的影响当不容忽视。王士禛在《古夫于亭杂录》中曾言："（明）世宗时，林下诸老为海岱诗社，倡和尤盛。"④ 说的是青州的情况。《重修新城县志·人物志三》又载新城文人王图鸿曾"约邑中名士二十余人为从

---

① 引自梁宗楠纂辑，戴鸿森点校：《带经堂诗话》卷十一"指数类"下，人民文学出版社1982年版。

② 参见《谈龙录注释》，齐鲁书社1987年版，第72页。

③ 乾隆二十三年雅雨堂刻本。

④ 引自《带经堂诗话》卷六"题识类"，人民文学出版社1963年版。

社"，该书又于《杂识志》中专列"从社姓氏"一条，载录入社之人，著名遗民诗人徐夜即列名其中。另据张穆《亭林年谱》二引姜元衡《南北通逆》状文云："山左有丈石诗社，有大社；江南有吟社，有遗清等社，皆系故明废臣，与招群怀贰之辈，南北通信。"① 而杨钟羲《雪桥诗话》卷一亦云："士喆字伯濬，倡山左大社，以应复社。尝削稿，纵谈天下事，思上之朝，见陈启新用事，耻之，不果。甲申后，避兵登州之枳椒山，与弟子董樵耦耕海上。"② "丈石诗社"之详情已不可考，"大社"的组织者莱阳赵士喆，也是一位遗民诗人。大社始创于明末，是复社的一个分支。卢见曾《国朝山左诗钞》卷九在宋琬名下，曾附载过一个山左各州县参加复社人员的名单，并述及复社活动的情形。他写道：

> 时云间有几社，浙西有闻社，江北有南社，江西有则社、又有历亭席社，昆阳有云簪社，而吴中别有羽朋社、匡社，武林有读书社，中州有海金社，山左有大社，统合于复社，著录共数千人。三会于吴中之虎丘，两会于金陵之秦淮。吾乡之预斯盟者，共九十一人，而莱阳居三分之二，且又过焉。③

由此可见，当时山左参加复社的人，以莱阳为最多，这对清初莱阳遗民小集团的形成曾起过决定性的作用。顾炎武于顺治十四年（1657）初到山东，即至莱阳与赵士完、任唐臣诸遗民定交，这与莱阳士人和复社的密切联系大有关系。

正是在这种浓厚的人文环境与诗文化氛围的熏染下，山左遗民诗创作也出现了空前盛况。据不完全统计，山左遗民诗人有诗集存世者近十家；有诗作散见于各诗歌总集与选本者，则多达数十人。其中徐夜、张实居、董樵、张尔岐、李焕章、徐振芳诸人，不仅有诗作存世，而且为创作极具特色者。

---

① 参见《丛书集成初编》本。
② 参见（台湾）《近代中国史料丛刻续编》二十二辑。
③ 乾隆二十三年雅雨堂刻本。

二、山左遗民诗群的分布态势与人格特征

从清初遗民诗群网络的总体结构与布局而言，山左遗民诗群属于北方遗民诗群中的一个亚诗群；但是，这个亚诗群仍然不是最基本的活动形式与组织结构，它是在几个以地域为标志的遗民小集团的联系与互动中逐渐形成的。因此，山左遗民诗群从其分布态势来看，仍可分解为新城、莱阳和诸城三个遗民集团。他如德州卢世㴉、曲阜颜伯璟、胶州高璵等，均为这三个集团之辅翼。

新城遗民集团主要活动在济阳、章丘、邹平、新城（今桓台）、安乐（今广饶）一线，即济南外围之西北方。章丘的白云湖与诸城的卧象山一样，是新城遗民聚首与从事诗文唱和活动的一个主要地点。这个遗民集团的主要成员有济阳张尔岐、章丘张光启、邹平张实居、新城王象晋与徐夜、安乐徐振芳和李焕章等，吴中遗民顾炎武至山东，也与这个集团联系较多。诸城遗民集团中，王象晋辈分较高，虽隐居山中，诗酒自放，"不敢丧心"，自觉"于心无愧"①，但实际上与这个遗民集团联系不多。从现有材料来看，徐夜与张尔岐实际上是这个遗民集团的精神领袖，也代表了两种不同的人格类型。

莱阳遗民集团的主要支撑者是掖县大户赵氏家族中的成员。赵氏为东莱世家大族，据赵琦编《东莱赵氏家乘》可知，明万历时，赵焕、赵燿、赵灿即有"三凤"之称；至明清之际，赵士喆、赵士宽、赵士完、赵士冕、赵士亮等又有"五龙"之誉。其中赵士喆、赵士完都是气骨凛然的遗民志士，赵士喆又是明季山左大社的组织者，与复社关系密切。莱阳遗民集团的成员除二赵之外，还有赵士喆的弟子董樵、顾炎武在掖县结交的任唐臣、人称"莱阳二姜"的姜垛和姜垓等。由于受复社气节的激励，莱阳一地于鼎革之际志节之士尤多。陈文述《书赵北岚大令莱阳人贴后》曾在列举莱阳一地

---

① 王士禛：《池北偶谈》，中华书局 1987 年版。

于明末殉难诸人之外，又拣出宋继澄、张允抡、董樵、姜垛、姜埰等国变后隐居不出者，然后感叹道："嗟乎！莱阳山左一小邑耳，而桑海之际，孤忠劲节，后先相望，他邑所数百年不一见者。"① 正是在这些志节之士的撑持下，莱阳遗民集团的诗文创作和学术研究与交流才呈现出勃勃生气。这里对二赵和任唐臣的情况略作介绍，以见莱阳遗民集团活动情况之一斑。

赵士喆，字伯濬，为山左大社领袖，与其弟士元、士亮、士宽、士冕等人皆工诗。明亡之后，与弟子董樵隐居枳椒山，终身不归，其人品尤为当世推重。王士禛《池北偶谈》卷十九有载："莱州赵伯濬（士喆）尝作《辽宫词》百首，可与周宪王《元宫词》颉颃。伯濬隐居登之枳椒山，躬耕著书，去家五百里，终身不归，著《皇纲录》、《建文年谱》。"② 伯濬尚有《观物斋集》，其诗王士禛《感旧集》卷三收录19首，卢见曾《国朝山左诗钞》卷八录39首，另外，《明诗综》、《明遗民诗》、《清诗别裁集》均有选录。伯濬诗多咏史、隐逸题材，诗风清淡自然，如《海上望田横岛》云："海波原不定，因风始激成。望中无数岛，只著一田横。"貌似平静，心中实有期待。

赵士完，字汝彦，崇祯五年举人，为赵士喆从弟。明末乱起，他弃家南下，栖废寺荒庙之中，颠沛流离，似欲有所为，后又北归。入清后弃科举，隐居不出。顾炎武于顺治十四年（1667）至山东，即与结交，并主其家。《亭林文集》卷二《莱州任氏族谱序》云："乃余顷至东莱，主赵氏、任氏。"③ 士完与炎武倾心相交，以气节相砥砺，以学问相切磋，蛰居以待时。在赵士完的介绍下，顾炎武又与同邑任唐臣结识。任唐臣，字子良，明末为贡生，入清弃科举。任氏亦掖县大族，家富藏书。一生不肯轻易给人作志传序文的

---

① 《颐道堂文抄》卷二，道光九年刻本。
② 王士禛：《池北偶谈》，中华书局1987年版。
③ 参见《顾亭林诗文集》，中华书局1983年版。

顾炎武，却应唐臣之请，为其家谱作序，足见其交情非同一般。

诸城遗民集团以"诸城十老"中的遗民为骨干，以胶州高璪为辅翼，又有侨寓诸城的李焕章、马鲁、杨涵、王屿似诸遗民参与其中。所谓"诸城十老"，是指诸城籍的丁耀亢、王乘箓、刘翼明、李澄中、张衍、张侗、邱元武、徐田、隋平、赵清等十人。十人当中，丁耀亢曾官容城教谕、邱元武官施秉知县、李澄中应鸿博之试，已非遗民；但他们得官复弃官，又经常参加这个遗民集团的活动。从现有材料来看，这个遗民集团的活动极隐秘，他们经常聚会之所主要在张氏之放鹤园和城外的卧象山。放鹤园为"十老"中的张衍、张侗兄弟所建，当时，这里接纳过不少遗民遗老。乾隆《诸城县志·张衍传》云：

> 张衍，字溯西，诸生。不求仕，以山水友朋为乐。四方文士至者多主其放鹤园，皆生死赖之。

张衍，又号蓬海，其弟张侗（石民）《其楼文集》卷六有《二李轩小记》一篇，亦载广饶李灿章、李焕章兄弟二人晚年即居住在张衍为其所建之"二李轩"。当时，来诸城的他乡遗民遗老亦多居放鹤园。如《诸城县志·侨寓》即言，益都杨涵："后张衍馆之放鹤园"；益都王屿似："晚年携小妻幼女寓放鹤园"；武定李之藻、江都洪名："数往来于县，亦半主衍家。"张侗在《其楼文集》卷一《瑯琊放鹤村蓬海先生小传》中更是形象地描绘了当时遗民故旧来放鹤园的盛况：

> 先生既以山水朋友为性命，于是乘州织水（李象先）、莱子国山公（赵涛）、云门笠者峭（杨水心）、故王孙适庵（卧象山僧）、愚公谷仪甫（薛凤祚）、蓟门东航子习仲（马鲁）、渠丘昆右（刘源禄），与同乡髫叟子羽（刘翼明）、渔村（李澄中）、栩野（徐田）诸君子，德业文章，超绝一世……

出入放鹤园的，并非全为遗民节士，但如此情景，不禁令人想起如皋冒襄明亡后于水绘园接交宾客的盛况来。张氏放鹤园联络声息的作用显而易见，张氏兄弟在诸城遗民集团中的领袖作用亦不难看出。另外，张侗在文中提到的马鲁，更是一位踪迹飘忽神秘、行为怪诞的遗民，《诸城县志·侨寓》有载：

> 马鲁，字习仲，原名之驯，字君习，入国朝始更焉。直隶雄县人。少孤，有志行，不苟同于俗。补诸生，喜声誉，结交燕赵间奇士。……京师陷，鲁与大兴梁以樟、容城孙奇逢起义兵，缚伪县令郝丕绩。及自成兵败西走，复南渡献策于史可法。可法死，还居唐县。（顺治）三年来诸城，结庐九仙山之阳，与臧允德、丁夅佳辈饮酒度曲，时复大哭。蓄一剑，曰赤鳞，未尝去身。

正是在这样一批遗民"个体"的联络与交往中，遗民群体集团才逐渐形成。

诸城遗民集团的活动形式不外乎聚会纵谈、游山赋诗和结社，当时曾出现的白莲社和鸡豚社即为诸城遗民所结的诗文之社；但是，由于几经删削，今存诸城遗民诗文集中，已经看不到过激的言论了。尽管如此，通过一些零星记载，我们仍可觅到一些遗民们的故国情思。如寓居诸城的李焕章，当他在张氏放鹤园读到明季忠臣李邦华的文集时，竟因"睹其忧君爱国之忠"，曾激动得"老泪纵横于尺幅间"[①]。孤臣孽子之心，实不难想见。又如"十老"之一的徐田，在其《栩野诗存》中有《磨镜老人歌》古诗一首，诗人正是通过磨镜老人的悲惨经历，反映了社会的沧桑变迁，其中所隐含的易代之痛，也不难体会。处于诸城外围的胶州遗民高璪，字四留，号霞山樵者，有《不视草》一卷行世。其《留余草堂字曰四留》诗有句云："零落乌衣还见燕，横流沧海未为鱼。侧身莫谓无天地，剩水留山是四余。"劫后余生的庆幸与沧海桑田的感受共寓其中。

清初山左遗民诗群的分布态势大致如此。从以上分析中，我们

---

① 李焕章：《织斋集·李忠文公文集序》。

已经看到，这个遗民诗群的人生价值取向尽管不同，但人格特征却极为相近，隐逸为其主要特点。新城集团如此，莱阳与诸城集团更是这样。新城遗民集团中的张实居（1633—1715），字萧亭，一字宾公，为渔洋内兄。其人隐士特征极明显，其诗也多隐逸题材。孙元衡《萧亭诗集序》曰："先生属贵胄，性泊然寡营，屏居长白山中，烟霞杳霭，泉石清晖映带左右，一瓢一卷，味咏乎其中，虽处困顿抑郁而心常晏如，若将终身焉。"① 渔洋《萧亭诗选序》更为详细地描绘其隐居环境："萧然之阴，其东面曰六谷（俗作峪），谷中有二十四村，皆良田沃壤，土厚而水甘，桑柘交荫，鸡犬之声相闻，古于兹仙人白兔之遗迹皆在其处，盖隐逸之奥区也。吾内兄萧亭先生居之。"② 萧亭诗，渔洋《萧亭诗选序》云"千余首"，渔洋子启涑《刻萧亭诗选后记》则言："平生所著诗不减二千余篇，秘不示人。"③《萧亭诗选》六卷，选诗五百余首；卢见曾《国朝山左诗钞》卷二十选 100 首。这些诗作或写田园风光，或写山水情趣，隐士心态极为明显。如《纳凉偶成》云："存此淡漠心，形声无复役。"他如《闲中有述》、《答客问山居事》、《秋夜游览》、《清明》、《山中即景》、《秋日田家二首》等，均流露出隐逸的乐趣。其诗多以空灵、淡雅、自然之笔出之，情韵俱佳。"雨歇山欲暝，夕阳在鸟背。孤亭淡清秋，花木有余态。"（《雨后》）写雨后山中清幽之境界，物象选择非常讲究。萧亭诗风，孙元衡《萧亭诗集序》曾总结为："乐府古体，出入于汉魏之间，得古风之遗；律诗则仿佛元白之旨趣而涵濡从王孟之气韵，盖合唐宋诸家为经纬焉。"④ 萧亭诗之所以被渔洋所激赏，正在于其能得王孟山水田园诗之神韵。当然，萧亭诗，后世评价也极高，如邓之诚先生即云：清初山东诗教最盛，定当

① 《萧亭诗选》，《王渔洋遗书》本。
② 《萧亭诗选》，《王渔洋遗书》本。
③ 《萧亭诗选》，《王渔洋遗书》本。
④ 《萧亭诗选》，《王渔洋遗书》本。

以实居为第一。"①

再看莱阳遗民集团中的董樵。董樵，一名莺，字樵谷，国变后随其师赵士喆隐居文登海滨，耕耘樵采为生，不与士绅接交往来。朱彝尊《静志居诗话》称其为"高蹈之士"，《山东通志·人物》亦言其"织席为冠，象日月于上"，足见其故国情志。董樵工诗，其诗渔洋《古欢录》言："有诗数百篇"，《渔洋诗话》云："有诗三四十卷。"朱彝尊《静志居诗话》却说："其诗合《骚》掩《雅》，惜不多传。"《国朝山左诗钞》卷九录董樵诗 25 首。从董樵现存诗作来看，写隐逸之趣者为多，但也有别怀寄托者。如《江东》、《客瓜渚》、《刘旅皇半刺》等，即感叹乱离，系心时事。《岳墓》诗写道："到此生遗恨，有诗未敢吟。语及高宗事，恐违地下心。"显然不是一般的登临怀古之作。董樵诗大都写得清新自然，含蓄蕴藉，如《同安江上》云："三月同安道，桃花夹岸明。春风公瑾墓，细雨吕蒙城。归雁书难寄，浮鸥意自平。可知寒食近，布谷已催耕。"

也正由于张实居、董樵等诗人隐逸思想太浓，所以，在后人心目中，他们的遗民身份反而被淡化了。

另外，以山左遗民诗群在处世态度上还有一些一致之处，即对新王朝敌视态度的淡化与名节观念的变通。以诸城"十子"为代表的遗民集团即是一个很好的例证。这个集团中的一些遗老，忽而出仕，忽而弃官，动荡反复，但是，诸城遗民集团却始终以宽容的态度接纳他们。这种处世态度上的二重性的形成固然与清兵入关后屠戮的残酷程度有关，但究其主因，似仍与清初时局的发展与清王朝的怀柔政策分不开。因为仅以诸城一地而言，早在崇祯十五年（1642），这里已遭清兵洗劫，清兵屠城之惨状，时人多有记载。李澄中《白云村文集·与李辉岩使君》中曾总写其惨状云："东省被灾之惨，惟诸为甚。"张侗《其楼文集·卞氏传》又具体写道："壮

---

① 《清诗纪事初编》卷二，上海古籍出版社 1984 年版。

者歼锋镝，髫稚累累填于壑。"民众罹难者不可胜计。丁耀亢《出劫纪略·航海出劫始末》甚至记载被清兵洗劫之后的诸城是："县无官，市无人，野无农，村巷无驴马牛羊。"① 又据康熙《诸城县志》统计，崇祯十五年，该县尚有人口四万余，至壬午、甲申兵火之后，则不足一万了。即以丁耀亢而言，崇祯十五年的"壬午之难"，其胞弟耀心、侄大谷"皆殉难"，长兄虹野父子亦"皆被创"② （《乱后忍侮叹》）；而他的另一侄子豸佳则"为大兵所伤，跛一足"③。应该说这种民族仇恨的烙印，在短时间内是很难磨平的，然而丁耀亢入清不久即出仕了，尽管他的内心饱含着隐痛，《椒丘诗》中也有"欲向水边羞照影，贪泉何事独忘源"（《文信井》）等表达内心羞悔难当隐秘情感的诗句，但毕竟已成了"两截人"。他们原本满怀希望并时刻准备有所作为，但他们所看到的事实却是清政权的渐趋巩固和民族对立情绪的逐步削弱。内心深处仍旧隐含着对立与不满，但大局已定，希望幻灭，表面态度只好放灵活些。

由相同或相近的处世态度和人格特点所决定，山左遗民诗群在创作风貌上也有许多一致之处。如山左遗民诗人对田园风光的展示，对隐逸乐趣的追求基本上成了一种总的创作趋势；在诗歌作法上又多师承陶渊明和韦应物、孟浩然等山水田园派的诗人，诗风多呈现出清新淡雅的韵致。另外，又由于受乡前辈李攀龙等后七子诗人的影响，这个群体中不少诗人宗杜倾向极明显。德州卢世㴶（1588—1653），字德水，号紫房，晚号南村病叟，为卢见曾从曾祖。此人崇祯时曾官监察御史，入清不仕。酷嗜杜诗。不仅于自家尊水园内造杜亭，自称杜亭亭长，而且有《杜诗胥钞》和《读杜微言》。其《尊水园集略》有诗四卷，手眼全承杜诗。

---

① 《丁耀亢全集》下，中州古籍出版社 1999 年版。

② 《丁耀亢全集》下，中州古籍出版社 1999 年版。

③ 康熙《诸城县志·丁豸佳传》。

三、徐夜的心路历程及其诗歌的审美取向

在清初山左遗民诗群中，徐夜的创作取得了突出成就，足以代表这个诗群的创作倾向。

徐夜（1614—1685），原名元善，字长公，后更名夜，字东痴，又字嵇庵。他的家庭与当时许多遗民一样，都属世家大族，而这样的家族在明清之际被创尤剧。徐夜曾祖徐淮曾官至正二品的云南布政使，祖父徐来庭官浙江石门知县，父辈兄弟六人都有功名，可谓锦衣鼎食之家。早在明朝亡国之前的"壬午之变"中，新城遭劫，徐氏家族备受创伤。《重修新城县志·灾祥志》云："壬午冬十二月初一日，大兵自济南来，攻城入之。"这次劫难中，徐夜的伯父、叔兄、叔嫂及子侄多人被杀，他的母亲也被逼投井自尽。时徐夜 29 岁，从此即弃诸生。不二年，明朝灭亡，国仇家恨集于一身，徐夜便立誓隐居，做故明的遗民。他的更名换字亦当在此时。至于更换原因，王士禛《渔洋文略》言："慕嵇叔夜之为人"，郝毓椿《隐君诗集序》则云："其改名'夜'也，乃思明之意；别号'东痴'，亦向明之意。向明思明而不能复明，故曰'痴'，一痴字最有味。"徐夜于明亡之后更名换字，恐寓有深意，非渔洋所敢于道出。

山河易主，徐夜归隐，但隐居实非徐氏所情愿。其《秋末杂感》有句云："出不成名居不隐，闲将心力数归鸦。"不得已而归隐的无可奈何的心曲表露无遗。这大概只是刚刚归隐时的心灵波动，隐居得久了，壮心也就渐渐销蚀殆尽。至《挽王岱云》诗中，诗人已道："地下若逢张季子，为言心死已多年。"于是，康熙十七年的博学鸿词之征，他以老病为由坚辞不赴；家贫几至断炊，他也从不奔走权贵之门。其所往来结交者唯顾炎武、张光启、孙枝蔚、查继佐、董樵数遗民而已。徐夜与顾炎武最为契合，二人自顺治十四年在济南相识订交，顾有《酬徐处士元善》相赠，徐则有《济南赠宁人先生诗》；顺治十五年，顾炎武复至济南，再访徐夜于草庐，徐有《顾宁人见过草堂得张元明手书》纪之；顺治十八年徐夜游杭州，顾于杭州山中

访之，徐有《杭州遇顾宁人》诗；康熙三年顾、徐二人曾同去昌平祭明陵；康熙十三年秋，顾炎武书约徐夜游黄山，徐因贫病交加，未能成行，但有《九日得顾宁人书约游黄山》诗记此事，诗云：

> 故国千年恨，他乡九日心。
>
> 山陵余涕泪，风雨罢登临。
>
> 异县传书远，经时怨别深。
>
> 陶潜篱下意，谁复继高吟？

仅仅钩稽一下顾、徐二人的交游线索及酬答诗作，我们便可清楚地看到徐夜在明朝灭亡之后的忧愤心绪。当然，他还一再将自己的故国心期倾寓诗中："不堪频北望，曾是旧神州"（《长山登河西阁》）；"囊空独有痴名在，晚节还师顾虎头"（《初春写怀二首》其一）。"虎头"为顾恺之小字，南朝宋武帝刘裕北伐，顾作《祭牙文》。徐夜用此典，无非表明自己对故国的痴心。

王士禛不赞成他的这位表兄的行径，曾宛言劝阻。《渔洋山人精华录》卷十有《追和东痴钓台怀古》一首，其中用典全取自《后汉书·逸民传》，大意谓光武帝南征北战，做皇帝也不容易，但周党、王霸、严光等逸民却偏偏不服，以隐相抗，后来有个叫范升的人就批评过他们。诗中最后一联云："清风万古严陵濑，知有云台博士无？""云台博士"即范升。言下之意，显然不让徐夜与新朝作对。康熙十五年渔洋进京时，徐夜以《丙辰正月十一日奉送阮亭先生赴京师三首》相赠，其中有几句论及出处，算是对阮亭的回答："在昔托相知，穷通不易辙。出处各为心，古人肠不热。"东痴与渔洋，实际上貌合而神离。也正因如此，渔洋后来想为东痴编诗集，致信讨诗稿，"屡索之卒不肯出"①，"但逊谢而已"②。渔洋只能就箧中平时所藏断简编选为《徐诗选二卷》，得东痴诗254首。然而，

---

①　王士骊：《徐诗跋》，见《王渔洋遗书·徐诗》。

②　王士禛：《徐诗序》，见《王渔洋遗书·徐诗》。

更为不幸的是，康熙二十二年（1683）徐夜应德安令张平澜之邀，结伴赴德安印行其诗稿，舟过扬子江时，波浪骤起，所携诗赋之稿掀翻江内。徐夜感愤成疾，未至德安便返归故乡。至康熙二十四年（1685），他又赴德安，不久即客死此地。

徐夜三岁即丧父，后随母亲居住在外祖父王象春家，直至自立。因此，其诗风受王象春影响很大，尤其是他早年的创作。王渔洋《徐诗序》云："先生为从叔祖考功季木先生外孙，少读书外家，渐染风气，束发工为诗，为外祖父所爱。"而渔洋之神韵诗，亦深受其叔祖之启迪。钱谦益《王贻上诗集序》云："季木殁三十余年，从孙贻上复以诗名鹊起，闽人林古度诠次其集，推季木为先河，谓家学门风，渊源有自。"① 可见，东痴和渔洋赖以成长的诗文化氛围是相同的。也正因如此，渔洋《徐诗序》又道："先生少为文章，原本史汉庄骚，工于哀艳，五言似陶渊明，巉刻处似孟郊。中岁以往，屏居田庐，退与世绝，写林水之趣，道田家之致，率皆世外语，储王以下不及也。"事实上，由于人生态度与境遇的改变，徐夜诗风的变化非常明显；尤其到了晚年，诗学阮籍，审美趣味更为不同，苍劲孤峭的风致愈为显著。

徐夜诗在审美取向上，尤其在意象的选择和意境的创造上前后两期截然不同。前期之作，无论山水田园，还是民生疾苦，多选择明快、清雅之意象，字里行间充满了生活情趣和乡土气息。如《春词十首》、《初夏田园》、《山南路》、《凤凰山》、《闻歌》等，都呈现出一种清朗的基调和明快的节奏。其中《闻歌》写道："辘轳鸣，井深浅；楼高高，去何远。"诗中所选意象无非农家所常见者，但寥寥十二字，就勾勒出了一幅古雅的乡土风光画卷，给人亲切自然之感。

然而，国亡家破之后，徐夜笔下的山水田园便失去了往日的明

---

① 《有学集》卷十七，上海古籍出版社 1996 年版。

快色彩，一切似乎都蒙上了一层灰色，东篱、孤月、越鸟、大雁、孤山、放鹤亭、西台、新亭等意象便不时出现在诗中。如《闻雁》写道：

> 夜起临前庭，此意无人见。
>
> 中天月色静，秋晚山容淡。
>
> 残叶守旧柯，时节征流变。
>
> 不为稻粱谋，何事南征雁！

诗中写月色、山容、残叶，也写南征雁，伹固守在枯枝上的残叶却给人的印象最为深刻。凋零的残叶固守枯枝，又何尝不是诗人恪守民族节操的象征！我们若把诗人于顺治十八年（1661）游历江浙时所作部分诗歌略加排列，便不难发现其当日之心迹。诗人先到南京，拜谒明孝陵；去杭州西湖拜岳飞墓，有《拜岳王墓》；登孤山拜林和靖墓，有《坐放鹤亭》；溯富春江登严子陵钓台，有《经严子陵钓台》；酹谢翱墓，有《富春山中吊谢翱》。诗人沿着民族英雄、隐士、遗民的遗迹作了一次巡礼。他拜岳飞墓，想到了筑巢南枝的越鸟；吊谢翱，说"朱鸟魂归若有神"。所选物象，多关气骨，多寄故国情思。又如《坐放鹤亭》写道：

> 肖然一屿水回环，想见高风物外闲。
>
> 墓上梅开春又老，亭边鹤去客空还。
>
> 书无禅草逢当世，祠有贤名擅此山。
>
> 买断西湖皆宋土，羡他生死太平间。

作为一位具有特殊身份的隐士，当徐夜面对林逋放鹤亭时，自然感慨万千，但当时对诗人触动最大的却是"买断西湖皆宋土"。忧患与忧愤已使徐夜诗的基调变得极其沉郁。诗人还常常被一种失意、苦闷、彷徨的情绪紧紧包裹着。有一首诗即题为《闷》，诗云："如何此时闷，不见此时心。倚偏阶前树，看来头上阴。出门门即窄，埋地地何深。颇似穷途泪，无由湿满襟。"出门门窄，埋地地深，诗人深深感受到自己的不合时宜和生不逢时。如此世道，又使诗人不时有如履薄冰、如临深渊之感，所谓"末流固难处，君子慎厥初。正冠或触忌，坦步有覆车"（《甲辰燕市慰西樵吏部》）。流露的正是这种心迹。

徐夜鼎革之后的大部分作品，多能选取含蓄深厚的意象来寄托诗人难以言说的隐情。给人苍凉、深沉之感受；但孤寂落寞的人生境遇又难免使东痴诗不时显出消沉、冷寂、孤峭的倾向，遭致后世之非议。如朱庭珍《筱园诗话》即言："徐东痴、张历友皆尔日山左诗家，然徐诗故求峭削，转入鼠穴，不如历友笔气俊逸，较有才力也。"① 东痴并非"故求峭削"，而是不幸的人生境遇有以致之。

四、山左遗民诗群主要诗人传论

山左遗民诗群中除徐夜、张实居、董樵、卢世㴶等人之外，创作上较有特色者尚有数位，现分别略予介绍，以进一步展示该诗群创作之面貌。

（一）张尔岐

张尔岐（1612—1677），字稷若，号蒿庵，明诸生。明代末年，清兵入山东，尔岐父行素被害，其二弟被刃致残，三弟失踪，四弟遇难，家庭遭受重创。因此，入清以后，即以名节自持，绝意仕进，避居乡间，以教授乡里终其身。平生交游，除顾炎武之外，仅李焕章、刘孔怀、李颙、王弘撰数人。尔岐笃守程朱之学，尤精三礼，著述颇丰，以《仪礼郑注句读》为人称道。其诗罗振玉《蒿庵集捃逸》收 93 首，《济阳县志》收 10 题 13 首，计 106 首，分载于张翰勋整理之《蒿庵集捃逸》和《蒿庵集》中②。

张尔岐本以研究经学而名重一时，诗并非所长，但就现存诗作来看，其中亦不乏优秀者。如《苦旱二十五韵》、《地动谣》、《纪异》、

---

① 见《清诗话续编》，上海古籍出版社 1983 年版。

② 齐鲁书社 1991 年版。

《忧旱柬邢先生》诸诗，实录当时天灾之惨状；《悼亡》、《哭儿篇》诸诗，可见诗人情感之另一世界；《寿邢先生八十》、《刘锡惠诗扇印章寄谢二首》、《读剩和尚诗》、《谒苍屏陈先生》等多写与遗老之交往。而《精卫衔石填海》一诗，实写其心志。诗云："大海浮天地，螺质等秋毫。衔石往填之，羽翮日愉骚。微躯当不惜？怨毒奈所遭。天地有穷极，精灵无殊操。大海终扬尘，桑田出波涛。何当睹鹏化，助彼徒嵩高。"另外，其《自挽》诗亦颇堪玩味，不妨引录于此：

> 六十年来老书生，与人无竞物无争。
> 心期一点终难了，不作天边处士星。

张尔岐以处士终身，其《遗嘱》亦言："吾以诸生久次出学，又以贫病不曾赴京入试，既非太学生，又非生员，只是田野处士而已。吾百年后正当敛以处士之服，殡以单棺。"① 但是，仅仅以处士而终其身，张尔岐心实不甘。当然，其"终难了"之一点心期，恐怕也不仅仅是不甘心为处士。

（二）张光启

张光启，字元明，明诸生，入清隐居不仕，居章丘白云湖上，人称张隐君。张光启一生，与徐夜、顾炎武友善。张穆《顾亭林先生年谱》于"顺治十五年"条下引顾衍生《元谱》云："隐君，名光启，世居章丘白云湖上。少为名诸生。崇祯庚辰，年四十，遂弃举子业，辟一园曰省园，以种树艺花自乐。乱后，足不履城市，年八十余卒。"孙静庵《明遗民录》卷三十所载，大致录自顾衍生《元谱》。据此可知张光启生于明万历二十七年（1599），卒年则在康熙十九年（1680）以后。卢见曾《国朝山左诗钞》卷七录其诗20首，大率山水田园之作。

---

① 《蒿庵集》卷三《蒿庵先生手书遗嘱》，齐鲁书社1991年版。

（三）李焕章

李焕章（1614—1688），字象先，号织斋，明诸生，入清不仕。曾与顾炎武同修《山东通志》，并辩论山东古地理问题，有《织斋集》行世。《四库全书总目》卷一八一《别集类存目八》著录《织斋集钞》八卷，且云："其文跌宕排奡，气机颇壮，而汪洋纵放，未免一泻无余。"焕章诗亦为《国朝山左诗钞》卷一所录，生平所写，记游为多，但也有醉心田园之作，如《郊居》写道："不嫌荒僻甚，惟爱静无哗。杨柳阴三田，芙蓉带万家。晚云横峭壁，新雨静平沙。正是高吟处，孤笻步月华。"平淡自然的笔调中所隐现的却是诗人孤高的人格。李焕章生平足迹半天下，晚年则寓居诸城张衍之放鹤园，诗酒自娱，度其余生。其生平大略，《织斋文集》卷三中有《与马汉仪书》、《再与马汉仪书》两通，所载颇详。尤其是《再与马汉仪书》于其国变以后之行迹，载述较多，不妨转录一段：

> 某自丧乱以来，无家矣。不得已而放之山崖水次，僧寮道舍。……薄游江南者二，之淮、滁，渡江至秣陵；游中州、汴、宋、亳、宿间；游晋中、邺、武安，涉潞、黎、上党、平阳、洪洞、赵城；游京师者八九；游岱岳者三；过曲阜、任城、曹、单者三；游不其，登大小劳者二；更游瑯琊不计数。皆睹佳山水名区，以广其胸中之见闻；更遇文人墨客，讨论风雅，扬霍性灵，非无故而东西南北也。更忆京兆、嵩、雒、汧、陇、渭、泾之境，润、浦、维扬之间，皆童少时从先大人宦游，未得尽览其胜。复欲至其地，且欲之浙东、西，湖南、北，粤左、右，以年老无济胜之具，故不得往，而此心方以为恨。

李焕章之奔走活动，目的究竟何在，由于资料缺乏，今已无从得知，但文中"非无故而东西南北也"一句，确也值得注意。其屡屡出游，恐非仅为访景览胜，则是可以肯定的。

（四）徐振芳

徐振芳（1598—1657），字大拙。明之季年，曾中副榜，又补遗才；清兵入关后，又积极组织抗清，曾起义师于淮上；明亡，隐居不出，晚年居射阳湖。大拙为人豪放卓荦，睥睨一世，亡国之后肆力于诗古文辞赋，尤工于诗，其诗作结集较多，但亦散佚甚众。据李焕章《织斋集·三友传》载，徐氏"初师钟沄，成《喝月草》；继以《十九首》为宗，下泊三唐，变化离合之，折衷李杜，自辟堂奥，成《雪鸿草》；来淮南，诗益工，著《三豪草》；后放舟大江，浮彭蠡，登黄鹤楼，游赤壁，又自汴洛西入关，著《楚萍草》"。另据《四库全书总目》卷一八一《别集类存目八》著录《徐大拙诗稿》可知，是集亦由《雪鸿草》、《三素草》、《楚萍草》三种组成。但现藏于中国社科院图书馆的《徐大拙诗稿》却多出一种《渑溪草》，而缺《雪鸿草》。青州博物馆藏《徐大拙诗稿》与《四库存目》所著录者同。

大拙诗，题材较广，有不少作品写明末时事，如《哀新城》、《夕泊东沟》、《华州》、《安庆》诸篇，忧时念乱之情宛然可见；也有涉及甲申、乙酉战事，乃至清初政局者，多悲壮苍凉。《中原》云："书生不解封侯事，亦剪寒灯看剑光"；《黄鹤楼》云："江声动地通夔府，烽火连天到夜郎。"而《甲申五月阅清江浦义旅》更写其亲历之事，读来尤觉慷慨淋漓，顿挫有致。诗云：

> 射阳湖上系铜镳，海水群飞岱影摇。
>
> 柝乱荒鸡乡梦冷，弦惊旅雁客书遥。
>
> 南来甲马盘三辅，东转江戸壮六朝。
>
> 莫说黄河天堑在，将军新拜霍嫖姚。

他如《阳明先生祠》、《送李二水监军黔中》、《海陵寄李子效》等，均以沉稳苍健见长。李焕章《织斋文集·徐大拙遗诗序》曾云："大拙之才，刁悍尖激，欲踞诸公之顶，而批其颊。故口无余唾，胸无俗韵。"大拙正以其狂纵之才肆力于诗，激情喷涌，奇气横生，在山左遗民诗群清吟雅唱的主调中别开一格。正因如此，邓之诚对《四库总目提要》贬抑大拙诗极为不满，并说："今读此集，格律浑成；才情奔放，特多凄凉激楚之音。盖沧桑之际，密有所图，终于无成，而不肯枉屈，信乎豪杰之士也。"① 对于大拙之人品与诗作给予极高的评价。

（五）莱阳二姜

所谓"莱阳二姜"，是指莱阳遗民集团中的姜垓与姜垓兄弟二人。姜垓（1607—1673），字如农，一字卿墅，号敬亭山人，又号宣州老兵，私谥贞毅先生。崇祯四年进士，历官礼科给事中。崇祯十五年以事下狱；十七年戍宣州，未至，京师破，流寓苏州。入清不仕，以遗老终身。其弟姜垓，字如须，崇祯十三年进士，官行人，入清避地吴门，有《箕筥集》，诗才敏捷，诗风沉郁。二姜殁后，吴人重其气节，特于虎丘立二姜先生祠以祀之。

"莱阳二姜"中，姜垓诗名较显，其《敬亭集》中有五卷为诗，前有钱澄之、黄周星《序》各一篇，对其诗风渊源略有论述。姜垓诗以记事为多，其生平经历大半见于诗中。崇祯十七年被戍宣州时，曾有《赴戍敬亭》记其事，诗云："垂死承恩谴，天威咫尺间。荷戈荒徼去，收骨瘴江还。衮职犹思补，龙髯竟绝攀。先皇千滴泪，独在敬亭山。"沈德潜《明诗别裁集》卷十录此诗，但改"先皇"为"桥陵"，虽较含蓄，但使诗人忠于故国故君之心期略显黯然。对于自己于明季多舛之命运及清初流离之身世，《摇落用杜韵》、《寓宣州作》诸诗多有反映；而《行路难五首》其四言："君不见山中石，坚贞永不易"，则显然是自励志节。姜垓诗学陶、学杜为多，题中如《和陶停云》、《和陶时运》、《和陶荣木》、《咏史》诸古体诗，多显清刚之气；而《广陵遇嘉禾友感赋》、《送董樵自姑苏之南昌兼怀赵使君》等律诗则沉郁忧愤，取法杜诗。

---

① 《清诗纪事初编》卷二，上海古籍出版社 1984 年版。

"莱阳二姜"于鼎革之后尽管流寓他乡，晚岁定居吴门，但其父即于清兵破莱阳时被害；且二人于清初又数至莱阳故乡，与莱阳遗民集团多有交往，所以仍隶山左而不归吴门。

第四节　关中遗民诗群的构成及创作

清初关中遗民诗群主要由以王弘撰、孙枝蔚、李柏等人为代表的士人阶层和以青门七子及其子弟为代表的故明宗室成员构成。由于受地域文化，尤其是受世代相承的关学的影响，这个诗群创作中的理性化特征较为明显。与此相联系，诗中所体现的关中地区所独具的自然景象与人文精神，以及那种不以唐宋为门户，以朴实自然为旨归的作风，在清初遗民诗界乃至整个清代诗坛均有其独具的价值。

一、清初关中遗民诗群的构成

清初北方遗民诗群的分布态势，关中一地基本上与山左、畿辅鼎足而三。这里的社会环境、人文渊源乃至遗民社会的结构形态，不仅与淮海、江南、岭南诸区域大异，而且与同处北方的山左、畿辅等地也不尽相同。明末农民起义的星火首先在这里点燃，并由此漫延向全国。农民起义初起时，后来成了遗民的部分关中士人，其父兄乡邻或其本人大都参加了抵抗农民军的战争。清王朝定鼎北京，进而挥师西向进取关中时，他们或逃离家园，或隐居乡野。"三藩之乱"爆发后，时为陕西提督的王辅臣策应，关中首当其冲，又一次陷入战争阴霾的笼罩中，关中遗民则普遍持观望态度。如此动荡反复的社会局势，使得生存于其中的关中士人，尤其是遗民的心态和人格更趋复杂化。此地士人虽以遗民自居者甚多，但其人格特征较之浙东、江南诸地遗民的强项不厄来，又略显通达。而李颙之自处土室，以死拒绝清廷征召者则为特例①。

明清之际，关中一地人文氛围之浓厚、诗学之繁盛亦闻名海内，往往为后世论艺文者所称扬。如吴怀清《三李年谱自序》即云：

> 吾秦当有清之初，人文颇盛，隐逸为多，王山史、孙豹人、王复斋、雷伯籲诸贤其卓卓者。而当时雅重，尤以三李之道为最尊。说者不一，或进河滨，或进岵瞻，而皆退雪木，此特主声气言之。至于泉石烟霞，志同道合，自必以天生伯中孚而仲雪木之语为断。二曲抗节不屈，尚矣。天生以母故，勉应鸿博征，授职未就，遽乞养归，终身不出，与雪木遵母命应学使试，母没即弃巾服，同一锱尘，轩冕不渝初衷。盖三先生身遭易代，倦念先朝，至今读其遗书，故国旧君之思，油然溢于楮墨，道德文章均足信。②

吴怀清在这里虽以表彰"关中三李"之道德文章为旨归，但透过这段文字，我们不难领悟清初关中人文繁盛之情状，以及士人之出处态度与人格特征。另外，无名氏《受祺堂文集序》亦言："关中当国初时，以诗名海内，卓然成一家言者，有悔翁、豹人、天生三先生。"③悔翁即屈复，生于康熙七年，卒于乾隆十年，辈分已晚，绝非遗民（孙静庵《明遗民录》因其有民族思想，即拉入明遗民行列，大误）；天生即李因笃，因参加康熙十八年博学鸿辞之试，人多不以遗民目之④。尽管如此，他们所共同营造的浓厚的诗学氛围，对于关中遗民诗创作的影响，则是可以肯定的。

---

① 二曲事迹，详见全祖望：《鲒埼亭集》卷十二《二曲先生窆石文》及陈俊民点校之《二曲集》诸"附录"，中华书局1996年版。

② 见陕西通志馆印行《关中丛书》第52册。吴怀清：《三李年谱》收于《关中丛书》第52至59册中。

③ 参见冯云杳、杨松龄辑：《受祺堂文集》，清道光丁亥刻本。

④ 邵廷采：《思复堂文集》卷三《明遗民所知传》于"王弘撰"条下即言："始山史与李因笃天生同学，趣好甚密。后因笃就征，遂忤问。关西为之谣曰：天卑山高，生沉史标。"

关中遗民群体，从其人员构成来看，主要分为两部分：一是以李颙为代表的士人阶层，一是以青门七子及其子弟为代表的故明宗室成员。属于士人阶层的遗民除李颙外，较具代表性的还有王弘撰、孙枝蔚、李柏，以及顾炎武在关中结交的朱树滋和王建常等人。王建常，字仲复，号复斋，彬州长武人，明诸生，明亡后绝弃功名，闭门读书。顾炎武曾于康熙十七年（1678）登门拜访他，并留有一诗："黄鹄山川意，相随万里翔。谁能三十载，龟壳但支床。"①对其高洁人品给予充分肯定。王氏亦于其《复斋余稿复顾宁人书》中以"吾党"称顾氏，引为同志。至于青门七子，则是一个聚于雁塔之下，由明宗室成员组成的具有诗文结社性质的文人团体。顾炎武在其诗文中曾多次写到"青门七子"，如《朱子斗诗序》即云：

> 余闻万历以来，宗室中之文人莫盛于秦，秦之宗有七子，而子斗最少。及崇祯之末，六子皆先逝，而子斗独年至八十，后先帝十一年乃卒，故其为诗，多离乱之作，有悯周哀郢之意而不敢深言。……子斗久以诗文为关中士人领袖，其次子存柘（彦衡）乃得为诸生，中副榜。贼陷西安，存柘义不屈，投井死。长子存杠（伯常），扶其父逃之村墅得免。子斗没后八年而余至关中，访七子之后，其六子皆衰落不振，而伯常年已六十有二。②

明朝灭亡时，七子中尽管只剩朱子斗一人，但他仍为关中士人领袖，其子弟能诗者颇多。顾炎武《将去关中别中尉存杠于慈恩寺塔下》即称子斗长子存杠"子建工诗早，河间好学称"③。王弘撰《山志》卷三"青门七子"条有大致相同的载述。山史除详列青门七子

---

① 顾炎武：《过朝邑王处士建常》，参见王蘧常：《顾亭林诗集汇注》卷六，上海古籍出版社1983年版。

② 出自《亭林文集》卷二，参见《顾亭林诗文集》，中华书局1983年版。

③ 参见王蘧常：《顾亭林诗集汇注》卷四，上海古籍出版社1983年版。

的名号，说他们"各有诗文集，卓然成家"外，又言"其子孙冒杨氏，盖从翁之母姓也"①。亭林《送韵谱帖子》也说："杨伯常，名谦，故王孙也。住西安府南八里大塔堡内。大塔者，慈恩寺塔也。"② 这些故明宗室于明朝灭亡后易姓改名，全身远祸，诗文书画自然成了他们寄寓故国情思的最佳载体。

从现存诗作及当时影响来看，关中遗民诗群的中坚是王弘撰、李柏和孙枝蔚，但这个遗民群体的活动范围并不仅仅局限于关中一地，其与外地遗民的交流异常频繁而活跃。一方面，关中遗民频频外出，足迹遍及京畿与江浙诸地，尤其与以傅山、申涵光、孙奇逢为中心的三个北方遗民群体关系更密切。如孙枝蔚自清顺治三年（1646）26 岁时南下扬州，直至 67 岁去世，42 年间虽时时口操秦声，念念不忘关中，但却一直没有归返故里，其活动已完全融入扬州遗民诗群之中。又如被顾炎武誉为"关中声气之领袖"③ 的王弘撰，从顺治七年（1650）29 岁开始，曾四游江浙，最后一次竟栖迟江南达 17 年之久。另一方面，不少外地遗民又屡次涉足关中，与关中遗民互通声气，相互交流，顾炎武、屈大均、阎尔梅、梁份等人当为代表。如顾炎武一生曾五次入关中，他不仅倾心于关中独特的地理位置，而且对这里质朴淳厚的人文氛围也大加赞赏。其《与三侄书》先说："秦人慕经学，重处士，持清议，实与他省不同"，继则言，"华阴缩毂关、河之口，虽足不出户，而能见天下之人，闻天下之事。一旦有警，入山守险，不过十里之遥；若志在四方，则一出关门，亦有建瓴之便。"④ 又如魏禧高足、江西遗民梁份（质人），不仅涉足关中，而且只身游历河陇，西出玉门。其《怀葛堂文集》曾言："西塞三边，环七千里之形势，了然在目"，确非虚语。梁份

---

① 张穆：《顾亭林年谱》曾转引过此段文字，并据以推断亭林与青门七子交游之经过。
② 参见《顾亭林诗文集·亭林佚文辑补》，中华书局 1983 年版。
③ 参见《顾亭林诗文集·亭林佚文辑补》，中华书局 1983 年版。
④ 顾炎武：《亭林文集》卷四，参见《顾亭林诗文集》，中华书局 1983 年版。

至京师，曾与刘献廷的弟子黄宗夏同游昌平明十三陵，因此刘献廷《广阳杂记》卷二有一段较可信的记载：

> 梁质人留心边事已久。辽人王定山讳燕赞，为河西靖逆侯张勇中军，与质老相与甚深。质人因之遍历河西地。河西番夷杂沓，靖逆以足迹，诸事皆中军主之，故得悉其山川险要、部落游牧，及其强弱多寡离合之情，皆洞如观火矣。著为一书凡数十卷，曰《西陲今略》。①

遗民间的交往与交流，不仅打破了以地域为联系纽带的群体间的生疏与隔膜，而且对于遗民诗的创作也带来了生气与活力。关中遗民诗群正是在与外界的交往中，逐步形成了创作风格上的多元化格局。当然，不容否认的是，由于受世代相承的关学的影响，关中遗民诗群创作中的理性化特征较为明显。更为甚者，这个群体的成员大都重文轻诗，将文的创作与对理学的探究置于其整个人文活动的首位，其诗歌作品面世者本就不多，而能传至今日者则更少了。不过，就其现存诗作而言，其中体现的关中地区所独具的自然景象与人文精神，以及那种不以唐宋为门户，以朴实自然为旨归的作风，在整个遗民诗界乃至清代诗坛均有其独具的价值。关中遗民群体中，李颙无诗，王弘撰、李柏虽存诗不多，但颇具特色，惟孙枝蔚《溉堂集》存诗甚丰，堪称诗国大家。

二、孙枝蔚的创作和交游

孙枝蔚（1620—1678），字豹人，室名溉堂，陕西三原人。因关中有焦获泽，时人因以焦获称之。三原孙氏，世为大贾，明末时已行商扬州。崇祯末年，李自成兵攻入潼关，孙枝蔚散家财，结客集义勇数千相抗，几遭不测。明亡后逃至扬州经商，累致千金；后折节读书，结交四方名士，遂以诗名世。康熙十八年在京应鸿博

---

① 据说今《关中丛书》所收之《秦边纪略》一书，即梁氏《西陲今略》之传钞本，待考。

试，不终幅而出，赐中书舍人衔，还归扬州，以隐逸终老。溉堂一生，著述甚富。今存《溉堂集》，含《前集》九卷、《续集》六卷、《诗余》二卷、《文集》五卷、《后集》六卷，计二十八卷。其中《前集》、《续集》、《后集》为诗，计两千余首。《前集》和《续集》于康熙十八年刻于京师，均分体编年，分别为明末到顺治间、康熙五年到十七年所作；《后集》刻于康熙六十年，亦为作者亲手删订，分体编年，为康熙十八年至二十五年所作诗。

溉堂诗编年始于癸未年（1643），时当明朝灭亡的前一年，李自成的农民义军正纵横中原，满洲军队又屡叩关门。亲身感受了社会的动荡不宁，又亲眼目睹了清军入关后的残酷暴行，因此，溉堂诗中写于明亡前后的作品多忧时念乱之情。眼看大厦将倾，山河日非，诗人忧心如焚，他曾频频吟唱道："乾坤多战血，叹息对明灯。"（《为农》）"闭户过清秋，伤时泪暗流。"（《村居杂感》）诗人甚至谴责那些拥有重兵的将领们，说他们蒙恩酿祸，贻误国事。如《潼关》即云：

> 久失中原势，长忧臂指连。
>
> 蒙恩非一将，酿祸到今年。
>
> 竟忍欺明主，谁令拥重权。
>
> 京师根本地，谁只哭秦川。

身居秦川而心忧京师，儒生本色，令人叹怀。1644 年春，清军入京，南明弘光朝立于南京。但当诗人闻说江北四镇骄横难制，南明小皇帝又大肆征选宫女、荒淫无道时，不禁又忧心忡忡。《昨有》两首便反映的是当时的真实情景，其中第一首写道：

> 昨有金陵信，遥传恐未真。
>
> 朝廷忧四镇，宫女盛千人。
>
> 驾驭英雄主，艰难社稷臣。
>
> 万邦深属望，何日慰沾巾。

另外，《闻败军已破县城》、《除夕》、《甲申述变》、《纪感》、《甲申春日纪事》等作，均对明亡前后的乱世极具认识价值。这种忧时念乱的情怀直到诗人顺治三年（1646）至扬州后仍保持着，乱后江南的衰败景象仍不断呈现在诗人笔下。《春日登扬州城楼》、《登多景楼》、《姑苏舟中》、《岁暮遣怀》、《泊舟毗陵触目有述》等所呈现的仍是一幅幅乱离景象：诸如"瓜州人烟少，独行荆棘间"，"日落茄初动，城空鸟自还"，"可怜风雨夕，鬼哭满江山"（《乱后过瓜州》）之类的诗句俯拾即是。顺治九年（1652），诗人过镇江，登金山，有《乱后登金山有感》，诗云：

> 钟鼓仍朝暮，全身计未周。
>
> 江边人牧马，山下骨随舟。
>
> 飞鹭全无意，居僧始有愁。
>
> 何时销战甲，高枕看扬州。

白骨随舟的凄惨景象与诗人期望和平的情思交织一处，读来感人至深。

更可贵者，溉堂诗能于忧时念乱的情怀中渗入对民生的关注，着意勾画出一幅幅乱世流民图。诗人不仅在《哀纤夫》、《水叹》、《佃者歌》等篇中写天灾给百姓带来的灾难，常常为百姓一洒同情之泪；而且在《乌夜啼》、《空城雀》、《蒿里曲》中揭示战乱给百姓造成的痛苦，为流离失所的民众扼腕叹息。《佃者歌》有一"小序"写道："溽暑中，儿燕归自田间，述佃户贫苦状，余恻然代佃作歌。"《空城雀》云："自从桑田变沧海，经过空城泪如泉。邻舍不知窜何处，时闻雀声噪檐前。"《蒿里曲》又云："道旁白骨走蚁虫，不如秋草随飘风。此曹有母复有妻，谁令抛置古城东。肢骸杂乱相撑柱，如汝或为雌与雄，或为壮士或老翁。"如此饱蘸同情笔墨，对乱后惨相作历历描绘者，清初诗人中尚不多见。溉堂诗实为我们了解清初民生开启了一个绝佳的窗口。

溉堂一生虽然以居扬州的时日为多，但游踪遍及大江南北，因此其诗作中纪游与友朋酬唱之作最多。正如王泽弘《溉堂后集·序》

所言:"先生秦人也,寄居广陵,穷老无归,以谋生不暇,日奔走于燕、赵、鲁、魏、吴、越、楚、豫之郊,其所阅历山川险阻、风土变异及交友、世情向背厚薄之故,皆一一发之于诗,以鸣不平而舒怫郁。"溉堂记游诗,或写景物,或记风俗,或抒旅途苦况,大都写得慷慨淋漓,真情感人。如深得王士禛赞许的《舟行遇大风》写道:"风起中流浪打船,秦人失色海云边。也知赋命元穷薄,尚欲西归大华眠。"诗写于溉堂游镇江焦山时,海云突变、风起中流,荡舟激流中的诗人却长啸咏诗,这是何等的襟怀气度。

溉堂交游广,但不滥。其交游范围,除周亮工、王士禄、王士禛、张晋、陈维崧、尤侗、毛奇龄、汪楫、朱彝尊、施闰章等少数一些国朝文人外,大都局限于遗民圈内。据《溉堂集》可知,经常与溉堂诗词唱和的遗民即有张养重、杜濬、方文、吴嘉纪、冒襄、林古度、余怀、黄云、孙默、龚贤、纪映钟、黄周星等10多位。由这个名单亦可知溉堂与江北遗民诗群交往尤密,可以说,作为一位关中诗人,他的诗文化活动是在江北遗民诗群中展开的。《溉堂集》中写给吴嘉纪的诗有近10首,如《溉堂喜雨同于皇、宾贤、舟次》、《雪中忆吴宾贤》、《怀吴宾贤》诸篇,真情流溢,感人至深。其中《怀吴宾贤》一篇,尤见诗人性情,不妨引录如下:

重游东海上,窃喜近吴生。

十日不相见,秋风无限情。

雨余流水急,寺里晚钟鸣。

为有扁舟约,栅珊立古城。

当然,溉堂应酬之作也未免写得太滥,如《为周子维缺唇解嘲》、《黄大宗纳妾扬州为赋催妆诗》之类,确也无聊乏味。尤其到了诗人晚年,应酬之作充帙盈卷,触目皆是,未免令人生厌。

作为寄居他乡的客子,溉堂诗中还洋溢着浓厚的思乡之情。溉堂居扬州,筑室曰"溉堂",取自《诗经·桧风》"谁能烹鱼,溉之釜鬵",即寓不忘故乡、常怀西归之意。陈维崧《溉堂前集序》云:

"今年孙子年四十余，发毿毿然白，张目不睹者如线，嗜饮酒，召之饮则无不饮，若忘其年之将老，而身之为客也。然犹时时为秦声，其思乡土而怀宗国，若盲者不忘视，痿人不忘起，非心不欲，势不可耳。"尤侗《溉堂词序》也道："盖先生家本秦川，遭世乱流寓江都，遂卜居焉。每西风起，远望故乡，思与呼鹰屠狗者游。"溉堂虽居扬州，但时时操秦声，对故土一刻也不忘怀。他曾一再写道："我本西京民，遭乱失所依"，"溉堂那足恋　终南亦有梅"（《溉堂诗》）；"广陵不可居，风俗重盐商"（《李屺瞻远至，寓我溉堂，悲喜有述》）；"草堂远在清渭北，说与吾儿今不识"（《夏日寄题渭北草堂》）；"我家渭河北，飘然江海东。偶逢旧乡里，握手涕泪同"（《赠邢补庵》）。清代初年，寓居江南的秦地诗人仅据溉堂《张戒庵诗集序》①可知，即有张晋、李楷、张恂、雪士俊、韩诗、东云雏等数人，另外还有此文未提到的王弘撰、杜恒灿、张谦等。溉堂的思乡曲，实际上唱出了清初流寓江南的秦地文士的普遍心声。

　　作为清初遗民中一种类型的代表，溉堂诗中所反映的诗人对出处的思考及晚年所呈现的心态也有其特点。他一方面为自己曾至京师应试而不时感到羞愧；另一方面又与二三遗老一起自喻"商山四皓"，自坚志节。一方面孤独与凄凉不断侵袭着他衰惫的心灵；另一方面与遗民旧友的交往与酬唱又不时消解着这种孤寂。康熙十七年，59岁的溉堂老人与汪楫、邓汉仪、吴雯聚于汪楫寓所，溉堂有《夜过汪舟次寓舍，适邓孝威、吴天章亦至，因留饮赋诗》云：

> 老觉同心少，宵凉天气寒。
> 谈深关出处，坐久费杯盘。
> 赋似扬雄易，才如兵易难。

①　上海古籍出版社影印出版之《溉堂集》中未收此"序"，参见赵逵夫：《孙枝蔚的一篇佚文与清初寓居江南的秦地诗人》，载《汉中师院学报》1986年第3期。

兵戈犹满地，莫只喜弹冠。

63 岁至金陵时，溉堂又道："阅江辛苦地，遗老独徘徊。"（《金陵》）康熙二十三年，65 岁的溉堂老人又一次与朋友夜集，并有《顾书先雨中携尊过刘升如次山楼，招同杜于皇、徐松之、宗定九夜集》诗，诗云：

风雨催寒早，携尊傍暮鸦。

一炉新试火，十月尚开花。

烂漫吟偏好，颠狂老更加。

商颜即此地，四皓在君家。

此诗之后有诗人自注："坐中于皇年七十四，松之六十八，余与定九同六十五。"而《书离骚后》、《书陶诗后》、《书谷音后》诸诗，更见晚年寄托。不难看出，溉堂晚年，士人失所之后的忧伤情怀虽已淡化，但遗民本色并未改变。

前人论溉堂之诗，或言宗唐，或言学宋，各持一端。实际上，溉堂之诗取径甚宽，不主一人一家。先就其诗题来看，即有《薤露行仿子建》、《饮酒二十首和陶韵》、《短歌行拟王建》、《田家杂兴次储光羲韵》、《劝酒效乐天》、《不如饮美酒效乐天体》等等。另外，王士禛评溉堂诗云："古诗能发源十九首、汉魏乐府，而兼有陶、储之体，以少陵为尾闾者，今惟焦获先生一人耳。"① 施闰章也说："其诗操秦声，出入杜、韩、苏、陆诸家，不务雕饰。"② 汪楫还说："甲申诸律气格绝似刘诚意。"③ 通过这个简单的排列，我们即可知溉堂诗自汉魏古诗到唐宋明诸大家之作均有效仿。而这种创作实践与其诗学主张又是完全一致的。溉堂诗风多变化，且每一时期的创作风格都不尽一致。而这种变化明显地反映在《溉堂前集》、《溉堂续集》和《溉堂余集》这三个不同阶段的创作中。大致来说，《溉

---

① 参见《溉堂前集》卷七《自邑中归田作》（评语）。

② 参见《施愚山文集》卷八《送孙豹人归扬州序》。

③ 参见《溉堂前集》卷七《林夕》（评语）。

堂前集》、《溉堂续集》和《溉堂后集》分别代表了溉堂前、中、晚三个不同时期诗风的倾向，明显的印象是前期学汉魏唐，但流于粗率；中期学宋，渐趋朴淡平稳；晚期则自出己意，独具风致，以真率朴实为旨归。溉堂正是以其质直淳朴的诗风最终赢得了清初诗家的普遍肯定与赞誉。汪懋麟《溉堂文集序》云：

> 予论诗，于当代推一人，为征君孙豹人先生。其为诗，不仅宗一代一人，故能独为一代之诗，亦遂为一代之人。

独树一帜，自成一家的溉堂诗，理应在清初诗坛占有一席重要位置。

溉堂虽居广陵，然而，"秦风"的沾溉却丝毫不见衰减。其质朴而略显粗率的诗风，又何尝不是清初关中遗民诗人创作的总体风致？

三、王弘撰其人其诗

王弘撰（1622—1702），字文修，一字无异，号太华山史，又署鹿马山人，室名砥斋，陕西华阴人。其父王之良，为明天启五年进士，曾任南兵部侍郎等职。因此，山史早年曾随父游北京、江西等地，为明诸生。明亡后，弃绝科举功名，隐逸终生。山史曾于顺治七年至八年、康熙二年至三年、康熙九年至十一年、康熙十九年至三十五年，凡四游江浙，足迹遍及南京、扬州、苏州、上虞、嘉兴、海州等地，并曾游历北京、河北、山西、河南、山东、福建诸地。山史出游，一方面为生计而奔走，另一方面也为反清而联络。在二十余年的周游中，他不仅结交了吴伟业、周亮工、汪琬、王士禛、孔尚任等大批贰臣文人与国朝文士，而且与冒襄、孙枝蔚、万寿祺、屈大均、顾炎武、傅山等大量遗民遗老密切往来。康熙十八年，山史被强荐至京应博学宏辞试，北上途中有《即次却寄》以明其志，诗中有言："故心终不改，明誓鉴苍昊。"至则僵卧僧寺，以老病坚辞，被放归，自此以游为隐，志节坚贞。山史一生嗜学，对金石书画，精于鉴赏，富于收藏，对于理学深有研究，为文主张简洁真朴。山史一生交游遍天下，也笃于朋友。亭林《广师》曾道："好学不倦，笃于朋友，吾不如王山史。"①

山史于文学，精于文，亦工于诗，但创作态度极严肃。其《山志》二集卷三有"应酬诗文"一条，可以看出他对应酬文字的厌恶和创作态度的严谨，其中有言："予在都门日，赵韫退为其里人索叙书屏，贺相国冯公寿。韫退先君与先司马为同年好友，予尝兄事韫退。辞之再三不得，勉拟一稿。及相国寿辰，予不往，亦不以一刺往，盖安愚贱之分耳。"这里的赵韫退为赵执信叔祖，冯公即冯溥，先司马指山史父王之良。另据山史次子王宜辅《刻砥斋集记》云："诗，旧积二寸许。庚戌元旦，大人悉取焚之，今得二卷，仅十之三尔。"②"庚戌"为康熙九年（1670），时山史已 49 岁。山史一生著述，除《砥斋集》、《山志》外，尚有《待庵日札》、《西归日札》各一卷，其诗作多见于几部《日札》之中。

山史尽管由于生不逢时，隐士心态极浓，但作为一个追求入世哲学的理学家，他仍时时萦怀现实，不断追忆故国，且多发乱离之慨叹。山史于故国故君，萦萦于心，曾至昌平谒十三陵，并自署鹿马山人。李沂《鸢啸堂诗集》中有《鹿马山人歌》一首，即咏其事，诗云："鹿马山头妖鸟啼，鹿马山下草离离，鹿马山人空涕洟。"又有一"序"写道："鹿马山，烈皇帝葬处也。关中王弘撰三月十九日匍匐山下泣奠，自称鹿马山人。阳山李沂再拜作歌。"山史谒陵诗今已不存，但其系念君国之凄苦心境可以想见。康熙十六年（1677），56 岁的山史又与亭林同至昌平，共谒思陵，亭林写有《二月十日有事于先皇帝攒宫》，其中有言："华阴有王生，伏哭

---

① 顾炎武：《亭林文集》卷六，参见《顾亭林诗文集》。
② 参见《砥斋集》卷首，光绪二十年王凌霄刊本。

神床下。"① 他显然是借哭陵来寄寓自己的故国哀痛。康熙三十五年（1696），山史 75 岁，栖迟江南已十余年。此年元日，诗人将西归故里，曾以饱含激情的笔墨留下了一首题为《丙子元日将西归感述》的长诗，回忆了自己于明朝灭亡后数十年中所走过的曲折艰辛的人生之路。诗人对乱离之苦，仍心有余悸，如诗中即有"老夫年垂七十五，饱历丧乱心常苦。泉台父母宁知否？苟延残喘终何补"这样凄苦悲凉的诗句。另外，山史晚年所作《待庵日札》卷一中有首题为《春阴》的感兴诗："二月连阴淹冻雨，东风寂历野人家。屋前雀噪声何急，城上鸟飞影复斜。不改青山留暮霭，虚拟呆日向春华。沉吟厥疑追郎颉，扶病从谁泛海查。"此诗虽为感兴之作，但内容较为隐晦，似有较深寓意。尤其是颔联，绝非泛泛的写景叙事之句。赵俪生曾认为此诗写于三藩之乱时，体现了诗人密切而冷静地观察时局的情状②。但《待庵日札》编定于康熙三十八年，时山史 78 岁，《日札》所收皆山史晚年作品。而《春阴》又为感兴诗，写眼前景，叙眼前事。如此分析，诗的内容与写作时间显然割裂，猜测的成分太多。不过，此诗无论作于何时，其中所透出的诗人对现实强烈关注的情怀则是可以肯定的。

康熙四十一年（1702），81 岁高龄的山史老人带着无尽的遗憾离开了人世。临终前，他曾留下了两首《绝笔》诗，诗曰："负笈江南积岁年，归来故里有残编。自从先帝宾天后，万事伤心泣杜鹃。""八十衰翁沮溺徒，祖宗积德岂全孤。平生不作欺心事，留与子孙裕后谟。"③ 其故国心期与隐士心态均尽露无遗。

山史诗，若论艺术风格，则可概括为一"朴"字。语言之平

---

① 参见王蘧常：《顾亭林诗集汇注》卷六，上海古籍出版社 1983 年版。
② 赵俪生：《清康熙朝甘肃提督、靖逆将军、靖逆侯张勇事迹考略》，参见《学海暮骋》，新华出版社 1992 年版，第 265 页。
③ 康乃心：《莘野遗书王贞文先生遗事》，参见《关中丛书》，第 32 册，陕西通志馆印行。

实简洁，感情之淳朴真挚，毫无模拟造作之痕，纯以自然平实取胜。如《留别白门友人》云："春花落尽鸟空啼，春水东流人向西。有梦常依桃叶渡，寄书应到碧云溪。"萧疏散淡、淳朴自然的风致中，真情自见。又如《抵潜村旧居》，写故园之衰颓及诗人晚年回归故里后悲喜交集的心理感受，也多以简朴之笔出之，读来平实自然。山史诗淡朴风格的形成，虽与诗人的审美嗜好有关，但关中人文朴实之风的熏染也不可轻忽。徐嘉炎《抱经斋诗集》卷四有《赠别华州王山史兼呈秦晋诸同学》一诗，虽统论西北人文，但所言甚有道理，不妨转录一段："东南称才薮，不如西北士。西北崇朴学，东南尚华靡。朴学必朴心，华靡徒为耳。此固地气然，人情亦复尔。"①心"朴"，诗风自然朴实无华。类似说法，时人傅山在论"西北之文"时亦提出过。傅山云："东南之文，概主欧、曾；西北之文，不欧、曾。夫不欧、曾者，非过欧、曾之言，盖不及欧、曾之言也。说在乎漆园之论仁孝也。不周之风，不及清明之风，天地之气势使然。故亦自西北之，不辨其非西北之文也。"②青主论"西北之文"，实际上也突出了其朴实之风，若移之以评山史诗，亦未尝不可。

四、李柏及其诗风

李柏（1630—1700），字雪木，自署白山逸人、太白山人，陕西郿县人。与李二曲、李因笃，号称"关中三李"。明朝灭亡时，李柏虽年仅15岁，但他与二曲等志节之士结交，并以明遗民自居。顺治十年，李柏虽奉孀母之命被迫应童子试，但实出无奈，其心可鉴。为避免应试，他曾多方躲避。其《槲叶集》中有《答刘孟长书》云："从此三避童试，西渡汧，东适晋，南如栈。"萧震生《槲叶集

---

① 参见邓之诚：《清诗纪事初编》卷七，上海古籍出版社1984年版。

② 傅山：《序西北之文》，见《霜红龛集》，山西人民出版社影印清宣统三年山阳丁氏刊本。

叙》亦言："会童子试，先生志在山林，避不就。"孀母去世后，李柏便逃入太白山中，过上了隐士生活。其间除与李二曲、李因笃、王心敬等关中学者往还，并曾一至南岳衡山外　基本上以诗书自娱，隐居不出。因此，《清诗纪事》言李柏为"明诸生"[1]，《清人诗集叙录》说李柏"入清弃诸生"[2]，皆不确。李柏虽应童子试，但大节未亏，人皆以遗民目之。如高熙亭《重刊槲叶集序》即云："其事君也，虽死不二，未尝仕胜国而终为胜国之遗民。"邓之诚先生亦云："清初遗逸多矣，如柏者实罕。"[3]袁行云更写道：

> 其人大节无可疵，诗亦高人逸轨。明代遗民，有诗集传世者，约二百余家。试举决传不朽者，似为顾炎武、邢昉、阎尔梅、黄宗羲、杜濬、方文、王夫之、钱澄之、吴嘉纪、李柏、屈大均、陈恭尹。此十二家，即所谓"不废江河万古流"者也。[4]

李柏人品及其作品，后世评价很高。其诗作今存《槲叶集》中为四、五两卷，又有《南游草》一卷，亦附《槲叶集》[5]中。关于明清之际的战事，在今存《槲叶集》中已觅不到多少踪影。若有，则为《卓烈妇》一篇，此诗前有"小序"云："前指挥卓焕妻钱氏，乙酉扬州郡城陷，先一日投水死，从死者长幼七人，哀而赋之。"诗云："黑云压城城欲摧，北风吹折琼花飞。扬州乙酉遭屠戮，卓氏贞魂至今哭。将军已降丞相死，一家八口齐赴水。池中土作殷红色，血渍波痕转逾碧。曾闻精卫能填海，一勺之池想易改。"诗人以沉痛的笔触，传达出了对侵略者的痛恨。另外，其《崇祯儒将》四首，将读者的视线引入明末那个动荡不宁的时代，并对朝中那

---

① 参见《清诗纪事·明遗民卷》，江苏古籍出版社1987年版，第833页。

② 参见《清人诗集叙录》卷九，文化艺术出版社1994年版。

③ 参见邓之诚：《清诗纪事初编》卷二。

④ 参见《清人诗集叙录》卷九，文化艺术出版社1994年版。

⑤ 参见1913年鄠县李象先刊本。

帮误国的儒将进行了辛辣的嘲讽。其中最后一首道："说起前朝事，至今恨不平。大将称走狗，膝行见儒生。"尤为痛快淋漓。《槲叶集》中多写景之作，也最能体现李柏诗的成就，限于篇幅，此不赘述。

李柏诗风，《清朝野史大观》卷九"李雪木《槲叶集》"条、黄容《明遗民录》、阙名朝鲜人《皇明遗民传》、邓之诚《清诗纪事初编》等均言"冷艳峭刻"，这一说法大概来自钮琇《觚剩》。钮氏言："雪木所著《槲叶集》，冷艳峭刻，如其为人。"李柏诗，作法确较独特，但仅以"冷艳峭刻"评之，却未见中肯。因为李柏的大部分诗作仍以平实简朴而取胜，与冷艳峭刻无涉。这一点，我们实际上已从上引李柏诗句中体会到了。当然，李柏诗中也有意出言外，想落空妙，略显峭刻者，如《雁字》、《凤泉别墅》等，但并不代表其诗风的主要倾向。李柏诗善变化，在其《槲叶集》中，我们很难找到刻意模唐拟宋的作品。其《太白山月歌》云："不如无心浑忘却，兀坐山月但蚩蚩。"清新流畅的诗句中蕴含深奥的哲理。《逍遥游》又多以叠字入诗，读来抑扬顿挫，给人新颖别致、活泼自然之感："虚虚实实自家知，是是非非更问谁？山山水水真可乐，名名利利欲何为？……身居寂寂寥寥地，心作兢兢战战思。欲语语时还默默，方愁愁处更怡怡。……炎炎到头成冷冷，盈盈未艮即亏亏。"打破常规，富变化而尚自然，浑朴淳厚，这大概是李柏诗为后世论者所激赏的主要原因。

第二章　清初扬州诗群的文学主张和诗歌创作

　　明清易代之际的扬州，在动荡的政治局势下，因其特殊的地理条件、深厚的人文积淀，吸引了四方诗学名流云集于此，形成一个地域性诗歌群体。这一诗群阵容庞大，他们交游唱和，操持选政，活跃一时。流寓扬州的遗民诗人孙枝蔚是其中一位具有代表性的人物，他在清初大江南北影响极大：选刊时人诗集，诗坛群彦争相与之交结，当时诗坛大家、名家几乎都与其有交游唱和；许多重要的文人雅集活动中也经常活跃着他的身影；他本人的诗歌创作也很有成就。故以他为切入点来考察扬州诗群，具有典型意义，借此可观照置身于夷夏、满汉、新旧、朝野等多重文化、民族、政治冲突中的江南文人复杂多样的立场、信仰、心态、情感、价值观，探究处于跌宕起伏的政治环境中的文学生态。这是一个非常的历史阶段，一个特殊的空间视域和特定的诗人群体。本章从扬州诗群的文学主张和孙枝蔚的创作等方面略作述论。

　　受清初时代风会和地域文化的影响，扬州诗群诗学思想异常活跃，其代表诗人孙枝蔚、汪懋麟等以其特有的人格精神和有力的诗学实践，构建了具有独特品格的诗学思想：原本学问，积学渐进；吟咏性情，倡导本真；唐宋兼宗，融合并蓄。在当时空疏不学、拟古而伪、尊唐黜宋的风气之下，独树一帜，卓荦不凡。

　　在此文学思想的影响下，孙枝蔚的创作异常丰富。其诗各体兼备，各题兼胜。通过对其羁旅诗、题画诗、咏物诗的解析，窥一斑而知全豹，展现孙枝蔚高洁的人格追求和高度的诗歌艺术成就。

顺康之际的扬州，已逐渐从战争的创伤中恢复，人文荟萃，名家云集。扬州文人诗酒文会频频，酬唱赓续，盛称风雅，此可目为诗人间交游之习见形态，与两人或数人间小范围、私人化的交往相较而言，雅集突出文人互动的群体性、互动性、唱和性。雅集参与者的思想政治倾向各异，故其酬唱的主题与体现的心态亦不尽相同：或为遗民志士的悲思寄怀和精神慰藉，或为清朝官员的文酒之娱和情感认同，或为隐逸文人的淡泊自守和心灵归依。对清初扬州文人雅集的考察，可明晰特定时空背景下江南文人独具的人文生态。

第一节　孙枝蔚的诗学思想

孙枝蔚（1620—1687），字叔发，号豹人，陕西三原人，博学工诗，是清初流寓扬州的一位"名噪海内"[①]的重要诗人。汪懋麟《溉堂文集序》说："予论诗，于当代推一人，为征君孙豹人先生。其为诗，不仅宗一代、一人，故能独为一代之诗，亦遂为一代之人。"[②]徐世昌《晚晴簃诗汇》云："溉堂以诗文名天下三十余年，其诗当竟陵、华亭、虞山迭兴之际，卓然自立，出入杜、韩、苏、陆诸家，不务雕饰。同时名流推服，以为当代一人。"[③]在当时力主盛唐、标举神韵法度的风气之下，豹人不受濡染，作诗不事雕琢，直抒胸臆，表现出质朴无华、旷达洒落的风格，在清代诗歌史上应有其特殊地位。

孙枝蔚出身大贾之家，明末李自成兵攻入潼关时，孙枝蔚散家

① 尹继善、黄之隽：《(乾隆) 江南通志》，影印文渊阁《四库全书》本，第3165页。
② 汪懋麟：《溉堂文集序》，见孙枝蔚《溉堂集》，上海古籍出版社1979年版，第1025页。
③ 徐世昌辑：《晚晴簃诗汇》，中华书局1990年版，第256页。

财，结壮士抵抗，为闯军所败，后只身走江都，因侨居于此。孙枝蔚居扬州董相祠旁，名其居曰"溉堂"，遂以名其诗文集。康熙中被荐举鸿博，以老疾辞，不终幅而出，赐中书舍人衔，还归扬州，以遗民终老。溉堂一生，著述宏富。今存《溉堂集》，有诗有文，其中诗共计两千余首。孙枝蔚虽没有建构完整的诗歌体系，也没有围绕某一诗学主张展开充分的论证，但散见于诗文序跋中的诗学思想却是明晰的，在此试作梳理和论析，以显其荦荦大端。

一、唐宋兼宗，转益多师

溉堂的诗学宗承，当时诗坛名流持论不一，或言宗唐，或言学宋，莫衷一是。王士禛、施闰章、曹尔堪、王士禄、汪楫、吴嘉纪等人认为溉堂学唐，汪懋麟在《溉堂文集序》中认定溉堂学宋："不见征君之为诗乎？最喜学宋，时人大非之。"① 到底孰为定评？其实，各家说法均是从溉堂某一阶段的创作情况出发，只见树木不见森林，未作整体观照而流于偏颇。通读溉堂平生诗作，便不难发现，溉堂诗视野广阔，唐宋兼宗，诗学取向由早期宗唐发展到后期的兼宗唐宋，魏禧在《溉堂续集序》中准确地揭示了这一转变历程："余往见《溉堂初集》，古诗非汉魏、律非盛中唐则不作，作则必有古人为之先驱。"而八年后再读孙枝蔚的诗：'乃喟然而叹曰：'甚矣，豹人之能变也！'今其诗，自宋以下则皆有之矣。冲口而出，摇笔而书，磅礴奥衍，不可窥测。"② 具体来看，《溉堂前集》收录了明末到顺治年间的作品，可见这个时间段内孙枝蔚是宗唐的，但不限于初盛唐，而对中晚唐诗也有赏玩；到了康熙年间，清初诗坛宗宋诗风习逐渐兴起，孙枝蔚受到影响而诗学取向扩展至宋。从其诗文中，我们可以更清晰地看到他的宗尚。

---

① 汪懋麟：《溉堂文集序》，孙枝蔚《溉堂集》，第 1025 页。
② 魏禧：《溉堂续集序》，孙枝蔚《溉堂集》，第 479 页。

唐代诗人中，孙枝蔚对杜甫的取法是贯穿始终的，他在《与顾茂伦》中写道："仆于诗所师独有杜老"①，观其诗集，追摹少陵、入其堂奥、得杜诗精神气脉之作盈盈卷帙。此外，他对韩愈、白居易、孟郊、李贺评价也较高。孙枝蔚有《读李长吉诗》云：

> 菖蒲九节死，桃花千遍红。
>
> 可怜读书客，衔怨示巴童。
>
> 已咏曹公妓，复嘲秀才妻。
>
> 压倒六朝人，何论唐中叶。

对李贺诗中的幽怨之气颇表同情，认为他足以压倒六朝，冠绝中唐。另外，王绮的《李长吉歌诗汇解》还收录了孙枝蔚对李贺诗的评语，可见他对李贺的研读还是比较深入的。

孙枝蔚对宋诗的取法较为广泛，见于诗文的有欧阳修、梅尧臣、王安石、苏轼、黄庭坚、陆游、辛弃疾等大家，主要出现在康熙年间的诗作中。他在《次赠周建西韵贺令侄子常生第三子贵尝见借欧阳全集》诗中评道："欧阳句好如太白，我才褊浅无佳思，直写欧诗计颇得。愿君名比梅圣俞，不愿家如梅窘窄。"②对欧阳修和梅尧臣都表示赞赏。另外，《溉堂续集》卷三中有不少诗作和王安石诗韵，如《拟王介甫古诗》、《咏尘次王介甫韵》等，其文章中也多次引用王安石的言论，可见他对王安石诗歌的酷好和对其诗学思想的认同。孙枝蔚对苏轼尤多契心，尝自言："予于宋贤诗颇服膺东坡"③，《溉堂续集》次东坡韵者也不少，如《除夕和东坡韵》、《除夕怀五兄大宗次东坡韵》等。他在《王阮亭咏史小乐府序》中又曰："盖才与学不可偏胜……古之能兼擅者亦不多得，惟少陵、子瞻二公耳。"④将苏

---

① 孙枝蔚：《与顾茂伦》，《溉堂文集》卷二，第 1114 页。

② 孙枝蔚：《次赠周建西韵贺令侄子常生第三子贵尝见借欧阳全集》，《溉堂续集》卷一，第 544 页。

③ 孙枝蔚：《汪舟次山闻集序》，《溉堂文集》卷一，第 1044 页。

④ 孙枝蔚：《王阮亭咏史小乐府序》，《溉堂文集》卷一，第 1039 页。

轼和杜甫并峙对举，认为二人是古代诗人中独有的才学兼备者。除此而外，他对黄庭坚也有师法，在康熙十八年（1679）入京应博学鸿词试时，随身携带《山谷集》，且作和诗二首，足以看出他对黄诗的喜好。

溉堂诗取径甚宽，不主一人一家。先就诗题来看，即有《薤露行仿子建》、《饮酒二十首和陶韵》、《短歌行扰王建》、《田家杂兴次储光羲韵》、《劝酒效乐天》、《腹剑辞和李西涯（李东阳）》、《新丰行和李西涯》等等。另外，王士禛评溉堂诗又云："古诗能发源十九首、汉魏乐府，而兼有陶、储之体，以少陵为尾闾者，今惟焦获先生一人耳。"[1] 汪楫说："甲申诸律气格绝似刘诚意。"[2] 可见溉堂诗渊源有自，自汉魏古诗到唐宋明诸大家之作均有效仿。而这种创作实践与其诗学主张又是完全一致的。溉堂曾在《叶思庵龙性堂诗序》中间接地谈过自己的诗学旨趣，他说："余谓林（子羽）与高（廷礼），亦自闽中健者，独惜其诗但从唐人入耳。"[3] 溉堂为林鸿、高棅作诗专学唐人而惋惜，可见在他看来，诗学的路径一定要宽，要博采众长，熔铸诸家，进而形成自己的诗风，因而他对王士禛的诗评价很高："阮亭公诗发源汉魏，傍及宋元，今自云效铁崖，乃似欲过于铁崖。或以余为佞，非知诗者也。"[4] 他指出王士禛的诗上溯汉魏、下逮宋元，驰骤古人，故能引领风骚。李天馥在《溉堂诗集序》中说："豹人之为诗，当竟陵、华亭互相兴废之际，而又有两端杂出傍启径窦如虞山者，而豹人终不之顾。则以豹人之为诗固自为诗者也。夫自为其诗，则虽唐宋元明昭然分画，犹不足为之转移，况区区华亭、竟陵之间哉！"[5] 李天馥指出溉堂为诗，不受时俗

---

① 孙枝蔚：《自邑中归田作》，《溉堂前集》卷一，第 70 页。
② 孙枝蔚：《村夕》，《溉堂前集》卷七，第 317 页。
③ 孙枝蔚：《叶思庵龙性堂诗序》，《溉堂文集》卷一，第 1068 页。
④ 孙枝蔚：《王阮亭咏史小乐府序》，《溉堂文集》卷一，第 1039 页。
⑤ 李天馥：《溉堂诗集序》，孙枝蔚《溉堂集》，第 1 页。

干扰，自脱依傍，实际上仍是称扬溉堂诗取径之宽。

溉堂诗风多变化，每一时期的创作风格都不尽一致。而这种变化明显地反映在《溉堂前集》、《溉堂续集》和《溉堂后集》这三个不同阶段的创作中。张兵在《清初关中遗民诗人孙枝蔚的交游与创作》一文中揭示了溉堂诗风演变的轨迹："大致来说，《前集》、《续集》和《后集》分别代表了溉堂前、中、晚三个不同时期诗风的倾向：前期学汉魏唐，但流于粗率；中期学宋，渐趋朴淡平稳；晚期则自出己意，独具风致，以真率朴实为旨归。"① 诗歌风貌摇曳多变，固然与诗人身处的社会大环境及自身遭际的变化息息相关，但也与诗人的文学修养、主观认识渐变等因素密不可分，因为在某种意义上，"变"的实质就是创新，就是前进，这符合事物发展的客观规律。孙枝蔚打破时代和门户的界限，转益多师，踵事增华，后出转精，渐变渐至"熟境"，表现出一个成熟的诗人所具备的素质。

二、积学渐进，根本经学

师法对象解决的是"学谁"的问题，至于"怎样学"，孙枝蔚主张要积学渐进，根本经学。

明代学人中的游谈无根、空疏肤廓之习，绵亘至清代并未消歇，清初学人对此多有訾议，认为要救空泛鄙俗之弊，须经学问一途。冯班曰："有一分学识，便有一分文章。但得古今十分贯穿，自然才力百倍。相识中多有天性自能诗者，然学问不深，往往使才不尽。""多读书则胸次渐高，出语皆与古人相应，一也；博识多知，文章有依据，二也；所见既多，自知得失，下笔知取舍，三也。"② 黄宗羲倡言："计一代之制作，有所至不至，要以学力为深浅。"③

---

① 张兵：《清初关中遗民诗人孙枝蔚的交游与创作》，《宁波大学学报》（人文科学版）2000 年第 1 期。

② 何焯评，冯班著：《钝吟杂录》，中华书局 1985 年版，第 46 页。

③ 黄宗羲：《明文案序下》，《南雷文定前集》卷一，第 2 页。

认为作家的学问广博与否决定作品的成就，学问可以丰富素材，拓宽视界，开掘作家的潜能，激发他们的创造力。孙枝蔚论及才、学关系时，同样强调学之重要："盖才与学不可偏胜，然才有尽而学无穷。……才犹山之有木，木一本而已；而叶与岁俱新，百岁之荣无以异于一岁焉，是可谓无尽矣。而旦旦而伐，则无牛山之美，故学犹雨露之泽，栽培之力也。吾读咏史之作，又深喜其可以劝学焉。"①"才"有先天的禀赋，但更多的是来自后天的学习和磨炼，生命有涯而学海无涯，所以"才有尽而学无穷"，寺人的才思、才情、才略靠"栽培之力"，依靠不懈的勤学苦练，才会学有所成。

　　孙枝蔚在《赠张山来兼呈徐松之处士》中说："维昔杜陵翁，万卷供下笔。谓诗不关学，岂非严之失（严沧浪诗话：'诗有别才，非关学也'）？时贤吁可怪，读书乃不必？"②他深谙杜甫"读书破万卷，下笔如有神"之道，批判严羽割裂了诗歌创作和学习之间的关系，其旨归还是在务学。不过究严羽本意，并非否定学问之用："夫诗有别才，非关学也；诗有别趣，非关理也。然非多读书、多穷理，则不能极其致。""诗道亦在妙悟。"③可见严羽论诗并不废学问，他强调的是"羚羊挂角，无迹可求"、"透彻玲珑，不可凑泊"的"兴趣"和"妙悟"。"时贤吁可怪"反映了清初政局稳定后经生士子致力于举业，无暇攻诗，及涉笔为诗，便欲以诗出名求得终南捷径的风习。

　　诗歌创作必须以深厚的学养为基础，而学问的获得绝不可能一蹴而就，须勤学渐进，不断积累，如施闰章所言："未有不阅览专思终身肆力而能特立不朽于后世者也。"④孙枝蔚主张积学渐进，他

---

　　①　孙枝蔚：《王阮亭咏史小乐府序》，《溉堂文集》卷一，第 1039 页。

　　②　孙枝蔚：《赠张山来兼呈徐松之处士》，《溉堂文集》卷五，第 1458 页。

　　③　严羽：《沧浪诗话·诗辨》，中华书局 1985 年版，第 6 页。

　　④　施闰章：《汪舟次诗序》，《学徐堂文集》卷五，《四库全书》集部第 1313 册，第 57 页。

在《示儿燕》中说:"被里作文枕上观书,此是熟境;席上赋诗山头驰马,此是险事。""盖作文之法与用兵不同,与其拙速不如工久也。"① 作诗要不断琢磨,反复习练,方能有所提高。溉堂诗精深的艺术功力有赖于苦心吟咏、锤炼推敲:"改罢长吟,樽酒细论数语","每遇题到手,稿必屡易,或数月之后再取视之,复一字不留。老来慎重如此,盖亦惩往日之失也。"② 苦心孤诣,可见一斑。

孙枝蔚平生嗜读,以此为乐:"细论每夜吟咏之声,彻于户外,此乐人生未易多见也"③,又曰:"吾自三十以后,始谢去游侠声色之习,折节读书,慨然慕陈慥之为人。今吾虽长贫而不至饥死者,赖学耳。生平多失,惟此为得。"④ 读书竟至"不知寒暑与饥饱"。他督勉其子要及时读书,不能延宕:"栽竹必待辰日,此决非嗜竹者;捕鱼虾必待亥日,决非渔翁所为。读书人又可知也。故孔子曰:'学如不及,犹恐失之',而程子释之云:才说'姑待明日',便不可也。"⑤

才情与学识都有赖于诗人"积学以储宝"的积淀,而在具体的创作中,诗人的灵感亦不可轻忽。其《诫子文》载:"吾尝中夜而起,呼婢索灯,婢云:'油尽,目中不得见一物',深苦之心有所得不能即刻书之于纸,忧愁烦乱,惟恐起而忘之也。"⑥ 让人于机趣中知灵感一触即发,转瞬即逝,可遇而不可求。这种"心有所得不能即刻书之于纸"的"忧愁烦乱"与歌德所说的"梦境的冲动"、"梦行症的状态"如出一辙:"事先毫无印象或预感,诗意突然袭来,我感到一种压力,仿佛非马上把它写出来不可,这种压力就像一种本能的梦境的冲动。在这种梦行症的状态中,我往往面前斜放着一张稿

---

① 孙枝蔚:《示儿燕》(其三),《溉堂文集》卷二,第 1075 页。

② 孙枝蔚:《与顾茂伦》,《溉堂文集》卷二,第 1114 页。

③ 孙枝蔚:《与临洮广文郭怀德》,《溉堂文集》卷二,第 1092 页。

④ 孙枝蔚:《诫子文》,《溉堂文集》卷四,第 1175 页。

⑤ 孙枝蔚:《示儿燕》(其三),《溉堂文集》卷二,第 1075 页。

⑥ 孙枝蔚:《诫子文》,《溉堂文集》卷四,第 1175 页。

纸而没有注意到，等我注意到时，上面已经写满了字，没有空白可以再写什么了。"① 如天籁般的灵感来无影去无踪，具突然性和未知性，是诗歌创作中的一种自发状态，可使诗达到高妙的境界，"作诗，兴会所至，容易成篇"，也即陆放翁所言："文章本天然，妙手偶得之。"当然灵感也并非空穴来风，离不开诗人平素的覃思精虑及敏锐的审美体悟。

论诗讲本源、溯源流、尚学问，那学问的根本是什么？孙枝蔚认为是经学，他主张"循本"必须"返经"。孙枝蔚于经学颇有研究，尝著《经书广义》②，惜已佚，原著信息从《论语孟子广义序》可略知一二。他教谕子弟为学，考其肄业自《论语》始，因其"总括五经之要书"。然时俗士子拘泥朱注，因笃信"此外恐于举业不利"，他断然阻止："误矣！误矣！程、朱岂尽当？""抑知朱注固非无所根据耶？"连续诘问，语疾声切，其治学之独立思考精神可以想见。他接着说："近日钱虞山每劝学者通经，先汉而后唐宋。又跋文中子《中说》云：'文中子序述六经，为洙泗之宗子，有宋巨儒自命得不传之学，禁遏之如石压笋，使不得出六百余年矣。'余尝闻其言，而心是之，方恨举业盛行时鲜有可共语者。'大音稀声，其观点与钱谦益的思想暗合，亦见其不囿于宋儒之说，自抒己见，不为世俗羁绊的可贵精神。为救时俗之病，他"旁引汉唐诸家之说，间亦采及近贤杂辩，复附以隅说，积久成帙，命曰《广义》"③。

孙枝蔚论诗讲求返经返孔孟之道，还原经学原貌，反对割裂、歪曲经学著作竟至不睹古人本来面目的倾向，这是从学术史的发展角度，回溯反观，寻觅诗学经术的正脉源头，通过对原始经典的重

①　[德]爱克曼辑录，朱光潜译：《歌德谈话录》，人民文学出版社1980年版，第207页。

②　南京师范大学古文献整理研究所：《江苏艺文志·扬州卷》（上），江苏人民出版社1995年版，第83页。

③　孙枝蔚：《论语孟子广义序》，《溉堂文集》卷一，第1063页。

新阐释，来纠正当时违背诗义、割裂原典的学术误区，正本清源，有益世道。

自顾炎武提出"理学，经学也"的著名命题，后经全祖望概括为"经学即理学也"，此说流布甚广。这一命题的最初表述见于顾炎武《与施愚山书》："理学之传，自是君家弓冶。然愚独以为理学之名，自宋人始有之。古之所谓理学，经学也，非数十年不能通也，故曰：'君子之于《春秋》，没身而已矣。'今之所谓理学，禅学也，不取之五经而但资之语录，校诸帖括之文而尤易也。又曰：'《论语》，圣人之语录也。'舍圣人之语录，而从事于后儒，此之谓不知本矣。高明以为然乎？"① 他认为"古之所谓理学"的经学，才是真正的理学，而宋以后的所谓理学则是禅学，孔子之学"举尧舜相传之所谓危微精一之言一切不道"，只讲关系民生和人伦日用；而程朱理学则是"置四海困穷不言，而终日讲危微精一之说"，因此学者要以研究古经为根柢，而不能到宋明理学家的语录中去生搬硬套。

孙枝蔚语境中的"理学"，显然即顾炎武所言"经学"，《论语孟子广义序》确为佐证。他推崇诗文创作以经史为根本，"每劝相知学六经"，并以此为品评作品高低优劣之圭臬，如《易老堂集序》叹赏冯密庵："性好读书，记览无遗，而尤潜心于理学。故其发而为言，盖不屑求悦今人之耳目者也。譬之有源之水，虽一泉一壑而自有莫可遏御之势，与夫饮水为园池者异矣。有本之木，虽苍枝冷萼，自有一种幽鲜之色，与夫剪纸为牡丹芍药者异矣。"② 冯密庵潜心经学，通经汲古，学有条贯，故其诗活色生鲜；而征逐声利之徒作诗如土龙沐猴，"剪纸为牡丹芍药者"之类，两相比照，姿态迥异。

---

① 顾炎武：《与施愚山书》，《顾亭林诗文集》，中华书局 1959 年版，第 58 页。
② 孙枝蔚：《易老堂集序》，《溉堂文集》卷一，第 1041—1042 页。

三、吟咏性情，倡导本真

"诗主性情"是清初诗学的一面旗帜，顾炎武说："诗主性情，不贵奇巧。"① 黄宗羲说："诗也者，联属天地万物而畅吾之精神意志者也。"②"今之论诗者，谁不言本于性情？顾非烹炼使银铜铅铁之尽去，则性情不出。"③ 他们主张将表达真实的思想感情放在诗歌创作各要素的首位。与晚明主情论者不同的是，其所言之"性情"，更多地与故国倾覆的黍离之悲相联系。性情本身没有真假之辨，但性情之表达却有真假之别。那些为文造情、矫揉虚饰的作品，其抒写的感情，乃是假的。假性情之作，因其假，而没有灵性与情感，不能引人感发，涤荡人心。魏象枢曰："古人之诗，出于性情。故所居之地，所处之时，所行之事，所历之境，所见之物，至今一展卷了然者，真诗也。""然而不真者颇多，即如汲富而言贫，极壮而言老，极醒而言醉，极巧而言拙，失其真矣。且功名之士，故发泉石之音；狂悖之徒，饰为忠孝之句，尤不真之甚者也。学者亦以真诗为法哉！"④ 诗歌创作贵在表达自己的真情，所谓"有本"，"有物"，有诗。被誉为"清初直臣之冠"的魏象枢，其所论议的"真"，不仅针对当时"为文造情"的矫饰倾向，也是针对功名之士、狂悖之徒的尚假崇虚之风，有政治寓意。

孙枝蔚和顾、黄诸人倾向一致，也以抒情言志作为诗歌的本质，论诗及创作特别讲究真情之参与，将立意之诚目为诗歌价值的重要构成："诗句不必如芙蓉，援笔贵取定心胸。"⑤ 反对雕琢为文，主张以赤诚之心示人。沈德潜《清诗别裁集》说豹人诗"自有真

---

① 顾炎武著，黄汝成集释，栾保群、吕宗力校点：《日知录集释》，花山文艺出版社 1990 年版，第 913 页。

② 黄宗羲著，陈乃乾编：《黄梨洲文集》，中华书局 1959 年版，第 360 页。

③ 黄宗羲著，陈乃乾编：《黄梨洲文集》，中华书局 1959 年版，第 362 页。

④ 魏象枢：《寒松堂集》，中华书局 1985 年版。

⑤ 孙枝蔚：《题孙钟元徵君答刘公考功书及和韵寺卷后》，《溉堂续集》卷三，第 706 页。

意"①，张穆恭对此亦有真切体会，他点评孙诗曰："处处见厚道，非本乎性情而徒求工于字句终不合拍?"② 不过李因笃持论稍异，认为溉堂诗"长于叙事言情，惜写景语尚少"，见《枫桥》诗后记："唐人每善作景语，如张继《枫桥》诗尤为高手。富平李翰林子德谓予诗长于叙事言情，惜写景语尚少；予尝心是其言而不能用也。然而痛者不择音而号，犹醉者不择地而眠。予方自恨写景与事有所不能尽，远不及老杜百分之一，又安知诗中何者为景少于情? 何者为情不如景乎?"③ 李因笃受顾炎武之影响，认为"写景难，抒情易"，针砭当时诗坛轻营造意境、重阐发义理的陋习，可谓切中时弊。但是将情与景截然分开则大谬，难怪孙枝蔚不赞同他的观点。李因笃论诗尚有明代格调诗学的痕迹，而孙枝蔚则能抛弃诗歌形式的局限，坚守诗歌的抒情本质；情景本不可分，他的思考是相当深刻的。

孙枝蔚编纂的《诗志》一书（已佚）即以"言志"为宗旨："自《舜典》云'诗言志'，《毛诗序》本之云'在心为志，发言为诗'，厥后庄子有'诗以道志'之谈，孟子有'以意逆志'之解，扬子有'说志者莫辨乎诗'之语。三子高才绝学，不耻相沿，所谓'圣人复起，斯言不可得而易'也。故予网罗同时之作，颇有选检，名曰《诗志》，敢窃取其义焉?"④ 清初诗坛流布一种贵古贱今的偏见，对此他借《诗志》廓清迷雾，强调"诗言志"才是最能说明创作规律的根本原则，只要言志，当代同样可以创作出无愧于古人的好诗，今未必卑于古。

明后期七子派复古思潮盛行于世，以追求格调气象合于古人为

---

① 沈德潜选编，吴雪涛、陈旭霞点校：《清诗别裁集》，河北人民出版社1997年版，第238页。
② 孙枝蔚：《送张哲之先生还里》，《溉堂续集》卷一，第550页。
③ 孙枝蔚：《枫桥》，《溉堂后集》卷四，第1397页。
④ 孙枝蔚：《诗志序》，《溉堂文集》卷一，第1060页。

旨归的创作风气弥漫诗坛，孙枝蔚强调以抒写真情为创作根本，在当时有沿波讨源、起衰振弊的重要作用和影响。也在《易老堂集序》中先痛切批评模拟古人之风："李韩诗文，半为庸俗所乱，则又毒过祖龙、恶胜洪水者也。"[①] 从诗歌自身发展来讲，缺乏内心深处的真情感，一味雕镂模拟，"强自托于佩玉鸣珂以为文"、"标枝野鹿以为质"[②]，只从语言文字的构建组合上寻找诗的外壳，格调优先于性情，如钱谦益所说"诗为主而我为奴"，必然会背离诗歌言志抒情的根本，以致误入歧途，祸害甚厉。他继而说："诗与文皆言也，言以传道，而谓道在于是，则有所不可。沉今之人舍道而求言，所赏者乃惟是音节之工与体态之美而已乎？夫二者亦何难之有？鹦鹉鹦鹆之类教之，百日能学人语矣。马可使之舞，象可使之拜，其体未尝不备也，奈何俨然号为作者而甘自比于是？宋之不如屈也，班之不如马也，是其大较已。"[③]"宋之不如屈，班之不如马"，在于屈原"发愤以抒情"，司马迁"发愤以著书"，及后来韩愈踵武前贤而"不平则鸣"，欧阳修"诗穷而后工"，其精神气格是一脉相承的，文中自有作者"不得不发"的郁勃真气；而宋玉、班固的作品辞藻翰墨虽工而神气匮乏，较之屈马，高低自见。他认为学诗一味追求形式层面的"音节之工与体态之美"，诗中全然不见创作主体之声息气韵，则诗歌的生命特质将泯灭殆尽，这无疑舍本逐末，只能步入褊狭一途，如孔子所言："言之无文，行而不远。"

诗歌创作要表现人的真情，而表现真情也就是突出诗人的个性，也是作为诗人的必要条件。诗人的性情直贯到作品中，诗如其人，人的性情深浅、学问高低、趣味俗雅贯穿、延伸到诗的艺术表现形式之中，诗歌才有如人本身一样的风格面貌，评诗即评人，这是传统诗学的一个基本观念。方象瑛《湫堂后集序》曰："数卷中

---

① 孙枝蔚：《谢家无言》，《湫堂文集》卷二，第 1071 页。

② 孙枝蔚：《吴宾贤〈陋轩集〉序》，《湫堂文集》卷一，第 1046 页。

③ 孙枝蔚：《易老堂集序》，《湫堂文集》卷一，第 1041 页。

岁不多作，而古健质直，旨趣遥深。即偶然赠答之作，亦感慨萧凉，各有其故，于陶杜间自出一手笔。姜桂之性，老而愈辣，诗固如其人耶?"①沈德潜《清诗别裁集》亦"称其人品之高"②。诗品即人品，反之人品即诗品，方、沈述评殊合此意。孙枝蔚个性特出，棱角分明，反映在诗中，即以本真面目示人。尽管心知"直言易取祸，性傲多违时"，"豪宕不羁"之本色却一仍其旧。他对名场风波"目击心骇"，遂淡泊荣利，"不工依人之术"，"弥念箪瓢之乐"，所以王士禛任扬州推官时，时贤名流趋之若鹜，惟他不趋步追附，求媚经生，婉言绝此攀附之嫌："吉节未敢趋贺，非山人之无礼也。循例逐队之后，惟恐转劳贵驾耳。"③以"山人"自居，无拘无缚、自在度日之态宛见，反奴性、反依傍的思想非常明显。《清稗类钞》册八"诗友"条下载"孙豹人交王文简（王士禛）"云："王文简司李扬州，慕豹人名，欲往诣之而恐其不见，乃先贻之以诗曰：'焦获奇人孙豹人，新诗雅健出风尘。王宏不见陶潜迹，端木宁知原宪贫。'遂为莫逆。"④枝蔚之个性，兹可补正。另据《清史稿》载："……时左赞善徐乾学方激扬士类，才俊满门，枝蔚弗屑也。"⑤其狷介如此，当令汲汲于权贵者赧颜。他还认为人格上的趋附会导致创作上自主性的丧失："待命与求而后应之者"为"有待者"，"有待者为不得已，则无待者为得已；有待者为私，则无待者为公"。他申明与潞安太守萧公交往的《八行厅记》："所记惟门内问答之词，此非贡谀而作。"⑥对于孙枝蔚其人其诗，尤侗曾言："余闻孙豹人先生名久矣，每读其诗，想见其人。意谓身长八尺、声如洪钟、须

① 方象瑛：《溉堂后集序》，孙枝蔚《溉堂集》，第1209页。
② 沈德潜选编，吴雪涛、陈旭霞点校：《清诗别裁集》，河北人民出版社1997年版，第238页。
③ 孙枝蔚：《与王阮亭》，《溉堂文集》卷二，第1075页。
④ 徐珂：《清稗类钞》（册八），中华书局1986年版，第3600页。
⑤ 赵尔巽等撰：《清史稿》，中华书局1977年版，第13355页。
⑥ 孙枝蔚：《与潞安太守萧公》，《溉堂文集》卷二，第1090页。

眉皓白、衣冠甚伟者必是其人也。"尤侗与孙枝蔚的相识始于读溉堂诗，未见其人，先读其诗，由诗观人，跃然纸上。其人风致令他思慕不已："余读之，有飞扬跋扈之气、嶔崎厉落之思、嚖咋铿鎉之音、浑脱浏漓之势，此先生本色也。"①

诗歌要表现"至情"，而要使性情深至，则必须有一番陶冶的功夫，即黄宗羲提倡的"烹炼"。首先是社会生活对诗人的磨炼。孙枝蔚一生虽然以寓居扬州时日为多，但中晚年频频游学、游幕，踪迹遍及大江南北，王泽弘《溉堂后集序》言："先生秦人也，寄居广陵，穷老无归，以谋生不暇，日奔走于燕、赵、鲁、魏、吴、越、楚、豫之郊，其所阅历山川险阻、风土变异及交友、世情向背厚薄之故，皆一一发之于诗，以鸣不平而舒怫郁。"②漂泊既久，风尘困顿，乞食艰难，触景感物，无一而非诗，自胸臆发出，尤可感人。诗人的社会阅历越丰富，就越能认识现实，性情也就越深至。如果与社会隔绝，不历人情物态，就会滞碍诗情。枝蔚于1676至1677年在江西总督董卫国幕中坐馆授童子，慨叹："两年来所得诗不满百首，孤陋寡闻，是以至此。"③其次，诗人独特的个性和风格并非与生俱来，而要不断"养气"才能沉淀下来。

孙枝蔚晚年在《诫子文》中说："居今之世，惟多读书可以使人敬，惟至诚可以使人感，惟耕田可以不求人。此三者之外，吾不能为儿计也。"④这是他参透人生世相后对子嗣的告诫，也是自己一生为人、为文的写照。其卓尔不凡的人格精神，有力的诗学实践，重学问性情的诗学思想，亦可见一斑。

---

① 尤侗：《溉堂词序》，孙枝蔚《溉堂诗余》卷一，第931页。
② 王泽弘：《溉堂后集序》，孙枝蔚《溉堂集》，第1207页。
③ 孙枝蔚：《与王幼华书》，《溉堂文集》卷二，第1132页。
④ 孙枝蔚：《诫子文》，《溉堂文集》卷四，第1175页。

第二节　汪懋麟的诗学观及其诗风演变

汪懋麟（1639—1688），字季角，号蛟门，江苏江都（今扬州）人。康熙六年（1667）进士，九年选官为中书舍人。十七年举"鸿博"，以丁父忧未与试。既服阕，改官刑部主事，后因徐乾学荐，入史馆充纂修官，与修《明史》。二十三年以放言无忌，遭谗罢归乡里，又四年卒。著有《百尺梧桐阁集》二十四卷，系康熙十七年自选本，凡诗十六卷，文八卷。诗集收康熙元年至十七年作品，编年分体，计一千二百九十首。身后复有《百尺梧桐阁遗稿》十卷，均为诗，系其殁后二十余年由侄汪荃撮残稿编成，收康熙十八年至逝世时作品，体例略与前同。另有《锦瑟词》一卷。汪懋麟在清初诗坛名噪四方，王士禛称其"诗才隽异"[1]，王又旦吟叹"广陵汪五最俶傥，风流名满天南陲"[2]，自以为望尘莫及。王晫《今世说》中的简笔勾勒足见其超凡脱俗之态："汪蛟门居百尺梧桐阁，隐囊麈尾，颂洒弹棋，兴致萧远，飘飘欲仙。……其立心澹澹而高明。"[3] 蛟门早年求学问途于四方硕彦，中年仕宦于京师，诗学活动已走出维扬一隅，在江南、京师、山左、闽粤都有广泛的交游，其诗学观也突破了地域的界限，诗风亦与时、与境俱变，形成了自己独特的面貌，在清初诗坛独树一帜。

一、汪懋麟的诗学观

《百尺梧桐阁集》卷二是汪懋麟为诸家所作诗序，据此略可窥知他的诗学观。

---

① 王士禛著，张宗柟纂集，戴鸿森校点：《带经堂诗话》（上册），人民文学出版社 2006 年版，第 261 页。
② 王又旦：《黄湄诗选》卷八，南京图书馆藏康熙刻本。
③ 王晫：《今世说》，古典文学出版社 1958 年版，第 42 页。

（一）读书积学，自成一家

蛟门素以"积学苦不早，生年空后时"[①]自勉，平生嗜读，"爱向前贤行处行"，并以此为乐："有书可读诗可吟，万事徒劳挂胸膈。"[②]自言少岁时"回算从前好风景，乱书堆里过青春"；王又旦亦称其早年"左图右书插满架"、"缥缃万卷无停披"，而能"诗成落笔传乌丝"[③]。即使后来入京为官，繁忙的政事之余也不辍读书，王士禛《比部汪蛟门传》云："君固嗜书，每入直襆被，外携书卷。自随公事毕，辄铅椠雒诵，或行吟陛楯间，丙夜不辍，由是学日益博，诗文日益有名。"[④]张贞《汪君蛟门传》可印证此说："事毕出署，即键户读书，入直亦挟筴橐笔于殿阁之侧，北阁校雠，朱墨狼藉，至丙夜呻佔声犹彻直庐"[⑤]，其读书焚膏继晷，坚之以志意，继之以岁月，此种"不畏冷板凳，不避孤寂境"的境界，常辈不敢望其项背。"终年弄笔砚，岂敢言勤劬"[⑥]的勤奋，"于学无所不窥"（徐乾学赞语）的广博，成就了他的卓荦不凡，徐元文称蛟门"学识淹通，篇章赡敏"（《含经堂集》卷十八），阮元叹赏他"胸中经纬大有用"、"撑肠挂腹万卷书，其才郁塞不可舒"[⑦]。施闰章亦感喟"惭君诗思真涌泉，被酒长篇疾如扫"[⑧]，均推崇备至。

读书可以养气，而"气"对于创作关系匪轻，蛟门在《学文堂文集序》中说：

> 凡古人为文者，必先养其气，穷于理而达于事。养其气然

---

①　汪懋麟：《百尺梧桐阁集》，《四库全书存目存弓》集部第 241 册，第 832 页。

②　汪懋麟：《百尺梧桐阁集》，第 576 页。

③　王又旦：《黄湄诗选》卷八，南京图书馆藏康熙刻本。

④　汪懋麟：《百尺梧桐阁集》，第 801 页。

⑤　张贞：《杞田集》卷六，清康熙刻本，第 74 页。

⑥　汪懋麟：《百尺梧桐阁集》，第 569 页。

⑦　阮元：《揅经室集》卷五，《续修四库全书》集部第 1478—1479 册，上海古籍出版社 2002 年版。

⑧　施闰章：《学馀堂集》，诗集卷二十二，《四库全书》集部第 1313 册，台北商务印书馆 1986 年版。

后为文，有纡徐涤畅之态，而无躁慢浮动之习；穷于理，庶几得乎圣贤中正之旨，不为邪说曲学之所惑；达于事，则可参于古酌于今，不徒为空疏可喜之论。①

《笠山诗集序》中的一段话可与之互相发明：

> 士君子立身为天下望，莫先于气节，其人浩然以往，矫然以立，斯好恶；正好恶，正由学问严；学问严，斯度量远；而言语有典则，故触于物而为言也，必予人以可兴可慕。②

这里的"气"，既涵盖了孟子"吾善养吾浩然之气"的道德自我完善之义，也与曹丕"文以气为主"强调的个性相吻合，更关涉到叶燮语境中的"胸襟"。"气"乃"文"之依托："养其气然后为文，有纡徐涤畅之态，而无躁慢浮动之习"，正如韩愈所作的精妙譬喻："气，水也；言，浮物也。水大而物之浮者大小毕浮，气盛则言之短长与声之高下者皆宜"，充盈之"气"可救言语枯竭滞涩之弊。"养其气"是"穷于理"、"达于事"的前提，蛟门所言"事"、"理"，偏重"圣贤中正之旨"，即《尚书》中"直而温，宽而栗，刚而无虐，简而无傲。诗言志，歌永言，声依永，律和声，八音克谐，无相夺伦"的和谐原则，蛟门深得诗学三昧，并将之作为品评作品的重要标准，如其为梁清标《蕉林诗集》作弁言："先生之诗，本于学问，出于和平，雍容浑浩，博通于诸大家而不得执一以名诗有之，穆如清风，其风肆好"③，字行间难掩其热忱和喜好。

读书还可以填充腹笥，丰富典识，探源索流，融通变化。蛟门评论时人作品，常钩抉其学问根底，如评宗元鼎《新柳堂集》"学有源本，旁搜子、史、六朝奇闻僻事，罔不手抄心识"④，赞王又旦

---

① 汪懋麟：《百尺梧桐阁集》，第683—684页。
② 汪懋麟：《百尺梧桐阁集》，第691页。
③ 陶梁辑：《国朝畿辅诗伟》卷六，《续修四库全书》集部第1681册，上海古籍出版社2002年版。
④ 汪懋麟：《百尺梧桐阁集》，第689页。

《黄湄诗集》"诗之有本"，都是在强调博览群书、广师前贤以积累
创作经验和艺术技巧的重要性。他还讽刺那些一味摹拟而不能创新
的人："今人不求为诗之本，徒以世代为升降，撮合陈言，粉墨颠
错，漫无黼黻之序"①，故蛟门虽主张学习前人，但决不是要人们对
古人焚香顶礼而无所作为，或是做古人的优孟衣冠，而是强调要有
自立的气概，要兼采众长，自具面目。这种精神自然贯注在蛟门的
创作中，《汪君蛟门传》云："至其有韵之语，由三唐入，复上溯汉
魏、六朝以穷其源，且沿及宋元以博其趣，拟议成变，日新富有，
久之而创获法外，神解于象先，自成一家、人莫测其所从出也。"②
费锡璜序《百尺梧桐阁遗稿》："自明人摹拟事调，三变而至常熟，
乃极称苏陆以新天下耳目，先生与阮亭、愚山、纶霞、豹人、周
量、荔裳、公勇诸前辈，适承其后，各立畛域以言诗，其时宋调
入，人未深故，先生诗斟酌于唐宋之间，用唐而不失之胶固，用宋
而不失之颓放，渊情微致，揽之有余。""蛟门先生初年沉酣于唐调，
中年变化于宋元诗，不专一体，不学一人，要之淡宕而清远，则方
驾王孟钱郎且不啻过之也。"③ 取法于古人，使也能"会其指归，得
其神理。以是为诗，正不伤庸，奇不伤怪、丽不伤浮，博不伤僻，
决无剽窃吞剥之病"④，加之覃思精虑，取舍有法，笔墨喷薄，故能
不蹈古人脚跟而独开生面。另宋荦《百尺梧桐阁遗稿序》曰："君
诗出入昌黎、眉山间，而时出新意，能自成家，与其文皆卓乎可
传者。"⑤ 黄庭坚言："文章最忌随人后"，蛟门从有法可循，到不为
法所拘，"自成一家始逼真"，表现出可贵的创新求变、自省自立
精神。

---

① 汪懋麟:《百尺梧桐阁集》，第 692 页。

② 张贞:《杞田集》卷六，清康熙刻本，第 74 页。

③ 汪懋麟:《百尺梧桐阁集》，第 800 页。

④ 叶燮著，霍松林校注:《原诗》，人民文学出版社 1979 年版，第 18 页。

⑤ 汪懋麟:《百尺梧桐阁集》，第 798 页。

杜甫、韩愈乃宋诗之源，蛟门学宋，渊源有自。蛟门学诗广师前贤，而颇服膺韩愈，尝精选韩诗一百四十一首以"自娱"，《选韩诗序》云："韩愈氏出，论诗独推李、杜，谓其陵暴万物。故其为诗，窃有意于甫，而又不欲遂以甫之诗为之，更辟一境，务为巉割怪险，而御之以气，一往横肆，如其为文，遂自为愈之诗而非甫之诗，人亦自然知非甫之所为而为之者，惟其愈而已。""甫之学鲜能传者，传之惟愈，若尧之与舜，孔之与颜，不可诬也。"[1] 韩愈深得杜甫诗艺之衣钵真传，而能脱胎换骨，自出机杼，"不烦绳削而自合"，即赵翼《瓯北诗话》所说的"至昌黎时，李、杜已在前，纵极力变化，终不能再辟一径。惟少陵奇险处尚有可推扩，故一眼觑定，欲从此辟山开道，自成一家，此昌黎注意所在也。""其实昌黎自有本色，仍在文从字顺中，自然雄厚博大，不可捉摸，不专以奇险见长。"[2] 昌黎卓然自立，可谓善学者，故能于杜甫之后雄踞诗坛，光耀后世。

蛟门论诗也很重视创作主体独立性的体现。孙枝蔚在江都与蛟门比邻而居，志意投合，交情甚厚，蛟门对孙诗成就予以充分肯定："先生为诗，初喜六朝，继归汉魏，于唐宋元人全集莫不手批心识，即近代凡以诗名者皆流览，能一一道其所以，故其诗纵横沉博，有正有变，意思所托，准乎风人，不能名其为何代何人之诗，盖自成其为'孙子之诗'也。"[3] 孙枝蔚打破时代和门户的界限，转益多师，表现出一个成熟的诗人所具备的素质，故蛟门将之引为同调。他还颇称赏吴嘉纪《陋轩诗》："大抵四五言古诗，原本陶潜，纵横王粲、刘桢、阮籍、陈子昂、杜甫之间；七言古诗浑融少陵，出入王建、张籍；七言近体幽峭冷逸，有王、孟、钱、刘诸家之致，自脱拘束；至所为今乐府诸篇，即事写情，变化汉魏，痛郁朴

① 汪懋麟：《百尺梧桐阁集》，第 701 页。
② 郭绍虞、富寿荪编选：《清诗话续编》，上海古籍出版社 1983 年版，第 1164 页。
③ 汪懋麟：《百尺梧桐阁集》，第 794 页。

远，自为一家之言，必传于后何疑欤？"① 吴嘉纪驱骤古今而不蹈袭前人，由博返约，达到自得，既能继承，更能创新，成就斐然，无可争议地与顾炎武并称为"遗民诗界的双子星座"。

（二）吟咏性情，倡导本真

"诗主性情"是清初诗学的一面旗帜，"作诗者在抒写性情"、"作诗有性情必有面目"几为清初人之共识，此诗论自然濡染到蛟门。魏象枢评其诗："调高情弥真"②，体会真切。蛟门认为真诗须诗中有人，他在《陈学士诗集序》中说："后之学诗者，每于穷愁无聊闺房流荡之作诵习不倦；而于郊庙雅颂之诗，谓其繁音纤节，奥衍质实，相率而苦厌之。"司马迁曰："《国风》好色而不淫，《小雅》怨诽而不乱"，此千古论诗之祖。察考《诗经》以来的诗歌传统，不管表达的是"穷愁无聊"的"怨诽"之情，还是"闺房流荡"的"好色"之情，它们共同的品质是真，是发乎情、止乎礼、任情而不逾度的真情，故此类诗为后之学诗者口追心摹，传世不朽，其可贵也正在于此；然学诗者"为赋新词强说愁"，为求真而失真，则又误入歧途，即蛟门进而剖析的："故有身处贵盛，四体强壮，心托言疾病穷老，以为非是不可以言工；甚有足未越乎乡里，早贵京邑，亦必远思穷山幽壑，以为非是不可以明高。二者皆过也。古人之诗随乎境、触于情，止夫义，讵容伪托欤？"③ 不疾而呻，欢而不笑，东施效颦，尽作扭捏之态，为诗若此，诗与人分离割裂，人之声息气韵泯然全无，几同无诗，如叶燮所言："使其人其心不然，勉强造作，而为欺人欺世之语。能欺一人一时，决不能欺天下后世。究之阅其全帙，其陋必呈。其人既陋，其气必苶，安能振其辞乎！"④ 故蛟门强调诗歌

---

① 汪懋麟：《百尺梧桐阁集》，第 690 页。

② 魏象枢：《寒松堂集》卷七，中华书局 1985 年版。

③ 汪懋麟：《百尺梧桐阁集》，第 682 页。

④ 叶燮著，霍松林校注：《原诗》，人民文学出版社 1979 年版，第 52 页。

要"应声而出",不容伪托,不可"欺心以炫巧",诗如其人,诗人之才、志、情、遇尽在尺幅之内,方可称为"有诗",为"真诗",即叶燮比拟的:"其心如日月,其诗如日月之光。随其光之所至,即日月见焉。故每诗以人见,人又以诗见。"① 又《学文堂文集序》从文体接受、传播的角度对诗、文作了比较:"陈子顾谓余曰:'士君子读书明道,当为古文传千百世,安用工五七字为?'余曰:'自周、秦、汉、唐以来能文者何虑数十百家,而宋以后书人多不屑读,则千百世后谁览子文者?不若诗以感人而传之为可信。'"② 文以载道,诗以抒情,二者功能各异,是以艺术张力有显隐、浅深之别,蛟门认为诗歌生命力盛茂不衰,胜在真朴、感人。

真诗在表现方法上也有特点,追求天真烂漫、自然而然的天然本色之美。徐世昌对蛟门诗有准确体认:"诗多磊落使才,称心而言,不以修饰锻炼为工。"③ 重"真",反对有意为文、徒具形式的雕琢之美是蛟门文学批评的重要标准,他在《南州草堂集序》中说:"近代立言之家多矣,尤必以无言不工乃可喜而邀名于时,故工诗矣必工词,工词矣必工古文,非是则以为非工之至而名不成。呜呼!难矣。古之人非有意为文也,将以明道也,乌有辞弗顾于理,理弗顾于事,襞积雕绘为邀名之具乎?"④ 究蛟门论诗之"道",三语以蔽之,曰理、曰事、曰情:因揆之于理而不谬,征之于事而不悖,絜之于情而可通,故明诗"道"则可当乎理、确乎事、酌乎情,若舍此标准,意在笔先,对此类沽名钓誉者,蛟门深恶之,攻讦其只在诗的格调、字句上用功,谐声命律,模范古人,堆积骈枝俪叶,涂抹芳泽,"诗为主而我为奴",必然背离了诗言志抒情的本

① 叶燮著,霍松林校注:《原诗》,人民文学出版社 1979 年版,第 52 页。
② 汪懋麟:《百尺梧桐阁集》,第 683 页。
③ 徐世昌辑:《晚晴簃诗汇》卷三十六,中国书店 1989 年版。
④ 汪懋麟:《百尺梧桐阁集》,第 695 页。

质，为诗之大忌，与庄子说的"朴素而天下莫能与之争美"的艺术至境相去甚远。况且，过度地雕绘藻饰，会损害人的正常欣赏力，如《老子》中说的："五色令人目盲，五音令人耳聋，五味令人口爽，驰骋畋猎令人心发狂。"相形之下，蛟门对自然本色之作颇多激赏，《粤游诗序》云："今读其（指翰林院编修赵铁溟）诗，苍凉闲肆，不屑屑于雕琢，一往如洪涛直泻，混浩自得。"①

诗歌要表现"至情"，而要使性情深至，则必须有一番陶冶的功夫，即黄宗羲提倡的"烹炼"，这主要指社会生活对诗人的磨炼。《百尺梧桐阁集》"凡例"云："前此少作，自志学以来，即事拈弄，不过风云月露，语涉儿戏，悉从删削。癸卯秋举省试入京，始得山川友朋之助，弃去帖括，肆力为诗十余年，奔走南北，触绪写怀，凡所得诗十存四五，虽诗不必工而意之所寄，亦不忍弃，用志岁月。"②蛟门尽芟早期绮靡声情之音，惟存"触绪写怀"、"意之所寄"之作入集，足见其心意。

（三）祧唐祢宋，兼容并蓄

清代的唐宋诗之争聚讼不休，蔚为大观，实贯穿了近三百年清代诗史。清初诗坛承续明代尊唐黜宋之余绪，在此背景下，蛟门和吴之振、吕留良、黄宗羲、叶燮等大力倡导宋诗，对当时诗坛的宗宋之风产生了较大影响。蛟门祧唐祢宋、兼容并蓄的诗学观，大致分为三个层次：

其一，从诗史发展的承续性角度强调唐、宋诗的相承关系，力斥尊唐黜宋之说。他在序吴绮编选的《宋金元诗选》时云：

> 近世言诗者多矣，动眇中晚，必称初盛，追摹汉魏，上溯《三百篇》而后快，于宋人则云无诗，何有金元？噫！所见亦少隘矣。世非一代，代不一人，信诗止于唐，则《三百篇》后

---

① 汪懋麟：《百尺梧桐阁集》，第 697 页。

② 汪懋麟：《百尺梧桐阁集》，第 498 页。

不当有苏、李，六经以降不当有左丘明。"四唐"之目，见本于庸人，时会所至，何能强而同之也？近人且言："不读宋以后书"，是士生今日，皆当为黔首自愚。无事雕心镂肾，希一言之得，可传于后世也。①

清初倡导宋诗、领风气之先的"文苑宗师"钱谦益曾批驳李梦阳说："天地之运会，人世之景物，新新不停，生生相续，而必曰汉后无文，唐后无诗，此数百年之宇宙日月皆缺陷晦蒙，直待献吉而洪荒再辟乎？"②辩证地批驳了李梦阳"宋无诗"说法的偏颇。黄宗羲亦言："诗不当论时代。宋元各有优长，岂宜沟而出诸于外，若异域然。"③蛟门赓续钱、黄之论，主张诗当随时代而发展，代有升降，而诗无定格，时移世异，不可强而同之。针对持"唐后无诗"之论者，钱氏语含揶揄奚嘲意味，黄氏坚辞以驳之，而蛟门语更斩截激切，直斥绳墨唐诗的"近世言诗者"胶柱鼓瑟，"所见亦少隘"，维护了宋诗应有的独立地位。

其二，蛟门认为唐、宋诗既不可分割，也不可偏废，必根柢唐诗而后可以语宋，也只有认识宋诗才能更好地理解唐诗。《韩醉白诗序》云：

> 论诗者或怪予去唐而趋宋，甚者分疆自树，是奚足较哉！诗严于唐，放于宋，里巷妇孺所知也，夫其学必已至乎唐而后可以语乎宋；如未至焉，而遽测以耳，岂惟不能知夫宋之诗，究亦未尝知夫唐之诗而已。今之窃学言唐者，必以黜乎宋为言；而窃学言宋者，又未深究乎所以为宋之意。之二者，其失一而已。④

蛟门之语有所影射，这可从田雯《古欢堂杂著》窥得一二："客有谓蛟门者曰：'诗学宋人，何也？'答曰：'子几曾见宋人诗，只见

---

① 汪懋麟：《百尺梧桐阁集》，第 702 页。
② 钱谦益：《列朝诗集小传》，上海古籍出版社 2008 年版，第 311 页。
③ 黄宗羲著，陈乃乾编：《黄梨洲文集》，中华书局 1959 年版，第 347 页。
④ 汪懋麟：《百尺梧桐阁集》，第 698 页。

得'云淡风轻'一首耳。'"①"云淡风轻近午天"是宋代程颢的绝句，被编入童蒙普及读物《千家诗》第一首，蛟门对挞伐他主宋调的人反唇相讥，认为这类人束书不观，只从坊间选本中略知宋诗皮毛，浮光掠影而未能深谙，以己昏昏，岂能使人昭昭？不识宋而攻宋，无疑自露马脚，不过附庸风雅、影随世人叫嚣而已。

其三，蛟门以文学演变之眼光论诗，于诗之正变、盛衰，见之甚明，表现出通达的理性精神。《宋金元诗选序》云：

> 余尝论唐人诗如粟肉布丝、金犀象珠，足以利民用而济其穷，诚不可一日无；若宋元诸作，则异修奇锦、山海罕怪之物，味改而目新，学之者必贵家富室，无所不蓄，然后间出其奇，譬舍纨縠而衣布絮，却金玉而陈陶瓠，其豪侈隐然见也；倘贫窭者骤从而放效之，适形其酸寒可笑而已，乌可执是以盅学诗者哉？②

可见蛟门诗论有很强的包容性和开放性，主宋而不废唐，崇唐诗为正，宋诗为变；唐诗为常，宋诗为奇，似与尊唐派趋向一路，然在内在的价值祈向上，二者分道自守：尊唐派以正变论优劣，主正而黜变，仍囿于唐诗之牢笼；蛟门则认为由正到变是诗史发展之必然，强加轩轾或偏主一面都不符合通变规律。蛟门与吴之振堪称清初"宋诗运动"的先锋骁将，吴之振与吕留良历时九年编选《宋诗钞》，吴又有康熙十一年（1672）赴京师分赠诗坛俊彦之举，声势浩大，为清初宋诗的流行起了推波助澜的作用。吴之振《宋诗钞序》亦云："宋人之诗，变化于唐，而出其所自得，皮毛落尽，精神独存"③，可谓与蛟门声气相求。叶燮序吴之振《黄叶村庄诗》曰："诗自《三百篇》及汉、魏、六朝、唐、宋、元、明，惟不相仍，

---

① 郭绍虞、富寿荪选编：《清诗话续编》，上海古籍出版社1983年版，第720页。

② 汪懋麟：《百尺梧桐阁集》，第702页。

③ 《宋诗钞序》，吴之振、吕留良、吴自牧辑，管庭芬、蒋光煦补编《宋诗钞》，中华书局1986年版。

119

能因时而善变，如风、雨、阴、晴、寒、暑，故日新而不病。今人见诗之能变而新者，则举而归之学宋，皆锢于相仍之恒，而不知因者也。"① 此以自然界之变化，喻诗之当"因时而善变"，以通变论诗，为宋诗恢张面目，与蛟门、吴之振桴鼓相应。

二、汪懋麟的诗风演变

考稽汪懋麟的诗论与创作实践，凡经三变：前期宗唐，中期趋宋，晚期渐臻"熟境"，诗风沉潜。《百尺梧桐阁诗集》卷首"凡例"呈现了蛟门前期和中期诗学宗尚变化过程："余学诗初由唐入，六朝、汉魏，上溯风骚，规旋矩折，各有源本，不敢放逸。庚戌官京师，旅居多暇，渐就颓唐，涉笔于昌黎、香山、东坡、放翁之间，原非邀誉，聊以自娱。讵意重忤时好，群肆讥评，故兹集前后并存，俾览者知余本末，亦自验所学一变再变，诚不自知其非矣。"② 是集编结于康熙十七年（1678），依凡例知蛟门有总结过去、自划段落之意。兹略作说明。

（一）前期宗唐时期

前期宗唐时期，系顺治后期（《见山楼诗集序》谓"十五以后"）初学诗至康熙九年，其时诗坛主流仍为唐诗，宗宋尚未形成气候，风会使然，这对初步艺林、汲入堂奥者而言，确乎会受习染。据《百尺梧桐阁文集》卷三《城南山庄画像记》，知懋麟于顺治十八年受知于王士禛，《文集》卷二亦有载述：

> 海内名卿贤士号为工诗者，无不折衷于先生，得一言之当则群目之曰："此济南公所许"，度其诗必大异，于是执卷而造者无虚日。先生亦乐为磨砺，以大其学之传。初先生官扬州，懋麟犹童子也，偶以七字见知，即窃闻所以为诗之学，幸不谬

① 叶燮著，霍松林校注：《原诗》，人民文学出版社1979年版，第33页。
② 汪懋麟：《百尺梧桐阁集》，第498页。

于古人，而为教之辱。①

懋麟诗艺渐高，声名渐起，除了自身的努力和禀赋，也得益于其师王渔洋的揄扬。渔洋早期（包括 1660—1665 年任扬州推官时期）宗唐，其门人俞兆晟《渔洋诗话序》记渔洋晚年自述之语云：

> 吾老矣，还念平生，论诗凡屡变；而交游中，亦如日之随影，忽不知其转移也。少年初筮仕时，惟务博综该洽，以求兼长。"文章江左，烟月扬州"，人海花场，比肩接迹，入吾室者，俱操唐音。韵胜于才，推为祭酒。②

渔洋早年犹沿七子遗风，吟"烟月"、"文章"之句，即徐祯卿"文章江左家家玉，烟月扬州树树花"。然七子模拟盛唐，其弊流为肤廓；公安鼓吹宋、元，其弊又流为浅率，渔洋欲避其弊而兼其长，故一变而标举以格调为质的神韵说，追求"典、远、谐、则"，总体还是趋唐路数。懋麟承继业师衣钵，康熙十年以前的诗作，大致仍为唐调：五古似汉魏，近体似中唐，七古肖韩愈，集中偶见如《刘庄感旧》、《舟过被水乡村纪事》、《柏乡公招饮问淮阳水决诸道感述》、《送李季霖舍人归山东》诸诗，多为寄心民瘼、情难自已之作，格调粗犷，意态恣肆，气势淋漓，有宋诗直朴之气，但毕竟独木难秀，无法将此间诗作概以宋诗目之。

（二）中期趋宋时期

蛟门中期趋宋，起于康熙十年，迄于康熙二十三年罢官归里，其间诗风亦有消长变化，然大体皆归于宋调。《四库全书总目》称："懋麟诗法传自王士禛，而才气纵横，视士禛又为别格"③，揭示了其出于士禛又异于士禛之处。检览此间诗作，给人明显的印象是，蛟门心绪中有某些"冷"、"悲"的东西，致使他以冷眼观世，以冷语、悲语入诗，"渐就颓唐，涉笔于昌黎、香山、东坡、放翁之

---

① 汪懋麟：《百尺梧桐阁集》，第 680—681 页。
② 王夫之等撰：《清诗话》，上海古籍出版社 1978 年版，第 163 页。
③ 纪昀等纂：《钦定四库全书总目》，集部卷一百八十三，中华书局 1997 年版。

间"。那是什么原因导致他"颓唐"而以"真我"示人的呢？

蛟门秉性狂放不羁，"素有飞扬态"，屡言"我本澹荡人"，"眼中不乐见俗物"①；"放浪同孙楚，颠狂类祢衡"②；"懋也喜怒任真率，狂放每遭俗眼嫉"③；"心有勇气口直言，哪怪腾轩遭贬斥"④；"懋也性颠黠，傲兀气豪粗。万事不挂眼，好书耽酒壶。雄夸骂流辈，举世称狂奴。"⑤ 徐乾学也说他"性刚激，不能阿邑流俗人"，此种性格，固所谓"颓放真宜学宋诗"⑥，那种直接倾泻情感的宋诗范式成为他诗歌实践自觉的选择，或言之，这是蛟门舍唐趋宋的先天条件。

儒家的济世思想对传统士子的人格塑造、人生价值的构建有决定性的影响，蛟门也不例外。求取功名、走上宦途是实现济世之志的必经之道，当然从现实的生存际遇而言，与之俱来的富贵利禄也足以让士子醉心于此，他们漫卷诗书、青灯苦熬以求仕进。作于康熙八年的《上柏乡魏公四十八韵》用意显豁，冀求得显贵的赏识，进而被揄扬和荐引，增加自己及第的希望，最终能跻身宦列：

> 瞻依愁阔绝，进退况迍邅。亲老思求禄，身贫耻乞怜。陆机曾入洛，郭隗屡游燕。夜宿看残月，朝饥望曙烟。岱云遮漠漠，河水响溅溅。北阙心空恋，南天梦自悬。风尘人面老，跋涉马蹄穿。计拙无常业，年凶损薄田。空余囊底字，谁送杖头钱。远陟三千路，愁弹十五弦。自媒颜状丑，待贾岁时迁。⑦

这首干谒诗语甚悲切，反复哀告，有乞怜之意，也有"携刺"的"低头耻摇尾，渐失强悍性"的自嘲和羞惭，个中酸辛历历见于楮墨间。蛟门本桀骜之士，也宣称"丈夫贵守贞，胡为事干谒"，

---

① 汪懋麟：《百尺梧桐阁集》，第550页。
② 汪懋麟：《百尺梧桐阁集》，第553页。
③ 汪懋麟：《百尺梧桐阁集》，第551页。
④ 汪懋麟：《百尺梧桐阁集》，第576页。
⑤ 汪懋麟：《百尺梧桐阁集》，第569页。
⑥ 汪懋麟：《百尺梧桐阁集》，第582页。
⑦ 汪懋麟：《百尺梧桐阁集》，第554页。

可他毕竟要食人间烟火，而今竟跌落到此等境地，家庭的责任、现实的重压、人性的复杂可见一斑。

苦心经营和守望，蛟门终于康熙九年选官为中书舍人。作为"春风得意马蹄疾"的"新贵"，夙愿终遂，按理他应扬眉吐气，奇怪的是其后他的诗中竟透露出强烈的厌宦心理和归隐之念。作于是年的《送李季霖舍人归山东》诗曰："奔走属小吏，哪能绳吾徒。致身从进士，曾不如侏儒"；"行己偶错料，网罗多艰虞"；"掉头便当去，恋此亦何愚"①。这当为士阶层"怀才不遇"母题的表述，它并非空穴来风，蛟门早在中进士后的次年就沉露出心魂难寄之意绪："行藏偏错料，林壑且栖迟。懒问京华事，消愁改旧诗。"② 其功名之心由高涨到消歇，何以邃变如此之迅疾？作于康熙十年的《与黄继武书》是一篇不大为人留意的文章，对于我们认知蛟门浮沉宦途的复杂心境却关系匪轻，兹引大略：

> 仆起自田间，由诸生取科第，不出五六年，在寻常之人，亦自谓足矣，不知士君子立身行道，不见于朝廷，则施于郡邑。二者既已坐失，乃低眉屏气，自逃于清闲旷散之地，以为可以养廉而用拙，岂意重有不然者！……顾仆所历之境，尤非人所堪：自去年五月，仓皇北走，寄食友朋，忽忽一载，忧愁已深，继以疾病……昨家书来云，六水之后，米贵薪断……仆家有老亲，年八十余矣，妻孥嗷嗷，日营糜粥，穷阴积雨，莫能炊烟。览书饮泪，不可告人。仆固何为？致令不能养父母，蓄妻子，已不得为人，又何论其他？仆性素豪荡，喜酒好客，不耐冷寂，自来京师，百事拂逆，意绪枯槁。男女饮食，人之至情，今一切痛割，举目荒凉，谁为昆暖？每独坐沉思，宵眠不寐，涕不能止，用是日习懒慢，学废名坠，对人欲睡。③

---

① 汪懋麟：《百尺梧桐阁集》，第 569 页。
② 汪懋麟：《百尺梧桐阁集》，第 539 页。
③ 汪懋麟：《百尺梧桐阁集》，第 674—675 页。

羁愁、疾病、饥贫、孤茕，宦海险恶，人生种种难堪的苦患、失意集于一端，催生了他"不如归去"的意绪；但在现实的挤压中他又无法潇洒地抽身以退，那种摧颓、压抑、落寞的心态，只宜用宋诗的形式来表达，唐诗的温柔敦厚、明朗高华显然是不合适的。特定的情感类型呼唤着相应的诗体风格，蛟门借宋调以浇一己之块垒，也是特定境遇下的必然选择。

康熙十年冬，吴之振携《宋诗钞》入京分送名流，这一事件是蛟门舍唐趋宋的重要转捩点。蛟门自识吴之振之后，一扫唐音，全趋宋调，而且走的是粗直朴质的极端路子。康熙十一年春，京师掀起了送别吴之振返乡的热潮，赠诗者凡28人，当时在京的文章巨子，悉数在列，而蛟门的赠行诗《送吴孟举归石门用昌黎东都遇春韵》尤见热烈挚诚，末句的"努力期重来，千秋与子竞"充满了惺惺相惜、相见恨晚之意。

蛟门走上宋诗之路以后，诗风亦不无消长变化。其间所为诗，有时宋诗特征突出一些，有时宋诗色彩淡化一些。宋诗特征最突出的表现在卷十、卷十一，即接触吴之振与《宋诗钞》之后康熙十一年的诗。而十二年至十七年先后丁母、父忧的居家守丧期间，诗思较为沉静清朗，宋诗特色稍稍减退；十七年（1678）回京，日与田子纶（雯）、曹颂嘉（禾）、曹升六（贞吉）等为伍，一起唱和酬答，"遇知己倾肝腑向之，尽切磋之道"，肆意于宋诗，这和韩、孟联句，苏、黄斗韵的遗风影响不无关系，同时亦见群体的裹挟作用。正如丹纳在《艺术哲学》中指出的："要刺激人的才能尽量发挥，再没有比这种共同的观念、情感和嗜好更有效的了。我们已经注意到，要产生伟大的作品，必须具备两个条件：——第一，自发的，独特的感情必须非常强烈……第二，周围要有人同情，有近似的思想在外界时时刻刻帮助你，使你心中的一些渺茫的观念得到养料，受到鼓励，能孵化、成熟、繁殖。……人的心灵好比一个干草扎成的火把，要发生作用，必须它本身先燃烧，而周围还得有别的火种也在燃烧。两者接触之下，火势才更旺，而突然增长的热度才能引起遍地的大火。"① 宗宋者一旦具有群体意识而能互相声援、切磋，就能够更大程度上发挥个人的潜力以推动宋诗运动的发展，让星星之火成燎原之势。

（三）晚期沉潜时期

蛟门创作历程的第三个阶段，系康熙二十三年罢官归里，至二十七年四月十八日卒，在他生命的最后四年时间，创作渐臻精熟，诗风真淳厚重，称为沉潜时期。

蛟门因何事坐罪去官，今难得其详。在文网高张的时代，文人寒蝉仗马、如履薄冰，不敢也不会冒天下之大不韪用文字去"坐实"，故其详情在文献资料中未能寓目。从徐乾学《刑部主事季甬汪君墓志铭》尚可觅得蛛丝马迹："（蛟门入史馆），众且谓不日当召见，改官侍从。忽有以蜚语陷君者，中旨问九卿，皆愕眙不知罪状所拟，坐且不测。幸天子宽仁，诏下夺官而已。"② 王士禛《比部汪蛟门传》中的"亡何罢归"亦表现了错愕难料之意。由乔莱《祭汪蛟门比部文》可稍知端倪："侭文党社、酿祸非常，乃荷殊恩，放归故乡"③，乔莱与蛟门为至交，其说更为真切可信，盖蛟门"酿祸"与康熙朝的南北党争有关。得祸也与蛟门的性格有关，他狂放不羁，又性情耿直，亦狂亦狷，而当朝者对比类人是很反感的，康熙二十三年（1684）三月底，"内阁及各部院衙门遵旨纠参'才力不及，狂妄行事'之内阁侍读王三省等三十八员，各降格有差"④，蛟门于是年年底遭劾，被康熙帝亲自定谳为"妄生事"而罢归，可视为此事之余绪。归里后蛟门痛定思痛，也清醒地认识到"半世坐

---

① 〔法〕丹纳著，傅雷译：《艺术哲学》，天津社会科学院出版社 2007 年版，第136—137 页。

② 汪懋麟：《百尺梧桐阁集》，第 254 页。

③ 邓之诚：《清诗纪事初编》，上海古籍出版社 1984 年版，第 501 页。

④ 林铁钧、史松编：《清史编年——第二卷（康熙朝）》（上册），中国人民大学出版社 1988 年版，第 481 页。

狂宜见黜"。严迪昌深刻揭橥了这种性格的表现形态和人生体验：

> 或狂或狷，亦狂亦狷，是中国文人很常见的一种文化性格，在"志"与"世"相悖逆时，即理想和现实发生矛盾以至尖锐冲突时，这种狂狷行为每易有所表现。究其实，狂狷心态较多地构成于心性自高、自负而不屑谐世；而视世人世事多俗浊，厌弃不与同流的清高心理则是此类性格的基核。一般说来，狂狷之士性格上又有二个软弱点，一是他们对世人"多否少可"，但在心底里又每多"世无知我者"的感慨，有寂寞感……二是此中不少人"不容于流俗"，因而他们在"志"的追求上总是受挫，失落感特强。①

此言鞭辟入里，为蛟门的狂狷心性及其引致的人生归宿作了合理的解释。

罢官的打击并未使蛟门陷入万劫不复的境地，还乡之后他昼治经，夜读史，日习程课，锐志著述，成一家之书，用行动诠释着儒家"三不朽"的思想，立功无望，转复立言以名世。涉世渐深，阅历既广，愈能达观世事，洞悉人情物态，性情亦变得内敛深沉，诗也因之刊落了少壮时期的浮华与"意气"，既不逞才使气，也不流于贾张叫嚣，自成宋调，却能不温不火，朴厚深沉，显出渐臻"熟境"、乃造平淡的风格倾向。沈德潜选蛟门4首诗入《清诗别裁集》，在诗人小传中特意指出"（蛟门）归田后，留心经学，皮毛剥落矣"②。指出蛟门晚期诗作不事雕琢、自然本色的特点，所言为是。

蛟门在《施匪莪文集序》中曰：

> 夫人之生历少、壮、老，当其壮也，思少之时不可得矣；及其老也，思壮之时又不可得矣。岂非老不如壮、壮不如少哉？独为学不然，凡人少恃其才，发言为文，即毅然信为后世

---

① 严迪昌：《清诗史》，浙江古籍出版社 2002 年版，第 489 页。
② 沈德潜编：《清诗别裁集》，中华书局 1975 年版，第 177 页。

莫能议；至少迟以岁年，览其昔所自命之文，爽然若失，甚欲焚弃改易而后快，则少之文固多不如壮，而壮又不如老，岂不存乎善变哉？①

　　强调学问和创作经验与日俱增，年齿愈长，积累的经验愈丰富，俾诗歌渐入佳境，不求工而自工，这一认识是符合创作规律的。费锡璜《百尺梧桐阁遗稿序》评骘蛟门晚期诗："老笔幽怀，尤见于晚年十卷中"，"吾尝论诗之才华，当于盛年求之；而法度精缜，气味深永，则至末年始佳。读先生诗，必于遗稿始见其诗之。"蛟门侄汪文菁序《遗稿》亦言："昔工部诗晚节尤细，子瞻诗海外益工。读先生集，亦应作如是观耳。"②二人均充分肯定了蛟门晚期诗歌的成就。张贞《汪君蛟门传》可为佐证："君既归，匿迹郭外，不接宾客，不通馈问，惟取藏籍纵读之，诗古文词亦益工，每一篇出，不胫而走四方矣。"③

　　蛟门临没之举，被传为文苑之一段掌故。据王士禛《比部汪蛟门传》载："既得疾弥留，令洗砚磨墨嗅之，复令烹佳茗以进，自谓'香沁心骨'，口占二绝句云：'恶梦虚名久未闲，孤云倦鸟乍还山。半生心事无多字，只在儒臣法吏间。''小住游仙五十年，大冠长剑亦翛然。文章勋业都无是，敢与何刘一例传。'大笑呼'奇绝'而逝。"④深谙其心事的宋荦分析说："壶君名厕纂修，而未尝授史职，官西曹，雅非其好，而又未竟其用，赍志以殁，弥留哽咽，诚心怆乎其言之也。"⑤盖蛟门境遇多厄，进退失据，故抑郁不能释怀；然其诗名难掩，"奇绝"二字可作盖棺论定，亦可视为其倔强、苍劲、旷达的生命写照，此尤为是。

---

①　汪懋麟：《百尺梧桐阁集》，第 688 页。
②　汪懋麟：《百尺梧桐阁集》，第 800 页。
③　张贞：《杞田集》卷六，清康熙刻本，第 74 页。
④　汪懋麟：《百尺梧桐阁集》，第 802 页。
⑤　汪懋麟：《百尺梧桐阁集》，第 798 页。

第三节 孙枝蔚的诗歌创作

一、孙枝蔚的羁旅诗

孙枝蔚羁旅诗的创作按迁出地的不同可分为两个阶段，一是迁离故居三原、入扬州后，魂牵梦绕于秦地而产生的吟唱；二是久居维扬，扬州是他的第二故乡，也是他真正意义上的情感归属之地，他迫于生计游食在外，半生漂泊江湖而催生的羁魂流离悲音。

（一）离乡远迁的羁愁

国变后，孙枝蔚于顺治二年（1645）去三原适扬。《出门》（其二）揭示了他背井离乡乃不得已而为之：

> 明知生计绝，勉强别山妻。
> 租吏朝朝怒，饥儿夜夜啼。
> 忍冬身不愧，连理命难齐。
> 此去游隋苑，迷楼肯为迷。①

乡居固然安心，可是生路堵塞，朝夕难度，租吏相迫，家口煎熬，不如另择他处栖息，使"骑驴早晚入芜城"的计划提上日程。"出门"不仅是被定格了的一个瞬间动作，那临行一瞥更让人思绪联翩，感情喷涌，跨出家门后，将会是怎样未卜的生活接踵而至？结句的一个"迷"字，透露出了多少惶恐、不安、凄迷，将孙枝蔚内心的焦虑和对异乡异地的疏离感、飘零感、无归属感尽寓其中。

因"此行策塞三千里"，长路漫漫，而且"前路多风尘"、"将身冒霜雾"，"饥寒遭驱迫，车轮焉得住。哀哉远游客，无罪同征戍"，更有"即今郭门外，盗贼正纵横"的忧虑，这一去也许就是永别（事实也是如此），故孙枝蔚临行前的诀别自然就蒙上了荆轲易水辞别

---

① 孙枝蔚：《出门》（其二），《溉堂前集》卷四，第213页。

时"风萧萧兮易水寒，壮士一去兮不复返"的悲壮色彩："促刺复促刺，行子弃坟墓。酌酒拜先人，风吹白杨树。欲云不能去，徘徊在中路"[1]，别地下双亲，一步三回头，依依难舍；"临去别同心，泪湿破衣襟。今日为垆与簏，明日便同辰与参"[2]，辞昔日友朋，欲言复吞声，寡趣寥落。在诗人的笔下，离别的一刹那竟是那么地让人揪心，一旦"长风吹转蓬，流落江湖滨"，离开熟悉走向陌生，如失水涸鲋、失林鸟兽，成为无根无系之人，那种无所衣托的失群之悲"才下眉头，却上心头"，引发的将是伤根沥血的创痛。江淹说："黯然销魂者，唯别而已矣"，羁人的心弦在出发的那一刻就被拨动。

踽踽行于道上，一路人烟罕见，凋残荒凉，油然而生"投于幽谷"的被弃感。《行人》诗曰：

> 行人愁野火，此地验凋残。
>
> 路向平沙没，风吹古木干。
>
> 闻鸦心正怯，食雁意常酸。
>
> 茅舍逢贤主，即同亲爱看。[3]

林残径毁，鸦啼花落，此诗与刘禹锡的"巴山楚水凄凉地，二十三年弃置身"中的境界是相似的，主体遭受弃置的感受也是相通的，正如鲁迅所说，这是一种"置身毫无边际的荒原，无可措手的了，这是怎样的悲哀啊！"[4]诗人感物伤怀，哀此离群，实乃悲己孤寂。难怪诗人说："茅舍逢贤主，即同亲爱看"，这种类似于软禁、流放境地的苦闷闭塞感，在遇到同类的"人"时焕然而释。诗人以欣然之笔写苦涩之情，更显羁愁之深。

离乡二十年（1665）后，孙枝蔚再未能返归故里，这也是他毕生憾恨不已之事。尽管他已完全融入扬州的生活情境中，但怀旧的

---

① 孙枝蔚：《行子吟》，《溉堂前集》卷二，第74页。

② 孙枝蔚：《留别里中诸友》，《溉堂前集》卷三，第160页。

③ 孙枝蔚：《行人》，《溉堂前集》卷四，第213页。

④ 鲁迅：《鲁迅全集》（第一卷），人民文学出版社1981年版，第418页。

情愫仍不绝如缕地倾注笔端,《夏日寄题渭北草堂》诗曰:

> 草堂远在清渭北,说与吾儿今不识。
>
> 买竹曾过渭川去,有梅亦自终南得。
>
> 终南太华咫尺间,我昔年少美容颜。
>
> 房杜诸孙正来往,偓佺一辈徒等闲。
>
> 客来日暮休回首,家童颇足供奔走。
>
> 痛饮还余蜀酒筒,高歌请击秦人缶。
>
> 凉风六月满清溪,蛙声鼓吹桥东西。
>
> 不劳扇上图鸾鸟,时复窗中读马蹄。
>
> 江南最怕花蚊恶,兼之襁褓多酬酢。
>
> 此时正想羲皇人,自古妄言贾客乐。
>
> 忽忽离乡二十秋,安得濯缨溪水头。
>
> 墙上重看打枣妇,田间先访种瓜侯。①

"徒怀越鸟志,眷恋想南枝"(潘岳《在怀县作》),对于诗人来说,一幅故居草堂的图画,也会在他的心中掀起大的波澜,故乡的风物和人事未曾因岁月流逝而褪色,依旧清晰地珍藏在他记忆的底片上。海德格尔说:"返乡首先是从漫游者过渡到对家乡河流的诗意道说的地方开始的"②,诗人连绵的思乡情感在对昔日生活的重温中找到了寄托。

(二)去家流离的羁愁

孙枝蔚半生漂泊,游学、游历、游幕而往来江湖间,深深体味了羁旅行役之苦,诗中表现了对异乡的拒斥感、疏离感。

首先,异乡的环境令人生悲。人们对异己的生活环境有一种本能的拒斥,当故园的一切都化作美好的记忆贮存于心中,异乡的生活使诗人始终以否定与拒斥的心态看待外物。《怀渎庙楼寓作》曰:

---

① 孙枝蔚:《夏日寄题渭北草堂》,《溉堂前集》卷三,第 202 页。

② [德] 海德格尔著,孙周兴译:《荷尔德林诗的阐释》,商务印书馆 2000 年版,第 154 页。

> 三伏愁为客，飞飞羡水禽。
>
> 小楼成独坐，古庙有悲吟。
>
> 妇热思粗葛，儿饥待一金。
>
> 扬州虽咫尺，书信易浮沉。①

　　一方水土养一方人，人成长于某种风土环境中，相应地被培育、滋润、塑造，具有其地的地域特质；而一旦改变环境，或多或少总与新的环境异质相斥，格格不入，其体不适，其心不畅。异乡酷暑难当，令孙枝蔚本能地怀恐惧感，产生了归去之念。

　　其次，他乡的饥寒令人生悲。行役的艰难，直接的一个问题是住宿饮食的安排。由于贫穷，孙枝蔚常以山亭庙宇为栖身之地，以干粮箪食来果腹，恶劣的生活条件是我们今天无法想象的。其羁旅诗中对饥寒交迫的苦状有很多真实的呈现，如"有诗吟战地，无酒敌寒天"（《岁暮遣怀》）；"庙口山风大，江头夜雪寒"（《润州庙寓杂感》）；"相识半天下，敢愁寒与饥"（《客中吟五首》其五）；"相逢正取村翁笑，如此寒天客打门"（《大风雪晚投村店》）等。生存是第一要务，"人性的首要法则就是要维护自身的生存，人性的首要关怀就是对于自身的关怀"②，故孙枝蔚对于自我处境的咏叹正是自我保护的需要，是生命的本质需求。长期漂泊，居无定所，他对于楼宇的渴望格外强烈，《寓楼杂诗》（其二）曰：

> 男儿生世间，他事无所求。
>
> 不买千间厦，亦建三层楼。
>
> 厦以庇寒士，楼以望神州。
>
> 此志今已矣，三叹不能休。③

　　这是一种缺失性的补偿心理，对化而言，也只能是奢望而已。

　　再次，异乡的孤独令人生悲。人是社会关系的存在，这也是人

---

① 孙枝蔚：《怀渎庙楼寓作》，《溉堂前集》卷五，第254—255页。

② ［法］卢梭：《社会契约论》，商务印书馆1963年版，第7页。

③ 孙枝蔚：《寓楼杂诗》（其二），《溉堂续集》卷二，第635页。

的本质属性，每个人都现实地生活在由血缘、地缘、趣缘等多重关系结成的社会网络中，一旦这种联系被打断，亲情、友情被割裂、阻隔，就会让人失去群体的依托而手足无措。作于康熙九年（1670）的《今日非昨日》即抒发了离群之悲：

> 今日非昨日，昨日欢笑同。
>
> 今日成独坐，入耳有鸣鸿。
>
> 羡彼兄弟鸟，飞止定相从。
>
> 西既群焉西，东复群焉东。
>
> 天亦听其意，不使若飘蓬。
>
> 鸟实重恩义，得天故应丰。
>
> 奈何我与子，徒然恩义隆。
>
> 但如参与辰，几时云随龙？①

诗人追慕、向往的是"慕群"、"慕归"，这种精神归属感在他离群索居时更凸显出来。

流转他乡，初来乍到，人生地不熟，处处是陌生的疏离、隔膜感，与他人仅是见面交，相互间戒备森严，缺乏沟通与交流；或者别人既有的社交圈子已经形成，作为后来者的自己很难被接纳，这种被忽略的、"多余人"的角色让人尴尬而痛苦。康熙十四年（1675），孙枝蔚被友人丁倬荐入江西总督董卫国署中"为公子师"，初到董幕，他"局促如辕驹，几时万里行。闭置如新妇，徒自夸娉婷"，若低眉顺眼的新妇，束手缚脚，处处小心，极其压抑："安得百年内，有乐独无忧。况愁又无益，视酒敢如仇。但恨坐一室，无人互献酬。"在现实的圈子中没有声气相求者，无俦匹的寂寞吞噬着他的心灵，仿佛被整个世界抛弃了的巨大的孤独感让他愁肠百结："我有同心人，各在天一方。川途既云阻，岁月复已长。尺书久不来，戎马日仓皇。兹焉逢令节，何由共举觞。新知岂不众，谁

---

① 孙枝蔚：《今日非昨日》，《溉堂续集》卷三，第693页。

可语行藏。阅世成皓首，愁看意气场。"①

二、孙枝蔚的题画诗

诗歌与绘画，分属不同的艺术门类，二者表现领域和表现手段不同，诗是"感的艺术"，画是"见的艺术"。但不能截然将它们对立、割裂开来，因为"诗情"和"画意"在审美情愫方面是相互融通、相依互补的，如叶燮所言："画者天地无声之诗，诗者天地无色之画，故画者形也，形依情则深；诗者情也，情赋形则显。"②情形相依，诗画相济。题画诗的出现，就是诗与画相互融通的一个重要标志。

题画诗，广义地说指一切品评画作的诗歌，它大都题在画上，抑或写于另卷，内容或就画论画，或先论画再生发新意，或寄寓个人情志。题画诗萌芽于汉魏南北朝，形成于唐，成熟于宋元，繁盛于明清。清初文人多喜好诗、画等雅事，许多人将之作为"生命的歌吟"或者谋生的方式苦心经营，加之文人间频繁的互动酬赠、诗歌唱和，这些生态背景共同促成了当时题画诗创作的繁荣。

孙枝蔚不仅是一位杰出的诗人，还具有深厚的书画鉴赏素养，因而在其《溉堂集》中留下了不少颇具特色的题画诗。其题画诗包蕴着这几个方面的艺术方法和技巧。

首先，孙枝蔚驰骋想象，表现自然生灵之动态美，以动静相宜的审美境界来补绘画之短。绘画是一种静态的平面艺术，以色彩和线条为表现手段，只能在有限的尺幅内描绘事物瞬间、定格的状态；而诗歌以变化多端、随意组合的语言为媒介，题材宽广自由，表现事物穷形尽相。孙枝蔚注意发挥诗歌描写动态的特长，把同一空间定格的图景，转换成某种活动的形象，既写出了"画中态"，

---

① 孙枝蔚：《中秋夜同幕者把杯，顷刻辄已敷去。独坐书室……》，《溉堂续集》卷五，第849—850页。

② 陶文鹏：《试论苏轼的"诗画异同说"》，《文学评论丛刊》第十三辑，第35页。

又传达出丰富多样的"画外意"。如《陈东日画梅鹊图》：

> 却忆书窗雨雪残，老梅如玉傍栏杆。
>
> 戒儿休打枝头鹊，此景朝朝当画看。①

孙枝蔚能够体察到静止事物的动势，在他眼里"老梅"可以如虬龙一样紧紧缠绕盘曲于栏杆上，其只争朝夕、峥嵘凌厉的苍劲姿态在"傍"的动态中呈现无遗。而表现枝头乱颤、扰扰攘攘的鸟鹊，则不用正面描写，而是用反笔侧面烘托，动静相映成趣，画面形象因此突破了时空局限而具延续性、开放性和空间感，"画"的意境经由"诗"的润色而愈加生动、传神，使本来就具有艺术感染力的画面更增添了打动人心的艺术魅力。

其次，在一些题画诗中，诗人运用通感的艺术修辞手法巧妙点染，把从画面上得来的直观、平面的视觉形象转化为观画主体的嗅觉、触觉等感觉印象。如《题画》：

> 山禽无逐逐，山木但苍苍。
>
> 独坐毛庵下，微闻竹有香。②

诗人不仅以叠字生动、精练地描绘了一幅清隽、幽静、朴茂的山村图景，而且还以想象幻化出的虚境来补充实境，使画面具有丰富的层次和立体感。"微闻竹有香"堪称生花妙笔，给人隐隐约约、若有似无的幽香之错觉，造成真假莫辨、恍如其境的艺术效果，画境几成真境，足见画者技巧之高明，正如宋代洪迈所云："江山登临之美，泉石赏玩之胜，世间佳境也，观者必曰如画。至于丹青之妙，好事君子，嗟叹之不足者，则人以逼真目之。"③

再者，也是最突出的一点，孙枝蔚有些歌行题画诗虽然也是缘画而作，但内容中心转移到诗人自身的寄托上来，与再现画境的功能关涉不大。如《题梨园图》开篇即置身于沉重的历史兴亡

---

① 孙枝蔚：《陈东日画梅鹊图》，《溉堂前集》卷九，第 475 页。

② 孙枝蔚：《题画》，《溉堂前集》卷八，第 399 页。

③ 洪迈：《容斋随笔》，上海古籍出版社 1978 年版，第 214 页。

之感中："家住广陵城，来往姑苏与金陵。吴宫歌舞竟何在？陈主风流亦莫凭。商女犹传《后庭曲》，词客空将白纻续。亡国从来事略同，无如行乐光阴促。"亡国常与歌舞纠缠在一起，纵观历代王朝、帝王，其灭亡或多或少因荒于歌舞而致者代不乏人。如战国时期的吴国，历史的定论认为它是由于越王勾践进西施而亡国；南朝齐、陈，亦是因统治者耽于声色、醉生梦死而导致覆灭；唐朝安史之乱的爆发，也同玄宗皇帝宠溺杨贵妃、沉迷歌舞密不可分；南唐后主李煜，身将被俘而歌舞不息；历史的巧合在明清之际再度重演，清兵入关，福王南渡，称帝金陵，建国伊始，大敌当前，本应卧薪尝胆，匡扶神州，但福王却将国事弃之不顾，诏选娥眉，狂歌醉舞，终被清兵消灭，走上了南朝齐、陈之覆辙。孙枝蔚借观画以浇胸中块垒，"意在笔先"："画师日午来相呼，西邻同看梨园图。兼请长歌题卷后，对此感慨谁能无。挥毫任意语言粗，胸中先着陈与吴。"在以悲愤之语回顾了历史陈迹后，其主旨在结尾处再次凸显出来："或言尧幽囚，舜野死。独自愁苦胡为尔？细思此言亦有理。君不见，烈皇减膳撤乐万，方传享祚，空悲十七年。"[①] 他对尧舜非禅让而是篡取王位的传言持"细思此言亦有理"的肯定态度，实际是借此隐射、暗讽夺取大明政权的清廷；"烈皇"指崇祯帝，在位十七年，其戒豪奢方得践祚，还是紧切家国之悲的旨意。

又如《题李陵苏武泣别图》通过对李陵和苏武的形象对比，从李陵的角度，替那些丧失民族气节而仕清的"两截人"进行了忏悔，对他们的矛盾处境也给予了一定的同情：

> 八尺李陵马，双轮苏武车。
>
> 何以赠别五言诗，他日相寄一封书。
>
> 明知母妻被诛戮，书中不必及旦间。

---

① 孙枝蔚：《题梨园图》，《溉堂前集》卷三，第192页。

但道君归蒙上赏，近来荣贵又何如？①

这类诗不以刻画求工，图画不过是兴发感喟的触机，而其主旨在于寄托，意在画外。

诗人站在欣赏者的角度，对画作审视、理解、品味时，常借助画面物象及物象蕴含的特质，抒写自己的品格、节操、理想和追求，将画意具体化、个性化，这是孙枝蔚寄寓题画诗的主要手法，也是诗歌"言志"本质属性的充分体现，使之具有诗人自己的色彩、风格、神韵。如《上巳梅花》：

> 兰亭甫临罢，童子报梅开。
>
> 本是凌霜质，相逢被禊面。
>
> 夭桃应妒忌，小燕漫惊猜。
>
> 客自怜幽洁，巡檐问酒杯。②

诗序曰：

> 汪湛若自作《上巳梅花图》，因为余言园中曾有此异，求赋诗纪之。余搁笔且久，后见李峄瞻诗，颇以非时而荣致增感慨，有风人之遗意焉。然物失其常，亦由天道使然，此似有足怜者，慨焉有和。

梅花"本是凌霜质"，因其不畏严寒、不慕虚荣的高洁、坚贞之态，为历代画家、诗人挥写、吟咏；其于深冬绽放的品格，颇可托付遗民身处易代之际恶劣的政治环境之下坚持自我的精神；其清寒、独放及清幽的芳香，正好契合了遗民的人格审美。梅开时令为隆冬腊月至来年二月，"上巳"为夏历三月初三踏春修禊日，梅花延期盛开，"物失其常"，"非时而荣"，感慨自己生非其时；"夭桃应妒忌"，梅花惹夭桃"妒忌"，作者有自诩才华之意；"小燕漫惊猜"喻世人的不理解；"客自怜幽洁，巡檐问酒杯"，表达的是同调者的赞赏与同情。"知我者谓

---

① 孙枝蔚：《题李陵苏武泣别图》，《溉堂前集》卷三，第193页。
② 孙枝蔚：《上巳梅花》，《溉堂前集》卷五，第260页。

我心忧，不知我者谓我何求"，这首诗以曲笔含蓄地表达了自警、自励之意，表现了诗人蔑视俗世、坚不出仕的人格操守。

又如康熙六年（1667），孙枝蔚为萧青令太守的四幅藏画分别题诗《竹》、《兰》、《葵》、《菜》，其中《竹》诗曰：

> 俗物纷吾眼，看君意独超。
>
> 曾逢晋贤赏，不待主人邀。
>
> 映水成淇澳，吟风即舜韶。
>
> 何须渭川上，千亩论丰饶。[①]

竹，中通外直，不蔓不枝，诗人情难自禁地叹赏它"看君意独超"，除了其外在形质上的颀洁之感，更有渊源于正始时期"竹林七贤"中的嵇康所代表的硬朗不屈、坚韧挺直、超然尘上的精神认同。这幅图画上呈现的不是单根竹或数根竹，而是千竿相聚、枝叶密布汇成的竹林，它们倒映在水中，摇曳斑驳；风吹林响，合奏出如同古代舜时的韶乐那样美妙的曲调。置身于如此雅致的景色中，诗人耽于山林之乐的隐逸之思就更强烈了。

另一首《兰》诗曰：

> 幽草常堪佩，馨香众不如。
>
> 当门应有忌，处谷复谁誉。
>
> 俗易轻芳杜，交多化鲍鱼。
>
> 为商勿为赐，日与善人居。[②]

兰乃花之君子，生于空山幽谷，坚贞自抱，独处自珍，以其风格的清雅、静穆及幽香远溢被称为"王者之香"；人若与"兰芷"类的贤者相交，自然受"暗香"熏染、同化，久而与之同质。此诗的颈联、尾联正是化用了三国时魏国王肃的《孔子家语·六本》卷四中的一段经典文献来说明作为君子的为人处世之道："孔子曰：

---

① 孙枝蔚：《竹》，《溉堂续集》卷二，第 592 页。

② 孙枝蔚：《兰》，《溉堂续集》卷二，第 593 页。

'吾死之后，则商（子夏）也日益，赐（子贡）也日损。'曾子曰：'何谓也？'子曰：'商好与贤己者处，赐好说不若己者。……故曰：与善人居，如入兰芷之室，久而不闻其香，则与之化矣；与不善人居，如入鲍鱼之肆，久而不闻其臭，亦与之化矣。丹之所藏者赤，漆之所藏者黑，是以君子必慎其所与处者焉。'"此外，颔联中"处谷复谁誉"一语表明作为隐逸者的"兰花"不为世闻，这实际上也隐隐透露出诗人处于明清易代特殊的社会环境中矛盾复杂的心态：一方面想要洁身自好，而另一方面本着儒家的入世思想，内心又渴望得到有识者的赏识而有所作为，但在经历了现实的磨难后，依旧壮志难酬，只好努力从此两极中寻找一个平衡的支点，以平复自己的失落怅惘之情。

孙枝蔚咏画总观世情，题诗总涉真性，因此，读其题画诗，如见彼画，如临其世，如晤其面，如会其心，可谓获益良多也。

三、孙枝蔚的咏物诗

孙枝蔚咏物诗近 200 首，数量较为可观。其中的取材范围大致可分为两类：一类是植物意象，如落花、梅、菊、牡丹、芍药、杨花、松柏、柳、桂树等；另一类是动物意象，如燕、莺、蝶、鹊、鹦鹉、孔雀、蜘蛛、蝗虫等。他在对所咏之物进行从形象到神理的多层次摹写的同时，往往将人生的意气灌注其中，使咏物诗性情化、人格化；在艺术手法的运用方面，多用比兴、象征手法把物象与诗人自我形象糅合在一起，创造出物我融汇的境界。

（一）植物意象

江南气候湿暖，又有历代园林文化的遗韵，故而繁花胜景是人们惯看之物、惯咏之物，这在孙枝蔚的咏物诗创作中也得以体现，他或以梅菊等自喻，寄托孤高坚韧的遗民气节；或者以情观物，于鲜丽的生命存在中托付时代的思索与伤感。花是良师益友，是心灵慰藉，甚至是政治期盼和缅怀中的灵魂归宿。

孙枝蔚偏爱梅花，梅花与他在特定情境下的处境与心态呈现出对应性，如《凌蔚侯书斋红梅已谢，作诗惜之，索予次韵》：

> 频频人难得，返魂香最稀。
>
> 从今看绿叶，只自学青衣。
>
> 诗恐长吟倦，宾多不醉归。
>
> 徐熙新样好，买绢更开扉。[①]

梅花零落，固然昭示着美好芳华的逝去，但它并非彻底地销歇殆尽，还有依稀瓣香氤氲庭院；"落红不是无情物，化作春泥更护花"，它尽管缺席于春天，却以生命的消融方式获得了另一种"新生"，给诗人稍许慰藉，将其内心的萧瑟枯寂打破。梅是春信的使者，诗人仿佛嗅到了春的气息，兴发出对花托盏、在馥郁的香气中沉醉的思致。而当诗人漂泊江湖、幽窗独倚时，江边洁白如雪的梅花时得寓目，风行处香气四溢，诗人陶醉其中而暂得消释乡愁，梅花成为他寄托思念的载体。《梅》诗曰：

> 色淡全疑雪，香微略借风。
>
> 江边屡看汝，那及小园中。
>
> 醉使乡愁减，诗难别恨空。
>
> 怀人当折赠，驿路几时通。[②]

此诗质朴无华，雷士俊以"肝膈之言"评之，乃"情至真处语归自然"之注脚，梅契合了他心中的羁旅之愁、怀亲之意。

孙枝蔚钟情菊花，"系情更有篱边菊，夜梦移盆对户斜"，尤推崇黄菊，《黄菊有至性》诗曰：

> 黄菊有至性，艳艳冒霜开。
>
> 朝饥不忍采，将以赠所怀。
>
> 妇女赏其色，插鬓临妆台。

---

① 孙枝蔚：《凌蔚侯书斋红梅已谢，作诗惜之　索予次韵》，《溉堂续集》卷四，第 742 页。

② 孙枝蔚：《梅》，《溉堂前集》卷四，第 233 页。

看同桃李花，至性何有哉。①

黄菊除观览之用外，还有日常实用功效，女辈簪之以装扮，贫者餐之以救饥。诗人之所以"朝饥不忍采"，实出于对黄菊的一片敬重之意：黄菊于秋末岁寒之际冒霜绽开，在恶劣的生长环境中凛然无惧，较之因暖而放、贪恋安逸的桃李，其峻洁纯正的美质、与严霜抗争的韧性、坚持自我保持晚节的品格，与孙枝蔚傲然不屈的人格期许和不甘妥协、坚守气节的道德树立是契合的。清初，清廷着力整肃和强硬打压汉族文人尤其是江南文士，"薙发令"、"奏销案"、"通海案"、"哭庙案"等一系列案狱以最直接的血腥方式，摧毁着遗民最后的坚持。所以，菊的"冒霜"，象征着遗民在清政府残酷的迫害下坚持信念的决心和永不屈服的斗志。甚至黄菊那代表着汉家皇权的黄色，也因迎合了诗人带有鲜明的政治色彩的审美而被称颂。

孙枝蔚有《落花》诗四首，作于顺治五年（1648），其二云：

无端戏弄任青春，才缀园林又厕茵。

聚散疑遭王处仲，是非难认李夫人。

少年流落向千里，三月风光惟一旬。

独对残红成静坐，莺啼燕语总伤神。②

花开复落，乃自然交替之理，可身处明清易代的特殊社会背景下，落花的形态中又多了别样的寄托。花开的繁华与花落的憔悴，花开的短暂与花落的必然，花落再开的轮回与人生韶华的转瞬即逝，自然使落寞萧索的诗人产生了物我同悲的凄楚感，这是清初文人的一种普遍的群体性体验，它最终指向家国沦丧的大悲痛之下个人一无所有、前途破灭的绝望感，正如归庄在《落花诗自序》中所云："我生不辰，遭值多故，客非荆土，常动华实蔽野之思，身在

---

① 孙枝蔚：《黄菊有至性》，《溉堂续集》卷三，第 691 页。

② 孙枝蔚：《落花》（其二），《溉堂前集》卷七，第 319 页。

江南，仍有大树飘零之感。以至风木痛绝，华萼悲深，阶下芝兰，亦无遗种。一片初飞，有时溅泪；千林如扫，无限伤怀！"① 再者，花的红色，与明王朝统治者的"朱"姓，在字义上使人产生一定的联想，故寄咏落花，便有了哀悼明王朝的特殊内涵。

孙枝蔚爱松、友松，以至将生长于深山古刹中的松树种植于庭院，朝夕相对，物我无间。青松的外在物态之美及其内里蕴含着的物理在他的吟咏中得以呈现，《秋松》诗云：

> 园中植青松，所重栋梁具。
> 笑彼女萝枝，依依相攀附。
> 秋风忽然起，两物失平素。
> 正直终无恐，脆弱常多惧。②

青松为栋梁之质，任重道远，独立不倚，贞刚自立，其伟岸的姿态和独撑大局的气魄让攀附为生的女萝辈相形见绌。

又《岁寒知松柏》云：

> 苍然松与柏，荣悴耻随时。
> 地僻长相伴，天寒始见知。
> 衰怜蒲柳脆，劲耐雪风吹。
> 鹤记尧年腊，龙存汉代祠。
> 陶潜夸独树，杜甫爱霜皮。
> 但得高人赏，何劳匠石窥。③

松柏凌霜傲雪的不屈意志，不随时俯仰、媚于俗世的自尊、自惜，远离尘嚣、不枯不秀的淡定，历经沧桑的自持和强大生命力，都是诗人所向往的，这也是所有身处在明清易代之际文人共同的心声。他们呼唤个性，彰显自由，渴望保持自我人格的完美，渴望在安乐平静之中实现自我生命的价值。

---

① 归庄：《归庄集》，上海古籍出版社 1984 年版，第 119 页。
② 孙枝蔚：《秋松》，《溉堂前集》卷一，第 87 页。
③ 孙枝蔚：《岁寒知松柏》，《溉堂后集》卷一，第 1269 页。

　　孙枝蔚在咏物诗中还直接痛陈时事，关切民生。顺治十八年（1661），清廷因念"海氛不靖"，为加强海防，在江南各地大肆伐木造船，扬州首当其冲，难逃劫掠，作于康熙元年（1662）的《大树》切合此事，诗曰：

> 树因长夏好，合抱况多枝。
>
> 手种僧何在？年深客不知。
>
> 千竿能覆竹，一寺但闻鹂。
>
> 斩伐逢今日，相看意转悲。①

　　吴嘉纪评曰："结处纪事，悲感无限，得少陵之遗。"清廷滥伐无度，连古寺中的大树亦难幸免，昔日的鸟语花香荡然无存，诗人目睹劫状，悲慨于大小官吏及其爪牙的暴行，作诗纪之。扬州乃至整个江南的无数"大树"被斩伐的命运，可从吴嘉纪的《江边行》中得到具体体认，其诗曰：

> 江边士卒何阗阗？防敌用船不用马。
>
> 督责有司伐大木，符牒如雨朝暮下。
>
> 中使严威震旧京，军令还愁不奉行。
>
> 亲点猛将二三十，帅卒各向江南程。
>
> 江南谁家不种木？到门先索酒与肉。
>
> 主人有儿卖不暇，供给焉能厌其欲！
>
> 老松古柏运忽促，惊魂半夜深山哭。
>
> 一一皆题"上用"字，树树还令运出谷。
>
> 出谷到江途几千，将主骑马已先还。
>
> 家赀破尽费难足，众卒仍需常例钱。
>
> 道路悲号不住口，槎枒乱集成山阜。
>
> 一朝舟楫满沙汀，只贵数多不贵精。
>
> 君不见扬州战船六百只，输尽民财乘不得。

---

　　① 孙枝蔚：《大树》，《溉堂前集》卷六，第285页。

寒潮寂寞苇花闲，日暮滩头渡归客。①

将二者对照来读，更能深切理解诗中愤激不平的情绪。

（二）动物意象

促织，即蟋蟀，在明末清初的历史、文化语境中是一个特殊的存在，它会让人自然地想到宣宗朝宫闱豢养蟋蟀的旧事，或如蒲松龄《促织》般与某些政治的失当相关联，种种联系都带有冷峻的社会批判色彩。孙枝蔚也选用了这一题材，以《促织》为题寄托了自己的感怀，诗云：

> 授衣逢九月，病骨最惊寒。
>
> 蟋蟀还相促，绳床有浩叹。
>
> 吟诗终夜稳，作客壮年残。
>
> 画角闻城上，转思行路难。②

此诗作于顺治十八年（1661），"画角闻城上"暗示出烽火未息，时已深秋，诗人缠绵病榻，耳闻笳声心魂难定，窗外又传来蟋蟀的声声哀鸣，徒增哀情。诗人的落寞失意伴随着长吁短叹发露无遗，"草间窃伏竟何用"的悲情体验在蟋蟀的映衬下被强化、凸显。此诗由虫及人，又以人喻虫，比与兴的手法结合在一起，书写了下层潦倒文人的悲剧命运。

孔雀以美丽、高贵炫人眼目，引人遐思，但是被缚于笼中的孔雀就是另一番况味了，《感笼中孔雀》诗云：

> 羽毛虽好命堪憎，旧路千山树万层。
>
> 看尔徒然炫文采，打围时节不如鹰。③

失去自由的孔雀"命堪憎"，一个"憎"字，包含着多少愤激而无奈的情感：身陷樊笼，插翅难飞，生命的活力、热力无法释

---

① 吴嘉纪：《江边行》，杨积庆《吴嘉纪诗笺校》卷一，上海古籍出版社1980年版，第32页。

② 孙枝蔚：《促织》（其一），《溉堂前集》卷五，第267页。

③ 孙枝蔚：《感笼中孔雀》，《溉堂续集》卷五，第858页。

放，心智几于枯竭，"少语多愁类病翁"，虽生犹死。笼中孔雀又何尝不是诗人自我的写照？他具有像孔雀一样清高、孤傲、敏感的气质，腹有经纶美才而见困于世无法施展，处处谨小慎微还担心无法全身远祸，生存之状何其艰也！

面对同样失去自由的锦鸡，诗人却一改忧愤论调，而以和婉之语规劝开导，其实这也是他极力想平衡自己意绪的一个出口，《汪舟次以所爱笼内锦鸡命余赋诗》曰：

> 得从罗网近亭台，五色文章莫自哀。
>
> 洗濯经时关寸虑，稻粱一月看千回。
>
> 背人常戒儿童侮，在户兼防雨雪摧。
>
> 邦国养贤亦如此，应须报答见奇才。①

唐太宗李世民在开科取士时看着新科进士鱼贯而入，而喜曰："天下英才尽入吾彀中矣"，诗人劝慰"锦鸡"：不要因为被罩于"罗网"中而悲伤，对主人无微不至的关怀要有感戴之心。结句明白道出物象背后的用心：朝廷精心养护人才，贤者应顺势而动，施展才华以济世。"学成文武艺，货于帝王家"是儒家入世思想的通俗表述，但诗人对仕清心犹不甘，这首诗字里行间隐隐透露出对易代之际文人宿命的无奈心态。

第四节　孙枝蔚与清初扬州文人雅集

顺康年间，以孙枝蔚及其交游圈为核心的扬州文人频频诗酒文会，酬唱赓续，极一时之风雅。本节即以孙枝蔚主持和参与的清初扬州文人雅集为视角，析其脉络，探究活跃于其中的各色人物的隐秘心理，以展现清初江南文人独具的人文生态。

---

① 孙枝蔚：《汪舟次以所爱笼内锦鸡命余赋诗》，《溉堂前集》卷七，第373—374页。

一、孙枝蔚与清初扬州文人雅集的几个阶段

（一）萧条期

读《溉堂集》及相关史料，在崇祯末至顺治十一年（1654），几乎找不到孙枝蔚参与文人雅集的文字记载。这一阶段，正是明清易代的关键时期，政治形势发生了翻天覆地的变化，社会极不稳定，文人们的生存遭到严重威胁，自然也就无暇雅集酬唱。姜宸英在《广陵倡和诗序》中切中肯綮地指出："当天下无事时，仕宦者得以其间从容于游宴之乐，而述为诗歌民生，其间何大幸也。然而烟尘稍警，则淮南之受兵，必先鲍明远所谓'通池夷峻隅颓'者。尝闻世而一见也，而风嗥雨啸之场，诗人之响或几乎息矣。然则诗人之聚非广陵之所以盛衰，而天人之治乱所从出与前世无论。自明甲申乙酉之际，载经残贼，余时过其故墟，蓬蒿蔚然，凄凉满目，如此者几二十年矣。"① 国变之初，干戈扰攘，社会动荡，随着满清铁骑的南下及薙发政策的严酷执行，人民奋起反抗异族压迫，"扬州十日"、"嘉定三屠"、"江阴八十日带发效忠"等惨剧接连发生，昔日富庶安宁的江南处于血雨腥风中。政治高压的震慑，使得扬州文人在鼎革后的十年内绝少集会唱酬。

从顺治十二年（1655）到康熙二年（1653），始见孙枝蔚参与零星的同人集会唱和活动，且多为友人过从、迎来送往的小型宴集与聚会。鼎革后十余年来，清朝统治者的力量逐渐强大，对社会的控制力度逐步加强，社会逐渐恢复正常的秩序，逃过生死大劫的文人们渐渐缓过神来，逐步开始比较正常、安定的生活，文人间的雅集活动也逐渐兴起。然这个时期是清廷对汉族士绅阶层镇压最为强力的时期，先后递起的丁酉科场案（1657）、通海案（1661）、奏销案（1661），使得大江南北的知识分子惶惶不可终日，而江南一带更是成为统治者着重惩治、以期杀一儆百的重点区域。在这种噤声

---

① 姜宸英：《广陵唱和诗序》，《湛园集》卷一，影印文渊阁《四库全书》本，第31页。

失语的时代环境中，以英雄义士为历史文化符号的扬州无疑处在了最敏感的位置上，这个城市因为诸多群体性的切肤体验而蒙上了浓厚的沉寂、感伤色彩，故诸文士间虽偶有集会，但尚未形成风气。

(二) 发展、繁荣期

康熙三年（1664）到十六年（1677），是以孙枝蔚为连接纽带的扬州诗群雅集的发展、繁荣期。此时，战乱后的秩序已开始恢复，政治对文人的禁锢也略有松动，扬州这方既能儒雅风流、又可长歌悲恸，既可放浪形骸、又可栖隐蛰伏的胜地吸引了大江南北的名士硕彦，他们或因避祸而游食此间，或因赋闲而频繁奔走往来，或因致仕而宦游于此，与广陵诗友融合聚集，壮大了扬州诗苑的声势。诗人数量的激增、空间距离的缩小给诗人间的唱和带来了方便，其间王士禛"来佐斯郡，始稍稍披荆棘，事吟咏，用相号召"[①]的领导和组织更直接开启了诗酒雅集的序幕，如王士禛于康熙三年（1664）春召集的"红桥修禊"堪称典范，参与者"半为渔樵"，八十五岁高龄的耆宿林古度渡江赴会，此外还有孙枝蔚、张纲孙、程邃、孙默、许承宣和许承家兄弟等。王士禛才思敏捷，诗作翩翩，酒间赋《冶春绝句》二十首，其后诸人击钵和诗，茗香茶热，绢素横飞，极尽风雅之兴。杜濬因故未与此会，后作诗追和；陈维崧风闻，亦感慨万千，和诗呼应。《冶春》系列诗以自然写景为主，或触景生情，或缘情写景，亦诗亦画，情韵连绵，给人余韵幽长的艺术回味。其中有些诗又略带惆怅苍凉之气，仿佛是在诉说物是人非、风流云散，怅触今昔变迁、陵谷代谢，这种情绪虽然很淡，很朦胧，但在改朝换代的社会氛围里，那种欲说还休的亡国之痛经常会于不经意间泛上心头、诉诸笔端。诗会唱和使与会者产生了情感共鸣，增强了诗人之间的凝聚力，诗人的声名也借和诗的传抄得以远播。

---

① 姜宸英：《广陵唱和诗序》，《湛园集》卷一，影印文渊阁《四库全书》本，第31页。

　　甲辰诗会的示范效应和带动作用是明显的，次年乙巳之岁（1665），以孙枝蔚及其交游圈为中心的扬州诗群即掀起了文人雅集唱和的高峰，短短半载，从花朝到夏日，从同人之草堂、园亭到郊外名胜，众人纵情诗酒风流，酬唱赓续，几无虚日。其间寓居南京的杜濬、方文先后游扬，宾客聚于一隅，群情激荡，泛舟览胜，论文赋诗，莫不称心。仅以此阶段而论，孙枝蔚的交游圈已经初步形成了文学团体的雏形，这个文学小团体虽然尚无固定的名称，但其人员构成比较固定，较活跃的主要成员有孙枝蔚、汪楫、汪懋麟、汪耀麟、汪士裕、华衮、王宾、夏九叙、黄雨相、鲁紫漪等，吴嘉纪、雷士俊、汪湛若、王正子、杜濬、方文等亦偶尔参与，在重要的时令节日（花朝、上巳）或某成员的特殊日期（生辰），抑或在故旧重逢、友人归乡、同志送别等情形下，诗友间往往会举行宴饮集会。尽管这个文学圈子未振臂号召、联席结吟，不是严格意义上的文学社团，但也无碍它表现出一定的群体意识而径以"社集"自称，这从诸人所作诗题可以看出，如孙枝蔚即有《社集赋得早花随处发限七言近体》、《九日社集朱绗方半舟斋名》、《秋夜社集张与参宅同纪檗子、黄仙裳、范汝受、佘来仪》诸题，方文题有《六月十七夜社集王仔园斋头，赋得听诗夜静分》等。这些诗集呈现出清初诗社的典型性特征，但却与明末文社迥异：明末文社多体现出浓厚的政治参与意识，诗酒文宴仅是载体，文人结社多以备考场屋为目的，与科考有密切的联系。而清初的文人雅集尽管其形式仍以诗酒文会出现，但诗酒文会已不再是手段，而是目的，文人聚会，就是为了联诗吟唱，为了会朋聚友，为了互诉衷肠，为了排遣苦情。当然，寻绎文士们的深层心理，不排除一定的功利性，在其各自的文学空间中，也展现出其借诗酒风流而传名显世的诉求。徐珂《清稗类钞·著述类》记载了这样一件事，颇能表现明清士人频举文酒之会的某种用心："查夏重、姜西溟、唐东江、汤西崖、宫恕堂、史蕉隐在辇下为文酒之会，尝谓吾辈将来人各有集，传不传未可知，惟彼此牵缀姓氏于集中，百年以后，一人传而皆传矣。"这里京师盟会的查慎行、姜宸英、唐孙华、汤右曾、宫鸿历、史申义诸位都是康熙朝翰林高才，一时之选，他们尚有传名"焦虑"，更何况其他一般文士了。因此文人诗酒唱和，彼此扬诩，就是极富心智的传名策略了。

乙巳年（1665）夏，王士禛结束扬州推官的任期而被调任京官，即将北上赴任前，广陵同人于七夕齐集蜀冈禅智寺送别，斯集声势浩大，堪称一次扬州文苑之集体亮相。与会文人纷纷作诗相送，篇章迭出，最终集成《禅智唱和》，一时影响甚巨。王士禛在扬州可谓是"华美谢幕"。扬州诗坛并未在王士禛离任后陷入暗寂萧条，在经历了短暂的失落及相应的调适后，很快就恢复了往日的生机。康熙五年（1666），王士禄、宋琬、曹尔堪、丘曙戒等清朝官员游维扬，屡与孙枝蔚、汪耀麟、宗元鼎、韩魏、孙默、查士标等遗逸之士泛舟游园，饮觞吟诗，这是比较典型的不同身份、立场的文人间的雅集，然而通过表面的把酒言欢，也可以观察到雅集双方在和谐唱和背后，各自不同的无奈和苦衷，进而碰触到他们真实的内在情感。王士禄、宋琬、曹尔堪等个人仕途不顺，此时均遭遇过政治打击，一腔抑郁不平之气，与孙枝蔚等人具有相似的时代苦闷，故多借杯酒以浇胸中块垒。

扬州平山堂本是宋朝欧阳修所建的宾僚饮酒赋诗之地，历六百余年荡为榛芜，久为寺僧侵夺，斯文沦丧，汪懋麟痛感于此，对时任扬州太守的金镇提议修复事宜，并积极奔走以促成此事。康熙十三年（1674），平山堂开工复建，历时三年，十六年八月十三日，平山堂落成，金镇于是夕招同孙枝蔚、汪懋麟、汪耀麟、邓汉仪、宗鹤问、华衮、黄云、孙默、许承家、程邃、杜濬、盛珍示、刘彦度等盛会相庆，四远咸集，宾主凡十九人，即席限体赋诗，金镇率赋长句，诸公次第吟咏，恍如"翰院邹枚至，骚坛屈宋过"，举座尽为"群公才少敌，列座艺殊科"之辈，大有前贤"握麈俱潇洒，临笺各揣摩"① 之遗风。兹集蔚为文事之盛，传播遐迩，朝野俱闻，王士禛、曹溶、金敬敷、吴祖修、罗坤、王概、张僧持等五十余人作诗遥和。宁都魏禧、萧山毛奇龄并撰《重建平山堂记》，宣城施闰章撰《平山堂诗记序》，一时大江南北传为盛事。汪懋麟又于堂后拓地为楼五楹，设栗主祀欧阳修、刘敞（字仲原父）、苏轼，名曰"真赏之楼"，取欧阳修《寄仲原父》诗中语也，秀水朱彝尊为作《真赏楼记》。修复平山堂，意义重大，不独山灵生色，并有光昔贤，更具复古崇文、有益世教的社会功用，魏禧《重建平山堂记》即洞察此意："观察公化民善俗之意，亦因可以推见。盖扬俗：'五方杂处，鱼盐钱刀之所辖，仕宦豪强所侨寄'，故其民多嗜利，好晏游，征歌逐妓，袨衣媮食以相夸耀，非其耆贤者则不复以文物为意。公既修举废坠，时与士大夫过宾，饮酒赋诗，使夫人耳而目之者皆欣然有山川文物之慕，家吟而户诵，以文章风雅之道渐易钱刀驵侩之气。"② 此次集会规模之大、唱和人数之众、影响之深远，为入清以来所少有，从而将扬州文人雅集推向了一个新的高度。

（三）渐衰期

康熙十七年（1678）至二十六年（1687），是孙枝蔚及其交游圈为中心的扬州诗群雅集的渐衰期。

十七年，清廷举博学鸿词科考试，受朝官荐举，孙枝蔚接到邸报，怀畏罪心理而被迫入京应试。等到第二年，清政府组织他们参加考试。孙枝蔚入考场却"不终幅而出"，卒以年老被康熙帝赐"内阁中书舍人"衔而放归。京城本为群彦毕集之地，加之在此特殊时期，各地精英蜂拥而至，其盛壮场景可以想见。在京逗留期间，孙枝蔚与王士禛、施闰章、毛奇龄、汪楫、汪懋麟、朱彝尊、乔莱、

---

① 张僧持：《金长真太守兴复平山堂落成宴集记事三十韵》，李坦等编：《扬州历代诗词》（二），人民文学出版社 1998 年版，第 172 页。

② 魏禧：《重建平山堂记》，《魏叔子文集外篇》卷十六，清《宁都三魏全集》本，第 373 页。

吴雯、丘曙戒、李念慈等过从甚密，颇多唱和，但因他对征召之事始终怀愧悔之意，故此间唱和明显意绪不高。尽管其为免祸而屈服征召情非得已，但客观上毕竟有应征与试的行为，这不仅为杜濬等好友不屑，自己也久难释怀。

十九年（1680）到二十五年（1686），孙枝蔚因治生所迫，以老迈之躯，奔走金陵、苏州、安徽、湖北等地，这其中主要的原因是为了维持生计而入幕授徒，他曾作《自笑》以嘲己："衰年旅食每经年，自笑家居但偶然。"① 在外漂泊，尝尽"依人"的种种不堪，体味生活的苦况，即使偶回扬州与同人聚会，也多是寥寥数人的零星小聚，鲜见往时那种大规模的、活跃高扬的集会。其低吟浅唱亦时时流露萧瑟暮气，先前的激切豪壮之情已一去不返。眼看着身边的友人一个个殒逝，昔日的繁盛已成过眼烟云，回首旧事，更增凄凉。

康熙二十六年（1687），六十八岁的孙枝蔚寿终，以他为连接纽带的扬州文人雅集活动虽然黯然画上了句号，但却成为扬州日后盛极一时的诗酒文会的先声。

二、清初扬州文人雅集唱酬的主题及其所展现的文人心态

明清鼎革的沧桑巨变从情感和生活上都给身处其中的文人们带来前所未有的冲击和震荡，政权的更迭使得政治成为入清以来较长一段时期内最为重要的社会因素，影响着那个时代人们的一切，包括文人雅集。孙枝蔚奔走南北，"以诗酒自娱，遍交吴越诸名宿，笔床砚匣，倡和无虚日"②，诗名文名远播海内，这使孙枝蔚及其交游圈为中心的文人雅集活动成为淮扬一带重要的文化现象之一，也是考察明清之际南北文人交汇融合的一个契合点。在雅集活动中，

① 孙枝蔚：《自笑》，《溉堂后集》卷六，第 1495 页。
② 刘於义等修，沈青崖等纂：《(雍正) 陕西通志》，卷六十四，"人物十·隐逸"类。

各色文人同聚一堂，怀有不同政治倾向的文人在雅集中所流露出的心态，是那个特殊敏感的时代，文人精神状态的自然体现。不同的人生选择、价值取向、思想情感在文人雅集中碰撞、浸润，在不同情境的作用下，有时外在形态上呈现出普通诗酒盛宴氤氲而成的欢愉之情，有时则会激发出内心深处郁勃真气的流露。清代从康熙朝开始文网严苛，士人为免祸，运笔行文多晦涩隐曲，而在同心同道者的雅集唱和中，这种沉重的枷锁、疑惧的防范可以相对卸载或缓和一些，文人们对故明的追思、对清廷的仇恨、对现实的不满、对诗酒声色之娱的追逐等内心情感常常于不经意间引发出来。

（一）遗民志士的悲思寄怀和精神慰藉

在中国历史上，扬州是朝代更替之际的一个显著参照点。顺治乙酉年（1645）五月初芜城的沦陷，预示着南明复兴期望的失败；清兵对平民的屠杀，则逐渐被视为一个时代终结的悲剧象征。历史的断裂终成定局。王秀楚的《扬州十日记》详细记述了当时扬州城陷之后可怕的杀戮和破坏情景。那一幕幕惨相，透过一个个文字，令人惨不忍睹、怵目惊心：

> （满卒）数十人如驱牛羊，稍不前，即加捶挞，或即杀之。诸妇女长索系颈，累累如贯珠，一步一跌，遍身泥土，满地皆婴儿。或衬马蹄，或籍人足，肝脑涂地，泣声盈野。行过一沟一池，堆尸贮积，手足相枕，雪入水碧赭，化为五色，塘为之平。①

清兵杀人如麻，血流成河。惨绝人寰的大屠杀确乎会在当年的亲历者心中留下血腥的记忆，这记忆尽管会被岁月的风尘沥干，但那一抹殷红永不会褪色。作为对故明怀有强烈的眷念情感的遗民，入清后在异族的统治下，亡国灭城的痛楚无时不吞噬着他们本已脆弱无依的心灵，痛定思痛之后，有些遗民就此沉寂，有些志士则以

---

① 王秀楚著，曾学文点校：《扬州十日记》，广陵书社 2004 年版，第 4 页。

各种隐蔽的方式进行着挽救颓局的复明之路。清廷的统治渐趋稳固，乾坤难转，遗民们悲哀而清醒地埋葬了自己的复国之梦，更多地选择了高蹈不出、游离于清廷之外，以消极出世的态度宣泄着自己深沉的愤怒。孙枝蔚的遗民身份决定了他的周围不乏怀有共同情感的遗民，他们是孙枝蔚交游圈的中坚力量。相同的政治选择、情感依托使他们更能体会彼此的内心感受，产生强烈的情感共鸣。

在以遗民为主体的雅集中，与会气氛难免萦绕着悲凉沉痛的故国之思，雅集的内容就很难仅停留在寻常的诗酒之娱，因为他们无论是寻幽探古，还是吟诗论文，任何细小的有关故国的物什、意象、场景都极易刺激到其敏感的神经。康熙甲辰岁（1664）春，耄耋宿老林古度、其子祖远、孙枝蔚、吴嘉纪、程邃、孙默、陈维崧、陆淳古、钱退山、王麟友、蒋别士等皆聚于广陵，适逢海陵陆无文奉两尊人至，遂招诸君开筵春夜，联句城南。此次大会尽是"不同产而同游，不殊调而殊土"①的遗逸之辈，同人见古度佩一枚"陆离仿佛五铢光，笔划分明万历字"（汪楫《一钱行》）的万历钱，询之乃知是其儿时物件，以其生于万历间而系臂上贴身珍藏。万历钱在清初无疑具有特殊的象征意义，于是成为特定的历史符号在此次诗会及会后引起了一番悲慨吞声的吟唱，其中以吴嘉纪赠林古度的《一钱行》最为知名："先生春秋八十五，芒鞋重踏扬州土。故交但有丘茔存，白杨摧尽留枯根。昔游倏过五十载，江山宛然人代改。满地干戈杜老贫，囊底徒余一钱在。桃花李花三月天，同君扶杖上渔船。杯深颜热城市远，却展空囊碧水前。酒人一见皆垂泪，乃是先朝万历钱。"②"囊底徒余一钱在"，含蓄地暗示了甲申、乙酉以来，清廷虽君临天下，而林古度仍坚定地系心于旧朝而不失其志。末二句是"诗眼"，展现了举座诗客见先朝旧物而心生同感，

① 孙枝蔚：《广陵唱和诗序》，《溉堂文集》卷一，第 1036 页。
② 吴嘉纪：《一钱行》，杨积庆《吴嘉纪诗笺校》卷二，第 41 页。

伤往哀今以致情难自已、潸然泪下之苦况。他们的家国之情、身世之悲统统聚积到这枚象征他们生命归属的"万历钱"上，积郁的情感终于得以宣泄。沈德潜《清诗别裁集》评曰："'桃花李花'二语，偏写得兴高，游冶相似，而结意悲伤，传出麦秀渐渐之感。一片主意全在此也。"[①] 可谓深解个中三昧。

　　观照历史，王朝的覆亡在扬州次第敷演着，长歌当哭的哀恸亦在诗人的楮墨间游离不绝：早于公元 5 世纪，扬州城被毁之后，鲍照作《芜城赋》以悼之；1133 年扬州遭女真人洗劫，姜夔作词以寄哀情："废池乔木，犹厌言兵"；明清易代，史可法以身殉国，举城色变饮泣，哀诗如涌。斯地的山水草木无时不以它的存在昭示乙酉年的杀戮大劫，即使时隔二十年后的文人雅聚之会，亡国之恨的悲音亦不绝如缕：康熙三年（1664）清明日的甲辰诗会上，王士禛招同孙枝蔚、林古度、张祖望、程邃、孙默、许承宣、许承家泛舟城西，众人酒间同赋《冶春》绝句，孙枝蔚有诗曰：

　　　　故相坟头少白杨，举杯欲饮心茫茫。

　　　　人生几何经丧乱，二十年前此战场。[②]

　　会毕，又作《后冶春》：

　　　　不知何处鞦韆好，但见斑骓云复来。

　　　　凄凉却近前朝寺，寂寂梨花塚上开。[③]

　　故相坟头，一抔黄土，惟余荒凉沁骨；前朝寺前，点点梨花，尽是孤臣血泪。清明本是传统的节气，但于遗民而言却是刺心刿目般的切肤之痛，这痛楚来自其对有关易代字眼的特殊敏感。孙枝蔚家居扬州多年，然不失秦人本色："酒后论刀槊，胸中满甲兵"[④]，

---

　　①　沈德潜选编，吴雪涛、陈旭霞点校：《清诗别裁集》卷六，河北人民出版社1997 年版，第 120 页。

　　②　孙枝蔚：《清明王阮亭招同林茂之、张祖望、翟穆倩、许力臣、师六、家无言泛舟城西，酒间同赋冶春绝句二十四首》（其一），《溉堂前集》卷九，第 463 页。

　　③　孙枝蔚：《后冶春次阮亭韵》（其一），《溉堂前集》卷九，第 466 页。

　　④　顾图河：《挽豹人征君》，《雄雉斋选集》，清康熙刻本，第 22 页。

慷慨任侠，诗中涌动着浓烈的情感、不平的意气，甲辰年的清明日在他的笔下成了故明的祭日。文人雅集多为同气相投者的集会，遗民们的情感寄托、济世之志皆在前朝，可以想见，前朝之逸事、故国之风物人情、山川草木在雅集中成为基本主题，在彼时彼地、在某些特殊情境的激发下，会牵引出遗民们刻骨铭心的锥心之痛，而导致俯首而泣的场景频现，"微醉颜热忽不怿，呼余与语泪沾臆"①。他们既是在凭吊故国，也是在哀悼自己被活生生掐灭的青春年华和人生理想。

宗杜是清初诗坛普遍的认识，扬州诗人尤为突出，他们常在集会论文、切磋诗艺时赏鉴杜诗，砥砺志节。康熙四年（1665）六月，寓居金陵的方文游历扬州，与众诗友唱和累日。其间王宾招饮，集会者有方文、孙枝蔚、汪懋麟、汪耀麟、华衮，众人因请方文说杜诗并分题唱和。方文长于注杜诗，有《批杜诗》、《杜诗举隅》等著述，及其细析《游何将军山林》十首，举座解颐，群情激荡。遗民们格外推尊杜甫的原因，一是道德人格的追慕，杜诗中时时表现出的忠君爱国之情，唤起他们不仅在理性认识上、更是在生命体验上的强烈认同。二是出于乱亡时代的感情共鸣。同遭异族的入侵，身处动荡不宁的社会，同样经历了战乱、流离、穷困、人生志向的失落，遗民们和杜甫有相似的人生体验。明亡和安史之乱在他们眼里性质相似，都是由于异族的入侵，都使社会陷入了长期的动荡不安。杜甫对社会与人生苦难的写实，很容易使改朝换代之后的遗民们联想到自己当下颠沛流离、命如飘萍的人生，故屡屡在雅集唱和时讲杜诗、和杜诗、安心魂。

（二）清朝官员的文酒之娱和情感认同

孙枝蔚及其交游圈诸遗民并不拒绝与清朝官员往来，其雅集经常有清朝官员参加也不足为怪，毕竟现实生活中血缘、地缘、业

---

① 吴嘉纪：《赠孙吴八豹人》，杨积庆《吴嘉纪诗笺校》卷一，第15页。

缘、趣缘等社会关系的存在无法逾越，遗民们也不可能将遍布于寰宇内的官员绝对地隔绝在自己的生活之外。同理，清朝官员亦不会因自己的政治身份而斩断与遗民世界千丝万缕的联系，他们多对遗民充满好感，仰慕其古风高义，敬佩其气节才华，热衷于与之交往。如吴嘉纪本居"濒海斥卤"遥荒之地，半生不为人知。他与汪楫交善，周亮工从汪楫处偶读《陋轩诗》一帙，折服其诗才而"心怦怦动"；读至老苍郁懑的"夕阳残照，于时宁几"之语，心有戚戚焉，其时自己祸患方息，触境生情而"悽心欲绝"①。王士禛知吴嘉纪始于周亮工，尚未谋面时，一夕读《陋轩诗》，"读且欢，遂为其序。明日遣急足驰二百里寄嘉纪于所居之陋轩"，嘉纪感其意，"一来郡城，相见极欢"②。王士禛任扬州推官期间，几乎遍交此地遗民故老，引起江南诗坛广泛的回应和反响，他因此获得了巨大的声望，故陈康祺《郎潜纪闻》载："渔洋先生司理扬州，文士辐辏，弦诗角酒无虚日，余韵遗风，足为风尘吏增色。"③吴伟业说他"昼了公事，夜接词人"。他自己也说："余在广陵五年，多布衣交。"④但是从他与著名诗人吴嘉纪、方文的交往可以看出，他对遗民诗人并非一直尊敬，他对遗民诗的价值也不是极为肯定。离开扬州为京官后他对遗民群体持似有还无、若即若离，甚至敬而远之的态度。严迪昌甚至说："渔洋山人的诗学学术交游或唱和酬应活动，实在是多与权术心机相辅而行的。"⑤"鸟尽弓藏"可谓是王士禛与遗民交往的功利目的实现之后的必然结果。

相对于王士禛与遗民交往的功利性，吴绮、汪懋麟、施闰章、李念慈、王又旦等官员恰恰以真诚和至性与友人诗酒唱和，相知相

---

① 周亮工：《吴野人陋轩诗序》，杨积庆《嘉纪诗笺校》附录四，第487页。
② 王士禛：《悔斋诗集序》，《带经堂集》卷四十，清康熙刻本，第289页。
③ 陈康祺：《郎潜纪闻》卷九，清光绪刻本，第33页。
④ 郭绍虞辑：《清诗话》，上海古籍出版社1999年版，第192页。
⑤ 严迪昌：《清诗史》（上），浙江古籍出版社2002年版，第442页。

和。这些朝廷新贵尽管与乡野寒士、前朝遗老身份不同，"去就"有别，但在情感融合方面并无隔阂。他们彼此推心置腹，互诉衷肠，颇多默契。在清初国破家残的大背景下，个人的渺小感、生命的幻灭感是文士们普遍的沧桑心态，这种内隐的、深微的孤独感的体验不惟属于个体，更辐射到群体，形成一种不同政治倾向的文人密切交好的"心理场"。一己"小我"之情状，折射出社稷"大我"之面目：国家初定，矛盾纷起，满汉隔绝，民生多艰，祈盼安宁以佑苍生，这是儒士们共同的心声。当然，吴绮等官员已成新朝臣子，"食君之禄，担君之忧"，既定的身份，使他们为实现人生价值而作出的选择就是行古循吏之路，期望通过自己清正廉洁的行为，但求无愧国家，无愧追求。

身为汉人而做清朝官员，其间定经历过种种曲折和难堪。一介书生孜孜苦读以求举业，无奈难敌科场黑暗而被黜落，青春年华和青云之志也许就被湮没在无尽的嗟叹尤怨中；奔走权贵之门期以游谒获得荐举，"舍身饲虎"的"自污"、不洁之感自不待言，孰料最终依旧要落魄而返；即使侥幸被用，又常因势力的分化组合而"站错了队"被重新挤出政治圈子；煎熬之后考中授官，等级与满人相比宛若霄泥，久不得升迁、终身难居要职更是常态；宦海深重，党争激烈，风波迭起，风声鹤唳，人人自危，世事洞明、人情练达而不足以保身；矻矻于经纶济世、以道自任的理想追逐，惜人微言轻，壮志难酬；官禄微薄，束手缚足，不足以自养。凡此种种精神、物质的多重困惑和挤压，可知清朝汉官政治身份的确认何其难也，其对独立与自由的渴望何其强烈。他们希望添入一抹亮色来稀释政治生命中沉重的底色，希望到文士群体中寻找同道，获得精神慰藉，在同声相应、同气相求中相濡以沫，增强面对生活的勇气；抑或议论风发，少所顾忌，袒露本真。这是清朝官员频频与遗民雅集唱和的内在动因。

风雅之乐，无外乎"合道艺之士，择山水之胜，感景光之迈，寄瑟樽之乐"①。向往风雅是诗人的天性，尤其是深苦于案牍劳形的士大夫，更是对林下之乐、诗酒集会充满热情，他们乐于进入文士们的交际圈，既能游山玩水以涤荡胸次、结交名儒以提高素养；又可以驰骋诗才、切磋诗艺、谈古论今、品鉴书画古器以享文人情趣。注意力的转移能够化解社会责任感和忧患意识无处着落、生存艰难而造成的人生困惑，他们的功名之心和躁动愤慨之气亦在水光山色、诗酒歌舞中变得平和自然，表现出简单旷达、潇洒自适的生活情态。有时在丝竹盈沸、酒酣耳热之际，他们也放浪形骸，任侠不羁，如汪懋麟、韩魏等夜饮见山楼，呈'狂奴共舞"、"激昂意态"、"枕人斜睡"之形，此为表象；深层的"吾颓也"、"欲堕琵琶泪"、"故故酸人肠肺"②诸语，无不传达出他们内心的悲慨不平之意。

　　清朝官员的宴集诗中展现了他们逃脱世俗羁绊、全身心追求快乐潇洒的休闲瞬间，但这瞬间过后他们还是要回归到自己既定的生活轨道上去。热闹过后的落寞、繁华之后的悲凉更加深重，像汪懋麟《锦瑟词》中所感慨的：

　　　　人生欢会无多，看秋华秋草、凋零颜色。物已如斯，苦费思量。何益梧桐叶萧瑟，三更蟋蟀声凄凉。③

　　潇洒和快意是有限的，他们无法逾越自己身处的时代，故难以真正释怀。

（三）隐逸文人的淡泊自守和心灵归依

　　孙枝蔚及其交游圈同人的文酒之乐及一场场雅集特有的超逸之气同样吸引着游离于政治权术之外淡泊自守的一类文人。他们远离政治，对世道表现出失望之余的淡漠，对内转向自我修养、独善其

---

① 　何宗美：《明末清初文人结社研究续编》，中华书局 2006 年版，第 108 页。
② 　汪懋麟：《喜迁莺·中郎、存永、阜樵、醉自夜饮见山楼，听素容校书度曲，即席填词，素容倚而歌之》，《锦瑟词》，《续修四库全书》集部第 1725 册，第 279 页。
③ 　汪懋麟：《绮罗香·七夕前一日，爱园夜集》，《锦瑟词》，第 277 页。

身，而他们选择的自我疏离于社会的方式往往是寄情诗酒，与世无争，超凡脱俗。

宗元鼎就是这样一位淡泊自守的文人。国变前他还依稀有裘马轻狂、纵情任诞之态："敧斜帽角频频舞，狼藉花须叠叠铺。莫把狂呼轻眼觑，英雄千古在吾徒。"[1] 身经山飞海立般的沧桑巨变，目睹异族的镇压、摧折，个人的呻吟和抗争都被淹没在历史的洪流中，无奈之下只好接受既定的命运，以另一种生命形态存于尘世：高蹈不出，慎独远世，以隐逸之形匿睥睨世俗、高自位置之心。宗元鼎曰：

> 宗子邗上名家，而才名又久著，乃其人退然如勿胜也，蔼然如与物无竞也。至其门，车骑寂然；入其室，琴几萧然；即之深深，就之冷冷；有人亦乐之，无人亦乐之；殆吾夫子所谓"人见其表，未见其里"者，其斯人乎？且广陵当大江南北之冲，其人奢靡，云栋而居，彩裤而立，宗子不一动其冲澹之素；方且隐居郭外，庐屋荷衣，莱妻瞿子，逍遥自得；和不同尘，贞不绝俗，是则志敬节具，志和音雅，被中和之极则者，非斯人其谁与归？[2]

宗元鼎的生命内核中凝聚着一种静穆之美，简衣粗食、陋巷疏交，不以物喜、不以己悲，体现了"中和之极"的儒家精义。

幽栖神游的士人最终总是后顾有忧，那就是心为形役的生计问题。然仰人鼻息而求治生，屈身事人以获爵禄、求富贵，在追求隐逸精神的士人那里，遭遇的是痛苦的自我认同危机。他们最不堪的，是"乃知稻粱谋，使人无独立"的"依人"所致的伤痛；他们最看重的，是基于保全尊严基础上的自由和独立。二者必居其一，宗元鼎坚定地选择了后者："按剑终何用，吾冠亦不弹。顺理适天

---

[1] 宗元鼎：《春日》，《芙蓉集》，《四库全书存目丛书》集部238册，齐鲁书社1997年版，第357页。

[2] 宗元鼎：《宗梅岑芙蓉集序》，《芙蓉集》，第281页。

地，浩然得所安。安得三两人，忘机把渔竿。携手霜郊外，尽此杯中寒。"①"浊酒随吾兴，狂歌一问津。簪缨何足羡，垂钓有经纶。"②隐于草野，隐于诗酒，无所羁缚，尽情挥洒，不啻快意人生。如许潇洒个性，世间能有几人？

宗元鼎为心境澄澹的高隐者流，这从他所署别号可见一斑：梅岑、香斋、东原居士、梅西居士、芙蓉斋、小香居士等。其《芙蓉别业偶作》自述曰：

> 禅友自高僧，良朋定道契。栖遁寡尘忌，焚香花一篚。家童春酿酒，香冽似醽醁。壁有无弦琴，名曰三两笥。绳榻铺精庐，素屏石几二。凭虚清风生，诠微异理至。蹈朴内则和，养素保灵智。斋心漱幽泉，拂席读《老子》，散玩佛氏书，流览秦汉史。③

香烟、精庐、素屏、石几、幽泉等系列意象具有一种虚静空明、清复绵邈的标格，物象外流动着饮风餐露、含英咀华、戒绝烟火的超旷气息，身在其中的主人定然游心尘外，飘遥仙道，孤标特立；《老子》、佛书、秦汉史，昭示了文人的生活情趣，见其崇隐慕道、沉湎诗书之形迹。《小香居夜坐》亦云：

> 小架三间屋，佳时亦自清。
> 竹篱春月影，花砌沍炉声。
> 沉醉消残闷，耽吟度半生。
> 已将头上发，霜白傲浮名。④

居室清幽，心境安宁，物我谐和；然当"残闷"难遣之际醉酒赋诗，将一己之遇发为吟咏，心口相应，中有韶光不再而志节难酬的抱璞之悲。宗元鼎尤心仪陶渊明，以"同是风流晋代民"自标，

---

① 宗元鼎：《重阳前一日雨中独酌》，《芙蓉集》，第306页。
② 宗元鼎：《春日漫作》，《芙蓉集》，第343页。
③ 宗元鼎：《芙蓉别业偶作》，《芙蓉集》，第305—306页。
④ 宗元鼎：《小香居夜坐》，《芙蓉集》，第348页。

陶渊明尚有"陶潜酷似卧龙豪，万古浔阳松菊高。莫信诗人竟平澹，二分梁甫一分骚"（龚自珍《舟中读陶诗》）之评，遑论宗元鼎？类似"岂若随境安，冲霄任闲鹤"①的骚怨之词、不平意绪，屡屡荡漾在樽前盏间，随着清醴浊醪而泛滥胸中，给宗元鼎的人生涂就了寥落寂然的基色。可见其隐逸乃生不逢时之遁，其缄口不言乃识者的自我禁锢。

宗元鼎天性恬淡，甚而到了一种"怪癖"的地步："性不喜烦，与人对终日即病，饮酌数日亦然；或值势利毁誉之场，便如溽暑置身赤日下。乡居未尝至柴门外，客至或入郡始一到门，不则数月兀坐草堂而已。"②足不出户而声名远播，难怪人争识其面。"交满天下，韦布搢绅久要如一，虽孝廉之船时觅，郡教马车走送花间，而视之泊如。"③"泊如"是对泛泛之交而言，对于周亮工、龚鼎孳、吴绮、汪楫、孙枝蔚、黄云、黄雨相、韩魏等同调，则倾心相对，相与偃息林泉，追逐云月，弦诗斗酒，光华相映，优游自如。境由心生，受其恬淡心性的影响，宗元鼎的雅集唱和诗多较染了澹雅萧闲的底色，如顺治六年（1649），宗元鼎同许承宣、许承家昆弟、杜思旷、徐闻宰等围炉夜话，限韵赋诗，宗元鼎题诗曰："芬馨良夜颂盘椒，酒泻金鲸似暮潮。座上王孙披鹤氅，筵前粉黛舞龙绡。红梅小阁香云暗，珠箔轻灯彩树飘。此地仅教魂魄散，哪堪桥畔听吹箫。"④诗用白描手法，勾勒出一幅歌舞升平之世相，然末二句的"诗眼"蕴含深婉，故国遗音宛在耳际，让人情何以堪？澹雅中含萧瑟之气，深刻有力，叫人警醒。

---

① 宗元鼎：《庚子除夜》，《芙蓉集》，第308页。
② 钱林：《文献征存录》卷十，清咸丰刻本，第454页。
③ 朱鹤龄：《宗定九全集序》，《愚庵小集》卷八，影印文渊阁《四库全书》本，第83页。
④ 宗元鼎：《残冬夜集同许力臣、杜思旷、徐闻宰、许师六限韵二首》（其二），《芙蓉集》，第368页。

第三章　浙派嬗变及厉鹗的文学
思想、著述和交游

以文化学视角观照浙派流变，具有历史演进和学理逻辑的双重意义。浙派诗群肇始于清初黄宗羲，经查慎行，到清中期厉鹗而蔚为大宗，此后至钱载又一变，其发展演变的历史贯穿了整整有清一代，绵延历史时段之长，诗群成员之多，其积淀的文化和认识意义之丰厚，使之足以成为清代文学发展过程中一个不容抹去的文化符号，使后来的研究者为之驻足。同时，浙派自从其诞生之时起，其成员不但是优秀的诗人，而且是广泛的、多方面的文化传播者。或者甚至可以这样说，诗歌只是他们文化活动的载体和中介，在他们手中，诗歌是其文化活动的鲜活记录。通过他们的诗歌创作，结合其他材料，我们知道他们还是学者，是藏书家，是教师，等等。也许这些特点是文学史上一些诗派的共性，但浙派诗群将这些共性推向了极致，这是不容置疑的。因此可以说，以文化视角观照浙派也是学理逻辑的必然。

事实还不止于此。我们强调研究古代文学以文化学作为一个重要视角，当从文学文本出发，这是毫无问题的，也是文学研究永恒的真理。然而当我们认真研读浙派诗群成员（尤其是中期浙派）诗歌创作时，我们得到的是以下印象：虽然浙派大多数成员诗歌创作并未编年，但他们的作品使得他们的生命历程得到清晰、完整的展现；虽然他们的诗歌也很讲究诗艺，但他们的诗歌创作具有明显的"泛文化"特征，创作时往往忘掉了诗艺，即诗歌取材无所不施，他们的诗歌创作就像今天的"日记",广泛记录了他们的读书、交游、唱和、雅集等日常行踪,这些创作与其称诗歌,还不如称为诗文化记录。因此,在某种意义上,将浙派人士的创作视作诗歌还不如将其视作"泛文化"记录更切合其创作本质。

在本章中,笔者欲以以上认识和理念指导浙派研究,即不囿于就诗说诗,就人说人,只见树木不见森林,而力图将其诗其人放在整个历史文化视野和环境中,把握其本质,反映其规律。其中,在整个浙派发展史中,查慎行具有重要意义。他承前启后,上接浙派前导黄宗羲,下启浙派宗主厉鹗,对于浙派的正式形成具有举足轻重的意义,因此本章专辟一节,对其意义予以论述。其余四节分别从文学理论构建、著述、交游等角度对厉鹗予以文化学观照,多方面还原这位浙派领袖人物在浙派兴盛阶段的理论构建成就和文化活动实绩。

第一节　浙派嬗变与查慎行的地位和意义

浙派在清诗史上是一个独特的存在:其肇始、发展、演进和嬗变贯穿了有清一代近三百年,在其发展的各个时期,成员众多,诗家辈出,既具有特定时期浙派的整体特征,又具有自己创作特色的诗人层出不穷,他们各标风韵,唱和不断。尽管对浙派的评价历来褒贬不一,但治清诗者绝不能忽略它的存在。同时,浙派作为一个地域性诗歌创作群体,又一直与"宗宋"、"学人诗"、"浙西词派"等概念纠结在一起,使得人们对浙派的认识变得模糊不清。其实,浙派与"宗宋"、"学人诗"、"浙西词派"等概念既不能说完全重合,又不能说完全没有关系,它正是在与上述诸文学现象相互影响与渗透的复杂文化环境中产生和演变的。据现有材料我们可以认定,浙派肇始于清初黄宗羲,经查慎行继续向前推进,到厉鹗生活的清中期，已蔚为"正宗"，形成典型的"浙派"；此后继续发展演进，形成浙派后劲、以钱载为核心的"秀水派"。其中，查慎行以诗歌创作的大家地位，以明确的诗学观念，延续浙派发展的脉络，承前启后，诚为浙派发展过程中不可忽视的重要人物，"为诗派一大转关"（语出徐世昌《晚晴簃诗话》），值得认真审视！同时，取决于康熙朝中后期、雍正朝前期的特定政治历史生态和社会人文思潮，以及查氏的特定人格价值取向，浙派发展到查慎行生活的时期，并未形成一个诗歌创作群体所应必备的群体特征，但正由于其所发挥的纽带作用，到雍、乾时期，以厉鹗为领袖的"正宗"浙派正式迈入诗坛，自具面目，形成以野逸寒士为其核心成员，以不求仕进、离心于王朝之外为其人格取向的整体性诗歌群体特征。查慎行在浙派发展中的这种过渡性地位，归根到底，是清前期特定的政治历史生态和社会人文思潮的产物，而其人格价值取向的形成，也取决于这种政治历史生态和社会人文思潮。这种历史文化环境不会作用于某一个人，而是具有普遍性，如查慎行的同乡朱彝尊，亦是同理。查氏作为浙派演变过程中不可或缺的一个环节，实应加以认真探讨。

一、继承与启变：查慎行诗学观念在浙派诗学观流变中的过渡性

在浙派诗学观演变中，查慎行的诗学观可说是前承黄宗羲，后启厉樊榭，呈现出鲜明的过渡性。查慎行（1650—1727），原名嗣琏，字夏重，后改名慎行，字悔余，浙江海宁人。查氏晚年取苏轼诗"身行万里半天下，僧卧一庵初白头"[①]之意，号初白翁，而以

[①] 《敬业堂诗集》卷二十八《偷闲集》：《出都时禹司宾之鼎作〈初白庵图〉，取东坡"身行万里半天下，僧卧一庵初白头"诗意也。余自己未出游，计道里所经，视先生奚啻十倍，今白发且满头矣。所居园池之东，有闲地数亩，拟结茅其上，而资斧适乏，不遂于成，辄题数语，以坚初志，览者毋笑道旁之筑也》，见查慎行著，周劭标点：《敬业堂诗集》，上海古籍出版社 1986 年版，第 759 页。以下凡出是集者，恕不再另注。

康熙帝所书赠"敬业堂"匾额名其集曰《敬业堂诗集》①，"慎行此集，随笔立名，怠倍数之。其中有以二十四首为一集者，殊伤烦碎，然亦征其无时无地不以诗为事也"②，此言不假，查氏一生可以说以诗为生命，或喜或哀，或枯或荣，或见或闻，或历或感，大至随帝出巡，小至微草衰败，无不以诗纪之，"以二十四首为一集者"，并不能成为《敬业堂诗集》的缺点！这恰好为后人认识这位诗人提供了绝佳的资料。查氏"平生所作不下万首"③，《敬业堂诗集》大部分为作者所手定，收诗达五千多首。查氏没有专门的论诗著作，但通过这五千多首诗中的相关作品，我们可以窥见其诗学观念之端倪。

明代前后"七子"倡言"文笔秦汉，诗必盛唐"，对此后诗学观念走向影响很大，清初诗学基本还是在宗唐观念的笼罩之下发展演变，"盖自明人喜称唐诗，至国朝初年，嫌其窠臼渐深，往往厌而学宋"④。因此，清初诗坛一些有识之士已厌弃这种沿袭已久的陈腐诗风，由此，进而演化为"唐宋诗之争"⑤。但唐诗的辉煌成就不容置疑，在这场争论中，宗宋一派的基本策略是强调好诗能出于唐，也可出于宋，与时代无直接关系，"决不可以古今时地限"⑥。黄宗羲作为浙派"先导"⑦，也基本持这种观点。他强调应该平等地看待唐诗和宋诗，并且应该看到宋诗对唐诗的学习和继承，他说："天下皆知宗唐诗，余以为善学唐者唯宋。"⑧ 这本是一种客观的态度，却受到一些人的诋毁，有人居然说他"不知诗而强言诗，故人

---

① 《敬业堂诗集》卷三十二《考牧集》：《恩赐御书敬业堂匾额恭纪十六韵》，第895页。

② 永瑢等：《四库全书总目》卷一七三集部：《别集类二六》，中华书局1965年版，第1528页。

③ 《敬业堂诗集》附录：《许汝霖序》，第1760页。

④ 《敬业堂诗集》附录：《清史列传文苑》，第1768页。

⑤ 可参阅业师张兵先生《黄宗羲的唐宋诗理论与清初诗坛的宗唐和宗宋》，载《西北师大学报》（社会科学版）1993年第5期。

⑥ 《敬业堂诗集》附录：《郑梁序》，第1768页。

⑦ 严迪昌：《清诗史》，浙江古籍出版社2002年版，第212页。

⑧ 黄宗羲：《南雷文定后集》卷一《姜山启彭山诗稿序》，《黄宗羲全集》第十册。

言两失"①。但从本质上说，说唐诗宋诗都能出好诗，即在充分尊重唐诗成就的基础上认为宋诗是唐诗的发展，以唐论宋，实际上就是对宋诗的提倡。在当时宗唐成为诗坛风气、"势力"很大的背景之下，黄梨洲提倡宋调，是需要勇气的。黄氏对于作诗需要学问的看法也值得重视。他曾说过："昔之为诗者，一生经、史、子、集之学，尽注于诗。夫经、史、子、集，何与于诗，然必如此而后工。"②强调经史百家对于作诗的重要。此外他还和吕留良、吴之振等人编选《宋诗钞》，大力鼓吹宋诗，呼吁人们重视宋诗、重视"经史百家"的各种学问对于作诗的重要性，打破诗歌发展的一元格局，促进了诗歌的良性推进，在文学史上有积极意义，在创始"浙派"方面也功不可没。

到了清中期浙派领袖厉鹗，完全摆脱了黄氏以唐论宋、半推半就提倡宋诗的方式，旗帜鲜明地提出作诗以宋调为主、参以唐诗的诗学主张，构建了真正属于浙派的诗学体系。他说："夫诗之道不可以有所穷也。诸君言为唐诗，工矣；拙者为之，得貌遗神，而唐诗穷。于是能者参之苏、黄、范、陆，时出新意，末流遂澜倒无复绳检，而不为唐诗者又穷。物穷则变，变则通。"③这里，厉氏对唐宋诗的流变作出了不容辩驳的论证，指出所谓唐诗、宋诗，都是诗史发展的必然，没有什么诗法是神圣的和亘古不变的，"穷则变，变则通"，从根本上否定了片面宗唐者的理论基础，比黄氏站得高，说得透。同时，厉鹗重视学问的诗学观也显示了浙派成熟阶段的气象，以至重视学问成为厉鹗重构浙派诗学体系中的核心要素，换言之，深厚的学问成为诗歌创作的必要条件。他说："有读书而不能诗，未有能诗而不读书……诗才富，而意以为匠，神以为斤，则大

① 叶矫然：《龙性堂诗话初集》，参见《清诗话续编》本，第 996 页。
② 黄宗羲：《南雷文定三集》卷三《马虞卿制义序》，《黄宗羲全集》第十册。
③ 厉鹗：《樊榭山房集》文集卷三《懒园诗钞序》，（清）董兆熊注，陈九思标校，上海古籍出版社 1992 年版，第 734 页。以下凡出是集者，恕不再另注。

篇短章均擅其胜。"① 此说比黄氏前进了一大步。

从上述由浙派初祖黄宗羲到浙派成熟阶段宗主厉鹗的诗学观的对比中可以看到，二者演进之迹甚明。宗宋和学问这两个要素对宋诗来说，是二而一的问题，未有作诗宗宋而不讲学问的，也未有作诗讲学问而不属于宗宋的。杜甫和韩愈等人为唐人而讲学问，可是他们却导源了宋诗，这二者并不矛盾。因此，说黄氏为浙派"先导"，浙派宗主是厉鹗，并不是偶然的。诚然，二者都是浙人，然而这还不是最重要的。重要的是他们不约而同地关注到诗学观（或云诗学体系）是一个诗派的生命和旗帜，没有诗学体系的树立，就谈不到诗派的存在（尽管厉鹗曾倡言诗"不当有派"）。不管黄氏当初是否有立派的自觉，也不管厉氏是否真的无意"树派"，但二者的诗学观念（或体系）确是一脉相承，在诗歌创作上又身体力行，同时在他们周围汇集了一大批"同人"，实践着他们的诗学主张。可见，从黄宗羲到厉鹗，从诗学主张上的若干重要因素的提出到有意识地加以强调和推进，以至圆熟而形成体系，宣告一个诗派在诗坛上的正式确立，查慎行在浙派这一流变过程中虽是过渡性人物，其重要性却也不言而喻。约而言之，有以下几点值得注意。

第一，黄氏生活的时代是唐风尚居于主导地位的历史时段，不允许他大声疾呼。以黄氏在当时的声望和影响，就是试探性地"以唐论宋"，即已引起一些人的诋毁，更遑论他人。到了查慎行时代，诗学观念较清初整体上已有所改观。查氏对于唐宋诗的认识总体上一改而为无所侧重，唐宋相参，不加轩轾。他曾对从他学作诗之法的人说：

> 唐音宋派何须问，大抵诗情在寂寥。
>
> 细比老蚕初引绪，健如强弩突回潮。
>
> 闲来谨候炉中火，众里心防水面瓢。

① 厉鹗：《樊榭山房集》文集卷三《绿杉野屋集序》，第742页。

　　　　不遇知音弹不得，吾琴经爨尾全焦。①

　　此诗题为《得川叠前韵从余问诗法戏答之》，从此题可看出查氏对于片面宗唐宗宋的不屑和轻视，大抵在他看来，要作出好诗，不在宗唐宗宋，而在历练心胸，感情真挚，发而为诗，自然动人。事实上，查氏自从三十岁起，入同乡贵州巡抚杨雍建幕，从军贵州，视野渐开，其诗也正从此年纪年。又查氏对友人曾说过："知君力欲追正始，三唐两宋需互参。"②则明确指出作诗需唐宋互参，不可偏废。联系查氏作诗之所瓣香，《敬业堂诗集》中所屡屡关注和称道者则杜甫、韩愈、苏轼、黄庭坚和陆游者人，对东坡则尤为倾心。显然，查氏所讲唐宋互参，实际上还是提倡宋诗，这比黄宗羲的"以唐论宋"，是明显前进了一步，到厉鹗，又在查氏基础上更进一步，以宋为主，参之以唐，确立了浙派诗学体系的大方向。从这里我们可以清楚地看到，从黄宗羲到查慎行再到厉鹗，其诗学观念有时代的影响，又有其个人探索的努力。正是由于查氏诗学这一环节，浙派的诗学体系到厉鹗才终于确立。

　　第二，在储学为用的问题上，查氏也为联结黄宗羲和厉鹗之间的重要一环。且看他如何看待学问的重要性：

　　　　向来风骚流，泛滥无津涯。③

　　搜奇抉险富诗料，然后所向无矛锛。④

　　插架徒然万卷余，只图遮眼一翻书。

　　诗成亦用白描法，免得人讥獭祭鱼。⑤

　　可以看出，查氏的确比黄宗羲更加重视学问，他站在另一个高度上看待学问，强调学问对于作诗的重要性。对待学问，查氏尚有"所

　　①　《敬业堂诗集》卷二十八《翻经集》：《得川叠前韵从余问诗法戏答之》，第771页。

　　②　《敬业堂诗集》卷四《遄归集》：《吴门喜语梁药亭》，第103页。

　　③　《敬业堂诗集》卷十四《溢城集》：《三月十七日夜与恒斋月下论诗》，第387页。

　　④　《敬业堂诗集》卷十九《酒人集》：《题项霜田卖书秋树根图》，第525—526页。

　　⑤　《敬业堂诗续集》卷三《余生集上》：《东木与楚望叠鱼字凡七章，连翩传示，再拈二首以答来意》，第1627页。

关学不学，岂系才不才？"[①] 作诗固然需要才气，查氏岂能不知？之所以这样说，当然是为了强调学问对于作诗的重要性。从上述可以看出，查氏对于学问的重视，远远超过了其前辈黄梨洲，而与其乡后辈厉樊榭相逼近，所不同的是厉氏对学问的实际效用论述得更为深入、充分和系统。从这点可以证明，查氏在学问问题上也称得上承前启后。

第三，在作诗宗宋和储学为用等方面，查氏作为浙派流变过程中的重要环节，也值得注意。在诗学实践和学问积累上，在其生前和稍后就已为人所瞩目。王士禛曾说："姚江黄晦木先生常题目其诗，比之剑南。"[②]"其"指查慎行，剑南即陆游，可见查氏诗歌创作实沿着宋诗路子进行，黄晦木即黄宗炎，乃黄梨洲之弟，推之查氏乃师长，想必不致妄言。又查氏友人序其集说其"深沉好古，于书无所不窥"[③]，其博学在当时已为人所知。事实上，查氏易学研究在当时已专名一家，著《周易玩辞集解》，此书《四库全书》已著录。另外，查氏晚年耽于佛典，见诸吟咏，《敬业堂诗集》中收录了不少对于佛家思想的体悟的诗。值得一提的是，查氏还是苏诗专家，曾补注苏诗五十二卷，受苏东坡影响极深，其"五七言古体，尤近苏轼"[④]。

从以上所论可以看到，不论是诗学宗宋，还是储学作诗，查慎行都发展了黄宗羲的诗学思想，成为后来厉鹗建构浙派诗学体系的基础，承前启后，加上其诗歌创作实践的实绩，诚不愧为浙派发展史上不容忽视的大家地位。

二、问学与交游：查慎行在浙派发展演进中的中介性

查慎行在浙派嬗变中的地位不独体现在诗学观念上的继承与启

---

① 《敬业堂诗集》卷四十《长告集》：《题陈季方诗册》，第 1159 页。

② 《敬业堂诗集》附录：《王士禛序》，第 1753 页。

③ 《敬业堂诗集》附录：《唐孙华序》，第 1760 页。

④ 《敬业堂诗集》附录：《清史列传·文苑》，第 1768 页。

变，而且通过其问学和授诗、唱和等文化活动，联结了浙派初期与中期这两个发展阶段，使浙派发展过程呈现出一脉相承、前后连贯的特点。

（一）查慎行从学南雷小考

黄宗羲对查慎行来说属前辈，作为清初遗民诗界的代表和旗帜之一，其在明末就已声震浙东，加上其亲身参加清初浙东地区的抗清斗争，又是浙东学派在清初的代表和浙派的"先导"，实是清初浙东地区政治历史、学术文化发展的中心和线索性人物。

查慎行是黄宗羲的及门弟子，从年龄上看，查氏比南雷小了整整40岁。《敬业堂诗集》中多处提到从南雷问学事。《题陈允文圯桥授书图小影》夹注云："余与允文俱出姚江先生之门。"① 这是查氏集中首次提到从南雷问学之事，此时为查氏从贵州巡抚杨雍建幕归来之次年，"允文"指陈允文，查氏集中两人多有唱和。集中又有《宿梨洲夫子武林寓舍，即次先生丙辰九日同游旧韵二首》②，这是现仅存查氏集中两首和南雷之诗。又有《酬别郑寒村》一诗，其夹注云："余与寒村俱出黄门。"③"寒村"即郑梁，清中前期著名学者，查氏同学兼好友，曾序查氏集。郑氏父郑溱，为黄梨洲好友，命子郑梁师事之，郑梁子郑性，又与全祖望友善。查氏另有《满庭芳　陈简斋茸闲园，随梨洲黄夫子过访留赠》一词④，也可见其从黄梨洲问学情景。另陈敬璋撰《查他山先生年谱》，亦言查氏从梨洲问学时间在康熙二十一年（1682）⑤，为查氏从杨雍建幕归后之次年。据此可证查氏曾亲从黄梨洲问学事则为事实无疑。查氏从学梨洲时间为康熙二十一年，查氏是年三十三，黄氏七十三，黄氏享年

① 《敬业堂诗集》卷四《遄归集》，第 111 页。
② 《敬业堂诗集》卷四《西江集》，第 119 页。
③ 《敬业堂诗集》卷六《假馆集上》，第 175 页。
④ 《敬业堂诗集》卷四十九《余波词上》，第 1426 页。
⑤ 《敬业堂诗集》附录：《查他山先生年谱》，第 1775 页。

八十六，以黄氏八十六岁的高寿，则七十三岁尚是学术生命较为活跃的时期，查氏接受作为浙派"先导"的黄氏宗宋衣钵当为必然。不独如此，查氏亲从查氏问学，使得浙派这一过渡性人物在浙派发展过程中的地位更显独特，也是其他人所不能替代的。

（二）查慎行与中期浙派核心成员的交游唱和

查慎行在浙派发展过程中的过渡性地位和独特作用，不仅表现在他曾亲从黄梨洲问学，还体现在他和以厉鹗为领袖的"正宗"的浙派核心成员的或师或友、时相唱和的交游关系方面。浙派发展到清中期，社会政治、历史文化生态和时代人文氛围都发生了较大的变迁，这时期以厉鹗为领袖的浙派正式登上了诗坛，而且形成了作为一个诗派所应必备的条件：众所服膺的诗派领袖、严密全面的诗学体系、具有较为一致的创作风格和价值取向的核心成员。考诸相关资料，浙派在这时期，上述诗派所必备的要素都已形成，浙派也业已发展到其成熟阶段。这时期查慎行也已到了生命的最后阶段，然而作为一个以诗歌创作为生命的诗人，即使到了暮年，经过大半生的人生磨砺和诗艺锤炼，其登临唱和之诗依然源源不断，创作活力依然未见衰竭，好诗佳作依然迭出不穷。不仅如此，他还和浙派后辈时相唱和，为其传授诗艺，直接带动和引导了中期浙派的发展壮大。兹据相关材料，略作述说。

周京（1677—1749），字西穆，号穆门，又号少穆，浙江钱塘人，著有《无悔斋诗集》十五卷。全祖望《周穆门墓志铭》云：

> 穆门以诗名天下五十余年，生平尝遍历秦、齐、晋、楚之墟，所至，巨公大卿皆为倒屣，顾终于踸踔不遇而死。其人渊然湛然，莫能窥其涯涘，浑沦元气，充积眉宇，盖古黄叔度、陈仲弓之流也。……杭之诗人为社集，群雅所萃，奉穆门为职志。诗成，穆门以长笺写之，醉墨淋漓，姿趣颓放，或弁数语于其端，得者以为鸿宝。湖社风流，百年以来，于斯为盛，皆

穆门之所鼓动也。①

由此可见，周京在杭州诗坛是个中心人物。他比浙派领袖厉
鹗大十五岁，可称师友，也是浙派的核心成员。浙派宗主厉鹗曾
序《无悔斋诗集》，称"乙未、丙申间，予暨数人为文字之会……
必推周兄穆门为首唱"②。周京主持杭州诗社之时，查氏已是奄奄老
人，考诸《敬业堂诗集》，查氏与周京咏吟篇什止一首，良足珍视。
诗云：

> 周生湖山产，誉擅东南宝。
>
> 猥蒙谦谦怀，枉讯及赢老。
>
> 我初壮失学，余愧时满抱。
>
> 响应失宫商，鼓钟虚击考。
>
> 窃闻立言意，作者务根道。
>
> 与子古为期，摩苍还泛浩。③

查氏《余生集下》编年"起乙巳六月，终丙午十月"，"乙巳"
即雍正三年（1725），"丙午"即雍正四年（1726），此诗置于《余
生集下》倒数第五首，大概作于雍正四年（1726），此诗系答复周
京问诗之作，诗中查氏对周京给予很高评价，而且虚怀若谷，愧于
其青壮年时期失其学，结尾对周氏谆谆勉励，以古为期，读来深觉
查氏真诚淳朴，平易近人。正是在作此诗后的数月，即这年的十一
月，查氏即受其弟查嗣庭案的牵连，"率其子姓辈少长九人，同赴
诏狱"④，又过了数月，即次年五月被赦出狱，出狱后郁郁寡欢，遂
于是年八月三十日逝去。

吴焯（1676—1733），字尺凫，号绣谷，浙江钱塘人，著有《药

---

① 全祖望：《鲒埼亭集》卷第十九，见朱铸禹《全祖望集汇校集注》，上海古籍出
版社 2000 年版，第 341—342 页。以下凡出是集者，恕不再另注。

② 厉鹗：《樊榭山房集》文集卷三《无悔斋诗集序》，第 749 页。

③ 《敬业堂诗续集》卷四《余生集下》：《答钱塘周少穆次来韵》，第 1686—1687 页。

④ 《敬业堂诗续集》卷五《诣狱集》：《十一月十九日雪后舟发北关》，第 1689 页。

园诗稿》、《玲珑帘词》等。其家有著名的"瓶花斋",与杭州赵昱、赵信兄弟的小山堂及扬州马曰琯、马曰璐兄弟的小玲珑山馆同为厉鹗、全祖望、杭世骏等浙派成员的重要诗文化活动场所,且浙派人士多凭借这几处丰富的藏书著书立说。吴焯享年不长,尚不到六十岁即逝。其子吴城,字鸥亭,能子承父业,与厉鹗、全祖望、杭世骏等浙派领袖和中坚有非常密切的交谊,厉鹗、全祖望、杭世骏等人集中与吴城唱和之作可说是连篇累牍,厉鹗曾为吴焯《玲珑帘词》作序。对厉鹗等人来说,吴焯可称诗界前辈,对查氏来说,吴尚为晚辈后生。查氏和吴焯唱和诗在《敬业堂诗集中》亦止一首,是考察查慎行和中期浙派成员交游的重要文献。其诗云:

> 新知旧好极缠绵,唱舻歌骊惜此筵。
>
> 渐老渐稀朋酒会,忽晴忽雨早凉天。
>
> 身随笔墨为人役,影落江湖祇自怜。(按原注:时白中丞招修《江西通志》)
>
> 霜雪满头闲未得,五年三上富春船。①

此诗题为《中元后复有江右之役,吴尺凫、浣轮兄弟招同翁萝轩、章岂绩、杨东涯、柴陞升、吴志尚、成桂舟、马寒中、家可亭饮绣谷轩,席间多赋诗见送,别后寄答一首》,细读此诗,这首诗至少透漏了这样一些信息:查氏此时接受修撰《江西通志》之聘,即将动身往江右,吴焯兄弟于其家绣谷轩,邀同人宴饮,以示送别之意;此次宴饮吴焯做东,查氏以诗坛耆老为主宾,翁萝轩、章岂绩、杨东涯、柴陞升、吴志尚、成桂舟、马寒中、查可亭做陪;此次宴饮对查氏来说,既有"旧好",也有"新知",旧好者谁?查可亭乃查氏弟固不必说,杨东涯与查氏晚年唱和甚多,自为旧好。其他做陪者与查氏交游情况待考。重要的是,吴焯对查氏来说是初次谋面还是已有交往?查氏集中只此一首涉及吴焯,但《敬业堂诗

---

① 见《敬业堂诗续集》卷一《漫兴集上》,第1536页。

集》乃查氏删减过半的结集，吴焯在杭州自不是默默无闻之辈，想必久有来往，若无来往，以查氏诗坛耆旧宿老的身份，不会率然应允陌生人的送别之请。由此，我们可以看到，作为浙派核心成员的吴氏，其与查慎行的交往，自可成为查氏联结浙派发展不同阶段的重要佐证。

此外，查氏对晚辈后生全祖望的奖掖之谊也值得一提。在查氏集中，未有涉及谢山的诗篇，然考诸谢山《鲒埼亭集》，谢山与查氏实有往还。谢山《翰林院编修初白查先生墓表》云："初白先生之墓，方侍郎灵皋为之志，其弥甥沈生廷芳复请表于予。犹忆初应乡试时，谒先生于湖上，时方学为古文，先生见之喜，谓万丈九沙曰：'此刘原父之俦也。'年来学殖荒落，斩负先生期许之意，然而知之之感，有曷敢辞。"[1] 古人高谊风节，历久不忘，今人想来，愧疚何及！

除了以上所及查氏和浙派核心人士的交往，成为浙派演变过程中的纽带之外，他还培养了一批诗弟子，他的这些及门弟子后来很多成为中期浙派的重要成员，其中比较突出的是符曾和沈心，兹附论如下。

符曾（1688—1755），字幼鲁，号药林，浙江钱塘人，著有《春凫集》。符曾诗在中期浙派中是有成就的，全祖望曾说其为"浙中诗人所称'七子'者也，其《西湖纪事诗》久行于世"[2]。厉鹗也说："符君幼鲁，里中诗人之择也。"[3] 符曾作为查慎行的及门弟子，受初白熏炙甚深，初白翁对其期许也甚高。查氏集中涉及符曾诗亦止一首，其云：

> 海隅夏大旱，处暑暑元祖。
> 符子将北游，肩舆叩吾庐。

---

① 全祖望：《鲒埼亭集外编》卷七，第 864 页。
② 全祖望：《鲒埼亭集外编》卷二十六《春凫集序》，第 1252 页。
③ 厉鹗：《樊榭山房集》文集卷三《沈椒园诗序》，第 749 页。

告别乞赠言，此意胡可虚。

我持一杯酒，味薄分有余。

酌子不尽觞，行行勉相于。

男儿属有志，宁甘老乡间。

京华声利场，太学才所储。

天衢辟贤路，驰骋谁不如。

筮易得同人，谨于出门初。

岂惟交道尔，愿以类推诸。①

　　此诗作于作者人生的最后几年，时符曾将入太学，北上前向查氏辞行。这首诗感情真挚，充满了长辈对后生的关爱，其中有许多体贴入微的临行嘱咐，充满期许，也有一些阅尽世事的沧桑味道，很是感人。这首诗还很有资于考证，对于了解查氏对于及门弟子的悉心培养和关心，也很有帮助。正是有了这种谆谆教导和热情鼓励，日后符曾成为浙派诗群很有特点的一个成员。

　　沈心（约1697—？），字房仲，号松皋，沈廷芳之兄，沈德潜族侄，浙江仁和人，著有《孤石山房诗集》六卷。据杭世骏《沈房仲墓碣》，沈心和查氏家族很有渊源，不但是查慎行亲炙弟子，而且和其父均与查氏家族有姻亲关系。其云："东隅先生为海昌查少詹声山爱婿。……房仲少从初白翁游，继又采获于查浦侍读。初白称其含英咀华，宫商协奏，不难步武香山、凌铄苏陆，而侍读亦无异同之论。……凡从学于查门者，未有能过之者也。初白翁有女孙，爱其才，遂请为继室。"②"查少詹声山"即查昇，查慎行远房族侄，年龄大查慎行数岁，康熙朝同值南书房，朝班以行辈为次序，为区分两翰林，内廷以"老查"径呼查慎行。"查浦"为查慎行胞弟查嗣瑮，字德尹，官侍讲，《敬业堂诗集》几乎每卷都有与查浦唱

――――――

　　①　《敬业堂诗续集》卷三《余生集上》：《及门符幼鲁将如太学，来乞赠行之句》，第1602页。

　　②　杭世骏：《道古堂文集》卷四七，《续修四库全书》本，第1426册，第661页。

和之作。从杭世骏这一记载可以看出，沈房仲及其父沈东隅于查氏家族两代为婿，沈心为查氏孙女婿，关系之深厚非同寻常，值得重视。现存查氏集中有词两卷，创作完成后携至京师，本欲就正于其表兄朱彝尊，但旋即丢失，后即从沈房仲弟兄处获得抄本，喜出望外，此集失而复得，查氏加以刊印，即我们现在可以看到的《敬业堂诗集》第四十九、第五十两卷词，查氏为此有诗致谢。查慎行集中有多篇涉及沈心之诗，兹举二例，诗云：

> 龙蛇蜕骨能活，虎豹看皮自文。
> 笔底吟风啸雨，眼前障日挽云。①

又有一诗云："俗物与书仇，纷来夺专嗜。爱此卷中人，胸无户外事。"② 这两首诗是查氏晚年题沈氏小照之作。文笔富有诗情画意和生活色彩，看似不经意的几笔，查氏对沈心之欣赏和赞誉之情溢于言表！这也印证了杭世骏称查氏"爱其才"之说诚非虚语。

考诸查慎行与浙派核心成员的交往（包括及门弟子）时间，大都集中在其去世前的几年内，涉及交往的诗篇又都收在其晚年的《余生集》中，此类诗作少而集中，作为考察其在浙派演进中承前启后的作用，颇具考证价值，可谓是吉光片羽，字字珠玑，值得珍视。

三、历史文化生态、社会人文思潮与人格价值取向：查慎行在浙派嬗变中的认识意义

特定时代历史文化之生态，造就此时代之诗人和诗心。纵观有清一代之诗人和诗心，尤其如此。明清鼎革之际，一代士人为挽救明王朝陷于覆灭的历史命运，揭竿而起，投笔从戎，甚而举家赴难，经历了生死血泪和心灵磨砺，如作为清初遗民诗界领袖的顾炎

---

① 《敬业堂诗续集》卷四《余生集下》：《题沈房仲竹林小照二首》其一，第1683页。
② 《敬业堂诗续集》卷四《余生集上》：《题沈房仲闭门视书小照三首》其一，第1599页。

武、王夫之、黄宗羲都有类似经历。这批士人以关心国家社稷为己任，因而这一时期的学术以有益于世用为宗旨，诗歌创作也表现出宏阔壮大的气象。清前期政治、社会稳定之后，清廷在文化思想方面大力提倡程朱理学，从新朝成长起来的士人没有了其先辈的斗争精神（时势也不允许他们有），一般来说，他们社稷观念淡漠，而汲汲于个人功名富贵，以求实现自己的价值。此类代表有王士禛、朱彝尊，查慎行当然也属这一类。到了清中期，王朝的文治武功取得全面成功，开创了人们所羡称的所谓"康乾盛世"，但理学的继续推行，频发的文字狱案，对这一时期的士人心态具有重要影响，士人的国家社稷观念几近丧失殆尽。士人阶层发生了分化，一部分向王朝靠拢，这部分士人的奴化倾向非常严重（如沈德潜）；另一部分对科举功名没有多大兴趣，更没有什么所谓的宏图大志（如厉鹗），即使是在青年时期取得功名的，也多半在遭受政治打击之后一蹶不振，决意于仕进（如全祖望、杭世骏）。他们始终与皇朝保持相当距离，要么徜徉于山水之窟，唱和作诗，要么埋头于学问，自得其乐，这些学问大多是一些表面看起来较为中性的、无政治风险的学问（全祖望的《鲒埼亭集》是个例外），稍后的乾嘉朴学更是如此。这种沉闷的政治文化空气保持了百年左右，清朝的外患内忧纷至沓来，被压抑了一百多年的士人阶层的国家社稷意识再一次被激发，士人阶层针对衰败的国运终于发出各种"声音"，这种"声音"的高潮大概要算"康梁变法"，他们为了变法图存，甚至不怕牺牲流血（如谭嗣同），"康梁变法"失败后，士人阶层的"声音"继续存在，而正是在这种"声音"中，清朝近三百年的统治大厦垮塌了，中国社会终于开始步入现代阶段。

从以上回顾可以看出，清代历史的两头——清初和清末，士人阶层面对了几乎相同的文化历史生态，也出现了风格相似的诗人和诗心。清前期和中期的情况要复杂得多：由黄宗羲到查慎行再到厉鹗这一个案可以诠释或部分地诠释清代这几个历史时期士人阶层价值取向的演变，而且由他们也可以探寻浙派作为一个诗歌创作群的嬗变过程，其中，查慎行这一浙派的过渡性人物尤具认识价值。

查慎行与同时的或稍早一些的朱彝尊和王士禛一样，不像他们的前辈黄宗羲，处于亡国之祸的旋涡之中，无所逃避。他们立足于新朝，明朝亡国之祸距他们已有一定距离，而且此时清朝的政治大局已定，他们只有效忠于新朝。在《敬业堂诗集》中，查氏和朱彝尊唱和之诗相当多，关系非常密切，涉及王士禛的诗也有多首。查氏生于顺治七年（1650），诗集编年始于康熙十八年（1679），此时清王朝的统治已经取得初步的成功，客观地讲，此时的清朝作为新事物，确也代表了历史发展的方向。因此，当查氏面对这种政治、文化发展的积极状况的时候，时时激发了他的功名心，想有一番作为，应不难理解。在《敬业堂诗集》中，尤其是他在青壮年时期的作品中，是颇有一些发扬砥砺、雄姿英发、以万里觅封侯相期的豪气的。康熙十八年（1679），时西南寇乱未平，查氏同乡杨雍建以副宪出巡贵州，查慎行入其幕随行，这年查氏三十岁，查氏集首三卷可说是这段战斗生活的记录，这是查氏一生最富有朝气和进取精神的时期，值得注意。其《呈大中丞杨公二首》其二云：

> 楼船直下拥旗旌，绝胜貔貅十万兵。
>
> 吴汉威名如敌国，魏公倚重抵长城。
>
> 铁桥缴外先声度，铜柱天南赤手擎。
>
> 若问封侯何事业，征南原是一书生。①

此诗气脉流畅，语调铿锵，充分地展现了查氏此时胸怀远大、积极向上的心态。此类诗还有不少，再举一首与上诗相印证，诗云：

> 手札频开破旅愁，讣音此夕黯然收。
>
> 眼枯倦枕孤灯泪，天遍哀猿万壑秋。

---

① 见《敬业堂诗集》卷一《慎旃集上》，第20页。

忧患岂知缘识字，男儿真悔觅封侯。

一棺难掩平生气，鬼火高于百尺楼。①

诗写接家信知其族侄讣闻，不胜哀痛。虽情调悲哀郁滞，却不掩其豪壮之气，正好与上诗的开阔明朗相对照，从侧面透漏了查氏虽悲却壮的一面。

查氏在三年从军生涯结束后，遂从黄宗羲问学，自信自负不凡，又素以"万里觅封侯"自期，后又周游于京师高层文人圈，并一度担任当时权相明珠之次子纳兰揆叙之师，其才名广为达官巨卿所知，然而其仕进道路并不平坦。直到康熙三十二年（1693）才中顺天乡试，其时他已四十四岁。然而他并没有就此停下仕进的"脚步"，随后又连续考了三次进士，均以落榜告终。康熙四十一年（1702），查氏的命运出现了重大转机，此年经大学士陈廷敬等人举荐，以一举人身份被康熙诏试于南书房，遂留南书房办事。至此，入值南书房兼武英殿校书共十年。康熙五十二年（1713），因病坚辞归里，此时，查氏已是年过六旬的老人了。里居十多年后，也就是在他辞世的前一年，遭其胞弟查嗣庭文字之祸，举家就逮刑部狱中，出狱后数月即亡故。

由上述可见，查慎行的诗史认识意义在于，其一生所不懈追求的是建功立业，当早年"万里觅封侯"的愿望未能达成后，依然不屈不挠地参加乡试、会试，以求仕进。查氏这种人生价值取向是清前期特定历史文化等诸多因素的折光。这种汲汲于功名仕进的价值取向自然是他的老师、浙派"先导"黄宗羲所不屑一顾的，尽管他不反对其子弟入朝为官，且还有一番关于士人出处的高论。同时，这种人生价值取向也不是以厉鹗为代表的中期浙派成员所具有的，厉鹗虽然也有举人功名，但就其本质来说是不屑仕进，检其《樊榭

---

① 见《敬业堂诗集》卷一《慎旃集下》，《得荆侯侄习安讣信，拭泪写此，并寄尊人楷五兄二首》其一，第73页。

山房集》，其交游对象基本为山林野逸之辈，而山林野逸之辈正是中期浙派的主要组成部分。厉鹗也曾有被铨选为县令的机会，但当他北上时，于其好友津门查为仁水西庄中，流连数月，与查氏共笺《绝妙好词》，书成兴尽而返，全祖望戏其为"不上杆之鱼也"。浙派中的核心成员全祖望和杭世骏，在落官之后，本还有仕进的机会，但都绝意仕进。不独如此，对于作为当时最高统治者的康熙，查氏和厉鹗对其的态度也有"切肤"和"隔靴"之别。康熙巡幸杭州时，厉鹗和吴城（瓶花斋主人吴焯之子）曾作《迎銮新曲》，就其内容来说，纯属不关痛痒的应景之作①。查氏则完全不同。1722年，康熙病逝，查氏闻讯后，顿觉"天崩地坼"，呼天抢地，悲呼不已！并恭赋四章，以寄其哀。此诗题为《十二月初四日恭闻大行皇帝于十一月十三日殡天，而诏使未至，小臣病废家居，不敢草草成服，抢地呼天，悲哀欲绝，悬复收召魂魄，赋挽歌四章，祗自述衔恩负痛之私，至于帝德皇猷，充浃宇宙，羊于记注，千古为昭，固非草莽芜词所能形容万一也》②，这首诗不看内容，就是诗题也将这种得到康熙死讯后的震惊和悲痛表达得无以复加，我们不应该怀疑查氏对康熙的这种感情的真实性，这种感情不仅来自于查氏入值南书房的独特生活经历和康熙的个人魅力的感召，也来自于查氏生活时期的政治文化生态和查氏个人的人生价值取向。

综上所述，基于特定历史文化生态而产生的价值取向不独体现在诗人查慎行这一个体，而是带有时代的共性。查氏的诗史意义不单在于其较高的诗歌创作成就，还在于：通过查氏在浙派诗史发展嬗变的过渡性特质可以清楚地窥见从清前期到清中期士人人格和心态的流变和迁移，并以此为基础，进而更深刻、准确地理解浙派诗群的发展演化轨迹，把握其诗群特征和内涵，明确其诗史地位。

---

① 厉鹗：《樊榭山房集》：《集外曲》，第 933 页。
② 见《敬业堂诗续集》卷二《漫兴集下》，第 1579 页。

第二节　厉鹗与浙派诗学思想体系的重建

　　浙派自清初黄宗羲发其嚆矢，一直延续至清末，几乎与整个清王朝的历史相始终①。这个诗派以宗宋为基点，以至于众多论者每以其作为清诗宗宋一派的代名词，然而，在唐宋诗之争此消彼长的清代诗坛，宗宋而非浙派者大有人在。在浙派发展史上，各个阶段的代表人物生活背景不同、生平经历相异、人格特征不同，因而其诗学主张也在宗宋大旗下各异其趣。审视浙派诗学理论的发展过程，可说是凡经几变。黄宗羲之后，查慎行以其文学高级侍从的身份成为浙派在这个时期的重要代表，由于骨子里仍为耿介之士，所以他的诗学主张仍在一定程度上体现了浙派的个性。到浙派后期代表钱载，与查氏构成了奇特的隔代呼应现象，不但生平经历相似，而且这种生平经历也不同程度地影响了他们的诗学观。如果说把查慎行视为浙派诗学迈向成熟阶段的过渡性人物，那么，钱载诗学则是浙派诗学体系正式形成之后的变异，难怪又有学者把钱载视为浙派的一支——"秀水"诗派的创始人②。当然，真正从生平经历、人格品性、诗歌创作和诗学理论上代表浙派的是厉鹗。他是康、雍、乾时期浙派最重要的诗人，其诗学观体现了浙派成熟期（这时期浙派又被认为是狭义的浙派）诗学主张的核心和主干。厉鹗的诗学理

---

　　①　作为一个地域性文学流派，"浙派"之称有广义、狭义之别。广义的"浙派"泛指清初肇始的以宋诗为基本诗学宗尚，由浙人构成的诗歌流派。此派一直延续至清末，各个阶段的代表人物分别为黄宗羲、查慎行、厉鹗、钱载等。狭义的"浙派"则专指以厉鹗为代表的生活于康熙、雍正、乾隆时期的以宋诗为帜志的杭州诗人群体，清人所称"浙派"基本上都指狭义的"浙派"。相关论述可参严迪昌先生《清诗史》（浙江古籍出版社2002年版）第二编第三章"朱彝尊的诗及其诗学观"、第五章"查慎行论"，第三编第六章"乾嘉时期地域诗派诗群巡视"等对"浙派"概念之辨析。

　　②　"秀水"诗派为广义"浙派"发展史上的一个阶段，是乾隆后期出自浙西秀水，以钱载为代表的一个地域性诗歌流派。

论对浙派前期诗学体系有明显的深化、发展和整合作用，并且具有鲜明的重建性质。需要特别强调的是，典型的浙派诗学体系背后有一只"看不见的手"，这只"手"就是浙派成员的人格追求，是一种强项不屈的人格特征。浙派诗人大都以诗艺的专精为毕生追求，多类于宋代的"江湖"、"四灵"诗人，政治上多不尚仕进，具有极强的疏离意识和在野色彩，诗歌创作上也体现出极为浓厚的"野逸"情趣。厉鹗是浙派诗人的灵魂，浙派诗学思想体系在厉鹗手中得以"重建"。其以宋诗为主而又兼及唐诗的宏通的宗唐宗宋观，更为明确地标举学问对于作诗的重要性，系统确立诗歌清寒论，都标志着浙派完整而成熟的诗学思想体系的建立。

一、"物穷则变，变则通"：宏通的宗唐宗宋观

诗歌作为中国古代文学中最重要、历时最久、发展最成熟的一种体式，经过唐代的高度繁荣，宋代的另辟新路，到了清代（尤其是清初），宗唐宗宋成了诗坛论争的焦点。从清初到晚清，唐宋诗之争此起彼伏，从未间断①。从一定程度上说，宗唐宗宋与唐宋诗之争有其客观必然性。正如钱钟书所讲："唐诗，宋诗，亦非仅朝代之别，乃体格性分之殊。天下有两种人，斯分两种诗。……高明者近唐，沉潜者近宋，有不期而然者。故自宋以来，历元、明、清，才人辈出，而所作不能出唐宋之范围，皆可分唐宋之畛域。唐以前之汉魏六朝，虽浑而未划，蕴而未发，亦未尝不可以此例之。"②叶燮对唐宋诗之别也有巧妙的譬喻："譬诸地之生木然……唐诗则枝叶垂荫，宋诗则能开花，而木之能事方毕。自宋以后之诗，不过花开而谢，花谢而复开。"③在清初诗歌宗唐宗宋、莫衷一

---

① 齐治平：《唐宋诗之争概述》中有较为详尽的梳理，岳麓书社1984年版。
② 钱钟书：《诗分唐宋》，《谈艺录》一，中华书局1987年版，第2—3页。
③ 叶燮：《原诗·内篇下》之六，见叶燮、薛雪、沈德潜《原诗 一瓢诗话 说诗晬语》，人民文学出版社1979年版。

是之际，厉鹗以其在唐宋诗之争问题上的通达见解以及示范性的诗歌创作为宗宋一派开出新路，可以说顺应了诗歌发展的客观趋势。

追溯浙派诗学渊源，其始祖黄宗羲虽对诗歌宗唐宗宋尚未严加轩轾，但他明确反对贬斥宋诗，宗宋的倾向相当清楚[①]。他指出："余尝与友人言诗，诗不当以时代而论。宋元各有优长，岂宜沟而出诸于外，若异域然。"[②] 在如何对待唐诗和宋诗这两个诗学传统上，黄宗羲采取了"以唐论宋"的态度。又说："天下皆知宗唐诗，余以为善学唐者唯宋。"[③] 还说："夫宋诗之佳，亦谓其能唐耳，非谓舍唐之外能自为诗也。"[④] 唐诗的成就固不容抹杀，然宋诗从学唐诗中来，也有其地位。肯定宋诗对唐诗的继承关系，强调宋诗的合传统性，这就为诗学强分唐宋者开了一剂良药。然黄宗羲主张给宋诗一定地位又有一层重要原因，就是为了扫除明代前后七子片面倡导"盛唐"之诗所造成的不良影响，他说："夫诗之道盛大，一人之性情，天下之治乱，皆所藏纳。古今志士学人之心思愿力，千变万化，各有至处，不必出于一途。今于上下数千年之中，而必欲一之以唐，于唐数百年之中，而必欲一之以盛唐。盛唐之诗，岂其不佳，然盛唐之平奇浓淡，亦未尝归一，将又何适所从耶？是故论诗者，但当辨其真伪，不当拘以家数。"[⑤] 就是说，盛唐诗并非一体，而唐诗更非一体，机械地认为所有唐诗或盛唐诗都高于宋诗是片面的，"唐诗中亦非无蹈常袭故，充其肤廓，而神理蔑如者"[⑥]。既然

---

① 参见张兵：《黄宗羲的唐宋诗理论与清初诗坛的宗唐和宗宋》，《西北师大学报》（社科版）1993 年第 5 期。

② 黄宗羲：《南雷文定前集》卷一《张心友诗序》，《黄宗羲全集》第十册，浙江古籍出版社 1985 年版。

③ 黄宗羲：《南雷文定后集》卷一《姜山启彭山诗稿序》，《黄宗羲全集》第十册。

④ 黄宗羲：《南雷文定前集》卷一《张心友诗序》，《黄宗羲全集》第十册，浙江古籍出版社 1985 年版。

⑤ 黄宗羲：《南雷文历·题辞》，见《黄梨洲文集》，中华书局 1959 年版。

⑥ 黄宗羲：《南雷文定前集》卷一《张心友诗序》，《黄宗羲全集》第十册，浙江古籍出版社 1985 年版。

唐诗中有如此"蹈常袭故"的下品，而宋诗的优长岂应视之"蔑如"？可见，黄宗羲在论诗时所表现的对宋诗的偏向主要是在大力肯定唐诗并指摘其个别不足的前提下体现的。肯定唐宋诗之间的渊源关系，就是强调唐宋诗之间的同质性，从而为进一步肯定宋诗的价值作铺垫。当然，黄宗羲对诗歌价值的判断有一条最基本的标准——即性情论。他认为，评价诗歌的优劣主要看其所表达的诗人性情的真与伪。他说："诗之为道，从性情而出，性情之中海涵地负，古人不能尽其变化，学者无从窥其隅辙。"[1] 又说："诗自齐、楚分途以后，学诗者以此为先河，不能究宋元诸大家之论，才晓断章，争唐争宋，特以一时为轻重高下，未尝毫发出于性情，年来遂有乡愿之诗。"[2] 一切以性情真伪为主，"时代"、"家数"等判断诗歌高下优劣的标准均失去了意义，尊唐抑宋的价值观念自然被打破了。黄氏对宋诗的爱好，更表现在他参与吕留良、吴之振、吴自牧《宋诗钞》的编选上，他虽未与此项工作相始终，但足以体现其诗学倾向。事实上，《宋诗钞》的编选，在清初唐宋诗之争呼声甚高之时，为宋诗价值的呈现，为浙派的进一步形成和发展提供了有力的选本支撑。

　　浙派诗学理论到黄宗羲的及门弟子查慎行，进一步发展演变。查慎行是清朝政权确立之后成长起来的一代诗人，时世境遇与黄宗羲已不同，而诗心人格也迥然。以文学侍臣兼浙派前期代表的双重身份，"慎行"二字的含义足够深刻：一方面如履薄冰，驻足于险恶的宦海；一方面又尽力维持人格精神上的最后"领地"。在宗唐宗宋问题上，黄宗羲是在唐诗的"背影"下提倡宋诗，查慎行与黄氏相比，则向前走了一大步，他变"以唐论宋"为"唐宋互参"。在劝勉诗人梁佩兰时，查慎行写道："知君力欲追正始，三唐

---

① 黄宗羲：《南雷文定后集》卷一《寒村诗稿序》，《黄宗羲全集》第十册。
② 黄宗羲：《南雷文定三集》卷一《天岳禅师诗集序》，《黄宗羲全集》第十册。

两宋须互参。"① 当有人问诗法时，他又说："唐音宋派何须问，大抵诗情在寂寥。"② 不难看出，唐宋诗在查氏心目中各具千秋、各有成就，不应强分高下。作为可资借鉴的不同的审美价值系统，唐宋诗应平分秋色，不能偏废。查慎行的这一提法表面看来守中持平，但联系当时宗唐宗宋势力互相责难的时代环境，所谓"唐宋互参"，无异于为宋诗张目，其宗宋的倾向比黄宗羲要明显得多。同时，他还嘲笑那些毫无创建、盲目随风的"王李"、"钟谭"之流曰："熟从牙后拾王李，纤入毛孔求钟谭。"③ 对盲目宗唐者的痛加贬斥，并不意味着盲目宗宋。查慎行对待宋诗的态度是理智而辩证的。他于宋诗瓣香心折，尤在苏轼，曾前后花三十年时间注解苏诗，完成《补注东坡编年诗》五十卷，其诗歌创作也明显受到苏轼的影响。对最能代表宋诗审美特征的黄庭坚诗，他也极为欣赏，但在评价黄庭坚及江西诗派时，却极为谨慎。其《初白庵诗评》云："涪翁生拗锤炼，自成一家，值得下拜，江西派中原无第二手也。"所谓"值得下拜"，出自元好问《论诗绝句》："论诗宁下涪翁拜，未作江西社里人。"足见黄庭坚在查慎行心目中的地位。不过，《初白庵诗评》在评《瀛奎律髓》中赵章泉《早离寺门作》时则又云："此吾所以不喜江西派也。"评陆游《入城至郡圃及诸家园亭，游人甚盛》时又说："剑南诗非不佳，只是蹊径太熟，章法句法未免雷同，不耐多看。"喜黄庭坚而不喜江西诗派，总体肯定陆游而又指出其不足，即扬宋诗之长而去其弊。这在康熙朝前期尊宋诗风渐次趋热的过程中，无疑是一种冷静而客观的选择。

真正建构浙派诗学体系并进行卓有成效的创作实践，使浙派以独特面貌而自立于清代诗坛的是浙派中期宗师厉鹗。面对宗唐宗宋莫衷一是或者含糊其辞的局面，厉鹗摆脱了他的浙派先辈黄、查等

---

① 查慎行：《吴门喜晤梁药亭》，《敬业堂诗集》卷四，《四部备要》本。

② 查慎行：《得川叠前韵从余问诗法戏答》，《敬业堂诗集》卷二十八。

③ 查慎行：《题项霜田读书秋树根图》，《敬业堂诗集》卷十九。

人或以唐倡宋或唐宋持平的诗学观，鲜明而辩证地提出以宋调为主，也不偏废唐诗的诗学主张，在浙派诗学体系的建构上作出了重大贡献。

厉鹗本不主张树坛立派。在流派与风格之间，他选择以风格来评价诗人。尤其对那些体现出独特创作风格的作家，他极为欣赏。《查莲坡蔗塘未定稿序》云：

> 诗不可以无体，而不当有派。诗之有本，成于时代，关乎性情，真气之所存，非可以剽拟似、可以陶冶得也。是故去卑而就高，避缛而趋洁，远流俗而向雅正，少陵所云"多师为师"，荆公所谓"博观约取"，皆于体是辨。众制既明，炉鞴自我，吸揽前修，独造意匠，又辅以积卷之富，而清能灵解即具其中。盖合群作者之体，而自有体，然后诗之体可得而言也。自吕紫微作江西诗派，谢皋羽序睦州诗派，而诗于是乎有派。然犹后人瓣香所在，强为胪列耳。在诸公当日未尝断断然以派自居也。迨铁崖滥觞，已开陋习。有明中叶，李、何扬波于前，王、李承流于后，动以派别概天下之才俊，啖名者靡然从之，七子、五子，叠床架屋。本朝诗教极盛，英杰挺生，辍学之徒，名心未忘，或祖北地、济南之余论，以锢其神明；或袭一二巨公之遗貌，而未开生面。篇什虽繁，供人研玩者，正自有限。①

厉鹗追溯自宋以来诗歌流派发展的状况，明辨"体"、"派"之别。他认为，"体"成于时代，关乎性情，是不可以模仿的；但作者可将众体熔铸为一体，形成自己独特的创作风格。而对派的一味追求，只会产生一批徒袭其貌的盲从者，清代诗坛那些盲目的宗唐宗宋者不正是这种情形吗？正因为他看透了甚嚣尘上的唐宋诗之争给诗坛带来的流弊，所以在审视唐、宋诗传统时，方有冷静的态

---

① 厉鹗：《樊榭山房文集》卷三，上海古籍出版社1992年版。

度，宏通的观点。尤其是对宋诗审美价值的深刻体味与精确把握，使他所代表的浙派在清代诗坛产生了深广的影响。正如洪亮吉所言："近来浙派入人深，樊榭家家欲铸金。"①

厉鹗一生活得很低调，他很少在论诗时自我标榜，但对前辈诗人和当时诗坛状况却有自己独到的认识。《宛雅序》云："予尝谓渔洋、长水过于傅采，朝华容有时谢。"②王士祯早年曾倡导宋、元诗，晚年肆力于唐诗的推广；朱彝尊则一生都是唐诗的宗奉者。两家都追求诗歌语言的藻丽，追奉者甚众。所谓"傅采"，即时人所言"朱贪多，王爱好"。对那些"唐音"的盲目追随者，厉鹗委婉地表达了自己的不满。《蒋静山诗集序》又云："今世操不律为诗之士，少窥声病，即挟其技走四方，务妍悦人耳目，以要取名利。"③《叶筠客叠翠诗编序》亦云："夫诗，性情中事也，而顾以穷与遇为从违！即为之而遇，犹未足以自信；使其不遇，则必且曰：'是果穷家具！'而弃之惟恐不速。诗果受人轩轾欤？"④对于那班以诗歌为邀名逐利工具的追风者，他表达了极大的鄙视。厉鹗对宋诗的爱好，完全出于性情。他以半生精力编集的百卷《宋诗纪事》，本身就是对浙派宗宋诗学风尚的发扬光大。对于唐宋诗之争，他还表达过自己独到的见解，《懒园诗钞序》写道：

> 夫诗之道不可以有所穷也。诸君言为唐诗，工矣；拙者为之，得貌遗神，而唐诗穷。于是能者参之苏、黄、范、陆，时出新意，末流遂澜倒无复绳检，而不为唐诗者又穷。物穷则变，变则通。⑤

表面上看，厉鹗在宗唐宗宋之间并无取舍。其实不然，他在这

---

① 洪亮吉：《更生斋诗》卷二《道中无事，偶作论诗截句二十首》之十二，《洪亮吉集》第三册，中华书局 2001 年版。

② 厉鹗：《樊榭山房文集》卷二。

③ 厉鹗：《樊榭山房文集》卷三，上海古籍出版社 1992 年版。

④ 厉鹗：《樊榭山房文集》卷三，上海古籍出版社 1992 年版。

⑤ 厉鹗：《樊榭山房文集》卷三，上海古籍出版社 1992 年版。

段话中表现出清晰的诗史观念。他认为，从诗史角度，唐诗、宋诗皆有其发展昌盛而复至衰灭的客观历程，非人为争论所能左右。对此，邵长蘅也曾说："诗之不得不趋于宋，势也。盖宋人实学唐而能要逸唐轨，大放厥词，唐人尚蕴藉，宋人喜经秀；唐人情与景涵，才为法敛，宋人无不可状之景，无不可圈之情。故负奇之士，不趋宋不足以泄其纵横驰骤之气，而逞其赡博雄悍之才，故曰势也。"[①] 厉氏论唐宋诗，立足点全在"物穷则变，变则通"，至于怎么"变通"，他并未明言。综合考察厉鹗的创作实践及其诗学观点，他确乎走的是一条以"宗宋"为主，参酌唐诗，自成一家的道路。这就打破了宗唐宗宋之间人为的森严壁垒，赓续并大大发展其浙派前辈的宗宋倾向，又充分认识到唐宋诗的末流各有其弊，故而"趋宋"时，并不忽视唐诗，能借鉴唐诗的成就。这样的思路可以说更加理性，更加严密，既促进了以宋诗审美特征为基础的诗学审美价值系统的建立，强调宋诗传统的特异价值，又有效地避免了偏颇，在浙派学宋的道路上，是确有其诗学贡献的。

二、"群籍之精华经纬其中"：更加明确地标举学问

浙派既"趋宋"、宗宋，标举学问也就成了浙派诗学理论的题中应有之义。黄宗羲对作诗需要学问有深刻的体会，他曾说："余少学南中，一时诗人……皆授以作诗之法。如何汉魏，如何盛唐，抑扬声调之间……妄相唱和。稍长，经历变故，每视其前作，修辞琢句，非无与古人一二相合者，然嚼蜡了无余味。……其间驴背篷底，茅店客位，酒醒梦余，不容读书之处，间括韵语，以销永漏，以破寂寥，则时有会心，然后知诗非学而致。盖多读书则诗不期工而自工，若学诗以求其工，则必不可得。读经史百家，则虽不见一诗，而诗在其中。若只从大家之诗，章参句炼，而不通经史百家，

----

① 邵长蘅：《青门剩稿》卷四《研堂诗稿序》，见《常州先哲遗书》本《邵子湘全集》。

终于僻固而狭陋耳。"① 黄氏从自己的学诗经历中，体会到学问对作诗的重要性，强调诗人的修养、胸襟和气度，而且他提倡的学问其内涵是"经史百家"，这是很值得注意的。另外，黄宗羲还在《后苇碧轩诗序》、《马虞卿制义序》、《高旦中墓志铭》、《沈昭子耿岩草序》等文中多次谈到读书积学对于作诗的重要性，其中《马虞卿制义序》云："昔之为诗者，一生经、史、子、集之学，尽注于诗。夫经、史、子、集，何与于诗，然必如此而后工。"② 研读"经、史、子、集之学"，有益于诗歌创作，这不仅是对前人创作现象的总结，而且体现了自己的见解与态度。

黄宗羲重学的见解在查慎行的诗学主张中进一步得到发扬，在"学"与"才"之间，他强调"学"。他曾说："所关学不学，岂系才不才？"③ 可见他对作诗须积"学"的重视程度了。查慎行主张以学问养诗力，他道"闭门更读十年书，尚冀成章附吾党"④；又言"向来正得读书力，闭门万卷曾沉酣"，"搜奇抉险富诗料，然后所向无矛锁"⑤。查慎行还反复强调学问对作诗的重要性，如"向来风骚流，泛滥无津涯"⑥。可见，他认为作诗不但需要"学力"，而且需要"无津涯"的博学，这与宋代诗学精神是相通的。然而查慎行的诗学追求在对待学问这一点上也有矛盾之处，由于他作诗重白描，故而又说："插架徒然万卷余，只图遮眼不翻书。诗成亦用白描法，免得人讥獭祭鱼。"⑦ 具体到诗歌创作的层面，又排斥学问。诗兴到来

---

① 黄宗羲：《南雷诗历·题辞》，见《黄梨洲文集》，浙江古籍出版社 1985 年版。《黄宗羲全集》第十一册第 203 页载《南雷诗历·题辞》文字有出入。

② 黄宗羲：《南雷文定三集》卷三《马虞卿制义序》，《黄宗羲全集》第十册。

③ 查慎行：《题陈季方诗册》，《敬业堂诗集》卷四十。

④ 查慎行：《酬别许旸谷》，《敬业堂诗集》卷十一。

⑤ 查慎行：《题项霜田读书秋树根图》。

⑥ 查慎行：《三月十七夜与恒斋月下论诗》，《敬业堂诗集》卷十四。

⑦ 查慎行：《东木与楚望叠鱼字凡七章，连翩传示，再拈二首以答来意》其二，《敬业堂诗集》卷三。

时，纵然插架万卷也"徒然"，正暴露了这位浙派重要过渡性人物诗学主张的不彻底性。要消除这种不彻底性，真正确立浙派诗学体系的学问观，当有待于后来的厉鹗等人。

厉鹗本是一位学者。他著有《宋诗纪事》、《南宋院画录》、《辽史拾遗》等，精熟宋代史地及各种笔记、小说文献，因而他的诗学重视学问更带有浓厚的以身说法的色彩。全祖望称厉鹗"于书无所不窥，所得皆用之于诗，故其诗多有异闻轶事，为人所不及知"[1]，足见读书积学对于厉鹗诗歌创作的影响。厉鹗在《绿杉野屋集序》中集中表达了他作诗重学的观点：

> 少陵之自述曰："读书破万卷，下笔如有神。"诗至少陵止矣，而其得力处，乃在读书万卷，且读而能破致之，盖即陆天随所云"辚轹波涛，穿穴险固，囚锁怪异，破碎阵敌，卒造平淡而后已"者，前后作者，若出一揆。故有读书而不能诗，未有能诗而不读书。……夫粘，屋材也；书，诗材也。屋材富，而宋庮桴桷，施之无所不宜；诗材富，而意以为匠，神以为斤，则大篇短章均擅其胜。[2]

这里，作者至少表达了这样几个重要观点：一是从侧面进一步揭示宗唐宗宋不能强加轩轾，杜甫是唐诗的代表作家，又是宋诗之祖，更何况杜甫也高度重视学问，这与前述厉氏论唐宋诗"物穷则变，变则通"的观点相契合。二是正面表明"书"（也就是学问）作为诗材的重要性，就像"宋庮桴桷"等建筑材料对造屋子的重要作用一样。三是如何使用材料。作诗对学问的处置，要像匠人运"斤"一样，以"意"统之，以"神"驭之，创造出"大篇短章均擅其胜"的诗章来。由此可以看到，浙派先驱黄宗羲、过渡性人物查慎行等只是单纯地强调学问对作诗的重要性，而厉鹗超越了这一

---

① 全祖望：《鲒埼亭集》卷二十《厉樊榭墓碣铭》，见《全祖望集汇校集注》上册。

② 厉鹗：《樊榭山房文集》卷三。

点。他不只强调学问对作诗的极端重要性（重要到没有学问就无法作诗，就像没有建筑材料就无法盖房子一样），而且对学问与宗唐宗宋的关系、学问的运用等都作了系统而有层次的论析，表现了其诗论对浙派诗学体系的重构品质。另外，厉鹗在学问的内涵范围上也大大扩展。黄宗羲强调的学问是"经史百家"，查慎行虽未明言，但他是治《周易》的专家，学问的内容大概也不出"经史"的范围。另一位对浙派诗学理论有较大影响的浙人朱彝尊也重视学问，其学问的范围也是"经史"①。而厉鹗在《汪积山先生遗集序》中称赞友人之诗"群籍之精华经纬其中"。可见，他与浙派先辈在学问的范围上表现出相当大的差异，由"经史百家"到"群籍"，不仅表现出诗材范围的扩大，而且是浙派诗学理论体系重构中发生质变的一个重大信号。这一变化有时代的因素，也有诗人自觉追求的因素。究其实，"经史百家"很能让人立即想起"诗言志"这样一个诗教传统，但是，作诗对以"经史百家"为范畴的学问的重视，即使对黄宗羲、朱彝尊、查慎行三人来说，意义也各不相同。黄宗羲是明遗民，抱兴亡之感以提倡宋诗，尤其是宋末遗民诗，强调"经史百家"式的学问，所"言"之"志"带有明显的伦理意味；查慎行、朱彝尊则在人生后期均为天子近臣，入值南书房，他们强调的"诗言志"则或多或少、或违心或自觉都带有教化帮闲的色彩。而厉鹗提出的"群籍"是一个泛化、中性、不带任何倾向的学问概念。在雍、乾时期，诗人的归属不是附和王朝，就是隐于山野，没有第三条路可走，前者的代表是沈德潜，而性格"不谐于俗"的厉鹗等浙派诸人正好可为后者之典型。故从"经史"到"群籍"的微妙变化，正表明了正宗浙派在野化的本来面目：不只是诗学体系的异变重建，而是人格精神的山林化倾向。后者是根本，前者只不过是表

---

① 朱彝尊在《斋中读书十二首》之十一中有"诗篇虽小技，其源本经史"之句，见《曝书亭诗集》卷二十一，《四部备要》本。

现而已。

　　与重视学问相表里，黄宗羲极其强调性情，与倡导学问限于"经史百家"相协调，其"性情"所指也有强烈的儒家伦理色彩。关心社会治乱，提倡经世实学，是清初学术的共同点，黄宗羲诗学显受其影响。如前所述，他又将"性情之至"分为"一时之性情"和"万古之性情"，而符合儒家诗教规范的性情才称得上"万古之性情"，这些都是时代特征在诗学上的折射。而到了雍、乾时代，在浙派代表厉鹗那里，这种面对时代兴亡、时世治乱的"性情"开始急遽"内转"，转而关注表现自我的清高操守和耿介品性。时代既已不容诗人建功立业，而只有一味顺从奴化，诗歌题材、诗情意绪不妨向表现自我方面开拓。厉鹗就说诗应"清恬粹雅，吐自胸臆"①，表现真性情；又说"夫诗，性情中事也"②。然而真性情所指又何在呢？他在《樊榭山房集·自序》中说："……譬之山谣村笛，虽无当于钟吕之响，而向来所阅闲居羁旅、恬愉忧悴，历历在目，每一开视，聊以省忆生平，窃亦自珍自疑。"③而在《张今涪红螺词序》中，也有相似论点："仆少时索居湖山，抱侘傺之悲，每当初莺新雁，望远怀人，罗绮如云，芳菲似雪，辄不自已，仁兴为之（指作词）。"④虽讲作词，但精神与诗学相遂。由以上材料可知，厉鹗所讲的"性情"内涵与黄宗羲等人大不相同，主要指个人身世遭际、"侘傺"之悲，视角是内化的情感、内蕴的情绪。这一点，在中期浙派诸人中也是具有典型意义的。正是在厉鹗等人的大力倡导下，浙派中期的核心人物杭世骏竟然在理论上严格区分"诗人之诗"与"学人之诗"，明确标举"学人之诗"，形成了诗与学兼擅的突出特点。其《沈沃田诗序》云：

---

①　厉鹗：《汪积山先生遗集序》，见《樊榭山房文集》卷三。

②　厉鹗：《叶筼客叠翠诗编序》，见《樊榭山房文集》卷三。

③　厉鹗：《樊榭山房文集》卷四。

④　厉鹗：《樊榭山房文集》卷四。

诗缘情而易工,学征实而难假。今天下称诗者什之九,俯首而孜孜于学者,什曾不得一焉。……《三百篇》之中,有诗人之诗,有学人之诗。何谓学人?其在于商,则正考父;其在于周,则周公、召康公、伊吉甫;其在于鲁,则史克、公子奚斯。之二圣四贤者,岂尝以诗自见哉?学裕于己,运逢其会,雍容揄扬,而雅颂以作,经纬万端,和会邦国,如此其严且重也。后人渐昧斯义,勇于为诗,而惮于为学,思义单狭,辞语陈因,不得不出于稗贩剿窃之一途,前者方积,后随朽落。……余特以"学"之一字立诗之干,而正天下言诗者之趋,而世莫宗也。①

杭世骏认为,《诗经》中就有"诗人之诗"和"学人之诗",但在叙述中显然更偏重于强调"学人之诗"。他将"学"立为诗之"干",看作作诗的根本,倡导诗人努力向学。在他看来,诗人必须"学裕于己",才能写出雍容厚重的好诗来。另外,杭世骏还在《郑筠谷诗钞序》、《郑荔乡蕉尾集序》等文中对"学人之诗",以及诗人如何努力增长学问、如何以学养诗等进行了大量翔实的论述,使浙派诗人对学问的言说更加具体化。

三、"清思眇冥,松寒水洁":确立诗歌清寒论

"清"是中国古典诗学理论中一个源远流长的美学范畴②。如果说曹丕的"清浊"论尚指文之大体风格,刘义庆《世说新语》对"清"概念的大量使用,均不限于诗一体;那么,"清"在谢灵运的山水诗中超乎寻常地使用,所侧重表现的,则是一种脱俗超凡之美。此后,刘勰《文心雕龙》、钟嵘《诗品》、高仲武《中兴间气集》、司空图《诗品》等遂将"清"这一美学概念衍化成一个深厚的美学传统。

---

① 杭世骏:《道古堂文集》卷十,乾隆刻本。

② 参见蒋寅:《清诗美学的核心范畴》一文的相关论述,见蒋寅:《古典诗学的现代阐释》,中华书局2003年版。

到了明代，作为古典诗学集大成者的胡应麟也在其《诗薮》中阐释了"清"的概念；明末的钟惺更提出"诗，清物也"的观点①，推崇的是一种清雅逸致、绝尘离俗的诗美境界。到了清初浙派，诗歌"清"论几成绝响。唯有通过参编《宋诗钞》的浙派前驱诗人吴之振《长留集序》可窥一鳞半爪。在这篇序中，吴氏首先对王士禛"神韵"一派作了尖锐批评，然后说："读孔东塘员外、刘在园观察两公传稿，无非以当前景、实在事、委婉之心情、活泼之物理，浩歌微吟，随体裁制。清不涉空，真不涉俗，气动而发，意尽而止。"②吴之振称刘、孔二人诗"清"而不"空"，是"清"这一审美传统与厉鹗大张旗鼓地确立诗歌清寒论相承接的一线"绝脉"，实不可轻视。

厉鹗的诗歌清寒论，是其对浙派诗学体系重建的极具特色的一个方面，其形成主要来源于他的独特的生活经历及人格精神、美学追求。如果说作诗重学问、融学于诗代表了学宋一派的共性的话，清寒论则凸现出厉鹗诗学主张的个性，也代表了浙派正式形成阶段的重要特色。厉鹗关于这方面的见解主要集中在以下两段论述中：

> 大抵诗之号清绝者，因乎迹以称心易，超乎迹以写心难。……昔吉甫作颂，其自评则曰："穆如清风。"晋人论诗，辄标举此语，以为微眇。唐僧齐己则曰："乾坤有清气，散入诗人脾。"盖自庙廊风谕以及山泽之癯所吟谣，未有不至于清而可以言诗者，亦未有不本乎性情而可以言清者。③

> 集中诗大都皆凋年急景，冰雪岾嵘，触于怀而托于音者也。初出以示予，标其首曰"销寒"，予献疑曰："气之游者寒则敛，景之蒙者寒则清，材之柔者寒则坚。其在人也，寒女有机丝，人赖其用；寒士有特操，世资其道。寒亦何必遽销耶？

---

① 钟惺：《简远堂近诗序》，《隐秀轩集》卷十七，上海古籍出版社1992年版。
② 刘廷玑、孔尚任自选《长留集》，海王村古籍丛刊影印本，中国书店1991年版。
③ 厉鹗：《双清阁诗集序》，《樊榭山房文集》卷三，第737页。

况《复》之一阳，《临》之二阳，当顽飔凛烈之际，大卤之生意萌兆于下，寒亦何必遽销耶？"①

"清"、"寒"在意义上接近，所不同者仅在程度。二者的内涵主要是：诗人首先将诗风与诗心紧密联系。厉鹗一生憔悴失意，不谐于俗。"其人孤瘦枯寒，于世事绝不谐，又卞急不能随人曲折，率意而行，毕生以觅句为自得。"②他三十岁之前坐馆于汪沆家五年，而三十岁以后大部分时间生活在"扬州二马"小玲珑山馆，晚年又曾与天津水西庄查氏兄弟有密切交往，这种长期坐馆的经历以及少年时代差点"寄于僧寮"③的记忆，都使他形成了一种深刻的"寒士心态"，然而他没有自卑感，独特的生活经历又使他的性格"畸化"，变得异常孤傲、清高。这份孤傲、清高又来自于他的才学以及在当时诗坛的宗主地位。厉氏生活的时代，正好是性灵派崛起之前，"南朱北王"、"南施北宋"及"南查北赵"之后。当时，赵执信虽在世，但属前辈诗人，与厉鹗并无可比性，所以造成"有韵之文莫如樊榭"④的诗坛格局。这些对厉氏诗学观的形成都具有深刻影响，难怪他有"寒士有特操，世资其道"之语。事实上厉氏的"特操"不仅是个性人品使然，而且体现在具体行动上。通读厉鹗《樊榭山房集》中的一千多首诗，其中没有一首干谒诗。他一生不踏权贵户限，尽管与他交游的友人中，也不乏仕途通达者，但他都不卑不亢，持守着"寒士"心灵中的"峥嵘"，维护着在野"寒士"的特操。

正因为厉鹗秉持着"寒士"操守，所以论诗时才自然而然地生发出清寒之论。由此出发，他大力表彰那些"清操寒士"的诗作：

圣几赋性幽淡，迥出流俗，见干进辈，视如腥腐……故其

---

① 厉鹗：《余苕村诗集序》，《樊榭山房文集》卷三，第741页。
② 全祖望：《鲒埼亭集》卷二十《厉樊榭墓碣铭》，第363页。
③ 全祖望：《鲒埼亭集》卷二十《厉樊榭墓碣铭》，第363页。
④ 全祖望：《鲒埼亭集》卷二十《厉樊榭墓碣铭》，第363页。

为诗，澄汰众虑，清思眇冥，松寒水洁，不可近睨。①

符圣几是他的诗弟子，也是一位短命且苦命的诗人："起孤生，克自淬厉于学，不幸年三十三，积病不愈以殁。"② 出身经历几与厉氏同。可见他表彰这些"寒士"诗人是颇为自觉的。又如他记载诗友程文石：

> 迫于贫，无以养母，转客四方。……所资以为客者，亦在于诗，然得意之作，文石亦不肯轻以示人也。……今读其诗，天机所到，自然流露，如霜下之钟，风前之籁，应气则鸣，初无旬锻月炼之苦，而达生遗物，能使人忘去荣悴得丧所在。然后知文石之诗之进乎道，向之以诗人求文石，犹浅之乎言诗矣。③

又一位贫病交加的"同道"之人。大凡作者序哪些人的诗与不序哪些人的诗，其本身已有归类和轩轾。另外，"清""寒"本身的内在要求是拒熟避俗，这一点也是诗人坚守"寒士""峥嵘"的必然结果。很明显，在这方面厉鹗继承了宋代黄庭坚的诗学主张。同时，康、雍、乾时期接二连三的文字大狱的打击也是这种诗风的促成因素。清初大量的文字狱案的打击对象多为浙人，诸如庄廷鑨《明史》案，汪景祺《西征随笔》案，查嗣庭日记案，吕留良《文选》案等，牵连杀戮动辄数百人。这些残酷的狱案迫使士人只能选择两条路：要想追求仕途的成功，必须奴化自己，为皇朝粉饰太平；拒绝走仕途之路，则只有隐于山林，缄口政治，以此保持自己的清操。以厉鹗的人品天性　只能选择第二条路。与厉鹗形成鲜明对照的是沈德潜，他不但选择了前一条道路，而且"如鱼得水"（尽管最终的结果也不见得好）。由此可见，厉、沈之间的分歧不在于作诗方法技巧的不同，所继承的诗学传统的相异，

---

① 厉鹗：《秋声馆吟稿序》，《樊榭山房文集》卷三，第 739 页。
② 厉鹗：《秋声馆吟稿序》，《樊榭山房文集》卷三，第 739 页。
③ 厉鹗：《程文石诗序》，《樊榭山房文集》卷三，第 740 页。

而在于两种人生道路、两种诗学精神的对立。事实上，厉鹗对沈氏之流的道路也颇不屑："往时东南人士，几以诗为穷家具。遇有从事声韵者，父兄师友必相戒，以为不可染指，不唯于举场之文有所窒碍，而转喉刺舌，又若诗之大足为人累。及见夫以诗获遇者，方且峨冠纤绅，回翔于清切之地，则又群然曰：'诗不可不学。'"① 可见当时风气何等庸俗！学不学诗与学何样诗，均以"遇"与"不遇"为标准，而"峨冠纤绅，回翔于清切之地"的沈德潜之流成了世俗社会人们眼中成功的典范、取法的对象。沈德潜诗歌创作成就的高下不属本书讨论的范围，但其所获得的"成就"是由于他的诗学宗旨与皇朝统治取得一致以及其人品的驯服，却是不争的事实。上引厉鹗的这段文字不仅表明了他拒绝庸俗的诗学立场，而且在轻松的叙说中极尽揶揄！在《余茁村诗集序》中，厉鹗又对这些性格"奴化"的文士进行了辛辣的讽刺：

> ……如果以忍寒可矣，奚至效小儿女，骨脆不能凌吹，亟俟煦和。②

在鄙夷这些奴化人格与庸俗诗风的同时，厉鹗称赞了等待大地回春的"忍寒"意志，肯定了强项不屈的疏离心态。以厉鹗为代表的浙派提倡"清""寒"的诗风以及人格追求，大约半个世纪之后，在杰出的浙西诗人龚自珍的诗中得到一定程度的体现，绝非历史的巧合。厉鹗诗歌清寒论的最终确立，是浙派诗学理论体系成熟的最显著标志。在清寒论指导下的诗歌创作，真正代表了浙派诗的独特风貌，从而也体现了厉鹗对浙派诗学系统重建的贡献。

谈到浙派诗论，尚有一人不可不提，这个人就是钱载。浙派发展到后期，其代表人物钱载、金德瑛等人的诗学观，实际上已趋变异，且与前期代表查慎行等人在个人经历上出现隔代共鸣。一方面

---

① 厉鹗：《叶筼客叠翠诗编序》，《樊榭山房文集》卷三，第 743 页。

② 厉鹗：《樊榭山房文集》卷三。

官高位重，与典型浙派的在野风调大相径庭；另一方面虽馆阁气息浓重，但在创作上又不甘平庸，不断谋求创新。总的来说，从人到诗，都已非正宗浙派气象。表现在诗论上，有两点可堪关注。一是虽仍强调学问，但钱载本人系名画家，学问中遂济之以书画之气，回避琐碎考证式的"学人之诗"，表现出学、才、情的结合。二是继承黄庭坚诗的生硬风格，也体现出韩愈以文为诗的特点。选词造语力求创新但生僻典故不多，且俚俗用语甚为普遍，这与厉鹗大异其趣，因而显示出若干活力，即洪亮吉所谓"宗伯载之诗精深"①。同时，正由于他们对传统浙派的变异是如此巨大，以至于另立一支，形成"秀水派"。秀水诗人汪孟鋗有诗道：

> 诗学兴吾党，寻微为指蒙。
>
> 专家开手眼，异境拓心胸。
>
> 酝酿谁窥里，波澜独障东。
>
> 有来上下古，抚撑气如虹！②

　　这种观点代表了当时秀水派的公论。秀水派虽为浙派异化后的另一支，但诗学基本观点受厉鹗影响，则毫无疑问。

　　总之，厉鹗作为浙派发展成熟阶段的代表人物，他的诗学理论对前代浙派诗学观在"因"、"变"、"创"以及诗歌创作实践中进行了一系列的继承、发展、深化，再到整合、重构。既保持着浙派诗学系统的连贯性，又体现出明显的发展性和鲜明的方向性。具体来说，"因"的内容就是重学问；"变"的内容是变以唐论宋（黄宗羲）、唐宋互参（查慎行）为以宋为主、参酌唐诗；"创"的内容是确立诗歌清寒论，以实现成一家之诗的"方向性"。同时，在"因"中又有"变"，虽重学问，但"经史"与"群籍"的差别涵盖了异常复杂的人格内容和精神追求，堪称精微；"变"中又有"因"，从黄宗羲到查慎行再到厉鹗，诗歌学

---

① 洪亮吉：《北江诗话》卷四，人民文学出版社 1983 年版。

② 汪孟鋗：《赠篘石》其二，《厚石斋诗卷》卷九，嘉庆刻本。

宋的倾向愈来愈明显，愈来愈得到强化，在强化的过程中，表现为一脉相承和发展变化。而诗歌清寒论这一最能代表典型的浙派诗学追求的论点又是在"因"和"变"的交互作用中形成的，其本身又包含着"因"和"变"的因素。对传统"清"的审美范畴来说是"因"，也就是继承和发展，对吴之振所承传的"清"的一线"绝脉"来说又是"变"，也就是强化和超越。更为重要的是，诗歌清寒论是诗学和诗心的融合，而非简单的叠加，没有人格本身和时代氛围的因素，浙派的诗学就成了无源之水、无本之木。所以，完全可以说，浙派的诗学体系和诗歌创作是其人格精神的升华和回归，不了解这一点，就无法把握浙派诗学体系的实质。不难看出，厉鹗以其特有的人格精神和诗学实践，总结浙派诸先驱的诗学主张，通过"因"、"变"、"创"的努力，构建了以宗宋为前提、重学为途径、追求诗歌"清寒"为最高境界的三位一体的完整的浙派理论体系，其人不愧为浙派出色的诗学理论家和杰出的诗学实践者。

第三节　厉鹗与浙西词派词学理论的建构

在清代词学复兴的大背景下，众多地域性词学流派与词人群体竞相涌现。这些词派和词人群体均以自己鲜明的词学主张与理论特色共同促进了清词创作的繁荣和清代词学理论的兴盛。其中，浙西词派是清代词史上延续时间最长、人数最多、最有创作实绩、理论上最有建树的词派之一。从被公认的词派初祖曹溶发其端，经过词派的创始人朱彝尊，到中期宗匠厉鹗，再到后期代表吴锡麒、郭麐等人，一直延续了一百多年，实为清代前中期词坛之主盟①。这一词派成员众多，在清初就有著名的"浙西六家"，中后期成员更多，至

---

① 参见严迪昌先生在《清词史》中之相关论述，江苏古籍出版社 1999 年版。

于受浙西词风影响的词人更是不计其数。浙西词派之所以在当时和后世产生如此重大的影响，主要原因就在于这个词派对词学理论和词派自身建设均极为自觉。浙西词派的词学理论不但极具系统性，而且富有层次性，同时在词学主张的各要素之间又具有有机的联系。这些有主有次的词学要素共同组成一个较为严密的理论体系，再加上浙西词人富有成就的词创作实践，浙西词派在清词史上产生如此重大的影响当不足为怪。在浙西词派发展史上，厉鹗是一位具有承前启后意义的理论家和实践家。在他手中，浙西词派的词学理论体系更趋严密，词派建设意识更为自觉，创作内容更加丰富，词艺也更为精湛。厉鹗对浙西词派词学理论的建构功不可没，诚如前人所评，浙西词派由"竹垞（朱彝尊）开其端，樊榭（厉鹗）振其绪，频伽（郭麐）畅其风"①。这里拟从浙西词派发展史上初、中、晚三个阶段词学理论所呈现的不同要素与特征的比较分析中，凸现厉鹗词学主张的基本特点，并肯定其在浙西词派词学理论建构中的功绩。

一、词主醇雅

与清代词学昌盛的局面相较而言，明代词风不振。不仅专心于词的作者不多、创作数量偏少，而且创作质量不高，普遍存在的问题是浅俗、浮艳、不合词律，题材内容也过于狭窄。在清词中兴的大潮中，不少作家开始反思明代词学。浙西词人也正是在对明代词学的反思中走上词坛的。被认为是浙西词派初祖的曹溶在《碧巢词》所附评语中说："诗余起于唐人而盛于北宋，诸名家皆以春容大雅出之，故方幅不入于诗，轻俗不流于曲，此填词之祖也。……元明以来，竞工鄙俚，故虽以高、杨诸名手为之，而亦间坠时趋。"② 崇雅反俗，矛头直指元明词风，甚至认为高启、杨慎诸人亦难免流

---

① 蒋复敦：《芬陀利室词话》卷二，中华书局《词话丛编》本。
② 《碧巢词》附曹溶评语，载聂先、曾王孙辑《百名家词钞》，清康熙绿荫堂刊本。

俗。在《古今词话序》中他还倡导"当行种草，本色真乘"①，追求当行本色的审美理想。曹溶于词学，论述不多，自非独树一帜的词论家，但其对雅正的倡导和婉约词风的提倡，开浙西词人崇雅之先声，已奠定了浙西词派词学理论的主调。论词倡雅正，本是南宋以来的一个词学传统，张炎在《词源》中就说："词欲雅而正。"但曹溶崇雅正，却有转移词坛风气的作用，具有很强的现实意义，所以朱彝尊在谈到曹溶对浙西词派形成的历史贡献时即言："数十年来，浙西填词者，家白石而户玉田，春容大雅，风气之变，实由先生。"②对雅正的推崇，到浙西词派创始人朱彝尊，更将其倡导为整个词派最为核心的词学论点，而且理论针对性更强。首先，朱彝尊与曹溶一样，对明词有一个基本的认识："夫词自宋、元以后，明三百年无擅场者。排之以硬语，每与调乖；窜之以新腔，难与谱合。"③其次，他在谈到词时曾反复强调"雅"、"醇雅"，认为"昔贤论词必出于雅正"④，"词以雅为尚"⑤，"填词最雅无过石帚"⑥；在评沈尔璋《月团词》时又说："绮而不伤雕绘，艳而不伤醇雅……"⑦朱彝尊把作词"雅"的要求提到了一个无以复加的程度，就是为了达到反拨明词"陈言秽语，俗气熏入骨髓"、"间有硬语"、"与乐章未谐"⑧等俗陋词风和重振"醇雅"词统的目的，可谓一石二鸟。与朱彝尊合编《词综》的汪森也说："鄱阳姜夔出，字酌句练，归于醇雅。"⑨尽管着眼点在炼字炼句、协音合律等语言形式方面，其目

① 沈雄：《古今词话》，中华书局《词话丛编》本。
② 朱彝尊：《静惕堂词序》，曹溶《静惕堂词》，上海书店《清名家词》本。
③ 朱彝尊：《曝书亭集》卷四十：《水村琴趣序》，《四部丛刊》本。
④ 朱彝尊：《曝书亭集》卷四十：《群雅集序》，《四部丛刊》本。
⑤ 朱彝尊：《词综发凡》，见朱彝尊、汪森编选《词综》，上海古籍出版社 1978 年版。
⑥ 朱彝尊：《词综发凡》，见朱彝尊、汪森编选《词综》，上海古籍出版社 1978 年版。
⑦ 沈雄：《古今词话·词评》卷下，中华书局《词话丛编》本。
⑧ 朱彝尊：《词综发凡》，见朱彝尊、汪森编选《词综》，上海古籍出版社 1978 年版。
⑨ 汪森：《词综序》，见朱彝尊、汪森编选《词综》，上海古籍出版社 1978 年版。

的仍是为倡导醇雅词风。另外，浙西词派还有一个传统，就是在词学建构上极其自觉，词派目的也甚为明确，具体表现为"明体致用"和"一体两用"。要明之"体"则为"醇雅"或"雅"，这是浙西词派的词学建设的基础。而其要"致"的"两用"一是按照醇雅的要求树立词的创作榜样，一是根据醇雅的标准精选词集，以标示创作典范。"两用"与"一体"相互配合，形成一个层次感强、表里清晰的理论结构。关于"两用"，为清眉目，分述如下。

（一）创作榜样：姜夔、张炎

清人论诗严唐宋之辨，论词则明北宋、南宋之分。朱彝尊为倡"醇雅"理论，明确提出"小令宜师北宋，慢词宜师南宋"①的主张。他说："窃谓南唐北宋，惟小令为工，若慢词至南宋始极其变。"②又称："世人言词，必称北宋，然词至南宋始标其工，至宋季而始极其变。"③朱彝尊不仅提倡小令、慢词分而学之，而且从词史发展演变的角度充分肯定南宋词。他还明确指出学南宋词应效仿的榜样是姜夔、张炎。他说："词莫善于姜夔，宗之者张辑、卢祖皋、史达祖、吴文英、蒋捷、王沂孙、张炎、周密、陈允平、张翥、杨基，皆具夔之一体。"④这就为浙西词派开出了一张代表醇雅词风的名单。朱彝尊还认为他自己的词风与张炎接近："不师秦七，不师黄九，倚新声、玉田差近。"⑤从此以后，姜、张成了浙西词派词人效仿的典范。不难看出，在朱彝尊所列醇雅词人的"名单"里，包括张炎在内有不少人是浙人。尽管如此，从朱彝尊的词学言论可知，他从史的联系和词学宗尚的相近两方面明确和完善了浙西词派的概念。他只有自觉的词派意识，而无宗派思想。但龚翔麟选《浙

①　朱彝尊：《曝书亭集》卷四十：《鱼计庄词序》，《四部丛刊》本。

②　朱彝尊：《曝书亭集》卷四十三：《书东田词卷后》，《四部丛刊》本。

③　朱彝尊：《词综发凡》，见朱彝尊、汪森编选《词综》，上海古籍出版社 1978 年版。

④　朱彝尊：《曝书亭集》卷四十：《黑蝶斋词序》，《四部丛刊》本。

⑤　朱彝尊：《解佩令·自题词集》，见《曝书亭词》，上海书店《清名家词》本。

西六家词》，正式打出浙西词派的旗号，使得浙西词派作为一个地域性词派的特征和宗派特点得以显现和强化，也使浙西词派具有流派的明确性和凝聚力。

（二）编选《词综》，严斥《草堂诗余》

在朱彝尊看来，明词之所以衰落，是受了南宋书坊编辑的词选《草堂诗余》的影响。所以，他与汪森编选《词综》，目的正是为了消除《草堂诗余》对清初词坛的不良影响，为词学"醇雅"进一步铺平道路。朱彝尊云：

> 古词选本，若《家宴集》、《谪仙集》、《兰畹集》、《复雅歌辞》、《类分乐章》、《群公诗余后编》、《五十大曲》、《万曲类编》及草窗周氏选，皆轶不传，独《草堂诗余》所收最下最传，三百年来，学者守为兔园册，无惑乎词之不振也。①

又批评道："填词最雅无过石帚，《草堂诗余》不登其只字……可谓无目者也。"② 他还认为："词人之作，自《草堂诗余》盛行，屏去《激楚》、《阳阿》，而巴人之唱齐进矣。"③ 对《草堂诗余》，汪森《词综序》也表达了与朱彝尊相同的看法。可见，在朱彝尊等浙西词派前期代表人物心目中，明词之不振就是"醇雅"词风之不振，对《草堂诗余》的批评就是对清初词风的扭转。而正是在朱彝尊等人的大力批评下，随着《词综》的刊刻与流布，清初词风为之一变。王昶说："国朝词人辈出，其始犹沿明之旧，及竹垞太史甄选《词综》，斥淫哇，删浮伪，取宋季姜夔、张炎诸词以为规范，由是江浙词人继之，扶轮承盖，蔚然跻于南宋之盛。"④ 郭麐也说："《草堂诗余》，玉石杂糅，芜陋特甚，近皆知厌弃之矣。然竹垞之论未出之前，诸家皆沿其习，故《词综》刻成，喜而成词曰：'从今不按，

① 朱彝尊：《词综发凡》，见朱彝尊、汪森编选《词综》，上海古籍出版社1978年版。
② 朱彝尊：《词综发凡》，见朱彝尊、汪森编选《词综》，上海古籍出版社1978年版。
③ 朱彝尊：《曝书亭集》卷四十三：《书绝妙好词后》，《四部丛刊》本。
④ 王昶：《春融堂集》卷四十一：《姚莲汀词雅序》，清嘉庆十二年塾南书屋合刊本。

旧日《草堂》句'。"①《词综》出现的价值也正在此。

除了崇"醇雅"和宗姜、张之外，以朱彝尊为代表的浙西词派前期词人论词还有两大要素值得关注。一是"尊词体"。清词"尊体"是一种较为普遍的现象，但"尊体"观念的确立也有赖于当时最高统治者的明确提倡，康熙皇帝于康熙四十六年（1707）为《历代诗余》作御序，将词看作是与诗文同样的正统文体，这一信号对清人普遍推尊词体产生了直接影响。对于"尊体"观念，朱彝尊虽有流露但不明确，他的合作者汪森有着明确的表述。汪森道："古诗之于乐府，近体之于词，分镳并骋，非有先后，谓诗降为词，以词为诗之余，殆非通论矣。"②汪氏认为词作为长短句，上接古诗、乐府。把诗词视为平等的体裁，也就是尊词体。实际上，"尊体"与"醇雅"直接相关，体既尊，则格就高，自然也就雅了。二是倡言寄托，对此，朱彝尊说：

> 词虽小技，昔之通儒巨公往往为之，盖有诗所难言者，委曲倚之于声，其辞愈微而其旨愈远。善言词者，假闺房儿女子之言，通之于《离骚》变雅之义，此尤不得志于时者所宜寄情焉耳。③

尽管他还认为词为"小技"，但明确表示词可以和诗骚一样，以"微言"表"大义"。与此观点相联系，朱彝尊很看重咏物词。他于康熙十八年（1679）将南宋末年王沂孙、周密等词人咏物词集《乐府补题》携带至京即是一证。其《乐府补题序》云："诵其词可以观志意所存，虽有山林友朋之娱，而身世之感，别有凄然言外者，其骚人《橘颂》之遗音乎。"④仍然强调的是词作的寄托之义。当然，随着个人身份地位的变化和时势的变迁，朱彝尊的词学思想前后期有不一致之处。他对寄托的认识范围和强调程度也不一样。

---

① 郭麐：《灵芬馆词话》卷一，中华书局《词话丛编》本。
② 汪森：《词综序》，见朱彝尊、汪森编选《词综》，上海古籍出版社1978年版。
③ 朱彝尊：《曝书亭集》卷四十：《陈纬云红盐词序》，《四部丛刊》本。
④ 朱彝尊：《曝书亭集》卷三十六：《乐府补题序》，《四部丛刊》本。

浙西词派的词学理论尽管在前期已形成了较为完整的框架，但由于作为宗主的朱彝尊生活经历和思想的复杂性，因而在词学主张上常表现出一种游移不定。这种游移不定到中期宗匠厉鹗时方被彻底消除，表现出纯粹化和稳定性的特点，但毋庸讳言，这种理论的纯粹性和稳定性也是浙西词派词学理论被推向极端化的一种表现。

二、尊法周、姜、张，推尊词体，强调寄托

厉鹗生前曾自言"诗不可以无体，而不当有派"①，但从论词文字看，他不仅在理论上较为自觉，而且有很强的词派意识。他不仅于雍正十年（1732）写出了系统性极强的《论词绝句十二首》，而且在《群雅词集序》、《红兰阁词序》、《张今涪红螺词序》、《吴尺凫玲珑帘词序》和《陆南香白蕉词序》等词序中集中明确阐述了自己的词学主张。厉鹗继承了浙西词派前辈的主要词学观点，并对朱彝尊等人的词学体系进一步丰富、明确和深化，体现出明显的发展轨迹，在浙西词派的词学系统构建上建树颇丰。

（一）探词源，论词史，尊词体

对于词产生渊源的追溯、词发展历程的探讨和词体的推尊，在清代一些词论家的词学理论中多有涉及。厉鹗作为浙西词派巨子，首先高度重视词在文体中的地位，探讨词源，推尊词体。其《论词绝句十二首》（以下简称《绝句》）第一首即开宗明义：

> 美人香草本《离骚》，俎豆青莲尚未遥。
> 颇爱《花间》肠断句，夜船吹笛雨潇潇。②

厉鹗不仅把词源溯至盛唐李白，而且认为词的创作精神应上推至《离骚》。不管李白是否创作了尚存争议的《菩萨蛮》（"平林漠漠烟如织"）、《忆秦娥》（"箫声咽"）等词作，也不管作为后起的词，

---

① 厉鹗：《樊榭山房文集》卷三；《查莲坡蔗塘未定稿序》。
② 厉鹗：《樊榭山房诗词集》卷七；《论词绝句十二首》其一，第509页。

与《离骚》是否有直接的关系，作者的着眼点和旨归是：词完全可以和《离骚》一样，言"香草美人"之志，也可以出自像李白这样的大诗人之手。这就使词和向来被认为是"小道"、"末技"的观念划清了界限。厉鹗除了把词与"骚"相提之外，还把词与《诗经》、乐府相联系：

> 词源于乐府，乐府源于《诗》。四《诗》大、小《雅》之材，合百有五。材之雅者，《风》之所由美，《颂》之所由成。由诗而乐府而词，必企夫雅之一言，而可以卓然自命为作者，故曾端伯选词，名《乐府雅词》，周公谨善为词，题其堂曰志雅。①

众所周知，《诗经》是儒家经典之一，厉鹗却从词的风格入手，上溯《诗经》、乐府，认为词与《诗经》、乐府是同源的文体，也就充分肯定了词的文体地位。《绝句》其三云："鬼语分明爱赏多，小山小令擅清歌。世间不少分襟处，月细风尖唤奈何。"据《邵氏闻见后录》卷十九载："伊川闻诵晏叔原'梦魂惯得无拘检，又踏杨花过谢桥'长短句，笑曰：'鬼语也'。意亦赏之。"厉鹗特意举出道学家邵雍欣赏晏几道词的例子，显然是在推尊词体。"唤奈何"，《世说新语·任诞》云："桓子野每闻清歌，辄唤奈何。"诗中又引晏几道《蝶恋花》中语"月细风尖垂柳渡，梦魂常在分襟处"，体现出他对晏几道的称赏。朱彝尊虽也尊词体，但还显得不够明确，而且在其人生的不同阶段对词的认识又犹疑不定，比如他曾说：

> 昌黎子曰："欢愉之言难工，愁苦之言易好。"斯亦善言诗矣。至于词或不然，大都欢愉之辞，工者十九，而言愁苦者十一焉耳。故诗际兵戈俶扰流离琐尾，而作者愈工。词则宜于宴嬉逸乐，以歌咏太平，此学士大夫并存焉而不废也。②

所谓"宴嬉逸乐"、"歌咏太平"，与传统和世俗把词视作

---

① 厉鹗：《樊榭山房文集》卷四：《群雅词集序》，第755页。
② 朱彝尊：《曝书亭集》卷四十：《紫云词序》，《四部丛刊》本。

"小道"并无不同。厉鹗在朱彝尊、汪森之后重申和强调"尊词体"这一命题，显然具有深刻的现实意义，对浙派词学而言也是一种发展。这一观点到常州词家那里，更被明确而有力地加以肯定，周济就曾言："诗有史，词亦有史，庶乎自树一帜矣。"①可见，提高乃至确定词体地位是清代有真知灼见词家的共识。在充分尊重词这一文学创作体式的基础上，厉鹗还对词史发展以及词派流变作了独到的论述：

> 尝以词譬之画，画家以南宗胜北宗。稼轩、后村诸人，词之北宗也；清真、白石诸人，词之南宗也。②

> 南宗词派，推吾乡周清真，婉约隐秀，律吕谐协，为倚声家所宗。自是里中之贤，若俞青松、翁五峰、张寄闲、胡苇航、范药庄、曹梅南、张玉田、仇山村诸人，皆分镳竞爽，为时所称。元时嗣响，则张贞居、凌柘轩。明瞿存斋稍为近雅，马鹤窗阑入俗调，一如市侩语，而清真之派微矣。本朝沈处士去矜号能词，未洗鹤窗余习，出其门者，波靡不返，赖龚侍御蘅圃起而矫之。尺凫《玲珑帘词》，盖继侍御而畅其旨者也。③

由此可见，厉鹗有着清晰而系统的词派及词史演变观念。论画分南北宗始自明末董其昌，且认为"南宗胜北宗"。这里，厉鹗以画论词，认为词正如画一样，有南北宗之分，"北宗"即所谓豪放词，以辛弃疾等人为代表，"南宗"即所谓婉约派，以姜夔等人为代表。而论及浙省一地词人，由宋至清，俨然是一部系统的地域词派发展史。事实上，浙西词派的词学取径基本上是前代浙地词人（只有姜夔是江西人），如朱彝尊之尊姜、张。厉鹗则取径稍宽，除尊姜、张外，还尊周邦彦。因此，可以说浙西词派的产生应当是这一地域性词派发展史在清代合乎逻辑的推延。

---

① 周济：《介存斋论词杂著》条八，中华书局《词话丛编》本。
② 厉鹗：《樊榭山房文集》卷四：《张今涪红螺词序》。
③ 厉鹗：《樊榭山房文集》卷四：《吴尺凫玲珑帘词序》。

（二）宗法周、姜、张，崇尚醇雅，辅之以清，补之以正

如前所述，朱彝尊论词虽宗姜、张，但其《词综》对周邦彦、柳永、秦观、晏几道等人的作品都广泛收录。厉鹗也尊姜、张，但更强调周邦彦的示范作用，如前引《吴尺凫玲珑帘词序》所谓"南宗词派，推吾乡周清真，婉约隐秀，律吕诸协，为倚声家所宗"，正是给周邦彦以特殊地位。他推出周邦彦，并不是要尊崇北宋词，其用心仍在南宋姜、张诸人。周邦彦的浙人身份和词史地位，使厉鹗推尊周邦彦既显示出其词派建设的自觉精神和苦心孤诣，又充分考虑到词史上雅词的发展理路。显然，厉鹗首先着眼于周邦彦在词史上独特而重要的地位。陈廷焯《白雨斋词话》称周邦彦"前收苏、秦之终，复开姜、史之始"①，可谓一语中的。周邦彦既开"姜、史之始"，那么倡言尊周邦彦或周、姜同尊应该比独尊姜夔更策略，换句话说，尊周邦彦已包含了尊姜夔。这就把浙西词派的尊崇对象上溯到源头，也使人不得不承认姜、张等词人不管是浙人还是非浙人，都只是流，真正的源是浙人周邦彦。因此，厉鹗通过尊崇周邦彦，指出了浙西词派的词学走向，并将浙西词派的地域意识空前强化。这当然可视为他对浙西词派建设的有力推进，在强调词派地域性的同时，词派的宗派意识也被强化。其次，他还着眼于周邦彦在词律上的精深造诣。厉鹗除肯定清真词"律吕谐协，为倚声家所宗"外，在《绝句》之十二中也表达了他对词律的重视：

> 去上双声子细论，荆溪万树张专门。
>
> 欲呼南渡诸公起，韵本重雕衮斐轩。

此诗末小注云："近时宜兴万红友《词律》严去、上二声之辨，本宋沈伯时《乐府指迷》。余曾见绍兴二年刊衮斐轩《词林要韵》一册，分东、红、邦、阳等十九韵，亦有上、去、入三声作平声者。"赞扬万树《词律》，就是对词学韵律的重视。由此可见，厉鹗

---

① 陈廷焯：《白雨斋词话》云："词至美成乃有大宗。"中华书局《词话丛编》本。

推崇周邦彦，深层用意在于以周为榜样，强调词律，追求雅正。他曾对词友中精于词律、风格雅正者极力称赏，说吴尺凫"掐谱寻声，不失刌制"[1]；张渔川"删削靡曼，归于骚雅"[2]。足见厉鹗对音律的重视。同时，强调审音谨严、宫调协谐与推崇雅正、排俗拒腐在精神实质上又相当一致。从某种意义上说，遵守词律是词的"雅正"的首要要求和重要标志。这说明，以朱彝尊为领袖的浙西词派，发展到中期代表厉鹗，把更加偏重格律作为其词论主张的重要方面。厉鹗在其词论中拈出周邦彦，对浙西词派词学体系建设是一个明显的深化和推进。

在尊周邦彦的前提下，厉鹗在一些序跋和《绝句》里又一再推尊姜夔，如《绝句》之五云：

> 旧时月色最清妍，香影都从授简传。
>
> 赠与小红应不惜，赏音只有石湖仙。

所谓"旧时月色"，是姜夔词《暗香》的起句。《暗香》词序曰："辛亥之冬，余载雪诣石湖。止既月，授简索句，且征新声，作此两曲。石湖把玩不已，使工妓肄习之，音节谐婉，乃名之曰《暗香》、《疏影》。"又据《研北杂志》卷下载："小红，顺阳公青衣也，有色艺。顺阳公之请老，姜尧章诣之。一日，授简征新声，尧章制《暗香》、《疏影》两曲，公使二妓肄习之，音节清婉。尧章归吴兴，公寻以小红赠之。""石湖仙"即范成大。此词通过叙说姜、范二人的文学交往，既体现了姜夔在当时的影响，又表明了他对姜夔的倾慕。另外，厉鹗对张炎也非常推崇，如《绝句》之七云：

> 玉田秀笔溯清空，净洗花香意匠中。
>
> 羡杀时人唤春水，源流故自寄闲翁。

张炎，字玉田，父张枢，字寄闲，善音律。玉田论词有家学渊

---

① 厉鹗《樊榭山房文集》卷四：《吴尺凫玲珑帘词序》。

② 冯金伯辑《词苑萃编》卷八，中华书局《词话丛编》本。

源，重音律，主清空，其《南浦·春水》词中有句云："和云流出空山，甚年年，净洗花香不了"，所以人称"张春水"。可见，厉鹗尊崇姜夔是因为他的词"最清妍"，推崇张炎是因为其词能"溯清空"，都着眼于一个"清"字，这与他词论的核心精神相通。其《红兰阁词序》云"清婉深秀"，《吴尺凫玲珑帘词序》云"婉约深秀"，《陆南香白蕉词序》云"清丽闲婉"，《群雅词集序》云"清修嗜古"，都说的是一种境淡意远、格高韵清的审美标准。他标举清空，实际上也就是追求词的"雅正"。而在《群雅词集序》中，他还集中论述了自己对"雅正"的看法：

> 词之为体，委曲啴缓，非纬之以雅，鲜有不与波俱靡，而失其正者矣。……今诸君词之工，不减小山，而所托兴，乃在感时赋物、登高送远之间。远而文，淡而秀，缠绵而不失其正，骋雅人之能事，方将凌铄周、秦，颉颃姜、史，日进焉而未有所止。研农编次都为一集，将镂版以问世，冷红词客标以"群雅"，岂非倚声家砭俗之鍼石哉！①

厉氏宗尚周邦彦、姜夔，根本着眼点还是在于把他们看作"雅"、"正"的典型。厉鹗尊尚姜、张，这一点和朱彝尊完全相同，所以他说："寂寞湖山尔许时，近来传唱六家词。偶然燕语人无语，心折小长芦钓师。"（《绝句》之十）"六家词"，指《浙西六家词》。一生清高的厉鹗是向不轻许人的，所谓"心折"，足见他对朱彝尊的嘉许。对厉鹗来说，朱氏乃浙西词派宗主，对自己来讲属前辈人物；更重要是在词学领域，二人词学主张接近或者说主脉相同。如他们都提倡"雅"，"雅"是其词学核心，只不过厉氏对"雅正"的追求更见强烈。事实上，厉鹗在"雅"这一浙西词派词学理论体系基核上与朱彝尊的所指内涵并不完全相同，朱彝尊侧重于"句琢字炼"、"咀宫含商"等语言形式方面，而厉鹗则强调"写心"，表达

---

① 厉鹗：《樊榭山房文集》卷四：《群雅词集序》。

真情，并把人品与词品相联系，有内容因素，如他在《双清阁诗序》中对其友人闵廉风人品的称赞，即为一例。而且正如他的前辈一样，厉鹗也使用"一体二用"的"手法"，对浙西词派词学体系进行了大胆而又审慎的丰富、补充和完善。首先在"体"上辅之以"清"："清雅"、"清空"；补之以"正"："词……非纬之以雅，鲜有不与波俱靡，而失其正者矣"，"缠缠而不失其正"。其次是在"用"上进一步扩展：一是抬出周邦彦，扩清源头；二是推崇《绝妙好词》，并与查为仁为之作笺，这对清雅词风的推行产生了很大作用。正是通过这些举措，浙西词派词学体系的典型面貌到厉鹗才开始充分显现。前文说过，朱彝尊、厉鹗等人既是理论家，又是实践家，二人词学主张的差异在其创作上也得到鲜明的体现。如爱情题材的词作，朱彝尊前期的《眉匠词》、《茶烟阁体物集》颇多"绮语"，咏"美人"体态，这些表现恐怕在厉鹗看来有失其"正"，而厉鹗的个人感情生活也不是空白，但其词集中只有一首《清平乐·元夕悼亡姬》：

> 春衫泪浣。谁问春寒浅？依旧去年正月半。锦瑟华年未满。　　重来径曲苔荒。一屏梅影凄凉。疑在小楼前后，不知何处迷藏。①

从这首词的格调看，主要表现一种哀思，态度庄重而严肃，不像朱彝尊词甚至写女人的肩、臂、乳、背等，表现出风流名士的气息。可见，厉鹗以"正"补"雅"，具有规范词的内容的作用。另外，朱彝尊一生的词学思想凡经几变，而厉鹗则极为稳定。

与推尊周邦彦、姜夔，崇尚雅正相联系，厉氏以南词为词学正宗，严抑苏轼等豪放词人，这一点也与朱彝尊不同，呈现出极端化倾向。在《绝句》之八中，厉鹗明确指出：

> 《中州乐府》鉴裁别，略仿苏黄硬语为。

---

① 厉鹗：《樊榭山房集·续集》卷九："词甲"。

　　　　若向词家论风雅，锦袍翻是让吴儿。

　　《中州乐府》是元好问所辑金人词集，收在《中州集》中，所选词大抵为苏、黄一路，其所体现之"硬语"与'风雅'相对。"锦袍"，用唐武则天衡诗赐锦袍典。武则天幸龙门，从臣赋诗。东方虬先成，赐锦袍。后宋之问诗成，武则天认为优于东方虬，更夺袍以赐。"吴儿"当指江南。这里是说以风雅词风为代表的南宋词胜于苏、黄词风影响下的金元词。在对待以苏、辛等人为代表的豪放词人的立场上，朱彝尊与厉鹗不同。朱氏对以豪放著称的陈维崧词风非常钦佩，说他是辛弃疾的后身，这也说明他对辛弃疾是肯定的。同时，《词综》中也选了辛弃疾的三十多首作品。这些都体现出朱、厉二人词学主张的"同中有异"和厉鹗词学观的纯粹化倾向。对豪放与婉约的不同认识，实际上涉及区别南、北宋词的问题。如前所述，在对待词的南、北宋问题上，朱彝尊虽主张词宗南宋，但对南唐、北宋也不完全排斥。事实上，他学词就是从北宋入手的。而厉鹗在这点上更见"纯粹"，他虽推尊周邦彦，但学词却专南宋，丁绍仪就曾说："我朝竹垞之说，小令当法王代，故所作尚不拘一格。逮樊榭老人专以南宋为宗，一时靡然从之，奉为正鹄。"① 厉鹗词专学南宋，往往落下一些口实，其实厉鹗的出发点主要是推扬南宋清雅词风。当然，厉鹗精研宋代文史，熟知宋代掌故，作为浙派人士中宋代文化精神的最佳传人，其治学、作诗的主要关注点在南宋，也是不争的事实。

（三）进一步强调"寄托"

　　朱彝尊肯定词的寄兴托意功能。厉鹗之寄托，对他的这位浙西前辈既有继承，又有发展。厉氏的"寄托'观念集中体现在其《论词绝句十二首》中。除第一首："美人香草本《离骚》，俎豆青莲尚未遥"，显为其"寄托"说张目外，《绝句》其二云："张柳词名枉并驱，

① 丁绍仪：《听秋声馆词话》卷六，中华书局《词话丛编》本。

格高韵胜属西吴。可人风絮堕无影，低唱浅斟能道无？"其四又云：
"贺梅子昔吴中住，一曲横塘自往还。难会寂音尊者意，也将绮障
学东山。"这两首诗分别写张先、贺铸。在作者心目中，"低唱浅斟"
的浪子柳永是无法与"格高韵胜"的"西吴"张先"并驱"的。一
抑一扬中已鲜明地反映出其"进雅黜俗"的观点。贺铸居住在苏州，
又在城外横塘筑有别墅，常往返于苏州城和横塘之间。他善写相思
之词，又因《青玉案》词中的"梅子黄时雨"被时人称为"贺梅子"。"寂
音尊者"洪觉范也学贺铸《青玉案》词，但所作极浅陋。扬贺贬洪，
仍体现出厉鹗词学观中的"雅俗之辨"。对于能接武贺铸小令的严
绳孙《秋水词》也极力称赏（见《绝句》十一）。张、贺二人的词
作均能寄托自己的人生感受，这种感受，厉鹗也感同身受，所以在
《张今涪红螺词序》中他又说："仆少时索居湖山，抱侘傺之悲，每
当初莺新雁，望远怀人，罗绮如云，芳菲似雪，辄不自已，伫兴为
之，有三数阕。"① 这说明在厉鹗看来，词中应寄托个人的悲愤不平
之志和"侘傺之悲"，显然比朱彝尊说得更为具体。除了抒发自己
的人生哀愁之外，厉鹗认为，词还应具有更大的功用：

> 头白遗民涕不禁，补题风物在山阴。
>
> 残蝉身世香尊兴，一片冬青冢畔心。（《绝句》其六）
>
> 送春苦调刘须溪，吟到壶秋句绝奇。
>
> 不读凤林书院体，岂知词派有江西。（《绝句》其九）

"补题"，指《乐府补题》，是南宋遗民词集，收了王沂孙、周
密等 14 人的 37 首咏物词，以《天香》、《水龙吟》、《摸鱼儿》、《齐
天乐》、《桂枝香》五调分咏龙涎香、白莲、蝉、蟹等物。暗喻元僧
杨琏真伽发会稽宋陵，唐钰、林景熙潜收帝后遗骨以葬并树冬青以
志之事。《乐府补题》在浙西词派形成过程中起过举足轻重的作用，
诚如严迪昌先生所说："《乐府补题》的重出之与浙西词风的炽盛有

---

① 厉鹗：《樊榭山房文集》卷四：《张今涪红螺词序》。

着命脉相通的重大关系，是探讨浙西词派盛衰史不应忽略的一个至关要紧的环节。《乐府补题》作为浙西派词旨弘扬的载体，它在被凭借以倡导醇雅、清空的同时，一股咏物的词风也就与浙派的存亡相始终。"① 客观地讲，康熙十八年身为应召"布衣"的朱彝尊携带一册《乐府补题》入京，不能说出于无意识，也不能说无风险。但此举在距离明朝亡国未远、大量遗民尚存、故国之思仍烈之时，《乐府补题》的被重新发现就具有超越时空的意义。它仿佛一面旗帜，一定程度上造就了浙西词派及其宗主朱彝尊。而时隔半个多世纪之后，厉鹗作为公认的浙派中期巨匠，仍以《乐府补题》作为"浙西词派词旨"，很难说有什么现实作用，但在词学取向上确有积极意义，即认为词可以抒发家国之恨、兴亡之感，体现出一定的民族感情和历史眼光。再看"凤林书院体"，它指江西庐陵凤林书院刊刻之《名儒草堂诗余》，收南宋遗民词 203 首，作者多为江西籍，故云"词派有江西"。刘辰翁，号须溪，其词多送春、伤春题材，饱含亡国之痛。作者在这里之所以表现出对遗民词的重视，一方面是因为他在词学上尊崇张炎等遗民词人，同时又由于他看到遗民词在内容上有抒发身世之感、亡国之恨、寄托民族感情这一特点。

　　厉鹗除在《论词绝句》中较为集中地论述词应寄托个人感愤和亡国之恨之外，还在一些序跋中也表达了类似的见解。除前引《群雅词集序》评友人词用"托兴"、"感时赋物"诸词外，还说吴尺凫词"中年以后，故寓托既深，揽撷亦富，纤徐幽邃，悄悗绵丽，使人有清真再生之想"②。应当指出，由于时代和个人的原因，厉氏强调词应抒发主体的哀怨悲愤和兴亡之感，虽然"陈义"甚高，但在"兴亡之感"上往往理论与实践相脱节。严迪昌先生在论及厉氏词论与创作时曾精辟地指出，厉鹗"将朱彝尊的词学观发展推向到极点，于

---

① 严迪昌：《清词史》，江苏古籍出版社 1999 年版，第 247 页。
② 厉鹗：《樊榭山房文集》卷四：《吴尺凫玲珑帘词序》，第 754 页。

是偏执之论的流弊益重：雅洁无疑是雅洁之至，但性情与'真气'却匮乏少存；'辅以积卷之富'这一点也空前未有，而'独造意匠'则未见用力。……这足见艺术个性和审美习惯的顽强的执拗性，往往不是理性所能约制的"①。厉鹗认为词应抒社会"兴亡之感"与其创作实践严重脱节，确为不争的事实。尽管如此，厉鹗词学观对以朱彝尊为首的前期浙西词派词学理论体系的总结、发展与创新是显而易见的，而且对浙西词派后期词学理论也产生了巨大的影响。

三、浙西词派中后期代表人物的词学变革

浙西词派发展到中后期，常州词派开始崛起，浙西词派出现衰落迹象，一些浙西词派成员开始对前期词学理论进行反思和调整，但处在浙派中期向后期过渡阶段的一位重要人物王昶，却对业已形成的浙西词派词学理论体系持全盘肯定的态度。他效朱彝尊、汪森编《词综》，编有《明词综》和《国朝词综》等，继续推尊词体，鼓吹清雅词风。他在《明词综序》中说："选择大旨，亦悉以南宋名家为宗，庶成太史（朱彝尊）之志云耳。"②《国朝词综序》又道："至选词大旨，一如竹垞太史所云，故续刊于《词综》之后，而推广汪氏之说，以告世之工于此者。"③王昶还在《姚莒汀词雅序》、《琴画楼词钞序》、《国朝词综序》、《江宾谷梅鹤词序》等文中进一步推演朱彝尊、汪森的"尊体"之说，一方面把词的起源一直追溯到《诗经》，力图为词争得"诗之正"的地位；另一方面指出人品之于词品的重要，重视词学中的知人论世。正由于王昶在词学理论上对朱彝尊亦步亦趋，所以谢章铤说他"一生专师竹垞，其所著之书皆若曹参之于萧何"④。

---

① 参见严迪昌：《清词史》，江苏古籍出版社 1999 年版，第 351 页。
② 王昶：《春融堂集》卷四十。
③ 王昶：《春融堂集》卷四十。
④ 谢章铤：《赌棋山庄词话》卷一，中华书局《词话丛编》本。

对浙西词派词学发展付出变革努力的是后期代表人物吴锡麒和郭麐。

吴锡麒"慕竹垞之标韵，缅樊榭之音尘"①，对朱彝尊和厉鹗均极为倾慕，其《詹石琴词序》说：

> 吾杭言词者，莫不以樊榭为大宗。盖其以幽深窈渺之思，洁静精微之旨，远绪相引，虚籁自生，秀水以来，厥风斯畅。②

吴氏不仅承认厉鹗是浙西词风的倡导者，充分肯定其词史地位，而且对受厉鹗影响的浙西词派诸人也大加称赞："吾杭自樊榭老人藻厉词坛，掞张琴趣，一时如尺凫、对鸥诸先辈，合尊促席，领异标新，各自名家，徽徽称盛。"③吴锡麒还主动归宗认派，指出厉鹗等人对自己的影响："余获承末绪，有企前修，穷窈渺之音，博幽微之趣，往往草深双属，独走空山，花泛一瓢，自导流水。"④在以朱、厉理论为基点，承续浙西词派传统词学观的同时，吴锡麒又对浙西词论有局部调整。一是推尊姜、张，但不偏废苏、辛。他说：

> 词之派有二：一则幽微要眇之音，宛转缠绵之致，戛虚响于弦外，标隽旨于味先，姜、史其滥源也。本朝竹垞继之，至吾杭樊榭而其道盛。一则慷慨激昂之气，纵横跌宕之才，抗秋风以奏怀，代古人而贡愤，苏、辛其圭臬也。本朝迦陵振之，至吾友瘦桐而其格尊。然而过涉冥搜，则缥缈而无附；全矜豪上，则流荡而忘归。性情不拘，翻其反矣。是惟约精心而密运，耸健骨以高骞。而又谐以中声，调之穆羽，乃能穷笛家之胜，发琴旨之微。飘飘乎如遗世独立之

---

① 吴锡麒：《有正味斋骈体文》卷八：《伫月楼分类词选自序》，清道光二十年刻本。
② 吴锡麒：《有正味斋骈体文》卷八。
③ 吴锡麒：《有正味斋骈体文》卷八：《陈雪庐词序》。
④ 吴锡麒：《有正味斋骈体文》卷八：《陈雪庐词序》。

仙，浩浩乎有御风而行之乐。一陶并铸，双峡分流，情貌无遗，正变斯备。①

作者将姜、史醇雅词派和苏、辛豪放词派放在一起加以讨论，给两派以同样的词史地位，同时又指出两派各自的优点和不足，符合词学发展实际。另外，吴氏还在《银藤词序》、《倪米楼剪云楼词序》、《与董琴南论词书》、《史伯劭词集序》、《唐陶山刺史露禅吟词序》等文中表达了相同的观点，尽管以雅正为宗，推崇姜、张，但又对苏、辛豪放词有较为独到的认识，对其他词派也能作实事求是的评价。这就突破了朱、厉等人一味推尊姜、张的狭窄门户，使浙西词论在词学门径上呈开放态势。二是重申词应"穷而后工"，否定以词"宴嬉逸乐"。朱彝尊在其康熙二十五年（1686）作的《紫云词序》中说"词则宜于宴嬉逸乐以歌咏太平"，曾引起后世不少词人的强烈不满，吴锡麒就说："昔欧阳公序圣俞诗谓：穷而后工。而吾谓惟词尤甚。盖其萧廖孤寄之旨，幽夐独造之音，必与尘事罕交，冷趣相洽，而后托幺弦而徐引，激寒吹以自鸣，天籁一通，奇弄乃发。若夫大酒肥鱼之社，眼花耳熟之娱，又岂能习其铿锵，谐诸节奏。"②他所说的"穷"，就是指孤寒之士的幽塞愁苦之感。强调"穷而后工"，高扬词人的主体情感，符合文学创作规律的实际。批评"眼花耳熟之娱"，就是对朱彝尊观点的反拨。作为吴锡麒晚辈的郭麐也有较为宏通的词体词派观念，它不仅在《灵芬馆词话》卷一中将唐宋词分为四派，对四派之发展轨迹均予以分析，而且在《无声诗馆词序》中写道："苏、辛以高世之才，横绝一时。"③对苏、辛豪放词大加赞赏。郭麐服膺朱彝尊、厉鹗，但也是对厉鹗提出较多批评的一位浙西词派中人，尤其对浙西后学

---

① 吴锡麒：《有正味斋骈体文》卷八，《董琴南楚香山馆词抄序》。
② 吴锡麒：《有正味斋骈体文》卷八，《张禄卿露华词序》。
③ 郭麐：《灵芬馆杂著》卷二，清嘉庆丁卯刻本。

批评更严厉。他说："本朝词人，以竹垞为至。"① 又说："自竹垞诸人标举清华，别裁浮艳，于是学者莫不祧《草堂》而宗雅词矣。樊榭从而述之，以清空微婉之旨，为幼眇绵邈之音，其体厘然一归于正。"② 坚决维护了朱、厉二人的宗主地位。但他又明确指出："倚声之学今莫盛于浙西，亦始衰于浙西。"③ 浙西词派一味追求典雅，刻意遣词造句，致使词之主旨隐约模糊，极难寻绎，所以郭麐以为词衰于浙西，即指此而言。当时凌廷堪等人认为厉鹗继朱彝尊之后推尊南宋词，创作更为精工，可谓后来居上。对此，郭麐大不以为然："谓樊榭胜竹垞，鄙意大不谓然。樊榭《论词绝句》云：'偶然燕语人无语，心折小长芦钓师。'愚谓竹垞小令固佳，即长调纡余宕往，中有藻华艳耀之奇，斯为极至。即小令中佳者，亦未必惟此语为可心折也。大抵樊榭之词，专学姜、张，竹垞则兼收众体也。"④ 当然，专学姜、张，严格地讲并不必然导致浙西词派末流弊病，这主要看由什么才力和经历的词家来学来写，也受时事人心变化的影响。而在《绿梦庵词序》中，郭氏说得更偏颇：

> 国初之最工者，莫如朱竹垞，沿而工者，莫如厉樊榭。樊榭之词，其往复自道，不及竹垞。清微幽渺，间或过之。白石、玉田之旨，竹垞开之，樊榭浚而深之。故浙之为词者，有薄而无浮，有浅而无亵，有意不逮而无涂泽器器之习，亦樊榭之教然也。⑤

应该说，郭氏对厉鹗在浙西词派发展史上的功绩以及其词风特点的认识是非常明确的，但认为其末流"有薄而无浮，有浅而无亵，有意不逮而无涂泽器器"的弊病，是"樊榭之教然也"，显然有失

---

① 郭麐：《灵芬馆词话》卷一，中华书局《词话丛编》本。

② 郭麐：《灵芬馆杂著》卷二，清嘉庆丁卯刻本。

③ 郭麐：《灵芬馆词话》卷一，中华书局《词话丛编》本。

④ 郭麐：《灵芬馆词话》卷一，中华书局《词话丛编》本

⑤ 郭麐：《灵芬馆词话》卷二。

偏颇。郭麐还在《灵芬馆词话》卷二、《桐花阁词序》和《梅边笛谱序》中对浙西词派末流追随规摹姜、张，而毫无自己创作特色的缺点一再予以批评。客观地说，浙派末流所出现的创作弊病，责任并不全在厉鹗。把厉鹗的词学贡献当成他的词史责任，纵厉鹗再生，谅也不肯接受。文学史从来都没有事先预设的不偏不倚的道路，厉鹗对浙西词派前期词学理论系统的丰富、补充和完善，在词派理论建构上的贡献是不容抹杀的。但随着时代、文风的发展变化，这种词学观在新的条件下不一定完全适应，因此，文学思想不断地被修正、补充乃是文学发展的基本规律，也是无须惊怪的。辩证地看，郭麐等浙派后劲对厉鹗的批评，既体现了浙西词派后期诸人在新的条件下一种可贵的探索，尽管这种探索有时突破了浙西词派的核心词学观念，但又说明厉鹗词学主张及创作实践对后期浙派词论家所产生的重大影响。至于这种批评本身，则再次证明任何理论（包括词论）都是具有时效性的。有时，后人对于前人功绩的思考和评判会又一次为后来人作出贡献，这看似背谬，又实是文学史上的客观事实。

第四节　厉鹗著述考论

厉鹗作为清代浙派中期的领袖和诗学大师，一生嗜于著述，创作繁丰。然而其生前为人低调内敛，又无处显位者为之鼓扬；逝后无子嗣，荒凉寥落，著述湮灭删轶者甚多。加之后人对明清文学的轻视态度（近年大有好转），使这样一位领袖人物的研究与其实际地位相去甚远。现将厉鹗著述从文献角度略加考述，以求抛砖引玉。

一、厉鹗的文学创作及著述

厉鹗一生创作了大量文学作品，涉及诗、词、曲、赋、散文等各种文学样式。同时，在诗学尤其是宋代诗学领域更是成就卓异，值得我们认真探索和研究。考其在文学创作及研究方面的著述，主要有以下几个方面。

·（一）《樊榭山房集》三十九卷

由清董兆熊注、陈九思标校、上海古籍出版社 1992 年出版的《樊榭山房集》是目前唯一的厉氏别集点校本，收录材料最全。集后附有大量有关厉鹗的文献材料，实堪称善本，是我们研究厉鹗文学创作的最主要依据。

从收在厉氏《樊榭山房集》中的作品来看，厉鹗一生的主要创作是诗、词、文，诗 1400 余首，词 200 余首，散曲 81 首，及各体散文数十篇，另有与吴城合作之《迎銮新曲》，其中吴城作《群仙祝寿》，厉鹗作《百灵效瑞》。由于这个本子是当代的整理本，流布较广，这里不再赘述。

（二）与沈嘉辙等七人合著的《南宋杂事诗》七卷

《南宋杂事诗》作为咏史诗的结集，考其采历，是雍正初年沈嘉辙、陈芝光、符曾、赵昱、厉鹗、赵信及吴焯七人，每人各写100 首，其中符曾多写一首，所以总数为 701 首。《四库全书总目》云："是书以其乡为南宋故都，故捃拾轶闻，每人各为诗百首，而以所引典故注于每首之下。意主纪事，不在修辞，故警句颇多……然采据浩博，所引书几及千种。一字一句，悉有根柢。萃说部之菁华，采词家之腴润。一代故实，巨细兼赅，颇为有资于考证。盖不徒以文章论矣。"[①] 可谓要言不繁。关于《南宋杂事诗》的创作主旨，查慎行所为《序》云："吾杭自建炎南渡，号称帝都，虽偏据规小，顾历七朝百五十余年间事，亦綦赜矣！……（其诗）大抵绚者如霞锦，淡者若云烟，领异标新，目不暇给。而今而后，于

---

① 参见永瑢等编：《四库全书总目》卷一九〇：集部存目一，中华书局 1965 年版，第 1733 页。

故都旧事可无舛漏之憾矣乎。"①此语颇耐琢磨，而言下之意是非常清楚的。事实上，当人们审视《南宋杂事诗》中所吟咏的朝堂景象、宫廷逸事、时尚节气、山川遗迹时，就可以看到，各卷都不约而同地对两宋之交的惨况，南宋立国的繁盛，直到最后灭于"异族"铁蹄之下，都有反映。诗中大量篇幅还写到了至死难忘故国的南宋遗民如谢翱、汪元量等，透露出一种华夏人文遭践踏甚至毁灭的巨大哀痛。很明显，厉鹗诸人是借写南宋史迹表达胸中莫言的惆怅和对兴亡的感慨。

总之，"《南宋杂事诗》既是一部寄寓特定群体心魄的咏史诗合集，又缘其所征引文献近千种，附录之引用书目中不少已散佚，所以，《杂事诗》不仅是清代宋诗学研究的一种重要典籍，同时也为南宋文学的研究提供了相当可观的文献资料以及足资校勘的文本异文"②，具有很高的诗学与史学价值。

（三）《宋诗纪事》

"纪事"体作为中国古典文学文献的特殊体式，具有悠久的历史，而且所纪之事不限一体，诗、词、曲、文各体皆具。这些"纪事"，大多以作者为中心，把该时代的作家的生平事迹、逸闻趣事，以及对于具体文学创作的点评研究资料，汇集成册。唐代孟棨的《本事诗》是中国诗史上第一部专述诗歌本事的著作，是"纪事"一体的直接源头，同时它又是诗话之体的肇始之作。此后，诗歌纪事有宋代计有功的《唐诗纪事》八十一卷，近代陈衍《辽诗纪事》十二卷、《金诗纪事》十六卷、《元诗纪事》二十四卷，陈田《明诗纪事》一百八十七卷，今人邓之诚《清诗纪事初编》八卷，钱仲联主编《清诗纪事》。文的纪事之作有清代陈鸿墀《全唐文纪事》

① 查慎行：《南宋杂事诗序》，参见沈嘉辙、厉鹗等：《南宋杂事诗》，日本富冈铁斋藏本影印本。
② 严迪昌：《谁翻旧事作新闻——杭州小山堂赵氏的"旷亭"情结与〈南宋杂事诗〉》，《文学遗产》2000年第6期，第59页。

一百二十二卷，词的纪事之作有清张宗橚《词林纪事》二十二卷。今人唐圭璋《宋词纪事》，曲的纪事之作有王文才的《元曲纪事》，真可谓洋洋大观。在诸多纪事体著作中，厉鹗著《宋诗纪事》一百卷是对后世影响特出的一部。

　　厉鹗作为宋代文化的隔代继承者，对宋代文化（尤其是诗歌）研究有极深的造诣。雍正三年（1725），他与好友合作，欲效计有功《唐诗纪事》体例，搜罗鉴录宋诗，但因故罢去。后来此事得到大盐商、大藏书家兼至交"扬州二马"兄弟的大力援助，于乾隆十一年（1746）编成这部巨著。《宋诗纪事》收宋代诗人三千八百多家，各卷以人为中心进行编排，卷一是帝王皇后，卷二至卷八十一是按时代编排的各家诗人，卷八十二至卷八十三是时代无考的诗人，卷八十四至卷九十九是宫掖、宗室、降王、闺媛、宦官、外臣、逆流、释子、女冠尼、属国、无名子、妓女、卟仙女仙、神鬼，卷一百是谣谚杂语，各家之下附有小传，有时在传后有作者评论。厉鹗在《宋诗纪事自序》中说，宋诗"迄今流传者仅数百家，即名公巨手，亦多散佚无存，江湖林圃之士，谁复发其幽光？"[1] 正是有感于此，《宋诗纪事》中所收录的三千八百一十二家，有不少诗人是不为人知、作品也久已散佚的。经过厉鹗的广加搜集，不仅以人存诗，而且以诗存人，正如钱钟书所说："没有他们（包括陆心源的《补遗》）指出，我们的研究就要困难得多。不说别的，他们至少开出了一张宋代诗人详细名单，指示了无数探讨的线索，这就省掉我们不少心力。"[2]《宋诗纪事》的另外一个特点是搜集材料非常丰富。由于厉鹗对宋代笔记、杂史、小说、诗话等文献材料非常熟悉，可以说他是当时对宋代文献掌握得最充分的人之一，所以他能驾轻就熟地把这些材料加以钩辑整理，使之归于各家或其诗之

---

①　厉鹗：《宋诗纪事自序》，见《宋诗纪事》卷首，《丛书集成初编》本。

②　钱钟书：《宋诗选注序》，见《宋诗选注》卷首，三联书店 2002 年版。

下，为后人提供了极大便利。此外，《宋诗纪事》重视考证订误。厉鹗曾说："胡元任不知郑文宝、仲贤为一人；注苏诗者不知欧阳非文忠之族；方万里不知薛逆祖非昂之子；以至阮林所纪三李定，王伯厚所纪两曹辅之类，非博稽深订，乌能集事？"① 由此，厉鹗订正了不少前人舛误，故纪昀在《四库全书总目》中评厉鹗"非胡仔诸家所能比较长短也"②，诚为确论。

作为皇皇百卷的巨著，《宋诗纪事》在为后人提供了大量宋代诗学文献的同时，也招来诸如"重出"、"失收"、"失考"之类的批评，但毕竟瑕不掩瑜。也许无论什么样的大家都有犯错误的时候，学术研究就是在发掘和订误中获得进步的，无须多怪。

《宋诗纪事》的最早刻本是乾隆本（乾隆十一年（1746）刻），厉鹗生前已刊刻。此后，清代陆心源撰《宋诗纪事补遗》一百卷及《宋诗纪事小传补正》四卷，又有宣古愚、罗以智、屈弹山等的《宋诗纪事续补》三十卷。这些都证明了《宋诗纪事》问世后在清代的影响。今人孔凡礼辑撰的《宋诗纪事续补》，"积二十余年之功"③，辑录厉鹗、陆心源二书未收作者一千五百多人，按时代先后为三十卷。孔著主要从一些地方志中广加搜罗，诚为厉氏功臣。另外，钱钟书所著《宋诗纪事补正》也于 2003 年 1 月问世。该书一出版，立即受到不少批评④，其学术地位尚待进一步探讨。最后，值得一提的是，1934 年，哈佛燕京学社引得编纂处编存《宋诗纪事著者引得》，有一定参考价值。

（四）与查为仁合著《绝妙好词笺》七卷

《绝妙好词》七卷，是南宋周密所编。周密（1232—1298），字

---

① 厉鹗：《宋诗纪事自序》，见《宋诗纪事》卷首，《丛书集成初编》本。

② 永瑢等：《四库全书总目》卷一九六：集部，中华书局 1965 年版，第 1795 页。

③ 孔凡礼：《宋诗纪事续补自序》，参见《宋诗纪事续补》卷首，北京大学出版社1987 年版。

④ 傅璇琮、张如安：《〈宋诗纪事补正〉疏失举正》，《南京师范大学学报》2003年第 4 期。

公谨，号草窗，又号四水潜夫，晚号弁阳老人。宋端宗时曾任浙江义乌令，南宋亡后隐居不仕，他曾辑录宋代文献、家乘旧闻为《齐东野语》、《癸辛杂识》等书。其《绝妙好词》"不无荆棘之悲，有黍离之感"[1]。《绝妙好词》七卷，收录了南宋一百三十二家词人作品近四百篇，始于张孝祥，终于仇远。选词标准以婉约清丽为主，以姜夔、吴文英等人词风为宗。

《绝妙好词》作为一个很重要的宋词版本，元明时已甄没无闻。清初藏书家钱曾述右堂藏有手抄本，柯煜（钱曾族婿）与其从父柯崇朴对抄本加以校订纠误，镂板以传，从此，《绝妙好词》才得以重见天日。该本即康熙二十四年柯崇朴小幔亭刻本，此版后归高士奇，高氏于康熙三十七年将此版重新印行。雍正三年，玉书堂又重刻《绝妙好词》，此版本保存了许多有用资料。另外，《绝妙好词》版本今尚存清初毛氏汲古阁抄本，不如前几种版本影响大。厉鹗、查为仁所笺之本即柯、高之本[2]。由于《绝妙好词》版本稀缺，关于它的一则逸事，兹录于此，足资一证。吴焯《读书敏求记》跋云：

> 绛云楼未烬之先，藏书至三千九百余部，而钱遵王此记凡六百有一种，皆纪宋板元钞及书之次第完阙。古今不同，手披目览，类而载之，遵王平生之菁华，萃于斯矣。书既成，扃之枕中，出入每自携，灵踪微露，竹垞谋之甚力，终不可见。竹垞既应召后二年，典试江左，遵王会于白下，竹垞故令客置酒高谯约遵王与偕，私以黄金翠裘予侍书小吏启钥，豫置楷书生数十于密室，半宵写成，而仍返之，当时所录，并《绝妙好词》

---

① 柯煜：《绝妙好辞序》，参见周密《绝妙好辞笺》卷首，上海古籍出版社 1984 年版。

② 《绝妙好词》有厉鹗题跋云："(《绝妙好词》)幸虞山钱遵王氏收藏钞本。禾中柯孝廉南陔、钱唐高詹事江邨校刊以传，是书乃流布人间矣。近时购之颇艰。余最有倚声之癖，吴丈志上掇残帙以赠，仅得二卷，又借于符君幼鲁，嘱门人录成，乃为完好。"见查为仁、厉鹗：《绝妙好辞笺题跋附录》卷首，上海古籍出版社 1984 年版。

在焉。词既刻函，致遵王渐知竹垞诡得，且恐其流传于外也，竹垞乃设誓以谢之。①

厉鹗为《绝妙好词》作笺，一方面从词风及作词宗旨上，他与周密及《绝妙好词》所选诸人一脉相承，而且更主要的是他秉承了周密作为南宋遗民选辑此集的特有心态，实不愧周密的异代传人。当他于乾隆十三年（1748）入都铨选县令、途经天津查为仁水西庄时，见"莲坡之辑，颇有望洋之叹"，并将自己以前所搜集的有关资料"举以付之，次第增入"②，是一个质量很高的笺本。

严格地讲，《绝妙好词笺》并不算注本，因为它基本上没有对字、词、句的注疏，而是把各种参考资料加以汇编，以保存资料为宗旨。从内容上，它分为作者小传及资料、词的背景及解题、词的评价三部分。第一部分是词人的小传及相关资料，这一部分内容很重要，因为《绝妙好词》所选相当一部分词人都"士生隐约，不得树立功业，炳焕天壤，仅以词章垂称后世，而姓字犹在若灭若没间"③，因此，要给处于"若灭若没"之间的词人作传是需要一番钩稽功夫的。第二部分内容较少，有时连录几首词而不着一字之评鉴。由于厉鹗、查为仁都对宋代文学很熟悉，因而这部分提供的资料也有一定价值。第三部分是对每位词人的总体评价。总评大多先征引《词旨》的《属对》、《警句》二章，摘录出该词人的好的属对及警句，广引诸家点评，有时还附录其他词作。

乾隆十五年（1750），查氏自刻《绝妙好词笺》问世，道光八年（1828），有杭州徐氏（徐懋）刊本。光绪间又有翻刻徐氏本。民国又有《四部备要》本，较精善。1957 年，中华书局上海编辑所又据《四部备要》重印单行本，是目前最善而又全面的本子。

---

① 吴焯：《读书敏求记》跋语，见查为仁、厉鹗《绝妙好辞笺题跋附录》卷首，上海古籍出版社 1984 年版。

② 参见厉鹗《绝妙好词笺序》。

③ 参见厉鹗《绝妙好词笺序》。

二、厉鹗的历史著述及其他

厉鹗不但在文学上有理论、有创作、有选集、有笺注，是一位清中期的文学巨匠，而且是一位有成就的史学大家。与文学创作与研究主要集中在宋代（尤其是南宋）一样，他在史学领域，对宋代也极为关注，除《辽史拾遗》二十四卷不是直接研究宋史之外，像《东城杂记》、《湖船录》、《南宋院画录》等，均把研究的视点专注于南宋，因此，厉鹗的史学著作与文学著作构成了一种文化领域中的独特景观，给人一种富于形式感的无穷意味。这大概是由于当时文字狱案盛行，文化"高压"酷烈，士人抱无限怨抑，无由也不敢抒发其内心所感时而创造的独有的表述方式。这种方式的曲折与幽深恐怕在整个中国文化史上其他时代都难以找到第二个，它"冠冕堂皇"而又意在言外，它让人能隐然心会又"无迹可寻"，正是在这模棱两可之间，某种特定的而又难以释怀的民族情绪得到另一种意义上的酣畅淋漓的表达！正是从这个角度，厉鹗及其浙派堪称自古及今文化史上独特的"这一个"。下面对厉鹗的史学著作作一考证。

（一）《辽史拾遗》二十四卷

是书《四库全书》已著录。关于《辽史拾遗》撰写之缘起，樊榭自己说："宋、辽、金三史，同修于元至正间，秉笔者多一时名儒硕彦。"而"宋史失之繁，《辽史》失之简"，并认为明代王圻所作《续文献通考》所及辽事，"条分件系，不出正史，尝病其陋，而叹辽之掌故沦亡也"[1]，正是有感于有辽一代掌故、文献的散遗，厉鹗发奋拾《辽史》之所遗。《辽史拾遗》对正史材料有注疏，以便进一步使之更加详明；有补充，对正史疏漏不及的史实，则参考各种文献补充于后。对与正史记载互有差异的材料，就加以论证排比，加以按语，以说明作者自己的意见。又对其中时间错乱及舛

---

[1] 厉鹗：《辽史拾遗序》，见《辽史拾遗》卷首，《丛书集成初编》本。

误，多有补正。同时又在文条之后补辑辽之四境方位、物产及风土人情，相当完备。厉鹗在搜集史实上下了一番苦功，正如其所云："暇日辄为甄录，自本纪外，志、表、列传、外记、国语，凡有援引，随事补缀。犹以方域幽遐，风尚寥邈，采篇咏于山川，述碑碣于塔庙，短书小说，过而存之……"① 材料丰富，所以后来人们对这本名著评价很高。

关于《辽史拾遗》，《四库全书总目》云："鹗采摭群书，至三百余种，均以旁见侧出之文，参考而求其端绪。年月事迹，一一钩稽……皆采辑散佚，足备考证。"② 梁启超也热情称赞"清儒治《辽史》者莫功于厉樊榭鹗之《辽史拾遗》二十卷"③，严迪昌也推许厉鹗为"有专功的史学家"④，这里的"专攻"就包括《辽史拾遗》一书的撰著。同时，厉氏自己对此著也颇为得意，曾吟诗曰：

> 旧史临潢新注就，不知谁肯比松之（时注辽史成）。⑤

完全以裴松之注陈寿《三国志》的史学成就自命，"亦不诬也"⑥。

比厉鹗稍后，杨复吉有《辽史拾遗补》。杨氏认为厉鹗《辽史拾遗》二十四卷，虽"博采旁然，粲然大备"，但材料方面仍"异置孔多，不免语焉弗评之憾"，遂考以《旧五代史》、《契丹国志》、《宗元通鉴》三书，增益《辽史拾遗》四百余条，成《辽史拾遗补》五卷，实为厉氏辽史研究之功臣。

（二）《东城杂记》二卷

是书《四库全书》已著录。厉鹗家住杭州城东一个叫东园的地方，是宋代古迹，《宋史》曾载其名。厉鹗生于斯，长于斯，对这里的一草一木、一瓦一石极为熟悉，也怀有极深的感情，正所谓

---

① 厉鹗：《辽史拾遗序》，见《辽史拾遗》卷首，《丛书集成初编》本。
② 永瑢等：《四库全书总目》卷四六：史部，中华书局 1965 年版，第 414 页。
③ 梁启超：《梁启超论清学史二种》，复旦大学出版社 1985 年版，第 434 页。
④ 严迪昌：《清诗史》，浙江古籍出版社 2002 年版，第 881 页。
⑤ 厉鹗：《岁墓二咏·借书》，见《樊榭山房续集》卷一，第 1035 页。
⑥ 永瑢等：《四库全书总目》卷四六：史部，中华书局 1965 年版，第 414 页。

"举目皆古迹"（全祖望语）。其自序曰："杭城东曰东园，地饶水竹蔬蓏修然清远。先君子因家焉，小子生于是居已三十年，凡五迁，未尝离斯地也。"

由于要"考里中旧闻遗事"，而苦于"志乘所述寥寥无几"，所以厉鹗一方面四处访朋问友，获得材料，一方面又"从古籍参稽，每存所得，辄掌录之"，有朋友也建议他"古杭事綦繁，何不推行成书，而区区方隅为矣"①。在厉鹗的不懈努力下，《东城杂记》于雍正六年（1728）三月撰成。

《东城杂记》记载大抵略古详今，补《宋史》所未记载的内容八十五条，分为上下两卷。上卷四十六条，下卷四十九条。尽管两卷总数尚不满百条，但很有史料价值。其中如两宋、元、明时的奇闻逸事，如关于古杭东城的名胜、古迹、文物以及来历，以至诗、词、文的题咏等，无不博雅清丽，引人入胜。内容精博而典核，有些内容就连地方专志如《浙江通志》和杭州的旧志也未涉及。在体例上有"小传"（灌园以后）之设，对后之修地方志极有帮助。难怪《四库全书总目》称道云："是书虽偏隅小记而叙述典雅，彬彬乎有古风焉。"② 为此，中华书局上海编辑所把它列为参考资料之一，1958年以《粤雅堂丛书》本作底本排印出版。

（三）《湖船录》一卷

《湖船录》一卷，是杭州西湖画船之总录，共八十多条。早在清初，浙人朱彝尊就有《说舟》之著，厉鹗的《湖船录》就是在《说舟》基础上增益而成。虽然亦是寥寥小记，但叙述雅洁，非独骚人之结习闲情，对吴自牧《梦粱录》和田汝成《西湖游览志》等书也补充甚多，西湖志乘都有园林之盛，而西湖画船实亦应为此类著作之必不可少。正如厉鹗所云："西湖风漪三十里，环以翠岚，策勋于游

---

① 以上几处引文均见于厉鹗《东城杂记·自序》。

② 参见永瑢等：《四库全书总目》卷七十：史部，中华书局1965年版，第629页。

事者，唯船为多。"① 此书成后一百多年，有杭州人丁午撰《湖船续录》。据其自序称，其先祖丁敬曾撰有《湖船续录》一卷，曾载于《杭州府·艺文志》。按，丁敬与厉鹗实为终身至友，亦为浙派印学之鼻祖。然此书未见。今观丁午之《续录》所辑画船近一百条，其数量超过了厉鹗的《湖船录》，但是有些船名似嫌牵强附会，如"卖鱼船"等。

（四）《增修云灵寺志》八卷

乾隆九年（1744）成书，《全库全书》存目。云灵寺原名灵隐寺，是浙江第一大寺，位于今杭州西湖湖畔。康熙时南巡，"驻跸山中"②。御书"云林"二字匾额，遂改名云林寺，灵隐之有志，历史相当久远，"前此之有志也，始自昌黎白珩子佩氏，近则仁和孙治宇台氏、吴增子能氏相继重修"，但是"天文焕烂，佛日重光，曷可无纪？前志虽三属草，脱漏尚多，曷可无述？"③ 因此，当时的云林寺主持高僧巨涛和尚请樊榭主修寺志，张曦亮协助。作为杭人的樊榭自然慨然应允。新志在体例门类上，仍沿旧志，重点是补前几部旧志之未备，未几，书成，共八卷。

（五）《南宋院画录》八卷

此书《四库全书》著录。南宋自偏安临安，并与金国达成和议之后，越是歌舞不休，吟咏太平。除此之外，还效仿前朝宋徽宗赵佶故事，设立御前画院，并有相应的专职官员、官品，画院官员所作就是院画，实为官方主持设立的专事绘画的机构（类于今天的中央美术学院）。当时院画名家有所谓刘松年、马远、李唐等四大家之目。在画院设置之初，由于某些画家与北宋画院存在师承渊源，尚能取得相当成就。但总体上，由于是官方画家，雍容华贵，因而所作偏于精工细琢，生活体验有限。然李唐等人诸作造诣较高，

---

① 参见厉鹗：《湖船录题辞》。

② 参见永瑢等：《四库全书总目》卷七七：史部，中华书局1965年版，第671页。

③ 厉鹗：《增修云林寺志序》，见《樊榭山房集》：《集外文》，第1711页。

正如厉鹗所云："如《晋文公复园图》、《观潮图》之类，托意规讽，不一而足，庶几合于古画史之遗，不得与一切应吾玩好等。"①

《南宋院画录》第一卷为总述，第二卷到第六卷记载自李唐以下共九十六位画家，每位画家详细地勾勒生平事迹，后附以诸书所藏的真迹题咏。内容显得既丰富又详明。该书正如《四库全书总目》所称："征引渊博，于遗闻佚事殆已采摭无遗矣。"② 之所以有这样的成就，一是由于厉鹗本来就对宋代文献极其熟悉，所以征引起来左右逢源。二是由于他不满足于《梦粱录》、《武林旧事》等书对院画作者的粗略记载，而是别据《图绘宝鉴》、《画史会要》等书画专书加以钩沉提要，并"编搜名贤吟咏题跋，与夫收藏赏鉴语，荟萃成帙"③。可见，厉鹗又是一位杰出的书画鉴赏家。

（六）其他

1. 预修《浙江通志》

雍正九年（1731），厉鹗、杭世骏、张熷、沈德潜、吴焯、赵信、张云锦等人受浙抚程元章(后为浙督)之聘，参修《浙江通志》。本次修志总裁为总督李卫，管理为程元章，总修为编修傅玉秀，分修则厉鹗、杭世骏诸人，三年后这一次官方主持的修志活动告毕。

2. 参修《西湖志》

只有零星记载，限于材料，尚待发掘。

3.《玉台书史》

汪曾唯（振绮堂主人）撰厉樊榭《轶事》云："《辽史拾遗》、《东城杂记》、《湖船录》先后雕于振绮堂，《宋诗纪事》、《南宋院画录》、《玉台书史》、《南宋杂事诗》、《绝妙好词笺》，诗文词曲诸集，或先生自刊，或后进续刊。咸丰、庚申、辛酉，板毁于兵燹"④，检各类

---

① 厉鹗：《南宋院画录序》，参见《樊榭山房文集》卷四，第758页。
② 参见永瑢等：《四库全书总目》卷一一三：子部，中华书局1965年版，第969页。
③ 厉鹗：《南宋院画录序》，参见《樊榭山房文集》卷四，第758页。
④ 汪曾唯：《轶事》，参见厉鹗：《樊榭山房集》附录四，第1743页。

材料，涉及《玉台书史》一著的材料唯出现于上。但汪氏作为著名藏书家与出版家，又其先祖汪启淑与厉鹗又过从甚密，此言当不止于虚语。然《玉台书史》未见原书，此处不便多作评论。

综上不难发现，厉鹗的学术研究领域集中在文学、史学领域，时代集中在宋代，似乎对两宋之交和宋末元初又有极大"偏爱"，这与当时在朝学者普遍的歌功颂德大异其趣。这种"偏爱"固然有传承历史文化的动机存在，但也与在野学者与王朝"离心"心态有莫大关系，这种心态和治学情趣本身给人以无穷暗示！

第五节　厉鹗在扬州的交游活动

厉鹗作为清代浙派的领军人物和杰出代表，其崇高的文学史地位，在他生前及稍后，就已成为众多文学史家和研究者的共识。但是，由于厉鹗及其浙派浓厚的在野色彩和平民意识，清代以后，厉鹗的文学史面貌却变得模糊起来。这种状况，直到 20 世纪 90 年代才稍有改观。厉鹗生前极其反感"断断然以派自居"，借此以"噉名"① 的不良文风，但厉鹗的文学创作确乎是以诗派形态存在的，这种诗派形态的主要表现即与浙派同仁的交游唱和。同时，厉鹗的文学活动又极为密切地与交游联系在一起，而且构成其交游的一个极具特色的重要方面。因此，较深入地考辨厉鹗的交游活动，尤其是他在扬州的交游活动，对于廓清他在清代文学史上的崇高地位具有特殊意义。厉鹗（1692—1752），字太鸿，又字雄飞，号樊榭，又号南湖花隐、西溪渔者，学者称"樊榭先生"，浙江钱塘（今浙江杭州）人，出身极贫，"生平不谐于俗"②，对科举功名很不热衷。

---

① 厉鹗：《查莲坡蔗塘未定稿序》，参见《樊榭山房文集》卷三，第 735 页。
② 汪沆：《樊榭山房文集序》，参见《樊榭山房文集》卷首，第 703 页。

他"学问淹博，尤熟两宋典实，人无敢难者"①，所著《宋诗纪事》、《辽史拾遗》等《四库全书》均已著录。厉鹗一生足迹主要在江、浙，集中在杭州、扬州两地，所交游者也多为布衣寒士。厉鹗三十岁以后馆于"扬州二马"小玲珑山馆达三十余年，直至去世。所以，厉鹗在扬州与马氏兄弟等盐商的交往构成其扬州交游活动的主要内容。除"扬州二马"之外，他与部分"扬州八怪"成员及扬州盐官卢见曾的交往也是其扬州交游的重要组成部分。这里笔者拟将厉鹗扬州交游情况分类加以钩沉考辨。

一、厉鹗与"扬州二马"等扬州盐商的交往

"扬州二马"及其小玲珑山馆在清代文学史上是一大关节。可以毫不夸张地说，如果没有"扬州二马"，清代雍、乾时期的文学史将可能改写。但如此重要的一大关节，在诸多的文学史著中却不见"扬州二马"的踪影，实有失公允。"扬州二马"即扬州马曰琯、马曰璐昆仲，时人尊称"扬州二马"②。马曰琯（1668—1775），字秋玉，号嶰谷，撰有《沙河逸老小稿》六卷、《嶰谷词》一卷。马曰璐（1695—1769？），字佩兮，号半查，撰有《南斋集》六卷、《南斋词》二卷。"扬州二马"先世居徽州，后迁扬州，以业盐为业，到"扬州二马"这一代，不但积聚了惊人的财富，而且在文化上成为足能影响一代潮流的文化巨擘。"扬州二马"虽然富可敌国，所结交者却多为布衣寒士、罢官文人，其家筑有小玲珑山馆，小玲珑山馆有丛书楼，惠及学林甚广。小玲珑山馆频繁出现于全祖望、袁枚、李斗等人传世文献中，全祖望曾为之撰《丛书楼记》，可见影响之大。厉鹗馆于马氏小玲珑山馆三十余年，与"扬州二马"结成了兄弟般的生死情谊，他们在文字狱盛行的雍、乾时代，相濡以

---

①　沈德潜：《国朝诗别裁集》，参见《樊榭山房集》附录四，第1746页。
②　《清史列传》卷七一《马曰琯》云："（曰琯）与弟曰璐互相师友，俱以诗名，时称'扬州二马'"，中华书局1987年版。

沫，互相慰藉，殊为文化史上一道独特的景观。依据厉鹗《樊榭山房集》、马氏昆仲撰著及相关文献，考得厉、马交游事迹主要有以下几点。

(一) 买妾求子

蓄妾行为若以今天的观点看固无足论，但在封建社会，这种现象极其普遍，尤其在士人中间。厉鹗也是如此，但他主要是出于求子的目的。厉鹗正妻蒋孺人一生未育，后继娶朱满娘，共同生活七年后，年仅二十四岁的朱氏又逝去，也无子嗣。所以，无子的痛苦一生都困扰着厉鹗。乾隆八年（1743），这时他已经五十二岁了，仍然没有断绝求子的企望，于是年纳刘姬。杭世骏《马君嶰谷墓志铭》云："钱塘厉征君五十无子，借君宅以蓄华艳。"① 又据全祖望《厉樊榭墓碣铭》云："以求子故，累买妾而卒不育，最后得一妾，颇妮之，乃不安其室而去，遂以怏怏失志死……"② 按，樊榭卒年六十一，据陆谦祉《厉樊榭年谱》按语云："最后之妾即指刘姬言，但不能考其离去之年月"③，此说不确。复检朱文藻《厉樊榭先生年谱》，称乾隆十六年（1751）初夏，厉鹗"遣刘姬"④，当以后者为是。在厉鹗纳刘姬的过程中，马曰琯等扬州盐商起了决定作用。当时樊榭已馆于"二马"小玲珑山馆二十余年。樊榭纳丽时，"仪式"就在山馆由马曰琯操办，所以杭世骏说"借君宅以蓄华艳"，即双双居住在山馆。再检厉鹗诗集，有《十一月十三日广陵事戏答诸同人作二首》，其一云："岂是风怀尚未衰，鬓丝禅榻已心灰。恐教人种年来失，又遣香车客裹摧。名士肯分闲馆贮（谓嶰谷、半查），词流许借聘钱来（谓恬斋、西畴、南圻、渔川）。居然添得诗

---

① 杭世骏：《马君嶰谷墓志铭》，参见《林屋酬唱录》卷首，《丛书集成新编》本。
② 全祖望：《厉樊榭墓碣铭》，参见《全祖望集汇校集注·鲒埼亭集内编》卷二十，第 363 页。
③ 陆谦祉：《厉樊榭年谱》"乾隆八年"条，商务印书馆 1936 年版，第 62 页。
④ 朱文藻：《厉樊榭先生年谱》"乾隆十六年"条，见《樊榭山房集》附录五，第 1783 页。

家事，不比金钗二十枚"①，五十已过而又纳丽，樊榭颇为赧颜，但求子确实急切，诗中除感谢曰琯"闲馆贮"之慷慨外，还对陆钟辉（南圻）、张四科（渔川）、方士僙（西畴）、汪玉珂（恬斋）等盐商挚友筹资以作"聘钱"也颇致感激。关于这件事，马曰琯、赵信等老友都有诗作题咏，曰琯诗云："尽取双眉当远凤，隔墙诗老漫相探（谓谢山）。幽资的的如琼玉，皓月盈盈正十三。顾氏瑶池工点笔，苏家小袖最宜男；国香一觉征前梦，近事南唐喜剧淡。"②诗后小注曰："南堂纳丽扬州，归与旧姬连育四子。"可见，樊榭膝下无子，作为"石友"的曰琯也颇见焦急。厉鹗好友赵信也有诗调之："……雪凝柔玉满邗沟，花蕊新词乞小留。想得定情鸳帐暖，莫教月上夜生愁。"③"月上"即樊榭爱姬朱满娘，已于一年前病逝。由以上生活琐事可以看出厉鹗与"扬州二马"、张四科、陆景辉诸盐商的感情真是亲密无间，毫无寄人篱下之感。

（二）小别相思

检厉鹗《樊榭山房集》及马曰琯《沙河遗老小稿》、《嶰谷词》和曰璐《南斋集》、《南斋词》，不但一般唱和之诗随处可见，而且表达朋友之间离情相思的作品也很多。他们往往小别几日，辄相思不已。兹略举数例为证。马曰琯有词曰："竹杖芒鞋，素心乘兴西湖去。吴峰越巘最宜秋，刚与潮相遇。　山馆忆君几度，待归帆归来恐暮。西泠携酒，东郭吟诗，离情三处。"④这是马曰琯送厉鹗由扬州返回杭州时所作，词题云："樊榭归里，啸斋买舟偕往，作西湖之游。相隔弥月，怅然有怀。"实是一首情词俱佳之作。另有一

---

① 厉鹗：《十一月十三日广陵纪事戏答诸同人作二首》其一，参见《樊榭山房续集》卷四，第1229页。

② 马曰琯：《厉樊榭纳丽》其二，见《沙河遗老小稿》卷二，《丛书集成新编》本。

③ 赵信：《寄调厉樊榭纳姬扬州》，见《秀砚斋吟稿》，转引自陆谦祉《厉樊榭年谱》"乾隆八年"条，第62页。

④ 马曰琯：《忆故人·樊榭归里，啸斋买舟偕往，作西湖之游。相隔弥月，怅然有怀》，见《嶰谷词》，《丛书集成初编》本。

首《齐天乐·送樊榭归湖上》也写得很动人。再举一首曰璐的词，亦名《忆故人·怀樊榭、啸斋》，其云："江影摇凉，故人同泝澄波去。夜阑清露滴篷窗，相见吟声苦。　遥问两湖鸥鹭，近中秋，园蟾极浦。小仙祠冷，伍子山空，看潮何处。"[1] 在这隐露雍、乾时代肃杀之气的悲苦"吟声"中，出身贫寒的布衣之士与具有显赫家世、富可敌国的大盐商的心灵之间建立了一种微妙的共鸣与交流。此类诗词在《樊榭山房集》中更是俯拾即是。如《秋夜有怀葭白、祓江、秋玉、佩兮》、《曲阿道中偶成寄秋玉、佩兮》等诗即是厉鹗和马氏兄弟情谊的最好见证。

（三）情聚书楼

马曰琯的丛书楼藏书极为丰富，马曰璐之子马裕在乾隆修《四库全书》时献书数量居第一，超过了传是楼和天一阁。关于马氏丛书楼，全祖望的介绍最为全面，其云：

> 其居之南有小玲珑山馆，园亭明瑟，而岿然高出者，丛书楼也，迸叠十万余卷。予南北往还，道出此间，苟有宿留，未尝不借其书。而嶰谷相见，寒暄之外，必问近来得未见之书几何？其有闻而未得者几何？随予所答，辄记其目，或借钞或转购，穷年兀兀，不以为疲。其得异书，则必出以示予，席上满斟碧山朱氏银槎，侑以佳果，得予论定一语，即浮白相向。方予官于京师，从馆中得见《永乐大典》万册，惊喜贻书告之。半查即来，问写人当得多少，其值若干，从臾予甚锐。……百年以来，海内聚书之有名者，昆山徐氏、新城王氏、秀水朱氏其尤也。今以马氏昆弟所有，几几过之。[2]

可见，"扬州二马"完全把藏书当成一种事业，投入了巨大的心力和财力访书、购书、钞书，才积少成多，在学林获得盛誉的。

---

① 马曰璐：《忆故人·怀樊榭、啸斋》，见《南斋词》卷一，《丛书集成新编》本。
② 全祖望：《丛书楼记》，见《全祖望集汇校集注·鲒埼亭集外编》卷十七。

这与一般富贵人家借书籍装点门面、附庸风雅截然不同。

由于藏书丰富，丛书楼对上到官员，下到寒士中热心向学者都具有极大的吸引力，就连两淮盐运使卢见曾也是聚书楼的常客。《扬州画舫录》载：（卢氏）赠秋玉诗云："玲珑山馆辟疆俦，邱索搜罗苦未休。数卷《论衡》藏秘笈，多君慷慨借荆州。"[①]"荆州"虽语含戏谑，但也可见丛书楼惠及学林之深。在马氏丛书楼众多的读者中，厉鹗是极具代表性的一位。厉鹗一生著作等身，其大部分著作材料来源于马氏丛书楼，他之所以成为清代最精熟宋代文献的学者之一，也得益于马氏丛书楼。《清史稿》云："扬州马曰琯小玲珑山馆富藏书，鹗久客其所，多见宋人集，为《宋诗纪事》一百卷，又……《辽史拾遗》……诸书，皆博洽详瞻。"[②]《宋诗纪事》乃厉鹗所著宋代诗学巨著，该书前二十卷分别标以马曰琯、马曰璐之名。可见，"二马"兄弟不仅以丰富的藏书慷慨支持厉鹗的工作，而且实际参与了该书的编纂。厉鹗的另几部著作如《南宋杂事诗》、《东城杂记》、《南宋院画录》的撰写，据有关文献记载，也可以肯定是受了马氏丛书楼藏书丰富之惠。厉鹗治学的勤奋也受到"扬州二马"的肯定和赞赏，如对樊榭的《宋诗纪事》和《辽史拾遗》二著，马曰璐曾赋诗云："史收辽散佚，诗纪宋英灵（樊榭有所辑《辽史拾遗》及《宋诗纪事》，作者自注）。寂寞丛书畔，高楼膌坠萤。"[③]既表彰厉鹗二著收散佚之功和纪英灵之志，也明确说明二书著于丛书楼。

（四）韩江雅集

韩江诗社是厉鹗时代最重要的诗歌团体之一。比厉鹗稍后的袁枚记诗社盛况云："马氏玲珑山馆一时名士如厉太鸿、陈授衣、汪玉枢、闵莲峰诸人，争为诗会，分咏一题，袞然成集"[④]，可见其唱

---

① 李斗：《扬州画舫录》卷十，江苏广陵古籍刻印社 1984—1990 年版。
② 赵尔巽等：《清史稿》卷四八五《文苑传·厉鹗传》，中华书局 1977 年版。
③ 马曰璐：《哭樊榭》四首其二，见《南斋集》卷四。
④ 袁枚：《随园诗话》卷三，人民文学出版社 1998 年版，第 92 页。

和之频繁及规模之宏大。诗社活动的主要地点是"扬州二马"的小玲珑山馆与行庵、程梦星的篠园和张四科、陆景辉的让圃。据阮元《淮海英灵集》载："……初有鬻地于张渔川（张四科）者，继又鬻于南圻（陆钟辉）。南圻后知之，以让于张，张亦不受，让陆，马秋玉征君为之解，乃共构一园，名曰让圃。……与（马氏）行庵并为韩江雅集之地……"① 正是在以"扬州二马"小玲珑山馆和行庵、程梦星的篠园、张四科与陆钟辉的让圃这样一个三位一体的吟咏之所，厉鹗与以"扬州二马"为代表的扬州盐商结下了生死与共的友谊。他们相濡以沫，惺惺相惜，频繁唱和，并且他们的交往与情谊几乎终其一生。诚如全祖望《厉樊榭墓碣铭》所言，"扬州二马"的韩江诗社是奉樊榭为职志的②。对于韩江诗会，乾隆八年（1743）重九一次雅集，可谓韩江雅集活动中的一次高潮和象征，此次雅集地点在马氏兄弟之行庵，事后苏州画家叶震初为之作图，名曰《九日行庵文讌图》，检厉鹗《樊榭山房文集》，有《九日行庵文讌图记》，此文已将韩江吟社最主要成员囊括其中。文曰：

> 按图中共坐短榻者二人：右箕踞者，为武林胡复斋先生期恒；左抱膝者，为天门唐南轩先生建中也。坐交床者二人：中手笺者，歙方环山士庶；左仰首如欲语者，江都闵玉井华也。一人坐藤墩拈髭者，鄞全谢山祖望也。一人倚石坐，若凝思者，临潼张渔川四科也。树下二人：离立把菊者，钱唐厉樊榭鹗；袖手者，钱唐陈竹町章也。一人凭石床坐抚琴者，江都程香溪先生梦星也。听者三人：一人垂袖立者，祁门马半槎曰璐，二人坐瓷墩，左倚树、右趺脚者，歙方西畴士倢、汪恬斋玉枢也。二人对坐展卷者，左祁门马嶰谷曰琯，右吴江王梅沜藻也。一人观者，负手立于右，江都陆南圻钟辉也。从后相倚

---

① 阮元：《淮海英灵集》乙集卷三"陆钟辉"条，《丛书集成新编》本。

② 全祖望：《厉樊榭墓碣铭》，原文曰："嶰谷诗社，以樊榭为职志，连床刻烛，未尝不相唱和"，见《全祖望集汇校集注·鲒埼亭集内编》卷二十，第364—365页。

观者一人，歙洪曲溪振珂也。①

这段文字勾勒出一张韩江诗社"全家福"，"记"中所列不仅人物个性略有显露，而且"流品"极杂：盐商有"扬州二马"兄弟、张四科（字喆士，号渔川，著有《宝闲堂集》等，陕西临潼人，寓居扬州）、陆景辉（字南圻，号环溪，江苏江都人，著有《放鹤亭小稿》等）、方士僙（字右将，号西畴，安徽歙县人，业盐扬州，著有《西畴诗钞》等）、方士庶（1962—1751，字循远，号环山，士僙兄）、洪振珂（不详）、王藻（字载扬，号梅沂，江苏吴江人，著有《莺脰湖庄诗集》）；辞官或罢官文人：全祖望（1705—1755，字绍衣，号谢山，著名学者）、胡期恒②（字复斋，生长扬州，官至甘肃巡抚，年羹尧案牵连者）、程梦星（字午乔，号香溪，歙县人，迁居扬州，退休瀚林，胡期恒姨侄，著有《今有堂诗集》等）、唐建中（字南轩，被康熙皇帝"开除"的庶吉士）；寒士：厉鹗、闵华（字玉井，江苏江都人，著有《澄秋阁诗集》）、陈章（字授衣，号竹町，著有《吾尽吾意斋诗集》等）、汪玉枢（不详）。此十六人身份、生活环境、遭际迥异，何以能结成如此紧密的诗歌团体，高吟低唱呢？沈德潜于此却已心领神会，其云："今韩江诗人不于朝而于野，不私两人而公乎同人，匪矜声誉，匪竞豪华而林园往复，迭为宾主，寄兴咏吟、联结常课，并异乎兴高而集、兴尽而止者，则今人倡和不必同于古人，亦不得谓古今人之不相及也。"③由此可以看出，韩江诗社诗人群体实是一个与庙堂文人有截然区别的唱和诗群。

韩江雅集的成员除了上述十六位之外，尚有张世进、赵昱、赵

---

① 厉鹗：《樊榭山房文集》卷六《九日行庵文图记》，第 780—781 页。
② 关于胡期恒之生卒年，田晓春先生考得其生年为康熙十年（1671），卒年为乾隆十三年(1748)，享年 78 岁。详见田晓春《胡期恒生平及与韩江雅集关系之考辨》，《西北师大学报》（社会科学版）2001 年第 6 期，第 75 页。
③ 沈德潜：《韩江雅集序》，见《韩江雅集》卷首，乾隆精刊初印本。

信、赵一清、姚世钰、楼锜、陆锡畴、丁敬、杭世骏、张燨、鲍钤等人，并且有像释明中这样的方外人士参加。总的看来，韩江诗社的成员可考者超过了四十人，其中，像全祖望、丁敬、赵昱、赵信、赵一清、姚世钰等人与厉鹗过从极密，由于他们与厉鹗的交往不限于扬州一地，此不详述。

（五）焦山纪游

关于焦山，厉鹗记曰："京口金、焦二山，为天下绝景。金山去瓜洲咫尺……焦山相去稍远，岩亭幽夏，孤峙盘涡巨浪间，游人迹罕至。"[1]可见焦山是一个风景奇绝、远离闹市、人迹罕见的游览胜地。厉鹗一生曾三游焦山，据厉鹗撰《焦山纪游集序》，第一次是在清雍正八年（1730）冬，第二次是在乾隆二年（1737）夏，第三次是在乾隆十三年（1748）冬，三次出游"皆马君嶰谷、半查为之主"，"今年戊辰仲冬之望，复因江月发兴。同游者九人，往返两宿南庄，留山中凡三日夕"，且"人各赋诗七首、联句一首，次第为一集"[2]。可见，今传世之《焦山纪游集》当为第三次唱和结集。再考朱文藻《厉樊榭先生年谱》，其述"重游焦山"后注曰："按：焦山为广陵马嶰谷、半查招游……（第一次）是十六人同游。又按：……（第二次）则是十人同游。又按：寒夜石壁庵同联句者：马曰琯、方士健、马曰璐、杭世骏、陈章、陆钟辉、楼锜（按，原稿误为'録'字，今正之）及先生（指厉鹗，笔者按）凡八人，则又是八人同游矣。"[3]仅以寒夜石壁庵同联句者为八人即断定第三次出游焦山者共八人，此说不确。朱谱同条又载"（厉鹗）同董浦（杭世骏）、竹町（陈章）、西畴（方士健）、南圻（陆钟辉）、于湘（楼锜），宿嶰谷南庄。重游焦山"，这与厉鹗《焦山纪游序》所载出游

---

[1] 厉鹗：《焦山纪游集序》，见《樊榭山房集》卷三，第750页。
[2] 厉鹗：《焦山纪游集序》，见《樊榭山房集》卷三，第750页。
[3] 朱文藻：《厉樊榭先生年谱》"乾隆十三年戊辰，年五十七岁"条，《樊榭山房集》附录五，第1782页。

成员及宿地皆相同，按语中独少闵华。今传世《焦山纪游集》收包括闵华等九人诗，可见同游者当为九人。

厉鹗集中，关于第三次焦山之游，有七首诗纪之，它们是：《嶰谷半查昆弟招游焦山，取道霍家桥，次竹町韵》、《夜宿南庄》、《焦山观音崖晚望再用赵冰壶韵》、《焦山看月分得声字》、《登双阁峰分得翠字》、《焦山归宿南庄二首》，其中、第三首、第四首马曰琯均有和诗。值得指出的是，三次焦山之游尤其是最后一次，共游者均为厉鹗密友，因此可以说，焦山记游活动既创作成果累累，又无负于友朋盛情。

厉鹗等焦山之游的意义，除了文人素来雅好山水、借以交友咏诗的表面用意之外，应有一层不自觉的深心，沈德潜序《林屋酬唱录》时说过的一席话这里也颇为适用：

　　……诸君子远居维扬。维扬称华胚地，乃能涉江航堑，叩寂逃虚，舍明丽之区，入静深之境，以其笔墨发山水之灵，岂陶贞白所云，见朱门广厦，无欲往之心，望高崖，瞰大泽，恒欲就之者与？①

这是沈氏未达时的感受，用它来诠释以厉鹗为首的浙派诗歌唱和活动的本真意义，可谓透辟！在很多时候，沈德潜总是像厉鹗诸人文学活动的旁观者和见证人，不经意间总是能揭破许多秘密，故可说其人实为厉鹗浙派诸人的反面参照系。这说明，浙派诸人无论是文学创作、学术研究，还是文学活动、登临酬唱总是带上了一种别具意味的倾向，这种倾向或许并非自觉。它含糊但却让人能心领神会，捉摸不尽。因此，厉鹗等浙派诸人的文学活动的诗史意义更应上升到社会文化的层面去审视，才能深透、准确地去诠释它。

(六)设位治丧

乾隆十七年（1752）秋，六十一岁的厉鹗与世长辞了。据方盛

①　沈德潜：《林屋酬唱录序》，见《林屋酬唱录》卷首，《丛书集成新编》本。

良《马曰琯、马曰璐年谱》，樊榭死后，马曰琯、马曰璐集张世进、方士㑺、陈章、闵华、陆钟辉、楼錡、程梦星、汪玉珂等 11 人，在行庵设灵位，进行祭奠，并作诗吊唁①。马曰琯悼诗云："年来吟社半凋零，胡后唐前失典型。寒鉴楼空小师死，招魂又复酹寒厅。雪荐衣梨霜荐柑，清冬仿佛会城南。纸莲花动风吹帐，老木萧萧叶打庵"②，时序虽是秋天，但山馆诸人就像遭遇寒冬的雪击霜打，悲痛之情不可抑止。马曰璐的挽诗云："故人随逝水，洒泪驻行云。只此平生意，寒花如见君。香清缘竹尽，叶响带钟闻。不道行吟地，伤心日易曛。"③ 又有《哭樊榭》之作，更是哀肠寸断，感人至深，诗云："大雅今谁续，哀鸿亦叫群。情深携庾信，义重哭刘镇。望远无来辙，呼天有断云。那堪闻笛后，又作死生分。"④ 真是既悲人又怜己，富为盐商，心如"哀鸿"，"盛世"的真相在这里已见一斑！另外，程梦星、汪玉珂、陆钟辉、张四科、方士㑺等人都有吊词。难怪严迪昌把小玲珑山馆称为"诡谲时世中的风雨茅庐"⑤，它护养了一代士心，也延续了一代文化，且多为像厉鹗这样的浙人。这就是活动在小玲珑山馆里诸人的人心与诗心，而浙人正是雍、乾时期文字狱与科举大案的打击重点。厉鹗从雍正五年起长住小玲珑山馆，而此期前后正是文字大案频发之际，如年羹尧、查嗣庭、汪景祺等案。一般文人惊魂未定之时，"扬州二马"小玲珑山馆却宛如"世外桃源"，"收容"一批曾经是"钦犯"、"罪臣"和大批"草根阶层"在内的各色人物；此时文坛一潭死水，而小玲珑山馆却雅集不断；他们不谈政治，却隐然结成了一个与在朝力量相对峙的巨

① 方盛良：《马曰琯、马曰璐年谱》"公元 1752 年"条，详见《徽学》（第三卷）2004 年第 4 期，第 175 页。
② 马曰琯：《哭樊榭八截句》其八，见《沙河遗老小稿》卷五。
③ 马曰璐 "挽词"，见《樊榭山房集》附录二，第 1730 页。
④ 马曰璐：《哭樊榭》其一，《南斋集》卷四。
⑤ 详见严迪昌：《往事惊心叫断魂——扬州马氏小玲珑山馆与雍、乾之际广陵文学集群》一文，《文学遗产》2002 年第 4 期，第 107 页。

大群落。

厉鹗与扬州盐商交往事迹除上述几点之外，尚有一事值得一提，即摄山纪游。此事在当时虽盛极一时，但诸多文献记载却付之阙如，这里略加考辨。检厉鹗《樊榭山房集》，其《续集集外文》有《摄山题名》短文一则，仅五十余字，其云：

> 乾隆癸亥九月十有六日，钱唐厉鹗、吴江王藻、江都方士
> 健、闵华、陆钟辉、张四科来游摄山。时秋景澄霁，山空月
> 明，酌泉赋诗，三宿而返。①

"乾隆癸亥"即乾隆八年，此年厉鹗五十二岁。摄山位于金陵，此行由扬州出发，同行者除厉鹗外，均属定居或频繁活动于扬州者，所以摄山纪游仍然是厉鹗扬州交游活动的重要组成部分。摄山纪游后结集成《摄山纪游集》一卷，陈章为序。再检厉鹗《樊榭山房集》，有多首诗作为此行所作，如著名的《摄山杂咏十二首》，这组诗编入"癸亥"年，可资印证。

二、厉鹗与"扬州八怪"的交往

清中叶"扬州八怪"是中国艺术史上极具影响的画派，其活跃期，与厉鹗为宗师的浙派是同步的。两派之间存在着共融、交叉情况，因为"八怪"成员有浙人，并且有诗艺极高者。"八怪"画派除跟厉鹗等浙派人士联系密切外，还与扬州盐商有直接的利益关联。"八怪"画、印等艺术作品的主要购买者是盐商，如"八怪"成员几乎都与"扬州二马"有深厚的交谊，这种情况不但在"八怪"诗文集，还是是在"二马"集子里，都能看到。关于八怪的成员数量，向来主张甚多，但多持不限于八人之说。八怪成员的社会阶层也很复杂，有卑官，如郑燮，但大多数是布衣，与浙派大多数成员完全一致。至于"八怪"的"怪"，前人分析论述已很多，但这种"怪"

---

① 厉鹗：《摄山题名》，见《樊榭山房续集集外文》，第 1722 页。

作为特定时世压抑、坎坷的一种折光，充满异端色彩，恐怕也是很重要的因素。张仲谋甚至说："单纯从诗学角度说，'八怪'诗不妨列为浙派之外围附派"①，也有一定道理。"八怪"画文化现象还需要进一步深入研究，这里，仅以"扬州八怪"中金农、陈撰、华岩以代表，来说明厉鹗与"扬州八怪"的交谊。

金农（1687—1763），字寿门，又字司农，浙江钱塘人，著名布衣。他的字号很多，有几十个，但最著名的是冬心。他既是公认的"八怪"画派的主要成员，又是重要的浙派诗人。金农约三十岁首次来到扬州，这时同乡老友厉鹗、陈撰都在扬州，从此，扬州就成了金农的第二故乡。乾隆元年（1736）的博学鸿词科，他的老友杭世骏、厉鹗都先后入京，金农也曾被荐，参加了考试应试，但厉鹗、金农都未中试。金农一生极嗜漫游，他以扬州为中心，行迹飘忽不定。金农曾写有一诗自作描绘：

明岁满林笋更稠，百千万年青不休。

好似老夫多倔强，雪深一丈肯低头。②

厉鹗本性是"不谐于俗"，而金农"好似老夫多倔强，雪深一丈肯低头"，真可谓志同道合，金农又自命为"我是如来最小弟"、"布衣雄世"，很有几分杭世骏的狂慨气概。

事实上，金农是厉鹗最好的朋友之一，两个人的性情作为在浙派诗人里是最相近的，二人生前即有"髯金、瘦厉"之称："厉征君之诗词，与金农冬心书画乡里齐名，人称髯金、瘦厉。"③他们两人与杭世骏曾有"三文士"之目。这些说法一是因为他们当时名气都很大，也由于他们交往极为密切。再检金农《冬心先生集》，涉及厉鹗之诗四首，而厉鹗《樊榭山房集》涉及金农的诗也很多，在厉鹗涉及交游的诗作中数量是相当可观的，这说明厉鹗在诸多交游

① 张仲谋：《清代文化与浙派诗》，东方出版社1997年版，第304页。
② 金农：《题汪六处士士慎兰竹二梅》，见《冬心先生集》卷四，《续修四库全书》本。
③ 蔡朗余：《膝稿》，见《樊榭山房集》附录四，第1752页。

友朋中，对金农很是倾心！《樊榭山房集》开篇便是《金寿门见示所藏景龙观钟铭拓片》，另有一首《金寿门过访，以诗卷索拙序，话良久，殊慰寒寂》，其曰：

> 尔我相看已壮夫，恒河照影昔游徂。
>
> 江山兴好朋尊隔，罗绮年来一字无。
>
> 折脚铛边残叶冷，缺唇瓶里瘦梅孤。
>
> 只应绝调艰为序，卷卷淹留类贾胡。①

凄寒孤寂的冬夜里，浙派诸人就是这样互相温暖、互相慰藉，虽然长夜难捱，却也"殊慰"，虽"绝调艰为序"，却也"茶话良久"，实在是意味幽深。

除金农外，陈撰也是厉鹗的"八怪"至友。

陈撰（1678—1758），字楞山，号玉几，浙江鄞县人，布衣，与金农一样，他也长期寓居扬州，著有《绣浃集》、《玉几山房吟卷》。在厉鹗《樊榭山房集》中，涉及陈撰之诗极多。然陈撰其人，从各种材料看，面目很模糊，记载极隐约，且舛误之处不少。《清史列传》说他是"毛奇龄弟子，修行读书，嘐然古处。乾隆十二年，以布衣举博学鸿词、辞不赴。诗意冲逸高简，虽极古，要能离俗，家存玉几山房，蓄书画最富，精鉴赏，画格尤高，为时人所宝"②。再检胡艺撰《陈撰年谱》"1747 年（丁卯）"条（按，1747 年即乾隆十二年），竟无一语及陈撰被荐鸿博语。复检同书"1736 年（丙辰）"条（按，1736 年系乾隆元年，厉鹗亦被浙督程元章荐举应试）有"赵之垣荐（撰）举博学鸿词，不就。有《辞宁夏赵银台荐启》"③。事实上，清廷并未于此年举行鸿博考式。《清史列传》误，陈撰被

---

① 厉鹗：《金寿门过访以诗卷索拙序，话良久，殊慰寒寂》，见《樊榭山房集》卷三，第 220 页。

② 《清史列传》卷七一，中华书局 1987 年版。

③ 胡艺：《陈撰年谱》，见王鲁豫：《扬州八怪年谱》，江苏美术出版社 1990 年版，第 20 页。

荐鸿博年份应为乾隆元年，今订正之。

检厉鹗《樊榭山房集》，与陈撰唱和之诗词数量几与金农近，达十多首，内容主要是诗词唱和，谈书论画，互作序跋，其中有一首颇需注意：

> 拉瑟西风故故摧，江鸿社燕共徘徊。
>
> 那知极浦水花老，又接绕篱岩桂开。
>
> 隔岁相思同浊酒，几旬尘土挽纯灰。
>
> 瘦权更在高寒顶，清露翻经坐石台。①

在表达深挚的情谊之外，还多了一层不易指实的弦外之音。此时厉鹗不过 25 岁，陈撰也才 40 岁，但这首诗情调却非常凄哀，情绪也很落寞。浙派诸人就是这样，做诗唱和时往往不直接表达，采用迂回曲折的抒情方式，但有时在不经意间流露出真性情，体现了所谓康、乾"盛世"中文士的压抑和凄凉心声。

除金农、陈撰之外，"扬州八怪"画派的华岩也是厉鹗的布衣至友。华岩（1682—1703），原字德嵩，字秋岳，福建上杭人。他流落他乡后，为了表示"不忘桑梓之乡"，取号为新罗山人（上杭旧为新罗地），有《离垢集》。华岩一生在扬州时间最久，因而得交厉樊榭，从其诗集取名看，孕离垢绝俗之意，因而也与厉鹗属于同调。徐逢吉题华岩《离垢集》曰："华君秋岳，天才警挺，落笔吐辞，自其少时，便无尘埃之气，壮年苦读书，句多奇拔。近益好学，长歌短吟，无不入妙。盖其有仙骨，世人不知其故也。"②

厉鹗与华岩的诗画之交，开端于厉鹗为华岩《横琴小像》自画像作了一首《高阳台》词：

> 剑气横秋，诗肠涤雪，风尘湖海年年。三径归来，慵将身事笺天？草堂不著樱桃梦，寄疏狂、菊涧梅边。想清游，如此

---

① 厉鹗：《秋分日呈陈愣山兼寄亦谙上人》，见《樊榭山房集》卷一，第 70 页。

② 徐逢吉：《离垢集题词》，见《离垢集》卷首，光绪十五年排印本。

须眉，如此山川！　枯桐在膝冰徽冷，纵一弦虽设，亦似无弦。世外音希，更求何处成连！几时与子苏堤去，采蘋花，小艇冲烟。笑平生，忘了机心，合伴鸥眠。①

这是樊榭词中难得的境界开阔、情调豪迈，又意脉流畅、毫不生涩的好词！既是题像之作，那词意与人物精神面貌就要协调，所以由这首词，也可以想见华岩其人。此外，厉鹗集中尚有《题华秋岳诗卷》一诗，其云：

> 我爱秋岳子，萧寥烟鹤姿。
> 自开方溜室，高咏游仙诗。
> 云壁可一往，风泉无四时。
> 沧州画成趣，傥要故人知。②

这里对"故人"华秋岳的人品追求极为向往。此外，厉鹗还为华岩诗集题辞，其云："辛亥上春获读秋岳先生诗集，惊叹高妙，非尘埃中所有，敬题五言一首，聊当跋尾。"③并署名"同学弟厉鹗"。厉鹗比华岩小整十岁，从题辞看他对华岩也相当敬重，可谓亦师亦友。

"扬州八怪"画派成员以布衣为多，像金农、陈撰、华岩均布衣，一生经历都很简单，但他们多才多艺，个性鲜明，靠自己的艺术创造才能赢得了时人和后人的尊敬，厉鹗与他们的交往，主要是出身、经历、志趣的投合，所以很值得关注。

三、厉鹗与扬州盐官卢见曾的交往

卢见曾（1790—1768），字抱孙，号澹园，又号雅雨，山东德州人。曾两任两淮盐运使，颇爱好才士，维扬文士多与之游。厉鹗与卢见曾的交谊，主要有两条材料见诸文献，值得珍视（其他记述

---

① 厉鹗：《高阳台·题华秋岳横琴小像》，见《樊榭山房集》卷九词甲，第 666 页。
② 厉鹗：《题华秋岳诗卷》，见《樊榭山房集》卷六，第 482 页。
③ 厉鹗：《离垢集题词》，见《离垢集》卷首，光绪十五年排印本。

则多为这两条材料的转述）。一条载于王昶《湖海诗人小传》："（卢）
夙慕其乡王阮亭尚书风流文采，故前后任两淮运使各数年，又值竹
西殷富，接纳江浙文人，惟恐不及，如金寿门农、陈玉几撰、厉
樊榭鹗、惠定宇栋、沈学子天成、陈授衣章、对鸥皋兄弟前后数
十人，皆为上宾。"① 除沈天成、惠栋外，其他诸人清一色为厉鹗至
友。卢见曾延揽、结交厉鹗诸人真可谓"扬州二马"故事的"官方
版"！而第二条材料便与卢见曾刊刻王士禛《渔洋感旧集》有关。《渔
洋感旧集》成书于康熙十三年（1674），然一直未能刻版问世。卢
氏得到此书抄本后，赞叹不已，爱不释手。后遇马曰琯于京师，二
人不谋而合，决定刊刻此书，卢见曾当然非常高兴："马君秋玉又
不期而遇于京师，不忘久要，慨然任剞劂之事。"② 该书开雕于乾隆
十七年（1752），卢见曾《刻渔洋山人感旧集凡例》有详细说明，
其云：

> 是集辗转钞写，伪误颇多，宋编修蒙泉尝订正之，复委榆
> 村之孙宷、余子谦以校雠之役，再三过，尚有阙疑。玲珑山馆
> 藏书充栋，所与稽者厉樊榭鹗、陈授衣章，皆博雅君子，幸重
> 检阅，而后授梓，毋致有鲁鱼亥豕之伪云。③

可见，厉鹗、陈章参与了该书的最后校订。这时厉鹗已经六十
岁了，见曾语气中显然对他们抱着很大的信赖。推想在卢氏至为重
视的《渔洋感旧集》雕前校雠过程中，见曾与厉鹗必有机会晤面。
由于厉、卢二人身份的悬殊以及厉鹗的思想性格，尽管卢见曾礼贤
下士，但两人晤面不一定频繁，这方面尚待深入挖掘。

除上述几方面文人外，厉鹗还与当时寓居扬州和不时往来于扬
州的陈章、全祖望、杭世骏等著名文人在扬州频繁交往，诗酒唱

---

① 王昶：《湖海诗人小传》卷二，《国学基本丛书》本，民国二十五年版。
② 卢见曾：《刻渔洋山人感旧集序》，《雅雨堂诗文集》卷二，清道光刻本。
③ 卢见曾：《渔洋感旧集补刻凡例》，见《樊榭山房集》附录四，第 1749—1750 页。

和，共同促成了雍、乾之际扬州文坛的繁盛局面①。

综合考察厉鹗在扬州的交游活动，可以清楚地看出，他在扬州的活动时间既长，交游面也是相当广泛的。当然，由于厉鹗及浙派人士浓厚的在野特质，因此，这种交游虽广泛，但也有极强的一元化倾向，即所与交游者几乎是清一色倾向于在野的人士，如"扬州八怪"。即使是富有的盐商人士，由于还普遍地处于受压抑状态（如扬州一些官方文人举办的诗会，明令禁止盐商参与），因而他们与贫困士子容易达成心灵的沟通与共鸣，和王朝处于隐然的离心状态。基于共同的精神追求，厉鹗在扬州极受礼遇，其弟子汪沆就曾说："韩江之雅集，沽上之题襟，虽合群雅之长，而总持风雅，实先生（指厉鹗，笔者注）为之倡率也"②，厉鹗去世后，则陈章吊词也评其云："韩江诗社迭为宾，凭仗君扶大雅轮"③，这反映了时人对厉鹗在扬州诗坛崇高地位的共识。因此，厉鹗在扬州的交游活动，构成其文学创作的重要载体，明乎此，则厉鹗在清代文学史上的地位不难厘清。

---

① 参见田晓春：《凭仗君扶大雅轮——从樊榭集外书札一通之考证论厉鹗在雍、乾诗坛的地位》，《西北师大学报（社科版）》2004 年第 2 期；《乾坤著意穷吾党——雍、乾之际广陵文学集群述论》，《南阳师范学院学报》2004 年第 8 期。

② 汪沆：《樊榭山房文集序》，见《樊榭山房文集》卷首，第 703 页。

③ 陈章吊厉鹗"挽词"，见《樊榭山房集》附录二，第 1732 页。

第四章　三秦诗派及其文学主张、文化活动

　　明清时期，各种地域流派风起云涌，蔚为壮观。明初开国，有越派、吴派、江西派、闽派、粤派等不同的地域诗歌流派，与庙堂诗派"开国派"、"台阁派"分流竞进，预示了以地或性为主要特征的文学时代的到来。清代文坛，除了以文学风尚为标志的"神韵派"、"格调派"、"性灵派"、"肌理派"之外，基本是以星罗棋布的地域文学群体为单位构成的。除文学史常提到的桐城派、阳湖派古文，常州派骈文，阳羡、浙西派词，吴江派戏曲之外，诗歌流派最为繁盛，如虞山派、河朔诗派、高密诗派、畿辅七名公、关中三李、江左三布衣、岭南三大家、西泠十子、浙西六家、岭南四家、娄江十子、江左十五子、吴会英才十六人、辽东三老、江西四才子、吴门七子、嘉定后四先生、后南园五先生、毗陵四子、越中七子、湘中五子等等，诗社更是层出不穷，指不胜屈。可以说，地域诗派潮流的涌现，已改变了传统的以思潮风尚为主导的诗坛格局，出现了以地域性为主的诗坛格局①。

　　明清时代流派纷呈、门户林立的诗歌创作，引发了文学批评对诗歌风土特征的注意，也激起了学界对诗歌的地域特征和文学传统的自觉意识。杨际昌《国朝诗话》曾云："三楚自竟陵后，海内有楚派之目，吴庐先生一雪之；秦中自空同酷拟少陵，万历之季，文

---

① 参见蒋寅：《清代诗学与地域文学传统的建构》，《中国社会科学》2003 年第 5 期。

太清翔凤复为扬波，海内有秦声之目。"① 魏禧《容轩诗序》亦云："十五国风，莫强于秦，而诗亦秦唯矫悍，虽思妇怨女，皆隐然有不可驯服之气。故言诗者必本其土风。"② 叶矫然《龙性堂诗话》亦曾云："黄东与黄明立论诗云：'使改从时贤，入今吴楚诸名流派中，则亦有所不屑。'黄石斋与计甫草云：'吾闽人之称诗也，与尔吴人异。'"③ 清代关中诗人也自觉继承和弘扬地域诗学传统，表彰先贤④。杨鸾《玉堂诗钞后序》曾云："往者富平李子德先生，嗣音北地，树帜词坛。邠阳则有王黄湄、康孟谋两先生，风格峻洁，不染恒蹊，卓然成一家之言。文章千古，公论攸存，固非乡曲所能阿好也。"⑤ 可见清代关中诗人对其自身所属的地域诗歌传统的自觉维护。

明清时期，与南方文学的繁荣发展相呼应，南方文学的研究也极为繁盛，相比之下，对于北方文学的研究极为冷清。清初朱彝尊在与王士禛书中曾慨叹："两诵来书，论及明诗之流派，发蒙振滞，总时运之盛衰，备风雅之正变，语语解颐。至云选家通病，往往严于古人而宽于近世，详于东南而略于西北。辄当绅书韦佩，力矫其弊。惟是自淮以北，私集之流传江左者，久而日希。赖中立王孙之《海岳灵秀集》、李伯承少卿之《明隽》、赵微生副使之《梁园风雅》，专录北音。然统计之，北祇十三，而南有十七，终莫得而均也。"⑥ 可见当时学界对北方文学的轻视。清代道光年间，张维屏在编选

① 杨际昌：《国朝诗话》卷二，见《清诗话续编》第 3 册，上海古籍出版社 1983 年版，第 1724 页。

② 魏禧：《魏叔子文集》外篇卷九，中华书局 2003 年版，第 481 页。

③ 叶矫然：《龙性堂诗话》初集，见《清诗话续编》第 1 册，上海古籍出版社 1983 年版，第 938 页。

④ 孙枝蔚：《张康侯诗草序》，见赵逵夫点校《张康侯诗草》卷首，兰州大学出版社 1989 年版。

⑤ 杨鸾：《邈云楼文集》卷一，见《四库未收书辑刊》拾辑《邈云楼集六种·文集》，北京出版社 2000 年版，第 613 页。

⑥ 朱彝尊：《答刑部王尚书论明诗书》，《曝书亭集》卷三十三，《四部丛刊》本。

《国朝诗人征略》时也慨叹："二百年来陕西名人，如李楷、孙枝蔚、李念慈、王宏撰、李因笃、王又旦、康乃心全集皆未见，岂道远莫致耶，抑无人刊行耶？可见者惟《邀云集》耳。"① 而谢章铤在《答石生廉夫书》中对李因笃、李柏、王弘撰、李颙、王心敬、康乃心等清代关中学人均极为敬佩，但以不能读其诗文全集为憾②。近代以来，南方文学的研究更是蓬勃发展，出版了许多专著和相关论文，可以说对明清时期江南、岭南、荆楚各地的地域文学流派都进行了深入研究，开创了南方文学研究的繁盛局面。相比之下，北方文学研究略显逊色，发表的相关论文数量不多，出版的著作更是寥寥无几。而对于清代秦陇诗歌的研究，更是一个研究盲区。虽然清初钮琇已经提出了"关中诗派"的概念③，而乾隆时期王鸣盛也有了"三秦诗派"的提法④，严迪昌先生在其《清诗史》一书中也对清初秦晋遗民诗人列了专节论述，并对"关中三李一康"和王又旦、屈复评价较高。张兵先生博士论文《清初遗民诗群研究》也深入探讨了清初关中遗民诗群，对孙枝蔚、王弘撰、李柏的诗歌创作进行了详细论述，对于我们认识清初关中诗人的创作盛况具有启发意义。

第一节　三秦诗派及其文化品格

有清一代，地域性文学流派层出不穷，而以江南文学流派最为繁盛。西北地区的诗文创作在清代亦较为知名，但是没有引起学界足够的重视，尤其对于历史上曾经存在的三秦诗派，几乎没有进入

---

① 张维屏：《国朝诗人征略》卷二十九，中山大学出版社 2004 年版。

② 谢章铤：《赌棋山庄文集》卷四，国家图书馆藏清光绪十年刻本。

③ 钮琇：《觚賸》卷八《粤觚》云："关中诗派，多尚沉郁。"《续修四库全书·子部》第 1777 册，上海古籍出版社 2002 年版。

④ 王鸣盛：《戒亭诗序》云："三秦诗派，国朝弥胜。"刘壬《戒亭诗草》卷首，国家图书馆藏乾隆间刻本。

学者研究的视野①。三秦诗派最早由清代著名学者王鸣盛提出。其《刘戒亭诗序》云："三秦诗派，本朝称盛，如李天生、王幼华、王山史、孙豹人，盖未易更仆数矣。予宦游南北，于洮阳得吴子信辰诗，叹其绝伦。归田后复得刘子源深诗，益知三秦诗派之盛也。"②王鸣盛不仅提出了三秦诗派的概念，而且列举了其代表作家，这说明三秦诗派在历史上确实存在。

从王鸣盛所论来看，三秦诗派的成员俱为清代秦陇两地的诗人。"三秦"本指关中地区，后来借指陕西省。但是东南人士习惯将秦陇视为一体，因此这里用"三秦"代指陕甘两省。三秦诗派几乎绵延了一个半世纪，跨越了顺、康、雍、乾、嘉五朝。从现有资料和当时影响来看，三秦诗派作家众多，成就卓著。明末清初，关中地区人文氛围之浓厚、诗学之繁盛闻名海内。吴怀清《三李年谱自序》云："吾秦当有清之初，人文颇盛，隐逸为多，王山史、孙豹人、王复斋、雷伯吁诸贤其卓卓者。而当时雅重，又以三李之道为最尊。"③王士禛《带经堂诗话》云："关中名士，予生平交善

---

① 蒋寅先生撰有《清初李因笃诗学新论》（《南京师大学报》2003 年第 1 期）、《康乃心及其诗论》（《南京师范大学文学院学报》2002 年第 4 期）、《清初关中理学家诗学略论》（《求索》2005 年第 2 期）等重要论文，张兵先生撰有《清初关中遗民诗群的构成与王弘撰、李柏的诗歌创作》（《兰州大学学报》2000 年第 3 期）、《清初关中遗民诗人孙枝蔚的交游与创作》（《宁波大学学报》2000 年第 3 期）等系列论文，从不同角度探讨了关中诗人的诗学思想和创作成就，为我们的研究开拓了广阔的学术视野。著名学者严迪昌先生的《清诗史》在《顾炎武与吴中、秦晋遗民诗人网络》等章节中对王弘撰、"三李一康"和其他关中诗人都作了深入论述，已勾勒出早期"三秦诗派"的雏形，但是严先生并没有明确提到三秦诗派的概念。惠尚学先生《"三秦诗派"略析》（《甘肃文史》1981 年第 9 期）虽然论及三秦诗派，但所举作家有限，未能揭示三秦诗派的创作实际。

② 王鸣盛：《戒亭诗草序》，刘壎《戒亭诗草》卷首，清乾隆刻本。

③ 吴怀清：《关中三李年谱》卷首《关中三李年谱自序》，默存斋本。"关中三李"在历史上至少有三种不同的组合和提法。一种即吴怀清《关中三李年谱》中的"三李"，指作为理学家的富平李因笃、郿县李柏和盩厔李颙；一种是王士禛《居易录》中所云"关中三李，不如一康"，这里的"三李"是指作为诗人的李楷、李柏和李因笃。另有杨钟羲《雪桥诗话》卷二载：泾阳李屺嶦念慈，号岣庵，与二曲（李颙）、天生（李因笃）当时称"三李"。后来的学者比较倾向于吴怀清的提法，因为他突出了关学的特征。

者，如三原孙豹人枝蔚、韩圣秋诗、华阴王无异弘撰、富平李子德因笃、郃阳王幼华又旦、富平曹陆海玉珂，皆一时人豪。"① 朱彝尊《王崇安诗序》亦云："予求友于关中，先后得五人：三原孙枝蔚豹人、泾阳李念慈屺瞻、华阴王弘撰无异、富平李因笃子德、郃阳王又旦幼华。五人者，其诗歌平险或殊，然与予议论未尝不合也。"② 刘绍攽《二南遗音》记载了从清初至乾隆年间一百四十位秦陇诗人，其中不乏遐迩闻名的文学巨匠，如李楷、李柏、李颙、王建常、李因笃、孙枝蔚、李念慈、韩诗、王又旦、康乃心、屈复、杨鸾、吴镇、胡釴等。他们又以交游和师承作为纽带形成了纵横交错的网络关系，如清初著名的"三李"与王弘撰、康乃心、王建常、孙枝蔚等均交往密切，而由外地入秦的顾炎武、屈大均、梁份等人亦与他们频频来往，互通声气；孙枝蔚曾与流寓江南的关中诗人李楷、韩诗、李念慈、王又旦、张晋、张谦等人结"丁酉诗社"，此诗社可谓秦陇诗人聚会的一个绝佳场所，许多流寓扬州与孙枝蔚有诗文唱和的秦陇诗人都可以被看作诗社中人。孙枝蔚《张戒庵诗集序》曾说："然予与康侯（张晋）皆秦人，而东南诸君子颇多观乐采风如吴季子者，能审声而知秦为周之旧；又数年来诗人多宗尚空同，而吾秦之久游于南者，如李叔则、东云雏、雷伯吁、韩圣秋、张稺恭诸子，一时旗鼓相当，皆能不辱空同之乡。"③ 可见当时流寓江南的关中诗人之盛况。屈复虽为后辈，但曾多次拜谒"三李"；乾隆时期著名诗人杨鸾又曾受学于屈复，而杨鸾、刘绍攽、胡釴、吴镇被称为"关中四杰"，是乾、嘉关中诗坛的领袖人物。他们的门生子弟也多有诗名，如刘壬、李苞、李华春、秦维岳、吴承禧等。三秦诗派时间跨

---

① 王士禛：《带经堂诗话》（下），人民文学出版社 1963 年版，第 557 页。

② 朱彝尊：《王崇安诗序》，王云五主编《丛书集成·曝书亭集》第六册，商务印书馆民国二十四年版，第 656 页。

③ 孙枝蔚：《张戒庵诗集序》，见赵逵夫先生整理点校《张康侯诗草》卷首，兰州大学出版社 1989 年版。

度较长，诗风前后也有变化，但他们诗文中都表现出质朴劲健、浩荡感慨、意气纵横等"秦风"特征，具有鲜明的地域文化特色。

关陇地区在自然环境、文化渊源乃至士人阶层的结构形态诸方面与其他地区不同，三秦诗派相比其他地域性诗文流派也显示出了独特的文化品格。关陇文化源远流长，尤其是汉唐时期的灿烂文化最为关陇人士所骄傲。因此关陇人士的诗文创作，很自然地重视继承古代文化，具有鲜明的地域文化色彩，江南人士统以"秦风"目之。清代关陇地区虽远离政治文化中心，但关陇士人并不故步自封，他们中间的许多人曾经宦游南北，在诗文交流和文化碰撞中，融合了许多异域文化因素，形成了多元化的创作风格，这也是清代值得重视的文化现象。由于"关学"的影响，关中士人特别重视经术研究，强调"躬行实践"，许多士人既是文学家又是学者，在他们的诗作中都有或多或少的理性化色彩。关中士人在明末清初风云变幻、云谲波诡的战乱时代，他们的出处操行也较他处不同。他们反对农民起义的态度比较一致，但是对于清王朝，较之浙东、江南、山左诸地士人的强项不屈，关中士人则略显通达，也可见他们的理性精神。因此有必要探讨关陇士人阶层尤其是三秦诗派的独特文化品格。

一、经术研究——以"实践"为指归的关学品质

关学自张载创立以后，与周敦颐的濂学、二程的洛学鼎足而立，成为宋代新儒学的著名学派，在关中地区绵延不绝，代有伟人。明代薛瑄、吕柟、马理、冯从吾均为关学后劲。明末清初，"关中三李"以振兴关学为己任，使关学得到进一步的发展。王心敬在《关学续编·二曲先生传》中指出："盖关中道学之传，自前明冯少墟先生后寥寥绝响，先生起自孤寒，特振宗风。"①

---

① 王心敬：《二曲先生传》，冯从吾《关学编》（附续编），中华书局1987年版，第87页。

关中学者倡导刚毅厚朴、务实重礼、崇尚气节、躬体力行的精神。冯从吾评张载云："先生气质刚毅"，"居恒以天下为念"，"慨然有志三代之治"①。黄宗羲曾评价吕柟说："关学世有渊源，皆以躬行礼教为本，而泾野先生实集其大成。"②他还说："关学大概宗薛氏（薛瑄），三原又其别派也。其门下多以气节著，风土之厚，而又加之学问者也。"③

明末"心学"泛滥，学者大多束书不观，空谈心性，致使学风大衰。身当易代之际，学人同思以学救世，而经世致用的实学研究成为当务之急。顾炎武就曾明确指出："士当求实学，凡天文、地理、兵农、水火及一代典章之故，不可不熟究。"④他批评晚明学者之陋说："一皆与之言心言性，舍多学而识，以求一贯之方，置四海之困穷不言，而终日讲危微精一之说。"⑤所以他明确提出要"博学于文"、"行己有耻"，从学、行两方面扭转晚明学术陋习。而黄宗羲也以"儒者之学，经纬天地"的理想来研究史学。方以智更是以"质测之学"来推动科学研究的发展，他们无不以经世致用为目标所在。

在这个学术大变革时期，关中学者同样紧随时代潮流，以倡明学术为己任，尤以"关中三李"为代表。李颙是清初反对空谈性理、倡导经世致用的最具代表性人物。他以"明体适用"、"躬行实践"为宗旨倡导理学于关中，深为天下所景仰，与容城孙奇逢、余姚黄宗羲鼎足而三，称"清初三大儒"。二曲早年偶读《周钟制义》，见其发理透畅，言及忠孝节义则慷慨悲壮，遂留连玩摹，极为赞赏，既而闻周钟失节不终，则气愤不已，以为文人不足信，文

---

①　冯从吾：《关学编》卷一《横渠张先生传》，中华书局 1987 年版，第 1—3 页。

②　黄宗羲：《明儒学案》，中华书局 1985 年版，第 11 页。

③　黄宗羲：《明儒学案》，中华书局 1985 年版，第 58 页。

④　顾炎武：《顾亭林诗文集·亭林余集》，《三朝纪事阙文序》，中华书局 1959 年版，第 154 页。

⑤　顾炎武：《顾亭林诗文集》卷三《与友人论学书》，中华书局 1959 年版，第 40 页。

名不足重，自是绝口不道文艺，厌弃俗学，一意求圣贤之道①。二曲为了挽救儒学危机，也为了匡正时务，提出"匡时要务"、"道不虚谈，学贵实效"等主张，建构"悔过自新"、"躬行实践"的理论，既强化了关学的体用一致、体用不二的哲学本体论，又深化了道德内省、自律的原则，高扬了儒家的人文精神，使关学走上实学化道路、回归孔孟儒学正宗，使明清儒学与关学在中国思想史上大放异彩。

二曲认为治世道人心莫先于明学术。《历年纪略》康熙九年庚戌云："是春，因友人言及时务有感，叹曰：'治乱生于人心，人心不正，则致治无由；学术不明，则人心不正。故今日急务，莫先于明学术，以提醒天下人心。'自此绝口不谈经济，惟与士友发明学问为己为人内外本末之实，以为是一己理欲消长之关。君子小人之所由分，即世道生民治乱之所由分也。"②顾炎武来访，两人一见如故，互相倾倒。然而二曲之学以"躬行实践"为先务，以"悔过自新"为标的，与亭林之注重考据略有不同。《二曲集·四书反身录》云："友人有以日知为学者。每日凡有见闻必随手劄记，考据颇称精详。余尝谓之曰：知者无不知也，当务之为急。尧舜之知而不遍物，急先务也。若舍却自己身心切务不先求知，而唯致察乎名物训诂之末，岂所谓急先务乎？假令考尽古今名物，辨尽古今疑误，究于自己身心有何干涉？诚欲日知，须日知乎内外本末之分，先内而后外，由本以及末，则得矣。"③二曲与亭林之学确有向内向外、为人为己之别，但崇尚气节、注重实践是其共同特征。

李柏主要提倡儒家的诗教，从明教化、厚人伦的儒家理想出

---

① 李颙：《二曲集·历年纪略》"顺治二年丁酉"条，中华书局 1996 年版，第 557—558 页。

② 李颙：《二曲集·历年纪略》"康熙九年庚戌"条，中华书局 1996 年版，第 571 页。

③ 李颙：《二曲集·四书反身录》，中华书局 1996 年版，第 508 页。

发，批评明末日趋浇薄的世道人心。高熙亨《重刊槲叶集序》称李柏"皆大为表章于正学缺微之日，此关学再起之一机也"①。

李因笃之父系关学大师冯从吾的私塾弟子，故其学有渊源，他对经学有很深的造诣，所著《诗说》、《春秋说》积极发挥关学思想，深得顾炎武、汪琬的赏识。他也积极倡导关学经世致用的思想，在其所著《圣学》、《荒政》、《漕运》、《治河》、《钱法》等文中贯穿崇实黜虚主张，与李二曲相互影响。李因笃学问渊博，贯通古今。《清史列传》曾评价他说："论学必绾以经，说经必贯于史，使表里参伍互相发明，当时学者洒然有得，因记之为《会讲录》。"②

蒲城人井岳秀对关中三李的学行有过很中肯的评断。他说："关中学者，清首三李。三君者，处境各殊，学亦不同，而志趋则一，皆遭易世之后，怀玉被褐，逐世而无闷，困厄穷饿而不悔。天生以文学名海内，而慷慨有豪侠气。雪木行事颇少概见，要其坚苦卓绝，观其辗转太白山中，餐冰饮雪，而意气浩然，不改其素。而二曲最为儒宗，实践躬行，守死不贰。"③三位先生虽各有所长，但都体现了关学"实践躬行"、"崇尚气节"的精神。

关中学者之中，以天下生民为念，并重视汙渠水利、农业生产这些关乎国计民生大事的学者还有李颙的弟子王心敬，他曾随李颙研读经史百家，造诣非凡，四方学士，争识其面。后主讲江汉书院，诸生云集，人人倾服。《清史列传·王心敬传》云："心敬为学明体达用，西陲边衅初开，即致书戎行将吏，筹划精详，所言多验。"④著有《丰川全集》、《关学续编》等。集中《选举》、《饷兵》、《马政》、《区田法》、《荒政考》诸篇，皆有关于国计民生，且能付诸实际。王心敬正是关学注重实践的有力证明。

---

① 高熙亨：《重刊槲叶集序》，见《槲叶集》卷首，清光绪重刻本。
② 《清史列传·李因笃传》，中华书局1981年版，第5303页。
③ 井岳秀：《关中三李年谱序》，见《关中三李年谱》卷首，默存斋本。
④ 《清史列传·王心敬传》，中华书局1981年版，第5305页。

二、诗歌创作——以"秦风"为主流的多元风格

明清时期，文学的地域特征在创作中愈加凸显，人们多以地域特征来评判个人的诗歌风尚，关陇诗人的创作特色大多被人们视为有"秦风"(或者"秦声")遗响。四库提要谓赵时春"秦人而为秦声"[①]，评孙枝蔚诗亦云："诗本秦声，多激壮之词。"[②] 袁枚读到吴镇之诗后，即收入《随园诗话》，以"备秦风一格"[③]。关中诗人也大多追步"秦风"传统，李因笃云："沧溟表齐帜，北地本秦风。绝构皆千古，雄才有二公。"(《二李》)足见其诗风倾向。他曾称赞康乃心诗"雄姿逸气，不受羁衔，故皆直抒性灵，磊落壮凉，得秦风本色"[④]。

"秦风"原指《诗经》十五国风中的秦地民歌。共有 10 篇。内容多写从军战斗的生活，刚劲质朴，慷慨激昂。因为当时秦国地近边陲，常受西戎骚扰，大敌当前，促使秦人"好义急公"，养成"修习战备"、"尚武勇"、"尚气概"之风[⑤]。但是秦陇地域诗风的正式形成，还要等到明代中期以后。明代复古派的巨子李梦阳、康海、王九思俱为秦陇人士，他们提出"文必秦汉，诗必盛唐"的口号，正是对地域文化的重视和自觉继承。李梦阳为当时诗坛领袖，"才力富健，实足以笼罩一时"[⑥]，在当时和后世引起了很大反响，"秦风"作为地域文学风格特征再次引起人们的高度重视。杨际昌《国朝诗话》卷二云："秦中自空同酷拟少陵，万历之季，文太清翔凤复为扬波，海内有秦声之目。"[⑦] 从此"秦风"便成为评价秦陇诗人地域

---

① 永瑢等：《四库全书总目》卷一七七《浚谷集提要》，中华书局 1965 年版，第 1583 页。

② 永瑢等：《四库全书总目》卷一八一《溉堂集提要》，中华书局 1965 年版，第 1636 页。

③ 袁枚：《松花庵诗集序》，见《松花庵全集·诗草》卷首，宣统二年重梓本。

④ 李因笃：《莘野诗集序》，见《莘野先生遗书·莘野诗集》卷首，中国社会科学院文学研究所藏钞本。

⑤ 胡朴安：《中华风俗志》卷七《陕西》，上海文艺出版社 1988 年影印本，第 14—15 页。

⑥ 永瑢等：《四库全书总目》卷一七一《空同集提要》，中华书局 1965 年版，第 1497 页。

⑦ 杨际昌：《国朝诗话》卷二，见《清诗话续编》第 3 册，上海古籍出版社 1983 年版，第 1724 页。

风格的重要标准。

"秦风"的一个重要特征是"好义急公",尚武勇,重节概。脍炙人口的名篇《无衣》,反映了当时周王朝号召秦地人民反对西戎侵略的战争情况,表现出了秦人踊跃奔赴战场、慷慨从军和团结友爱的战斗精神。而这种"急公好义"的精神一直被秦人传承下来。钱谦益曾说:"余往与泾华数子言诗,以为自汉以来,善言秦风,莫如班孟坚,而善为秦声者,莫如杜子美。"[1] 安史之乱,杜甫曾有《兵车行》、《三吏》、《三别》等诗慨叹战争给老百姓带来的苦难。抒写了百姓和士卒虽然厌倦战争,但为了国家安危宁愿慷慨赴义,这正是秦人"急公好义"的集中体现。朱熹曾说:"秦人之俗,大抵尚气概,先勇力,忘生轻死,故其见于诗如此。……雍州土厚水深,其民厚重质直,无郑、卫骄堕浮靡之习,以善导之,则易以兴起而笃于仁义,以猛驱之,则其强毅果敢之资,亦足以强兵力农而成富强之业,非山东诸国所及也。"[2] 这正是关陇地区崇尚气概、慷慨豪侠风气的由来。

明末清初,天下动乱,在国家危亡之际,秦陇士人也表现出了"急公好义"的优秀品质,他们踊跃地为明王朝慷慨赴义,尤以李因笃和孙枝蔚最为突出。李因笃全家被农民起义军杀死,他和母亲因为去了外公家才幸免于难。李因笃长大以后,慷慨任侠,胆识过人,曾经在塞上组织武装抗击农民起义军,足见其"捐躯赴国难"的勇气。李因笃也非常重视朋友情谊,勇于为朋友排忧解难。顾炎武和他在山西相识以后,成为莫逆之交。顾炎武曾因"启祯诗案"被牵连入狱,李因笃走三千里赴友人之急,最终使他脱离危险,顾炎武深为感动。他曾称赞李因笃道:"此则季心、剧孟之所长,而乃出于康成、子真之辈,又可使薄夫敦而

---

① 钱谦益:《牧斋有学集》(中)《学古堂诗序》,上海古籍出版社1996年版,第840页。

② 朱熹:《诗集传》卷六,上海古籍出版社1982年版,第79页。

懦夫立也。"①

孙枝蔚亦曾散家财组织了一支地方武装和农民军相抗，后来兵败奔逃，差点被乱军所杀，他不得不背井离乡到扬州经商为生。但他并不以聚敛钱财为念，屡次致千金而随手散去，颇有陶朱公之风，江南人士深为叹服。溉堂诗中写于明亡前后的作品多忧时念乱之情。他曾吟唱道："乾坤多战血，叹息对明灯。"（《为农》）诗人不仅在《哀纤夫》、《水叹》等篇中写天灾给百姓带来的灾难；而且在《乌夜啼》、《空城雀》、《蒿里曲》中揭示战乱给百姓造成的痛苦。李因笃和孙枝蔚正是关中士人慷慨豪侠、急公好义精神的杰出代表。

"秦风"的另一个重要特征就是诗歌中多描写秦陇地区特有的山川地势和人情风物，具有明显的地域特征。《汉书·地理志》云："天水、陇西，山多林木，民以板为室屋。及安定、北地、上郡、西河，皆迫近戎狄，修习战备，高上气力，以射猎为先。故《秦诗》曰'在其板屋'；又曰'王于兴师，修我甲兵，与子偕行'；及《车辚》、《驷骥》、《小戎》之篇，皆言车马田狩之事。"② 清代秦陇诗人有关秦地、秦人、秦事和秦俗的诗文层出不穷。"潼关"、"太白山"、"华山"、"曲江池"、"朱圉山"、"鸟鼠山"、"积石关"等山川名胜更是秦陇诗人反复歌咏的对象。李柏隐居太白山中，其诗多反映关中地区的奇山胜水，表现自己的高洁情怀。如《白山有乔木》、《磻溪》、《潼关》、《山行》等。李因笃有《长安秋兴》、《潼关》、《望岳》等诗篇表现对故乡山川的热爱和自豪。"河经百二开天地，华枕西南锁雍凉"一语道尽潼关之险要。而"玉女盆中含落黛，仙人掌上接明星"则让人对华山之雄奇秀丽无限遐想。屈复《红芝驿》、《过流川曲》记载了李自成追饷缙绅、吴三桂屠戮蒲城之事。还有《琵琶行》纪三藩之乱事，其序云："琵琶行，悲西陲也。王辅臣叛，

---

① 顾炎武：《顾亭林诗文集·蒋山佣残稿》卷二《与人书》，中华书局 1983 年版，第 202 页。

② 班固：《汉书·地理志》，中华书局 1962 年版，第 1644 页。

人民杀戮，妇女被掳掠，金粟子伤之，而作是诗。"其事均发生在关中之地，可补史之阙。康乃心《圣主》一诗更是真实地反映了康熙年间老百姓的苦难生活。诗云："圣主恩波真浩荡，秦民万里复流亡。须知贾谊书堪上，莫道汉文让未遑。此日田园寻井灶，他日妻子尽参商。凭谁寄语调元相，好作甘霖辅禹汤。"而吴镇《我忆临洮好》十首不仅歌颂了陇右独特的山川地貌和悠远的历史文化，而且反映了当时陇右各地的人情风俗。如"牡丹开径尺，鹦鹉过成群"、"花绣摩云岭，冰开积石关"、"冰鳞穿鳜鲤，野味买麛麚"、"花儿饶比兴，番女亦风流"等诗句就像一幅幅真实生动的人情风俗画。

"秦风"在诗文风格层面上讲，当指诗文中流注的一种刚健质朴之气。这从《诗经》中的《无衣》、《小戎》就可以看出其端倪。"秦风"的这种刚健质朴，与南方的清丽缠绵大异其趣，因此南方人士对秦陇诗风多有偏见，俱归之为"亢厉"，且以之为短。明正德年间薛蕙曾说："俊逸终怜何大复，粗豪不解李空同"，可见当时人对李、何诗歌已有轩轾。钱谦益曾云："余观秦人诗，自李空同以逮文太青，莫不亢厉用壮，有《车辚》、《驷驖》之遗声。屺瞻（李念慈）独不然，行安节和，一唱三叹，殆有蒹葭白露、美人一方之旨意，未可谓之秦声也。"[1] 大概受钱牧斋影响，南方学者也多不以"亢厉"为然。四库提要评李因笃诗云："其诗大抵意象苍茫，才力富赡，而亢厉之气，一往无前，失于粗豪者盖亦时时有之。"[2] 评李念慈诗则云："其诗吐属浑雅，无秦人亢厉之气。"徐世昌评杨鸾诗亦认为"不为亢厉之声"，这些评价明显带有偏见。而施闰章认为"东南之音多失之靡，西北之音多失之厉"则较为公允[3]。但是秦风

---

① 钱谦益：《钱牧斋全集》（六）《题李屺瞻谷口山房诗》，上海古籍出版社 2003 年版，第 1565 页。

② 永瑢等：《四库全书总目》卷一八三《受祺堂诗集提要》，中华书局 1965 年版，第 1659 页。

③ 施闰章：《谷口山房诗集序》，见《四库全书存目丛书·谷口山房诗集》卷首，齐鲁书社 1997 年版。

并不一味"亢厉用壮"，也有非常清新明丽、兴象超然的作品，比如钱谦益所提到的《秦风·蒹葭》一诗，凄婉缠绵、一唱三叹，历来为人们所传诵。还有《秦风·晨风》也写得情真味永、意在言外。王弘撰《留别白门友人》云："春花落尽鸟空啼，春水东流人向西。有梦常依桃叶渡，寄书应到碧云溪。"清水芙蓉，风致洒落，于平淡中见真情。李柏《山行》云："漫道桃源路不通，溪行十里道心空。鸟啼流水落花外，人在春山暮雨中。"清新流畅，音韵和谐，给人亲切自然之感。此类诗歌岂能以"亢厉"目之？可见以"亢厉"概括秦风的特点并不完全准确。正如李因笃《再作六绝寄宁人先生》所云："谁言凄壮本秦声，肯舍周南学小戎。君从邦鄙塑王化，旧迹依然渭水东。"康乃心也认为"声音之道，和平淡宕已尔，激壮悲凉与夫清微婉丽，因时地而然，有难强者" [①]。

三秦诗派诗人的活动范围并不囿于关中一地，他们之中的大多数人曾经周游全国各地，足迹遍及大江南北，在文化交流与碰撞中，融合了多种文化形态，形成了多元的创作风格。王鸣盛评吴镇诗云："松崖由乙科起家，官兴国州牧，进沅州守。盖不但钟秦陇之灵毓，西倾诸山，河、汧诸水之秀，得其高厚峻拔之气，以振厉豪楮。抑且综览三湘七泽，挹澧、兰、沅、芷之芳馨，取楚骚之壮烈以为助，故诗益摆脱羁束，酣嬉淋漓，如有芒角光怪，喷射纸上而不可逼视焉。吁，亦奇矣！" [②] 王鸣盛在吴镇诗歌中就看了两种文化的融合，其诗既有秦风"高厚峻拔之气"，又有"楚骚之壮烈"，所以形成了他不拘一格、光怪陆离的诗歌特色。李念慈长期宦游南北，深受江南文化的濡染，故施闰章评其诗为"秦风而兼吴、楚者"，都可以看出多种文化融合对关中诗人创作的影响。

孙枝蔚的诗歌可以说是南北文化融合的又一杰出代表。孙枝蔚

---

① 康乃心：《莘野先生遗书》卷首《莘野诗集跋》，中国社会科学院文学研究所藏钞本。
② 王鸣盛：《松花庵诗集序》，见《松花庵全集·诗草》卷首，宣统二年重梓本。

长期淹留扬州，虽然时时口操秦声，念念不忘关中，但却一直未能还乡，他的诗歌活动已经完全融入扬州诗群之中。他的诗歌不但不受地域束缚，而且冲破了"宗唐祧宋"的门户之见。关中地区由于深受"七子派"影响，许多诗人宗法唐诗，而溉堂诗则熔铸唐宋于一炉。王士禛、王士禄、吴嘉纪等人都认定溉堂学唐诗。而汪懋麟却说："不见征君之为诗乎，最喜学宋，时人大非之。"① 施闰章则认为："其诗操秦声，出入杜、韩、苏、陆诸家，不务雕饰。"② 最能概括溉堂诗的特点。溉堂之诗兼容并包，独树一帜，在清初诗坛较为独特，正是地域文化的相互交融促成了其诗风的变化。

三、伦理操守——以"审几"为指导的理性态度

清人贺瑞麟曾说："关中之地，土厚水深，其人厚重质直，而其士风亦多尚气节而励廉耻，顾有志为圣贤之学者，大率以是为根本。"③ 故尚气节、重廉耻为清代关陇士人的一大特点。

明末清初是一个天崩地解的时代，朝政腐败，农民起义，清军入关，明朝灭亡，后来又有"三藩之乱"，这一系列急剧变化的社会现实，在考验着各地士人的政治智慧和伦理操守，主要集中在"反清"还是"降清"、"入仕"还是"退隐"等等选择之中。山左、江南等地士人政治态度异常鲜明，也分化为两个极端，许多人投降清朝，觍颜事敌；也有很多爱国人士积极抗清，奋不顾身。而关中学者大多选择了与清廷不合作的态度。其中以李颙的态度最为坚决，至死不受清廷征召。顾炎武曾说："李君中孚，遂为上官逼迫，舁至近郊，至卧操白刃，誓欲自裁。关中诸君有以巨游故事言之当事，得为谢病放归。然后国家无杀士之名，草泽有容身之地，直所

---

① 汪懋麟：《溉堂文集序》，见《溉堂集》（下）卷首，上海古籍出版社1979年版。

② 施闰章：《送孙豹人舍人归扬州序》，见《溉堂集》（中）卷首，上海古籍出版社1979年版。

③ 贺瑞麟：《关学编识》，《关学编》（附《续编》），中华书局1987年版，第125页。

谓威武不屈。"①

关中士人虽然尚气节、重廉耻，坚决不与清廷合作，有些人甚至到了乾隆初年还具有深切的遗民情怀，但与江南、山左等地士人的强项不屈相比，关中士人更表现为审时度势的理性态度。李颙以死抗拒清廷的征召，可谓特例。而王弘撰曾被迫应征北上，只不过僵卧僧寺拒绝参加考试；孙枝蔚参加考试但未完卷即出，康熙特赐为中书舍人；李因笃不但参加考试，而且被授予翰林院检讨，但他以母老待养坚决辞官。"三藩之乱"时，许多遗民认为可以借助三藩之力达到兴复明室的目的，所以他们积极策应，例如屈大均、顾祖禹就曾对三藩抱有热望。从客观来看，三藩并非正义之师，明室也不是非复不可。所以关中学者，对此普遍持有较为理性的态度。李颙虽然坚决不仕清廷，但还是与三藩划清界限。《二曲集·历年纪略》"康熙十四年乙卯条"云："是时云、贵构乱，蜀、汉尽陷，鳌屋密迩南山，敌人盘踞于中，土人往来私贩者，传敌营咸颂先生风烈，先生闻之大惊，亟拟渡渭远避。"王弘撰其时亦筑"读易庐"读书其中，以示不问世事之意。其子王宜辅《刻砥斋集记》云："大人素多疾，乙卯春构学易庐，书朱子语于门曰：'闲中今古'、'静里乾坤'。又书座右曰：'养身中之天地'、'游物外之文章'，遂谢人事，弃去一切，朝夕讽绎，惟四圣之《易》而已。"② 二位先生这些举动当然是为了全身远祸，也可以看出他们审时度势的理性态度。由此可见其复杂的心路历程和独特的精神品格。

康熙皇帝在镇压"三藩"之乱即将成功之时，采取怀柔政策笼络各地遗民志士，诏开博学宏词科。许多士人看到复明无望，也借助博学宏词科的特诏体面地出来为新朝服务。清初关中名家辈出，成就卓著，举博学宏词的就有九人。但是他们鄙薄名利，志操

---

① 顾炎武：《顾亭林诗文集》卷三《答李紫澜书》，中华书局 1959 年版，第 64 页。

② 王宜辅：《刻砥斋集记》，《续修四库全书·砥斋集》卷首，上海古籍出版社 2002 年版。

高洁，并不与清廷合作。因此外地人士对秦陇士人更为佩服，尤其对李颙、李因笃、王弘撰和孙枝蔚评价最高。王弘撰《山志·外大吏》条云："王阮亭有寄予札云：'倾征聘之举，四方名流，云会辇下，蒲车玄纁之盛，古所未有。然自有心者观之，士风之卑，惟今日为甚……独关中四君子卓然自挺于颓俗之表。二曲贞观邱壑，云卧不起。先生褐衣入都，屏居破寺，闭门注《易》，公卿罕识其面。焦获（孙枝蔚）迹在周行，情耽林野。频阳（李因笃）独为至尊所知，受官之后，抗疏归养，平津阁中独不挂门生之籍。四君子者，出处虽不同，而其超然尘埃之表，能自重以重吾道、重朝廷者，则一也。此论藏之胸中，惟一向蔚州魏环溪、睢阳汤荆岘两先生言之，不敢为流俗道也。'"①同条记载汤斌亦有此论，足见当时名士对关中四子的景仰之情。

李因笃晚年在关中讲学，提出以"审几"为指归的思想，很能代表清初关中士人的理性精神。《清史列传》云："（李因笃）首发横渠以礼教人之旨，次论有守有为之义，而断之于审几，以著思诚之体。"②李因笃的这一思想，当然与其身世经历有关，他被迫参加鸿博考试，以致被人们排除于遗民行列，甚至好友李颙、王弘撰和顾炎武都对他提出过严厉批评，但从时代因素和个人处境来看，李因笃的选择是无奈之举。

顾炎武、黄宗羲、王夫之三大思想家曾经作过天下国家之辨，为士大夫之出处选择作了有益的指导。三夫之认为"一姓之兴亡，私也；而生民之生死，公也"③。黄宗羲认为僚臣的职责是"为天下，非为君也；为万民，非为一姓也"④。顾炎武认为"有亡国，有亡天

---

① 王弘撰：《山志》二集卷五"外大吏"，中华书局1999年版，第280—281页。
② 《清史列传·李因笃传》，中华书局1981年版，第5303页。
③ 王夫之：《读通鉴论》卷十七《梁敬帝》，中华书局1975年版，第598页。
④ 黄宗羲：《明夷待访录·原臣》，沈善洪点校《黄宗羲全集》，浙江古籍出版社2005年版，第4页。

下。亡国与亡天下奚辨？曰：易姓改号，谓之亡国。仁义充塞，而至于率兽食人，人将相食，谓之亡天下……保国者，其君其臣，肉食者谋之。保天下者，匹夫之贱与有责焉耳矣！"①"一姓之兴亡"不同于"亡天下"，"一姓之兴亡"由肉食者谋之，天下之兴亡则普通百姓也责无旁贷。陆世仪也曾说："大约当今时事，不待智者而后知其不可为……窃谓士君子处末世，时可为，道可行，则委身致命以赴之，虽死生利害有所不顾。盖天下之所系者大，而吾一身之所系者小也。若时不可为，道不可行，则洁身去国，隐居谈道，以淑后学，以惠来兹，虽高爵厚禄有所不顾。盖天下之所系者大，而万世之所系者尤大也。"② 将天下与国家对举，表明明遗民不仕新朝，苦节自守，不全是受迫于类似"忠君"的某种道德责任感，他们的理想是为天下万民谋幸福。当为天下后世谋幸福的理想不能实现的时候，他们坚定地选择了传承汉文化的历史使命，希望"以淑后学，以惠来兹"，这是万世相关的大事业。相对于这一伟大的历史使命，个人的出处就显得微不足道了。所以顾炎武选择了"实学"之路，以救治汉文化的弊端为己任，为清代的实学研究首开风气。清初关中士人同样表现出洁身自好、孤介耿直、不与流俗合污的高洁品质。更为重要的是，他们也自觉地"以天下为己任"，潜心学术研究，为后世留下了许多宝贵的精神财富，当然值得我们尊敬和重视。

综上所述，"三秦诗派"是一个成熟的地域性诗歌流派，应当在清代诗文流派多元并存的格局中占有一席重要的位置。关陇士人在立身行事中所体现出来的独特的学术品质、诗文风格和伦理操守观念都与江南、山左、岭南等地不同，具有独特的关陇文化品质，在强调文化多元化和挖掘地域文化底蕴的新时期，尤其值得人们重视。

---

① 黄汝成：《日知录集释》卷十三"正始"，岳麓书社1994年版，第471页。
② 陆世仪：《论学酬答》卷一《与张受业先生论出处书》，《小石山房丛书》本。

第二节　三秦诗派的作家构成和特征

三秦诗派是清代较有影响的一个诗文流派，最早由清代著名学者王鸣盛提出。其《戒亭诗草序》云："三秦诗派，国朝称盛，如李天生（因笃）、王幼华（又旦）、王山史（弘撰）、孙豹人（枝蔚），盖未易更仆数矣。予宦游南北，于洮阳得吴子信辰（镇）诗，叹其绝伦。归田后复得刘子源深（壬）诗，益知三秦诗派之盛也。"① 蒋寅也认为在清初天下至少形成三个地域性的诗学分区：一是江南诗学，一是山东诗学，还有一个是关中诗学。学界关注较多的是江南诗学和山东诗学，关中诗学似乎尚未进入研究者的视野。他指出关中诗学具有不同于江南、山东的倾向，具有独特的理论价值。"② 三秦诗派作家的诗文中都表现出质朴劲健、浩荡感慨、意气纵横等"秦风"特征，具有鲜明的地域文化特色。本节拟深入探讨三秦诗派的作家构成、交游活动、诗学理论及"秦风"特色。

一、三秦诗派的作家构成

三秦诗派绵延清代顺、康、雍、乾、嘉五朝，流派成员遍及秦陇及江南各地，各个时期的诗歌风尚略有不同，按时间先后可分为顺、康关中诗人群和乾、嘉关中诗人群。

（一）"关中三李"与顺、康关中诗人群

明末清初，关中地区人文氛围之浓厚、诗学之繁盛闻名海内。吴怀清《关中三李年谱自序》云："吾秦当有清之初，人文颇盛，隐逸为多，王山史、孙豹人、王复斋、雷伯吁诸贤其卓卓者。而当

---

① 王鸣盛：《戒亭诗草序》，刘壬《戒亭诗草》卷首，清乾隆刻本。关于三秦诗派的来历及文化品格，请参见拙作《三秦诗派及其文化品格》。

② 蒋寅：《康乃心及其诗论》，《南京师范大学文学院学报》2002 年第 4 期。

时雅重，又以三李之道为最尊。"① 王士禛《居易录》云："朝邑李瓒中黄，以其父岸翁遗墨来求跋。岸翁名楷，关中耆宿。……关中名士，予生平交善者，如三原孙豹人枝蔚、韩圣秋诗、华阴王无异弘撰、富平李因笃子德、邰阳王又旦幼华、富平曹陆海玉珂，皆一时人豪，要当以岸翁为冠。"② 朱彝尊《王崇安诗序》亦云："予求友于关中，先后得五人：三原孙枝蔚豹人、泾阳李念慈屺瞻、华阴王弘撰无异、富平李因笃子德、邰阳王又旦幼华。五人者，其诗歌平险或殊，然与予议论未尝不合也。"③

当然清初关中人物并不限于吴怀清、王士禛、朱彝尊等人所列举，成员构成相当复杂，大致可以分为两类：一是遗民士人群体，包括李颙、李柏、王弘撰、孙枝蔚、王建常、朱树滋等，李因笃由于曾受清廷官职，人多不以遗民目之④；一是国朝文士群体，包括李楷、张晋、张谦、韩诗、李念慈、王又旦、康乃心、屈复等。他们虽然出处略有不同，学趣各有所好，但在其学行和诗文中都体现出躬行实践、重视道德气节的关学品质，是明末清初关中诗学的重要代表人物。

清初关中诗人出处不尽相同，活动地域也略有差异，形成了两个较为集中的诗人群体：一个是以关中"三李一康"和王弘撰为代表，他们的活动区域主要在秦陇本地，创作风格也更具有"秦风"特色；一个是以孙枝蔚为中心，团结了大批仕宦或流寓江南的秦陇诗人，主要活动在扬州一带，他们受江南文化的濡染，诗文风格比

① 吴怀清：《关中三李年谱自序》，见《关中三李年谱》卷首，默存斋本。

② 王士禛：《带经堂诗话》（下），人民文学出版社1963年版，第557页。

③ 朱彝尊：《王崇安诗序》，王云五主编《丛书集成·曝书亭集》第六册，商务印书馆民国二十四年版，第656页。

④ 邵廷采：《明遗民所知传》即言："始山史与李因笃天生同学，趣好甚密。后因笃就征，遂仳问。关西为之谣曰：'天卑山高，生沉史标。'"《四库全书存目丛书·思复堂文集》卷三，齐鲁书社1997年版，第400页。但张兵认为李因笃为被迫出仕，旋即辞职归隐，并未贪恋富贵，实与遗民无异。

较多样。

　　"关中三李"在历史上至少有三种不同的组合和提法。一种即吴怀清《关中三李年谱》中的"三李",指作为理学家的富平李因笃、郿县李柏和盩厔李颙;一种是王士禛《居易录》中所云"关中三李,不如一康",这里的"三李"是指作为诗人的李楷、李柏和李因笃。另有杨钟羲《雪桥诗话》卷二载:"泾阳李妃崏念慈,号劬庵,与二曲(李颙)、天生(李因笃)当时称三李。"① 这是第三种组合和提法。后来的学者比较倾向于吴怀清的提法,因为他突出了关学的特征。"三李"之中,李颙以理学著名,与许多理学家一样重文轻诗,诗不苟作。王弘撰也以理学和文章闻名海内,但存诗不多。

　　关中诗人之间的交往极为密切,他们志同道合,互通声气,形成了一个富有凝聚力的创作群体。李柏与李颙相识较早,志同道合,以兄弟相称。其《与家征君中孚先生书》尝云:"忆昔与吾兄(指李颙)相见于沙河东村,兄年二十二,弟年十九,兄囊萤而读书,弟爇香而照字,学之勤同;兄企慕于先民,弟亦不屑为今人,志之远亦同。"② 李因笃比李颙、李柏年龄较小,对他们极为崇敬,以兄礼事之。王子京《槲叶集序》云:"闻同里子德先生曰:关中三李余行季,伯中孚先生,仲雪木先生。"③ 其《雪木二兄过草堂同子祯作三首》可谓对李柏人品和生活的真实写照。王弘撰与三李交往密切,他与李因笃的首次见面更有传奇性。《山志》"李天生"条云:"李天生天资敏异,所谓目所一见,辄诵于口,耳所暂闻,不亡于心者也。予昔邂逅于长安茶肆,隔席遥接,各以意拟名姓,及询之皆不谬,遂与定交。"④ 康乃心年辈较晚,对三李和王弘撰极为敬佩,曾

---

　　①　杨钟羲:《雪桥诗话》卷二,《中国近代史料丛刊续编》本,台北文海出版社1966年版,第167页。

　　②　李柏:《与家征君中孚先生书》,《槲叶集》卷三,清光绪重刻本。

　　③　王子京:《槲叶集序》,《槲叶集》卷首,清光绪重刻本。

　　④　王弘撰:《山志》初集卷三"李天生"条,中华书局1999年版,第64页。

为李颙入门弟子，李因笃许其诗为秦中第一。康熙三十三年又与李柏读书五台山，以振兴关学为己任。其《六月一日访二曲李征君恳留信宿赋此志怀用太白李雪木述怀初韵》可见一斑，诗云："盛代全嘉遁，南山接豹林。避人城郭外，筑舍薜萝阴。鸡黍三秋梦，乾坤万古新。烧灯风雨夜，端不负追寻。"顾炎武、屈大均游学关中，他们均与倾心相交。屈复虽然年辈更晚，但与"关中三李"关系密切，深受三李思想影响。屈复欲师事李颙未果，李柏尝约他共隐太白山中，而李因笃则其父辈。集中有诗记其事，《谒李子德大使》云："弱冠江海心，寤寐天下志。会合固有时，咫尺闻三李。"《过贞贤里》回忆当年拜谒李颙的情景，对二曲深表敬仰。另外还作有《太白仙洞歌赠李雪木先生》，赞美李柏超脱凡俗、隐居读书的生活。

　　与繁荣兴盛的关中诗坛相呼应，流寓或仕宦江南的关中人士以著名诗人孙枝蔚为中心，在扬州也形成了一个很有影响力的秦陇诗人群体。扬州在晚明是一个重要的商业城市，经济非常繁荣，支持它的经济支柱是盐业贸易，许多富商大贾都往来于江淮间，孙枝蔚的祖上就曾行商扬州。清初的扬州城受到战争的严重破坏，惨绝人寰的大屠杀"扬州十日"就发生在这个地方。清朝建立以后，许多外地的遗民故老如杜濬、方文、林古度、吴嘉纪等都曾流寓扬州，他们与扬州当地的士人一道为扬州的文化重建作出了重要贡献。他们大多通过怀古凭吊寄托对明王朝的眷念之情，也通过一系列的诗文聚会追忆晚明扬州的繁华生活。王士禛虽为国朝新贵，但其《秦淮杂事》"十日雨丝风片里，浓春烟景似残秋"正是这种挥之不去的历史惆怅的真实写照。

　　孙枝蔚常年客居扬州，已经融入了扬州诗人群体，在当地颇有名望，与王士禛、施闰章、吴嘉纪、邓汉仪、杜濬、方文、尤侗等人交往甚密。王士禛任扬州推官时，欲见孙枝蔚，先报以诗云："焦获诗人孙豹人，新诗雅健出风尘。王宏不见陶潜迹，端木宁知原宪贫。"遂成莫逆之交。王士禛倡导红桥诗会，曾邀请孙枝蔚参加。《渔洋诗话》云："予少时在广陵，每公事暇，辄招宾客泛舟红桥，与袁荆州诸词人赋诗，有'绿杨城郭是扬州'之句，江淮间取作画图。又与林茂之、张祖望、杜于皇、孙豹人、程穆倩修禊于此。"[①] 红桥修禊随着历史的发展成为扬州的文化象征，而这种文士雅集进一步扩大了孙枝蔚的影响。

孙枝蔚与流寓江南的关中人士如李楷、韩诗、李念慈、王又旦、张晋、张谦亦多有来往，经常谈诗论文，砥砺志节，形成了以他为中心的一个关中诗人群体。他曾经和李楷、韩诗、潘陆等人结"丁酉诗社"，此诗社可谓秦陇诗人聚会的一个绝佳场所，许多流寓扬州与孙枝蔚有诗文唱和的秦陇诗人都可以看作诗社中人。他们虽然出处不同，命运也大相径庭，但都热爱家乡，酷好诗文，其创作具有明显的"秦风"特色，也是三秦诗派的重要组成部分。孙枝蔚《张戒庵诗集序》曾说："然予与康侯（张晋）皆秦人，而东南诸君子颇多观乐采风如吴季子者，能审声而知秦为周之旧；又数年来诗人多宗尚空同（李梦阳），而吾秦之久游于南者，如李叔则、东云雏、雷伯吁、韩圣秋、张稺恭诸子，一时旗鼓相当，皆能不辱空同之乡。"[②] 可见当时流寓江南的关中诗人之盛况。

从现有文献资料来看，由于当时交通不便，信息闭塞，当时关中本土诗人与流寓江南的秦陇诗人之间联系不太紧密，但他们互相倾慕却是事实。在康熙十七年举博学鸿词之前，孙枝蔚、王弘撰、李因笃、李念慈以前可能从未谋面，在京城才得相见。孙枝蔚《张幼南廷尉兼送之归娶》云："廷尉君家旧有声，重闻掌法最宽平。独看结袜寻常事，未必王生胜李生。"溉堂此诗自注云："谓富平李子德。"此诗作于康熙十七年戊午，可见此时孙枝蔚与李因笃、王弘撰已经熟识。后来王弘撰客游扬州，亦曾与孙枝蔚会面。

---

① 王士禛：《带经堂诗话》（上），人民文学出版社 1963 年版，第 188 页。

② 孙枝蔚：《张戒庵诗集序》，见赵逵夫整理点校《张康侯诗草》卷首，兰州大学出版社 1989 年版。

孙枝蔚康熙二十年有诗《雨中王大席司教招同余澹心、王山史、周雪客诸子讌集，迟徐松之不至》。但他很遗憾没有与李颙晤面，其《处士三人被招不至美之以诗各一绝·李中孚》云："平生未识李中孚，只道相逢在帝都。不上征车拼饿死，闻风愧煞懦顽夫。"足见他对李颙的崇敬之情。李因笃晚年《存殁口号一百一首》亦曾忆及孙枝蔚和李念慈，其九云："司李吾家吐长虹（自注云：家泾阳五兄念慈），宪金戚党瘵孤桐。朱门竿好休弹瑟，冥路钱轻免送穷。"其四八云："处士竹西眉宇古（自注云：三原处士枝蔚家扬州），将军泉下羽旄轻。世人不解桃源记，吾道还高河鼓星。"前一首同情李念慈高才难遇、困顿失意的不幸遭遇；后一首赞扬孙枝蔚高蹈出世、淡泊荣利的高尚气节，情真意切，堪为绝唱。

清初关中诗人不但志操高洁，而且诗学造诣深厚，成就突出，备受时人和后人推崇。李柏诗当时虽少为人知，但后人对其人其诗评价特高。高熙亨《重刊槲叶集序》即云："其事君也，虽死不二，未尝仕胜国而终为胜国之遗民。"[①] 袁行云亦云："其人大节无可疵，诗亦高人逸轨。明代遗民，有诗集传世者，约二百余家。试举决传不朽者，似为顾炎武、邢昉、阎尔梅、黄宗羲、杜濬、方文、王夫之、钱澄之、吴嘉纪、李柏、屈大均、陈恭尹。此十二家，即所谓'不废江河万古流'者也。"[②] 顾炎武曾对傅山称赞李因笃道："今日文章之事，当推天生为宗主。……牧斋死，而江南无人胜此矣。"[③] 潘耒曾说："天生，关中豪杰也。自负经世之略，无所试，一吐之于诗。原本《风》、《骚》，出入古歌谣、乐府，而以少陵为宗。意象苍茫，才力雄赡，既与冥合，章法、句法，讲之尤精。"[④] 王士禛

---

①　高熙亨：《重刊槲叶集序》，《槲叶集》卷首，清光绪重刻本。

②　袁行云：《清人诗集叙录》，文化艺术出版社1994年版，第299页。

③　傅山：《为李天生作十首》自注，《续修四库全书·霜红龛集》，上海古籍出版社2002年版，第502页。

④　潘耒：《受祺堂诗集序》，见《四库全书存目丛书·受祺堂诗集》卷首，齐鲁书社1997年版。

评孙枝蔚诗云："古诗能发源十九首、汉魏乐府，而兼有陶、储之体，以少陵为尾闾者，今惟焦获先生一人耳。"① 徐世昌《晚晴簃诗汇·诗话》亦云："溉堂以诗文名天下三十余年。其诗当竟陵、华亭、虞山迭兴之际，卓然特立，出入杜、韩、苏、陆诸家，不务雕饰。同时名流推服，以为当代一人。"② 他们是名副其实的三秦诗派的领袖人物，在清初关中诗坛具有举足轻重的作用。

其他如康乃心、李念慈、王又旦、屈复等诗人也成就颇高，值得重视。顾炎武曾称赞康乃心"尚友千古，绍横渠，继少墟，再造关中者也"③。王又旦在京师与王士禛齐名，人称"两王先生"④。徐世昌云："国初关中多诗人，惟黄湄与孙豹人、李子德如泰华三峰，俯视培塿。而三家中黄湄造诣为尤深，才大而无矜气，才振而无浮响，其返虚入浑处，虽豹人、子德不能不让出一头，故渔洋之倾倒为独至。"⑤ 屈复曾与沈德潜齐名。管世铭《读雪山房杂著》云："近日北方诗人，多宗蒲城屈征君悔翁；南方诗人，多宗长洲沈宗伯确士。"⑥ 沈德潜认为屈复"以布衣遨游公侯间，不屈志节，固是有守之士"⑦。

清初关中诗人大多具有遗民情怀，惓念故国、关怀民生是他们创作的主要内容。孙枝蔚诗中多描写社会动荡、生灵涂炭的战乱景象和抒发对国家民族命运的关心。诗人不仅在《哀纤夫》、《水叹》等篇中写天灾给百姓带来的灾难；而且在《乌夜啼》、《空城雀》、《蒿

---

① 孙枝蔚：《自邑中归田作》附王士禛评语，见《溉堂集》（上）卷一，上海古籍出版社1979年版，第14页。

② 徐世昌：《晚晴簃诗汇·诗话》，中华书局1990年版，第256页。

③ 顾炎武：《莘野诗集序》，见康乃心《莘野先生遗书》卷首，《关中丛书》本。

④ 姜宸英：《过岭诗集序》，见《四库全书存目丛书·湛园未定稿》卷二，齐鲁书社1997年版，第633页。

⑤ 徐世昌：《晚晴簃诗汇·诗话》卷三十，中华书局1990年版，第1027页。

⑥ 转引自钱仲联主编：《清诗纪事·屈复》，江苏古籍出版社1989年版，第4767页。

⑦ 沈德潜：《清诗别裁集》（下），中华书局1975年版，第504页。

里曲》中揭示战乱给百姓造成的痛苦。李因笃《雁门八首》、《发代州书触目七十六首》、《放歌行》、《重憩雁门关》等，沉痛感伤，苍劲质朴，隐隐透露出对故国的哀思。康乃心诗虽多表现隐居生活之情趣，但也有抒写社会动乱和民生疾苦的内容。其《圣主》、《郡中感怀二首》指陈时事，辞真意切，富有激壮之气。王又旦诗中感时伤世之情，也偶有流露。其《送家叔季鸿先生游淮上谒后土祠》也流露出作者对明清易代的深沉感慨。屈复诗中反映明末清初史实甚多，故郑方坤《国朝名家诗钞小传·弱水诗钞小传》云："其所见于诗篇，大率多剩水残山之思，麦秀黍离之感，如白首狂夫歌哭道中，辄向黄河欲渡，令人累欷增戚而不能已。"① 如《过流曲川》、《登东城楼感往事十首》直斥吴三桂之卖国求荣，有句云："降将豺狼性，孤城虮虱臣。健儿死争战，奸逆善荒淫。"放言无忌，痛快淋漓。难怪四库将其诗集收入禁毁书目。

（二）"关中四杰"与乾嘉关中诗人群

清诗发展到康熙后期，已经有了很大的变化，身居高位的文坛盟主可以左右诗风倾向，朝野离立的趋势越来越明显。到了乾嘉时期，"神韵"诗风的影响犹存，而沈德潜又倡导"格调说"，明确提出"温柔敦厚"的创作标准，主张诗歌创作要遵循封建伦理道德，为统治阶级服务。而作为在野诗人领袖的袁枚提出"性灵说"，要求独抒性灵，不拘格套，与这种庙堂风气进行抗争。汉学注重考据的风气也渗透到诗文创作中，翁方纲的"肌理说"正是这种倾向的表现。相对于诗坛各树一帜的诗学风尚，关中诗人似乎较为通达。他们的诗学思想体现出"性灵"和"格调"调和，"言志"和"抒情"并重的趋向，但是对于"肌理说"普遍抱有排斥的态度②。乾嘉时期清廷文字狱越发严酷，诗人大多不敢直面现实，揭露黑暗，所以他

---

① 转引自钱仲联主编：《清诗纪事·屈复》，江苏古籍出版社 1989 年版，第4765—4766 页。

② 参见冉耀斌：《吴镇诗学思想初探》，《西北师大学报》（社科版）2004 年第 5 期。

们的创作归于"温柔敦厚"。乾嘉关中诗人的作品中已经很难看到清初关中诗人所表现出的悲壮苍凉、奇恣雄放。但是秦陇地区民风淳朴，重视节操，顾炎武曾说："秦人慕经学，重处士，持清议。"乾嘉关中士人身上依然表现出孤介耿直、操行独立的优秀品质，其诗歌也具有关心民瘼、意气浩然的特点。他们的代表人物是著名的"关中四杰"，即潼关杨鸾、临洮吴镇、秦安胡釴和三原刘绍攽①。

"关中四杰"交往比较密切，在当时为秦陇诗坛的领袖人物。杨鸾早年曾学诗于屈复，后与胡釴、刘绍攽同学于王兰生。杨鸾《胡静庵墓志铭》云："秦安胡静庵（釴），以乙卯选拔，与余同出交河王夫子（兰生）之门。时贡成均者九十余人，静庵与三原刘继贡（绍攽），尤为夫子所赏，皆与余为莫逆交，每寄诗词相商定。"②吴镇与胡釴在兰山书院曾追随山左牛运震，交情甚笃，诗名相埒，同执关陇诗坛之牛耳。刘绍攽曾云："近世称西州骚坛执牛耳者二人，其一为秦安胡子静庵；其一则洮阳吴子信辰。或以朴老胜；或以隽雅胜，异曲同工也。"③《二南遗音》及他们诗集中所存三人酬答作品甚多。吴镇与杨鸾虽未谋面，但对他深为仰慕，其《武昌杂诗》云："并世未相见，吾惭杨子安。遗诗人竟写，宿草月同寒。挂剑心徒切，鸣琴力竟殚。长沙先后事，鹏鸟又哀叹。"

关中四杰主盟诗坛，乡人也好谈诗论文，陇右诗歌风气尤为兴盛，值得注意的是两个比较有影响的地方性诗社：一个是牛运震主讲兰山书院时的兰山诗社，一个是吴镇家乡临洮的洮阳诗社。牛运震《松花庵诗草序》云："余宦西陲十年，从余游者一时才俊百数十人，其学为时文而庶乎至吾之所至者，秦安吴镫一人而已，顾不

---

① 李华春：《吴松厓先生传略》云："（吴镇）尝与潼关杨子安、三原刘九畹、秦安胡静庵称为'关中四杰'云。"见《松花庵全集·诗草》卷首，宣统二年重梓本。
② 杨鸾：《胡釴墓志铭》，见《清文汇》乙集卷十，北京出版社1996年版，第1563页。
③ 刘绍攽：《松花庵诗草跋》，见《松花庵全集·诗草》，宣统二年重梓本。

肯为诗。其为诗而能学吾之所学者，则于临洮吴镇又得一人焉。"①
吴镇《三余斋诗序》云："乾隆戊辰，山左牛真谷师主讲兰山书院，
一时才俊云集，而皋兰人文尤盛，其能诗者黄西圃建中孝廉而外，
群推'两江'，'两江'者，一为幼则（为式），一即右章（得符）
也。"② 其《宋南坡诗序》亦云："乾隆十有三年，予从山左牛真谷先
师肄业兰山书院。时两河才俊云集，讲贯切磋，与予缔交殆遍而相
视莫逆者，则推宋二南坡。"兰山书院诗学风气之盛可见一斑。

洮阳诗社虽为临洮地方性诗社，但历史悠久，影响颇大。吴镇
《萝月山房诗序》云："洮阳诗社，由来最久，兴而废，废而复兴，
乘除随时，然倡和者卒未尝绝。忆三十年前余与诸同人重联诗社，
一州才俊翕然趋风。"③ 李苞编有《洮阳诗钞》。杨芳灿《洮阳诗钞
序》云："《洮阳诗钞》者，余同年友李元方刺史所辑也。原夫铁勒
雄州，素昌古郡，风土清壮，山川奥奇。我朝文教覃敷，英才蔚
起。践三唐之阃阈，窥六代之墙藩。几于人握夜光，家藏垂彩。先
是张康侯、牧公两先生急难竞秀，同怀振奇。摛锐藻之缤纷，飞清
机之英丽……洎乎松厓先生以通博之才为沈研之学，激扬钟石，挥
斥风云。探丹滕于委婉之山，扪麟篆于陈芳之国。贯穿五际，罨牢
群能。前哲逊其精深，后生奉为准的。其余方闻素士，娴雅俊流，
踏壁耽吟，闭门索句。喻凫少绮罗之习，张祜有竹柏之姿。虎狱鬼
炊，抉古人之窍奥；撑霆裂月，劼作者之肝脾。片语推工，偏师制
胜者，又未易偻指数也。"④ 可见临洮诗学风气之浓厚。

乾嘉年间秦陇诗人的诗歌成就亦较高，时人多有赞誉之词。董
琴虞称赞胡釴云："歌行六代律三唐，陇右诗人各擅场。除却松花庵

① 牛运震：《松花庵诗草序》，见《松花庵全集·诗草》，宣统二年狄道后学重梓本。
② 吴镇：《三余斋诗序》，见《松花庵全集·文稿》，宣统二年重梓本。
③ 吴镇：《萝月山房诗序》，见《松花庵全集·文稿》，宣统二年重梓本。
④ 杨芳灿：《洮阳诗钞序》，见《芙蓉山馆全集·文钞》卷三，《续修四库全书》，
上海古籍出版社 2002 年版，第 184 页。

主外（松花庵主，即吴镇），同时诗人谁相当？"① 雪国楫《龙山诗话》称赞杨鸾诗"格高韵远，气腴神清"。② 而《清史列传》认为其诗"晚益瑰丽苍坚，极中晚之胜"③。吴镇的诗歌成就更为突出，袁枚、王鸣盛、杨芳灿等人均对他推崇备至。袁枚称赞其诗"深奥奇博，妙万物而为言，于唐宋诸家不名一体，可谓集大成矣"④。徐世昌亦云："关中诗人盛于国初，而陇外较逊。至乾隆间，松崖崛起，与秦安胡静庵并执骚坛牛耳。静庵诗尚朴健，名位未显，松崖则才格并高，研求声律，故其诗音节尤胜。……当为西州诗学之大宗。"⑤

　　乾嘉关中诗人虽然没有清初关中诗人那种激昂之气和故国之思，但关心民瘼、意气浩然的"秦风特色"还是较为明显。尤其是他们的咏史和写景诗成就最高，风格爽朗，情感真挚，值得我们重视。胡釴诗多描摹山川景物和抒写羁旅情怀。风格平淡朴实，语言简洁自然。《闻鸡》、《杏花》等可为代表。诗句"微雨渡头歇，夕阳山外多"为一时所传颂。也有一些诗篇豪爽健朗，意气横生。如《凉州》云："何日此开疆，英雄汉武皇。诸番分两界，一道出中央。雪莹祁连白，尘飞大漠黄。由来形胜地，矫首意苍茫。"于咏史怀古之中，寄托了作者的豪迈情怀。而所写河西风光，非亲历者不能道。杨鸾诗风格爽健清丽，语言含蓄蕴藉。如《长城》咏秦朝之兴亡得失，可谓史家之笔。气势飞动，语言犀利，句式变化无端而又韵律和谐。杨鸾抒写羁旅愁情也极有特色，如《盘豆驿》云："盘豆驿前日欲沉，高高新月映疏林。一溪涧水数声雁，何处能消关外心？"形象生动，清丽洒脱，有唐人绝句之情韵。吴镇诗歌内容丰富，题材广泛，多游览之作，兴象超然，富有新意。如《襄阳杂

① 杨钟羲：《雪桥诗话三集》卷五，《近代中国史料丛刊续编》，台北文海出版社1966年版，第618页。
② 转引自钱仲联主编：《清诗纪事·杨鸾》，江苏古籍出版社1989年版，第5219页。
③ 《清史列传·杨鸾传》，中华书局1981年版，第5875页。
④ 袁枚：《松花庵诗集序》，见《松花庵全集·诗草》卷首，宣统二年重梓本。
⑤ 徐世昌：《晚晴簃诗汇·诗话》卷九十四，中华书局1990年版，第3916页。

咏》、《兴国凤凰寺》、《武当山作》、《渭源五竹寺》等。尤以《韩城竹枝词》、《我忆临洮好十首》最为特出，自然流畅，洗尽铅华，为人们广泛传诵。

乾、嘉时期关中诗人以诗社和书院作为交流平台，将三秦诗派的创作推向一个新的高潮，涌现出了一大批诗人，如江得符、刘壬、李华春、李苞、秦维岳、李兆甲、李韶九、周湘泉、吴承禧等。但从思想深度和艺术成就来看，乾嘉关中诗人的成就远逊于清初诸大家。

二、三秦诗派的特征

三秦诗派的作家众多，诗学主张也不尽相同。他们一方面继承明代"七子"派的理论，重视格调，提倡经世致用的诗风，另一方面又吸收了江南诗学的新因素，诗学理论具有一定的开放性。关陇人士的诗文创作，重视继承古代文化，具有鲜明的地域文化色彩，江南人士统以"秦风"目之。清代关陇地区虽远离政治文化中心，但关陇士人并不故步自封，他们中间的许多人曾经宦游南北，在诗文交流和文化碰撞中，融合了许多异域文化因素，形成了多元化的创作风格，这也是清代值得重视的文化现象。

(一) 以"格调"为宗旨的开放诗论

关中诗学具有最强烈的道德色彩，在一定程度上继承了明代格调派的观念，注重诗法和诗律的研究，取得了一些实际的成绩。李因笃、孙枝蔚、康乃心、吴镇曾潜心钻研诗学，其诗歌理论可谓关中诗学之代表。他们论诗大多标举盛唐，主张格调，宗法明代前后"七子"。但他们对明代格调派的理论有所修正，在与江南诗学思想的碰撞中也有一定的融合。跟明代复古派有所不同，关中诗人将宗法的对象大多追溯到《诗经》，主张学习诗三百篇。李因笃曾说："学三百而得苏、李，学苏、李而得曹、阮、鲍、谢，学曹、阮、鲍、谢而得开元、天宝诸公，是真能学者矣。是故湛于三百而后为苏、李，学苏、李未能为苏、李也。"[1] 康乃心不用说也奉《诗经》为圭臬，他强调"唐人诗可继三百，不在字句之间，温柔敦厚其大旨也"。他曾断言"宋元无诗，唐诗真可谓上继《三百》，一字千金，此事非小非近，难为一二俗人道也"[2]。吴镇论诗也主张对《诗经》的学习，牛运震《松花庵诗草序》引吴镇的话说："古体期汉魏，近本期盛唐，合而衷诸三百篇，师其意不师其体，唐以后蔑如也。"[3] 这些诗论主张都是对格调派"诗必盛唐"诗学观念的突破和发展，反映了关中诗人对传统的批判和反思。

　　清初关中诗人对于备受钱谦益诟病的七子派、竟陵派均有一定的支持和同情。由于地域的缘故，他们对七子派极为推崇。李因笃曾云："沧溟表齐呗，北地本秦风。绝构皆千古，雄才有二公。雪岚尝抱石，金翮久摩空。薄哂看流辈，江河逐渐东。"对李梦阳、李攀龙的景仰之情，溢于言表。当然，他对前后七子还是作了区别，《王使君书年五吟草序》云："论诗自唐大历以还至明之李何称再盛，所谓取材于《选》，效法于唐，虽圣人复起不易也。吾尝准此以衡近代大家，合者独近体耳，而于鳞则云'唐无五言古诗'，徒矜拟议之能，而略神明之故，固七子所舔自域也。"[4]

　　钱谦益是江南诗学领袖，他对明七子和竟陵派批评最为激烈。他认为李梦阳"生休明之代，负雄鸷之才"，"一旦崛起，侈谈复古，攻宄窃剽贼之学，诋諆先正，以劫持一世。"[5] 李攀龙"操海内文章之柄垂二十年，其徒之推服者以为上追虞姒，下薄汉唐"[6]。他

---

①　李因笃：《许伯子茁斋诗序》，见《续刻受棋堂文集》卷一，清道光十年刻木。

②　康乃心：《莘野文集·杂言》，见《莘野先生遗书》．中国社会科学院文学研究所藏稿钞本。

③　牛运震：《松花庵诗草序》，见《松花庵全集·诗草》，宣统二年狄道后学重梓本。

④　李因笃：《王使君书年五吟草序》，见《续刻受棋堂文集》卷一，清道光十年刻木。

⑤　钱谦益：《列朝诗集小传》（上），上海古籍出版社1983年版，第245页。

⑥　钱谦益：《列朝诗集小传》（上），上海古籍出版社1983年版，第429页。

攻击竟陵派更是无以复加，近乎谩骂。如论钟惺"其所谓深幽孤峭者，如木客之清吟，如幽独君之冥语，如梦而入鼠穴，如幻而之鬼国"①。论谭元春言辞更为苛厉："才力薄于钟，其学殖尤浅"，其诗"无字不哑、无句不谜，无一篇章不破碎断落。一言之内，意义违反、如隔燕吴，数行之中，词旨蒙晦，莫辨阡陌"②，可谓一笔抹杀。

对于钱谦益的这些诗学批评，关中诗人大多不以为然。李因笃《张源森诗序》称："顾虞山论诗与予异，昔者沧浪专主妙悟，献吉不取大历以下，宗伯（钱谦益）皆深非之。"③康乃心亦云："历下之言，世讥其阔；竟陵之论，又病其寂。要之皆起衰救弊者也。宗伯谭诗，以初盛中晚陋新宁氏，至诋严沧浪为妄作解事。其说博□，而取材于宋元，浸淫于天竺，稗官巷谜尽入格律，亦似晚节之穷而失归也。"④他们的诗论显然与钱谦益为代表的江南诗学针锋相对。屈复也对钱谦益之褊狭之论深表不满，其《论诗绝句》云："三百年来碧海中，钱郎弹射一空同。青蝇白玉蚍蜉树，稍喜渔阳许劲弓。""三代而还尽好名，文人自古善相轻。钟谭死后虞山出，从此前贤畏后生。"对钱谦益肆意贬斥李梦阳、竟陵派作出了强有力的回应，足见关中诗人的诗学主张。

跟关中本土诗人不同，流寓江南的关中诗人由于深受江南文化的濡染，对江南诗学已经有所接受，孙枝蔚与李因笃等人持论即有所不同。李因笃《临野堂集序》云："天之赋才非啬于今而丰于古，江河日下，视古人不营径庭，岂独其才殊哉？学之不逮久矣。'读书破万卷，下笔如有神'。往惟吴郡顾亭林征君不愧斯语。征君古文词纵横《左》《史》，诗独爱盛唐，尝言诗有景有情，写景难，抒

---

① 钱谦益：《列朝诗集小传》（上），上海古籍出版社 1983 年版，第 570 页。
② 钱谦益：《列朝诗集小传》（上），上海古籍出版社 1983 年版，第 572 页。
③ 李因笃：《张源森诗序》，见《续刻受祺堂文集》，清道光十年刻本。
④ 康乃心：《莘野先生遗书·莘野集》卷首诗跋，中国社会科学院文学研究所藏钞本。

情易，舍难而趋易，趋向一乖，辟王之学华，去之愈远。"① 他与顾炎武都推崇盛唐，与钱谦益为代表的力主宋诗、诋斥"七子"的江南诗学殊途异趣。而孙枝蔚则不然，他不但唐宋并重，而且在诗歌的具体做法上也与李因笃的主张略有不同。《溉堂集·枫桥七绝》自注云：

> 唐人每善作景语，张继枫桥诗尤为高手。富平李翰林子德谓予诗长于叙事言情，惜写景诗尚少，予尝心是其言而不能用也。然而痛者不择音而号，犹醉者不择地而眠。予方自恨写情与事有所不能尽，远不及老杜百分之一，又安知诗中何者为景少于情，何者为情不如景乎？当子德见教时，适他客至，惜未毕其说，后遂别归江都，至今未有以奉复七。②

李因笃受顾炎武之影响，认为"写景难，抒情易"，针砭当时诗坛不重意境、随意抒写的陋习，可谓切中时弊。但是将情与景截然分开则大谬，难怪孙枝蔚表示不赞同他的观点。孙枝蔚对钱谦益极为推崇，也与关中诸子大相径庭。

由此可见，关中诗人大多以继承明代七子派的格调说为诗论出发点，但也对七子派的理论有所修正，他们大多与钱谦益为代表的江南诗学主张针锋相对，体现了他们独立思考，不闻风影从的高贵品质。另外，他们的诗学思想还是较为开放的，并不故步自封，对于江南诗学思想也有一定的吸收和有选择的接受。

（二）以"秦风"为主流的多元风格

明清时期，文学的地域特征在创作中愈加凸显，人们多以地域特征来评判个人的诗歌风尚，关陇诗人的创作特色大多被人们视为有"秦风"（或者"秦声"）遗响。四库提要谓赵时春"秦人而为秦

---

① 李因笃：《临野堂集序》，见钮琇《临野堂集》卷首，《四库全书存目丛书》本，齐鲁书社 1997 年版。

② 孙枝蔚：《枫桥》绝句自注，见《溉堂集》（下），二海古籍出版社 1979 年版，第 1397 页。

声"①，评孙枝蔚诗亦云："诗本秦声，多激壮之词。"②袁枚读到吴镇之诗后，即收入《随园诗话》，以"备秦风一格"③。关中诗人也大多追步"秦风"传统，李因笃曾称赞康乃心诗"雄姿逸气，不受羁衔，故皆直抒性灵，磊落壮凉，得秦风本色"④。

"秦风"原指《诗经》十五国风中的秦地民歌。共有 10 篇。内容多写从军战斗的生活，刚劲质朴，慷慨激昂。因为当时秦国地近边陲，常受西戎骚扰，大敌当前，促使秦人"好义急公"，养成"修习战备"、"尚武勇"、"尚气概"之风⑤。但是秦陇地域诗风的正式形成，还要等到明代中期以后。杨际昌《国朝诗话》卷二云："秦中自空同酷拟少陵，万历之季，文太清翔凤复为扬波，海内有秦声之目。"⑥从此"秦风"便成为评价秦陇诗人地域风格的重要标准。

"秦风"的一个重要特征是"好义急公"，尚武勇，重节概。脍炙人口的名篇《无衣》，反映了当时周王朝号召秦地人民反对西戎侵略的战争情况，表现出了秦人踊跃奔赴战场、慷慨从军和团结友爱的战斗精神。而这种"急公好义"的精神一直被秦人传承下来。朱熹曾说："秦人之俗，大抵尚气概，先勇力，忘生轻死，故其见于诗如此。……雍州土厚水深，其民厚重质直，无郑、卫骄堕浮靡之习，以善导之，则易以兴起而笃于仁义，以猛驱之，则其强毅果敢

① 永瑢等：《四库全书总目》卷一七七《浚谷集提要》，中华书局 1965 年版，第 1583 页。

② 永瑢等：《四库全书总目》卷一八一《溉堂集提要》，中华书局 1965 年版，第 1636 页。

③ 袁枚：《松花庵诗集序》，见《松花庵全集·诗草》卷首，宣统二年重梓本。

④ 李因笃：《莘野诗集序》，见《莘野先生遗书·莘野诗集》卷首，中国社会科学院文学研究所藏钞本。

⑤ 胡朴安：《中华风俗志》卷七《陕西》，上海文艺出版社 1988 年影印本，第 14—15 页。

⑥ 杨际昌：《国朝诗话》卷二，《清诗话续编》第 3 册，上海古籍出版社 1983 年版，第 1724 页。

之资，亦足以强兵力农而成富强之业，非山东诸国所及也。"① 这正是关陇地区崇尚气概、慷慨豪侠风气的由来。明末清初，天下动乱，在国家危亡之际，秦陇士人也表现出了"急公好义"的优秀品质，他们踊跃地为明王朝慷慨赴义，尤以李因笃和孙枝蔚最为特出。他们都曾组织武装抗击农民起义军，足见其"捐躯赴国难"的勇气。

"秦风"的另一个重要特征就是诗歌中多描写秦陇地区特有的山川地势和人情风物，具有明显的地域特征。《汉书·地理志》云："天水、陇西，山多林木，民以板为室屋。及安定、北地、上郡、西河，皆迫近戎狄，修习战备，高上气力，以射猎为先。故《秦诗》曰'在其板屋'；又曰'王于兴师，修我甲兵，与子偕行'；及《车辚》《驷驖》《小戎》之篇，皆言车马田狩之事。"② 清代秦陇诗人有关秦地、秦人、秦事和秦俗的诗文层出不穷。"潼关"、"太白山"、"华山"、"曲江池"、"朱圉山"、"鸟鼠山"、"积石关"等山川名胜更是秦陇诗人反复歌咏的对象。屈复《红芝驿》《过流川曲》记载了李自成追饷缙绅、吴三桂屠戮蒲城之事。还有《琵琶行》记三藩之乱事，其序云："琵琶行，悲西陲也。王辅臣叛，人民杀戮，妇女被掳掠，金粟子伤之，而作是诗。"其事均发生在关中之地，可补史之阙。吴镇《我忆临洮好》、江得符《我忆兰州好》不仅歌颂了陇右独特的山川地貌和悠远的历史文化，而且反映了当时陇右各地的人情风俗，具有独特的认识和审美价值。

"秦风"在诗文风格层面上讲，当指诗文中流注的一种刚健质朴之气。这从《诗经》中的《无衣》《小戎》就可以看出其端倪。"秦风"的这种刚健质朴，与南方的清丽缠绵大异其趣，因此南方人士对秦陇诗风多有偏见，俱归之为"亢厉"，且以之为短。钱谦益曾云："余观秦人诗，自李空同以逮文太青，莫不亢厉用壮，有《车

---

① 朱熹：《诗集传》卷六，上海古籍出版社 1982 年版，第 79 页。
② 班固：《汉书·地理志》，中华书局 1962 年版，第 1644 页。

辚》、《驷骥》之遗声。屺瞻（李念慈）独不然，行安节和，一唱三叹，殆有兼葭白露、美人一方之旨意，未可谓之秦声也。"① 大概受钱牧斋影响，南方学者也多不以"亢厉"为然。四库提要评李因笃诗云："亢厉之气，一往无前，失于粗豪者盖亦时时有之。"② 评李念慈诗则云："其诗吐属浑雅，无秦人亢厉之气。"徐世昌评杨鸾诗亦认为"不为亢厉之声"，这些评价明显带有偏见。而施闰章认为"东南之音多失之靡，西北之音多失之厉"则较为公允③。但是秦风并不一味"亢厉用壮"，也有非常清新明丽、兴象超然的作品，比如钱谦益所提到的《秦风·兼葭》一诗，凄婉缠绵、一唱三叹，历来为人们所传诵。还有《秦风·晨风》也写得情真味永、意在言外。王弘撰《留别白门友人》云："春花落尽鸟空啼，春水东流人向西。有梦常依桃叶渡，寄书应到碧云溪。"清水芙蓉，风致洒落，于平淡中见真情。李柏《山行》云："漫道桃源路不通，溪行十里道心空。鸟啼流水落花外，人在春山暮雨中。"清新流畅，音韵和谐，给人亲切自然之感。此类诗歌岂能以"亢厉"目之？可见以"亢厉"概括秦风的特点并不完全准确。正如李因笃《再作六绝寄宁人先生》所云："谁言凄壮本秦声，肯舍周南学小戎。君从邦鄁塑王化，旧迹依然渭水东。"康乃心也认为"声音之道，和平淡宕已尔，激壮悲凉与夫清微婉丽，因时地而然，有难强者"④。

三秦诗派诗人的活动范围并不囿于关中一地，他们之中的大多数人曾经周游全国各地，足迹遍及大江南北，在文化交流与碰撞中，融合了多种文化形态，形成了多元的创作风格。王鸣盛评吴镇

---

① 钱谦益：《钱牧斋全集》（六）《题李屺瞻谷口山房诗》，上海古籍出版社 2003 年版，第 1565 页。

② 永瑢等：《四库全书总目》卷一八三《受祺堂诗集提要》，中华书局 1965 年版，第 1659 页。

③ 施闰章：《谷口山房诗集序》，《四库全书从目丛书·谷口山房诗集》卷首，齐鲁书社 1997 年版。

④ 康乃心：《莘野先生遗书》卷首《莘野诗集跋》，中国社会科学院文学研究所藏钞本。

诗云："松厓由乙科起家，官兴国州牧，进沅州守。盖不但钟秦陇之灵毓，西倾诸山、河、沂诸水之秀，得其高厚峻拔之气，以振厉豪楮。抑且综览三湘七泽，挹澧、兰、沅、芷之芳馨，取楚骚之壮烈以为助。"[①] 王鸣盛在吴镇诗歌中就看了两种文化的融合，其诗既有秦风"高厚峻拔之气"，又有"楚骚之壮烈"，所以形成了他不拘一格、光怪陆离的诗歌特色。李念慈长期宦游南北，深受江南文化的濡染，故施闰章评其诗为"秦风而兼吴、楚者"[②]，都可以看出多种文化融合对关中诗人创作的影响。

孙枝蔚的诗歌可以说是南北文化融合的又一杰出代表。他的诗歌不但不受地域束缚，而且冲破了"宗唐桃宋"的门户之见。王士禛、王士禄、吴嘉纪等人都认定溉堂学唐诗。而汪懋麟却说："不见征君之为诗乎，最喜学宋，时人大非之。"[③] 庞闰章则认为："其诗操秦声，出入杜、韩、苏、陆诸家，不务雕饰。"[④] 最能概括溉堂诗的特点。溉堂之诗兼容并包，独树一帜，在清初诗坛较为独特，正是地域文化的相互交融促成了其诗风的变化。

综上所述，三秦诗派的诗人众多，成就突出，诗文风格具有独特的"秦风"特色，在清代诗歌百派竞流的格局中应当占有一席重要的位置，值得学界进一步探讨和研究。

第三节　王又旦与清初诗坛

清初诗坛，百派争流，群星璀璨，是中国古典诗歌发展的又一

---

① 王鸣盛：《松花庵诗集序》，见《松花庵全集·诗草》卷首，宣统二年重梓本。
② 施闰章：《谷口山房诗集序》，见《四库全书存目丛书·谷口山房诗集》卷首，齐鲁书社 1997 年版。
③ 汪懋麟：《溉堂文集序》，见《溉堂集》（下）卷首，上海古籍出版社 1979 年版。
④ 施闰章：《送孙豹人舍人归扬州序》，见《溉堂集》（中）卷首，上海古籍出版社 1979 年版。

个繁盛时期。而关中诗坛创作之繁盛亦名闻海内，颇为时人称道。王士禛《带经堂诗话》云："关中名士，予生平交善者，如三原孙豹人枝蔚、韩圣秋诗、华阴王无异弘撰、富平李子德因笃、郃阳王幼华又旦、富平曹陆海玉珂，皆一时人豪。"① 朱彝尊《王崇安诗序》亦云："予求友于关中，先后得五人：三原孙枝蔚豹人、泾阳李念慈屺瞻、华阴王弘撰无异、富平李因笃子德、郃阳王又旦幼华。五人者，其诗歌平险或殊，然与予议论未尝不合也。"② 而乾隆年间王鸣盛亦云："三秦诗派，本朝称盛，如李天生、王幼华、王山史、孙豹人，盖未易更仆数矣。予宦游南北，于洮阳得吴子信辰诗，叹其绝伦。归田后复得刘子源深诗，益知三秦诗派之盛也。"③ 三秦诗派是清代一个成熟的诗歌流派，他们以质朴劲健的"秦风"特征高标独出，引起了世人的关注④。三秦诗派作家众多，如李因笃、孙枝蔚、李柏、康乃心、李念慈、屈复都是名闻遐迩的诗坛名家，而王又旦作为新朝进士、地方廉吏和台阁重臣，相对他们来说经历更为复杂，在关中、江南和京师诗坛都有较为广泛的影响。通过研究王又旦的仕宦经历、交游状况可以发现清初诗坛的许多变化，如朝野诗人的沟通，诗学风尚的演变，以及清初诗人特殊的心态。比较有意义的是，代表王又旦一生中最重要的两次诗学活动，漫游江南和居官京师，他都留下了和当时诗坛名家的画像，通过这两幅画像可以较为准确地勾勒出他的诗学交游活动和清初诗坛的发展流变。

王又旦（1636—1686），字幼华，别字黄湄，陕西郃阳人。其祖父讳王必昌，"少为孤童，振拔为闻人以光其先，施于家以及

---

① 王士禛：《带经堂诗话》，人民文学出版社 1963 年版，第 557 页。

② 朱彝尊：《曝书亭集》卷三十九，《四部丛刊初编》本，商务印书馆 1922 年版。

③ 王鸣盛：《戒亭诗草序》，见刘壬《戒亭诗草》卷首，清乾隆刻本。

④ 参见冉耀斌：《三秦诗派及其文化品格》（《文学遗产》2008 年第 5 期）、《三秦诗派的作家构成与特征》（《西北师大学报》2008 年第 3 期）。

于远，至老不倦"，乡人私谥曰"孝惠先生"①。其父图南亦为名诸生，遭秦中寇乱，不得竟所学，乃佐孝惠理其家。又旦幼学于其叔父斗南先生。斗南号南仲，为关中宿儒，"昌明圣贤之道，立教关中，从游者各有所成就"②。王又旦《痛哭》云："弱植愧薄劣，七岁受训诰。哀哀我仲父，引我入阃奥。"③顺治十六年中进士。后涉江游江南，在扬州与孙枝蔚、方文、吴嘉纪、郝士仪、雷士俊、冒襄、汪楫等名士相识，得到了他们的一致好评，已在诗坛崭露头角。后因母丧回乡守制。康熙八年，任湖北潜江知县，"亲履亩定赋，杜豪强侵占，葺长堤，挂汉水决啮"④，颇有政绩。并建传经书院，筑说诗台，迎孙枝蔚至潜江授诗。康熙十五年以治行第一擢给事中，十六年因父丧复还乡守制，服除补吏科给事中，转户科掌印给事中。在京师与王士禛、陈廷敬、叶方蔼、汪懋麟、汪楫、陈维崧、朱彝尊、姜宸英、纳兰性德等交往密切，经常诗文酬唱。康熙二十三年，充广东乡试正考官。后因病卒于官。王又旦为官清廉，勤政爱民，诗文创作成就颇高，徐世昌曾说："国初关中多诗人，惟黄湄与孙豹人、李子德如泰华三峰，俯视培塿。而三家中黄湄造诣为尤深，才大而无矜气，才振而无浮响，其返虚入浑处，虽豹人、子德不能不让出一头，故渔洋之倾倒为独至。"⑤有《黄湄诗选》、《黄湄奏议》传世，诗为王士禛所选定。

一、《五子论文图》：王又旦与清初江南诗坛

清初关中诗坛除了孙枝蔚、王弘撰、李柏等遗民诗人之外，一

---

① 汪懋麟：《王氏祠堂记》，见《百尺梧桐阁集》卷二，上海古籍出版社 1980 年版，第 283 页。

② 朱彝尊：《儒林郎户科给事中部阳王君墓志铭》，见《曝书亭集》卷七十五，《四部丛刊初编》，商务印书馆 1922 年版。

③ 王又旦：《黄湄诗选》卷四，清康熙刻本。

④ 姜宸英：《湛园集》卷六，影印文渊阁《四库全书》本　台北商务印书馆 1986 年版。

⑤ 徐世昌：《晚晴簃诗汇》，中华书局 1990 年版，第 256 页。

些出仕新朝的关中诗人也不容忽视，他们同样具有正直廉洁，不畏权贵、关心民瘼的高贵品质。如清初关中诗人杨端本，他在潼关知县任上，兴学校，开水利，履亩勘田，"宿赋累民者悉除之"，百姓安居乐业，为人们所歌颂。又如杨素蕴在任御史时，曾弹劾吴三桂徇私枉法，不守臣节，引起朝野震动，直声扬天下。还有李念慈、康乃心、王又旦、韩诗、曹玉珂等人，他们诗歌成就亦较高，深得钱谦益、王士禛、陈廷敬、朱彝尊、陈维崧等名士的赞赏。

清初关中诗人，大多不囿于关中一地，他们中的大多数人都曾经周游全国各地，足迹遍及大江南北，与当时各地诗人广泛交往，并在文化碰撞中形成了多元的创作风格，其中以孙枝蔚、王弘撰、王又旦、李念慈为最突出。孙枝蔚自清顺治三年南下扬州，再也没有返回关中，其活动亦完全融合在扬州遗民诗人之中。被顾炎武誉为"关中声气之领袖"的王弘撰，一生曾四次游历江浙，与江南遗民广泛交游。另外，不少外地遗民如顾炎武、屈大均、阎尔梅、梁份等亦曾屡次涉足关中，与关中遗民互通声气。严迪昌认为王山史等游江南，与顾亭林等入西北，形成了江南、秦晋遗民群体交流互动的网络关系，在清初诗坛具有较为典型的意义。

与王山史、孙枝蔚等遗民略有不同的是，清初著名诗人王又旦在中进士之后，亦曾两次涉江游江南，与寓居江南的关中遗民孙枝蔚、杨敏芳、雷士俊等交往颇密，又与扬州诗人吴嘉纪、郝士仪、汪楫、汪懋麟、吴周等结下了深厚的友谊。王又旦初游江南的时间，人们认识不一。其《黄湄诗选》为康熙十六年王士禛所选定，甲辰（康熙三年）之前的诗作全部删除。汪懋麟《黄湄诗选序》云："君抱异才，博闻强记。自其早年已工五七字，而断自甲辰，何谦抑也。初，君戊戌释褐，涉江游吴越间，盖予识君之始。"① 杨积庆

---

① 王又旦:《黄湄诗选》卷首，清康熙刻本。

《吴嘉纪诗笺注》据此断定他游扬当在顺治十五年。其实顺治十五年王又旦才参加礼部会试，十六年成进士，游扬在成进士之后。孙枝蔚《三磨蝎图诗》序云："邗上逢王幼华进士，为余推命，因合退之、子瞻及余小像为一图。"① 此诗《溉堂集》编入癸卯年，中有"上天生我竟何意，倏忽年过四十四"之句，据此可推知王又旦初游江南应在康熙二年。又方文《嵞山续集》卷二有《喜关中王幼华见访草堂》："广陵城西木兰院，与君僧舍初相见……刻烛为题《壬子图》，笔端疑有神灵助。别后东西各一天，韶光弹指忽三年。虽无尺素通音问，闻说麻衣守墓田。"② 此诗作于康熙四年，由此逆推三年可知他们相识于康熙二年。王又旦临别之际，请人画孙枝蔚、吴嘉纪、郝士仪、汪楫及他自己为《五子论文图》，携归关中。孙枝蔚《樽酒论文图送别王幼华归秦中》序云："幼华合予与宾贤、舟次、羽吉，命戴生涵为《樽酒论文图》，携归故里。"③

王又旦二次游江南在康熙四年，这次他不但与旧友孙枝蔚、方文、吴嘉纪、汪楫、汪懋麟、雷士俊、杨敏芳、房廷祯等相会，又认识了流寓南京的一些遗民诗人如徐与乔、王之辅、程子介等，而且一同游历金陵，登雨花台，拜景公祠，游燕子矶。十月十九日为其生辰，孙枝蔚、方文、房廷祯、汪楫、吴嘉纪等来其寓所祝寿。方文《十月十九日为邠阳王幼华初度，孙豹人、房兴公、吴宾贤、郝羽吉、汪舟次咸集其寓，予后至，因赠二诗》其二云："屈指关中友，王朗独少年。科名方藉甚，风骨更翛然。一见遽相洽，三生或有缘。"④ 汪楫、吴嘉纪等都有诗相赠。康熙五年暮春，王又旦将游盱江，扬州遗民诗人徐泌招集诸名士登康山送别。汪楫《悔斋诗》有《徐次源招集康山送王黄湄游盱江》："南望盱江北望秦，高丘惜

---

①　孙枝蔚：《溉堂前集》卷三，上海古籍出版社 1979 年版，第 185 页。

②　方文：《嵞山续集》卷二，上海古籍出版社 1982 年版，第 950 页。

③　孙枝蔚：《溉堂前集》卷九，上海古籍出版社 1979 年版，第 461 页。

④　方文：《嵞山续集》卷二，上海古籍出版社 1982 年版，第 1000 页。

别正残春。浪游更远三千里。结客犹能十九人。(时座客十九人。)
绕槛布帆移绿野,压城烟树隐黄尘。寻常只说他乡好,听到琵琶泪
满襟。"① 后来他同孙枝蔚、方文等游历镇江,登金山、焦山,拜谒
郭璞墓、米芾墓。然后顺江而下,游历了苏州、嘉兴等地,赋诗
颇多。

与王山史游历江南,与遗民群体互通声气,希望有所作为不
同,王又旦游江南的意图不太清楚,但从王士禛尽删其甲辰前之
作,可见其诗定有不为当朝所接纳者。王又旦在扬州,交游多为遗
民故老及与新朝不合作者,如孙枝蔚、方文、吴嘉纪、郝士仪、吴
周等人,而且这些人大多都视其为"同道"。如吴嘉纪《答赠王幼华》
云:"邰阳王伯子,真朴世罕俦。名成不出仕,担簦来扬州。非无
荐绅交,乐与渔樵游。"② 汪楫《赠王幼华》亦云:"恂恂少季来何方,
王子幼华家邰阳。二十成名心未已,策马天涯觅知己。真率常为缙
绅笑,形容只恐渔樵鄙。"③ 孙枝蔚《赠王幼华》也有"持此觅同调"、
"作书与同气"等诗句。据此我们不能推知王又旦就有反清的倾向,
虽然他的出仕也是迫于无奈。其《招隐桥与周澹园》云:"古人耻
束带,鸿毛视一官。遗徽传今古,忼慨诚为难。吾谓守不固,一出
良足叹。"④ 他在江南与遗民等孤节之人的交往,值得人们深思。

王又旦初游江南的诗歌没有保存下来,但他二次游江南的时候
与方文等人等拜谒景公祠的举动和诗作透露出了一些信息。康熙四
年重阳节,方文、徐与乔、王之辅、方宝臣、程子介等江南遗民陪
同王又旦游历金陵,在雨花台拜谒景公祠,并赋诗志怀。其《重阳
过长干谒景公祠》云:"真宁夫子今何处?读史吾尝忆往时。九日
登临披草拜,百年松桧使人悲。义同荀息情先苦,计托专诸恨已

---

① 汪楫:《悔斋集五种》卷一,中科院图书馆藏清汇印本。
② 杨积庆:《吴嘉纪诗笺校》,上海古籍出版社 1980 年版,第 29 页。
③ 汪楫:《悔斋集五种》卷一,中科院图书馆藏清汇印本。
④ 王又旦:《黄湄诗选》卷十,清康熙刻本。

迟。石子冈头黄菊绽，不堪尊酒酹灵祠。"① 景清为明陕西真宁（今甘肃正宁）人。洪武进士，授编修，改御史。建文初为北平参议。复迁御史大夫。明成祖发动"靖难"之役，夺取皇位之后，景清以原官留任。他欲于早朝时行刺成祖，被执，搜之得所藏刃，遂被杀，诛十族，株连其乡人。王又旦说他"义同荀息"，"计托专诸"，对他这种忍辱复仇深表同情。联系王又旦之仕清，也许他有景清忍辱待机之意。而方文诗中还提到同游之人，他们大多为苦节自守的遗民。方文《九日登木末亭饮景公祠》序云："同游者郿阳王幼华、昆山徐扬贡、绣水王左车、新安方宝臣、程子介。"诗云："九日年年不肯晴，今年九日最晴明。儿童相率登高去，老子何妨挈伴行。万木全凋因世难，双祠重构见民情。皇图霸业俱荒草，不朽仍归烈士名（时方、景二公祠新成）。"② 隐隐透露出清初金陵迭遭兵燹的惨状和老百姓怀念前朝的情怀。

据方文诗可知，与王又旦这次同游的多为江南遗民。王之辅（1624—1679），字左车，秀水人，占籍上元。性孤僻，不干一人，后改名囚。工诗，以遗民终。程子介，新安人。流寓南京，以遗民终。钱澄之《示程子介》云："性僻吾原忧寡合，口缄世反怪多言。"③ 徐与乔，字扬贡，昆山人。顺治辛丑进士。将授官，以"奏销"诖误。已而遣者获湔雪登用，与乔独不自辨。杜门著述，有《初学辨体》一书，为艺林所推重。由此可见，王又旦广交江南遗民，并拜谒景清祠，隐隐传达出一种内心的渴望。这种对故明王朝的眷恋，在清初那个特殊时期并非个例。

王又旦在江南结交诗人较多，而最莫逆者为孙枝蔚、吴嘉纪、汪楫和郝士仪。汪懋麟《百尺梧桐阁集》卷八《征君孙豹人先生行状》

① 王又旦：《黄湄诗选》卷二。
② 方文：《嵞山续集》卷四，上海古籍出版社1982年版，第1083页。
③ 钱澄之：《田间诗集》，《续修四库全书》本，上海古籍出版社2002年版，第89页。

云："东淘有吴野人者，名嘉纪，歙县郝羽吉士仪、休宁汪舟次楫俱以工诗名，与先生交最洽，而邠阳王幼华又旦自秦中来，见先生与三人者，倾写（疑为'心'）愿交，相与论诗无间，及归，命画工绘《五子论文图》以去。"① 汪楫《悔斋诗·题五子樽酒论文图》云：

> 汪子无才负傲骨，寻常出门少亲昵。
> 僻壤相逢吴野人，风尘意气胶投漆。
> 野人之友亦落落，论诗共许孙与郝。
> 几处歌声向一镫，吴陵新安与焦获。
> 焦获自昔多名家，孙郎动向人前夸。
> 眼中难见李叔则，户外忽来王幼华。
> 王生结交殊不苟，屈指素心惟五友。
> 预愁他日走长安，不似于今时聚首。
> 西湖戴苍能写真，游子不顾囊中贫。
> 却将渭北江东意，图成樽酒共论文。
> 更有黄山江天际，画水画石多生气。
> 援笔添写两株松，百尺寒冈接苍翠。
> 装来卷轴喜同看，皓首孙郎酒不干。
> 郝子捻须时欲笑，吴生抱膝动长叹。
> 汪子把卷苦抑郁，王生惜别何辛酸。
> 王生王生劝尔且尽樽前欢，明日徒从纸上观②。

王又旦所交此四人在江南布衣诗人中颇具代表性，孙枝蔚是流寓江南的秦地诗人之领袖，在扬州诗坛具有举足轻重的地位。汪懋麟《征君孙豹人先生行状》："（孙枝蔚）既与桐城方尔止文论诗，悔，更辑天下名人诗曰《诗志》，于是天下之名能诗者纷投其门。更僦屋于董江都祠旁，名其所居曰溉堂，闭户删订。为是时，南昌

---

① 汪懋麟：《百尺梧桐阁集》卷八，上海古籍出版社 1980 年版，第 510 页。
② 汪楫：《悔斋集五种》卷一，中科院图书馆藏清汇印本。

王于一猷定、泾阳雷伯吁士俊、长安王筑夫岩、黄岗杜茶村濬、朝邑李叔则楷先后称寓公，与先生相往还，诸君各以诗古文名，先生独以诗名，海内无论识与不识，皆知有豹人先生矣。是时新城王公阮亭士禛、三原梁公木天舟官于扬，其乡人李屺瞻念慈、任淑源玑亦来游，咸折节于先生。休宁孙无言默讲宗人之好，时左右之。"① 孙枝蔚《张戒庵诗集序》也曾说："然予与康侯（张晋）皆秦人，而东南诸君子颇多观乐采风如吴季子者，能审声而知秦为周之旧；又数年来诗人多宗尚空同，而吾秦之久游于南者，如李叔则、东云雏、雷伯吁、韩圣秋、张稺恭诸子，一时旗鼓相当，皆能不辱空同之乡。"② 由此可见扬州诗坛在清初的繁荣景象，而孙枝蔚为扬州诗坛之领袖人物无疑，王又旦游历江南，结交孙枝蔚就在情理之中。

其他三人中吴嘉纪为泰州人，而汪楫和郝士仪都是徽人，寄籍扬州。他们是东淘诗群的重要组成人员，虽然东淘诗群文学史所论甚少，但这个群体大多为孤节之人。严迪昌先生曾说："东淘诗群所表现的浓重的苦郁心态，不啻是胜国遗民具体而微的缩影，布衣阶层中如此广泛而强烈的民族情绪，足见遗民层面的宽广度，说明故国之思并不属于缙绅之士专有。"③ 他曾列举了吴嘉纪、季来之、沈聃开、王大经、周庄、王言纶、王衷丹、王剑、傅瑜、周京、郝士仪、程岫、吴鏐等十多位遗民诗人。此群体之人大多不慕荣利，苦节自守。汪楫《陋轩诗序》："野人性严冷，穷饿自甘，不与得意人往还，所为诗古瘦苍峻，如其性情。"④ 而孙枝蔚《郝羽吉诗序》亦云："盖羽吉不独诗人，固今世隐逸之士也。自少时负颖异之姿，能澹于声势。"⑤《清史列传》也称汪楫"伉直，意气伟然，能力学。

---

① 汪懋麟：《百尺梧桐阁集》卷八，上海古籍出版社1980年版，第510页。
② 赵逵夫点校：《张康侯诗草》卷首，兰州大学出版社1989年版。
③ 严迪昌：《清诗史》，浙江古籍出版社2002年版，第153页。
④ 杨积庆：《吴嘉纪诗笺校》，上海古籍出版社1980年版，第489页。
⑤ 孙枝蔚：《溉堂集·文集》卷首，上海古籍出版社1979年版。

处广陵南北辐辏鱼盐之地，日索奇文秘籍读之，四方客至，非著声实而擅文章者，则闭户不出见"①。

王又旦与这些布衣相交，一方面是有同样悲苦的人生经历。王又旦家在清初受到乱兵的冲击，其姐为保全贞节跳井自杀。其悲壮惨烈引起遗民诗界的普遍同情和赞叹，吴嘉纪、汪楫、孙枝蔚、冒襄都曾赋诗歌颂。冒襄《烈女诗为王幼华进士幼姊赋》云："夏阳女子胜男儿，树节全身事亦奇。岂畏金刀悬虎气，故从鸳井葬蛾眉。百年未遂红丝愿，一代看垂黄绢碑。遥望秦川三尺土，不因青冢使人悲。"②另一方面，王又旦对清朝统治者颇为失望。顺治十六年他中进士，此前爆发的"科场案"，使很多汉族士人被杀戮，流放。其乡人张晋，也是孙枝蔚好友即在科场案中罹难。这些都让他对仕途凶险颇为畏惧。还有，他自登进士之后，七年未能补官，难免会产生对仕途的失望和对当朝的怨愤之情。因此同这些孤节自守的布衣交往，让他有了"同调"之感。

王又旦与江南寒士诗人相交，极其赞赏他们的高尚节操，如他称赞孙枝蔚"此地困英雄，吊古中心热。君奚至此邦，生理亦难说"（《孙豹人自历阳归广陵三首》），赞赏吴嘉纪"平生独往心，百夫挽强弩"（《次丰城，得汪检讨书，知吴野人已卒，诗以哭之二首》）。王又旦对友人之贫困，感同身受，常写诗怜之。他与吴周相识后，曾有诗赠之曰："此地罗冠盖，吴周竟布衣。一身常卧病，八口惯啼饥。不死真天幸，谋生与愿违。愁心时序换，霜雪若为归。"（《呈吴处士周》）吴周只是一位布衣之士，因赋杜鹃诗为王又旦看重，并成为生死之交。吴周诗集今已不传，但从王又旦"愁心时序换，霜雪若为归"可以推知他也是一位苦节自守的遗民无疑。王又旦对东淘的另外一位寒士陈无竞亦格外同情，哀叹其"一生总长啸，四

---

① 王钟翰点校：《清史列传》，中华书局 1981 年版，第 5784 页。
② 冒襄：《巢民诗集》，《续修四库全书》本，上海古籍出版社 2002 年版，第 549 页。

壁对深愁"（《赠陈鸿烈》）的悲苦人生。因为他们共同有过这样悲苦的人生经历，心灵才可以达到高度的共鸣。

王又旦游江南的时候，其同年进士王士禛在扬州任推官，他也广泛结交遗民故老，诗酒唱和，引起了江南诗坛广泛的反响，为他获得了巨大的声望。吴伟业说他"昼了公事，夜接词人"。他自己也说："余在广陵五年，多布衣交。"①许多学者如大平桂一、蒋寅、裴世俊、李圣华等都有专文论述。但是从他与著名诗人吴嘉纪、方文的交往可以看出，他对遗民诗人并非一直尊敬，他对遗民诗的价值也不是极为肯定②。严迪昌先生甚至说："渔洋山人的诗学学术交游或唱和酬应活动，实在是多与权术心机相辅而行的。"③

相对于王渔洋以"权术"和"心机"与遗民相交，王又旦恰恰以真诚和至性与友人相和。朱彝尊《儒林郎户科给事中郃阳王君墓志铭》云："君性纯孝，执亲丧尽礼，与诸弟同居，未尝析爨，奉钱所入，悉以委之……江都郝士仪善诗，隐于贾。君与为友，士仪死，哭以诗甚悲。又歙人吴周赋《杜鹃行》，君见之惊叹，周死，君序其诗，镂板传焉。"④王又旦作为新朝进士，他游历江南既不拜谒缙绅大人，又不结交"一语可致人青云"的诗坛名家钱谦益、吴伟业等人，却倾心那些乡野寒士、胜国遗老，他们虽然身份不同，"出处"有别，但在道义方面并无隔阂。

顾炎武、黄宗羲、王夫之三大思想家皆经作过天下国家之辨，为士大夫之出处选择作了有益的指导。王夫之认为"一姓之兴亡，私也；而生民之生死，公也"⑤。黄宗羲认为僚臣的职责是"为天下，

---

①　王士禛：《渔洋诗话》，郭绍虞辑《清诗话》，上海古籍出版社 1999 年版，第 192 页。

②　李圣华：《王士禛与明遗民交游事迹考论》，《沈阳师范大学学报》（社科版）2004 年第 6 期。

③　严迪昌：《清诗史》，浙江古籍出版社 2002 年版，第 442 页。

④　朱彝尊：《曝书亭集》卷七十五，《四部丛刊初编》本，商务印书馆 1922 年版。

⑤　王夫之：《读通鉴论》卷十七《梁敬帝》，中华书局 1975 年版，第 598 页。

非为君也；为万民，非为一姓也"①。顾炎武认为"有亡国，有亡天下。亡国与亡天下奚辨？曰：易姓改号，谓之亡国。仁义充塞，而至于率兽食人，人将相食，谓之亡天下。……保国者，其君其臣，肉食者谋之。保天下者，匹夫之贱与有责焉耳矣！"②"一姓之兴亡"不同于"亡天下"，"一姓之兴亡"由肉食者谋之，天下之兴亡则普通百姓也责无旁贷。将天下与国家对举，表明明遗民不仕新朝，苦节自守，不全是受迫于类似"忠君"的某种道德责任感，他们的理想是为天下万民谋幸福。因此在这种价值取向影响下，王又旦和吴嘉纪等人才有更为广泛的思想交流。虽然吴嘉纪慨叹他与王又旦"我衰为佣者，君壮成进士。天涯俱穷途，出处无一是"（《十月十九日，赠王黄湄二首》），但他们同样以气节相砥砺，力行古道，同情生民。当然，王又旦与遗民不同的是他已经成新朝进士，不能再回头隐居守节，他选择了古循吏之路，希望通过自己的清正廉洁为国家人民做有益的事，后来汪楫、汪懋麟也有同样的人生选择。汪楫《赠王幼华》云："我有一言君所听，君今且往长安行。阮籍半生多白眼，谢公一出为苍生。读书只读循吏传，风流文采徒虚名。"而王又旦也没有辜负朋友的期望，在潜江任上，他亲自勘查田税，招抚流亡，在潜江屡次被洪水所患的情况下，他召集人役筑堤防洪，县为大治，民皆感之。又建传经书院，筑说诗台，提倡风雅，为潜江人们做了许多有益的实事。

二、《五客话旧图》：王又旦与清初京师诗坛

清初诗坛，朝野离立的态势极为明显。可以肯定地说，在野的遗民诗人群体在清初诗坛占有重要的地位。相对而言，清初顺治年间，京师诗坛的声望并不高。钱谦益、吴伟业、龚鼎孳、曹溶、周

---

① 黄宗羲：《明夷待访录·原臣》，沈善洪点校《黄宗羲全集》，浙江古籍出版社2005年版，第4页。
② 黄汝成：《日知录集释》卷十三"正始"，岳麓书社1994年版，第471页。

亮工诸名家，由于其出仕新朝的"两截人"身份，并没能取得朝野诗人的普遍推崇。直到康熙年间，新朝进士出身的王士禛、陈廷敬、施闰章、宋琬、宋荦、王又旦等居官京师，才使得京师诗坛的影响愈来愈大，尤其是王渔洋主盟京师诗坛之后，敦扬风雅，提携后进，团结了大批的文人雅士，"燕台七子"、"金台十子"、"佳山堂六子"正是这一时期京师诗坛风云际会的代表人物，使得清初诗坛又走上了一段新的雅正之途。王又旦也是这一诗坛风会的积极参与者和主导者。

王又旦是康熙十五年从潜江征拜给事中，王士禛《黄湄诗选序》："又十年丙辰，幼华自潜江以治行第一，征拜给事中，益朝夕就予论诗。"① 当时陈廷敬、李天馥、王曰高、曹玉珂、彭孙遹、梁联馨、孙蕙等俱与他交往密切，谈诗论文。可惜一年之后，王又旦因父丧还乡守制，但与京师诗坛和广陵旧友依然诗文往返。康熙二十年，王又旦服除，擢户科掌印给事中。从此他真正融入了京师诗坛，并和王士禛获得了同样高的诗坛声誉。姜宸英曾说："今京师以诗名家者，称两王先生，其一为新城王阮亭少詹，而一为郃阳黄湄给事也。新城诗最富，成集者数种，牢笼百氏，不名一体，于是海内称诗后进，各随其意之所之，以为唐人宋人者，趋之皆能自标风格，杰然有闻于时，然新城则数称郃阳给事不去口。"② 其《户科掌印给事中黄湄王公墓表》又云："自京师士大夫，上舍名宿，远方游士，以诗请业者，君与之辨疑送难酬，竟日无倦容，经其指授，皆有家法，虽天子亦闻之。"③ 王士禛还将他与当时著名诗人汪懋麟、曹贞吉、宋荦、曹禾、颜光敏等的诗选为"十子诗选"，进一步褒扬。《渔洋山人自撰年谱》卷上："是年宋牧仲荦、王幼华又旦、曹升六贞吉、颜修来光敏、叶井叔封、田子纶雯、谢千仞重

---

① 王又旦：《黄湄诗选》卷首，清康熙刻本。

② 姜宸英：《过岭集序》，见王又旦《黄湄诗选》卷首，清康熙刻本。

③ 姜宸英：《湛园集》卷六，影印文渊阁《四库全书》本，台北商务印书馆1986年版。

辉、丁雁水炜、曹颂嘉禾、汪季角懋麟，皆来谈艺，先生为定《十子诗略》刻之。"①"十子"之中，与王又旦交往密切的并不多，翻检各人诗集，只有宋荦、汪懋麟、曹贞吉、颜光敏、田雯与王又旦互有酬答之作。汪懋麟说他"为人沉敏，与人交讱讱无多语。及辩驳古今，扬挖骚雅，论议风发不可遏，抑其才与学之异也"②。可见王又旦为人比较内向，并不是善于标榜，工于结纳之人，他的诗坛声望完全因其诗学造诣而获得。

康熙二十一年七月，王又旦、汪懋麟召集陈廷敬、王士禛、徐乾学再次游祝氏园，并命画工作《五客话旧图》，汪懋麟为作记。汪懋麟《城南山庄画像记》："懋麟自顺治末受知于济南王公，及康熙初举于乡试，始通宾客，与海内名贤相结纳，己巳得交邰阳王公，丁未得交昆山徐公，己酉应阁试入京，得交泽州陈公，相与论诗，有合焉。"③汪懋麟还有《幼华给事招同诸公饮祝园亭子限山庄二韵》咏其事。其他人也有诗纪之。王士禛有《秋日幼华、季角再招同说岩翰长、健庵宫赞集祝园，怀舟次奉使琉球》，陈廷敬有《祝氏园同王幼华给谏、汪蛟门舍人作》，王又旦《怀汪二检讨二首》大概也作于此时。其实在此次聚会之前，他们已经多次诗酒唱和。如此年春天，王又旦曾邀请王士禛、施闰章、徐乾学、毛奇龄、汪楫、汪懋麟等游祝氏别墅。王士禛《幼华给事招同愚山、健庵、大可、舟次、季角集祝氏别墅》云："黄门休沐暇，池馆惬招寻。人语碧苔径，鹤鸣修竹林。微风交落絮，流水澹春阴。坐爱修鱼乐，悠然濠上心。"立秋日，他又与曹尔堪、沈荃、王士禛、李天馥等集陈廷敬寓斋聚会。陈廷敬《立秋日，子顾、绎堂、贻上、湘北、幼华过集》云："游子感时节，含意难独立。秋色萧条来，西日忽已入。风落庭草低，雨过檐禽集。高月夕尚圆，明星露犹湿。兵出

---

① 袁世硕主编：《王士禛全集》，齐鲁书社 2007 年版，第 5083 页。
② 汪懋麟：《黄湄诗选序》，见王又旦《黄湄诗选》卷首，清康熙刻本。
③ 汪懋麟：《百尺梧桐阁集》卷二，上海古籍出版社 1980 年版，第 293 页。

吟箛稀，戍远捣衣急。良时今欲暮，无为苦忧悁。"大有时光飞逝，盛年难再的悲凉之感。李天馥也有《立秋日，同绎堂、顾庵、阮亭、幼华饮说岩寓斋限立字韵》。王又旦也曾作《秋感七首》写怀。这些聚会的参与者虽然时有增减，但核心人物是陈廷敬、王士禛和王又旦，他们正是康熙诗坛的领袖人物。翁方纲《五客话旧图》云："百年文献此五客，谁言偶话城南陌。……廿秋师友离合踪，感叹溯三同拊几。对榻松阴蕉与梧，抗论今昔谁吾佳。……江云关树神交会，季甪幼华气雄迈。陈公搦管徐捻须，各有渔洋目光在。"[1] 曾燠《泽州陈文贞公五客话旧图》亦云："五君各有吟诗态，诗意悠然松石外。……一代之兴看文治，必生英哲开风气。我朝戡乱定太平，考文实在康熙世。"[2]

正如曾燠所言，《五客话旧图》的确是康熙年间文治兴盛的代表。当时陈廷敬为大学士，王士禛为国子监祭酒，徐乾学为侍讲学士，王又旦为给事中，汪懋麟为刑部主事，入史局为纂修官。他们的政治地位都不低，文学声望亦很高。王士禛与王又旦的诗坛声望亦如前述。陈廷敬为大学士，其文章颇得康熙帝赏识。四库馆臣称"廷敬以渊雅之才，从容簪笔典司文章，得与海内名流以咏歌鼓吹为职业，故其著述大抵和平深厚。当时咸以大手笔推之"[3]。徐乾学学问广博，亦得康熙帝信任，曾任《清会典》、《大清一统志》副总裁。汪懋麟为王士禛高足，其《汪比部传》云："渔洋山人曰：予居扬州，得汪生众人中，时弱冠耳。与其论诗家流别甚晰，生尝戏谓王门弟子升堂者众矣，至于入室或难其人，懋麟未敢多让。"[4] 可见这的确是一个"和声以鸣盛"的馆阁诗人群体无疑。

---

① 翁方纲：《复初斋诗集》，《续修四库全书》本，上海古籍出版社2002年版，第55页。

② 曾燠：《赏雨茅屋诗集》，《续修四库全书》本，上海古籍出版社2002年版，第146页。

③ 陈廷敬：《午亭文编》卷首，影印文渊阁《四库全书》本，台北商务印书馆1986年版。

④ 袁世硕主编：《王士禛全集》，齐鲁书社2007年版，第1816页。

　　但是在这样一个貌似和衷共济的诗人群体中却有不和谐的声音，这在当时他们雍容雅洁的诗作中是看不到的。在这次聚会中，围绕"宗唐""宗宋"的诗学观念，汪懋麟与徐乾学发生了激烈的争论。最早记载此事的是徐乾学《十种唐诗选书后》："往岁邰阳王黄湄、江都汪季角，邀泽州陈说岩、新城王阮亭及余五人，集于城南祝氏之园亭，为文酒之会。余与诸公共称新城之诗为国朝正宗，度越有唐。季角为新城门人，举觞言曰：'诗不必学唐，吾师之论诗，未尝不采取宋元……吾师之学无所不该，奈何以唐人比拟？'余告之曰：'季角，君新城弟子，升堂矣，未入于室……季角但知有明前后七子剿窃盛唐，为后来士大夫讪笑，尝欲尽祧去开元、大历以前，专尊少陵为祖，而昌黎、眉山、剑南以次昭穆，先生亦曾首肯其言。季角信谓固然，不寻诗之源流正变，以合乎国风雅颂之遗意，仅取一时之快意，欲以雄词震荡一时，且谓吾师之教其门人者如是……先生何不仿钟嵘《诗品》、杼山《诗式》之意，论定唐人之诗，以启示学者，即近日不须费词。'公笑而颔之。"[1] 末署日期为康熙三十一年嘉平月，距离这次聚会已经十年，而王又旦已于康熙二十五年下世，汪懋麟亦于康熙二十七年卒。因此其为一家之言，不可全信。

　　而后人将这次争论描述得越来越失其本来面目，郑方坤《国朝名家诗钞小传》云："（汪懋麟）尝大会名士于都城之祝氏园，酒半扬觯，言欲尽祧开元、大历诸家，独尊少陵为鼻祖，而昌黎、眉山、剑南而下，以次昭穆之语，悉数未可终。昆山徐健庵先生独抗论与争，谓宋诗颓放，无蕴藉，不足学，学之必损风格。君子一言以为知，奈何以偏词取快一时。辩难喧呶，林鸟皆拍拍惊起。"[2] 其实这里记载有误，这次聚会只有五人，其辩论虽然激烈，亦不至于

① 王士禛：《十种唐诗选》卷首，齐鲁书社 1997 年版。
② 郑方坤：《国朝名家诗钞小传》卷二，万山草堂藏版。

攘臂奋拳。不过他们的争论肯定让汪懋麟难以释怀，后来汪懋麟为王士禛作《渔洋续集序》，曾说："今之名诗人者，往往诟懋麟之学，谓与先生异。"[1] 这里的名诗人大概也包括徐乾学。

其实康熙诗坛关于唐、宋诗风的争论在此之前已经愈演愈烈。唐诗、宋诗作为中国古典诗歌的两种范式，有其不可磨灭的审美价值和典型意义。自北宋中期以后诗坛就有宗唐、宗宋的不同声音[2]，但还没有一次像清初这样将一次诗学风尚的争论赋予诸多的意义。

清初提倡宋诗者有钱谦益、黄宗羲、孙枝蔚、吕留良、吴之振等人，但是当时诗坛并没有兴起学宋的热潮。康熙十年，吴之振、吕留良、吴自牧编选之《宋诗钞》刊印行世，引起了当时诗坛的重视。吴之振在《次韵答梅里李武曾》中曾感叹道："王李钟谭聚讼场，牛神蛇鬼总销亡。风驱云障开晴昊，土蚀苔花露剑芒。争诩三唐能啜载，敢言两宋得升堂？眼中河朔好身手，百战谁来撼大黄？"[3] 此诗约作于康熙十五年（1676），吴之振慨叹世人竟趋三唐，无视两宋，可见诗坛仍以唐诗为宗。清初诗坛掀起学宋的热潮，还要等王渔洋这位诗坛盟主的大力提倡。

王士禛晚年曾对其平生论诗总结说：

> 少年初筮仕时，唯务博综该洽，以求兼长。文章江左，烟月扬州，人海花场，比肩接迹，入吾室者，皆操唐音。韵胜于才，推为祭酒。然而空存昔梦，何堪涉想？中岁越三唐而事两宋，良由物情厌故，笔意喜生，耳目为之顿新，心思于焉避熟。明知长庆以后，已有滥觞；而淳熙以前，俱奉为正的。当其燕市逢人，征途揖客，争相提倡，远近翕然宗之。既而清利

---

① 袁世硕主编：《王士禛全集·渔洋续集》卷首，齐鲁书社 2007 年版，第 692 页。

② 张兵：《黄宗羲的唐宋诗理论与清初诗坛的宗眉宗宋》，《西北师大学报》（社科版）1993 年第 5 期。

③ 吴之振：《黄叶村庄诗集》卷四，中国国家图书馆藏清光绪五年刻本。

流为空疏，新灵寝以佶屈，顾瞻世道，怵焉心忧。于是以太音希声，药淫哇锢习，《唐贤三昧》之选，所谓乃造平淡时也，然而境亦从兹老矣。①

王士禛说自己"中岁越三唐而事两宋，良由物情厌故，笔意喜生，耳目为之顿新，心思于焉避熟"，但他于何年开始提倡宋诗，学界尚有争论。潘务正认为至迟在康熙十一年王渔洋就开始提倡宗宋诗风了。据宋荦《漫堂说诗》云："康熙壬子、癸丑间屡入长安，与海内名宿樽酒细论，又阑入宋人畛域。"②证之以《漫堂年谱》康熙十一年："五月，如都候补，寓柳湖寺，龚尚书鼎孳、王吏部士禄、民部士禛、玉叔兄琬，时过寺觞咏。"可以看出，宋荦诗风的转变与王士禛等人的"尊酒细论"有关。康熙十三年九月，王氏弟子曹禾在为陈廷敬《午亭文编》作序时就公然提倡宋诗，说："今人动诋诃宋诗，不知承唐人之宗者，宋人也；而承杜、韩之大宗者，眉山也。"③

经过王士禛的大力提倡，康熙初期宗宋诗风兴起热潮，引起了很多人的热捧或者不满。曹禾《海粟集序》云："往予与纶霞、蛟门、实庵同官禁庭，以诗文相砥砺。是时渔洋先生在郎署，相率从游是正，时闻绪论，益知诗道之难。予辈时时讲说，深痛俗学之肤且袭，而推论宋之作者如庐陵、眉山、放翁、石湖辈，皆卓然自立，成一家言，盖以扩曲士之见闻。使归其过于倡导之渔洋先生，夫有桃有称，则有学有不学，是乃世人之学耳，岂论诗者溯流穷源之意哉？"④汪懋麟、王又旦与曹禾同居"十子"之列，汪懋麟、王又旦必然受到王士禛宗宋思想的影响无疑。

值得注意的是，这次祝园聚会争论的主角是汪懋麟和徐乾学，

① 袁世硕主编：《王士禛全集》，齐鲁书社2007年版，第4749页。
② 郭绍虞辑：《清诗话》，上海古籍出版社1999年版，第420页。
③ 陈廷敬：《午亭文编》卷首，影印文渊阁《四库全书》本，台北商务印书馆1986年版。
④ 顾复原：《海粟集》卷首，中国国家图书馆藏清雍正刊本。

陈廷敬、王又旦并没有发表意见，而据徐乾学说王士禛对其言论也只是"颔之"而已，并没有公开表示支持。其实王士禛在这时已经觉察到他提倡宋诗风所带来的政治风险，已经希望摆脱这个尴尬处境。

在宋诗风大炽之时，诗坛已经对其弊病进行批评。早在康熙十六年，王士禛、汪懋麟已经感觉到了这种压力。王士禛《黄湄诗选序》云："予习见近人言诗，辄好立门户，某者为唐，某者为宋，李杜苏黄，强分疆域，如蛮触氏之斗于蜗角而不自知其陋也。"汪懋麟则说："今人不求为诗之本，徒以世代为升降，撮拾陈言，粉墨颠错，漫无黼黻之序，乌足以知君诗之有本，而能测其穷极……顾君之所得如此，而予颓唐自放，犹诞妄以序君之诗，岂君之见众恶而独好之欤，抑亦别有相合者在也。"[1] 王士禛作为诗坛领袖别人不敢公开攻击，正如徐乾学等人极力为他干脱，而汪懋麟等就不能幸免，但他"甘为人所讥讪而不知改"，至为倔强。在博学鸿词科前后，对宋诗的挞伐已经形成了潮流。康熙十七年，施闰章在致颜光敏书中说："诸诗伯持论，近多以宋驾唐，殆为肤附唐人者矫枉，去唐渐远，山海之喻，寓有微尚，知己能不河汉其言乎？"[2] 康熙十八年，顾景星撰《青门簏稿诗序》云："今海内称诗家，数年以前争趋温、李、致光，近又争称宋诗。夫学温、李、致光，其流艳而佻；学宋诗，其流俚而好尽，二者皆诗之弊也。"[3]

康熙十七年，王士禛以"诗文兼优"，破例由部曹授翰林院侍读学士。康熙皇帝的诗歌趣味是独宗唐诗的。张玉书《御定全唐诗录后序》云："皇上天纵圣明，研精经史，凡有评论皆阐千古所未发。万机余暇，著为歌诗，无不包蕴二仪，弥纶治道，确然示中外

---

①　汪懋麟：《黄湄诗选序》，见王又旦《黄湄诗选》卷首，清康熙刻本。
②　颜运生辑：《颜氏家藏尺牍》卷二，道光丁未刊海山仙馆丛书本。
③　邵长衡：《邵子湘全集》卷首，青门草堂刊本。

臣民以中和之极，而犹以诗必宗唐。"① 在康熙皇帝的倡导下，其文学侍从如陈廷敬、张玉书、冯溥等皆倡导唐诗，为"盛世清明广大之音"，歌功颂德。那王士禛提倡的宋诗之质直、俚俗即与此格格不入，他不会再对此泰然处之。

另外，王士禛诗风将要发生转变还来自于当时大学士冯溥的直接压力。冯溥为康熙年间的重臣，曾任文华殿大学士，太子太傅，深得康熙帝信任，位高权重。冯溥是康熙年间博学鸿词科的重要参与者、组织者，曾经举荐曹禾、沈珩、米汉雯、施闰章等人参加博学鸿词。他还在博学鸿词之后多次召集翰林官员集其万柳堂，声讨宋诗之弊。毛奇龄《西河诗话》云："益都师相（冯溥）尝率同馆官集万柳堂，大言宋诗之弊。谓开国全盛，自有气象顿鷟，此侻凉鄙窘之习，无论诗格有升降，即国运盛杀于此系之，不可不饬也。因庄诵皇上《元旦》并《远望西山积雪》二诗以示法……时侍讲施闰章、春坊徐乾学、检讨陈维崧辈皆俯首听命，且曰：'近来风气日正，渐鲜时弊。'"②

在冯溥看来，宗尚宋诗不仅是诗歌创作中一个取法对象的问题，还是关系到"国运盛杀"的政治问题。因此诗坛的导向，不能只靠诗歌自身的发展逻辑，政治的干预是不可避免的，所以他组织翰林官对宋诗进行口诛笔伐。据冯溥门下弟子王嗣槐记载，康熙二十一年参加万柳堂修禊事者共有三十二人，其中翰林官有徐乾学、施闰章、徐秉义、陆棻、沈珩、黄与坚、方象瑛、曹禾、袁佑、汪霦、赵执信、尤侗、毛奇龄、陈维崧、高咏、吴任臣、严绳孙、倪灿、徐嘉炎、汪楫、潘耒、李澄中、周清原、徐钪、龙燮等二十五人③，可见当时翰林院内部讨伐宋诗者之众。

---

① 张玉书：《张文贞公集》卷四，影印文渊阁《四库全书》本，台北商务印书馆1986年版。

② 毛奇龄：《西河诗话》卷五，清宣统文瑞楼刻本。

③ 王嗣槐：《桂山堂文选》卷一，《四库未收书辑刊》本，北京出版社2000年版。

王士禛和王又旦并没有参加冯溥组织的这些聚会，也不见得对冯溥的主张"俯首听命"。因此冯溥的弟子王嗣槐直接写信给王士禛，希望他作为诗坛盟主改旗易帜，扭转诗坛的"不良风气"。其《与阮亭祭酒书》颇长，限于篇幅，摘录其要于此：

> 某少习八股，年四十始弃去……窃见今之论诗者，心惑之，愿先生之有以发吾覆也……诗之递变，有相胜之势，亦若气运为之，惟有善变与不善变之殊耳……今之人不欲以王李之为唐者为诗，舍高而趋卑，舍近而求远，袭虞山之论而向宋人颔下求之，不揣其本而齐其末，亦为不善变矣。先生诗屡变而益上，莫不彬彬质有其文，其植根于古者深也。一代之楷模，斯文之宗主，舍先生其谁望耶？子由江匡之说，严氏沧浪之论，一言以折衷之，诗道存亡，古今盛衰之所系也。间与幼华给谏论之，似未以愚言为不然。①

此信当作于康熙二十一年，当时王士禛为祭酒，王又旦为给事中。此信篇幅较长，但中心观点还是"诗道存亡，古今盛衰之所系"，对于他认为"袭虞山之论而向宋人颔下求之，不揣其本而齐其末"的宗宋诗风大加挞伐，并希望王士禛这位"斯文之宗主"振兴诗道。其实这封信也是直指王士禛这位康熙年间宋诗风的倡导者和推动者，能够有这么大的勇气直指当时诗坛盟主，那么他背后的推手肯定是冯溥无疑。

他在写这封信之前，曾将其观点说于当时另一位诗坛领袖王又旦，据他说并取得了一致，"似未以愚言为不然"。后来王嗣槐又赋诗一首，再次申明自己的观点，同时寄给了王士禛和王又旦。其《放歌行呈阮亭大司成，兼示幼华给谏六十六韵》云：

> 古来才人千辈出，上下说诗道则一。
> 李唐承统风雅兴，洗荡淫靡论格律。

---

① 王嗣槐：《桂山堂文选》卷三。

> 音谐戛击神骨高，浑脱浏漓气超轶。
>
> 开元大历广场内，千人一探骊龙窟。
>
> 当时惊诵若天文，至今光彩流初日……
>
> 自兹南渡绝无诗，标以江湖昏雾塞。
>
> 止缘江西宗派图，煎灰沃膓难洗涤。
>
> 比及元世及明初，芜秽犹沿孰扫除……
>
> 国朝诗赋蔚彬彬，凌唐跨宋堪评论……
>
> 先生才擅班扬美，枕藉经书树风轨。
>
> 初读新诗气若兰，芊眠绰约风神旎……
>
> 黄湄渔人今作者，其诗净洁如澄水。
>
> 未尝左宋及祖唐，强分部党相角犄……
>
> 尚赖英绝领袖人，直指大道扫旁辙。①

此诗与前信意思大致相同，主要是肯定唐诗的宗主地位，对南宋江湖诗派尤为排斥，对清初诗歌取得的巨大成就至为肯定，并希望王士禛和王又旦两位"英绝领袖人"，鼓扬唐诗，扫除"旁辙"，亦即抵制宋诗风潮。后来王渔洋在各方面的压力下，已经由宋返唐，独标"神韵"，并选《唐贤三昧集》为世人学诗轨辙②。

从姜宸英、朱彝尊、王嗣槐的记载来看，王又旦为京师诗坛重要领袖无疑，与王士禛具有同样重要的地位。但他在这次关于宗唐、宗宋的诗学论争中的态度并不很明朗。王嗣槐跟他探讨，据说王又旦"似未以愚言为不然"，这正如徐乾学说他与汪懋麟的争论中王士禛"颔之"一样，是一种不太明朗的态度，亦即态度有保留。

从现存资料来看，王又旦没有专门的论诗文字，朱彝尊题其《过岭集》云："迩来诗格乖正始，学宋体制嗤唐风。江西宗派各

---

① 王嗣槐：《桂山堂文选》卷十，《四库未收书辑刊》本，北京出版社 2000 年版。
② 蒋寅：《王渔洋与清初宋诗风之兴替》，《文学遗产》1999 年第 3 期。

流别，我先无取黄涪翁。比闻王郎意亦尔，为我张目振凡聋。"①
他认为王又旦宗唐。但他在《墓志铭》却说"其诗兼综唐宋人之
长，独不取黄庭坚"②，可见王又旦曾学宋诗无疑。王又旦初学诗
并无师承，汪楫《赠王幼华》云："几度招寻未识面，相逢中道颜
色喜。怀中辗转出新诗，自说生平无所师。"他后来跟随孙枝蔚
学诗。刘绍攽《关中人文传》云："王又旦，邰阳人，字幼华。……
弱冠举于乡，令江南才三十耳！豹人时居江都，从受诗，比入为
给谏，已能颉颃豹人。"③孙枝蔚学宋诗，当时人们大都承认。汪
懋麟《溉堂文集序》："不见征君之为诗乎，最喜学宋，时人大非
之。"④李念慈也说："及得读所携近诗，则何其风格顿尔衰下耶。
先是汪蛟门舍人多作宋诗，弟诘之云必以唐为的，是固拘见。惟
豹人先生广大不执，乃知近日习宋诗者，足下实启之。"⑤王又旦
受教于孙枝蔚，自然对宋人诗不会贬低。其诗中有《读放翁诗有
怀豹人二首》："点检遗编忆放翁，故人落拓与君同。心灰万事犹
耽酒，白尽髭须两颊红。"并自注说："'白尽髭须两颊红'，放翁
句也。"此诗作于康熙十八年或十九年，在孙枝蔚举鸿博被放还
之后。而此时京师诗坛正在激烈批评宋诗风，对陆游当然也不例
外，但作者却公然用放翁句寄怀孙枝蔚。其诗学态度值得人们玩
味。王又旦生前曾收集宋元人诗集善本，"欲成一家之言"，可惜
未竟厥志⑥。王嗣槐认为王又旦"未尝左宋及祖唐，强分部党相角
犄"，但他认定唐诗为正宗，王又旦这种唐、宋共宗的态度在他看

---

① 朱彝尊：《曝书亭集》卷十三，《四部丛刊初编》本，商务印书馆1922年版。

② 朱彝尊：《曝书亭集》卷七十五。

③ 刘绍攽：《关中人文传》，钱仪吉《碑传集》卷一百四十，中华书局1993年版。

④ 孙枝蔚：《溉堂集·文集》卷首，上海古籍出版社1979年版。

⑤ 李念慈：《谷口山房诗集》，《四库全书存目丛书》本，齐鲁书社1997年版，第
815页。

⑥ 朱彝尊：《儒林郎户科给事中邰阳王君墓志铭》，《曝书亭集》卷七十五，《四部
丛刊初编》，商务印书馆1922年版。

来也不可取，不过他很委婉地劝告王又旦应"直指大道扫旁辙"，对宋诗坚决抛弃。

王又旦在这次诗坛争论中以超然的态度对待，没有发挥应有的作用，这与他的性格和政治处境有关系。他为人正直谦和，洁身自好，不攀附权贵，也导致他仕途不顺，叶方蔼《阮亭遣人告予云：考选命下，幼华得给事中，敬芝亦授御史。喜而赋此，并呈阮亭》有云："王生叩门贻片纸，使吾入户展齿折。回侯已戴惠文冠，令弟复入青琐闼。二子经年卧空丘，灶突稀烟车骑绝。公卿何人肯延誉，升沉由命非巧拙。"① 可见其在京师政坛的尴尬处境。但王又旦后来的职位却是言官，有弹劾、封驳的权力，很多友人也希望他能在政治上发挥作用。姜宸英在《墓志》中说他"其入为给事中，论事大廷，不激不阿，惟事之宜，如古所称名谏臣"。但在其生前却说："当给事之初往也，楮墨流传，达于甲帐，主上数对从臣嗟叹其才，以今庙堂之宵衣求治而所取于给事者，岂独以其文辞之工丽哉？"② 但是康熙年间，党争激烈，王又旦身处其中，如临深渊，故不与冯溥、徐乾学等深交。徐乾学虽然与王又旦经常一起诗酒聚会，但翻检两人诗集，并无只字片语往来，可见王又旦立身之谨。王又旦也不敢轻易弹劾朝臣，避免引起不必要的争议。其处境之尴尬可从查慎行诗中得知，查慎行《王黄湄给谏属题红袖乌丝图二首》其二云："横幅看题幼妇辞，个中多识背时宜。只除一事曾瞒却，谏草焚来不遣知。"③"谏草焚来不遣知"真切地道出了王又旦进退两难的尴尬处境和苦闷心情。

由以上对清初康熙诗坛风会粗略论述可知，王渔洋不论在诗歌交往还是诗论主张方面，都善于把握最有利的时机并采取最得力的

---

① 叶方蔼：《读书斋偶存稿》卷三，影印文渊阁《四库全书》本，台北商务印书馆 1986 年版。

② 姜宸英：《湛园集》卷六，影印文渊阁《四库全书》本，台北商务印书馆 1986 年版。

③ 查慎行：《敬业堂诗集》卷六，《四部丛刊初编》本，商务印书馆 1922 年版。

措施，因此他能在康熙诗坛独领风骚，主持风雅　亚能在仕途上一帆风顺，这是他"善变"的结果。其实，王又旦也"善变"。王士禛曾说："康熙丙午，予在礼部，幼华自江南寄《黄湄渔人诗》一卷，一变而清真古澹，逾于其旧。戊申、乙酉间，幼华知潜江县，则再变而为奇恣雄放，类昌黎所谓妥帖排舁者。又十年丙辰，幼华自潜江以治行第一，征拜给事中，益朝夕就予论诗。及归龙门，读书太史公祠下，其诗益变而沦泫澄深，渺乎莫窥其涯涘。盖予束发以来，所见海内贤士大夫多矣，而聚散远近离合久暂，未尝不及于诗者，惟幼华一人。故幼华之诗，二十年间凡数变，而予皆能道其所以然。"[①] 王士禛此处说王又旦诗凡三变，其甲辰以前诗已被王士禛刊落，其诗风不得而知，但从吴嘉纪、孙枝蔚、雷士俊等好友之诗来看，其诗当不离悲凉慷慨之风，因此雷士俊赞其"近诗推秦风，高古比《驷驖》"(《送王幼华归秦》)[②]。但王渔洋之诗学变化是跟着政治风向变，坚持政治正确第一。而王又旦诗歌的变化是随着现实环境变，自述胸臆，无复依傍。在清代诗坛愈来愈受皇权干涉和庙堂风雅主宰的时期，他能孤标独立，不随时俯仰，在清代诗坛具有重要的诗史意义。

综上所述，清初诗坛极为兴盛，而在康熙博学鸿词之前，以遗民诗群为诗坛主导，而江南遗民诗群成就极高，影响也最大；康熙博学鸿词之后，随着一部分遗民故去，另外一些眼看复明无望，转而与新朝合作，因此京师诗坛成为诗界主导，而帝王及其文学侍从也开始干涉诗坛发展方向，使清初诗歌开始走向新的雅正之途。王又旦在康熙初曾游历江南，与江南遗民诗人广泛结交，后来在京师诗坛又与王士禛等谈诗论文，主持风雅，其诗学风尚也随之变化，在那个时代具有典型的意义，值得学界重视。

---

① 王士禛：《黄湄诗选序》，见王又旦《黄湄诗选》卷首，清康熙刻本。
② 雷士俊：《艾陵诗钞》卷上，北京大学图书馆藏清康熙莘乐草堂刻本。

<h1 style="text-align:center">第四节　吴镇的诗学主张</h1>

　　有清一代，诗学理论层出不穷。乾嘉时期，王士禛的"神韵说"已经为许多诗论家所不满，沈德潜提出"格调说"，倡导温柔敦厚的诗风，努力推崇儒家诗教原则。翁方纲在朴学思潮的影响之下，提出"肌理说"，要求诗歌必须质实，也对"神韵说"作了一定的修正。袁枚作为著名诗人，既不赞同沈德潜的"褒衣大袑"、缺乏个性的论诗主张，也看到了翁方纲以堆砌典故、卖弄学问为诗的弊病，提出了著名的"性灵说"，要求诗歌表现"真我"，反对堆砌故实，倡导灵活风趣的诗风，这种论诗主张在当时影响颇大。其他一些著名人物如纪昀、郑燮、赵翼、洪亮吉等，尽管有自己的诗学主张，但都没有越出这三家的范围。吴镇生于陇右，没有机会直接加入这些诗学流派之间的论争，但他师出名门，学问渊博，中年以后宦游南北，与当时各诗学大家有直接或间接的联系：吴镇与袁枚是万里神交的挚友，沈德潜的高足王鸣盛也对他深表佩服。他转益多师，吸收了"性灵说"和"格调说"的合理因素，提出了自己独特的论诗主张，既调和"性灵"与"格调"，又主张"穷乃工诗"。因此，吴镇的诗学理论，带着鲜明的时代印记，值得我们探讨。

一、"性灵"与"格调"的调和

　　"性灵"一说，可以追溯到南北朝时期。庾信称："含吐性灵，抑扬词气"①，颜之推称："文章之体，标举兴会，发引性灵。"②后来

---

①　庾信：《赵国公集序》，见《全上古三代秦汉三国六朝文》，中华书局 1958 年版，第 3934 页。

②　颜之推：《颜氏家训·文章篇》，见王利器《颜氏家训集解》，上海古籍出版社 1996 年版，第 221 页。

姚思廉《梁书·文学传序》更称"夫文者妙发性灵，独抒怀抱"①。这里所说的"性灵"，大抵指一种敏于感受的情性，偏重于个人的审美情趣。"性灵"作为著名的文学主张，要到明代公安三袁才正式确立。袁宏道《小修诗序》云："弟小修诗……大都独抒性灵，不拘格套，非从自己胸臆流出，不肯下笔。有时情与景会，顷刻千言，如水东注，令人夺魄。其间有佳处，亦有疵处。佳处自不必言，即疵处亦多本色独造语。然余则极喜其疵处，而所谓佳者，尚不能不以粉饰蹈袭为恨，以为未能脱尽近代文人气习故也。"② 这里，"性灵"指一个人真实的情感欲望，这种情感欲望是每个人独有的，是每个人的本色，诗歌就要表现个人真实的情感欲望。"性灵说"的本质为真，袁宏道还说："诗何必唐，又何必初与盛？要以出自性灵者为真诗耳。夫性灵窍于心，寓于境。境所偶触，心能摄之；心所欲吐，腕能运之。"③ 这种不受"闻见知识"羁绊的"真人"、"真声"、"真文"的文学主张，摆脱了明代中期以崇古鉴今为风尚的文学思潮的束缚，对当时的文坛影响非常大。

明清易代之后，文学思想不断整合，经世致用占据了主导地位，"性灵说"则由于体现出较多脱离现实的消极因素而处于时代思潮的边缘。直到乾隆中期，袁枚才重新举起"性灵说"的大旗，与当时的"格调说"、"肌理说"分庭抗礼。袁枚的思想具有反对正统、离经叛道的色彩，开启了清代中后期个性解放的思潮，因此其性灵说也被赋予了一些新的时代特征。袁枚的"性灵说"与"公安三袁"一样主张"真"。其《钱玙沙先生诗序》云："尝谓千古文章传真不传伪，故曰'诗言志'，又曰'修辞立其诚'。然而传巧不传

① 姚思廉：《梁书·文学传序》，见《梁书·文学传下》，中华书局1973年版，第727页。

② 袁宏道：《序小修诗》，钱伯城《袁中郎集笺注》卷四，中华书局1981年版，第187页。

③ 江盈科：《弊箧集叙》称引袁宏道语，钱伯城《袁中郎集笺注》附录三，中华书局1981年版，第1685页。

拙，故曰'情欲信，词欲巧'，又曰'神也者，妙万物而为言。'古
人名家鲜不由此。今人浮慕诗名而强为之，既离性情，又乏灵机，
转不若野氓之击辕相杵，犹应风雅焉。"① 这里，袁枚强调了两方面
的问题：就诗歌内容而言，他追溯到儒家"诗言志"和"修辞立其
诚"的原则，要求诗歌表现现实生活和真情实感；就诗歌的表现形
式而言，他又提出了"巧"与"妙"的审美标准，提倡灵活风趣的
艺术风格。这两方面的内容袁枚用了四个字来加以概括，就是"性
情"与"灵机"，更为简明的说法便是"性灵"。

吴镇与袁枚是万里神交的挚友，他们的诗学主张不谋而合。吴
镇论诗也主张"性灵"。其《刘戒亭诗序》说："夫作诗之根本，系
乎性灵。源深生五陵豪侠之区，历随父之蜀、之晋，凡名山大川、
草木禽鱼、晦明风雨，可以喜笑怒骂者，悉举而罗之于诗，微论其
诗之工拙也，即其性灵之超诣，已翛然独远矣。时常谓朴钝者不
文、浮华者无行，源深浑沌未凿，渊渊浩浩，望之者几疑为无怀、
葛天之民，而吟风弄月独能撚鬚不倦，贤者固不可测哉。"② 吴镇认
为刘壬"浑沌未凿，渊渊浩浩，望之者几疑为无怀、葛天之民"，
而且"喜笑怒骂"皆入诗作，可见吴镇强调诗人要具有"赤子之心"，
诗作更要表现真性情。另外，吴镇还特别重视"灵机"，强调作家
应该具有敏锐的审美感受能力。其《会宁吴达叔诗序》中说："诗
者，乾坤之清气，肺腑之灵机也。得其趣者，虽学有深浅，工与拙
半，然即可以免俗矣。固不学诗者，凡饮酒看花，游山玩水，若无
一而可焉。"③ 即要求作诗要有灵感，不能无病呻吟。其《偶然作》
云："我诗如蜃楼，倏忽随风变。刻意俟云涛，经年或不见。迄来

---

① 袁枚：《钱玙沙先生诗序》，见《近代史料丛刊续集·小仓山房文集》卷
二十八，台北文海出版社 1966 年版。
② 吴镇：《刘戒亭诗序》，见《松花庵全集·文稿》，宣统二年狄道后学重梓本。
③ 吴镇：《会宁吴达叔诗集序》，见《松花庵全集·文稿次编》，宣统二年狄道后
学重梓本。

厌浮华，每欲屏笔砚。至宝在深山，拾得乃为善。"也强调灵感的重要性。吴镇在主张性灵的同时，也强调学问对创作的重要作用。其《张玉崖集句序》云："夫作诗之根本，才与学而已，才赋于天，不能增减，学则经史子集，皆宜钻研，今第袭诗而作诗，固无所为诗也，然未读诗而作诗，讵反有诗乎？"[①] 这与袁枚的主张相同。袁枚《续诗品·博习》云："万卷山集，一篇吟成。诗之与书，有情无情。钟鼓非乐，舍之何鸣！易牙善烹，先羞百牲。不从糟粕，安得精英！云'不关学'，终非正声。"[②] 提倡学问，显然是为了救性灵诗的流弊。性灵诗的流弊就是浮滑、纤巧。尽管小涉风趣，总嫌其薄。这种无关痛痒之作，读过数首便不免令人生厌。欲医此病，端赖学力。

吴镇强调学问，主张转益多师，反对门户之习。其《律古续稿自序》云："盖学诗者，日趋便宜，类多疏古而亲唐，即间有好古之士，亦耳食成言，往往过分轩轾，如爱汉、魏者，则薄六朝，爱左、郭者，则薄潘、陆、二张，爱陶、鲍、三谢者，则薄梁、陈、周、隋诸作，自郐无讥，拘墟已甚，不知诗有大家、有名家，亦有未能名家而单词片语卓然不可磨灭者，安得举一而废百乎？"[③] 由此出发，吴镇对唐宋诗之优劣，不过分轩轾。《牵丝草序》中说："近骚者诗高，近文者诗卑。唐宋之关，实分于此。"[④] 且不说作者的观点是否正确，但他这种通达的态度，已高出当时许多人。正是这种转益多师的观点，使吴镇在论诗时不专主一家，兼容并蓄，各取所长。

吴镇主张性灵，但对"格调说"的一些合理因素也有吸收。他

---

　　① 吴镇：《张玉崖集句序》，见《松花庵全集·文稿》，宣统二年狄道后学重梓本。

　　② 袁枚：《续诗品·博习》，见郭绍虞《续诗品注》，人民文学出版社1963年版，第147页。

　　③ 吴镇：《律古续稿自序》，见《松花庵全集·文稿次编》，宣统二年狄道后学重梓本。

　　④ 吴镇：《牵丝草序》，见《松花庵全集·文稿》，宣统二年狄道后学重梓本。

认为诗歌应该坚持"风雅"的原则，这表现在两个方面：一是坚持"诗言志"的传统；二是要求诗歌应发挥"兴、观、群、怨"的社会功能。吴镇年轻时就主张诗歌的根本是诗三百篇，牛运震《松花庵诗草序》引吴镇的话说："古体期汉魏，近体期盛唐，合而衷诸三百篇，师其意不师其体，唐以后蔑如也。"① 吴镇还反复地用"风雅"或者"风骚"来评价其他人的诗作。例如《李坦庵诗集序》云："吾州李实之孝廉以高才逸气枕藉风骚，尝出其《坦庵诗稿》就正于予，予受而读之，则和平安雅，如其为人，写景摅情，悉脱凡近。"② 《杨山夫诗序》亦云："山夫之诗清刻而坚瘦，荆圃之诗爽朗而高华，其格调不同而其近风雅则同。"③ 另外，他除了对唐代诸大家如李白、杜甫、李贺等表示顶礼膜拜以外，还对明代复古派领袖李梦阳和明末清初著名诗人李因笃特别推崇，这也对他重视"格调说"具有重要影响。《李坦庵诗序》又云："盖自仙风指树，下逮有唐，陇西姑臧之裔，以诗名者不可胜数。而白仙、贺鬼尤为千古之无双，即近代之献吉，本朝之天生，亦绝无而仅有者也。实之溯宗风以为家学，则麓山洮水，行将树北地、频阳之帜，老夫耄矣，青眼高歌，非吾子而复谁望哉？夫诗无尽境，而久则愈工，故古人晚年论定，辄自悔其少作。实之年方英妙，有此基地，而更造于精微，则寸心得失，他日自能知之，如留此赘言，以当传世之先声可也。"

由于所处时代的原因，吴镇没有明确提倡诗歌的讽谏作用，这在沈德潜的诗论里也一样。沈德潜虽然努力恢复诗道尊严，持论崇高，可是惧于统治者的淫威，他的理论也无法贯彻到实际创作中，因此被袁枚评为有"褒衣大祒"气象，大而无当④。

---

① 牛运震：《松花庵诗草序》，见《松花庵全集·诗草》，宣统二年狄道后学重梓本。
② 吴镇：《李坦庵诗集序》，见《松花庵全集·文稿》，宣统二年狄道后学重梓本。
③ 吴镇：《杨山夫诗序》，见《松花庵全集·文稿》，宣统二年狄道后学重梓本。
④ 袁枚：《答沈大宗伯论诗书》云："至所云'诗贵温柔，不可说尽，又必关系人伦日用。'此数语有褒衣大祒气象，仆口不敢非先生，心不敢是先生。"见《近代史料丛刊续编·小仓山房诗文集》卷二十八，台北文海出版社 1966 年版。

吴镇吸收"格调说"的合理因素，反对性灵诗的流弊，也表现在他虽不反对抒发"翡翠兰苕"的小情调，更重视表现"鲸鱼碧海"的大境界，因此对一些诗人的边塞诗评价很高。《牵丝草序》云："内侄李子元方，少年能诗者也。多师为师，盖尝问道于予而予殊无以益之。近历宰阳朔、贺县，旋以忧归，乃出其《牵丝诗草》而求序于予，意殆不在嘘张而在商榷哉。盖阳、贺僻处粤西，去陇头八千余里。元方随其所历而山川古迹，悉入讴吟，则其诗之领异标新，而脱弃凡近也。"① 李苞远在桂林一带为官，饱览边地奇景，其诗具有深刻的内容和独特的风格，吴镇以"领异标新，脱弃凡近"称赏之。吴镇还赞颂吴敬亭的诗作"悲壮雄奇"、"骨力清刚"，不同于吟风弄月之作。《吴敬亭诗序》云："夫唐人学古，各有源流。山水之诗以韵胜，二谢是也；边塞之诗以气胜，鲍照、吴均是也。然明远、叔庠，要皆身在东南而悬摹西北之景况。若使其生长边陲，而亲见疾风、惊沙、飞雪之状，则其诗之悲壮雄奇，又当何如也？然则敬亭一生之所居游，固皆边塞之真诗也。则其骨力清刚，而感激豪宕也固宜。虽然，敬亭遭际升平，熙熙高高，凡从军乘障，吊古闺怨之作，胥无所用之，则刻画山水，庶足怡情。而或谓边塞之山水，无可留恋，亦甚非通论矣。夫大野苍茫，歌传敕勒，邓林翁郁，铭在酒泉。敬亭目前之所遇，固皆山水诗也，非徒湟中之诗也。"② 他还得出"游览多，则诗之境界宽；推敲久，则诗之格律细；别择严，则诗之门户真"的结论③，进一步触及诗歌创作的本质。

实际上，吴镇主张的"性灵"是要求诗人具有真才实学，在此基础上培养敏锐的审美感悟力，表现真性情。为救"公安三袁"性灵之弊，他又主张作诗应坚持"风雅"原则，发挥诗歌"兴、观、群、怨"的社会功能，这种观点又与"格调说"暗合。可见，吴镇巧妙地取"性

---

① 吴镇：《牵丝草序》，见《松花庵全集·文稿》，宣统二年狄道后学重梓本。
② 吴镇：《吴敬亭诗序》，见《松花庵全集·文稿》，宣统二年狄道后学重梓本。
③ 吴镇：《牵丝草序》，见《松花庵全集·文稿》，宣统二年狄道后学重梓本。

灵"与"格调"二者之长，熔铸为自己的诗学观点。这种观点较之对"性灵"抑或"格调"任何一种诗论的全盘接受要高明许多。

二、"穷乃工诗"

"穷乃工诗"是吴镇诗论中的又一重要观点，这一观点有着极深的历史渊源。中国古代自屈原起就有"发愤以抒情"的文学主张，《惜诵》云："惜诵以致愍兮，发愤以抒情。"[①] 司马迁接受了这一主张，也提出了"发愤著书"的观点。《报任少卿书》云："西伯拘而演《周易》；仲尼厄而作《春秋》；屈原放逐，乃赋《离骚》；左丘失明，厥有《国语》……诗三百篇，大抵圣人发愤之所为也。"[②] 后代许多困厄文人以此作为人生指导，努力著述立说，以求立言不朽。韩愈继承他们的思想，进一步提出"不平则鸣"、"文穷而后工"的著名观点。其《荆谭唱和诗序》云："夫和平之音淡薄，而愁思之声要妙，欢愉之词难工，而穷苦之言易好也。是故文章之作，恒发于羁旅草野；至若王公贵人，气满志得，非性能而好之，则不暇以为。"[③]《柳子厚墓志铭》亦云："然子厚斥不久，穷不极，虽有出于人，其文章辞章必不能自立，以致必传于后如今无疑也。虽使子厚得所愿，为将相于一时，以彼易此，孰得孰失，有能辨之者。"[④] 韩愈持此观点，与他的身世有关。他早年科举一直不顺，后来虽然遍干权贵，进入仕途，而屡遭贬谪，几被杀戮。因此他作《进学解》以解嘲，作《送穷文》以自谑。欧阳修进一步发挥前人的思想，提出"诗

---

① 屈原：《九章·惜诵》，见朱熹：《楚辞集注》，上海古籍出版社 1979 年版，第 73 页。

② 司马迁：《报任少卿书》，见严可均：《全上古三代秦汉三国六朝文》，中华书局 1958 年版，第 271 页。

③ 韩愈：《荆谭唱和诗序》，见《韩昌黎文集校注》卷四，上海古籍出版社 1986 年版，第 262—263 页。

④ 韩愈：《柳子厚墓志铭》，见《韩昌黎文集校注》卷七，上海古籍出版社 1986 年版，第 513 页。

穷而后工"的主张。其《梅圣俞诗集序》云："予闻世谓诗人少达而多穷，夫岂然哉？盖世所传诗者，多出于古穷人之辞也。凡士之蕴其所有，而不得施于世者，多喜自放于山巅水涯。外见虫鱼草木风雨鸟兽之状类，往往探其奇怪，内有忧思感奋之郁积，其兴于怨刺，以道羁臣寡妇之所叹，而写人情之难言，盖愈穷而愈工。然则非诗之能穷人，殆穷者而后工也。"[①] 欧阳修在此还揭示了"诗穷而后工"的深层原因。

"诗穷"为何"能工"？吴镇同时代之著名学者赵怀玉之论述更为精彩允当。赵怀玉《存素堂文初钞序》云："文章之道，各听其人之自诣，而非有限之者也。然处崇高绥厚之地，欲与老师宿儒白首占毕者争其长于一日，则势有所甚难。何则？穷在下者，枕藉经史，舍是无他嗜好，故得为专门名家；达则官守劳其心，纷华蠹其志，纵汲汲于古，而夺之者众，其难一也。穷在下者，自治其业而已；达则操陶冶之柄，当以众人之文为文，而未可私为一己之事，古公卿说士之甘，不啻口出，而天下奉为宗匠，苟闻见有未周，精神或稍殆，则觖望多而令名遂损，其难二也。穷在下者，同类切劘，人乐攻其短；达则分位既尊，贡谀日至，虽其侪列，亦不敢蘧肆讥弹，故有失而终身或不能自觉，其难三也。"[②] 由此可见，穷者由于无案牍之劳、应酬之累，故而能集中精力研究学问，潜心钻研艺术规律和创作技巧，其造诣自然不凡。另外，正如欧阳修所谓，穷者因为有不平之气郁积于胸，借诗文以发抒胸中之块垒，当然不同于官高位显者空洞无物的官样文章。

吴镇生于所谓"康乾盛世"，却主张"穷乃工诗"，这更值得我们深思。其《石田诗草序》云："叹午桥以奇才蹭蹬，作客四方，殆造物欲昌其诗而故使之纵览名山大川以发泄其蕴蓄欤？穷乃工

---

① 欧阳修：《梅圣俞诗集序》，见《欧阳修全集》，中华书局 2001 年版，第 612 页。
② 赵怀玉：《存素堂文初钞序》，转引自张舜徽《清人文集别录》（上），中华书局 1963 年版，第 261 页。

诗，不必感士之不遇矣……大丈夫事业殊途，要当自有千古。"①
《吴敬亭诗序》又云："身在戟门，更望勿荒铅椠，彼浣
花依仆射而句益工，青藤客梅林而名逾远，穷固未尝负诗人也。"② 吴镇提出
"穷乃工诗"，也是有为而发的。他一生屡遭坎坷，早年科举不顺，
步入仕途，又做了十几年的冷官，后来得遇知己推荐，仕途才比较
顺利。正当他忠心为官，报答皇帝和朝廷时，却被奸人诬陷去职，
心中难免有不平之气。另外，乾隆后期，"康乾盛世"已经露出衰
败的征兆，许多才人都有吴镇这样的遭遇。例如杨芳灿、洪亮吉、
黄景仁、赵文哲等，大多屈居下僚，所以怀才不遇的情绪在文人中
普遍流行。但慑于清廷文网之密，文人动辄得咎，很少有人敢于提
出过于激烈的观点。吴镇从立言以传世的角度出发，大胆地表现了
自己"穷乃工诗"的文学主张。他在《晚翠轩诗序》中还提出"官
不必大，惟其称；诗不必多，惟其工"的观点，也是对他"穷乃工
诗"的补充。

吴镇主张"穷乃工诗"，对下层文士特别同情，而对左右骚坛
的庙堂文人则深表不满。《送江乙帆归南康序》云："盖乙帆工文嗜
学，虽在客邸，手不离书，凡问奇者皆应接不倦，以此作吏，似若
枘凿相入，惟一毡萧散，乃可淬砺其文章以致不朽耳。昔人云宰相
有政事之烦，神仙无利禄之养，惟词林能兼之。然上界真人，犹多
官府，玉堂视革，拘束难工，实不若苜蓿阑干，反得以穷经史而化
生徒也。"③ 他还认为官职卑微，并不影响成为真正的诗人。如《马
让洲诗序》云："夫古人隐于令者多诗材，河阳之花，彭泽之秫，
罗浮之梅，秋浦之月，其大较也。让洲家千岩万壑之间，足迹半天
下，近复作宰二曲，二曲固关中山水之窟也。鸣琴之暇，啸咏尤

---

① 吴镇：《石田诗草序》，见《松花庵全集·文稿》，宣统二年狄道后学重梓本。
② 吴镇：《吴敬亭诗序》，见《松花庵全集·文稿》，宣统二年狄道后学重梓本。
③ 吴镇：《送江乙帆归南康序》，见《松花庵全集·文稿》，宣统二年狄道后学重梓本。

宜，顾乃参佐戎门，酬恩知己，彼高、岑胥由幕府起家，而诗名益著。"① 另外，他也委婉地批评了当时文坛上宫高位显者主持风雅，俗人闻风影从的不良风气。《雨春轩诗序》云："汉人重班固而轻崔骃，梁人嗤张率而服沈约，彼徒震惊其名望耳。若略其元黄，则先生即韬晦菰蒲而其诗固已可传，初不系乎今日之衮衮也。况乎山林台阁，其体虽殊，而诗则均归于清丽哉。"② 这些主张中所蕴含的真知灼见，值得后世借鉴。

吴镇生于康乾盛世，学养丰厚，其诗学理论兼容并包，吸收了"性灵说"、"格调说"等不同门派诗学理论的诸多合理因素，形成了自己的诗论主张，具有鲜明的时代特色。他继承司马迁、韩愈、欧阳修等人"发愤著书"、"诗穷而后工"的文学主张，大胆地提出"穷乃工诗"的观点，为下层文士抱不平，在清廷思想高压的环境下确也非同凡响。当然，与袁枚等人相比，吴镇诗学思想缺乏完整性和系统性。袁枚、沈德潜、翁方纲等人论诗之作颇多，既有诗论专著如《随园诗话》、《续诗品》、《说诗晬语》、《石洲诗话》等，也有大量诗文序跋和尺牍讨论诗学，因此他们的诗学理论比较系统完整。吴镇的《松花庵诗话》今已不存，论诗之作散见于其诗文序跋之中，多为即兴发表的文字，显得缺乏系统性，因此难窥其诗学思想之全豹，这不能不说是一种遗憾。

---

① 吴镇：《马让洲诗序》，见《松花庵全集·文稿次编》，宣统二年狄道后学重梓本。
② 吴镇：《雨春轩诗序》，见《松花庵全集·文稿》，宣统二年狄道后学重梓本。

第五章　文字狱与清代文学生态

　　所谓文字狱，就是因文字缘故所构成的罪案。从清代开始，人们即对"文字狱"的概念有了深刻而痛切的认识。本来文字狱作为中国古代社会思想专制统治政策之一，历代王朝都程度不同地存在着。人们多以文字狱的具体表现形态来称谓，如史祸（案）、诗祸（案）、文祸和表笺祸等，没有形成完整而统一的概念。这说明当时文字狱发生的数量少和规模小，处罚较轻，人们受到的震慑力有限。明朝的文字狱较之前朝有所增加，但集中于肇基开国的洪武年间和靖难夺位的永乐时代，数量多，规模小，多罪及本人，后续各朝渐趋减少。

　　进入清朝，文字狱的数量空前地多起来，此起彼伏、绵延不绝，几与爱新觉罗氏王朝的历史相始终。案狱数量之多、规模之大、牵连之广、杀戮之血腥，均称空前。据统计，几乎占中国历史上其他朝代文字狱的总和。正医为清朝文字狱的发生多而频，所以从清初起文人的诗文集或一些其他文献资料中关于文字狱的称谓出现了新的变化，直接运用了抽象而概括性较强的"文字狱"三字（或与文字狱意思相同的"文字之狱"四字），今举例如下：钱澄之《田间文集》卷十八《送魏子存初度序》："自文字狱兴，苛刻小人争肆其吹索之知，而善类以尽，国家元气以伤。"① 方孝标《钝斋诗选》卷五《有客行》："株连文字狱，杀戮

---

　　① 　钱澄之：《田间文集》卷十八，《续修四库全二》本，第1400册，上海古籍出版社出版2003年版，第203页。

无老稚。"① 龚自珍《定盦文集补》古今诗上卷《咏史》："避席畏闻文字狱，著书都为稻粱谋。"②

一个新的概念的出现和运用，往往标志着人们认识和理解能力的提高。清人广泛地使用"文字狱"的概念，尤其学者赵翼和纪昀用"文字之狱"指称宋代的文祸和诗祸，表明了清人对文字狱本身认识和理解的深化。文字狱在清朝已变成了一项文化政策，成了文人头上高悬的一把利剑，同时也流露出他们面对人间悲剧"文字狱"的惊悚和恐怖心态。

清代文字狱的盛行，确令无数文人惊恐万状、不寒而栗。它不仅使文化典籍遭到极为严重的破坏，钳制和禁锢了思想文化的发展，而且影响了文学生态。文字狱所导致的清代文学生态的丕变，既使文人产生仗马寒蝉式的心态，泯灭了创作灵性，又使文学的批判理念严重失落，阻隔了文学的传播和接受。

关于文字狱与清代文学生态的研究，前辈学者已采用 20 世纪 80 年代后期开始进入中国学者的学术视野的历史文化学和文艺生态学的批评观点，做过一定的研究，且取得了一定的成就。如邓之诚的《清诗纪事初编》、严迪昌的《清诗史》《清词史》是有代表性的论著。他们的某些观点精辟而独到，具有重要学术价值。但文字狱与清代文学生态的研究是一个庞大而内容异常丰富的工程体系，还有大量学者们未曾涉及的研究层面，留下了许多值得发掘和探讨的空间。同时，除严迪昌外，其他许多学者对文字狱与文学生态相关问题的研究往往零散而不成系统，多是就某些具体问题有感而发，缺少专门深入的探讨。本章在学者们研究的基础上，采用历史文化学和文艺生态学的批评方法，以庄廷鑨《明史》案、戴名世

---

① 方孝标：《钝斋诗选》卷五，唐根生、李永生点校，黄山书社 1996 年版，第 77 页。

② 龚自珍：《龚自珍全集》第一辑，王佩铮校点，上海人民出版社 1975 年版，第 471 页。

《南山集》案、查嗣庭试题日记案和曾静、吕留良案为观照点，具体探析文字狱影响下的文人心态、文学创作、文化家族等属于文学生态层面的因素。

第一节 庄廷鑨《明史》案阴影下的
清初江浙文学生态

清初浙江湖州府南浔镇富户庄廷鑨购得前明相国朱国桢《明书》手稿，召集江浙名士十余人，增删润饰，书成，视为己作，谓之《明史辑略》(亦简称《明史》)。顺治十八年（1661），前归安县知县吴之荣因敲诈勒索庄氏和另一出资助刻《明史》的富户朱佑明不遂，而怀恨控告二人私撰刊刻违碍之"逆书"。清廷为巩固刚刚稳定下来的统治，防范与镇压尚未完全顺服的江南士民的反抗，高度重视此事，欲借此案广肆株连，乃至"浔案波累者以千数"①，并决定以极残酷的手段处理本案。这就是清代第一桩震惊全国的文字狱大案——《明史》案。康熙二年（1663）三月，《明史》案告结，刑部定谳将朱、庄两家年满15岁以上及参与编撰、作序、列名参订、刻书、买书、藏书及办事舞弊的官员70人处以死刑，其中18人凌迟，财产籍没，诸人犯15岁以下男及妻妾等流徙为奴。诸人犯除极少数被"戮于燕市"②外，绝大多数于二十六日在杭州弼教坊执行死刑。该文字狱案因南浔庄、朱两家引起，且两家都遭受家破人亡的惨变，故又称"庄朱之狱"③。

《明史》案的主要打击和迫害对象是江浙名士，如吴炎、潘柽

① 沈起：《查继佐年谱》，汪茂和点校，中华书局1992年版，第56页。
② 全祖望：《鲒埼亭集外编》卷二十二，朱铸禹《全祖望集汇校集注》（中册），上海古籍出版社2000年版，第1168页。
③ 叟丹生：《吴江四子传》，周廷谔纂《续吴江文粹》，北京大学图书馆藏。

章、茅元铭等，他们既才学出众、学识渊博，又怀有浓烈的故国旧君之思，在民众中声望颇高，极具影响力和号召力。他们早已被清廷视作"统治前途（的）暗礁"①，引起了统治者的高度猜忌和防范。清廷对其进行残酷镇压的目的，一是通过群体洗劫，威胁震慑那些怀有浓厚民族意识、贰心于满清的江南士人；二是通过故意扩大规模和张扬影响，以严峻的事实告诫国人，不要藐视当朝的统治。江浙一带，不仅为人文渊薮之地，也是明清之际抗清斗争最为酷烈的地区，入清后相当长的时间里，不少士人对新朝持对抗或不合作态度，民族意识尤为浓厚。因此，康、雍、乾三朝对江浙地区，尤其是浙江一带民风极为不满，对当地士人也极为歧视。雍正五年（1727），当查嗣庭日记案审结后，雍正帝特命在浙江设"观风整俗使"，并命令停止浙江士子乡、会两试，以示惩戒。雍正谕旨云："浙省风俗恶薄如此，挟其笔墨之微长，遂忘纲常之大义，则开科取士又复何用！"② 雍正帝在为吕留良一案特意编写的《大义觉迷录》中还说："朕向来谓浙省风俗浇漓，人怀不逞，如汪景祺、查嗣庭之流，皆以谤讪悖逆，自服其辜，皆吕留良之遗害也。……数年以来，朕因浙省人心风俗之害可忧者甚大，早夜筹画，仁育义正，备极化导整顿之宏心，近始渐为转移，且归于正。"③ 王先谦《东华录》之"雍正十四"与《清代文字狱档》之"曾静遣徒张倬投书案"等也有相同记载。显然，《明史》案等一系列文字狱大案，其矛头所向，直指江浙一带文人。另外，乾隆三十八年（1774）至四十八年（1783），文字狱多至数十起。与这些连续不断的文字狱伴随而来的，就是大量的所谓违碍文字的销毁。浙江奏缴应毁的书籍独过他省，据统计，十年之间，奏缴应禁

---

① 梁启超：《中国近三百年学术史》，天津古籍出版社 2004 年版，第 16 页。
② 萧奭：《永宪录》卷四，中华书局 1959 年版，第 321 页。
③ 上海书店出版社编：《"大义觉迷"谈》，上海书店 1999 年版，第 88 页。

各书 24 次，计书 538 种，共 13862 部①，造成了浙江文献不可弥补的损失。

《明史》案是清廷为打击江浙文士而制造的一个特案，它的发生，助长了以文字为武器迫害士人的恶行，制造了恐怖肃杀的文化氛围；又使数代累积、渐趋兴盛的文化家族遭受灭顶之灾，中断了正常前行的轨道，逐步走向衰微；也促使文人在心灵遭受威劫后，生成寒蝉凄切般的心态，诗风文风发生严重变异，最终导致明代中后期以来蓬勃涌现的文学社集活动的衰落和流派纷呈的文人社团的重构。

一、以文罪人，首开恶例

《明史》案首开以文字为武器，以挟嫌诬告、敲诈勒索等手段坑害读书人的恶例。本案原告是以贪酷出名的吴之荣，因首告庄氏"逆书"有功，奖赏给庄、朱两家财产各一半，并升任右佥都御史。一些不安本分之徒，见此情状，艳羡不已，便急不可耐，纷纷伺机而动。顺治九年（1652）进士、河南道监察御史、浙江诸暨人余缙的奏疏已道出其严重性："自朱佑明等正法之后，奉旨变产搜查不遗余力，而刁恶棍徒藉以报仇索贿，鱼肉良善，每每无影飞扳，脱空妄首，承追衙门因属钦赃，不敢遽释，及至审系无辜，业已人亡家破。此弊蔓沿多年，似宜尽斩葛藤，以清株累。"② 随着这种讦告之风的盛行，文字狱案也接二连三地发生。康熙三年，孙奇逢《甲申大难录》狱和闵声、吴宗潜《岭云集》诗案，四年的丁耀亢《续金瓶梅》案，六年的沈天甫等撰伪诗集诬陷索贿案，七年的黄培诗案，还有发生于该时期的阎尔梅诗祸等，这些文字狱都与《明史》案发生的初衷相似，发难者均效法吴之荣的恶棍行为，欲借寻检他

---

① 清军机处编：《书目五编：禁书总目》，广文书局有限公司 1972 年版，第 4 页。
② 余缙：《大观堂文集》卷二十二，清康熙三十八年刻后印本。

人诗文纰漏，牵强附会，指为逆书，进行诬陷，讹诈勒索，一时形成极为恶劣的社会风气①。当时不少学者已明确认识到这一扰世乱俗的怪现象，如黄宗羲在《雪蓑闵君墓志铭》中说："君好苦吟，与吴敬夫（《明史》案遇难之江浙名士吴楚）批选唐诗，名《岭云集》。初南浔庄胤城，集吴中人士，私纂明史，愚儒暗昧，祸至九裂。奸人因而放手索赂，别生事端，敬夫与闻庄史，其选诗雠校姓氏，有徽人范希曾者，富室也，奸人遂居为奇货，以逆案胁之，而君与吴宗潜牵连下狱，司李廖应召，惟恐祸之及己也，欲并杀之以自解。"② 这种巧借逆书名目，肆意诈财害人的行为长期蔓延，势必导致人心惶惶，严重扰乱社会秩序。当时，太仓诗人唐孙华有感而发，作《里中纪事》云："时事何容口舌争？畏途休作不平鸣！藏身复壁疑无地，密语登楼怕有声。书牍人方尊狱吏，溺冠世久厌儒生。闭门塞窦真良计，燕处超然万虑轻。"③ 诗中形象生动地刻画出身临酷密文网之世的文士们临深履薄，高度敏感的惶恐心态。不难体会到，此时告讦风气之盛，几乎到了人人自危的可怖地步。随着事态的发展，清朝统治者也逐步认识到此种刁风不可再长。自沈天甫撰逆诗诬告案后，清廷作出了诬告不实，则原告反坐的法律规定。据《清实录》载："（康熙六年四月）刑部议覆御史田六善疏言，近见奸民，捏成莫大之词，逞其诈害之术。在南方者，不曰通海，则曰逆书。……臣请敕下督抚，以后如有首告实系谋反逃人等事，即与审理。情实者据事奏闻，情虚者依律反坐。毋得借端生事，株累无辜。"④ 禁令的施行，使普通的诬告诈胁之风，略有收敛。但以

① 参见张兵、张毓洲：《清代文字狱研究述评》，《西北师大学报》（社科版）2010年第3期。
② 黄宗羲著，陈乃乾编：《黄梨洲文集》，中华书局1959年版，第222页。
③ 唐孙华：《东江诗钞》卷九，《四库禁毁书丛刊》集部第187册，北京出版社2000年版，第384页。
④ 朱轼等修：《清实录》第4册《圣祖仁皇帝实录》卷二十一，中华书局1985年版，第301页。

"逆书"为名的告讦之风，仍继续盛行。康熙五十一年（1712）的陈鹏年诗案、五十二年的戴名世《南山集》案，雍正朝的裴珽《拟张良招四皓书》案、徐骏诗案、沈伦《大樵山人诗集》案，乾隆朝的蔡显《闲渔闲闲录》案、王锡侯《字贯》案、余达甤《一柱楼诗》案、卓长龄等《忆明诗集》案、戴如煌《秋鹤近草》案、吴文世《云氏草》案、仲绳《奈何吟》案，等等，无不是因挟嫌诬告或敲诈勒索而兴起的冤狱。

这种因告讦而迭次兴起的文字狱案的严重后果，在雍正十三年（1735）十一月二十七日山东道御史曹一士上《请查宽比附妖言之狱兼禁挟仇诬告诗文疏》中已得到明确的揭示："比年以来，闾巷细人不识两朝所以诛殛大憝之故，往往挟睚眦之怨，借影响之词，攻讦私书，指摘字句，有司见事生风，多方穷鞫，或致波累师生，株连亲族，破家亡命，甚可悯也。臣愚以为井田、封建，不过愚儒之常谈，不可以为生今反古；述怀咏史，不过词人之习态，不可以为援古刺今。即有序跋偶遗纪年，亦或草茅一时失检，非必果怀悖逆，敢于名布篇章。若此类悉皆比附妖言，罪当不赦，将使天下告讦不休，士子以文为戒，殊非国家义以正法，仁以包蒙之至意也。"[1]乾隆帝也意识到告讦邪风盛行的危害性，在乾隆二十年（1755）处理《秋水诗钞》案时，特地告谕："倘因此案动以语言文字之间指摘苛求，则狡黠之徒借以行其讹诈，有司不察，辄以上闻，告讦纷繁，何所不至？驯至辩明昭雪而贻累已甚，此等刁风断不可长。"[2]社会上下皆知此种风气之危害，但由于统治者和告讦者各自心怀鬼胎，故虽有禁令而屡禁不止，致使诬陷告讦之风盛行，文人惨遭迫害。此外，《明史》案还有一个重要影响是在号称

---

①　曹一士：《四焉斋文集》卷二，《四库全书存目丛书》集部第 275 册，齐鲁书社 1995 年版，第 454 页。

②　北京图书馆出版社古籍影印室辑：《清代文字狱史料汇编》第 2 册，北京图书馆出版社 2007 年版，第 80 页。

人文渊薮的江浙之地，不少绵延百余年、正趋于繁荣鼎盛的著姓望族兼文化世族在文字狱的严酷打击下逐渐败落，文学生态遭到严重破坏。此外，《明史》案还对中国学术思想史的发展产生了深远而恶劣的影响。杨林曾一针见血地指出："清初的庄氏史案，在清代学术史、政治史上都开了一个极坏的先例，即封建统治者可以从一己的政治需要出发，而肆意践踏学术，摧残人才。这种文化上的短视，经过雍正、乾隆间的封建专制而推至极端，文字冤狱，遍于国中，终于酿成思想界万马齐喑的沉闷局面。"①

二、文化家族，惨遭迫害

《明史》案打击的对象除一些桀骜不驯的文人外，还包括一些在行动上阻碍清朝统一战争或在思想上排斥清朝、拒绝承认其合法统治地位的文化家族。文字狱对文化世家的残酷迫害，使百余年来彬彬称盛的江浙文化生态大为改观，萧条衰飒的景象逐步显露，文学生态也随之变异。

湖州庄氏本世居天水，南宋初年避乱迁吴江，此后家族逐渐壮大，资财饶裕。庄氏也分为南、北庄。庄胤城一支的始祖为庄凤，居吴江之陆家港，五传至胤城，以避盗始家乌程南浔镇。庄氏本有殷实家资，兼以开质库而富甲南浔。庄氏家族有科举功名，则始自庄胤城之祖可桢，至胤城昆仲子侄科名更盛，且有声名闻于乡里②。就科举成就而言，庄氏家族虽不太显赫，以庠生（即秀才）居多，但在明末清初统治秩序刚刚由动荡到稳定的特定历史时期里，也称得上文化家族。作为庄氏"九龙"之一的庄廷鑨素有文名，且怀修《明史》之宏愿，不尽是附庸风雅之举。查继佐《东山外纪》载述庄廷鑨嗜好修史的经过时说，庄氏因工作繁重、

---

① 杨林：《试析庄氏史案对清初私家修史的影响》，《清史研究》1992 年第 2 期。

② 庄胤城与两位弟弟及子廷鑨、廷钺，侄廷镳、廷鎏、廷镜、廷铣九人，俱以才著名于当地，被称为"庄氏九龙"（翁广平《书湖州庄氏史狱》，《嘉业堂丛书》本）。

过度劳累而致盲，其修史不辍的忘我精神，感人至深。另外，庄廷鑨的才华也是众所周知的，否则数十名江浙名士怎会屈尊为其所聘呢？顾炎武也是庄氏聘请的修史名士之一，但他拒绝了，且批评庄氏及其《明史》说："庄名廷鑨，目双盲，不甚通晓古今，以史迁有'左丘失明，乃著《国语》'之说，奋欲著书。其居邻故阁老朱公国桢家，朱公尝取国事及公卿志状疏草，名胥钞录，凡数十帙，未成书而卒。廷鑨得之，则招致宾客，日夜编辑为《明书》，书冗杂，不足道也。"[①] 顾炎武是清初享有崇高威望的遗民领袖，他对庄氏及其《明史》的看法无疑具有权威性，以至后人述说这段文祸惨事时，都秉承其说，极力贬抑庄氏，如乾隆年间沈叔埏即称"盗取"朱国桢书稿的庄氏为"匪人"[②]，所以庄廷鑨的才华也就在人们的不屑一顾中被完全湮没。廷鑨弟廷钺，也很有才华，日与文士交游，所著《百尺楼诗草》旦已佚，但从今存其于杭州虎林军营所吟诗之断句"梼杌有名终累楚，鸱夷无后可留齐"，亦可见其诗才之一斑。廷鑨从弟廷鋆，文辞华赡，今存狱中诗一首："豚犬纵难全覆卵，糟糠岂罪及然萁。一气潮回江上月，全家泪洒武林春。"[③] 从这些残存的诗句中，我们也不难看出庄氏族众之才华。这些庄氏家族中的英杰之才，在《明史》案中或受极刑惨死，或发配为奴，或流徙边地，其家族的衰败或覆灭也就在所难免了。

浙江湖州府归安茅氏是明清之际有名的书香门第、仕宦之家。叶向高《五芝茅公晋总楚臬序》云："苕霅之间为两浙名区，故才薮也。而茅氏自鹿门先生以文章经济雄于海内，子姓昆从，彬彬继起。"[④] 龚鼎孳《茅宛鸣诗序》曰："自鹿门先生以文章擅海内重名，

① 顾炎武：《亭林文集》卷五，华忱之点校：《顾亭林诗文集》，中华书局1959年版，第115页。
② 沈叔埏：《颐綵堂文集》卷十一《书朱文肃集后》，清嘉庆二十三年沈维鐈刻本。
③ 庄廷钺、庄廷鋆诗见翁广平《书湖州庄氏史狱》。
④ 叶向高：《苍霞余草》卷七，《四库禁毁书丛刊》集部第125册，第477页。

谈者谓是韩欧再见，而其后孝若、止生诸君子趾美前光，率皆掉鞅词场，龙跃虎视，吴门茅氏彬彬一代，比于扶风安平，称文苑世家矣。"① 其中，茅坤（1512—1601），字顺甫，号鹿门。嘉靖十七年（1538）进士。官至大名兵备副使。后遭忌者中伤，落职归家，著述终身。著有《茅鹿门先生文集》、《白华楼藏稿》、《大名府志》等多种。茅坤反对前后七子"文章与时相高下，而唐以后且薄不足为"②的文学观，提倡学习唐宋古文，成为明代文坛"唐宋派"的领袖。他评选的《唐宋八大家文钞》在当时"家弦户诵"③，"盛行海内，乡里小生无不知茅鹿门者"④。

茅坤之子孙辈也科名鼎盛，著述繁富。茅坤有四子，仲子国缙，字荐卿，万历十一年（1583）进士，官至南京工部主事。著有《荐卿集》、《菽园诗草》和《晋史删》。季子维，字孝若，诗作"才调斐然"⑤，与同郡臧懋循、吴稼登、吴梦旸，并称"四子"。著有《霍忧录》、《菰园初集》以及杂剧数种。茅坤长孙元祯，字仲三，万历间明经，迁工部员外郎。孙元仪（国缙子），字止生，号石民，官至副总兵。他是明代一位文武兼备，撰述甚富的博学之士，钱谦益谓其："为诗文，才气蜂涌，摇笔数千言，倚待立就。"⑥ 著有《武备志》、《石民四十集》、《石民渝水集》等。茅坤从孙、元仪堂兄茅瑞征，字伯符，万历二十九年（1601）进士，官至南京光禄寺卿。

---

① 龚鼎孳：《定山堂古文小品》卷上，《续修四库全书》第 1403 册，上海古籍出版社 2003 年版，第 31 页。

② 茅坤：《唐宋八大家文钞·序》，影印文渊阁《四库全书》第 1383 册，台湾商务印书馆 1986 年版，第 14 页。

③ 纪昀：《四库全书总目提要》卷一百八十九《总集类四·唐宋八大家文钞》，河北人民出版社 2000 年版，第 5175 页。

④ 张廷玉等：《明史》卷二百八十七《茅坤传》，中华书局 1974 年版，第 7375 页。

⑤ 钱谦益：《列朝诗集小传·丁集下·茅维传》，上海古籍出版社 1959 年版，第 636 页。

⑥ 钱谦益：《列朝诗集小传·丁集下·茅元仪传》，第 592 页。

他是一位学者型文人，朱彝尊谓其"耽情吟咏"，"诗亦真率自喜"①。著有《禹贡汇疏》、《五芝纪事》、《澹泊斋集》等。

从上述茅氏部分成员仕宦及著述情况可知，茅氏是明末湖州烜赫一时的名门望族。然而，明清易代之后，茅氏家族却逐渐淡出了人们视野，这种变故的根本原因是什么呢？其实，问题就出在茅坤之另一孙茅元铭、次莱父子身上。他们二人因有才名，受庄氏之聘参与《明史》编纂，案发后给家族带来了灭顶之灾。《研堂见闻杂记》载："《明史》之狱，决于康熙二年之五月二十六日。得重辟者，七十人，凌迟者，十八人。茅氏一门得其七，当是鹿门后人。"②《明史》案，茅氏家族遭到了沉重打击，七人被处死，幼年子孙及妇女发遣流放，家产籍没，茅氏家族从此由鼎盛的高峰跌入了败落的深渊。张梦新也指出茅氏由盛转衰的关键是受到《明史》案的牵累："茅坤家族在庄氏《明史》案后便一蹶不振了。"③

吴氏和文氏、叶氏、潘氏、周氏、金氏等同为明代中后期江苏吴江的文化世族。吴氏族众中吴宗潜"兄弟七人，并有才藻，而宗潜与弟宗汉、宗泌尤知名"④。鼎革之际，面对故国沦亡，山河破碎的悲惨现实，吴氏强烈的民族情绪便迸发出来，吴易、吴振远投笔从戎，起义兵于太湖，积极响应南明政权的抗清运动，振远之弟宗潜、宗汉、宗泌等往来烽火中，互通声气。顺治三年（1646），吴中义军失败，吴易与吴振远相继死难，宗潜、宗汉兄弟隐迹藏行，避居严墓镇。七年，宗潜与叶继武结"逃社"，为祭酒，弟宗汉也是社盟中坚。作为遗民，他们相互唱和，抒发故国之思，表达亡国

---

①　朱彝尊：《静志居诗话》卷十六，人民文学出版社 1998 年版，第 492 页。

②　无名氏：《研堂见闻杂记》，《明清史料丛书八种》第 6 册，北京图书馆出版社 2005 年版，第 422 页。

③　张梦新：《茅坤研究》，中华书局 2001 年版，第 49 页。

④　陈和志修，倪师孟等纂：《震泽县志》卷十八《人物志·节义》，据清乾隆十一年修、光绪十九年重刊本影印，《中国方志丛书·华中地区·第 20 号》，台北成文出版社 1970 年版，第 713 页。

之痛。吴氏作为文化世家，其成员大多擅长诗文，著述甚多，可惜未曾传世。根据相关记载，仅知吴宗潜有《东篱草》、《惊隐篇》和《岁寒集》等，吴宗汉诗集已佚，钮琇《觚賸·吴觚》中存其诗若干首，吴宗泌诗"思致深沉，音节遒美，得中唐人风格"①。

吴炎是宗潜、宗汉兄弟从侄，"年亚诸父，而才与之埒"②，明亡隐居，有著《明史》之志，接受庄氏之请，参与其事，事发遇害，妻子自杀，家人流放。吴宗汉也曾受庄氏聘请，但他坚决推辞。钮琇《觚賸》谓："吴兴庄氏子聘修《明史》，（宗汉）坚拒之，卒免于难。"③ 吴宗汉避免祸患，在一定程度上减少了吴氏家族更大惨事的发生，但吴炎之死仍给其族人心理造成重创，留下了难以抹去的阴影。吴氏家族也从此走向衰败，一蹶不振。清廷要新建统治秩序，统一思想、破除文化障碍是一个必要环节，而这一切的实现则要以一些文化世族的家族悲剧作为惨重代价。另外，据清代著名版本目录学者周中孚外甥戴望记载，有凌瑕者，其祖上曾遭庄氏史狱，家道中落。戴望云："望（戴望）闻瑕之远祖明侍御君当康熙时，以庄氏史案被逮，下狱论死，其子孙至今八世无仕者。"④ 可见，凌氏家族也惨遭庄廷鑨《明史》案牵连打击，致使家族衰败不振，子孙默默无闻。

三、士心危劫，诗题变异

清初推行的极端严酷的文化专制政策，给士林群体带来了莫大灾难。平步青说："己亥海师之狱、辛丑哭庙之狱，江浙陷法者累累。"⑤ 而《明史》案的发生更是给文化发达、文人富集的江南地

---

① 陈和志修，倪师孟等纂：《震泽县志》卷十八《人物志·节义》，第714页。

② 潘柽章：《松陵文献》卷十，《续修四库全书》第541册，第487页。

③ 钮琇：《觚賸》卷一《吴觚上》，《续修四库全书》第1177册，第4页。

④ 戴望：《谪麐堂遗集》文一《记明地山人琴》，清宣统三年邓氏《风雨楼丛书》本。

⑤ 平步青：《霞外攟屑》卷一《庄史案》，上海古籍出版社1982年版，第13页。

区的文士心灵构成极大的震慑和莫可名状的戕害："自古文士之祸，未有若斯之烈者。"①（陆圻语）当时非常关注庄氏史案，且写这一题材诗歌最多的杭州士人吴农祥说："余以惊爆人世者，则莫如辛丑秽史之事……此事已往矣，犹使傍人病悸。"②

清初著名文学家浙江秀水人朱彝尊虽未直接述及《明史》案详情，却揭示了《明史》案的震撼力，并表露了生怕祸及自身的惶恐心情。他说："先太傅赐书，乙酉兵后，罕有存者，予年十七，从妇翁避地六迁，而安度先生九迁，乃定居梅会里，家具率一艘，研北萧然，无书可读。及游岭表归，阅豫章书目，买得五箱，藏之满一楼。既而客永嘉，时方起《明书》之狱，凡涉明季事者，争相焚弃。比还，问曩所储书，则并楼亡之矣。"③在《明史》案的威慑下，酷爱藏书的朱彝尊竟然胆战心惊、惶恐不安，家人也将他千辛万苦搜集收藏的涉及明季史事的图书付之一炬。朱彝尊还在潘柽章、吴炎二位友人遇害后，难忘昔日欢洽之盛情，赋诗寄托无尽而沉痛的哀思。其《西陵后感旧》云："潘安曾对酒，吴质数论文。旧史悲难续，斯人意不群。一为江海别，遽作死生分。凄断山阳笛，那堪岁岁闻。"④潘安、吴质即暗指潘柽章、吴炎二人。李锳评此诗曰："'曾对酒'，'数论文'皆旧日事也。'一为江海别'，转到此日不胜今昔之感。"⑤

诗人吴伟业《与子暻疏》云："改革后，吾闭门不通人物，然虚名在人，每东南有一狱，长虑收者在门，及诗祸史祸，惴惴莫保。"⑥诗祸当指顺治五年的黄毓祺复明诗词狱，康熙三年的闵声、吴宗潜《岭云集》诗案，康熙六年的《吕祯遗诗》案等；史祸则指

---

① 朱一是：《为可堂初集》卷四，清康熙刻本。
② 吴农祥：《梧园文集·陆梯霞八十寿序》，清钞本。
③ 朱彝尊：《曝书亭集》卷三十五，影印文渊阁《四库全书》第1317册，第55页。
④ 朱彝尊：《曝书亭集》卷六，影印文渊阁《四库全书》第1317册，第459页。
⑤ 李锳：《诗法易简录》卷九，清道光二年刻本。
⑥ 吴伟业：《吴梅村全集》卷五十七，上海古籍出版社1999年版，第1132页。

庄廷鑨《明史》案。这些渐次兴起于东南的文字狱案，都发生在吴伟业明亡隐居及仕清后南归家居时期，尤其《明史》案的波及面最广，《岭云集》、《启祯遗诗》两案可以说是《明史》案的重演，告发者都效法《明史》案，企图制造新的文字狱，以达到名利双收之目的。《明史》案也对吴伟业构成了直接而严重的心灵震撼，他的历史著作《鹿樵纪闻》和暗含复明思想的诗歌作品①，都有可能授人以柄，酿成大祸，故而他惊恐万状，惴惴难安。后来的事实证明，"太仓吴梅村祭酒伟业曾撰《绥寇纪略》一书，原名《鹿樵纪闻》，身后亦几成大狱"②。施闰章为邹漪求情的信——《为邹流绮致金长真》云："梅村先生《鹿樵纪闻》一书，邹流绮以故人子弟之义，卖屋欹劂，一以备放失旧闻，一以表彰前辈著述，良为胜事。但不合轻借当事姓氏参评，致有此举。盖惩前史之祸（即庄氏史案），不得不申明立案，非有深求于邹也。闻其中绝无触犯，惟《凡例》所列有《大事记》等语，似多蛇足，而实无此书也。今拘系赴解，举家号哭，悉焚他书，箧囊为空，毗陵士大夫甚怜之。邹既贫且老，莫为手援，万一决裂，不特邹祸不测，且恐波及梅村先生，梅村往矣，遗孤惴惴，巢卵是惧。夫束天下文士之手，寒先辈地下之心，或亦当事大贤所不忍为也。"③"刻书列参评人名，本明代结习，而株连者动兴大狱，邹氏之触忌以此，非必其书之果有违碍也。"④"实无此书"，是施闰章救人心切的辩解之词，邹漪正是因所刊刻《绥寇纪略》之《凡例》有《大事记》而获罪被拘捕系狱，足见事态之严重。可见，这为梅村生前所未能预料之事，也可知其

---

① 吴伟业写有相当数量借历史故实抒发故国之思、讥刺清朝的诗篇，特别是以七夕、秋夜为题材的诗最无讳饰地表现了其复明思想。见吕慧娟、刘波、卢达编：《中国历代著名文学家评传》第五卷，山东教育出版社 1986 年版，第 57 页。

② 徐珂：《清稗类钞》第 3 册"狱讼类"，中华书局 1996 年版，第 1023 页。

③ 施闰章：《学馀堂文集》卷二十七，《影印文渊阁四库全书》第 1313 册，第 338 页。黄山书社点校本《施愚山集》中文字稍有异同。

④ 王钟翰：《王钟翰清史论集》第 4 册，中华书局 2004 年版，第 2356 页。

生前之神经过敏般的惊惧和担心并非杞人忧天。

《明史》案处置严厉，造成了多位江浙文士的死难，他们的朋友风闻此事，一方面痛斥清廷残害知识分子的虐政，另一方面作诗文沉痛哀悼逝者。如顾炎武《书吴、潘二子事》、《咏史》、《汾州祭吴炎、潘柽章二节士》、《寄潘节士之弟耒》、《寄潘次耕》，陈瑚《磨兜坚——哀潘吴也》，王锡阐《挽潘、吴二节士》、《弼教坊》，钮琇《感事》、《弼教坊》、《黄圭庵诗集序》和戴笠《绝句十七首》等，如泣如诉，凄切伤感，深切缅怀与悼念殉难于史案的吴炎和潘柽章。同时，当时的文士们对众多无辜牵连者，也深表同情，表达了自己的感慨。如吴农祥《喑查伊璜、范文白、陆丽京》、《太湖续曲》，陈确《送陆景宣北进》，吴兆宽《送陆丽京北上》，丘季贞《惊闻陆丽京、范文白被逮过城下，趋往喑之》，法若真《自寿》，王锡阐《齐化门》、《广宁城》和张嘉玲《齐化门》等。这些诗文作品表达了物伤其类的其他江浙文士对史案的感受和理解，在他们沉痛哀悼死者或恳切劝慰生者的话语里，不难体会到史案给他们心灵与情感带来的强烈震撼和摧折。可见，清廷制造的庄氏史案，看似严厉惩治庄、朱两家及编纂或列名参订《明史》的十八位江浙名士，但实际影响绝不仅此，它意在借此对易代之际仍怀有浓重民族意识和恋旧情怀的江浙士林群体进行"戮心"。造成文化思想上的一种恐怖氛围，使众多的知识分子更好地服从于根基暂稳的清朝的统治。

当然，《明史》案给牵连受害者及其后辈留下的心理阴影更为直接而浓重，甚至终身为之困扰，挥之难去。著名江浙文士陆圻（字丽京，号讲山）及其子陆寅的行为遭际，最具代表性。关于陆圻，李元度说："（陆圻）少与弟堦、培咸以文章经世自任，海内称'三陆'。又与陈君子龙等为登楼社，世号'西陵体'。"[1] 就是这样

---

① 李元度著，易孟醇点校：《国朝先正事略》卷三十七，岳麓书社 1991 年版，第 1049 页。

一位江浙文坛巨擘，尽管在庄氏史案后，与范骧、查继佐三人"赖有力者为之代白，故得免"①，可因内心惨痛，难以平复，遂弃家远遁，不知所终，以致其子陆寅（字冠周）遍历各地，苦苦寻父。清代人多有关于此事的记载，如朱彝尊《零丁——为陆进士寅作》、徐乾学《孙孺人墓志铭》、陈大章《送陆冠周同年次吕山溜韵》、吴绮《陆冠周寻父丽京先生道过真江以诗见赠依韵奉答》、王源《孤忠遗翰序》以及潘耒《赠陆冠周》、《陆冠周诗集序》等，这些记述都饱含着时人对受《明史》案打击，心灵受到挫伤的陆寅的苦孝行为的同情。潘耒为《明史》案罹难者潘柽章之弟，作《恸哭七十韵》、《隔谷歌》、《度关曲》、《沈兼人六十寿序》等直接或间接悼念其亡兄的诗文。这一家族惨不忍言的深悲剧痛，时时撞击着潘耒的心灵，多年后还对惨痛的往事记忆犹新："先兄力田，罹湖州文字之案，绝弦广陵。弟抱痛沉冤，栖遁林野。"② 共罹家难的不行命运，使他对陆寅的遭遇感同身受，其《赠陆冠周》虽多有劝慰陆寅之语，但沉痛呜咽，感伤凄恻之意难以掩饰，也恰切地道出陆寅在庄史案后的悲凄心境：

> 陆生对我惨不乐，自言遭命何奇薄。
> 阿父辞家已数年，破寺荒山无住著。
> 苦勒家人断往来，况复兵兴道途恶。
> 老母堂前缺甘旨，幼弟床头困医药。
> 菜田十亩水浸余，瓦屋三间火烧却。
> 读书无用类屠龙，学剑不成愁刻鹄。
> 伯叔才名总凋谢，簪缨门户愁沦落。
> 我闻其言心暗伤，造物何者天茫茫。

① 盛百二《柚堂笔谈》卷三，清乾隆四十一年刻光绪十四年汪曾唯修本；又陶元藻《全浙诗话》卷五十一"陆莘行"，清嘉庆元年怡云阁刻本。
② 潘耒：《与表兄汉槎》，吴兆骞：《秋茄集·附录》，麻守中点校，上海古籍出版社 2009 年版，第 379 页。

直道何辜每摧折，清门往事遭不详。

君家幸免北市狱，脱身沦湎登康庄。

枯木终然少春气，孽禽不得冲天翎。

穷途岂得无恸哭，舌在还须重激昂。

男儿回天与转日，不愁失落愁无骨。

寒门须枉烛龙光，牛铎亦应黄钟律。

龙剑应知有合并，楚宫何足论得失。

向平五岳游须返，曾参三釜孝诖及。

陆生陆生无复悲，如君才调真龙媒。

追风蹑电时当来，伏枥偃蹇何足哉？

与尔同上初阳台，扪天摘月倾巨杯。①

　　陆寅思父心切，十余年间，寻父不已，足迹几遍宇内，然终不得，愁闷交织，郁结于心，甚至考中进士的欢愉也不能消除他心头的悲苦，后悒郁而卒。由此可见，《明史》案的发生给当事人留下了可怖的心理阴影，这些阴影如噩梦随形，忘之难却，直接决定了受害当事人的人生取向，甚至使他们终生陷入深深的苦痛中，不能自拔。

　　《明史》案发生后，还出现了一个比较奇特的现象。时人及后人在解释《明史》案的幸存者何以能逃脱劫难的原因时，往往带有神秘荒诞的色彩。姚汝霦《黾勉园杂著》载，张应纶有先见之明，为搭救纪度、陆璘两位参与修史的弟子免遭厄运，故意采用日至庄氏门前与二位弟子讲说时文，干扰庄氏修史活动的手段，以激怒庄氏辞退纪、陆二人，因而免除祸患。这种近乎夸张的劝说方式，是难以令人信服的。其实据费之墀《恭庵日记》记载，陆璘全程参与了庄氏《明史》编纂活动，且任总裁，后来因品行卑劣，被庄胤城

从参阅名单中除名。费之墀颇知《明史》案详情，曾参与营救李令晢长孙李书垂的活动①，他的话合乎情理，可信度高。由此可知，姚氏所记陆璘被辞退的缘由欠妥，难以置信。另外，当时人根本没有预料到参与修纂《明史》是一件祸事，列名参订的查继佐、陆圻二人未首告前曾喜形于色地说："吾二人参阅有名！"② 范骧之子范韩述及其家得祸经过时说："刻书列参评，常事也，曷以知其有祸而检举焉？"③ 因此，姚汝霖关于张应纶有先见之明使纪度、陆璘免祸的说法应得自谣传，可也为之涂上荒诞神秘之色调，说明它已经浸染了时人畏惧文字狱的情感体验，也可见《明史》案的恐怖给人们留下了浓重的心理阴影。姚世锡《前徽录》记述其家祖上免遭《明史》案牵连时，同样带有志异怪诞色彩。《前徽录》成书于乾隆十六年（1751），距案发之顺治十八年（1661）已有90年之遥，其记述明显发生错位，本来负责私修《明史》的是庄廷鑨，求作序文者为庄胤城，而姚氏误为朱佑明所为，同时述说姚淳敏拒阻作序一事纯属荒诞不经。其实，根据《恭庵日记》所载，作序的实际情形是庄胤城嫌其子廷钺荐举的作序人选费韫生无文名，而属意于李令晢，李令晢之所以能成为作序的合适人选还得益于其子李礽焘与庄廷钺同是征书社成员的缘故。据此可知，姚、李是姻亲不可避免要受株连，但其家脱离祸患可能别有途径，《前徽录》所记缺乏证据，只能是乡间故老的传闻之词，然而附会为姚淳敏的梦兆和"语言文字，召祸极易"④ 的远见卓识，无疑是后人的理解和看法。陆以湉《冷庐杂识》中所记周拱辰不为"诸名士株连被戮者多"⑤ 的庄氏史狱牵累，是由于案前梦中其父的警示，故而未接受庄氏之聘，躲过

---

① 费之墀：《恭庵日记》，《清代文字狱史料汇编》第 2 册，第 584 页。

② 范韩：《范氏记私史事》，南林周氏民国二十八年铅印本。

③ 范韩：《范氏记私史事》，南林周氏民国二十八年铅印本。

④ 姚世锡：《前徽录》，《笔记小说大观》（九），江苏广陵古籍刻印社 1984 年版，第 333 页。

⑤ 陆以湉：《冷庐杂识》卷二《周孟侯先生》，中华书局 1984 年版，第 93 页。

劫难。这些事例都说明受文字酷狱摧残的文人的心灵，在时过境迁的百年以后仍难以平静。他们时常怀着凝重的心情，追怀那不堪回首的惊心往事。

文人受此心灵震荡，创作上自然显示出某些变化，主要表现在创作题材方面。某些现实的、敏感的题材被有意回避，某些不得不写的重大题材又被曲笔隐讳。这可从史学家的惊惧中得到直接的旁证。如归安杨凤苞为同郡的前辈浙江乌程人、康熙乙酉举人温睿临（字邻翼，一字晒园）《南疆逸史》作"跋"云："晒园孝廉世居辑里，去文肃（朱国桢）家不数里，其作史时去鼎革未五六十年，而纂东南死事传于乡曲之忠义，亦多渗漏，何欤？良由我州自庄廷鑨私续文肃《史概》事发，织染数郡人士，庄又文肃之邻也。嗣后遗臣逸老动色相戒，莫敢有纪录之者，以故文献无征，旧闻放失，可叹也！"[1] 文学领域更是如此。如遭遇"浙江庄廷鑨《私史》、莱州黄培《逆诗》之狱几不免，而皆以智自脱"[2] 的顾炎武，在《明史》案前写有大量反映故国之思，身世之感，歌颂遗逸，表现抗清斗争、不满清朝统治的富有时代气息的壮丽诗篇，案后这方面的题材和内容相对减少，除写作一些沉痛悼念逝者，抒发凄苦哀怨心态的诗作外，还出现了不少以咏史为题材的篇什。如《咏史》写道："永嘉一蒙尘，中原遂翻覆。名弧石勒诛，触眇苻生戮。哀哉周汉人，离此干戈毒。去去王子年，独向深岩宿。"[3] 此诗原题《闻湖州史狱》，借咏史以反映时事。满清入主中原，禁忌多端，汉族文士动辄触犯大忌，破家亡身，士人只有勿仕清廷，归隐岩穴才能安身保命。诗中虽未直接描述庄氏《明史》案的惨况，但诗意仍然明显，历史上入主中原的少数民族暴君如石勒、苻生辈大肆诛戮士人的行为不正是今日同为少数民族的满清统治者的生动写照吗？不难体

---

①　杨凤苞：《南疆逸史跋十一》，《秋室集》卷三，清光绪十一年陆心源刻本。

②　徐鼒：《小腆纪传》卷五十三，清光绪金陵刻本。

③　顾炎武：《亭林诗集》卷四，华忱之点校《顾亭林诗文集》，第361页。

会，在文字狱笼罩的大氛围下，顾炎武不得不采用咏史的"微妙婉转"① 方式来隐射现实的用意。王冀民说："大凡借古讽时之作，每以咏史为题以避文网，古人诗集往往可见。先生此诗原题为《闻湖州史狱》，作于本年（1663）春初，刺清讽时之旨甚明。"② 多年以后，顾炎武又写了两首《咏史》，诗云：

> 王良既策马，天弧亦直狼。
> 中夜视北辰，九野何茫茫。
> 秦政灭六国，自谓过帝皇。
> 岂知渔阳卒，狐鸣丛祠旁。
> 谁为刑名家，至今怨商鞅。
>
> 商纣为黎蒐，遂启东夷叛。
> 楚灵一会申，俄召乾溪患。
> 甲兵岂不多，人人欲从乱。
> 惟民国所依，疾乃盈其贯。
> 皇矣监四方，得民天所赞。③

此二诗原题《王良》，王冀民说："两题皆借古事喻今事，词锋直指'清帝'，易题'咏史'讳之可矣。然读者据编年史实推之，题旨俱不难识也。本题系由'云南举兵'引起，第一首斥清之暴，第二首斥清之汰，暴则民怨，汰则启叛，俱从暴汰之害说法。"④ 在当时大狱迭兴，酷网高张的情况下，对清朝统治者的暴政与侈靡行为，诗人不能明说，只能采用"借古事喻今事"的"咏史"诗方式间接表现。著名史学家邓之诚也注意到当时诗人为避免文字狱的纠

---

① ［美］白亚仁：《清人笔下的庄氏史案》，李世愉主编《清史论丛》（2010 年号），中国国际广播出版社 2009 年版，第 51 页。

② 王冀民：《顾亭林诗笺释》卷四，中华书局 1998 年版，第 604 页。

③ 顾炎武：《亭林诗集》卷五，第 394—395 页。

④ 王冀民：《顾亭林诗笺释》卷五，第 830 页。

缠和迫害，在创作题材和手法方面发生的一些微妙变化。卞孝萱《邓之诚与〈清诗纪事初编〉》说："邓氏更注意到在清初大兴文字狱的背景下，有心纪事的诗人，不得不采用拟古、咏物等手法。他说：'顺康之际，诗人喜作宫词，皆有所指，非漫然拟古。'查嗣瑮'集中《燕京杂咏一百四十七首》'，即明宫词也。而诡异其名，以避网罗，亦可悲矣。钮琇'咏物写怀，皆有寄托'。谢重辉'咏家存遗物二十首：《冠簪》、《飞鱼》、《象笏》、《玉带》、《朱绶》、《牙牌》、《朝裙》、《赐履》、《朱盒》、《黄尊》，皆先朝法物也，语子孙世世保之，盖不胜其怀旧之思矣。'"[①] 这种题材和手法方面的变异，生动地反映了在惨烈文字狱的打压下，文人如履薄冰，谨慎又苦闷的创作情态。同时，文字狱的打击，也使某些文士的诗文创作，带有深深的心灵创伤的烙印，这直接决定和影响他们的创作风貌，进而呈现出一些异变的色彩。如本来出身书香世家的陆圻之子陆寅，资质聪颖，善文辞工诗，著有《陆冠周诗钞》四卷和《玉照堂集》十三卷，可由于《明史》案的戕害，其诗歌创作在内容和艺术方面都发生了很大变化。潘耒言："（陆寅）天才骏发，高朗秀丽，纵横驰骋，能极其才之所至，而沉思独往，一饭不忘亲之意横见侧出，不可掩抑。"[②] 沈德潜评其诗曰："少时即有豫章拔地之势，遭困厄诗品愈高。"[③]《明史》文字狱案使陆寅的心灵遭受了难以愈合的创伤，其诗虽属愁苦之言易工，然文生于情，也是其痛苦心灵的抒写。

四、社事中衰，社团重构

明代中后期，随着商品经济的发展，江浙一带逐渐成为人文荟萃和文化繁荣昌盛的地区。归有光谓："吴为人材渊薮，文字之盛，甲于天下。其人耻为他业，自髫龄以上，皆能诵习举子应主司之

---

① 卞孝萱：《现代国学大师学记》，中华书局 2006 年版，第 169 页。
② 潘耒：《遂初堂文集》卷八，《四库全书存目丛书》集部第 250 册，第 27 页。
③ 沈德潜：《清诗别裁集》卷十七，中华书局 1975 年版，第 298 页。

试。居庠校中，有白首不自已者。江以南，其俗尽然。每岁大比，棘围之外林立。"① 与此相应，文学社团也如雨后春笋，不断涌现，社集活动也最为繁盛。而从乾隆《震泽县志》所载后人深情追忆往昔社事空前繁盛的话语中，亦可知其大略："社事之兴，虽曰近名，亦文风之盛也。往时吴扶九、孙孟璞、沈圣符诸君创立复社，而娄东张西铭、吴门杨维斗举应社以和之，海内诸名公无不闻声相附。顺治庚辛间，吴宏人、闻夏、汉槎兄弟复与同志推广慎交社，敦槃之会，冠履云集。康熙庚寅，吴界远（楫）复大集于传清堂……时则吴门、娄东、玉峰、虞山、云间及浙之武林、海昌、苕上、檇里、武原、语水、当湖、魏塘、桐川莫不声气相通，论文莫逆。三十年来，此事不讲，而文风亦因以不振矣。"② 可见，直至明清易代之际，江浙一带之人文景观彬彬称盛，各种社盟活动如火如荼。唯有差异者，则此时的文坛由明中后期操持在名士大夫手中，逐步转移到重节操守气节又志在恢复的遗民手中。杨凤苞《秋室集·书南山草堂集后》也描述了以遗民为主体的遍布于江浙间的各类诗社的概况，尤其详述了顺治七年，叶继武和吴宗潜兄弟主持成立的清初重要遗民诗社——惊隐诗社（亦称"逃社"、"逃之盟"）的盛况：

> 明社既屋，士之憔悴失志、高蹈而能文者，相率结为诗社，以抒其旧国旧君之感，大江以南，无地无之。其最盛者，东越则甬上，三吴则松陵。然甬上僻处海滨，多其乡之遗老，闲参一二寓公；松陵为东南舟车之都会，四方雄俊君子之走集，故尤盛于越中。而惊隐诗社又为吴社之冠，汾湖叶桓奏，社中之领袖也。家唐湖北诸之古风庄，有烟水竹木之胜。岁于五月五日祀三闾大夫，九月九日祀陶征士，同社麕至，咸纪以

---

① 归有光：《送王汝康会试序》，《震川先生集》卷九，上海古籍出版社1981年版，第191页。
② 陈和志修，倪师孟等纂：《（乾隆）震泽县志》卷三十八《旧事》，第1372页；冯桂芬修《（同治）苏州府志》（清光绪九年刻本）卷148有相同记载。

诗……终于（康熙）甲辰。诸君子各敦昰上履二之节，乐志林泉，跌荡文酒，角巾野服，啸歌于五湖三泖之间，亦月泉吟社之流亚也；后之续遗民录者必有取于斯也夫。①

由此可见，明亡清兴，天崩地解的重大社会变动，并没有使文坛呈现消沉冷落之态势，反而成了江浙文化活跃和繁荣的一个重要契机。严迪昌在论及顾炎武与吴中、秦晋遗民诗人网络时也说："作为东南文化的一个重镇，以苏州为中心的包括吴江、昆山、常熟诸邑在内的吴中地区的人文，自明代中叶起氛兴而臻于鼎盛，无论文学、艺术还是学术、工艺，莫不人才辈出。冠甲江南。至于与科举文化密迩相关的历经历代雄厚积累而构成的文化世族的簇拥迭兴，在这个地域尤蔚为壮观，成为大江南北最称密集的灿烂景象。"②严迪昌此处专论江苏苏州一地的人文景观，其实在江苏其他地邑以及浙江地区，也有相似的情形。不过这种繁荣好景为时不长。清廷为巩固统治而深文周纳，密布文网，接连不断地罗致各种迫害文人的罪名，并以血腥的暴力手段打玉株连，终于使这种短暂的繁荣盛况迅疾地结束了。科场案、奏销案、哭庙案就是满清统治者为威慑江南汉族士人，加强思想专制而寻找各种借口制造的株连甚广、处罚残酷的一桩桩案狱。与这些蓄意罗致罪名、迫害文人的残酷案狱相呼应，清廷还作出了严禁士子结社订盟的规定。顺治十七年春正月，礼科右给事中杨雍建疏言："不得妄立社名，纠众盟会；其投刺往来，亦不许用'同社、同盟'字样，违者治罪。"③该"疏"明确要求禁止清初江南妨害统治的异常活跃的文社盟会活动，清政府接纳其意见，诏命"严行禁止"④。这表明，朝廷对与王

---

① 杨凤苞：《秋室集》卷一，清光绪十一年陆心源刻本。

② 严迪昌：《清诗史》，第260页。

③ 图海等修：《清实录》第3册《世祖章皇帝实录》卷一百三十二，顺治十七年正月辛巳，第1016页。

④ 蒋良骐：《东华录》卷八，鲍思陶、西原点校，齐鲁书社2005年版，第120页。

朝持离立态度的士人的态度趋于强硬化。

《明史》案即为清初专制文化政策的具体实践，是利用文字狱震慑江浙文士的一个有名案例，惊隐诗社就是在这桩惊心动魄的大案中走向了解体。戴笠《高蹈先生传》透露了个中讯息：

> 叶继武字桓奏……少博学能文，年十九补归安弟子员。为人慷慨有大节，轻财好施，笃于友谊，事母尤以孝闻。居分湖后，弃举子业，隐居唐湖北渚，所居名曰古风庄，有烟水竹木之盛，因与吴兴沈祖孝、范风仁，同邑吴宗潜、潘柽章等举逃社，为岁寒交，一时三吴高士莫不指唐湖为武陵、柴桑焉。四方宾至无虚日，继武倾赀结纳，人皆以孟尝君称之。已而同社中有罹横祸者，继武为之抚膺流涕，于是杜门谢客，自号为懒道人，栽桃种菊，著书自娱，卒年五十有九，同人私谥为高蹈先生。①

"同社中有罹横祸者"，谓惊隐诗社骨干成员——殉难于《明史》案的吴炎、潘柽章二人，他们的惨遭扼杀是诗社解体的直接原因。乾隆十一年（1746）修成之《震泽县志》将《明史》案导致惊隐诗社的解体说得更为具体："诸君以故国遗民，绝意仕进，相与遁迹林泉，优游文酒，芒鞋箬笠，时往来于五湖三泖之间，而执法之吏不相谁何。国家文网之宽，诸君气谊之笃，两得之矣。其后史案株连，同社有罹法者，社集遂辍。"② 诗社解体后，吴中诗风也发生了明显变化。严迪昌曾明确指出："吴、潘之遭极刑，'逃社'随之涣散，吴中劲节之气严遭摧折，遗民诗风转入低沉，悲慨心音渐为淡化。极盛百年的吴门人文在康熙年间出现断谷现象，或者说进入了另一种组合结构，吴、潘之死及'惊隐'解体，实为转折点。"③

不过，值得注意的是，这是专就带有政治色彩的文学社团而

---

① 凌淦：《松陵文录》卷十七，清同治十三年刊本。

② 陈和志修，倪师孟等纂：《震泽县志》卷三十八《旧事》，第1366页。

③ 严迪昌：《清诗史》，第266页。

言。清初这类肩负着传承学术文化使命的社团还继承明末复社、几社遗绪，雅集不断，又值鼎革之际，不免带有强烈的思明情怀和仇清情结，甚至以文学为名，与反清力量暗通声气，这不能不引起清廷的警觉。在这种情形下，清廷便对可能危害其统治的文人社团采取暴力手段或强制措施。何宗美说："明清之际的群体运动比其他任何时期都更为常见，声势也来得猛烈。这种一拍即合、一呼四应的群体运动最令统治者不安，所以清廷屡兴大狱，在统治者看来是因为被统治者中始终有一股新生的力量在生长、在发展，必须予以镇压，才能稳坐其江山。一些记载显示，清初不少大案皆直接针对文人结社。"① 也正是在《明史》案等文字狱及其他案狱的严酷打击下，江浙一带政治色彩较强，动辄聚集数千人的社集活动逐渐沉寂，文事活动的政治目的逐步淡化，江南文学生态发生严重变异。此后，纯文学类的文人结社雅集逐渐增多。如沈德潜于康熙四十六年和六十一年分别组建的"城南诗社"和"北郭诗社"等，就是文学社团为适应新朝统治而进行重构的结果。

第二节　清朝前期案狱与桐城方氏四代流人的心态与创作

桐城方氏是明清时期江南的著姓望族，以仕宦治学著称于世。清代前期，统治者采取了一系列打击士人、禁锢思想、巩固统治的政策和措施，如科场案和文字狱，桐城方氏均首当其冲，惨遭迫害，以致方拱乾、方孝标、方登峄和方式济祖孙四代成了清代前期案狱的受害者，沦为遣戍东北的流人文士。他们的心态由积极入世转为消极遁世，由欢愉优容变为幽怨佗悲。诗歌题材一改从前的浮

---

① 何宗美：《明末清初文人结社研究》，南京大学出版社 2003 年版，第 414 页。

泛空疏，出现了以东北地区人民的生产生活状况以及流人的友谊和思乡之情为描写对象和抒情主体的新变，同时诗歌的艺术也趋于成熟和完善，并呈现出新的特点。

一、幽怨而苦闷的流人心态

桐城方氏是明清时期江南的名门望族，尤其与明王朝依附甚深。明亡后，其族众大多积极投身反抗"异族"满清统治和恢复故国的大业，失败无望之时，又拒绝清廷的招降，甘做遗民，表现出坚贞的民族气节。方文、方以智、方其义、方授等人堪称代表。影响所及，他们的后辈，如方以智诸子中德、中通、中履昆仲，也苦守志节，终老遗民。

不过，易代之际，方氏族人在政治取向上也呈现出不同形态。方氏族人的另类，官至明代太仆寺少卿的方大美第五子、方以智族叔方拱乾父子，严迪昌称为"政治形态上另一种类型"①。他们对统治华夏之满清不是持反抗或不合作态度，而是诚心归顺。方拱乾（1596—1666），初名若策，字肃之，号坦庵，晚号甦翁、甦庵，别号甦老人、甦庵老学人。崇祯元年（1628）进士，官庶常。十三年授翰林院编修，迁中允，转左谕德，分校礼闱。不久又晋少詹事，充东宫讲官②。清顺治九年（1652），荐补翰林学士，仍官少詹事。拱乾有六子：玄成（孝标）、亨咸、育盛、膏茂、章钺、奕箴。他们多生于明季，入清后多人参加科考并获功名与官职。方孝标（1618—1680），原名玄成，字楼冈，号楼江。顺治六年进士，改庶吉士，授编修，历官至侍读学士。方亨咸（1620—1681），字吉偶，号邵村，顺治四年进士，官监察御史。方育盛，字与三，顺治十一年举人。方章钺，顺治十四年举人。可以设想，如果不是发生江南

① 严迪昌：《清诗史》上册，浙江古籍出版社 2002 年版，第 186 页。
② 李兴盛：《中国流人史与流人文化论集》，黑龙江人民出版社 2000 年版，第 232 页。

科场案的意外风波，方拱乾诸子肯定会仕途顺和，在新朝的崭新天地里大展宏图。这对与明朝藕断丝连且以刚直著称的方氏族裔来说，简直是叛逆。方氏族众中辈分较尊的方文对拱乾父子出仕新朝狠予鞭挞。其《水崖哭明圃子留》之四云："里门裘马日纷纷，鸾鹤宁同鸡鹜群？如以衣冠坐涂炭，不徒富贵等浮云。家人愚暗还相劝，异类腥臊孰忍闻？十世国恩蒙者众，独将赀祯报明君。"[1] 江南科场案后，方文对在难中的拱乾父子未予任何同情，反而认为其罹罪是咎由自取，其《都下竹枝词》之十七又云："牧老田居好是闲，无端荐起列鸳班。一朝谪去上阳堡，始悔从前躁出山。"[2]

顺治十四年（1657）丁酉南闱科场案发，詹事府右少詹事方拱乾第五子方章钺被工科给事中阴应节参奏为与主考官方犹"联宗有素，乃乘机滋弊，冒滥贤书"[3]，后经复试，革去举人，并于第二年被遣戍宁古塔，同遣者除方章钺本人外，还有其父方拱乾，兄孝标、亨咸、膏茂、育盛等全家数十口人。十八年（1661），方拱乾全家遇"圣祖即位……（孝标）子嘉贞上书讼冤，会以登基恩诏，合族得赦归"[4]。这是桐城方氏第一次举家流徙塞外，时间长达三年之久。马大勇认为"对以江南文化世族为核心的士阶层道统的高压性整肃"，是清初统治者巩固政权的必然举措。[5]

科场案是方氏家族由盛转衰的关捩点，这场奇遇也促成方氏族人对功名利禄之心的淡漠。方拱乾被遣离都时，"艰辛伤往事"[6]，对自己大半生的仕宦经历进行了深刻反思，并对科场案带来的劫难深

① 方文：《嵰山集》卷八，《续修四库全书》第1400册，上海古籍出版社2003年版，第102页。

② 方文：《嵰山续集·北游草》，《续修四库全书》第1400册，第156页。

③ 邓之诚：《中华二千年史》（中）卷五，中华书局1983年版，第20页。

④ 《戴名世集》附录《方玄成传》，第485页。

⑤ 马大勇：《流放诗人方拱乾论》，《黑龙江社会科学》2003年第2期。

⑥ 《何陋居集》己亥年《食粥加一七》，《方拱乾诗集》，李兴盛、张文玲、方承整理，黑龙江教育出版社1992年版，第79页。

有感悟。《出都》云:"微雨湿垂杨,洒我去国路。今古一叶轻,况自千艰度。追悔少年心,错认春明树。一堕五十年,坐被浮名误。回头百丈尘,乃达双阙住。只见奔辕来,几见安车去? 祸首苍颉氏,圣愚谁能悟。脱饵保潜鳞,象踪绝回顾。举棹即清江,岂待秦淮渡。"① 方氏认为自己前半生为"浮名"所误,如今痛心疾首,追悔莫及,现在将要远国去乡,前往被人视为畏途的苦寒边塞宁古塔接受前所未有的严峻生活考验了。"祸首苍颉氏,圣愚谁能悟",指自己在"千古遂称冤"② 的江南科场案中含冤中伤之事,可也是追逐浮名的结果。难后,他对读书应举的看法大大改变了。认为"功名不足言,伤心在文章"③。遇赦南归时,他为自己能活着出塞,一路欢欣高歌:"眼看出塞人无数,白首如君几个还?"④"冰窖残魂复见天,此生疑是再生前"⑤。而当诸孙来探问,他忆及其孙幼时读书的情景,又想起"负累儿孙遍"⑥ 之刻骨铭心的科场案祸端,不禁触发隐痛,难抑悲恨之情,作诗道:"家世本诗书,敢曰文章误。祸患益苦攻,泪滴青毡注。"⑦ 前两句是反语,意谓读书应科举带来了莫大之灾难,后两句道出了悔恨莫比的愁怨。另外,流放生涯使他对"忘情游鹿豕,随意侣蒿莱"⑧ 的归隐生活产生了热切期盼,遇赦回归至沈阳,恰逢立春日,触景生情,他感叹道:"新添甲子浑忘老,重向中华作逸民。"⑨《草帽歌》为自己所戴草帽而赋,归隐之意,溢于言表,此诗最后写道:"朴遬遮眉贱且粗,生还剩得旧

---

① 《甦庵集》壬寅年《出都》,《方拱乾诗集》,第 356 页。
② 《何陋居集》已亥年《午日渡李马河》,《方拱乾诗集》,第 12 页。
③ 《辑佚诗》之《喜陈子二如至江陵特晤》,《方拱乾诗集》,第 461 页。
④ 《甦庵集》辛丑年《年马道中》,《方拱乾诗集》,第 318 页。
⑤ 《甦庵集》辛丑年《将至沈阳》,《方拱乾诗集》,第 319 页。
⑥ 《甦庵集》辛丑年《中后所遇长孙云旗迎到》,《方拱乾诗集》,第 326 页。
⑦ 《甦庵集》壬寅年《孙骥、驶自白门来,喜赋》,《方拱乾诗集》,第 430 页。
⑧ 《何陋居集》已亥年《宁古塔杂诗》之一,《方拱乾诗集》,第 18 页。
⑨ 《甦庵集》辛丑年《至沈阳逢立春日》,《方拱乾诗集》,第 322 页。

头颅。非关尘土轻轩冕，久识簪缨是祸枢。"[1] 这是由被祸流徙到放归田园后对人生非比寻常的感悟，亦是对遭际坎坷之旧我的重新体认。《及淮安》中"悔不少年时，关门事稼穑。何枝不可栖，何黍不可食"[2]，则是深刻的自我批判和沉痛自责。方孝标于科场案后对隐与仕也萌生了新的看法，他谆谆告诫儿子道："文章已误而翁久，耕凿深知教子贤。万一五湖归计遂，誓将耒耜些经传。"[3] 这里，方氏父子的悔恨，是清王朝严酷打压之后方氏族人情绪的自然流露，也是比较真实的内心感受。

　　50 年后的康熙五十年（1711）十月，翰林院编修戴名世被左都御史赵申乔疏参文集有狂悖之语，后在刑部官员的深文周纳下，酿成《南山集》文字大狱，涉案 300 余人。清人史料、笔记和文集中多载述了此文字狱案的残酷性[4]。因戴名世《南山集》中《与余生书》一文采纳过方孝标《滇黔纪闻》中某些论南明史的观点，所以已故方孝标也成了首犯。方登峰是方孝标嫡子，自幼过继给族叔方兆及，于"康熙甲戌（1694）贡入成均，授中书舍人，迁工部都水司主事"。[5] 案发后，他让侄子方世樵寄信家中烧毁生父方孝标《钝斋文选》书板。五十二年结案时，方登峰与子式济以及其兄云旅等家属几十人被充发黑龙江卜魁。这是桐城方氏的第二次流徙塞外。此次遣戍，方孝标嫡派子孙未予赦回，其余牵连族人于雍正元年蒙恩诏赦归。

　　方登峰、方式济等人从被捕到遣戍，虽沉痛幽怨，但内敛含蓄，且多抒自怜自伤之悲情。方登峰狱中《述怀》云：

　　　　侧身宇宙间，万树缀一叶。

---

　　① 《甦庵集》壬寅年《草帽歌》，《方拱乾诗集》，第 372 页。

　　② 《甦庵集》壬寅年《及淮安》，《方拱乾诗集》，第 415 页。

　　③ 《钝斋诗选》卷十三《得家书》之三，第 257 页。

　　④ 张兵、张毓洲：《清代文字狱的整体状况与清人的载述》，《西北师大学报》（社科版）2008 年第 6 期。

　　⑤ 廖大闻、金鼎寿等修纂：《（道光）桐城续修县志》卷十三《方登峰传》，民国二十九年铅印本。

生理本狭隘，况乃冰霜折。

我生及祸枢，忧患忽然得。

愀愀一室中，风雨鸣贯铁。

眈眈狱吏尊，陵厉到琐屑。

婉颜对童仆，触语防眦裂。

背灼六月暄，衣搔三冬雪。

夜雀等哀猿，寒膏半明灭。

魂飞汤火深，悠然念古哲。

身世昧著龟，虫鱼堕缧绁。

闻鬼鬼为邻，呼天天雨血。①

自伤身世，内心凄苦无尽。又狱中《鹊声》诗云："报远江南人不来，人来增我伤心重。"② 极度担忧亲族被株连逮捕而倍增痛苦。而当子侄真的被逮下狱后，痛苦之余又多了几分对亲人的关爱，他赋诗道："爱尔才华盛，青春泣所遭。命能安老朽，祸竟及儿曹。碧月家山杳，黄云古塞高。最怜携弱弟，远侍白头劳。"③"闻道南舟发，亲情许共操。零丁依骨肉，慰藉失风涛。野炬焚林阔，惊弦择木劳。形骸同日月，中外主恩高。"④ 至卜魁戍地新屋营造成后，他说："蓬庐岂复分华陋？安堵飘蓬共此生。"⑤ 朴实的话语里潜藏着淡淡的忧伤。同年，侄方世康22岁生日，方登峄赋诗作贺，而家祸又如影随形般浮现眼前："故土不相见，异域共时岁。欢娱不相见，忧患共

---

① 《述本堂诗集·垢砚吟·述怀》，《四库全书存目丛书补编》第30册，齐鲁书社2001年版，第296页。

② 《述本堂诗集·垢砚吟·鹊声》，《四库全书存目丛书补编》第30册，第298页。

③ 《述本堂诗集·垢砚吟·闻兄子世庄将至四首》之一，《四库全书存目丛书补编》第30册，第297页。

④ 《述本堂诗集·垢砚吟·闻兄子世庄将至四首》之二，《四库全书存目丛书补编》第30册，第297页。

⑤ 《述本堂诗集·葆素斋集·至卜魁城葺屋落成率赋十首》，《四库全书存目丛书补编》第30册，第303页。

悲涕。踪迹岂人谋？前途茫占筮。汝生廿一年，升沉几变计？瓠落亦寻常，伤哉王谢裔。"[1]《南山集》案给他们家族带来了深重的灾难，抚今追昔，更是惆怅不忍言，念之断人肠。当其侄方世庄携来祖父方拱乾流放时期所作诗集《何陋居集》、《甦庵集》时，方登峄有感而发："五十年前罹祸日，征车行后我生时。岂知今日投荒眼，又读先人出塞诗，久远孙谋文字累，苍茫天意始终疑。携来笑尔非无意，似此生还亦有期。"[2] 诗中写及家祸接连不断，三十年前的江南科场案，祖、父举家流放，想不到那幕悲剧今日又重演了，天意真难预料，祖父当年更易字号曰"甦庵"，后果释归。且此次生还的希望还难定说。方登峄此诗看似不动声色的直白叙事，且带几分自嘲，但其中包含更多的是难以言说的凄苦与悲伤。

　　方登峄之子方式济遣戍时悲恨交加，而很少直诉怨怒，如《日出城东隅》云：

> 日出城东隅，照见城上楼。
>
> 客子行荷戈，全家投荒陬。
>
> 征马惨不嘶，亲戚拥道周。
>
> 贻赠问所欲，下马斯须留。
>
> 边庭六千里，去与豺虎俦。
>
> 强说归有期，慰我永别愁。
>
> 平生五岳志，振足轻阻修。
>
> 东风扬路尘，新柳绿未稠。
>
> 混迹忍瑕垢，结念恣遨游。
>
> 敢不重贱躯，父母双白头？[3]

---

① 《述本堂诗集·葆素斋集·侄康生朝七兄示以诗次韵和之》，《四库全书存目丛书补编》第 30 册，第 310 页。

② 《述本堂诗集·葆素斋集·侄庄携〈何陋居〉〈甦庵集〉诗读之感赋》，《四库全书存目丛书补编》第 30 册，第 302 页。

③ 《述本堂诗集·出关诗·日出东南隅》，《四库全书存目丛书补编》第 30 册，第 370 页。

当前往戍地、行经第二道关口时，路途更加险恶，方式济却说："此身已在重边外，不怕阳关第四声！"[①] 故作旷达，而其内心则郁积着长歌当哭的凄恻，因为王维《送元二使安西》诗之末句"西出阳关无故人"即是方氏所言"阳关第四声"。到达卜魁后，方式济谨小慎微，绝少张扬，心境越发阴郁。有人议论其三子婚娶之事时，他婉言辞谢。马其昶《方式济传》曰："三子：观永、观承、观本。时有富室议婚者数家，皆谢之曰：'吾不欲以忧累人也。'"[②]

二、方氏流人诗歌题材的扩展和内容的深化

方拱乾和方孝标，方登峄和方式济四世两对父子，科场案与《南山集》案前，都有功名和官职，分别是清朝的少詹事、侍读学士、都水司主事和内阁中书，难后一下子沦落为受苦受难的流人，身份和地位发生了巨大变化。同时，他们作为文人，戍地的生活开阔了其心胸视野，丰富了创作内容。他们的前辈流人诗僧函可说过："不因李白重遭谪，那得题诗到夜郎！"[③] 方拱乾也说："却笑龙门才纵老，不过踪迹版图中。"[④] 显然，他们的文学创作在内容上就与足迹仅限于内地的清初其他文人大异其趣，得到了拓展和深化。具体表现为以下几个方面：

（一）反映农业生产状况，同情人民疾苦

东北地区气候恶劣，开发较迟，加之长期的战乱，当地人民的生产生活状况在内地文人笔下很少触及。流人文士远离故土，亲临边塞，得以更深入地了解当地下层人民的生产生活状况，从而为其

---

① 《述本堂诗集·出关诗·法塔哈门》，《四库全书存目丛书补编》第30册，第377页。
② 《桐城耆旧传》卷八，第314页。
③ 函可：《千山诗集》卷十五，《四库禁毁书丛刊》集部第144册，北京出版社2000年版，第568页。
④ 《甦庵集》辛丑年《宁古别》之七，《方拱乾诗集》，第309页。

诗歌增添了鲜活气息。如降清的大学士陈之遴（1605—1666）就写下了与当地淳朴农民密切交往的《饮郊外》诗："野人今渐狎，杯酌屡逢迎。塞酒兼甘酢，村庖半熟生。日长余暮色，溪暖动春声。共卜西成好，清明永昼晴。"[①] 身为达官，与野人（农夫）、村庖（乡村厨师）一起举杯饮酒，并共同预祝秋季有好收成，诚难能可贵。方拱乾《忆昔》状写丰收的喜悦："今岁岁忽登，黍苗丰阡陌。绕篱熟瓠瓜，瓦盆惊鬖麦。松子先雪肥，莲房带露摘。曳舆多醉人，鲂鲤河冰坼。自怜卒岁谋，岂料侥天泽。"[②] 在累世官宦之家成长起来的方拱乾，对农作物的丰收投入如此多的关注之情，完全是环境使然。方孝标《连山道中》诗反映辽西垦荒的情景。其中从"漠漠驱车度水田"，"牛羊路喜新阡日"[③] 等诗句中，可看出因战乱荒废已久的田野上，又出现了新的生产气息。

　　方登峰父子流徙卜魁时，已是清朝建国70周年，边地经济虽有所恢复，物品也较丰富，出现商品交换现象，但总体上改变不大。方登峰《霜迟乐》写屯田兵丁的劳动、生活与美好祝愿。七、八月不落霜，对农作物糜子的收割很有利，兵丁们乘此机会"千夫百夫下田割"。收获以后，先交完租税，然后迫不及待地用剩余的糜子换取茶、布等日用品，"毳帐牛车十日路，驱向城中易茶布。"这样他们就可以过上舒适的生活，"和合煮谷布裁衣，卒岁不忧寒与饥。"最后作者表达了官兵们都渴望过和平安定生活的美好祝愿："但愿年年不出兵，官兵都作农夫老。"[④]《糜子米》更具生活气息，诗曰："糜子谷，粒碎黄金粟。边人匹布换一斛，挽输城外车音续。糜子生，糜子熟，炕头压席焙新粮。妇子横陈粮上宿，夏云罩地雨如注。播

① 陈之遴：《浮云集》卷六，《四库禁毁书丛刊补编》第75册，北京出版社2005年版，第547页。
② 《甦庵集》辛丑年《忆昔》，《方拱乾诗集》，第307页。
③ 《钝斋诗选》卷十三《连山道中》，第251—252页。
④ 《述本堂诗集·葆素斋集·今乐府·霜迟乐》，《四库全书存目丛书补编》第30册，第331页。

种不耰人尽去，毡帐木栅秋霜白。草根细软牛羊陌。今年锄地向城南，明年移家种城北。"① 对边民以粮易布，烘焙新粮，粗放轮作等生活状况交代较清楚。而"妇子横陈粮上宿"写出了焙粮期间，妇孺以粮为床的农村生活的真实场景；"播种不耰人尽去"，指出了当地人民的粗放型农业生产状况。这些典型细节只有细心观察才会注意到。《卖鱼歌》写鱼多而价格低的市场情况，指出"鱼多岂是居民福"②的严峻现实。

方式济诗中对当地农业生产情况亦有反映。《南山集》案前，其《水车谣》是一首典型的悯农诗。诗曰："布谷声残农事苦，四野已振莎鸡羽。彤幢绛旆火车来，耗歝炎威三尺土。兰塘艇子摇晴波，双桨漫发兰埔歌。藕丝荇带船头多，玉山谁顾田无禾。柳根乍过水车见，走雪跳珠自流转。恨不足踏江河翻，灌润千畦一时遍。柳叶暗，柳阴浓。天空不见雨垂脚，月斜空受弯堤风。老农老困向人泣，筋力全非年少日。家有丁男可相助，昨夜入城纳官赋。"③ 通过兰塘艇子上欢歌者的闲适和酷热天气的烘托，刻画出了年迈力衰的老农在烈日下浇灌水田而孤苦无助、异常痛苦的内心感受。案后，随着环境的改变，他有更多的机会直接接触农民和农业生产。他的纪行之作《盛京》最有代表性，诗中"铜马田畴鸟唤耕"④ 句，写战乱后辽沈地区的荒芜田野上出现了垦荒的盛大热烈场面和欢闹景象。

(二) 记录东北民风民俗，歌颂尚武精神

东北地区的民风民俗保持其民族特色，与内地不尽相同，诸方氏笔下对之有生动的记载。

方拱乾《冰河行》描写了满洲女子拔河戏的风俗，而且场面也

---

① 《述本堂诗集·葆素斋集·今乐府·糜子米》，《四库全书存目丛书补编》第30册，第332页。

② 《述本堂诗集·如是斋集·卖鱼歌》，《四库全书存目丛书补编》第30册，第335页。

③ 《述本堂诗集·陆塘初稿·水车谣》，《四库全书存目丛书补编》第30册，第353页。

④ 《述本堂诗集·出关诗·盛京》，《四库全书存目丛书补编》第30册，第373页。

颇为壮观，诗中写道：“满风春望拔河戏，燕支影落冰痕睡。女子联翩男子观，倾营穿镫摇鞭至。”① 诗前小注云：“俗以正月十六日，女子无老少，率往河冰上卧起，如祓禊戏。”拔河戏是满族特有的一种卧冰脱晦气的风俗。

方登峄《迎神词》记载满族迎神（跳神）活动。跳神是流行于满族地区的一种较隆重的节俗，王一元《辽左见闻录》说：“辽左跳神，巫者持单皮长柄鼓，旁有数铜环，击之则环声索索然，与鼓角相应。家人拜跪庭下，祝词皆用满语。二少妇艳妆丽服，拍手而舞，谓之蟒势。祭品用羊、豕、鸡、鹅、时果诸物。有打糕经数千枚而成，甚可啖。米子酒甘而不醉人，香甘有别致。祭毕则宾朋围坐以待，砍牛豕肉煮之，顷刻而燕。众皆拔刀割且啖，以立尽为期，而肉汁更美。虽不相识之人亦得食焉，食毕竟去，不得称谢。戒弃于地，弃者谓之不敬，主人必再祭。”② 方氏之诗形象地写出了迎神杀猪宴宾客的盛况，诗曰：

朝迎神，夜迎神，长歌短舞买元灵。
主人百拜主妇跽，荧荧满堂灯炷青。
鼘鼘击鼓摇鸾铃，悬腰剪彩舞莫停。
磨刀霍霍豭哀鸣，肥腯具设酒碗盈。
冠袂列坐主与宾，筵床上下盘余馨。
饱餐不谢出门去，巫前致祝欢盈庭。
牛羊蕃息马蹄健，行者归来居者宁。③

歌舞迎神、宴饮宾客、饱餐不谢等细节几与王一元所记吻合。《灯官曲》描绘东北地区元宵节前后放灯的习俗。诗句“月落灯残

① 《何陋居集》庚子年《河冰行》，《方拱乾诗集》，第 131 页。

② 吉林大学图书馆藏传抄本；又见杨宾《柳边纪略》卷四，《续修四库全书》第 731 册，第 454—457 页。

③ 《述本堂诗集·葆素斋集·今乐府·迎神词》，《四库全书存目丛书补编》第 30 册，第 328 页。

元夜过，不知官吏谁家宿?"① 批判了一时"炙手可热"的灯官，讽刺其元宵夜过后，八面威风将不复存在。

方式济《罗罗街中顿》写出了边地民风的淳朴。他们前往戍所行经一农妇家，因饥饿讨饭，受到了农妇的热情款待，农妇谦恭地说："粗粝不适口"，"深愧远客来，蔬肉一无有。"意为粗茶淡饭，不可口又不丰盛。当他们离开时，给农妇钱以作酬谢，而农妇"袖敛手"，拒绝接受，且说："频年秋大熟，种糜辄盈亩。获多价亦贱，安惜此升斗。"他们听到农妇之言，不禁发出由衷的感叹："闻此客意安，更讶边俗厚。"②

同被流放的方式济次子方观承《卜魁竹枝词二十四首》之十八描绘了当地索伦人禳病祈神之俗。诗注曰："泥朴处（尼布楚）人禳病祈神，列植松桦于野，遍挂牛羊肉，罗拜其下。"诗中描写人们因枝头肉尽以为神享而欢呼雀跃的情景，其实真正享受祭品者是乌鸦。诗曰："肉尽还惊枝头摧，争呼神享笑颜开。月明觅得枝头饱，昨夜群鸦今又来。"③

清代东北少数民族有尚武的传统，这与其生活习俗关系很大。陈之遴《出猎歌》三首即描写了满族八旗将士出猎的情景，反映了该民族的尚武精神。三首之第一首云："旌麾八部蔽霜空，万马奔腾喜逆风。高雁数行惊不定，半天霹雳起雕弓。"④ 流人戴梓《黄山秋猎》亦反映满洲八旗将士出猎的场面，突现其尚武精神。方氏流放诗人笔下也出现了赞美少数民族尚武精神的壮美诗篇。如方登峄《将军猎》写八旗将士冬季出猎的全过程。在十月

---

① 《述本堂诗集·葆素斋集·今乐府·灯官曲》，《四库全书存目丛书补编》第30册，第329页。

② 《述本堂诗集·出关诗·罗罗街中顿》，《四库全书存目丛书补编》第30册，第376页。

③ 《述本堂诗集·东闱剩稿·卜魁竹枝词二十四》之十八，《四库全书存目丛书补编》第30册，第416页。

④ 陈之遴：《浮云集》卷十一，《四库禁毁书丛刊补编》第75册，第585页。

大雪弥天，"冻草蒙头冰结腹"的寒冬，他们带着猎鹰猎犬，驰骋林冈，所获猎物甚多，"黄羊雉鹿积如山，争卒驱车西入关。"出猎结束，凯旋的场面宏大壮阔："黑云罩地黄沙飞，八百甲士同时归。鞍上带禽衣带血，苍白不辨须与眉。"最后作者用"扑灰煨两足""败絮围腰如蝟缩"[①]的瑟缩畏寒之儒生作陪衬，进一步颂赞了八旗将士的勇武精神。《妇猎词》赞颂了一位粗豪尚武的少数民族妇女。她背负小儿，手挽雕弓，策马上山射击飞鸟，又用刀刺穿鸟胸，"掏血饮儿"[②]。方观承《卜魁竹枝词二十四首》之二十二描绘了一位英勇善射的鄂伦春妇女形象。"风驰一矢山腰去，猎马长衫带血归"[③]，写她射落野鸡的动作十分敏捷，也显示了其飒爽的英姿。

（三）表现共同命运遭际，珍重流人情谊

共同的谪迁命运使流人之间建立了深厚的情谊。方拱乾父子遣戍宁古塔时就与吴兆骞、陈之遴一家以及张缙彦等流人之间关系密切，并经常有诗词唱和。方拱乾写有《寄怀陈素庵（陈之遴）》、《寿吴汉槎》、《留别汉槎》、《留别坦公》等怀念与惜别流人文士的诗作，值得注意的是，当方拱乾一家南归时，陈之遴夫人、著名女词人徐灿为方拱乾妻赠诗以别，其《送方太夫人西还》诗云：

> 旧游京国久相亲，三载同淹紫塞尘。
> 玉佩忽携春色至，兰灯重映岁华新。
> 多经坎坷增交谊，遂判云龙断凤图。

---

① 《述本堂诗集·葆素斋集·今乐府·将军猎》，《四库全书存目丛书补编》第30册，第330—331页。

② 《述本堂诗集·葆素斋集·今乐府·妇猎词》，《四库全书存目丛书补编》第30册，第332页。

③ 《述本堂诗集·东闾剩稿·卜魁竹枝词二十四首》之二十二，《四库全书存目丛书补编》第30册，第416页。

料得鱼轩回首处，沙场尤有未归人。①

诗中歌咏与方氏三年来的交谊，并写及自己归期无望的惆怅。

方登峄父子流徙后，与满洲谪官讷尔朴、图尔泰以及汉族谪官陈梦雷交往密切，时常唱和并互相砥砺，其中与讷尔朴关系尤笃。讷尔朴，生卒年不详，字拙庵，满洲旗人，康熙间袭一等男爵。方登峄《讷拙庵见过》云："语深渐觉羁情惬，履险同悲世路艰。莫话九天身过事，萧萧残梦鬓毛斑。"②方氏和讷尔朴被流放前曾同朝为官，如今同戍异地，有共同话语，"语深""羁情惬"，"同悲世路艰"，即是这种情形的真实写照，同时又道出了往事不堪回首的感慨和饱经忧患的哀婉之意。

《同讷拙庵出郊移芍药次韵》既有"漫从丹砌忆芳辰"的怀旧之感，又有同赏"平原艳雪风翻浪，归路斜阳蝶趁人"③的逸致。《移花归途书所见用柬拙庵》写两人于移花途中所见满山烂漫的野花，斜飞的燕雀，夕阳下伏卧草间的牛羊等美好景物而激发出"他时再订寻芳约，羁恨偕君且共删"④，游兴未尽，烦怨顿忘的高雅情思。《立秋前一日过讷拙庵》是方登峄拜访讷尔朴的情形。二人过分熟悉，以致"下车不寒暄，颜色各欢喜"，方氏也视讷尔朴家为己家，毫不拘束地"借枕午梦酣"⑤，日影移半晷时才清醒过来。《讷拙庵招集同人欢饮竟夜》将讷尔朴视为平生知己，诗中说："感君

---

①　徐灿：《拙政园诗集》卷上，见吴骞：《拜经楼丛书》，清乾隆嘉庆间海昌吴氏刊本，民国十一年（1922）上海博古斋据清吴氏刊本增辑影印。

②　《述本堂诗集·葆素斋集·讷拙庵见过》，《四库全书存目丛书补编》第30册，第315页。

③　《述本堂诗集·葆素斋集·同讷拙庵出郊移芍药次韵》，《四库全书存目丛书补编》第30册，第316页。

④　《述本堂诗集·葆素斋集·移花归途书所见用柬拙庵》，《四库全书存目丛书补编》第30册，第316页。

⑤　《述本堂诗集·葆素斋集·立秋前一日过讷拙庵》，《四库全书存目丛书补编》第30册，第317页。

好我频来往，知己虞翻不羡多。"① 讷尔朴奉诏还京，方氏赋诗送别的场面更将两人的交谊推向极致。诗云："愤涉离场泪禁挥，送君涕泗满裳衣。祇缘义重人难别，不怨时悭我未归。几度风雨劳过问，八年衰病苦相依。从今孤杖城边立，望断朝云与夕晖。"② 诗中极尽方、讷二人依依惜别之深情。尤其尾联写年过花甲的方登峰拄杖远望知己讷尔朴离去的情景，则是诗人焦灼心情的反映。

（四）描写戍地景观，倾露思乡深情

思乡之情，人皆有之，而流人尤甚。东北流人多有浓郁的思乡之情，常通过描写戍地的景观表现出来，如徐灿《咏梅》、孙旸《寓银州山馆四首》、蔡碤《九日》、张贲《九日陈大史雁群在宁古塔招同德惟汉槎诸子游泼雪泉登高有诗见寄奉答》等都是其中著名诗篇。方拱乾也有《茶香》、《长干行》、《春至》诸篇。方氏流人中，方登峰父子的恋土思乡之篇，最有韵致。

方登峰《塞上月》和《讷拙庵招集同人欢饮竟夜之三》是表现思乡的佳作。《塞上月》云："寒月不照山，寒月不照水。夜夜照黄沙，起落筇声里。曾照几人还，曾照几人死。"③ 寒月冷寂无声地照耀着荒凉的北方大地，夜夜如此。流人们没有多少能重归故土，流戍之地就是他们的长眠之所。全诗悲凉凄苦，道出了流人思归而不能的心绪。而《欢饮竟夜之三》由塞上之春色春景，引发了诗人的怀乡之思。诗云："杏雨含烟柳带丝，踏青儿女暮归迟。谁人编入春风调，画出江南二月时。"④ 生长于江南的诗人，久戍未归，心情沉郁，面对塞上迷人春

---

① 《述本堂诗集·如是斋集·讷拙庵招集同人欢饮竟夜》之一，《四库全书存目丛书补编》第 30 册，第 333 页。

② 《述本堂诗集·如是斋集·讷拙庵奉诏还京赋以志别》，《四库全书存目丛书补编》第 30 册，第 340 页。

③ 《述本堂诗集·葆素斋集新乐府·塞上月》，《四库全书存目丛书补编》第 30 册，第 330 页。

④ 《述本堂诗集·如是斋集·讷拙庵招集同人欢饮竟夜》之三，《四库全书存目丛书补编》第 30 册，第 330 页。

色，很自然地想起故乡江南的早春二月，也该是如此景致。

方式济面对戍地的大、小孤山和小姑庙联想到自己家乡附近同样的山名和景点，触景生情，表达了浓浓的思乡之情。《大孤山》云："大孤山对小孤山，百里烟光两翠鬟。明月下山天似水，峭帆疑挂碧湖湾。"① 大、小孤山历来为江南名胜景点，不少文人墨客留有吟咏它们的诗篇，如唐代诗人顾况《小孤山》云："古庙枫林江水边，寒鸦接饭雁横天。大孤山远小孤山，月照洞庭归客船。"（《全唐诗》卷267）此外，宋代诗人余靖、刘弇、苏轼、杨万里等笔下也有关于大、小孤山的佳咏。方氏诗中"翠鬟"、"峭帆"则是对东北大、小孤山的生动描写。从全诗来看，作者看似描绘戍地的景色，实写江南胜景，暗暗传达出其思乡深情。《小姑庙》云："密林斜磴夕烟霏，玉女明珰敞不扉。梦里鄱湖碧千顷，一从沦谪几时归。"② 作者家乡附近的小姑庙有关于小姑的丰富动人的传说，诗中五女即指小姑，鄱湖，指鄱阳湖，为小姑故乡之湖。作者驰骋想象，通过对小姑的描写，寄寓了深沉的思乡之情。

三、方氏流人诗歌艺术的完善

方拱乾祖孙四代作为流人文士，生活环境和生存方式的改变，导致他们诗歌创作在题材内容上发生了变化。同时，他们父子间互为诗友，也与一些著名的流人文士如吴兆骞、陈梦雷等，相互唱和，切磋诗艺，因而其诗歌创作在艺术上也趋于成熟完善。

（一）浓烈的写实色彩

方拱乾家族是明末清初桐城著姓望族，官宦之家，他们在朝为官，过着侍奉君主、与达官贵人相交接的优游生活，交游圈子异常狭小，视域空间极为有限，也很少体验稼穑之艰难，旅途之艰辛。丁酉

---

① 《述本堂诗集·出关诗·大姑山》，《四库全书存目丛书补编》第30册，第375页。
② 《述本堂诗集·出关诗·小姑庙》，《四库全书存目丛书补编》第30册，第375页。

科场案和《南山集》案的发生，使众方氏的人生经历、生活状况都发生了深刻变化，他们亲身感受了从华族跌落为囚徒的生命沉沦。

方拱乾和方孝标父子是科场案的罹祸人，方登峄和方式济父子是文字狱的受害者，他们的脚步从庙堂宫阙伸向了遐荒边塞，诗笔也因之发生了变化。方氏祖孙四代的两次遣戍都从京域开始向戍地进发，其间路途的遥远、重重的艰险，到达目的地后，陌生的生活环境、繁多的日常琐事和独特的人生体悟，无不诉诸笔端，具体表现为或叙路途艰难，或咏怀古迹，或倾诉悲怨，或忧米盐之匮，或伤骨肉别情，或叹身世之苦，或咏边塞风光，或颂边地民风等。这些丰富多彩的内容多立足于现实，无论反映生活的广度，还是表达感情的深度都迥异于方氏祖孙在朝时所作的那些内容空泛、歌功颂德、粉饰太平的应制、酬唱诗，这也成为其诗作中现实性增强、无病呻吟的台阁体诗消退的转折点，是他们诗歌创作上的一个巨大变化。

（二）沉郁悲凉的意绪

方氏祖孙四代流人遭遇贬谪遣戍，心灵遭受摧折，兼之远离故土，心绪越发沉郁悲凉。在诗歌创作中，往往将悲凉情绪附着于所营造的意象上。所谓意象是"文学形象的特殊形态，是文学作品特别是诗歌中那些蕴含着特定意念而让读者得之言外的艺术形象。它的创造和运用受到各个民族的心理结构、文化背景等因素的制约"①。方氏喜欢用"雁"、"梅花"、"菊花"、"月"等传统诗文中的意象寄寓悲凉沉郁之情。现以前二者为例：

"雁"是候鸟，每年秋天飞往南方过冬，春天重返北方。"雁这种为人们习见的候鸟，被赋予了诸多人格化的象征意义，逐渐成为古代文学中一种符号化的重要意象，并不断地衍生丰富，成为一种重要的文化现象。"②它在中国古代文化中具有丰富的内涵和意蕴，

---

① 胡友清：《文艺学论纲》，南京大学出版社 2006 年版，第 80 页。

② 黄瑛：《中国古代文学中雁意象的文化内蕴》，《云南师范大学学报》（哲社版）2004 年第 1 期。

在文学作品中常是思乡怀旧与传信以寄羁旅之苦的符号。

方氏流放东北后，家中尚有亲人，以及与他们关系深笃的同族宗亲，而他们又是江南人，羁旅于北国边塞，于是诗中南归之"雁"即寄托了倍思亲人的情意。方拱乾、方登峄诗中较多，如：

> 目断南征雁，飞飞无尽头。① (《霁》)
>
> 到日春虽暖，心同旅雁归。②《双莺雏》)
>
> 谁似南征雁，无家任北风。③ (《霜色》)
>
> 莫嫌人迹远，雁亦罢南征。④ (《九日》)
>
> 旅雁雪深谁系帛，飞鸿弋远已归林。⑤ (《长至》)

——以上方拱乾诗

> 江南家已破，塞北尔言归。⑥ (《见雁》)
>
> 凉云空阔凭呼雁，尔是南征入塞时。⑦ (《立秋》)

——以上方登峄诗

"雁"南归牵动了方氏刻骨铭心的思乡深情。不过方氏借"雁"寄寓思乡思亲之苦的同时，还渗进了一些有家难归的苦闷和惆怅，从而使"雁"意象除被赋予思乡的内涵外，又横添了几许无法驱遣的悲凉之意。

"梅花"在古代文学作品中也是怀乡恋土的一种象征，唐代流人文士笔下已大量出现，著名的如宋之问《度大庾岭》、《题大庾岭北峰》等。清代东北流人比之其他各朝代，遭遇更加悲惨，怀乡恋土倍加浓烈。方氏流放诗人笔下也继承传统诗歌中的梅花意象，但融入了更多沉痛而复杂的情感体验。现举方拱乾诗例：

---

① 《何陋居集》己亥年，《方拱乾诗集》，第 36 页。

② 《何陋居集》己亥年，《方拱乾诗集》，第 80 页。

③ 《何陋居集》庚子年，《方拱乾诗集》，第 180 页。

④ 《何陋居集》己亥年，《方拱乾诗集》，第 46 页。

⑤ 《何陋居集》己亥年，《方拱乾诗集》，第 70 页。

⑥ 《述本堂诗集·垢砚吟》，《四库全书存目丛书补编》第 30 册，第 29 页。

⑦ 《述本堂诗集·垢砚吟》，《四库全书存目丛书补编》第 30 册，第 29 页。

雪篱衔落日，失喜问梅花。① (《饮庄张诸子》)

梅花消息好，终带领头香。② (《挽广禾尚》)

尚怪牵乡梦，梅花醒后香。③ (《夜深》)

心知梅花边不生，鼓声似带香风彻。④ (《元夕月明歌》)

眼昏凭雪亮，梦醒觉梅香。⑤ (《闻江南寇信》)

诗中"梅花"无一不表现出作者浓郁而强烈的思乡深情，而这种思乡深情由于与被贬谪流放的"久已无乡国"⑥的羁旅愁思交织在一起，愈发透露出"江南人梦江南花"、"羁魂随物见乡园"⑦的无比沉痛的伤感之情。

(三) 凄凉悲苦的诗风

方氏四代流放诗人的诗风有一个总的表现特征，即凄凉悲苦。方拱乾和方孝标父子作为方氏前两代流人，尽管诗中有一些绝域生还的欢愉之词，但不占主导地位，更多的是凄苦之音。方拱乾作于宁古塔的《生日自寿五首》是较有代表性的诗篇。其第一首云：

一年又不死，此日觉多生。

弃置已天外，浮沉若梦成。

灰心辞药物，何意眷蓬萍。

谷贵无劳辞，松乔命本轻。⑧

过生日本是人生乐事，何况像他那样年过花甲的垂暮老人，孝儿环侧，娇孙绕膝，该是何等惬意。哪知他愁绪万端，郁郁寡欢，先前还一再以宋、明时遭谗被谪的苏轼、王阳明自勉自励，并以

---

① 《何陋居集》庚子年，《方拱乾诗集》，第 126 页。

② 《何陋居集》庚子年，《方拱乾诗集》，第 140 页。

③ 《何陋居集》庚子年，《方拱乾诗集》，第 201 页。

④ 《何陋居集》辛丑年，《方拱乾诗集》，第 208 页。

⑤ 《何陋居集》己亥年，《方拱乾诗集》，第 56 页。

⑥ 《何陋居集》己亥年《九日》，《方拱乾诗集》，第 46 页。

⑦ 《何陋居集》己亥年《茶香》，《方拱乾诗集》，第 54 页。

⑧ 《何陋居集》庚子年，第 154 页。

"何陋居"为其所居之室名，表现了身处逆境不甘沉沦的意志和决心，然而这些美好的人生期望和设想已被瞬间否定，生不如死的伤感带来的是以死为乐的超脱。这是备受打击的方拱乾长久困扰于似噩梦般的科场案阴影中难以自拔的结果。在这种心态的促使下，诗中流露出浓重的凄凉悲苦的情调。此外，方氏其他诸诗，凄苦的诗风皆一以贯之，从其诗句中随处可觅，如"至今万里孤臣泪，洒向千秋五日看"（《五日》）①、"是亦名团聚，何如离别愁"（《儿育儿膏至》）②、"身世至今弹指变，功名自古到头难"（《哭刘中轩》）③、"久客归家心，我归家何有"（《问家》）④等。

方登峄诗与乃祖方拱乾相类似，邓之诚说其诗"词多悲苦"，为中肯之言。方登峄本人敏感多愁，触物伤怀，于狱中写下了感伤凄楚的《见雁》、《鹊声》，以诉苦闷。在戍地的多首诗，同样流露出悲苦哀音。如《和七兄韵》："老大才知万念虚，况经忧患益蓬蓬。模糊恩怨三生眼，潦草兴亡几卷书。壮志渐消才本拙，生涯难问计原疏。回头多少惊心事，一日浮生一日余。"⑤方登峄回忆起家族祸不单行的苦难史——科场案和文字狱，他们家族都首当其冲，惨遭打击迫害，如今回想起来，愁思涌动，悲慨万端，真让人伤心欲绝。念及自身，不禁万念俱灰，壮志消泯，人生早已沉沦，留下了失落和无奈。诗写其心，整首诗自然带有悲苦基调。另外他写时常困扰其身心的家难阴影、身世悲恨、忧愁幽思、惊心伤感等文字狱劫难下特定感受的诗句，如《触感》："塞北江南各相望，苦离欢聚总成悲"⑥；《逸叟以诗寄阿郎》："回头万事总成灰，莫向天涯空洒

① 《何陋居集》庚子年，第166页。
② 《何陋居集》庚子年，第171页。
③ 《甦庵集》壬寅年，《方拱乾诗集》，第340页。
④ 《甦庵集》壬寅年，《方拱乾诗集》，第357页。
⑤ 《述本堂诗集·垢砚吟》，《四库全书存目丛书补编》第30册，第297页。
⑥ 《述本堂诗集·如是斋集》，《四库全书存目丛书补编》第30册，第344页。

泪"① 等同样表现出了这种诗风。

（四）托物抒情的表现方式

桐城方氏两经案狱，皆死里逃生，备尝流放生活之艰辛。这种特殊的际遇使他们对自身生命和身世遭遇有了新的审视和体认，但他们仍心有余悸，不敢公开诉说苦难，也不敢直接痛斥清朝统治者迫害文士的虐政，只好隐忍委屈，于是借同情弱者的不幸来抒写心灵痛苦和人生感慨。方拱乾《老牛别》一诗，名为别老牛，实为自伤身世。诗曰：

> 老牛对我眼含泪，执事不终甘捐弃。
>
> 惠养虽老别后恩，颓龄悔作生前计。
>
> 牛兮食草莫深悲，勉强秋田事晚犁。
>
> 有力当用勿用尽，用尽谁怜筋骨疲。
>
> 刍豆虽嘉勿认真，从来主家惯负人。
>
> 尔我相依且半载，此去谁知疏与亲？
>
> 夕阳短笛好相对，塞耳莫闻仓廪利。
>
> 喜时犬彘共人餐，等闲刀俎如儿戏。
>
> 牛兮郑重善自保，不才自古多寿考。
>
> 渥洼几个尽麒麟，沙场败枥同终老。
>
> 吁嗟乎！物微离别亦觉苦，我行有钱当赎汝。②

作者前往戍地时，门人赠他老牛以驾车，但经过长途跋涉，老牛不堪负重，作者只好忍痛将这位旅途"伙伴"卖与他人。诗中劝勉老牛"有力当用勿用尽，用尽谁怜筋骨疲"，耕作不要太认真，明哲保身才是上策。这是作者借老牛来述说自己的委屈。他于近花甲之年受清廷征召，领衔黾勉修书，结果是自身不保，科场案首当其冲成了受害者，懊恼之情无以言表，劝老牛之惜力省劲，其实是

---

① 《述本堂诗集·葆素斋集》，《四库全书存目丛书补编》第30册，第311页。

② 《何陋居集》己亥年，《方拱乾诗集》，第17页。

暗骂自己的迂拙。"刍豆虽嘉勿认真，从来主家惯负人"，指出不要贪图眼前利益，要认清"主家"深藏不漏的奸谋。作者为清朝的富贵利禄的诱惑所打动而主动降顺，而清朝统治者的真面目终于暴露无遗，不仅食言负约，反而不遗余力地打击迫害，怎能不让人伤感万分。"物微离别亦觉苦"，同情身为"微物"的老牛，正是反衬清朝统治者的残酷无情。

《河之熊》为熊之不幸惨死鸣不平，且认为"出非其时非其地"①，即冬眠时出洞走动，是取祸之因。这无不寄寓自己明亡后不安分家居，而被征为官，不久又遭流放的品节顿失、屈辱相随的身世之感。《偶得生雉畜之》、《铺雉》、《放雉》三首诗，叙写抓获、喂养、放归一只孤单失群的山鸡的全过程。从字里行间充溢着的一种欲言难吐的苦涩之意来看，山鸡的苦难遭际何尝不是科场案打击下方氏的悲惨命运的写照。"藏身悔不深"、"欲隐恨文身"，是委婉的自我批评；"九死知身贵，重生见日长"②，是对流放生活的深刻体验和渴望蒙赦的期盼。《旧鹤》为自己流放东北前那只赠送别人的鹤安然无恙而庆幸，抒发了对"别来何物不经变，知尔于天无所争"③的坚守本心，与世无争的高洁品质的欣羡之情，流露出对自己曾经趋名逐利的沉痛反思。

方登峄被拘捕于狱，作有《七兄复斋有〈昔年和姚羹湖先生春山八景〉，因题取义，颇况今兹，藉以寄怀，亦得八首》一诗，八题为：《烧后草》、《接活树》、《分丝竹》、《初插柳》、《病愈鹤》、《寻巢燕》、《脱钩鱼》、《放生麂》。方登峄有感于家难，触物伤怀，取旧题赋新愁，通过描述根基未牢的草、树、竹、柳生长环境的恶劣和经历风浪摧残的鹤、燕、鱼、麂的生存状态的孤凄，寄托了文字狱给他们方氏身心带来戕害后的心灵痛苦。

---

① 《何陋居集》己亥年，《方拱乾诗集》，第 71 页。
② 《何陋居集》辛丑年，《方拱乾诗集》，第 290 页。
③ 《甦庵集》壬寅年，《方拱乾诗集》，第 342 页。

其实，在诗歌中采用托物喻人，抒写心灵痛苦与人生感慨的表达方式，普遍存在于受案、狱打击的清朝士人身上，如被誉为"清初六大家"之一的查慎行遭遇查嗣庭试题案的牵连，被捕入狱后，所作诗"对禽兽草木都表示同情"①，就是借物来寄寓身世之感。

桐城方拱乾家族是江南所谓"江东华胄推第一，方氏簪缨盛无匹"②的文化世族，尽管接连经历了清初窦、狱惊涛骇浪般的生死考验，遭遇了冰天雪地的戍地流放生活的重重磨难，但家族和人生的不幸，却带来了诗歌创作上的重大成就。他们的诗歌一改先前空洞乏味的应酬唱和，而笔触向下，更加关注力地人民的生产生活，更多思考人生和自身命运，又由于创作环境的改变和清廷文化专制政策的高压威慑，避免无妄的文字之灾的再次降临，他们的诗歌创作不得不在艺术上进行创新和完善。他们留下的大量值得称赏的诗篇，不仅丰富了中国流人诗史的艺术宝库，更是研究中国流人心灵史的可贵资料。

第三节　查嗣庭文字狱案与海宁查氏文学世家的衰微

海宁查氏是明清两代的著姓望族、文学世家。他们在科举、仕宦、学术及文学方面都取得了引人注目的成就。尤其是查氏家族的诗歌创作成就，获得时人及后人的一致认可与称赞。查嗣庭案是发生在雍正四年的文字狱大案，查氏家族遭受沉重打击，家产抄没，其族众或戮尸，或流放。案后，查氏族人的科举仕宦之路暂时中

---

① 洪永铿、贾文胜、赖燕波：《海宁查氏家族文化研究》，浙江大学出版社 2006 年版，第 118 页。

② 周茂源：《鹤静堂集》卷二，《四库全书存目丛书》集部第 219 册，齐鲁书社 1997 年版，第 22 页。

断，继续将家族发扬光大、推向兴旺繁荣的步伐受阻，查氏家族渐趋衰微。

一、查氏文学、文化世家的科举仕宦及撰述

浙江海宁查氏从始祖查瑜开始，就注重以儒为业，诗礼传家，经过数代人的艰辛经营和不懈努力，逐渐发展成为当地望族、文宦世家。明清两代查氏科甲鼎盛，人文荟萃，时人言："海宁著姓在宋有赵张，元有贾马应朱，自明以来则有陈祝许董沈杨诸族，而门材日盛又推查氏"①，又言："海昌望族首查氏，其累历名宦，奕世继巍科者鼎相望"②，连康熙帝也书写楹联夸赞查氏："唐宋以来巨族，江南有数人家。"康熙帝还先后题写"澹远堂"、"敬业堂"、"嘉瑞堂"三匾额赐给查氏，足见查氏家族的辉煌。民国《海宁州志稿》所载明代查氏成进士者 6 人，其中查焕为明孝宗弘治三年（1490）进士，是查氏荣登科甲之第一人，举人 17 人，其中查大韶、查继佐分别为明思宗崇祯三年（1630）和六年的亚魁。在清代，查氏家族的科举成就远迈明代，考中进士者 14 人，其中康熙一朝就有 10 人之多，且 5 人在翰林院供职，以"一门十进士，叔侄五翰林"而备受赞誉，又查文清考中清光绪十二年（1886）进士，为查氏荣登科甲之最末一人，举人 59 人。赖惠敏《明清海宁查陈两家族人口的研究》一文根据多种文献资料做过详细统计，明清两代"查氏获得生员资格人数为 800 人，考取进士、贡生者共 133人"③。查氏科举上的成功，为其进入仕途开启了便利通道。明清两代查氏以科举等途径进入仕途者达数百人之多，他们的事迹多见

---

① 沈廷芳：《隐拙斋集》卷三十七，《四库存目丛书补编》第 10 册，齐鲁书社 2001 年版，第 488 页。

② 许传霈、朱锡恩等：《海宁州志稿》卷二十，成文出版社有限公司 1983 年版，第 2343 页。

③ 赖惠敏：《清代的皇权与世家》，北京大学出版社 2010 年版，第 76 页。

于史书、文集、地方志及其他笔记杂传中。查氏成员在步入科举、通达仕途的同时，也不忘著述。《海宁州志稿》即著录查氏 148 人撰写的各类著述 328 种①。查氏家族文人辈出，有作品传世者，人数众多，据相关文献统计，海宁查氏共有男性作家 155 人，闺秀作家 20 人。

　　查氏家族成员的文学和科举二者相辅相成，都取得了巨大成就。洪永铿等认为：“在明清科举制度下，文学成就代表一定的科考能力，是家族文化能力的重要体现，只有具有较强文化能力的家族才能成为世代簪缨的望族。”②赵山林也说：“文学家族是一种典型的文化型家族，其成员重视教育，读书、著述蔚然成风，整体的文化素质较高，具有浓厚的家学渊源和文化积淀，是文学史上一种独特的现象。”③查氏家族是典型的文学文化世族，他们重视教育，和睦团结，父子兄弟互相勉励，共同讨论学问，在诗、文、书、画等领域皆成就斐然，且著述繁多。邓显鹤《沅湘耆旧集》卷十九“车参政大任”云：“车氏以文学世其家，几于人人有集。”④查氏也不亚于车氏，陶元藻《承德郎胡文可先生墓碣》称：“海昌查氏多淹博宏通之彦。”⑤钱载《查天池诗集序》云：“查氏代有诗人，人有诗集。”⑥而作者众多、成就最突出是作为其家学传统的诗歌，前后形成了以查继佐和查慎行为代表的两个群体。关于查氏的诗歌成就，获得时人及后人的一致认可与称赞。法式善《题查伯葵捄孝廉诗集》说：“浙诗在国朝，作者称极盛。海宁有查氏，作者后先映。”⑦陶樑《国朝畿辅诗传》引《红豆树馆诗话》云：“海宁查氏代以诗名，

①　政协海宁市文史资料委员会编印：《海宁文史资料》第 146 辑，第 3 页。
②　洪永铿等：《海宁查氏家族文化研究》，浙江大学出版社 2006 年版，第 5 页。
③　郝丽霞：《吴江沈氏文学世家研究》，复旦大学出版社 2009 年版，第 1 页。
④　邓显鹤：《沅湘耆旧集》卷十九，清道光二十三年邓氏南邨草堂刻本。
⑤　陶元藻：《泊鸥山房集》卷八，清刻本。
⑥　钱载：《箨石斋文集》卷八，清乾隆刻本。
⑦　法式善：《存素堂诗初集录存》卷十九，清嘉庆二十年王塏刻本。

后占籍宛平，宗风犹能不坠，莲坡居士其尤著也。"① 徐世昌《晚晴簃诗话》云："海宁查氏自初白、查浦后，代有诗人。"又云："查氏，海昌大族，初白庵主以诗名其家，余风远被，嘉庆中蔼亭（即查人和）参军人和与潘吾亭（即潘恭常）倡为声字韵诗，群从及诸子弟世官（南庐）、一飞（也白）、有新（春园）、揆（梅史）、奕庆（蒪湖）、逸放（农恂）、稻生（即查余谷）、人渶（青华）、有容（兰舫）、有炳（琴舫）从而和之，吴山尊（即吴蒨）、郭频伽（即郭麐）、冯柳东（即冯登府）辈亦依韵往复，次为《今雨联吟集》，张荔园（即张骏）为序而刻之。"② 杨钟羲《雪桥诗话余集》谓："查氏自伊璜后，韬荒、初白、查浦，流风所被，几于人人有集。嘉庆中梅史、蒪湖、南庐，皆负时誉，春园亦其亚也。"③ 当然，查氏诸诗人中，查慎行的成就最高，影响最大，诗名最著，位居"国初六家"行列，诗人兼诗论家赵翼将之推崇备至，谓："梅村后欲举一家列唐宋诸公之后者，实难其人，惟查初白才气开展，功力纯熟，鄙意欲以继诸贤之后。"又言："要其功力之深，则香山、放翁后一人而已。"④《四库提要》对查慎行诗歌学宋而不泥于宋，能克服其弊的做法评价甚高："明人喜称唐诗，自国朝康熙初年，窠臼渐深，往往厌而学宋，然粗直之病亦生焉，得宋人之长而不染其弊，数十年来，故当为慎行屈一指也。"⑤ 当然，查氏家族之所以能取得很高的成就，与他们广泛的文学交流密不可分。明清时期，查氏族众与学界名流交往颇多，如茅坤、徐阶、朱一是、王士禛、尤侗、钱澄之、朱彝尊、彭孙贻、曹寅、宋琬、姜宸英、陈廷敬、陈大章、唐孙华、钱

---

①　陶樑：《国朝畿辅诗传》卷二十九，清道光十九年红豆树馆刻本。

②　徐世昌：《晚晴簃诗汇》卷一百二十二"查有新"，民国退耕堂刻本。

③　杨钟羲撰，刘承干参校：《雪桥诗话余集》卷一，北京古籍出版社 1992 年版，第 36—37 页。

④　赵翼：《瓯北诗话》卷十"查初白诗"，人民文学出版社 1963 年版，第 146—147 页。

⑤　永瑢等：《四库全书总目》卷一百七十三，中华书局 1965 年版，第 1528 页。

名世、汪份、徐永宣、揆叙、张云章、章藻功、朱奇龄、文昭、吕留良、澹归、朱载震、李绂、汤右曾、沈廷芳、陈文述、钱载、桑调元、王昶、法式善、郭麐、张澍、刘开、张裕钊等，他们时常互相赋诗唱和，并交流与切磋诗艺。这对查氏族众诗歌水平的精进与成就的提高，大有裨益，同时亦可见其家族文化影响之广远。

　　查氏文学文化家族在清代备受人们关注，永瑢等编纂的《四库全书总目》就为查志隆、查继超、查魏旭、查慎行、查嗣瑮、查祥、查克宏、查为仁诸人的著述作了提要；而清代乃至民国编选的大型诗歌总集，海宁查氏成员诗作的收录数量就更多了，如清乾隆二十五年（1760）成书之沈德潜《清诗别裁集》收查氏 4 人 27 首，嘉庆间成书之阮元《两浙輶轩录》收 28 人 77 首（其中闺秀 2 人 5 首），《两浙輶轩录补遗》收 17 人 26 首（其中闺秀 4 人 4 首），清光绪间成书之潘衍桐《两浙輶轩续录》收 53 人 116 首（其中闺秀 11 人 14 首），道光十九年（1839）刊行的陶樑《国朝畿辅诗传》收 11 人 115 首，民国徐世昌《晚晴簃诗汇》收 28 人 153 首（其中闺秀 2 人 2 首），此外王昶《湖海诗传》、张应昌《诗铎》等均收录查氏诗作。海宁查氏除诗人辈出，诗作纷繁外，也涌现出了许多词人，其词作也受到人们的青睐，如王昶《国朝词综》收海宁查氏 6 人 19 首（其中闺秀 1 人 1 首），丁绍仪《国朝词综补》收 5 人 6 首，黄燮清《国朝词综续编》收 3 人 9 首（其中闺秀 1 人 5 首）。同时，查氏家族成员不仅热衷著述，还注重本家族文学作品的辑录，如查诗继辑《查氏同宗诗钞》、查政昌辑《查氏诗逸》24 卷、查虞昌辑《查氏诗钞》、查世佑辑《查氏文钞》4 卷。这对弘扬家族文学传统，激励后进，作用甚大。另外，查氏家族涌现出的几代闺阁诗人，她们也积极参与创作并有作品问世，如查继佐姜蒋宜有《藻阁闲吟》，查慎行母钟韫有《长绣楼集》、《梅花楼诗存》，查开妻钱复有《桐花阁诗钞》、《拾瑶草》，查慎行妹查惜有《吟香楼诗》，查揆妹查映玉有《梅花书屋诗稿》，查世倓女查若筠有《曼陀雨馆诗存》等。

女作家的出现，体现出查氏家族诗文化传统的广泛性和开放性，她们与家族男性作家一起营造出浓厚的家族文学氛围，展示了独特的文学魅力。

二、查嗣庭试题日记案概况

明代至清初是查氏家族的发展和繁盛期，总体上没有出现大的波折，即如顺治十八年（1661）发生的庄廷鑨《明史》案，虽殃及查氏族群中的佼佼者——江浙名士查继佐，但身陷囹圄的查继佐因是"逆书"的首告者之一，加之贫贱时曾受查氏恩施、后荣升为提督的吴六奇的大力营救，不仅化险为夷，本人躲过杀身大劫，也未株连业已族裔众多的查氏家族和受到籍没财产的损失。从《明史》案起，查氏家族经过了康熙一朝60余年的发展，科举、仕宦、文化诸方面都取得了辉煌成就。随着家族实力的增强，查氏家族走向了繁荣。雍正四年（1726）发生的查嗣庭案是清代帝王钦定的悖逆大案，成了查氏家族史上的真正灾难。

关于这起文字狱的起因，人们纷纷传言为查嗣庭典试江西时，以《诗经》中"维民所止"之诗句命题，为人密告，说他心怀异志，题中"维止"二字是去当朝皇帝"雍正"之首之意，雍正大怒，以查嗣庭怨望毁谤而诛之。这种趣味横生的说法不胫而走，每当人们谈及清代文字狱时，总是津津乐道，将它作为典型案例大加张扬。其实，这种说法缺乏可靠的事实根据，很难取信于人，以至清代徐珂《清稗类钞》就认为查案起因并非仅此一说，可能得自人们的误传。

雍正四年六月查嗣庭被任命为江西乡试正考官，九月，雍正帝查阅江西乡试试题录，认为查嗣庭居心叵测，浇薄乖张，所出试题"显露心怀怨望讥刺时事之意"①。如乡试第一场《四书》首题"君

---

① 蒋良骐:《东华录》卷八，鲍思陶、西原点校，第434页。

子不以言举人，不以人废言"，雍正帝认为："夫尧舜之世，敷奏以言，取人之道，即不外乎此。况现在以制科取士，非以言举人乎？查嗣庭以此命题，显与国家取士之道大相悖谬"①，是对国家荐举人才制度的有心讥诽；《四书》三题，"山径之蹊间，介然用之而成路，为间不用则茅塞之矣"，这题有点偏怪，但扯不上政治问题，雍正也不知出题意图之所在，诘责道："更不知其何所指、何所为也！"更让雍正恼怒的是查氏出的《易经》次题"正大而天地之情可见矣"，《易经》三题"其旨远，其词文"和《诗经》四题"百室盈止，妇子宁止"。题目本身没有错，但它触动了雍正敏感的神经，使他产生了丰富的联想。

原来雍正三年发生了浙江钱塘举人汪景祺《西征随笔》案。汪曾是年羹尧的幕僚，所著《西征随笔》里有一篇《历代年号论》，认为"'正'字有一止之象"，当时已引起雍正的高度重视，不过他没有扩大事态，没有明确将议论年代的内容罗织为悖逆之处。也许，汪景祺此时还不是雍正瞩目的主要对象，雍正只是将汪景祺视为年羹尧案的一个小插曲，无须扩大事态，掀起更大的风浪，他说："汪景祺诅咒之语，不过与此见解相类耳。因伊应服极刑之罪甚多，彼时若将此文并发，恐众人谓朕恶其咒诅，故加诛戮，是以未将此文发出。"汪案了结一年后的雍正四年，查嗣庭的试题将雍正帝渐近淡忘的记忆又激活了。他认定试题中出现的"正"字和"止"字绝非孤立出现，而有意旨深远的内在联系："今查嗣庭所出经题，前用'正'字，后用'止'字，而《易经》第三题则用'其旨远，其词文'，是其寓意欲将前后联络，显然与汪景祺悖逆之语相同。"即认为查嗣庭和汪景祺一样在恶意诅咒他的年号"雍正"也带"正"字，不是吉祥之兆。不过专就试题治罪，理由还不够充分。雍正决计派人搜

---

① 张书才：《查嗣庭文字狱案史料》，《历史档案》1992年第1、2期。后文引用该史料，不再出注。

查查嗣庭寓所及行李，看是否有新的证据。果然查出日记二本，里面有攻击康熙帝用人行政及借记个人身体状况和天气状况讥刺时事，幸灾乐祸的内容。雍正帝发现了查氏日记，如获至宝，兴奋异常，他说："朕今假若但就科场题目加以处分，则天下之人必有以查嗣庭为出于无心，以文字获罪而称屈者。今种种实迹现在，尚有何辞以为之解免乎？今若仍加以朕深刻之名，亦难措辞矣。"

既然雍正认定查嗣庭犯的是大逆之罪，三法司按皇帝旨意审拟就完结了，但此案拖延了七八个月，直到雍正五年五月初七日才结案。这是因为审案过程中又出现了一些新问题，查抄查嗣庭家时，发现了许多书札。雍正认为李元伟、刘绍曾、杨三炯、沈元沧、马倬、胡虞继等科甲出身的各级地方官员利用与查嗣庭的师生、同年等特殊关系，固结朋党，暗通声气，夤缘请托，徇私枉法，败坏风气，后果严重："向时多有条陈请禁淫词小说者，不知淫词小说固害风俗，然小说中淫亵之词，其害尚小。至于师生同年之联络声气，徇私灭公，朋比为奸，惑人听闻之邪说，其害于世道人心者更大。"又借此严厉警告朝臣说："若科目出身者徇私结党，互相排陷，必致扰乱国政，肆行无忌。朕为纪纲法度、风俗人心之计，岂肯容若辈朋比妄行，必至尽斥弃科目而后已！"雍正认为科甲朋党是皇权的最大威胁，他不希望昔日震动庙堂的直隶总督李绂、御史谢济世等科甲出身官员与河南巡抚田文镜等非科甲出身官员党同伐异，互相参劾的闹腾情景再度出现。正是雍正帝的注意力由专力粉碎隆科多朋党集团的查嗣庭一案，转移到借此大做文章，扩大影响，打击整个朝中科甲朋党集团，所以此案得以拖延。

查嗣庭案牵连得罪的官员有多人，如江西乡试副主考、翰林院编修俞鸿图革职留任，江西巡抚汪漋降四级，以京员调用，布政使丁士一革职发往闽浙总督高其倬处，在工程上出资效力以赎其罪。同时，查案株连广泛，以至殃及下层无辜文人，《清稗类钞》记载："浙东诸家桥镇，一小市集也，有庵祀关羽，某学究书一联榜其门云：'荒村古庙犹留汉，野店浮桥独姓诸。'朱、诸同音，为查采入《维止录》中，狱起，亦置于法。"①

查嗣庭案的矛头直接对准浙江人，使他们遭受了严厉的惩罚。雍正四年十月初六，因"浙中以大逆累出，天子为世道人心虑，欲加警饬"，"设观风整俗使以训之"。十一月二十七日，又因查嗣庭、汪景祺等为代表的浙省读书人"藐视国法，玷辱科名"，特下诏停止浙江士子乡、会两试。

雍正五年五月初，因查嗣庭病死狱中，查嗣庭案才彻底告结。内阁衙门等议奏，除连坐亲族以及追究与查互通关节、结党营私者外，"查嗣庭合依大逆者律凌迟处死，今查嗣庭已经在监病故，应戮尸枭示，所有财产查明入官。其已经浙抚解到嗣庭之兄查慎行、查嗣瑮、子查沄，侄查克念、查基，俱年十六以上，应照律拟斩立决。查嗣庭之子查克上，亦应拟斩立决，今已在监病故，应无庸议。查嗣庭之子查长椿、查大梁，侄查开，俱年十五以下，应照律给付功臣之家为奴。其查嗣庭之子查克缵，侄查学，现俱年十六岁。查律内犯罪时幼小，事发时长大，以幼小论等语。查查嗣庭上年事发时查克缵、查学，俱止十五岁，应照律依幼小论，亦给功臣之家为奴。"雍正据内阁等衙门所议，按照不同情况，略微减轻了刑罚，下旨："查嗣庭著戮尸枭示。查嗣庭之子查沄改为应斩，著监候秋后处决。查慎行年已老迈，且家居日久，南北相隔路远，查嗣庭所恶为乱之事，伊实无由得知，著将查慎行父子俱从宽免其治罪，释放回籍。查嗣庭之胞兄查嗣瑮、胞侄查基，俱从宽免死，流三千里。案内拟给功臣家为奴之各犯，亦著流三千里。其应行拏解之犯，行令该抚查明，一并发遣。查嗣庭名下应追家产，著该抚查明变价，留于浙江以充海塘工程之用。余依议。"另外，查嗣庭季弟、自幼出继亲叔查嵋继为嗣之查谨被革黜举人，遣归原籍。这些

---

① 徐珂：《清稗类钞》第三册"狱讼类"，中华书局 1996 年版，第 1040 页。

是与正犯查嗣庭血缘关系最密切的同胞兄弟的处治，其他被株连的查氏族众当更多。他们妻离子散，家破人亡，查氏家族也由辉煌的巅峰跌入了灾难的深渊。

其中嗣庭家中的变故更是一桩哀感动人的节烈故事，方苞《史氏传》记载：

> 史氏，仁和人。以弟□□（应为"尚节"①）与海宁查嗣庭同会试榜，继室于查。雍正丙午，嗣庭有罪，与第三子□□（应为"克上"②）俱病死狱中。至丁未狱成，妻及诸子妇长流陇西。部檄到县，史氏曰："诸孤方幼，我义不当死，但妇人在，难历长途，倘变故不测，恐死之不得矣。"□□（应为"克上"③）之妻浦氏曰："我遭遇与姑同，当与姑同命。"作绝命词四章，以子女属其父文焯，同时自经。文焯亦嗣庭同年友也，告予使籍之。④

查克上妻浦烈妇的绝命辞，尤为凄婉感人，兹录其一："罔极深恩未少酬，空贻罪孽重亲忧。伤心惟恨无言别，留取松筠话不休。"⑤查嗣庭的女儿蕙纕流徙边塞，作《题驿壁》："薄命飞花水上游，翠蛾双锁对沙鸥。塞垣草没三韩路，野戍风凄六月秋。渤海频潮思母泪，连山不断背乡愁。伤心漫谱琵琶怨，罗袖香消土满头。"⑥自述遭际，如泣如诉。雍正年间贡生、宣城训导常熟人汪沈琇（字西京）痛蕙纕家难，哀其不幸，故次其韵云："弱息怜教绝

---

① 据鄂尔泰：《词林典故》卷八"题名下"之"康熙四十五年丙戌科"，影印文渊阁《四库全书》本；又见稽曾筠《（雍正）浙江通志》卷一百四十二《选举志》，影印文渊阁《四库全书》本；李榕《（民国）杭州府志》卷一百十一、卷一百十二补。

② 据王先谦《东华录》"雍正十"补，清光绪十年长沙王氏刻本。

③ 据李榕《（民国）杭州府志》卷一百六十三《烈女传》补，民国十一年铅印本。

④ 方苞：《方望溪遗集》，徐天祥、陈蕾点校，黄山书社1990年版，第108页。

⑤ 潘衍桐《两浙輶轩续录》卷五十二，清光绪刻本。

⑥ 此诗见载于多书，如王应奎《柳南随笔》卷四，中华书局1983年版；潘衍桐《两浙輶轩续录》卷五十二查孝女《题驿壁》，清光绪刻本；王蕴章《然指馀韵》卷五，民国铅印本；徐世昌《晚晴簃诗汇》卷一百八十五查女《题驿壁》，民国退耕堂刻本。

域游，魂飞何祇似惊鸥。覆巢卵在漂流际，薄命人丁琐尾秋，绮阁低迷空昔梦，边筛凄切咽新愁。伶仃历尽崎岖苦，侭尔青春也白头。"[1] 深契蕙纕之心，可谓知音。查嗣庭案是查氏的家庭灾难，其惨烈情状，惨痛场景，于此可见一斑。

三、查氏文学、文化家族的衰微

查氏家族受此文字狱案打击，蹶而难振。据《海宁县志》、《海宁州志》和《采芹录》等文献资料统计，可以发现，以雍正四年查嗣庭案为界，之前查氏中进士者 10 人，中举者 23 人，之后（雍正四年——乾、嘉两朝）中进士者 3 人，中举者 5 人。本来在封建时代"读书仕进是提升家族社会地位的基本途径"，"对于家族而言，通过发展教育谋求入仕，入仕后继续谋求升迁，就成为家族壮大自我的必然选择。"[2] 吴仁安指出："在中国封建社会里，只有当官才能迅速提高政治地位和积聚大量财富。因此，族人出仕从政即是望族得以形成的重要条件，又是望族经久不衰的前提。"[3] 廖可斌论及科举制度与查氏家族的发展时也说："科举考试制度是海宁查氏家族文化得以形成的主要制度依据。"[4] 查氏家族能成为当地望族，文化世族，离不开科举的成功，而查嗣庭案的发生在一定程度上阻止或限制了查氏家族继续通向科举成功之路的前进步伐。查嗣庭不仅日记被指出"丧心悖义，谤讪君上"，而且任职考官时的做法也被视为藐视国法，徇私舞弊，"玷辱科名"。雍正据此认定"浙江人心浇薄，敝坏已极"，应停止浙江人乡、会试。因查嗣庭一人而累及整个浙江士人群体，剥夺了他们参加科举，谋求仕进的权利，可以想见作为

---

① 王应奎：《柳南随笔》卷四，中华书局 1983 年版，第 76—77 页。
② 王日根、刘庆：《读书仕进是提升明清家族社会地位的基本途径——明清福建几部族谱的分析》，《安徽史学》2008 年第 5 期，第 83 页。
③ 吴仁安：《明清江南望族与社会经济文化》，上海人民出版社 2001 年版，第 40 页。
④ 洪永铿等：《海宁查氏家族文化研究》，浙江大学出版社 2006 年版，"廖可斌序"，第 4 页。

主犯的查嗣庭家族，尤其是直接遭受文字狱打击的查氏第 12、13 代"嗣"、"克"字辈的查嗣庭兄弟子侄辈的生存和心理状态。查慎行经历了严峻的生死考验，心态异常矛盾而痛苦，其他子侄辈，尽管乾隆元年（1736）三月遇赦回籍，但近十年因徒生涯的艰辛磨难，使多位年纪尚幼的查氏子弟失去了接受教育的机会，况且他们被剥夺了参加科举考试的资格，这就造成了查氏家族在雍正朝的寂冷局面。同时，查嗣庭案后查氏家族诗人虽多，可诗歌成就颇显逊色，很少出现可与他们的前辈查继佐、查慎行、查嗣瑮等比肩的享誉诗坛、闻名遐迩的诗人，这与文字狱对查氏族众心灵的威慑不无关系。

在封建时代，科举与仕宦、文化三位一体，相辅相成，共同决定着文学文化家族的兴衰成败。著姓望族或文化文学世家要永保门第不坠，那就要在这三方面均保持强劲的发展势头。海宁查氏在明代至清代雍正以前即是如此。而这三方面的比例失调时，则预示着文学文化世家的衰落。查嗣庭案后查氏家族文学文化氛围还算浓厚，但科举和仕宦两方面都较为低迷，其中科举方面以秀才、举人、贡生居多，而进士锐减，仕宦方面多是职位较低的地方官，很难与明中后期至清前期康熙朝科甲蝉联、人才辈出、位列卿贰的飞黄腾达、及于鼎盛的灿烂景观同日而语，式微之势已相当明显。

查嗣庭案是查氏家族发展史上的大悲剧，也是查氏家族由盛而衰一个转折点。此后，查氏家族力量遭到削弱，社会地位明显下降。这可以从乾隆时王昶《蒲褐山房诗话》记载查岐昌为其祖父慎行募资助葬一事得到印证："药师（查岐昌字）为初白先生孙，初白卒，久之未葬。药师至京师，欲期麦舟之助，而无有应者。箨石（钱载）与余作书致卢雅雨（卢见曾）运使，所以资之者颇厚。会药师归家大病，尽斥其赀，丧不克举。未几，药师亦卒。"①"无有应者"，足见

---

① 王昶：《蒲褐山房诗话》，齐鲁书社 1988 年版，第 75 页；又见王昶《湖海诗传》（清嘉庆刻本）卷十九"查岐昌"记载亦同。

查氏已无昔日科甲鼎盛时之声望。查岐昌之亡，也与经不起家声衰微的刺激所产生的忧愁忧郁不无关系。后来查岐昌之子查芬也因无力保护清廷禁毁祖传的得树楼藏书抑郁含恨以终。由此可见，查氏望族的光环逐渐暗淡，"十进士"、"五翰林"为代表的科举和仕宦并显的那段家族史上的极盛一时的荣耀只能化作遥远的记忆。

　　中国历史上的文化文学世家走向衰微，有外因干扰，但大多始于家族内部的矛盾和斗争。不过，查氏家族的衰落并不是经历了一个自然蜕变的过程，而是在外部力量的强制干预下骤然中衰，导致这种非正常衰落的一个关键因素，即是封建帝王和专制皇权的有意打压。雍正对浙江人及查氏家族成员怀有恶感，他在上谕中说："浙江文词甲于天下，而风俗浇薄，敝坏已极。如汪景祺、查嗣庭自矜其私智小惠，傲睨一世，轻薄天下之人，遂至丧心悖义，谤讪君上。"又咬牙切齿地痛骂查嗣庭："查嗣庭系读书之人，受朕格外擢用之恩，伊告假回里时，朕赐以御用衣帽，优待若此。而伊逆天负恩，讥刺咒诅，大干法纪。伊若不愿为本朝之民，即应遁迹深山，如伯夷、叔齐之不食周粟。今伊既已服官食禄，且位列卿贰，而狂悖如此，是得谓之有人心者乎？"同时，雍正又针对查嗣庭涉嫌科场舞弊一事，大发议论："且巡抚李卫等从查嗣庭家中搜出科场怀挟细字，密写文章数百篇，似此无耻不法之事，查氏子弟如此，必系浙人习以为常，不但藐视国法，亦且玷辱科名。"当然，作为清王朝君主的雍正对浙江人及查氏族人的偏见的产生，根源于历史宿怨。明清易代，浙江人或积极抗清，或与新朝不合作，是清朝建立统一王朝过程中的障碍。查氏生在浙江，又是海宁望族，"易代之际浙省起而抗清的大多是出身望族的名士，所以像查家这样的，本身就是清廷着意打击的对象。"① 这无疑给本就存忧患之心的满清统治者留下了沉重的心理阴影，触动了他们敏感的神经，即便

---

① 张仲谋：《清代文化与浙派诗》，东方出版社 1997 年版，第 151 页。

在统治稳定之时，浙人的一举一动，都会引起统治者的高度警惕。雍正看到接连发生的汪景祺、查嗣庭案，就已疑心他们"同系浙人，或系一党"。同时，对其他的浙人也是心存疑惧。无论钱名世案中作诗批钱不力被发配东北的陈邦直、陈邦彦，还是查嗣庭案后"词气神色"不佳而让雍正看不顺眼被革职效力军前的姚三辰，都受到雍正的严厉制裁。查嗣庭身为浙人，又官高位重，将他列为典型整治对象，在雍正看来可以给当年桀骜不驯，如今傲气仍在，且有滋长之势的浙人集团一个严厉的教训或忠告。在此回合中，查嗣庭被选中，成了牺牲品，而决定他出身的查氏家族也跟着遭殃，走向衰微。

查氏家族的衰微，还有一个原因是查氏家族成员贪恋官位而不知检束。康熙时查氏家族引以为荣的"十进士"、"五翰林"，在赢得世人艳羡的同时，也招致嫉妒与不满。不过，康熙朝号称宽大，故查家还能保持其恩宠与荣耀。雍正即位，情形大变。雍正是个极猜忌刻薄又十分雄鸷的君主，查氏成员面对君位更替，应该审时度势，在进与退之间要作出明智的选择。查氏"五翰林"中此时已有四位远离官场，其中查慎行最后能在极端险恶的情势下保全性命，在于他早已预知宦海之险恶，洪昇《长生殿》案时已有改名"慎行"改字"悔余"之举，因此深知官场不可久恋，退居田园方为上策。李元度《查初白先生事略》说："（查慎行）常怀隐退志，供奉七年，即告归。家居二十余年，啸歌自适。"[1] 全祖望对查慎行远离官场，脱身家难，深有感触，所作《翰林院编修初白查先生墓表》云："先生之掉首于要津者，乃其所以脱身于奇祸也。"全祖望还在《墓表》末尾赋诗一首，可谓知查氏苦心："世皆集菀，吾独集枯。青山独往，保兹故吾。人亦有言，何不兢进？岂知名哲，置身安隐。"[2] 可

---

① 李元度：《国朝先正事略》卷四十《文苑》，易孟醇点校，岳麓书社 1991 年版，第 1092 页。

② 全祖望：《鲒埼亭集外编》卷七，朱铸禹《全祖望集汇校集注》（上），上海古籍出版社 2000 年版，第 866 页。

惜查嗣庭并未体味其中道理，在隆科多的举荐下，青云直上，官运亨通，直至内阁学士、礼部侍郎，最后遭雍正忌恨，不得善终。查嗣庭有文名，又很有才能，但他不能检束自己的行为，不能抑制自己施展才智的欲望。《族谱约编》云："润木读书不多，领悟最捷，有文名。由编修视学河南，以清廉大获声望。为人跌宕不羁，卒自罹于法。"① 雍正所谓查嗣庭"语言虚诈，兼有狼顾之相"②，盖指查氏"为人跌宕不羁"而言。在专制皇权加强，文字狱盛行的清代，人们必须循规蹈矩，惟命是听，言行必须谨慎，合乎规范，否则将难容于俗世。戴名世在《倪生诗序》中喟叹：'余平居窃叹，以为世道之敝，不复有有志之人生于其间，苟有毫发之不同于世俗，则必受毫发之困折，以至不同于世俗者愈甚，则困折亦愈多。而昏庸之极者则乐安亦处其极，苟有毫发之昏，则亦必享毫发之福焉。此天道之变，不可致诘者也。而生（倪生）之志不与世俗同者，仅区区诗文小数，天并夺其年而不使之成焉。"③ 尽管查嗣庭也觉察到身处要津的某些潜在威胁而小心从事，如查氏书法名震海内，而不轻为人书，即偶有作，也闭门疾书，完毕，"梯而藏之屋梁"④，但谨慎有余却也有疏于防范之时。查嗣庭成了清代文字狱的受害者，问题就出在其日记充满逆耳之言。雍正也正是由此将查嗣庭日记言语不逊作为突破口，将查定论为大逆不道的叛臣，并将他与打击权臣隆科多牵连起来，终于遭受残酷之极刑。《海宁州志稿》云："当是时，汪景祺之《年号论》，陆生枏之《通鉴论》，先后兴文字狱，视嗣庭为加酷焉。夫昔司马迁著《史记》，于《封禅》、《货殖》，往往诋毁武帝。武帝遂藉口于为李陵游说，遂下于理。嗣庭为文学侍从

① 陈敬璋：《查慎行年谱》，汪茂和点校，中华书局1992年版，第36页；又见杨钟羲《雪桥诗话余集》卷三，北京古籍出版社1992年版。
② 清世宗：《雍正上谕内阁》卷四十八，影印文渊阁《四库全书》本。
③ 戴名世：《戴名世集》卷二，王树民点校，中华书局1986年版，第44页。
④ 徐珂：《清稗类钞》第三册"狱讼类"，中华书局1996年版，第1040页。

之臣，不取鉴于史迁，卒以言语贾祸。其子沄亦罹于法。覆巢之下，岂有完卵？惜哉！"①"从古异才无达命"②（宋湘语），这是查嗣庭的个人悲剧，也是查氏家族的大不幸。但这场惨剧的酿成，则要归咎于查氏族群中崭露头角者查嗣庭位高遭忌及他本人性格的狂傲及言行的不慎。邱炜萲说："康熙间浙江查氏诗人皆在一家，而皆显贵，可云极盛。讵有名嗣庭者诗张讪谤，诗词悖逆，圣祖（应为'世宗'）赫然震怒，阖门三十口悉付诏狱，殆将不免，赖上圣明，既正嗣庭之罪，肆诸市朝，余众蒙从宽典。"③

查氏遭此文字狱打击，昔日其乐融融的家族诗歌创作氛围被浸染上了衰飒萧瑟的色调，后人忆及此事，会情不自禁地扼腕痛惜，神伤不已。如陈康祺意味深长地说："海宁查慎行夏重、嗣瑮查浦昆季，皆负隽才，少以诗文相劘切。康熙庚辰、癸未后先成进士，入词苑，同馆十年。夏重年六十四告归，又二年，查浦从顺天学使因病辞职，年适与同。夏重七十外刻诗，查浦继之，兄弟互相为序。天伦唱和之乐，坡、谷不如。余久遭鸰原之痛者，读二查集不觉黯然。"④ 这是对文字狱戕害文人、摧残文化家族的哀叹，也道出了后世文人反思文字冤狱、同情受害者的共同心声。

第四节　曾静、吕留良文字狱案与崇德吕氏文学、文化家族的衰变

浙江崇德吕留良家族是明清之际江南闻名的文化、文学之家。

① 许传霈、朱锡恩等：《海宁州志稿》卷二十九《人物志·文苑》，成文出版社有限公司1983年版，第3453页。
② 陈永正：《岭南历代诗选》，广东人民出版社1993年版，第427页。
③ 邱炜萲：《五百石洞天挥麈》卷六，清光绪二十五年邱氏粤垣刻本。
④ 陈康祺：《郎潜纪闻二笔》卷十，中华书局1984年版，第499页。

吕留良是明末清初著名学者、文学家，早年参加抗清运动，晚年以遗民自居，拒绝与清廷合作。他以表彰朱子之学和评选时文而受到人们的高度推崇，被奉为"东海夫子"，这是吕氏家族的荣耀。雍正六年九月发生的曾静反清案，牵累已故 45 年的吕留良并构成文字狱大案，吕氏族众遭遇惨祸，死者戮尸枭示，生者或斩或流。流放到东北的吕氏族裔由于被剥夺了读书仕进、求取功名的资格，只得通过行医、经商等途径维持生计，这是吕氏文学、文化家族的大不幸。

一、文字狱案前的吕氏家族

吕留良（1629—1683），字庄生，号晚村。浙江崇德人。吕氏先世为河南人。宋室南渡时，吕继祖为崇德尉，因兵乱不得归乡，遂占籍。继祖为崇德吕氏之始祖。经过数代人的经营，崇德吕氏成为"御溪（语溪）右族"①。第十世吕淇为吕留良高祖，官明锦衣武略将军。吕相为吕留良曾祖，官沔阳别驾。此时，吕氏雄于赀，富倾一方。《西园闻见录》载："始吕氏世世累息，而沔阳公稍用本，富其盛，至倾邑。"② 吕相生三子：长吕焕、次吕炯、季吕熯。吕焕为吕留良嗣祖父，字养心，又字尧文，曾官保定知县、辰州府通判等。《畿辅通志》赞吕焕曰："嘉靖中保定知县，廉干明敏，禁奸保善，兴学劝农，时称良吏。"③ 吕炯，字心文，号雅山，嘉靖三十四年举人。官泰兴知县。著有《友芳园杂咏》、《素心居集》④。屠隆《吕心文传》称："（吕炯）生有异质……慕古抱奇，文多闳现。"⑤ 过庭训《本朝分省人物考》谓其"博学好修"，"善词翰。"⑥ 吕炯是博学

---

① 黄洪宪：《碧山学士集》卷五《明故吕母郭孺人墓志铭》，明万历刻本。
② 张萱：《西园闻见录》卷二，美国哈佛燕京学社印本。
③ 李卫：《（雍正）畿辅通志》卷六十八，影印文渊阁《四库全书》本。
④ 纪曾筠：《（雍正）浙江通志》卷二百五十，影印文渊阁《四库全书》本。
⑤ 屠隆：《栖真馆集》卷二十一，明万历十八年刻本。
⑥ 过庭训：《本朝分省人物考》卷四十四，明天启刻本。

之士，喜与王世贞、屠隆、王穉登等文士交游，但宦情不浓，任泰兴知县不足两月即告归。吕元启为吕焕独子，留良嗣父，号空青，邑诸生，官鸿胪寺丞。

吕留良的本生祖为明嘉靖时江西淮府仪宾、尚南城郡主的吕熿，后与郡主一同回籍养亲，开明代郡主仪宾回籍侍养的先例。朱国桢《涌幢小品》卷五载其事。本生父吕元学，字聚之，号澹津，万历二十八年（1600）举人。明陈仁锡《繁昌令澹津吕公行状》谓："公生而卓荦颖异，其为邑诸生时，试辄上等，寻饩学宫已因贡例入北闱。庚子举顺天，公即以制义负名，视一等攫之耳。"① 吕元学有子五人，依次为：大良、茂良、愿良、瞿良和留良。吕茂良，字仲音，官刑部郎。与程嘉燧、陈祖法、孙治、王猷定、吴嵩梁等文士诗酒唱和，交情笃厚。愿良，字季臣，官维扬司李。师从钱谦益，其卒后，钱序其诗。在《序》中，钱谓："语溪之士，游于吾门者十余人，皆怀文抱质，有邹、鲁儒学之风，吕愿良季臣其哀然者也。"② 瞿良，字念恭，邑诸生，喜藏书。留良为其父卒后四月侧室杨孺人所生，三岁时过继给卒而无子的堂伯父元启。吕留良的早年极为不幸，但他出生在一个尚未完全败落，文化氛围尚浓的书香之家，自幼耳濡目染，为他以后从事学术研究和文学创作，奠定了一定的基础。

明末，阉党弄权，政局混乱，朝野正直之士结东林党，"扶正学斥异端，以刚介节烈为重，以礼义廉耻为贵。"③ 东林以后，各种社团"纷起"④。崇祯十一年，吕愿良积极响应，集合南浙十余郡文士成立澄社，声势颇大，有千余人之众。十二年，愿良应征辟，赴京师，澄社暂停。十四年，前澄社重要成员孙爽结征书社。吕留良

---

① 陈仁锡：《陈太史无梦园初集》之《驻集二》，明崇祯六年刻本。
② 钱谦益：《牧斋有学集》卷二十，《四部丛刊》本。
③ 汪有典：《史外》卷六，清乾隆十四年淡亭刻本。
④ 汪有典：《明忠义别传》卷六，清道光墨花斋活字本。

时年十三岁，孙爽见其文而惊叹，视为畏友，遂请加入。留良之侄宣忠（字亮工）亦一同加入。

明清易代是中国历史上的重大事件，吕氏家族也卷入这一剧变。弘光初年，史可法督师扬州，辟吕愿良赞画军机。推官沈自炳又举荐愿良之子宣忠，史可法亟召之。未至，南都陷落。宣忠乃召集生平所交结壮士率数千人间道渡海拜谒监国绍兴的鲁王。鲁王很赏识他，授前军都督同知，挂平虏将军印，命随吴易、黄蜚起兵。宣忠"生而英敏，好用剑"①，又懂兵法，故在顺治三年，与清兵澜溪大战中，义军各部皆有失利，而"宣忠所部独全"②。留良也"散家财结客，思复大仇，往来湖山间，栉风沐雨，艰苦备尝"③。四年、吴易兵败，宣忠被逮，在狱中刚强不屈，受尽折磨，最后英勇就义。张岱《石匮书》卷52载述甚详。

吕留良自幼聪慧过人，崭露头角。《行略》曰："先君生而神异，颖悟绝人，读书三遍辄不忘。八岁善属文，造语奇伟，迥出天表。"④顺治十年为躲避仇家指控其参加抗清之举的灭宗大祸，不得已出应科举考试，中秀才。十二年同里挚友陆文霦邀请留良共修社事，操选政。吕欣然应允，力为提倡，且一呼百应，声势浩大。《行略》曰："先君一为之提唱，名流辐辏、玑筵珠履，会者常数千人。汝阳百里间遂为人伦奥区，诗筒文卷流布寓内。人谓自复社以来，未有其盛。"⑤明末文人结社，评选制艺时文是重要内容之一，复社、几社等重要文社皆以选文行天下。受此风气的浸染以及其选文大受欢迎的鼓舞，吕留良投注了极大的热情，乐于其事，以至"凡有事一选，辄屏弃他业，汲汲顾影，以徇贾人之志"⑥。十七年，

---

① 屈大均：《明四朝成仁录》卷六，民国影印《广东丛书》本。
② 查继佐：《东山国语》，《四部丛刊三编》影钞本。
③ 陈鼎：《留溪外传》卷四，清康熙三十七年自刻本。
④ 《吕晚村先生文集》，《续修四库全书》第1411册，第56页。
⑤ 《吕晚村先生文集》，《续修四库全书》第1411册，第56页。
⑥ 《吕晚村先生文集》，《续修四库全书》第1411册，第154页。

清廷谕令严禁士子结社，至此明末以来遍布全国、如火如荼的社集活动逐渐走向衰落。吕留良也中止了时文的评选，息交绝游，专意课子读书。康熙二年四月，余姚黄宗羲来崇德，吕留良聘其教授子弟。三年，料理完三弟宗会之丧的黄宗羲偕弟及鄞县隐士高斗魁又至崇德。期间，诸人时聚留良同乡吴之振、自牧叔侄的读书之所水生草堂内诗文唱和，共同编选《宋诗钞》。

本来吕留良是前明淮府仪宾之后，侄宣忠是抗清烈士，尤其与黄宗羲等气节崇高的遗民相交往，使其思想发生了深刻变化。他为自己参加科举考试的行为，沉痛反思，懊悔不已。作《耦耕诗》十首，其中第二首为明志之作："谁教失脚下渔矶，心迹年年处处违。雅集图中衣帽改，党人碑里姓名非。苟全始信谈何意，饿死今知事最微。醒便行吟埋亦可，无惭尺布裹头归。"① 康熙五年，府学例考，他以此诗出示学使者陈湘殷，告以弃诸生之意。陈挽留之，吕终不赴试，被除名。众人大惑不解，始则惊愕，继而叹惋。而留良则如释重负，怡然自快，赋诗曰："十年多为汝曹误，今日方容老子狂。"②

弃诸生以后，吕留良一面提囊行医，称善乡里，一面重操旧业，评选时文。不过，吕留良此次重操时文评选旧业，与前次顺治十二年相比，已有了质的变化。《行略》云："其议论无所发泄，一寄之于时文评语，大声疾呼，不顾世所讳忌。"③ 可知吕留良借评选时文阐发政治见解和学术主张，并且产生了强烈的社会轰动效应。当时的文人学者深为吕氏的精辟议论折服，高度推崇其选文。刘榛《今文吕论序》："近世论文者惟东乡艾先生，当异学争鸣之日，能独尊洛闽，为东流之底柱，功诚伟矣。然而里脉犹或有疏焉者，又数十年后而得晚村吕先生，阐微言之奥妙，发绝学之精微，法求其

---

① 《吕晚村诗·伥伥集》，《续修四库全书》第1411册，第19页。
② 《吕晚村诗·梦觉集》，《续修四库全书》第1411册，第22页。
③ 《吕晚村先生文集》，《续修四库全书》第1411册，第56页。

必当，理期其必醇，借形下之艺，说形上之道。示人以慎修之术无不备，而戒人以闲邪之几无不明，先生所论者书，非诸家之书也，先生之书也。"① 范尔梅说："国朝论文高出诸家之上者，前有吕留良，后有陆稼书。"② 同时吕氏天盖楼印行的时文本子，大受文人士子欢迎。王应奎称："本朝时文选家，惟天盖楼本子风行海内，远而且久。"③

康熙十二年，吕留良结束了选文生涯，开始刊印书籍，表彰朱子学说。他与友人张履祥等陆续编印了朱熹的《中庸辑略》《延平答问》《近思录》等遗著。吕留良表彰朱子学说不遗余力，成就斐然，赢得当时学界的推崇与赞扬。顾炎武答李因笃书中，谓吕留良为"一代豪杰之胤，朽人不敢比也"④。王宏撰将他与顾炎武、毛奇龄、梅文鼎、顾祖禹等博极群书、学有根柢的学者相提并论，且说："近时崇正学，尊先儒，有功于世道人心者，吕晚村也。"⑤ 阎若璩将吕氏置于清初十二圣人之列。陆陇其更是受到吕氏影响坚定朱学立场，成为理学名臣，所以他称吕留良"辟除榛莽，归去云雾。一时学者或睹天日，或游坦途，功亦巨矣"。⑥

康熙十七年浙江省推荐吕留良参加博学鸿词考试，他以死相拒，子弟惧祸，哀求任事者，此事遂息。十九年，杭州知府以隐逸举荐，吕留良薙发僧服，誓死不从。二十二年八月，吕留良在心力交瘁中长逝。当时文人学者深为痛惜，挽悼诸作甚多，如张符骧《吕晚村先生事状》、陆陇其与陈祖法有同名的《祭吕晚村先生文》、黄宗炎《哭吕石门四首》、查慎行《挽吕晚村征君》等。有些文人学者以不能生见吕留良为莫大遗憾，如刘榛、周之方，而某些因受

① 刘榛：《虚直堂文集》卷四，《四库未收书辑刊》（第七辑）第 25 册，第 49 页。
② 《吕晚村先生文集》卷二《答徐立臣书》，《续修四库全书》第 1411 册，第 104 页。
③ 王应奎：《柳南续笔》卷二"时文选家"，中华书局 1983 年版，第 162 页。
④ 顾炎武：《顾亭林诗文集》，中华书局 1959 年版，第 77—78 页。
⑤ 王弘撰：《山志》（二集）卷五《著述》。
⑥ 周之方：《希砭斋集》卷五《题黄圭庵小照》，清雍正刻本。

吕氏言传身教，终身铭记，如李伍汉。由此可见，吕氏地位、声望之隆。

二、曾静、吕留良文字狱案后吕氏家族的衰变

雍正六年（1728）九月发生了湖南永兴县人曾静上书策反陕西总督岳钟琪的反清案。因曾静的反清思想受到吕留良所评选时文中夷夏之防及井田、封建等言论的影响，所以已故45年的吕留良受到牵累和追究，成为比曾静更罪大恶极的主犯，这就是历时四年之久震惊朝野的文字狱大案——曾静吕留良案。它以吕留良、吕葆中父子剖尸枭示，吕毅中斩立决，孙辈免死发遣为奴，门人及刊刻收藏吕氏书籍诸人或斩或流的惨烈而血腥的场面告结①。

文字狱不仅给吕氏家族带来了覆盆惨变，而且极大损害了吕留良的声誉，湮没了吕留良的真实事迹，并使吕留良从圣贤变为妖魔，任人指责。同时，文字狱也是吕氏文学、文化家族由盛而衰的巨大转折。不过，值得庆幸的是，流放到东北的吕氏族众不甘沉沦，不忘读书，在依靠行医、经商等方式艰难维持生计之余，与其他东北流人一起为推动东北地区文化教育事业的发展贡献了自己的力量。

文字狱案给吕留良的声誉造成了巨大的损害。案前吕氏被人奉为东海夫子，备受推崇，浙江地方官员上任时循沿往例给吕氏祠堂赠送匾额。案发后人们受到雍正"大义觉迷"的"感召"，任意指摘，纷纷批驳吕氏。如《清文献通考》载："时（雍正六年）署广东巡抚傅泰疏言广州府理猺同知朱振基于前任连州知州任内奉祀逆贼吕留良牌位，据连州生员陈锡等合词呈首，上以连州生员陈锡等深明大义，不为邪说所惑，据实出首，令将今年该州应试完场之举子，

---

① 张兵、张毓洲：《清代文字狱的整体状况与清人的载述》，《西北师大学报》（社科版）2008年第6期，第68页；又见张兵、张毓洲：《清代文字狱研究述评》，《西北师大学报》（社科版）2010年第3期，第59页。

交与该省学政，秉公遴选学问优长者赏作举人，一体会试。"① 冯辰《李恕谷先生年谱》"戊子五十岁"条载："闻南方有乱者败亡，吕晚村之门人也。冒道学而负时文，谬遂至此，幸早辨其妄，斥而远之也。"② 李绂攻击尊朱子斥陆王的吕留良为"无知之徒"、"小人而无忌惮者"③。程晋芳《正学论三》说："昔吕留良有私憾于藜洲，注释诸书，力攻陆王之学，而陆清献为一代大儒，亦过信陈清澜（即陈建）之说，附和吕氏，于是海内士大夫以宗阳明为耻，而四十年来并程朱之脉亦无有续者，此则非愚意料所及也。"④ 程晋芳批评陆陇其，其矛头实对准吕留良。陆心源以吕氏刻本《仪礼经传通解续祭礼》校宋刻本之残缺处，发现吕刻本"脱落屦错，妄删妄增，竟无一合"，因此诅咒道："吕留良谬妄至此，明季国初竟负重名，一诗时文鬼附之，如云致蹈。灭门之祸，殆有以也。"⑤ 王应奎《柳南随笔》云："洪洞范彪西（鄗鼎）与王阮亭书云：'近日时文选家，竟指文成为异端，狎侮前哲，讪谤学官。先生谓其无羞恶之心，某更谓其失为下不倍之道也。'此论盖指吕留良而言。去之三十余年而留良身后不免国法，安知非狎侮前哲，讪谤学官之报哉？"⑥ 民国杨钟羲《雪桥诗话三集》卷一论及吕留良，指为狂妄。可知遭遇文字狱后吕留良已从人人宗奉的神坛跌落到凡尘，从圣人变成叛逆，受到人们的无端指斥，尤其一些学术见解上的分歧也与吕留良的人品道德挂起钩来，真是欲加之罪，何患无辞。当然从文字狱前后人们对吕留良认识截然不同并迅速转变观念的一个根本原因即是最高统治者雍正从人格及道德上对吕留良的贬损。

文字狱使吕留良的真实事迹逐渐湮没，研究资料缺乏，为研究

① 官修：《皇朝（清）文献通考》卷四十九《选举考》，影印文渊阁《四库全书》本。
② 冯辰：《李恕谷先生年谱》卷四，清道光十六年刻本。
③ 李绂：《陆子学谱》卷二十"附录"，清雍正刻本。
④ 程晋芳：《勉行堂文集》卷一《正学论三》，清嘉庆二十五年冀兰泰吴鸣捷刻本。
⑤ 陆心源：《皕宋楼藏书志》卷七《经部》，清光绪万卷楼藏本。
⑥ 王应奎：《柳南随笔》卷四，王彬、严英俊点校，中华书局1983年版，第77页。

者留下了许多缺憾。李慈铭《书沈清玉先生冰壶集残本后》:"张杨园传后附记云:清献(陆陇其)之婿曹宗柱述清献与石门(吕留良)投分最契,不啻一人,及石门事败,乃改修年谱,尽灭去之。亦论世者之所宜知也。"[①] 学术见解趋同而心慕吕氏的理学名臣陆陇其,惧祸而将年谱中述及吕氏处尽数删除。张履祥《杨园先生全集》中诗文题目 19 处涉及吕留良,皆与其姓后空缺为□□,至同治十年重订时,空缺处一仍其旧。清道光年间,藏书家黄丕烈为吕葆中补钞的宋本《小畜集》所作题跋云:"其板心'吾研斋补钞',向未知此斋为何人斋名,后晤江铁君,举此问之,为余言其详,乃知即无党之斋名也。因有'吾研斋小照',故知之。复举卷中'光轮''耻斋'等印询之,云'光轮'乃晚村原名,'耻斋'似亦其号也。己所不知而人知之,学之所以贵乎问也,后生辈宜三复斯言。"[②] 黄丕烈为博学多闻的藏书大家,竟不知吕氏斋名及字号,不耻下问于他人,由此推知,人们对吕氏情况的了解多是一鳞半爪。可见,文字狱后吕留良的研究成了禁区,再加之乾隆年间吕留良的著作被作为重点禁毁对象,沈宗畸《东华琐录》谓:"吕晚村文字,咸在禁例……以文字被禁,遂并其无与于诋毁者,亦横加锻炼。于是向之家弦户诵者,至此遂成绝调。"[③] 所以,文字狱后有关吕留良的某些真实事迹或相关资料已尘封难彰,为后人研究吕留良造成了诸多困惑与不便,甚或导致判断失误。如梁启超说吕氏"因身罹大祸,著作什九被烧毁,我们无从见其真相",因此揣测他"像不过是帖括家或古文家,不见得有很精深学问"[④]。

而流传于世的吕留良故事大都将吕视为反面角色大力张扬、广为流播。这些故事无中生有、荒诞离奇、颠倒是非、淆乱真相,

---

① 李慈铭:《越缦堂文集》卷六,民国铅印本。

② 黄丕烈:《士礼居藏书题跋记》卷五,清光绪十年滂喜斋刻本。

③ 卞僧慧:《吕留良年谱长编》卷十七,中华书局 2003 年版,第 466 页。

④ 梁启超:《中国近三百年学术史》,天津古籍出版社 2001 年版,第 197 页。

这就更促使吕氏真实事迹罕为人知。如袁枚《新齐谐》称吕为时文鬼，辟佛太过，受到冥间的追究，最终受曾静案牵连，剖棺戮尸，祸及枯骨①。纪昀不同意袁枚的观点，其《阅微草堂笔记》云："《新齐谐》载冥司榜吕留良之罪曰：辟佛太过。此必非事实也，留良之罪，在明亡以后，即不能首阳一饿，追迹夷齐，又不能敛影逃名，鸿冥世外，如真山民之比。乃青衿应试，身列胶庠；其子葆中，亦高掇科名，以第二人入翰苑。则久食周粟，断不能自比殷顽，何得肆作谤书，荧惑黔首？诡托于桀犬之吠尧，是首鼠两端，进退无据，实狡黠反覆之尤。核其生平，实与钱谦益相等。殛罚阴谴，自必由斯。"② 纪昀认为吕氏得罪缘于道德节操不坚而自食恶果，遭遇阴谴。袁枚、纪昀所记吕氏之事带有志异神秘的成分，但叙事意向都很明确，即吕留良身前作恶多端，死后遭到报应，大快人心。我们也可从中体验到文字狱使吕留良完成了从神圣化向妖魔化的转变，而这个转变是吕氏事迹逐渐淡出人们记忆并被异化的过程。

文字狱给吕氏家族带来了深重的灾难，吕留良父子被作为罪大恶极、大逆不道、国法难容的逆犯被戮尸枭示，其孙辈发遣宁古塔给予披甲人为奴。吕氏子孙不仅失去了人身自由，还被剥夺了科举资格。乾隆二年，清廷制定了一项新的法令："定职官举贡生监犯发遣者免其为奴。"具体内容为："凡黑龙江宁古塔等处发给披甲为奴之犯，有曾为职官及举贡生监者，查明照例一概免其为奴，即于戍所另编入该旗、该营，令其出户当差。"③ 吕留良之孙吕懿兼、曾孙吕敷先二人于此法令颁布后，解除为奴身份，各自谋生，在戍地通过行医、开药铺、贩卖米盐、做貂皮生意等途径赚取钱财，并饶有余资，遂托人进京捐纳监生。乾隆闻之大怒，斥责刑部、户部办

①　袁枚：《新齐谐：子不语》卷二十四，齐鲁书社 2004 年版，第 467 页。
②　纪昀：《阅微草堂笔记》卷十八，新疆人民出版社 1996 年版，第 314 页。
③　官修：《清文献通考》卷二百零四《刑考》，影印文渊阁《四库全书》本。

理失当，并将吕氏后裔进行了一次新的处罚。乾隆四十年正月十二日上谕曰："若吕留良子孙，系大逆重犯缘坐，即属反叛。岂可援轻罪有职人员，概免为奴出户，致令逆恶余孽，得仍窜籍良民，实不足以示惩创而申法纪……所有吕懿兼、吕敷先二犯。前既倖为开户，今复妄思混厕衣冠，情罪尤为可恶，若仅照该将军所拟，永远枷号，罪及其身而止，尚不足以蔽辜。著将该二犯及其家属俱发往黑龙江给与披甲人为奴。"

吕氏本为书香之家，残酷的文字狱中断了其族众读书仕进的途径。吕氏先世多有读书仕进者，到了吕留良父子两代，其家族的声望更高。吕留良被奉为东海夫子，受人推崇。吕葆中为康熙四十五年榜眼，受人艳羡。江苏太仓人唐孙华为吕葆中参加康熙三十五年浙江乡试时的副主考官，极赞吕氏为"奇才"，闻葆中会试及第，赋诗以赞，闻其卒则沉痛哀悼。关于唐孙华，《（乾隆）江南通志》云："康熙戊辰进士，仕吏部郎，自幼天才敏赡，九试冠军，名震江左，中年益务经史之学，孜孜不倦，年九十余，岿然为文章宿老。"① 吕葆中能顺利中举也得益于唐的慧眼识人，唐孙华《喜吕无党及第》谓："宝气昔年曾暗识，好音入耳亦欣然。"② 注云："无党乡试表册语多古奥，同考不识，予特拔之。"唐孙华的颂扬与赞赏足证吕葆中才华之绝伦。同时，吕葆中还喜好藏宋版书和钞书，为朱彝尊、王士禛所推重。文字狱后，吕氏家族被作为与良民有别的"逆恶余孽"，丧失了攻读诗书以求取功名的权利。吕氏子孙为谋生计，只得改从他业。章炳麟《太炎闻录续编》卷 6《书吕用晦事》云："民国元年，余至齐齐哈尔，释奠于用晦影堂。后裔多以塾师医药商贩为业。"③ 张伯英《（民国）黑龙江志稿》载吕留良玄孙吕景儒事迹亦可见一斑：

---

① 赵宏恩：《（乾隆）江南通志》卷一百六十六《人物志》，影印文渊阁《四库全书》本。
② 唐孙华：《东江诗钞》卷九《重有感》，清康熙刻本。
③ 章炳麟：《章太炎全集》（五），上海人民出版社 1986 年版，第 318 页。

"吕景儒字淇园，吕留良后裔也。留良以文字狱斫棺剖尸，子孙俱戍黑龙江，不得仕进，学成辄经商，以资雄于塞上，齐齐哈尔之富，无吕氏若者。"① 又林传甲《龙城旧闻录》曰："吕晚村先生讳留良，前明遗老也。清雍正时吕氏弟子曾静上书将军岳钟琪，劝以举兵，岳执之狱。清世宗著《大义觉迷录》，以驳吕氏《知新录》，其家遂得罪窜塞外，遂令关东文化由是而开。二百余年，吕氏族日繁，以诗书世其家，并以商业致富巨万，子孙多循谨之士，盖鉴于文字得罪也。"② 吕留良子孙读书仕进无望，不得已而经商行医，成为富商，而这非其本怀。这对一个文化家族的成员来说是无可奈何又极其痛苦的选择。吕氏家族的悲惨遭遇，引起了后世学者文人的同情和关注。如著名学者陈垣《记吕晚村子孙》载："民国二十四年六月，北平辅仁大学有教育系毕业生吕永泰，黑龙江人，其家长吕子珍，在黑龙江省城开张通巨广生意。永泰来见，温文有礼。余叩其家世，知为晚村先生之后，相与欷嘘者久之。"③

文字狱案毁坏了吕氏家族，阻碍了其作为文化家族的发展壮大，这是吕氏家族史上的大不幸。这与受清朝文字狱打击而趋于衰落的安徽桐城方氏、戴氏，海宁查氏的情形极其相似④。不过，吕氏世代生长于人文渊薮的江浙，其家族本身的文化、文学修养很高，文字狱破坏了他们的家庭，杀戮了其族人，戕害了其身心，剥夺了其读书仕进的资格，但不能从根本上铲除其文化底蕴。沦落为

---

① 张伯英：《（民国）黑龙江志稿》卷五十七，民国二十一年铅印本。

② 林传甲：《龙城旧闻录》，上海商务印书馆1914年版。

③ 陈垣：《记吕晚村子孙》，见陈垣：《陈垣学术论文集》第2集，中华书局1980年版，第91页。

④ 张兵、张毓洲：《〈南山集〉案与桐城戴氏家族的衰落》，《文史哲》2009年第3期，第82—88页；张兵、张毓洲：《〈南山集〉案与桐城方氏文化世族的衰落》，《西北师大学报》（社科版）2009年第4期，第54—60页；张毓洲《查嗣庭文字狱案与海宁查氏文学世家的衰微》，《西北师大学报》（社科版）2011年第2期，第53—59页。

囚徒的吕氏族众因其有较高的文化修养和文学才能，且不废读书，故不仅能自谋生计，发财致富，而且与其他流人一道向当地居民传播先进文化。黄维翰《黑水先民传》载："自朝廷以满文译四子书及说部数种，始粗知中学之涯略。自硕儒方登峄、刘凤诰、章汝枬辈暨吕留良子孙先后以罪远谪，土人慕其流风，执经请业，始能读中国之典籍。"① 吕氏族裔流放东北后，客观上为改变东北地区文化落后面貌，推动当地文化教育事业的发展作出了重要贡献，这是发动与制造文字狱，迫害吕氏家族的清帝王所始料未及的。这也是吕氏文学、文化家族惨遭文字狱打击，总体上走向衰落的情形下，其独特魅力在艰难处境中的别样展现，故得到了人们的仰慕和颂扬。

---

① 黄维翰：《黑水先民传》卷二十四"文学"，吉林文史出版社 1987 年版，第317 页。

第六章　幕府与清代文学的发展

　　有清一代幕府盛行，清代幕府自清王朝定鼎中原后即开始出现，直到清王朝灭亡前仍然盛行。游幕也成为清代士人除入仕之外，最为重要的一种谋生和实现人生价值的手段。清代几乎所有的重要诗人、学者都有游幕的经历，朱彝尊、洪亮吉、黄景仁、戴震、章学诚等著名学者都曾做过幕宾。游幕文人，在某种程度上可以看作是清代诗文创作的重要力量，而幕府之中的文学交游与文学活动则直接体现了清代文学发展的轨迹，甚至可以说幕府制约和推动了清代文学的发展、变化。在以往的研究中，幕府属于历史学研究的范畴，学者们对清代某一幕府构成及作用或幕府制度本身探讨得较多，而从幕府对文学的影响，对游幕文人在幕府中的生存状态关注不够，对幕府文人在幕府中的创作、幕府中的文学氛围对个体的影响等课题关注相对较少，这无疑是清代文学研究中的一个缺憾。游幕本是中国古代文人的一种特殊的生活方式，游幕文人在幕府中的生存状态，对个人创作以及流派的形成都很有关系，尤其是清王朝政权巩固之后，社会稳定，此时出现了一批以文事为主的学人、诗人幕府，在天子右文的背景之下，众多的达官广开幕府，礼致文人，形成了一个个文人聚集中心。这些督抚、学政的幕府，鼓扬风雅、提倡学术，以为统治者佐文治。此种类型的幕府在乾嘉时期尤为引人注目，可谓比比皆是，府主也多为学界名流前辈，因此，幕府即成为学术文化交流的重要场所，这些艺文幕府对清代文学、学术的发展产生了极大的影响。对这一类型的幕府加以关注，能够更加集中、深刻地揭示游幕文人的生存状态，更好地把握清代文学发展的轨迹。本章即着眼于此，拟从幕府与文学关系的角度审视清代文学，以探求文学生成的环境、作家活动对其创作的影响、文人群体行为对作品风格的制约等问题。对这一课题进行深入研究，有助于发掘作家交游的社会内涵和社会意义，以及这种社会内涵和社会意义与作家的文学活动之间的互动关系。

第一节　清代幕府研究述评

幕府制度是我国历史上一项重要且影响深远的政治制度。幕者，帐篷也，古时军队出征，施用帐篷，所以称将帅的治所为幕府，后世地方军政大吏的府署亦称幕府。幕府制大概滥觞于周朝，据《册府元龟》记载：“《周礼》六官六军并有吏属，大则命于朝廷，次则皆自辟除。春秋诸国有军司马尉侯之职，而未有‘幕府’之名。战国之际，始谓将帅所治为‘幕府’。”① 由此可知，周朝虽未有“幕府”之名，但却有幕府之实。这一制度在秦汉时期逐步确立，此后的一千余年，幕府制度与封建专制体制相始终，历经盛衰。总体来看，两汉至唐末五代，幕府较为兴盛，宋元以后，随着中央集权的加强，幕府辟召有所衰落。明代后期，中央集权开始衰落，幕府又开始复苏，至清代，幕府制度再度兴盛。有清一代，“上自督抚，下至州县，凡官署皆有此席”②，少则几人，多则十几人甚至上百人，普及性之广，影响之大，非历代幕府所能比，所谓“掌督抚司道守令之事，以代十七省出治者，幕友也”③，“衙门必有六房书

① 王钦若等：《册府元龟·幕府部》，中华书局1960年版，第8511页。
② 徐珂：《清稗类钞·幕僚类》“绍兴师爷”条，中华书局1984年版，第1381页。
③ 《皇朝经世文编》卷二十五《幕友·幕友论》，道光刊本。

吏，刑名掌在刑书，钱谷掌在户书。非无谙习之人，而惟幕友是倚者，幕友之为道，所以佐官而检吏也。"① 正是幕中情形之写照。此外，雍正元年（1723）三月，皇帝谕吏部曰："各省督抚衙门事繁，非一手一足所能办，势必延请幕宾相助，其来久已"，同时要求"嗣后督抚所延幕客，须择历练老成深信不疑之人"②，"今之幕宾，即古之参谋记室。凡节度观察，皆征辟幕僚，功绩果著，即拜表荐引。其仿古行之"③。而据徐珂《清稗类钞》记载，雍正本人也曾聘用会稽徐某为幕僚④，可见清代幕府规模之大，影响之深也引起了统治者的高度关注。封建制度发展到清代时，中央政权高度加强，职官制度也已经定型，所以"在官制上简直看不出幕职一种的性质"⑤。在这种情况下，传统的幕府制度（即辟府制）似乎已经失去了存在的可能性，然而，清代独特的政治与社会环境，又决定了幕府是佐治的必要手段，这就使得清代幕府具有自己鲜明的特色，即是一种非官僚行政组织，具有很强的私人性。总体来看，清代无论是政治、经济、军事还是学术文化，乃至整个社会生活都受到幕府广泛而深刻的影响，很有深入研究的必要和价值。对于清代幕府的研究，从 20 世纪 30 年代至今，已经取得了丰硕的成果，研究领域逐步拓宽，研究论著大量涌现，呈现出繁盛的局面。具体来看，对清代幕府的研究大体可分为两个阶段。

一、清代幕府研究的第一阶段：1930—1978年

自 20 世纪 30 年代开始，清代幕府即进入了学者的研究视野。

① 汪辉祖：《佐治药言》，辽宁教育出版社 1998 年版，第 4 页。
② 许同莘：《公牍学史》，档案出版社 1989 年版，第 234 页。
③ 徐珂：《清稗类钞·幕僚类》"幕僚曾定品级"条，中华书局 1984 年版，第 1380 页。
④ 徐珂：《清稗类钞·幕僚类》"世宗曾聘会稽徐某"条，中华书局 1984 年版，第 1383 页。
⑤ 杜衡：《中国历史上之幕职》，《再生》1948 年第 216 期。

当时，史学家张荫麟及其弟子李鼎芳发表了《曾国藩与其幕府人物》（《大公报·史地周刊》第 63 期，1935 年 5 月 24 日），这是研究曾国藩幕府的第一篇文章，也是清代幕府研究的开端。后来李鼎芳又编写了《曾国藩及其幕府人物》①一书。他们二人的研究资料性较强，属于微观的介绍。20 世纪 40 年代，全增佑发表了题为《清代幕僚制度论》（《思想与时代》第 31、32 期，1944 年）的长文，这是第一篇较为全面的从宏观上来把握清代幕府制度的文章，此文以"绪论、幕友制度之形成、幕友制度确立之原因、幕友对于主官之制衡作用、幕友制度与人才之调整、人才之地理分布、结论"等七个部分对于清代幕友制度的形成、确立及幕友与幕主的关系做了较为全面的探讨。40 年代末，张纯明发表了《清代的幕制》（《岭南学报》第 9 卷第 2 期），张文从"引论、幕宾的性质、幕的性质、幕与案例、幕的流品及余论"等六个方面，比较细致地对清代幕府的种类、性质等进行了分析，使清代的幕制以较为清晰的面目展现出来。

新中国成立以后，由于种种原因，对于幕府的研究不被大陆研究者所重视，自新中国成立到 20 世纪 70 年代末，大陆对于清代幕府的研究，目前见到的仅有范朴斋的《略论前清胥吏——对前清"绍兴师爷"和"书办"的介绍》（《光明日报》1957 年 1 月 1 日）一文，此文对于清代幕制仅有简略的介绍。这一时期，清代幕府研究的重心转向了台湾和香港地区，这些地区的研究者们除了进行宏观的研究，对一些具体问题的研究也逐步展开。台湾学者缪全吉《清代幕府人事制度》②一书对于清代幕府的人事制度进行了全面、系统的研究，考察了幕席类别、幕才培养、游幕方式、游幕条件、幕府生活等方面。缪全吉还发表了相关论文《清代幕府制度之成长原

---

① 李鼎芳：《曾国藩及其幕府人物》，文通书局 1947 年版。
② 缪全吉：《清代幕府人事制度》，中国人事行政月刊社 1971 年版。

因》(《思与言》第 5 卷第 3 期，1967 年 9 月)、《清代幕府之官幕
关系与幕席类别》(《思与言》第 7 卷第 1 期，1969 年 5 月)。此外
还有迟庄《清代之幕宾门丁》(《大陆杂志》第 5 卷第 2 期，1967
年 7 月)，陈天锡《清代不成文之幕宾门丁制度》(《宪政论坛》第
13 卷第 2 期,1967 年 7 月)、《清代幕宾中刑名钱谷与本人业此经过》
(《"中央"图书馆刊特刊》第 11 期，1968 年)。在这一时期港台及
国外的研究中，对于清代地方督抚幕府的研究已开始进入研究者的
视野，对晚清社会产生巨大影响的幕府成为焦点，如王尔敏《淮军
志》[1]列专章对于淮军领袖李鸿章幕府进行探讨，就李鸿章幕府的
幕僚及影响作了论述。随后，美国学者福尔瑟姆出版了《朋友·客
人·同事——晚清的幕府制度》[2]，此书研究重点也是李鸿章幕府，
作者从曾国藩与李鸿章的关系、李鸿章幕府的三大支柱、李鸿章的
幕友及李鸿章的权力网等方面对李鸿章幕府进行了深入研究，作者
查阅了大量的档案、笔记，参考论著达到了 200 余种，并多次采访
李鸿章后人，获得了大量第一手资料。作者认为，1853 年曾国藩
编练湘军是清代幕府制度发展的转折点，曾国藩建立的幕府开始带
有近代色彩，而李鸿章继承了曾国藩的衣钵，使清代幕府走向了近
代化并发展到了高峰。

这一阶段为清代幕府研究的起步阶段，由以上所述论文来看，
这一时期的研究除了对清代幕府的种类、性质、成因等进行探讨
外，比较注重幕府中的人事制度和幕府人物。全曾佑、张纯明二人
的研究已经开始运用现代科学方法，成为清代幕府研究的典范之
作，其中的一些论断也被后来的研究者普遍接受，同时也为后来的
研究提供了借鉴。

---

① 此书台湾版 1967 年由台湾"中央"研究院近代史研究所编印发行，大陆版由
中华书局于 1987 年出版。

② 此书英文版于 1968 年由美国加利福尼亚大学出版社出版，中文版由中国社会
科学出版社于 2002 年出版。

二、清代幕府研究的第二阶段：1979年至今

20 世纪 70 年代末，伴随着社会动荡的结束，大陆的学术研究也开始复兴。1979 年，《社会科学战线》连载了江地的《清代官制概述》（《社会科学战线》第 2、3 期，1979 年）一文，这篇文章除介绍清代官制外，也对"幕友与书吏"进行了讨论，但限于篇幅，比较简略。自此之后，对于清代幕府的研究成为史学研究长盛不衰的一个热点，这一阶段也是清代幕府研究的发展期。研究清代幕府的论文与专著不断出现，质量也明显提高。据不完全统计，这一时期发表论文 100 多篇，出版专著 10 余部。这里分论文和著作两部分进行评述。

（一）学术论文

从论文方面看，可以分为宏观研究与微观研究两方面。

首先，在宏观方面，研究清代幕府的文章有 20 余篇，这些论文主要对清代幕制盛行的原因、发展变化、特点、作用和影响等进行了探讨。

1. 清代幕府的发展变化与特点

20 世纪 80 年代初，郑天挺发表了《清代幕府制的变迁》（《学术研究》1980 年第 6 期）、《清代的幕府》（《中国社会科学》1980 年第 6 期）两篇文章，他依据幕府的职能、宾主关系、幕宾地位的变化，将清代幕府的发展分为三个阶段：太平天国之前为第一阶段，太平天国起义至光绪中期为第二阶段，光绪中期至辛亥革命前为第三阶段。这样划分清代幕府的发展阶段，虽然从时间上来看很不均衡，但从幕府的职责、作用和影响来看却是比较符合实际的。郭润涛《清代幕府的类型与特点》（《贵州社会科学》1992 年第 11 期）一文，根据清代幕府内部关系与活动的性质，将清代幕府划分为四类：第一类为军营幕府，此类幕府主要是指驻防将领的幕府；第二类为行政幕府，此类幕府指地方行政系统官员的幕府，在这类幕府中，最重要的"幕席"就是"刑名"与"钱谷"，

而地方行政幕府，又以州县幕府最为完整和发达；第三类为专职幕府，此类幕府主要指清代除督抚司道州县以外的一些直接受中央管辖，在地方办理某一专务的官员的幕府，主要有提督学政、盐政、河道总督等，在这些专职幕府中往往聘请有专长的人佐理政务；第四类为艺文幕府，此类幕府指朝中大臣或地方官员为著书、修志等所设立的幕府，这类幕府往往集中了大量的文人、学者。这四种幕府，又有一些共同的特点：即私人性、平等性、佐治性和隐蔽性。

2. 清代幕府兴盛的原因

郭润涛在《试论清代州县衙门设置幕府的原因》（《学术研究》1990 年第 4 期）一文中总结了清代幕府兴盛的四点原因：一是清代州县衙署中官员配备不完备；二是伴随着社会发展、人口激增，行政事务日益繁杂；三是清代州县官以科举出身居多，多不能胜任政务；四是官场中的风气使官员们忙于媚上，无暇顾及政务。朱金甫《论清代州县之幕友》① 就清代幕友制盛行的原因提出了新观点，他认为清代幕友制的产生与皇帝以及各级官员的集权意识有关。皇帝在处理政事时，为了能够施行自己的意志，往往在正式的政府机构以外，又设立非正式机构，选择亲信为其办事，这种方式最典型的就是雍正朝设立的军机处。在地方上，各级官员为了更好地推行自己的方针政策，亦想达到集权于个人的目的，因此在政府编制之外，招募僚属出谋划策。文章同时认为州县幕友在"佐治"方面是起了积极作用的。

3. 清代幕府的作用及影响

魏鉴勋、袁闾琨《试论清代的幕僚及其对地方政权的作用》（《史学月刊》1983 年第 5 期）一文肯定了清代幕僚在地方行政机构中的积极作用，认为他们很好地起到了"佐治"作用，帮助了

---

① 见《第二届明清史国际学术讨论会论文集》，天津人民出版社 1993 年版。

地方官的升迁，繁荣了学术，传播了文化，培养了人才。陆平舟《官僚、幕友、胥吏——清代地方政府的三维体系》(《南开学报》(哲社版)2005年第5期)一文指出，明清之际，中国绅士的条件和地位得以逐步地固定下来，随之，在政治体制中也形成了一种隐性的绅衿支配。随着幕友阶层队伍的扩大和游幕制度化，在清代各级地方政府逐渐形成了一个轮廓较清晰的官僚、幕友、胥吏既相互依赖，又相互牵制的三维体系。在"异族"统治下，这种隐性的绅衿支配体系虽然带来了许多弊害，但在使中国封建社会保持相对稳定方面发挥了重要的作用。肖宗志《控制与失控：清代幕友与国家的关系》(《南华大学学报》2006年第4期)则描述了国家与幕友关系的变动，概括了国家对幕友控制的基本特点，分析了国家对幕友失控的原因，并从这个角度探讨晚清地方官制改革的必要性。

其次，从微观上深入研究清代幕府是这一时期的热点。微观方面研究清代幕府的论文较多，有80余篇。伴随着宏观研究的不断深入，学者们对于清代幕友制度已经有了比较明确的认识，在一些基本问题上，如清代幕友制产生的原因、基本特征、发展阶段以及幕友来源、幕席类别、官幕关系等，都形成了比较一致的看法，对清代幕府制度的研究也越来越细致，选取某一幕府、某一角度或某一人物的游幕生涯作为研究对象的文章不断出现。

1. 对地方大员幕府的研究

这类文章以研究晚清幕府的居多，且主要集中在陶澍、曾国藩、李鸿章、张之洞等人的幕府。李志茗《陶澍幕府：晚清幕府的先声》(《福建论坛》(人文社科版)2008年第8期)对陶澍的幕府进行了研究，他指出陶澍幕府施行改革，兴利除弊，其形态和职能与专为幕主处理琐碎政务的清前期幕府完全不同，显现出新的特征，为当时第一个以经世闻名于时的新型幕府。陶澍幕府的出现标志着晚清幕府的发轫。张九洲《曾国藩幕府简论》(《黄淮学刊》(社科版）1990 年第 4 期）对曾国藩幕府的组织、规模、作用、影响等进行了探讨，他认为曾国藩本人礼贤下士、知人善用、衡才不拘一格是其幕府人才鼎盛的重要原因，而曾国藩幕府的一个重要特点是军事性的加强，曾国藩幕府在镇压太平天国运动中居功甚伟，为国家培养输送了大量人才，但同时也促成了地方势力与割据势力的膨胀，造成了中央与地方、满洲贵族与汉族地主之间矛盾的加深，使清王朝的危机更加深重。尚小明《浅论李鸿章幕府——兼与曾国藩幕府比较》（《安徽史学》1999 年第 2 期）一文认为曾国藩、李鸿章二人幕府职能的侧重点不同，曾国藩主要在镇压农民起义，李鸿章早期幕府也是镇压农民起义，但后来转向发展洋务与处理外交事务。李志茗《规模·能量·影响——李鸿章幕府与曾国藩幕府之比较》（《社会科学》2002 年第 11 期）也对曾、李二人的幕府进行了比较，他认为晚清时期，幕府的大小与幕主的职权、地位等密切相关。李鸿章的勋望、权势均较其师曾国藩有过之而无不及。然而，李鸿章幕府无论在幕僚的素质上，还是幕府的规模和影响方面都比曾国藩幕府逊色。究其原因，除了时代的差异外，主要在于李鸿章本身的人品、道德、学问不如曾国藩。可这也直接导致了淮系集团难与湘系集团的政治势力相提并论。黎仁凯《张之洞督鄂期间的幕府》（《史学月刊》2003 年第 7 期）指出张之洞督鄂时期是其幕府的鼎盛时期。他在湖北创设学堂、厂矿等各种实业、文化机构，通过延聘、札委、奏调的方式，网罗中外各类人才入幕，可谓兼容并包。张之洞对幕府制度实行了改革，总趋势是由幕宾向幕僚转化。他与幕府人员之间建立起了比较和谐的互动关系，幕府人员对张之洞的决策、成就功业作出了重要贡献；同样，张之洞也为幕府人员提供了施展才干的舞台，并为他们的发展升迁开辟道路。另外，黎仁凯还对曾国藩和张之洞幕府进行了比较研究（见《曾国藩与张之洞幕府之比较》，《河北学刊》2006 年第 3 期）。冀满红、李慧《袁世凯幕府与清末立宪》（《晋阳学刊》2005 年第 1 期）认为清末立宪活动中，幕府人员帮助袁世凯完成了对立宪从漠不关心到积极参与的转变。同时，幕府人员积极参加清末的宪政改革，在中央编制了新官制方案、在东三省进行了政治体制的改革、在天津试行了地方自治、在直隶进行了司法改革，取得了一定的成效。他们的所作所为有利于中国政治的近代化，同时也有利于袁世凯北洋集团势力的扩张。

2. 对清代幕府与法律、制度关系的关注

清代幕府中最重要的职能就是刑名与钱粮，因此对清代幕府与法律、制度关系的研究，也是清代幕府研究的焦点。宋加兴《略论清朝的刑名幕宾和书吏》(《政治与法律》1984 年第 3 期）一文从清代幕僚制度，尤其是刑名幕僚的负面作用着眼，认为清代各级地方衙署的司法审判工作，形式上由各级衙署的正印官审理，而实际上却多半为刑名幕吏所操纵，形成做官的不会办事，会办事的不能做官的特异局面。这是清朝腐败政治制度产生的结果，而反过来这一局面又促进了政治制度的进一步腐败。

3. 对清代幕府文事、学术工作的研究

清代官员除了依靠幕友佐政，还要仰赖其办文、立档、分类、排检。孙安全《清代幕宾与文档》(《四川档案》1985 年第 3 期）指出，清代刑名幕友的著作中，保存了怎样办理公文、保存文件、怎样归档的方法与资料，对今天的档案工作者来说是宝贵的资料。吴爱明、夏宏图《清代幕友制度与文书档案工作》(《历史档案》1994 年第 4 期）将从事文书档案工作的幕友进行了研究，分为书启、挂号、书禀、墨笔等几类。指出，从事文书档案工作的幕友应当精熟律例案，擅长公文撰写，品德良好，熟知官府中事务。同时认为，由于幕友们在实际工作中往往互相推诿，上下勾结，弄虚作假，实际上这种做法弊大于利。

清代幕府除了军戎、政事活动之外，还对清代文化与学术的发展起过巨大的作用和影响，这些学术活动也引起了学者的关注。尚

小明《论清代游幕学人的撰著活动及其影响》(《北京大学学报》(哲社版) 1999 年第 5 期) 在对大量史实进行考察后指出，学人游幕的兴盛与清代学术的发达有着非常密切的关系。游幕不仅使清代学人有机会接触和利用各地的图书资料，而且对他们的历史地理研究和诗歌创作等，也有重要影响。游幕学人还在一些学者型官员的组织下，编纂出一系列大型经史著作，从而成为清代大规模清理以往学术文化成果的重要承担者。

4. 对重要幕僚的研究

刘泱泱《左宗棠在幕府时期》(《云梦学刊》1986 年第 3 期) 对"中兴名臣"左宗棠的幕府生涯作了探讨。左宗棠做过 8 年幕僚，主要在骆秉章湘幕中，在这 8 年当中，左宗棠佐理政务，内固疆防，外救邻封，筹饷固械，整饬吏治，受到了长官的好评与推荐，他本人也在幕府的历练中成为一代伟人。陈山榜《李塨的游幕生涯》(《保定学院学报》2009 年第 3 期) 对颜李学派创始人李塨的游幕生涯进行了考察，指出在李氏一生中，曾多次应聘入幕，辅助地方官员料理政务。他的游幕活动，既解决了其家庭生计问题，又使他开阔了眼界，增长了见识，广交了朋友，同时也使颜李学派的实学思想得以更为广泛地传播，并使其政治经济思想或多或少地付诸实践。

5. 幕府与文学、艺术活动

清代幕府的各种职能当中，从事文学、艺术活动也是极其重要的一个方面。目前，对于幕府的研究已经从历史学的范畴扩展到文学研究的领域，单一地从地方行政角度来研究幕府的情况有所改变，学者们，尤其是古代文学研究者们，逐渐认识到了清代幕府除了具有帮助方面大员处理日常事务的功能外，还是极其重要的文人、学人的聚集地。对幕府与文学之间的关系的研究，也是近几年来的热点问题，此类文章有杨萌芽《张之洞幕府与清末民初的宋诗运动》(《齐鲁学刊》2007 年第 2 期)、鲍开恺《卢见曾幕府戏曲活动考述》(《江苏教育学院学报》(社科版)2008 年第 2 期),倪惠颖《论乾隆时期不同文章流派的冲突与互动——以毕沅幕府为中心》(《南昌大学学报》(人文社科版)2008 年第 3 期)、《毕沅幕宾应酬文刍议》①、《从〈吴会英才集〉的编选看乾隆中后期的诗史景观》(《苏州大学学报》(哲社版)2009 年第 4 期),李瑞豪《乾嘉时期幕主的欧、苏情结与幕府文学》(《北方论丛》2008 年第 5 期)、《曾燠幕府与清中期的骈文复兴》(《中国韵文学刊》2009 年第 3 期),金敬娥《清代游幕与小说家的视野》(《四川师范大学学报》(社科版)2010 年第 2 期)等。这些论文,虽然研究对象不同,但探讨目标均指向清代幕府与文学发展之关系,且这类研究大有方兴未艾之势。

6. 关于晚清幕府制度及其影响

刘悦斌《晚清幕府制度略论》(《河北师院学报》1996 年第 3 期)对清代幕府的发展做了梳理,提出晚清幕府呈现出了四大变化:一是晚清幕府恢复了传统幕府中的军事职能;二是晚清幕府的职能增多,规模很大;三是晚清幕府中幕僚的成分比较复杂,如李鸿章幕僚中出现了外国人;四是幕僚的社会地位有所提高,由幕僚而升至高官者已不罕见。黎仁凯《晚清的幕府制度及其嬗变》(《河北学刊》2004 年第 3 期)选取鸦片战争至清代灭亡这一时段的幕府作为考察对象,以曾国藩、李鸿章、张之洞、袁世凯的幕府作为典型,认为晚清幕府的发展变化主要表现在幕府机构的扩充和幕府人员职能的变化、入幕方式的变化、幕主与幕员主从关系的确立和经济关系的分离等方面。李志茗《晚清幕府的嬗变与近代社会变迁》(《厦门大学学报》(哲社版)2007 年第 5 期)从正反两方面论述了晚清幕府的作用,认为晚清幕府深刻影响着晚清政局以及近代中国社会的变迁。晚清幕府造就人才、振兴文教、推动中国早期现代化的发

---

① 见《清代文学研究集刊》第一辑,人民文学出版社 2008 年版。

展，客观上促成了清王朝的灭亡，对近代中国社会的转型起了非常积极的作用。但是，晚清幕府的特定性质，也给近代中国社会的发展带来了不少消极影响。

7. 关于清代幕友日常生活与绍兴师爷

郭润涛《试析清代幕业经济生活状况》（《中国社会经济史研究》1996 年第 4 期）一文，对于清代幕僚的收入与生活状况进行了专门探讨。幕业的收入主要来自幕主给的"修金"、"敬礼"以及授徒所得的"幕例"，虽然幕业收入较高，但却难以改变其生活状况，因为幕僚除日常花费外，还有捐官等非正常的支出，他们的生活可以说是一种高生活水平上的贫穷。苏位智《清代幕吏心态探析》（《山东社会科学》1992 年第 6 期）对幕吏的心理状况进行了探析，将幕吏心态分为动机、情感与意志，指出幕吏往往在从业初期千方百计追求改变自身地位，而后期则注重追求经济利益。幕吏既有"非官"的自卑感，又有"非民"的优越感及职业安全感，不得意的处境又使其具有顽强的意志力。

20 世纪 80 年代以来，关于绍兴师爷的话题长盛不衰，见于报刊的文章有 50 余篇，但大多数属于通俗性、普及性的文章，学术价值不大，值得注意的有以下几篇。郭润涛《试论"绍兴师爷"的区域社会基础》（《中国社会经济史研究》1991 年第 4 期）指出绍兴师爷兴盛的社会基础有四点：交通便利，为师爷流动提供了方便；人多地狭迫使绍兴人多出外谋生；重文的传统使得此地人文化水平较好；明代书吏多绍兴人，使得此种传统得以延续。王振忠《19 世纪华北绍兴师爷网络之个案研究——从〈秋水轩尺牍〉〈雪鸿轩尺牍〉看"无绍不成衙"》（《复旦学报》1994 年第 4 期）指出，生存压力大使得绍兴人大批外出游幕，为了在激烈的竞争中立于不败之地，他们将幕学作为传家宝，世代相传，而且通过联姻、结拜、攀附同乡官吏的手段，形成了一个关系网络，对清代政治体制产生了极大影响。

（二）研究专著

这一阶段出版的关于清代幕府的研究专著有 10 余部。主要有《曾国藩幕府研究》①、《淮系人物列传》②、《曾国藩和他的幕僚》③、《学人游幕与清代学术》④、《曾国藩的幕僚们》⑤、《李鸿章幕府》⑥、《清代刑名幕友研究》⑦、《晚清四大幕府》⑧、《清代士人游幕表》⑨、《明清之交文人游幕与文学生态》⑩ 及 "晚清四大幕府丛书"⑪ 等。此外，研究绍兴师爷的著作有三部同名的《绍兴师爷》⑫、《中国的师爷》⑬、《官府、幕友与书生》⑭ 与论文集《绍兴师爷与中国幕府文化》⑮ 等。

这些著作或以某一重要幕府为研究对象，或从某一角度对清代幕府进行研究，这里仅选择具有代表性的几部略作评析。

朱东安《曾国藩幕府研究》，将曾国藩所设军政办事机构和粮饷筹办机构，均纳入曾国藩幕府，并从研究这些机构的设置、职能、实施方针、办理成效入手，进一步考察其中办事人员及其活

---

① 朱东安：《曾国藩幕府研究》，四川人民出版社 1994 年版。

② 马昌华主编：《淮系人物列传》，黄山书社 1995 年版。

③ 史林：《曾国藩和他的幕僚》，中国言实出版社 1997 年版。

④ 尚小明：《学人游幕与清代学术》，社会科学文献出版社 1999 年版。

⑤ 成晓军：《曾国藩的幕僚们》，东方出版中心 2000 年版。

⑥ 欧阳跃峰：《李鸿章幕府》，岳麓书社 2001 年版。

⑦ 高浣月：《清代刑名幕友研究》，中国政法大学出版社 2000 年版。

⑧ 李志茗：《晚清四大幕府》，上海人民出版社 2002 年版。

⑨ 尚小明：《清代士人游幕表》，中华书局 2005 年版。

⑩ 朱丽霞：《明清之交文人游幕与文学生态》，上海古籍出版社 2008 年版。

⑪ 黎仁凯：《张之洞幕府》、刘建强：《曾国藩幕府》、牛秋实等：《李鸿章幕府》、张学继：《袁世凯幕府》，中国广播电视出版社 2005 年版。

⑫ 项文慧：《绍兴师爷》，南京出版社 1991 年版；王振忠：《绍兴师爷》，福建人民出版社 1994 年版；郭建：《绍兴师爷》，上海古籍出版社 1995 年版。

⑬ 李乔：《中国的师爷》，商务印书馆国际有限公司 1995 年版。

⑭ 郭润涛：《官府、幕友与书生——"绍兴师爷"研究》，中国社会科学出版社 1996 年版。

⑮ 朱志勇、李永新主编：《绍兴师爷与中国幕府文化》，人民出版社 2007 年版。

动，书中还搜集整理了 400 余名曾国藩幕府幕宾的活动资料，为进一步研究曾国藩幕府创造了条件。高浣月《清代刑名幕友研究》以清代刑名幕友与地方司法活动、刑名幕友和清朝统一的法律体系为主要对象，剖析刑名幕友的办案方法以及对清朝法律文化的影响。这一著作对中国古代法律文化作了更为深入的探索，丰富了法律史研究的领域。尚小明《学人游幕与清代学术》是第一部全面探讨清代幕府中学人游幕与学术关系的专著，开启了清代幕府研究的一个新领域。他将清代重要学人的幕府，分为顺康雍、乾嘉和道咸同光三个时期，分析了每个时期的特点与彼此传承，并将它与整个清代历史和学术文化的发展史联系起来。揭示了学人游幕与清代学术文化之间的关系，并对游幕学人在系统清理以往学术成果活动中的作用进行了探讨，充分肯定了清代幕府在文化传承和创新方面的作用。朱丽霞《明清之交文人游幕与文学生态》对于清代文人游幕与文学创作之间的关系这一尚未引起学界高度关注的课题进行了研究。清代学术发达，各种文体呈现全面复兴之势，对于这一文学景观，以往的研究多聚焦于清代政治的汉化政策和文化认同上。但文学与文化发达的原因往往是多元的，其中文人游幕即是明清文学繁荣的重要因由。作者以明末清初最有代表性的徐渭、方文、朱彝尊等人的游幕生涯为例，说明了文人游幕对于文学发展的影响。李志茗《晚清四大幕府》由宏观着眼，从微观入手，以晚清幕府作为研究对象，指出晚清幕府是明清幕府的新变，它是伴随着清王朝中央集权的衰落而出现的。晚清幕府的发展阶段大致可以分为发轫期、形成期、扩展期、蜕变期四个时期，而陶澍幕府、曾国藩幕府、李鸿章幕府、袁世凯幕府则分别是这四个时期的典型代表。此著作对于陶澍、曾国藩、李鸿章、袁世凯四大幕府进行了重点剖析，归纳出了晚清幕府各发展阶段的性质和特点，总结了晚清幕府的嬗变历程及其对晚清政局和中国早期现代化的影响。

综上所述，80 年来的清代幕府研究已取得了令人瞩目的成就。

第一，对清代幕府制度的形成及其影响的研究，越来越受到学者们的关注，关于清代幕府的方方面面均引起了学者们的极大兴趣，研究论文与专著不断出现，清代幕府研究也在向纵深发展，关于清代幕府的很多具体问题，学者们的研究与思考也日渐深入与成熟，宏观的研究与具体的对象相结合，使清代幕府的研究不断深化，研究者的增多与研究著作的大量涌现，本身就表明了这一课题研究的蓬勃发展。

第二，研究角度和研究方法的多元化。伴随着研究的不断深入，研究者们的研究视角及方法也开始丰富和多元化，尤其是20世纪90年代以后，学者们逐渐打破了传统的思维模式，积极采用新的研究方法，这一阶段的研究范围被拓宽，研究方法也呈多样化趋势。除幕府制本身的研究外，幕府与政治，幕府与官制，幕府与外交，幕府与文化等方面的研究也受到关注，如尚小明《徐乾学幕府研究》(《史学月刊》1998年第3期)，即从清代幕府与学术文化的关系着眼，指出徐乾学幕府是清代最早出现的以学者型官员为幕主、以著名学者为幕宾的主要从事学术活动的重要幕府。徐乾学幕府的出现，既是清初学术文化发展的产物，又与满洲统治者笼络遗民学者的政策密切相关。它的修书活动在清代学术文化发展史上占有重要地位，对乾嘉时期一系列从事修书、校书活动的重要学人幕府的出现，也产生了巨大影响。凌林煌《曾国藩幕府成员之量化分析》(《思与言》第33卷第4期，1995年12月)则运用统计学的方法，对曾国藩幕僚的籍贯、出身、入幕方式、出幕原因等因素进行了具体分析，结论认为广泛聘用幕宾，是曾国藩取得成功的重要原因。对个案的研究也蓬勃发展，曾国藩、李鸿章、张之洞、陶澍等人的幕府成了研究的热点。而清代幕府与交叉学科的研究也在兴起，并被研究者广泛关注，如清代幕府与法律、文学之间的互动研究渐成焦点。

第三，评判态度逐渐趋于客观公允。伴随着时代的发展和研究的深入，人们在清代幕府研究中的评判态度越来越趋于客观公正。20世纪90年代后发表的论著，以阶级来划分对错的标准已被摒弃，无论是对于曾国藩、李鸿章还是左宗棠本人及其幕府，研究者们已不以阶级斗争的立场对他们进行抨击，而是客观地研究、评价他们。对于幕友、幕府的研究不再一味肯定或否定，而是在对史实进行深入考察的基础上作出公允的评判。

清代幕府研究总体上已取得了较大的成就，但仍存在一些不足。

第一，创新不足，选题重复，研究成果良莠不齐，研究还有待深入。对清代幕府的研究，多数论文未能提出独到的见解，只是吸收和借鉴了别人的研究成果，做了一些修订和整理的工作，有些论文甚至内容重复。伴随着宏观研究的深入，人们对于清代幕府制度的基本特点已经有了较为明确的认识。但是，由于清代幕府的存在时间长、影响范围大，目前的研究成果还不足以说明清代幕府的整体面貌，可以说，已有的研究成果仅仅是勾勒出了一个轮廓，而要彻底看清这张"脸"，还需要研究的不断深入。

第二，清代幕府的研究格局有失均衡。如对个案的研究主要集中在绍兴师爷与晚清的曾国藩、李鸿章、张之洞等人的幕府。清代幕府自清王朝定鼎中原至辛亥革命始终存在和发展，但是研究者只关注了几大幕府，这与清代幕府的实际情况是很不相符的，对于其他重要幕府的研究，尤其是前中期重要艺文幕府的研究，还有待于在今后的研究中加以拓展。

第三，清代幕府研究的视角和方法仍显单一。清代幕府制度影响着社会生活的方方面面，而现在的研究主要集中在制度、刑名和钱粮幕友上，对幕府与文学、经济、文化、法律等方面的互动的研究还有待加强和深入。如清代幕府与文学、学术之间的关系问题，全增佑在20世纪40年代发表的《清代幕僚制度论》(《思想与时代》第31、32期，1944年)中曾讲过："于时督抚学政，颇广开幕府，礼致文人，而不尽责以公事。此等入幕之宾，初不同于刑钱幕友，此种幕府不啻为一学府，其府主往往为学术界名流前辈，故人才之造就于此为盛！"遗憾的是，全增佑本人并未就此问题进一步展开论述，而之后的学者将关注的重点放在了刑名幕友及重要督抚幕府的研究上，北京大学尚小明教授对此问题的研究功不可没，可以说开辟了新的研究领域，但对这一课题的深入研究还需要学界同仁们付出更多的努力。此外，对于州县幕府的研究和评价，只有几篇概论性的文章，对于所讨论的问题仅泛泛而谈，而从对社会生活的影响来看，出于基层的州县幕府对于社会生活的影响应当是更加直接和深远的，这应当引起研究者的高度重视。从评价角度来看，目前的研究对于幕府的积极作用肯定较多，但对于幕府与幕友的消极影响则关注较少。事物都具有两面性，清代的幕友在佐理、治事、劝谏、授业、学术和监督等方面确实有至关重要的作用，但也不可否认，他们中的有些人结党营私，盘踞地方，把持公事，通同作弊，造成了不好的影响。乾隆时广西道监察御史黄登贤就指出："各省幕客，类多聚集省会，引类呼朋，与上下各衙门书吏往来结识，因之生事招摇。"① 可见，幕友生事为恶由来已久，这也是应该关注的一个方面。在已有的研究中，尽管已经采用了统计学等研究方法，但大多成果仍着眼于社会历史分析，比较研究、文化批评等研究方法仍较少运用。

　　第四，材料的发掘和整理也不够。清代幕府兴盛，尽管是继唐代之后的又一个高峰，但是清代幕府却与唐代不同，唐代幕府属于辟府制，清代却是聘用制，即唐代的幕府属于政府机构，而清代却属于私人机构。正因如此，清代官方史料中很少有关于幕府情况的描述，关于汉唐的幕府资料在《册府元龟·幕府部》等文献中有大

---

　　① 　章开沅主编：《清通鉴·雍正乾隆朝》，岳麓书社 2000 年版，第 412 页。

量载述，方便研究者使用，但对于清代幕府资料整理的成果还未出现，这无疑是一个缺憾。由于清代幕府昌盛，幕宾、幕友的人数众多，分布极广，要掌握他们生活的状态，特别是研究中下层幕府和幕宾，必须借助于大量的史料，如清人别集、日记、笔记、碑传、地方志和家谱等等，这就使得这一课题的研究难度加大。目前的研究著作中，这种基础性资料的整理仅有尚小明《清代士人游幕表》。此书从各种史料中统计出了1364名清代的游幕士人，并将其相关资料几乎网罗殆尽，对于研究清代文化史与文学史的人来说，不啻为一本相当全面、实用的工具书。但从全面研究清代幕府的角度来看还远远不够，因为此书考察的是游幕的士人，是从文人游幕与学术的角度出发的，而关于清代幕府之中专职习幕、帮助官员处理日常政务的幕宾的资料还未有人进行过系统的发掘、统计和整理。在清代幕府研究中，这些基础性的工作还有待加强。

第二节　乾嘉幕府与文学及学术生态

乾嘉时期，清王朝在历经了顺治、康熙、雍正三位帝王的苦心经营之后，政权稳固，经济复苏，"文治"亦随"武功"而日益强化，自康熙朝以来，文字狱迭兴，正是统治者加强精神层面控制的具体表现。其实，清朝统治者在以文字狱打击民族情绪的同时，也积极地采取措施，笼络汉人知识分子。乾嘉时期稳定的政局和快速发展的社会经济为文化的繁荣提供了保障。统治者深知仅仅依靠在文化领域的反面举措如文字狱，是不能真正征服汉族知识分子的，因而对汉族知识分子的怀柔政策，是乾嘉时期文化政策的核心内容之一。清代中期，文化繁荣，这已是学界的共识。清代统治者以马上得天下，却明白不能以"武功"守天下。在经历了近百年的动荡之后，清朝统治者终于荡平了威胁中央政权的武装，因此对于知识分子的笼络，也就是对思想领域的整治亦随即展开，兴礼乐、立制度、明典章、崇教育等措施在统治者的指导下如火如荼地开展起来，其目的即是"以文教佐太平"①。这一时期，总体来看是一个重知识轻思想的时代。这与统治者的提倡是分不开的。清朝统治者入主中原以后，文化政策基本上是因袭前代之制，崇儒重道，尊孔尊朱是基本的方针。但到了清代中期，统治者的文化政策有了一些变化，具体而言，体现在以下几个方面：

一是大力提倡经学。清代中期理学的发展已不适应当时社会状况，不惟民间知识分子反对理学，统治者也开始意识到理学空疏误国之弊端，因而统治者对理学采取了明尊暗抑的策略，转而提倡经学，重视实学。康熙皇帝即表现得非常明显，如其云："朕观古今文章风气，与时递迁。六经而外，秦汉最为古茂，唐宋诸大家已不可及。凡明体达用之资，莫切于经史，朕每披览载籍，非徒寻章摘句，采取枝叶而已。正以探索源流，考镜得失，期于措诸行事。有裨实用，其为治道之助，良非小补也。"②他明确提出研习经史，"有裨实用"，"为治道之助"，有益于维护封建统治，这是他释放出的崇尚经史之学的信号。康熙十八年（1679），开博学鸿词科，得一时名士五十人，授翰林院官，入史馆纂修《明史》。又组织修纂了《古今图书集成》、《全唐诗》、《康熙字典》等大型图书，这些举措对于巩固政权和缓解民族矛盾起到了重要作用，也使清代中期重视实学的风气逐渐形成。

二是重视学校教育。兴学重教，培养人才，是文治的重要内容，康熙指出："致治之道，首重人才。储养之源，由于学校。"③乾隆皇帝亦很重视学风、士风，他强调说："士人以品行为先，学问以经义为重。故士之自立也，先道德而后文章；国家之取士也，

---

① 《太宗文皇帝实录》，见《清实录》，中华书局1985年版，第73页。

② 《圣祖仁皇帝实录》，见《清实录》，中华书局1985年版，第1599页。

③ 《圣祖仁皇帝实录》，见《清实录》，中华书局1985年版，第584页。

黜浮华而崇实学。……为士者当思国家待士之重，务为端人正士，以树齐民之坊表。"① 随着政权的稳固，社会的发展，清朝统治者认识到了教育对培养人才、端正学风和思想控制的重要性，因而开始对书院解禁，并大力鼓励教育的发展。雍正十一年（1733）正月，世宗上谕云：

> 各省学校之外，地方大吏每有设立书院聚集生徒讲诵肄业者。朕临御以来，时时以教育人才为念，但稔闻书院之设，实有裨益者少，浮慕虚名者多。是以未尝敕令各省通行。盖欲徐徐有待，而后颁降谕旨也。近见各省大吏，渐知崇尚实政，不事沽名邀誉之为，而读书应举者，亦颇能摒去浮嚣奔竞之习。则建立书院，择一省文行兼优之士，读书其中，使之朝夕讲诵，整躬励行，有所成就。俾远近士子，观感奋发，亦兴贤育才之一道也。……则书院之设，于士习文风，有裨益而无流弊，乃朕之所厚望也。②

雍正这道谕旨，明确了对书院的解禁。这是他在对社会发展状况全面体察的基础上作出的决定。清初统治者鉴于明末书院讲学结社，而形成政治势力干涉朝政、朝臣党争的局面，故严禁书院讲学。至清中期，社会趋于稳定繁荣，清朝统治者对社会的控制力亦增强，士子文人亦被纳入了统治的轨道中。雍正所谓"欲徐徐有待"就是在等待这样的时机，而后他又规定了书院设立的地点、办学方针、性质以及目的，并强调了书院半官办的性质，同时指出，朝廷的大员、封建大臣等"并有化导士子之职"，要求整个权力机构都承担起监督士风、学风的职责。乾隆也采取了多种措施振兴教育，尤其是乾隆年间扩大学额共二十次，名额大约有三万名③。并且，乾隆时期大力扶持书院，各地书院都蓬勃发展。商衍鎏《清代

---

① 《高宗纯皇帝实录》，见《清实录》，中华书局1985年版，第243页。
② 《世宗宪皇帝实录》，见《清实录》，中华书局1985年版，第665页。
③ 李世愉：《清代科举制度考辨》，中央广播电视大学出版社1999年版，第157页。

科举考试述录》记载了乾隆时各地书院的情况：

> 是时京师金台，直隶莲池，江苏钟山、紫阳，浙江敷文，江西豫章，湖南岳麓、城南，湖北江汉，福建鳌峰，山东泺源，山西晋阳，河南大梁，陕西关中，甘肃兰山，广东端溪、粤秀，广西秀峰、宣成，四川锦江，云南五华，贵州贵山，奉天沈阳，各省书院以次设立，其余府、州、县或绅士出资，或地方官筹拨经费，置产置田之创立呈报者亦多。①

可见书院的建设已经覆盖全国各地，这对于人才的培养、学术的繁荣起到了极大的推动作用，《清史稿》云："高宗明诏奖劝，比于古者侯国之学。儒学寖衰，教官不举其职，所赖以造士者，独在书院。其裨益育才，非浅鲜也。"② 书院的蓬勃发展，使更多的士子进入政权掌控的范围之内，这使清代统治者消弭士气、耗蚀士能的文化策略进一步得以实施。

三是征集、整理文献典籍。"盛世修史"是倡导文治最有效的、最直观的手段之一，历代莫不如此。乾嘉时期，社会繁荣稳定，帝王需要开展这样润色鸿业的文化工程。对文献典籍的整理、大型图书的修纂工作在康熙朝就已经展开，至乾隆朝则达到鼎盛。乾隆朝数十年间，官修各种书籍众多，其集大成者就是《四库全书》。这项工程始于乾隆三十八年（1773），至乾隆四十七年（1782）才告竣。乾隆三十七年（1772），乾隆颁布上谕，拉开了纂修《四库全书》帷幕：

> 朕稽古右文，聿资治理，几余典学，日有孜孜。因思策府缥缃，载籍极博，其巨者羽翼经训，垂范方来，固足称千秋法鉴。即在识小之徒，专门撰述，细及名物象数，兼综条贯，各自成家，亦莫不有所发明，可为游艺养心之一助。是以御极之

---

① 商衍鎏：《清代科举考试述录》，三联书店 1958 年版，第 233 页。
② 赵尔巽等：《清史稿》，中华书局 1976 年版，第 3119 页。

初，即诏中外，搜访遗书，并令儒臣校勘《十三经》、《二十一史》，遍布黉宫，嘉惠后学。复开馆纂修《纲目》三编、《通鉴辑览》及"三通"诸书，凡艺林承学之士，所当户诵家弦者，既已荟萃略备。……今内府藏书，插架不为不富，然古今来著作之手，无虑数千百家，或逸在名山，未登柱史，正宜及时采集，汇送京师，以彰千古同文之盛。其令直省督抚会同学政等通饬所属，加意购访。除坊肆所售举业时文，及民间无用之族谱、尺牍、屏幛、寿言等类，又其人本无实学，不过嫁名驰骛、编刻酬唱诗文，琐屑无当者，均无庸采取外，其历代流传旧书，内有阐明性学治法，关系世道人心者，自当首先购觅。至若发挥传注，考核典章，旁暨九流百家之言，有裨实用者，亦应备为甄择。①

乾隆的上谕明确告诉世人，即将开展大规模的图书征集活动，而内容则涵盖经史、九流百家以及诗文集等，可谓包罗万象。这项活动一直持续了数年，为《四库全书》的编修提供了丰富的资源。当然，《四库全书》的编修是在"寓禁于修"的原则下进行的，因此对于以《四库全书》为代表的图书修纂活动，应当一分为二地看：一方面，这一政策促进了学术的繁荣，尤其是四库馆中汇集了当时知识界的精英，被梁启超称作"汉学家的大本营"，直接为汉学家提供了学术交流的机会、场所，使得考据学成为一时之显学。而《四库全书》保存了中国历代大量文献。所据底本中，有很多是珍贵善本，如宋元刻本或旧抄本；还有不少是已失传很久的书籍，在修书时重新发现的；也有的是从古书中辑录出来的佚书，如从《永乐大典》中辑出的书有三百八十五种。《四库全书》的编纂，无论在古籍整理方法上，还是在辑佚、校勘、目录学等方面，都给后来的学术界以巨大的影响。另一方面，在"寓禁书于修书"的指导思

---

① 纪昀等：《钦定四库全书总目》卷首，中华书局 1997 年版，第 1 页。

想下，许多被认为是有碍于清王朝统治的书籍被禁毁。在《四库全书》的编纂过程中，四库馆臣对不利于清朝统治的书籍，分别采取全毁、抽毁和删改的办法，销毁和篡改了大批文献，据黄爱平《四库全书纂修研究》，"在长达十九年的禁书过程中，共禁毁书籍三千一百种，十五万一千多部，销毁书板八万块以上"[①]，其他未被禁毁但却被篡改的书籍不可计数，从某种程度上来看，《四库全书》的修纂又是一场文化遗产的浩劫。因此，乾嘉时期的图书修纂是文化繁荣的表现，但其背后隐藏的政治意图却是不能不注意的。

四是重视网罗人才，以为己所用。清代统治者非常重视延揽人才，以稳固统治。为了不使之去而为患，统治者在清代中期，对科举取士的标准也作出了调整。康熙时，为了笼络汉族知识分子，开博学鸿词科，一时名士多被征辟。雍正也萧规曹随，延续这一政策，十一年（1733）四月，他颁布圣谕云：

> 国家声教覃敷，人文蔚起，加恩科目，乐育群材，彬彬乎盛矣。惟博学鸿词之科，所以待卓越淹通之士，俾之黼黻皇猷，润色鸿业，膺著作之任，备顾问之选。圣祖仁皇帝康熙十七年，特诏内外大臣荐举博学宏儒，召试授职。一时名儒硕彦，多与其选，得人号为极盛。迄今数十年，馆阁词林，储材虽广，而弘通博雅、淹贯古今者，未尝广为搜罗，以示鼓励。自古文教休明之日，必有瑰奇大雅之材。况蒙圣祖仁皇帝六十余年寿考作人之盛，涵濡教泽，薄海从风。朕延揽维殷，辟门吁俊，端崇实学，谕旨屡颁。宜有品行端醇、文材优赡、枕经葄史、殚见洽闻，足称博学宏词之选，所当特修旷典，嘉与旁求。除现任翰詹官员无庸再膺荐举外，其他已仕未仕之人，在京著满汉三品以上，各举所知，汇送内阁。在外著督抚会同该学政，悉心体访，遴选考验，保题送部，转交内阁。务斯虚公

---

① 黄爱平：《四库全书纂修研究》，中国人民大学出版社 1989 年版，第 78 页。

详慎，搜拔真才。朕将临轩亲试，优加录用。广示兴贤之典，茂昭稽古之荣。应行事宜，著会议具奏。钦此。①

雍正此举，意在效仿其父，诏求博学之士，以显示自己倡导文治、提倡学术、优待知识分子。至乾隆时期，以"敷文奋武"自居的清高宗，再开博学鸿词科，以驱使士人为国家妆点门面，但此时，取士标准已经转变。如乾隆十四年十一月初二，上谕云：

> 圣贤之学，行本也，文末也。而文之中，经术其根柢也，词章枝叶也。翰林以文学侍从，近年来因朕每试诗赋，颇致力于文章。而求沉酣六籍，含英咀华，究经术之闳奥者，不少概见。岂笃志正学者鲜欤？抑有其人而未之闻欤？夫穷经不如敦行，然知务本则于躬行为近。崇尚经术，良有关于世道人心。有若故侍郎蔡闻之、宗人府府丞任启运，研穷经术，敦朴可嘉。近者侍郎沈德潜，学有本源，虽未可遽目为通儒，收明经致用之效，而视獭祭为工，翦彩为丽者，迥不侔矣。今海宇升平，学士大夫举得精研本业，穷年矻矻，宗仰儒先者，当不乏人。奈何令终老牖下，而词苑中寡经术士也。大学士、九卿、外督抚其公举所知，不拘进士、举人、诸生以及退休闲废人员，能潜心经学者，慎重遴访。务则老成敦纯朴淹通之士，以应精选。②

在这道圣谕中，乾隆明确指出"崇尚经术，良有关于世道人心"，这时取士的原则已由"穷究性理"，转变为兼重"经术"，这样，性理、经术兼重，更有利于文治局面的形成。

五是文字狱迭兴。清朝统治者因汉族知识分子"夷夏大防"的观念，而素有防范士人的传统。清代中期，政权稳固、社会繁荣使统治者能够腾出手来，加强对思想界的控制。有清一代，文字狱颇

---

① 徐锡龄、钱泳：《熙朝新语》卷十，上海书店出版社2008年版，第107页。

② 徐锡龄、钱泳：《熙朝新语》卷十一，上海书店出版社2008年版，第116页。

多，尤以乾隆年间最为集中。对于清代文字狱论者颇多，胡奇光《中国文祸史》说清代文字狱"持续时间之长，文网之密，案件之多，打击面之广，罗织罪名之阴毒，手段之狠，都是超越前代的"①。这段话准确概括了清代文字狱的特征。由于汉族知识分子对满族贵族所建立的清王朝，有着天然的、发自内心的离心力，所以清代统治者对于汉族知识分子思想的监控十分严苛，因此一旦发现有碍统治的思想，统治者必然会大兴狱案，杀鸡儆猴，甚至连精神病患者的疯言乱语也不放过，清代中期的文字狱呈现出了频繁化、扩大化、溢滥化的特点②。频繁的文字狱给知识分子心理抹上了浓重的阴影，"避席畏闻文字狱，著书都为稻粱谋"，成为当时知识分子心理的真实写照。在此环境下，士人的学术活动也受到了限制，谢国桢说："在清雍正、乾隆以来，由于文字狱的兴起，钳制了人民的思想，再也不敢谈国家大事，写野史笔记的风气日渐消沉。"③史学的发展受到了极大的打击。学术风气的转变也受文字狱的影响，如乾嘉考据学的兴起，文字狱是其中一个因素，梁启超指出："凡当主权者喜欢干涉人民思想的时代，学者的聪明才力，只有全部用去注释古典。"④

这一时期的文化在统治者的提倡下，繁荣昌盛，士人们有了极大的空间游学、著书立说，实现自我价值；同时也应当看到，统治者积极发展文化，其目的除了润色鸿业，为盛世装点门面外，更多的是钳制士人的思想，加强专制，消除汉族知识分子对清王朝的敌对情绪，因此文化怀柔政策是伴随着严酷和高压并存的。

---

① 胡奇光：《中国文祸史》，上海人民出版社 2006 年版，第 125 页。
② 漆永祥：《乾嘉考据学研究》，中国社会科学出版社 1998 年版，第 75 页。
③ 谢国桢：《明末清初的学风》，人民出版社 1993 年版，第 99 页。
④ 梁启超：《中国近三百年学术史》，中华书局 1989 年版，第 21 页。

一、乾嘉时期幕府状况

清代中期，尤其是乾嘉时期是文人游幕的高峰时期，也是幕府及游幕文人从事文学、学术活动最为兴盛的时期。由于帝王提倡"稽古右文"，地方大员们在从事学术文化活动中的自主性大大加强，乾嘉时期出现了一批以主持风雅著称的幕府，周星誉《王君星诚传》云："国家当康熙乾隆之间，时和政美，天子右文，王公大臣相习成风，延揽儒素，当代文学之士以诗文结主知，致身通显者踵趾相错。下至卿相、节镇，开阁置馆，厚其廪饩，以海内之望，田野韦布，一艺足称，无不坐致赢足。"① 此种幕府，府主往往雅好文学、经术深湛，并以爱才好士著称。他们召集名流，极一时诗酒之盛，提携后进，嘉惠士林，对于在恐怖肃杀氛围笼罩中的士人们具有别样的温馨感，起到了一些"怀柔"的作用，同时，这些府主们作为官方意识形态的代表者，以自己的幕府为核心，吸纳贤才，广结文士，形成了一个社交网络，并在此网络中潜移默化地推行官方意识形态，使文学创作归于"雅正"。

由于统治者重视文治，大力发展文化事业，上行下效，各地地方官员也很重视提倡学术文化活动，"康熙、雍正间，督抚俱以千金重礼，厚聘名流。一时如张西清、范履渊、潘荆山、岳水轩等，皆名重一时"②。洪亮吉也曾言："人才古今皆同，本无所不有。必视君相好尚所在，则人才亦趋集焉。汉尚经术，而儒流皆出于汉；唐尚词章，而诗家皆出于唐；宋重理学，而理学皆出于宋；明重气节，而气节皆出于明。所谓下流之化上，捷于影响也。"③ 并且统治者曾明确要求方面大员承担"化导士子之职"，再加上这些幕府之府主皆雅好文学，有很好的文学、学术素养，其幕府活动也以校书

---

① 缪荃孙：《续碑传集》卷八十一，《清代传记丛刊》第119册，台北明文书局1985年版，第667页。

② 袁枚：《随园诗话》卷十三，凤凰出版社2000年版，第335页。

③ 洪亮吉：《北江诗话》卷二，见《洪亮吉集》，中华书局2001年版，第2260页。

等文化活动为主，因此其幕府对士子们自然有很大的吸引力。如人所言："嘉道之间，承国家极盛之余，海内富庶，名公巨卿类多风流，笃嗜文学，乐与诸贤俊商略往还，不惮屈己之下，而财力赡给又足以佐其优礼，故幕府常极一时之选，而博学高文之士，藉恣游览而广著述者，往往栖托其间。"① 由于乾嘉时期社会经济的发展，文人结社、讲学得解禁，一些财力雄厚的商人也延揽名士，以重声气，袁枚曾言："升平日久，海内殷富，商人士大夫慕古人顾阿瑛、徐良夫之风，蓄积书史，广开坛坫。扬州有马氏秋玉之玲珑山馆，天津有查氏心谷之水西庄，杭州有赵氏公千之小山堂，吴氏尺凫之瓶花斋：名流宴咏，殆无虚日。"② 可见，不惟达官广纳贤才，商人们亦不甘落后，以求雅名，可见此乃当时社会风气使然。在此种政策、风气影响之下，文人幕府的兴盛，就成为标榜文治的一种体现，达官们也乐于作为羽翼以佐帝王之治，黄人《国朝文汇》序云：

> 继世列圣，懋学右文，两举词科而骏雄游毂，宏开四库而文献朝宗。贤王硕辅，又致设醴之敬，企吐哺之风，从而提倡。虎观无其备，兔园无其盛，龙门无其广。文运日昌，士气日奋，相率湔雪牢愁，服膺古训，息邪踞波。③

他描述了当时幕府之盛况，将幕府比作"虎观"、"兔园"、"龙门"，可见乾嘉幕府对于士人之接纳，成为"文运日昌"的一个典型标志。同时黄人所谓"湔雪牢愁，服膺古训，息邪踞波"，又透露了幕府在维护文治中所起到的"化导士人"的作用。幕府对于士人的吸纳，对于维护统治是有极大好处的，正如尚小明所言："游幕士人大多为家境贫寒或科举受挫者，他们在数量上相当可观，并且在士林中有相当的影响。这些主要靠书本知识为生而缺乏其他技能的士人，由于通往仕途之路受阻而成为无组织的社会'自由流动

---

① 杜贵墀：《画墁賸稿序》，《桐华阁文集》卷四，清光绪刻本。
② 袁枚：《随园诗话》卷三，凤凰出版社2000年版，第69页。
③ 沈粹芬、黄人：《国朝文汇》卷首，《续修四库全书》1672册，第357页。

资源'。这是一股蕴藏着巨大能量的潜在的社会离心力量，非常不利于统一的政治权威的巩固。而幕府的发达，正好可以起到吸纳社会自由流动资源以抵消或削弱社会离心力量的作用，因而对统治者来说是极其重要的。"① 从这个角度去看，幕府的"怀柔"作用是不可小觑的，而且在封建时代，士阶层人数众多，但不可能每人都能进入仕途，那么许多学有所长的人，即进入幕府以实现自己的人生价值，如近人黄濬所言："予尝谓幕客，即士之得志者……治世，仕宦不能尽容，散而为幕为宾客。"② 尤其是乾嘉时期，教育发达，士子亦超越前代，况且，诸多士人考中进士、举人后，也并不意味能够马上做官，有时还要经过漫长的等待，这种情况在乾嘉时期十分普遍，"雍正时进士有迟至十余年而不能得官者，举人知县铨补，则有迟至三十年外者矣。乾隆年间仅成虚名，廷臣屡言举班壅滞，谋疏通之法。十七年始定大挑制，于会试榜后举行，仅乾隆三十一年、五十二年两科于榜前挑选，大挑六年一次"③。在这样的情况下，即使是进士、举人也不得不谋求生计，而幕府就成为他们的首选，并且，在国家倡导学术的风气下，进入幕府不但可以施展才华，也可以接触更广泛的事物，甚至成为日后进入仕途的捷径和资本，章学诚曾言："今天子右文稽古，三通四库诸馆依次而开，词臣多由编纂超迁，而寒士挟策依人，亦以精于校雠，辄得优馆，甚且资以进身。"④

二、乾嘉幕府对学术之影响

乾嘉时期汉学鼎盛，而卢见曾、朱筠、阮元等人的幕府为汉学兴盛起到了推波助澜的作用。扭转学术风气，这几位幕主功不可

---

①　尚小明：《学人游幕与清代学术》，社会科学文献出版社 1999 年版，第 41 页。

②　黄濬：《花随人圣庵摭忆》，中华书局 2008 年版，第 369 页。

③　商衍鎏：《清代科举考试述录》，三联书店 1958 年版，第 95 页。

④　章学诚：《答沈凤墀论学》，《文史通义》，中华书局 1956 年版，第 308 页。

没。识见敏锐，胆略过人，有地位和威望，有经济实力，是这几位幕主共有的特点。在传统的儒家积极入世的思想指导下，众多文人学士选择了游幕。因这些士人们不是皆能高中，大多无法进入仕途，许多怀才不遇之文人，迫于生计，只能栖身幕府来获得安身立命的生存基础，并曲折地实现济世为民的抱负，或潜心著述发挥自己的才干。幕宾来自五湖四海，在交通并不发达的时代，幕府无疑为士人们提供了一个相互交流的舞台，幕宾聚集在幕府之中，进行思想文化的交流，这样的交流，既有吸收也有辩难。伴随着士人的流动，又促进了学术思想的传播。章学诚即游幕于朱筠幕府，后入毕沅河南和湖北幕府，并在与幕府成员的交流、争辩中，完善并传播了自己的学术思想。

梁启超在谈及乾嘉考据学时，即肯定了这几位幕主所起到的作用：

> 清高宗席祖父之业，承平殷阜，以右文之主自命，开四库馆，修《一统志》，纂《续三通》、《皇朝三通》，修《会典》，修《通礼》，日不暇给，其事皆有待于学者。内外大僚承风宏奖者甚众。嘉庆间，毕沅、阮元之流，本以经师致身通显，任封疆，有力养士，所至提倡，隐然兹学之护法神也。[①]

梁启超所言并不为过，将卢见曾、朱筠等人称为乾嘉考据学的"护法"，形象且准确。简要回顾一下汉学兴盛的过程，就可见诸人及其幕府起到了不可忽视的作用。如卢见曾在扬州时，就延揽大批学人入其幕府，研讨学术，刊刻经史著作，卢文弨《新刻大戴礼跋》云：

> 吾宗雅雨先生，思以经术迪后进，于汉唐诸儒说经之书，既遴得若干种，付剞劂氏以刊行，犹以《大戴》者，孔门之遗言，周元公之旧典，多散见于是书，自宋元以来，诸本日益讹

---

① 梁启超：《清代学术概论》，东方出版社1996年版，第60页。

舛，驯至不可读，欲加是正，以传诸学者。知文弨与休宁戴君震风尝留意是书，因索其本，并集众家本，参伍以求其是。义有疑者，常手疏下问，往复再四而后定，凡二年始竣事，盖其慎也如此。①

卢见曾不仅重视以经术启迪后进，还刊刻说经之著作，为汉学张目。其幕府也成为汉学家交流的重要场所。如乾隆二十二年（1757）冬，戴震在扬州两淮盐运使卢见曾幕中结识了经学大师惠栋，惠栋与戴震切磋学问，惠栋尊崇汉学、鄙视宋学的主张使戴震深受启发。戴震又与沈大成同住一屋，据沈大成《亡友惠征君授经图四十六韵》所云："淮南卢使君，缁衣礼名贤。萍踪偶邂逅，握手申前欢。兄居屋东上，余止舍西偏。因得共晨夕，相与䌷坟典。"②

朱筠幕府更可称得上汉学家的大本营。朱筠是乾嘉汉学运动的重要倡导者，其安徽学政幕府乃汉学家的重要聚集场所，云集了章学诚、邵晋涵、洪亮吉、王念孙、汪中、黄景仁等著名学者、诗人，其幕府中研讨经史考据的风气对乾嘉汉学之兴盛，影响很大。洪亮吉曾言："先生去任后二十年中，安徽八府有能通声音训诂及讲求经史实学者，类皆先生视学时所拔擢。"③乾隆三十七年（1772），乾隆下诏征求遗书，三十八年（1773）汉学领袖、时任安徽学政的朱筠请于《永乐大典》中缀辑散篇成帙，乾隆因命依经史子集搜辑汇纂，名为《四库全书》。这项举措，既代表了对经史之学的推重，又成为汉学昌盛的标志。郭伯恭曾说：

> 汉学家由批评经术原文，进而研究字音，于是校勘之学，愈出愈精。彼等既一面研究经史，考订古书，一面复将旧类书中散见之各种古书衰辑成帙，各还原本，故辑佚书之风气，披

---

① 戴震：《戴震全书》第七册附录二，黄山书社2010年版，第277页。
② 沈大成：《学福斋诗集》卷三十三，《续修四库全书》1428册，第413页。
③ 洪亮吉：《书朱学士遗事》，见《洪亮吉集》，中华书局2001年版，第1034页。

靡一时；此固研究汉学之需要，但亦足证斯时类书已不适用。康熙时代编纂之《图书集成》，虽可谓伴于清初之文化，然却不足以施之于乾隆时代之学风；质言之，乾隆时代，即类书告终之期，而汉学之研究者，乃进于求读原书之新时代也。此汉学家之新要求，即间接为编纂《四库全书》之一种原动力。①

朱筠促成了学风的转变，如其任学政时，对紫阳书院所作之改革，吴景贤《紫阳书院沿革考》：

> 惟以当时宋学残垒，已渐崩溃，朴学风气，日趋优胜地位。此段时期，仅为江、戴学风之初渐。及至督学大兴朱竹君来皖，以江慎修、汪双池品端学粹，著述等身，特录其书，为上四库馆，令有司建木主，入祀紫阳书院，并躬率诸生，展谒其主。一时传诵，以为盛典。自是以后，六邑学者，翕然皆宗汉学，治学皆主考证事物训诂。戴东原、程易畴相踵继起，蔚为一世所宗，后进学者，无不闻风而从。紫阳学风，遂为渐变，乃由狭意之拥朱复宋，而渐驰其范围，臻于广义之研经究古，是为紫阳学风急转突变之时起。②

再看阮元。阮元为乾嘉学术最后之重镇，其幕府规模宏大，于学术影响亦大。他少时即与焦循、凌廷堪、王念孙、刘台拱等人交往密切，相互切磋学问。历官所到之处提倡学术、鼓扬风雅。他曾两任会试副总裁，识拔学者尤多，尤其是嘉庆四年（1799），阮元与朱珪主持会试，王引之、张惠言、陈寿祺、许宗彦、郝懿行、张澍、吴荣光等皆为其识拔，后皆为学界、政界显要，仪征刘寿曾评论曰："学术之兴也，有倡导之者，必有左右翼赞之者，乃能师师相传，赓续于无穷，而不为异说謷言所夺。文达早膺通显，年又老寿，为魁硕所归仰，其学盖衣被天下矣。"③

---

① 郭伯恭：《四库全书纂修考》，上海书店 1992 年影印本，第 2 页。
② 吴景贤：《紫阳书院沿革考》，《学风》第四卷第七期，1934 年。
③ 刘寿曾：《沤宧夜集记》，《传雅堂文集》，民国三十七年刻本。

　　阮元门生与幕宾对清代后期学风影响甚大。如陈寿祺曾应阮元之邀主讲浙江敷文书院，兼主诂经精舍，后又主讲福建清源书院、鳌峰书院二十余年，对福建地区学术风气的影响很大，经古之学、经世致用之学在陈寿祺的赓续下，逐渐流行。钱仪吉先后主讲广东学海堂和河南大梁书院，为学主张汉宋兼采。吴荣光道光十三年出任湖南巡抚，效法阮元诂经精舍、学海堂"专勉实学"的精神，要求各书院以经学、训诂校士，并创办湘水校经堂，以经义、治世、词章分科试士。黄以周担任南菁书院院长，以经学校士，倡导实事求是，不主门户之见①。

　　阮元幕府中主张调和汉宋、摒弃门户之见的氛围很浓，如焦循曾言："近时数十年来，江南千余里中，虽幼学鄙儒，无不知有许、郑者，所患习为虚声，不能深造而有所得。"② 著名汉学家臧庸，亦表达了对汉学弊端的忧虑："文教日昌，诸先正提倡于前，后起之士精诣独到者，间有其人，而浮薄之徒逞其臆说，轻诋前辈，入室操戈。更有剿窃肤浅之流，亦肆口雌黄，谩骂一切，甚至诃朱子为不值几文钱者。掩耳弗忍闻。此等风气，开自近日，不知伊于胡底。二三十年前，讲学者虽不及今日之盛，而浇薄之风，亦不至是。殆盛极必衰，不可不为人心世道忧也。"③阮元于嘉道之际历任要职，其幕府文人众多，对学术风气之转变影响巨大，后人评曰："吾乡太傅阮文达公，由翰林历为主考总裁。洊升督抚，登揆席。丰功伟烈，详于国史及弟子记。其爱才若渴，奖励后进，尤为性命，凡所甄拔，通儒硕彦，指不胜屈。"④刘开上书阮元，表达仰慕之情，并请求入其幕府："开闻明公以兴起斯文为己任，堤障颓波，羽翼圣说，拔出英

---

① 刘玉才：《清代书院与学术变迁研究》，北京大学出版社 2008 年版，第 139 页。

② 焦循：《与刘端临教谕书》，见《焦循诗文集》，广陵书社 2009 年版，第 247 页。

③ 臧庸：《与姚姬传郎中书》，见《拜经堂文集》卷三，《续修四库全书》第 1491 册，第 577 页。

④ 汪鋆：《十二砚斋随录》卷一，《清人说荟二集》，民国十七年扫叶山房石印本。

奇而力掖之，为凤为麟，咸受甄育。自士大夫以逮衡茅，凡有一能，罔不宾礼，海内之人识与未识，愿屈下风。开始闻而慕，继而自疑，久乃私喜过望而不能自抑，其响往之诚也。……以开近日之所学如此，而道亦将有成果，可以获知于当世之贤，而明公又切于求士，且无责备之心，是非明公不足以知开，而非开亦不足以辱明公之知矣，此所以私心过望，而不能自抑其响往之诚也。"①

不难看出，乾嘉时期学术风气之转变与几大幕府关系密切。汉学之兴盛，卢见曾提倡在先，朱筠鼓扬于后，至阮元乃主张汉宋兼采，乾嘉间学术之流变体现于幕府之学术活动中。

三、乾嘉幕府与文学生态

乾嘉时期，在帝王提倡稽古右文的大风气影响下，文人学士皆以崇尚风雅、爱才好士为荣。这一时期出现了众多以文事为主的幕府，府主广纳贤才，结交文士，幕府中学术活动和诗文唱和活动频繁，使幕府文学成为这一时期值得注意的现象，尤其是卢见曾、朱筠、毕沅、谢启昆、曾燠、阮元等人的幕府，俨然成为此期重要的学术文化的交流中心，其影响值得关注。乾嘉幕府对于文学的影响具体体现为积极和消极的两个方面。

从积极的方面来看，乾嘉幕府促进了清代诗文创作的繁荣。

第一，这些学人幕府吸纳了大批文人学士，为诗人、作家提供了栖身之所和文学交流的平台。王文治曾言及诗文创作之经验，他认为创作要出类拔萃，"必得古人之书以培养之，又必得名山大川及世间可喜、可怖、可爱、可恶之事以淬历之，又得良师友相与讨论而辩难之"②。这是他罢官游幕后对创作经验的总结。幕府经历不

---

① 刘开：《上阮芸台侍郎书》，见《孟涂文集》卷三，《续修四库全书》第1510册，第346页。

② 王文治：《梦楼诗集自序》，见《梦楼诗集》卷首，《续修四库全书》第1450册，第401页。

但能够广其见识，增长其人生经验，也使他能够和诸多师友切磋、研讨。再如阮元幕宾陈寿祺也对幕府这一交流的平台表示认可。嘉庆八年（1803），陈寿祺应阮元之邀，掌教杭州敷文书院，兼课诂经精舍生徒，并主持编校《说郛》数百卷。陈寿祺《西湖讲舍校经图记》云：

> 师（阮元）为假馆于孤山之椒、西湖之湄。所谓诂经精舍者，于月课精舍生。宜西百余步为文澜阁。得借读所未见书。其夏，师选校官十有六人，采唐以前说经文字，亲授义例，纂为《说郛》数百卷。属稿具，寿祺与编校焉，铷稽合同异，以俟吾师之审定。日寝馈六艺中，弗暇游，亦弗暇吟咏也。时座主文侍郎师为学使者，寿祺亦恒以闲请业。绵力薄材，闻见黢浅，幸乃亲经师、人师，陶化染学。复匽与邦之贤俊往来论辩，非古不述，盖所以长神智者多矣。不越游，余何以得此哉！①

陈寿祺正因入阮元之幕府，才得以与"邦之贤俊往来论辩"，增益其学识，正如其所说"不越游，余何以得此哉"。而且，由于乾嘉时期的幕主大都经济实力雄厚，亦有丰富的藏书，如毕沅幕府即如同一小型图书馆，孙星衍就曾于毕沅幕府中得见丰富的藏书，而学问精进，他说："逾二峄而西，著述于关中节署，毕督部藏书甲海内，资给予，使得竟其学"②，幕宾们于幕府中能够广泛地阅读，丰富其知识，这也有益于他们的创作。

第二，幕府中频繁的诗酒唱和和诗艺竞赛活动直接刺激了文人的创作，形成了一定的创作氛围和风尚。而且，在一些具有诗艺竞赛性质的文学雅集活动中，一些幕宾能够凭借自己的创作为府主所

---

①　陈寿祺：《西湖讲舍校经图记》，见《左海文集》卷八，《续修四库全书》第1496册，第318页。

②　孙星衍：《孙忠愍侯祠堂藏书记》，见《五松园文稿》卷一，《丛书集成续编》本，台北新文丰出版公司1989年版，第192册，第694页。

欣赏，幕主进而加以提倡，如钱泳所言："诗人之出，总要名公卿提倡，不提倡则不出也。如王文简之与朱检讨，国初之提倡也。沈文悫之与袁太史，乾隆中叶之提倡也。曾中丞之与阮宫保，又近时之提倡也。中丞官两淮运使，刻《邗上题襟集》，东南之士，群然向风，唯恐不及。宫保为浙江学政，刻《两浙輶轩录》，东南之士，亦群然向风，唯恐不及。"① 可见，幕府主人的识拔使诗人得以扬名，因此幕府的文学创作也成为文人扬名立万的绝佳机会，乾嘉时期重要的艺文幕府主人，几乎都以识拔寒俊而得名，而众多名士，也是借助幕府这个平台而蜚声海内，兹举几例：

卢雅雨培植后进。李葂以诸生善诗，为先生所赏，延至署中。及葂卒，先生归其丧于家，为置千金产，以育其妻子焉。后沈归愚宗伯选葂诗入《别裁集》，皆先生之力也。②

戊戌九月，余寓吴中。有嘉禾少年吴君文溥来访，袖中出诗稿见示，云将就陕西毕抚军之聘，匆匆别去。予读其诗，深喜吾浙后起有人，而叹毕公之能怜才也。③

稚存与邵二云、孙季逑咸受知门下，吴企晋、严冬友、程鱼门皆招至幕府。读黄仲则《都门秋感》诗，谓可值千金，先赍五百金劝之入关。其余籍奖借以成名者甚多。④

阮文达视学浙西，赏石门吴曾丱之才，为易名曾贯。吴善五言长律，时修表忠观新傲成，命之赋诗，吴用八庚全韵，为五排，不遗一字，于工稳中，时露神韵。公因称之曰吴八庚。试杭州时，新制团扇适成，执素画笔，颇极雅丽，遂以仿宋画院制团扇命题诗，佳者许以扇赠。钱唐陈云伯大令文杰，才为诸生，赋诗最佳，即以扇与之，人称为陈团扇。文达久官吾

---

① 钱泳：《履园丛话》，中华书局 1997 年版，第 206 页。
② 赵慎畛：《榆巢杂识》，中华书局 2001 年版，第 30 页。
③ 袁枚：《随园诗话》卷五，凤凰出版社 2000 年版，第 108 页。
④ 杨钟羲：《雪桥诗话余集》，北京古籍出版社 1992 年版，第 248 页。

浙，其识拔寒，怜才雅举，不胜书，此二事绝相似，且并纪《定香亭笔谈》，爰类次之。①

可见，才华出众但名位不显或出身寒门的士子，往往要借助高官显宦为其张帜，方能博取声望，而幕府就是极好的平台。

第三，文人游幕的经历，使其能够广泛接触社会，增长阅历，开阔眼界，扩大其创作题材。而游幕对文学创作的影响，古人亦早有认识，如姚椿就说："古之人才居于幕府者为多，而于诗人尤为盛。盖其见闻繁富，阅历广博，凡欣愉忧愤之情，身世家国之故，其于人己晋接，皆征性情、抒才藻。自《风》、《雅》以来，行旅篇什，唐、宋以降，幕府征辟之士班班，著见载籍者大抵其客游之作居多也。"② 在游幕过程中，士人创作了大量的山水诗，促成了清代山水诗的兴盛。文人游幕，东西南北，水陆兼程，游山玩水，得江山之助，如凌廷堪所云：

> 仆少生海澨，长游水乡，未睹中原之腴阔与夫高山大川之形势，譬鸡栖于埘，燕巢于屋。比因饥寒所驱，获此壮观。携史而访荀晞之屯，载酒而问侯嬴之里，其方寸之盘纡，陈偏所触发，盖不仅如前所云云也。而或者搜断碑半通，刺佚书数简，为之考异同，校偏旁，而语以古今成败……此风会之所趋。③

严冬友亦云："少时奇服是好，从事远游，九州历其八，五岳登其四，举凡幽遐穷伟之观，皆有诗以纪其梗概。"④ 诗人们在游幕的过程中得见自然的广袤与雄奇，为文章增加壮美之气，诗人们面对所见之奇景，不由得诗兴大发，以诗文记其所见所感，山水诗即大

---

① 陈康祺：《郎潜纪闻二笔》，中华书局1984年版，第520页。
② 姚椿：《史赤霞遗集序》，见《晚学斋文集》卷四，清道光刊本。
③ 凌廷堪：《大梁与牛次原书》，见《校礼堂文集》卷二十三，《续修四库全书》第1480册，第258页。
④ 毕沅：《金阙攀松集序》，见《严冬友诗集》，《续修四库全书》第1450册，第652页。

量地产生。同时诗人们因自身之遭际，往往将游历所感与生活实际相结合，有感而发，不仅是单纯地模山范水，杨芳灿就曾言"览山川之雄奇，觌云物之瑰丽，悲英豪之芜没，慨陵谷之迁贸，思托诗歌，以放怀抱"①。而黄景仁出游湖南等地以后，诗风即有所转变，所谓"先生自湖南归而诗益奇肆……其雄宕之气，有若鼓怒于海涛者，先生诗境，至此而锐变"②，由此可见，游幕经历丰富了文人创作的内涵，也对作家文风的转变产生了一定影响。

第四，幕府为文人作品的刊行和传播提供了帮助。卢见曾、毕沅等人的幕府，不但诗文创作形成风气，而且他们凭借自身的地位与财力，刊刻了众多诗集，如卢见曾于乾隆二十三年（1758）辑刻《国朝山左诗钞》六十卷；毕沅于乾隆五十七年（1785）编刻以其幕宾为主的诗歌选集《吴会英才集》二十卷，又将陕西巡抚幕府宾主唱和之诗结为《乐游联唱集》刊行；曾燠任两淮盐运使时于乾隆五十八年（1793）陆续刊刻其与幕宾文友的唱和之作《邗上题襟集》及续集、后续集，又于嘉庆九年（1804）刻成《江西诗征》九十五卷，本朝占二十卷，共选入诗人二百二十余家；阮元于嘉庆六年（1801）编刻成《两浙辋轩录》四十卷，又辑刻扬州一郡之诗为《淮海英灵集》，共二十二卷。这为士人们作品的流传和获得声誉提供了契机，也使得幕主本人获得了高名，且将"化导士子"的职责落到了实处，正如严迪昌所言："编刻诗集或操主选政，既获高誉，广通声气，更能获诗人才士的向慕，具有特殊的凝聚力。"③而且，许多默默无闻的诗人的作品得以广泛流传，有些人还因此为君王所赏，获得升迁，如袁枚论沈德潜之受乾隆赏识，即得力于此："西林鄂公为江苏布政使，刻《南邦黎献集》，沈归愚尚书时为秀才，得与其

---

① 杨芳灿：《寄方子云书》，见《芙蓉山馆文钞》卷二，《续修四库全书》第 1477 册，第 171 页。

② 黄逸之：《黄仲则年谱》，商务印书馆民国二十三年印行，第 16 页。

③ 严迪昌：《清诗史》，浙江古籍出版社 2002 年版，第 663 页。

选。后此本进呈御览，沈之受知，从此始也。"① 又如阮元任漕运总督时，江藩向阮元推荐萧令裕弟兄所著《永慕庐文集》、《寄生馆文集》，同观者有阮亨、王豫、王实斋、阮琴士、阮小云等人。阮亨、王豫分别作序云：

> 顷读梅江先生（萧文业）大作，其气之壮，其才之横，足征学养之深，使坡翁见之，定当把臂。同读者为丹徒王君柳村、舍侄琴士、小云也。甲戌春，扬州阮亨梅叔识于淮阴节署。②

> 吾友江先生郑堂，词坛领袖，于流辈不轻许，可及见梅生（萧令裕）昆仲文，独啧啧称羡不去口。豫携归"春草轩"，剪烛同南城家实斋明经，阮梅叔、琴士两上舍，小云刺吏畅读一过，口角流芳，益叹郑堂老眼无花也。时嘉庆甲戌又二月，丹徒王豫记于淮阴节院。③

由于幕府文人的品评、鉴赏，加上幕府主人的肯定，萧氏兄弟的文集得以为世人所知，并流传开去。

第五，幕府文人雅集活动促进了诗学风气的转变。乾嘉幕府对于推动诗文创作，引领诗学风气和审美风尚有着不可忽视的作用。如幕府文人雅集的唱和诗往往同题或者分韵、步韵，又或同咏一物一事，这就使得幕府诗歌的创作在发挥了交际应酬的功能之外，对于诗歌艺术的切磋、诗歌格律的细密、诗歌风气的转变都起到了极大的影响。如乾嘉时期联句、次韵、迭韵之作大量涌现，正如陈衍所言：

> 次韵迭韵之诗，一盛于元、白，再盛于皮、陆，三盛于

---

① 袁枚：《随园诗话》卷五，凤凰出版社 2000 年版，第 101 页。

② 阮亨：《永慕庐文集评跋》，见王章涛：《阮元年谱》，黄山书社 2003 年版，第 581 页。

③ 王豫：《寄生馆文集评跋》，见王章涛：《阮元年谱》，黄山书社 2003 年版，第 581 页。

苏、黄，四盛于乾、嘉间。王兰泉、吴白华、王凤喈、曹来
殷、吴企晋诸人，大抵承平无事，居台省清班，日以文酒过
从，相聚不过此数人，出游不过此数处，或即景，或咏物，或
展观书画，考订金石版本，摩挲古器物，于是争奇斗巧，竟委
穷源，而次韵迭韵之作夥矣。①

其实，这种次韵之创作也与统治者的引导有关，徐世昌曾言：
"康熙壬戌元夕前一日，乾清宫宴群臣，圣祖首唱丽日和风之句，
大学士勒德洪、明珠皆以不通汉文辞，圣祖连代二句且曰：'二卿
当各醨一觞。'二臣捧觞叩首谢。君臣相悦，喜起庚歌。乾嘉间每
于初春曲宴命题联句，盖始于此。"② 而幕府主人既为臣子，作为文
学侍从参与了皇家所举行的这些文学活动，必然将这种风气带入幕
府之中，以此作为与幕宾、文友雅集的形式，因此次韵的创作很大
一部分是在幕府举行雅集的过程中产生的，虽然这样的作品往往限
制了诗人的才情，多数都有斧凿、雕琢的痕迹，难称佳作，但其在
乾嘉时期几成风气，这是无法否认的，也可见幕府雅集对诗学风气
转变的影响。此外，幕府中一些偶然因素，在幕府的倡导下，也对
文学风尚的转变起了作用，如毕沅因自幼熟读东坡诗，开府西安
后，每岁之十二月十九日必召集幕宾、文友为苏公作寿，饮宴赋
诗，这对于以苏轼为代表的宋诗的再度被认识起到了推动作用，为
嘉道之际宗宋诗风的形成起了先导，同时也带动了其他幕府对于
欧、苏等先贤的祭祀活动。再如阮元因与白居易同天生日，其任职
浙江之时，祭祀白居易的活动开始兴盛，并成为风气，白居易的诗
歌再度成为众人模仿的对象，《鸥陂渔话》记载云：

> 杭州旧有白香山生日会。嘉庆中阮文达先督浙学，继任浙
> 抚。杭人因文达诞辰与香山同日，咸颂为白傅后身，故厥会弥

---

① 陈衍：《石遗室诗话》卷十六，辽宁教育出版社 1998 年版，第 219 页。
② 徐世昌：《晚晴簃诗话》卷一，傅卜棠编校，华东师范大学出版社 2009 年版，
第 2 页。

盛，至今相沿弗替。①

幕主的文学主张也直接影响了诗学风气，如阮元编刻《淮海英灵集》时，即主张调和汉宋、不囿于门户之见，他说："各家之诗，皆就其所擅长者录之，庶各体皆备，不敢存选家唐宋流派门户之见。"② 这对于嘉道之际诗风的转变功不可没。

再来看消极的影响。

第一，幕府作为帝王敷治的补充，其在某种程度上充当了统治者提倡文治、控制思想的工具，因而有时也会制约文学、学术的发展。尤其是幕府直接引导、干预着幕府的文学学术活动，幕府主人往往凭借其高位，直接引导着一方风气，如鲁嗣光所云："天下豪杰奇俊之士代不乏人，要必有一二巨儒以为一时之宗。夫奇杰之士材艺角出，行能殊别，各不相下，各不相能。岂其性情之有异欤？抑其材力之有偏欤？盖勤心学问，殚精毕虑而卒专门名家。以其业自见于天下，固亦卓然自立，不随流俗之人也。而所谓一二巨儒者，包孕富有，博大醇懿，恢恢然莫窥其涯涘，混混然莫穷其底蕴也。海内一材一艺之士，欲仿佛其形似而卒不能得，即出生平憔悴专一之业以相较，而亦不能逮也。"③ 鲁嗣光所言之一二巨儒，往往就是这种学人幕府府主。他们凭借高位，能够广通声气获得高誉，鲁嗣光说得比较含蓄，这些达官们纵然经术深湛、富有才情，但亦不至于无人可及，其所"不能逮"者，恐怕更多的是其官位。不可否认，乾嘉时期艺文幕府的出现，促进了文化的繁荣，对于学术、文学的大发展起到了推动作用，但同时也应该看到，幕府作为文人聚集的中心，作为学术文化交流的中心，其实际上是作为帝王敷治的一种补充所存在的，是帝王监控、引导士人的文化掌控网络的重

---

① 叶廷琯：《鸥陂渔话》，大达图书供应社1942年刊行，第45页。

② 阮元：《淮海英灵集》凡例，《续修四库全书》第1682册，第1页。

③ 鲁嗣光：《春融堂集序》，《春融堂集》卷首，《续修四库全书》第1437册，第330页。

要组成部分，因此，作为传达统治者思想的媒介，幕府也在潜移默化地对士人进行着约束，这无疑会使文学、学术的发展受到制约，这种影响也是不容忽视的。

第二，幕宾们寄人篱下、仰人鼻息，其心理在某种程度上受到了创伤，对现实的不满又使他们在心中保持着对统治者的离心力。幕宾们大多为仕途不得意者，进入幕府使他们足以维持生计，又能广泛接触社会，甚至能佐理政事，这都使他们得到了实现自我价值的心理满足，如魏际端云：

> 吾既有贤主人，而日供我以粱肉，衣我以缯帛，我乃自究夫兴革损益经世之务，知刑名钱谷之政，寄平日好善恶恶、利物济民之心，闻朝廷四方之政。及其巡历，则又资舟车，具干糇，而我乃悉览名山大川、城郭都市、土俗民情，不费一物，所得已多。则岂惟不厌，且甚喜；岂惟不苦，且甚乐。喜而乐故吾心尽，而与主人相得而益彰。①

他的这段言论，代表了一部分游幕文人的心声，当然，幕府主人的爱才好士也使士人们感到了别样的温馨，吴照"我居宾馆近半载，朝吟暮吟得自由。有时独酌一斗酒，感激泪为知己流"②之句是真实的写照，这也是幕府对士人起到怀柔效果的体现。然而长期无法进入仕途，又靠仰人鼻息而活，这使幕府文人感到委屈和压抑，不惟普通游幕文人如此，即便是那些受到幕主赏识、名重当时的游幕文人其生活境况也是差强人意，如洪亮吉虽然受到朱筠、毕沅等人的礼遇，但长期做幕僚，寄人篱下也让其苦不堪言，刘声木云："阳湖洪稚存太史亮吉诗有句'做客二十年，衣食知其难。卑身与周旋，不敢忤世颜'云云，以太史之宏识博学，惊才艳艳，又生当我朝极盛之世，历主爱才如渴之贤主

---

① 魏际端：《家书》，见《魏伯子文集》卷二，清初刻本。

② 吴照：《奉呈弇山尚书长歌一首》，见《听雨斋诗集》补编，嘉庆刻本。

人，如毕秋帆制府沅等皆宾至如归，士大欢乐。今读其诗，乃知谋生之难，周旋之苦，虽贤者不免，诚可叹也。"①黄景仁名重一时，却也不得不做幕宾为生，寄居的酸楚、世道的不公也让他发出了"长铗依人游未已，短衣射虎气难平"②的感慨。其他如郭麐"应俗文章游子泪，及时虾菜异乡春"，彭兆荪"随例盘餐回味少，代人文字惬心无"，王汝玉认为二人诗句"真写出了才人乞食、名士卖文之感"③，吴照亦有诗云："蹇驴彳亍二十载，未敢谈笑干诸侯。岂无泛爱辱下问，当面欢笑背面羞"④之句，寄人篱下之苦痛溢于言表。杨钟羲《雪桥诗话余集》更是记载了文人游幕的艰辛与辛酸：

> 袁爽秋谓曾宾谷开校刻全唐文馆，吴山尊荐江子屏入馆书云："无论郑堂经史之学，足备顾问。即下至吹竹弹棋，评古董，品瓷器，煎胡桃油，作鲜卑语，无不色色精妙，足以娱贵人之耳目。"然南城卒不见收录。时严铁桥亦以不得入馆，负气去，撰《全上古三代汉魏六朝文钞》，目录收罗极富，欲以压倒唐文馆，其傲兀之气不可及也。而南城之好士，盖可见矣。羲案郑堂故善剑舞击鼓诸技，山尊所言犹未尽也。余观《尺五楼集》，《幕客行》穷神尽相，自国初以来，其风气已自如此。其诗云："秦时一坑坑不尽，汉时屡锢锢何忍。元祐党籍半升沉，斗牛之星万里陨。塞门岭表任逍遥，长铗归来吹短萧。青衫书生悴敲扑，紫骝儿郎傲渔樵。黄金已尽头未白，匍匐长安为幕客。城外南音辄笑嘲，城中謇舌难翻译。尘土栖迟年复年，尫光潦倒就相怜。八旗子弟怕行走，识字来寻老伏

---

① 刘声木：《苌楚斋随笔、续笔、三笔、四笔、五笔》，《续笔》卷一，中华书局1998年版，第234页。

② 黄景仁：《杂感四首》，《两当轩集》卷六，上海古籍出版社1998年版，第158页。

③ 王汝玉：《梵麓山房笔记》卷六，清抄本。

④ 吴照：《奉呈弇山尚书长歌一首》，见《听雨斋诗集》补编，嘉庆刻本。

虞。登坛依然设几杖，爱士非徒二篑享。介弟昂藏已赐貂，亲儿荫袭应披蟒。折节身依砚席间，东西指授不辞艰。孔壁旧文多脱简，宋儒余唾半经删。主人不得常谋面，书札无情驱使便。台厮席地问之无，俯首扶秦教片片。欲出城南访旧游，乡书不见使人愁。鲜衣美食夸自得，跨马扬鞭任意投。客子襟怀迈流俗，得陇何须望得蜀。键关忽已厌金门，走币还思向牙纛。一朝开府领黄麻，帐下才人遑顾家。未读申商买条例，不知勾股漫量沙。亦从宰牧方城去，尺素全凭四六语。对偶初调启事中，四声莫辨题诗处。遇主诙谐任尔为，片言不投何所之。栈豆能损惭伯乐，贤路何妨悔叔疑。巡行鹄立堂皇侧，跪拜龙钟仆隶色。此时退食废陈荆，此时进身困闱棘。不如归去山之隅，齑盐粗给骄妻孥。蛇行蒲伏免荼苦，俯仰悠悠一丈夫。"

杜少陵云：束缚酬知己，蹉跎效小忠。秦士之贱，岂自今始。①

吴蔃推荐江藩入曾燠幕府，竟然在信中提及江藩"吹竹弹棋，评古董，品瓷器，煎胡桃油，作鲜卑语"，以此来娱贵人之耳目，而希望曾燠能够让江藩入其幕府，此番表白，完全丢弃了士人的自尊，为求一馆竟然自贬至此，可悲之极。然而这种情形在当时却是很普遍的，士人为了谋生，不得不放下自尊，类似杂耍之人，袁枚也记录了这种情况："当明公（卢见曾）未来时，其所谓士者，或以势干，或以事干，或以歌舞、卜筮、星巫、烧炼之杂技干。"②"秦士"之贱，乃至于此，幕府文人生活之窘况，于此也可见一斑。在这种环境之下，文人的创作自然会受到干涉，如卢见曾的幕宾金兆燕就表达了对此的不满："兆燕不知自耻，为新声，作

---

① 杨钟羲：《雪桥诗话余集》，北京古籍出版社 1992 年版，第 379 页。
② 袁枚：《与卢转运书》，见《小仓山房诗文集》，上海古籍出版社 1988 年版，第1508 页。

浑剧，依阿俳谐，以适主人意。主人意所不可，虽缪宫商，邠拍度以顺之不恤。甚则主人奋笔涂抹，自为创语，亦委曲迁就。盖是时老亲在堂，瓶无储粟，非是则无以为生，故僶俛含垢，强为人欢。"① 如其所言，自己创作的戏剧，幕主可随意篡改，而幕宾为了生计，只好忍辱负重，以顺主人之意。而更多的幕宾也只好积极地去迎合幕主之好尚，所谓"有爵位者，稍知文学，即易成名，是犹顺风而呼也。其他则捐金结纳，曳居侯门，交游众而标榜兴，亦足以致声誉。若闭门却扫，贫窭自甘，复不工于奔走伺候，其寂寂也顾宜"②。清人石韫玉亦云：

> 士之遇不遇，盖亦有命哉。自唐宋以科举取士，士虽茂才异等，不得不俯首而就有司之绳尺。所谓有司者，未必皆蓄道德能文章也，偶奉朝廷之命，遂坐皋比，操不律以进退一时之士。有司以为可，其人即致身青云之上，以为不可，其人即沉沦于草泽而不敢怨。不惟不敢怨，又且从而摹拟之，以求其合。③

幕府文人的创作在这种情况下直接受制于幕府主人，而且诸多的文人在幕主的指导下，一味"摹拟"、迎合，这样必然会损害文学的生气，这种负面影响不可不注意到。

第三节　卢见曾幕府与清代中期扬州诗坛

卢见曾（1690—1768），字抱孙，号澹园，又号卢雅雨、雅雨山人。山东德州人，历官至两淮盐运使。其为宦所至，倡学兴教，

---

① 金兆燕：《程绵庄先生莲花岛传奇序》，见《棕亭古文钞》卷六，《续修四库全书》第 1442 册，第 336 页。

② 吴雷发：《说诗菅蒯》，王夫之等：《清诗话》，上海古籍出版社 1978 年版，第 904 页。

③ 石韫玉：《独学庐稿·四稿》，乾隆六十年至嘉庆间刻本。

育才良多。又爱才好客，官盐运使时，四方名流咸集，来访者络绎不绝。驻节扬州日，幕中延请惠栋、戴震、卢文弨、沈大成、王昶等著名学者辑录、校勘了大量典籍，尝校刊《乾凿度》、《战国策》、《尚书大传》、《周易集解》等书，又补刊朱彝尊《经义考》，辑有《国朝山左诗钞》六十卷，皆有功于后学。为官为学之余，常以诗文抒写胸臆，徐世昌称其"诗笔健拔，而词旨深厚"①。著有《雅雨堂诗集》二卷、《文集》四卷、《出塞集》一卷。

乾隆朝，卢见曾两任两淮盐运使，在任时他的幕府吸纳了大批文士，形成了一个人才交流的中心。卢见曾虽为主持盐政的大吏，但其有着很好的文艺素养，他工诗文，通词曲，性度高廓，不拘小节，喜与文人学者交接。他的爱才好士也深得时人赞许和后人褒扬，陈其元《庸闲斋笔记》载："我朝爱客礼士者，惟德州卢雅雨都转、苏州毕秋帆制府，一时之士奔趋其幕府者，如水赴壑，大都各得其意以去。"② 法式善《梧门诗话》云："卢雅雨见曾都运维扬，招集名流，修葺平山堂。一时川泽呈秀，人物争妍，称最盛矣。"③ 王培荀《乡园忆旧录》云："卢雅雨先生留心风雅，一时坛坫之盛，名士宗仰。"④ 李斗《扬州画舫录》亦云："公两经转运，座中皆天下士，而贫而工诗者，无不折节下交。"⑤ 从这些描述我们可以看出，卢见曾有着很好的文学修养，同时又礼贤下士，这使得他的幕府具有浓郁的人文气息。当然，卢见曾幕府之所以"名流毕集，极东南坛坫之盛"⑥，除了卢见曾本人的文学修养与爱才好士之外，还有一

<hr>

① 徐世昌：《晚晴簃诗话》，傅卜棠编校，华东师范大学出版社2009年版，第420页。
② 陈其元：《庸闲斋笔记》，中华书局1997年版，第181页。
③ 法式善：《梧门诗话合校》，张寅彭、强迪艺编校，凤凰出版社2005年版，第301页。
④ 王培荀：《乡园忆旧录》卷二，《续修四库全书》第1180册，第566页。
⑤ 李斗：《扬州画舫录》卷十，中华书局1960年版，第228页。
⑥ 袁枚：《随园诗话》，王英志校点，凤凰出版社2000年版，第132页。

个很重要的原因，就是卢见曾所居官职实乃一肥缺。当时两淮课银即达六百零七万两，约占全国总数的三分之二，①卢见曾既为两淮盐运使，又复护理两淮盐政，权限不可谓不大，其财力亦不可谓不雄厚。清代中期文人游幕兴盛，而文人游幕首先要解决的就是生计问题，所谓"今天下郡无闲田，田无余夫。故游民相率而为士者，势也"②。曾为卢见曾幕宾的金兆燕也感慨曰："鞍马依人，闲置以老，自非经济足以盖世，而爵禄不入于心者，鲜肯曳裾而投足焉。捷宦之径一变而为大隐之乡，时为之也。"③因此像卢见曾这样既礼贤下士又身居要职、财力足够雄厚的幕主必然成为游幕文人的首选。袁枚更是在给卢见曾的一封信中，直言不讳地指出了这一点："枚尝过王侯之门，不见有士；过制府、中丞之门，不见有士。偶过公门，士喁喁然以万数。岂王侯、制府、中丞之爱士，皆不如公耶？抑士之暱公、敬公、师公、仰望公，果胜于王侯、制府、中丞耶？静言思之，未尝不叹士之穷而财之能聚人为可悲也。"④袁枚毫不留情地说出卢见曾幕府能够聚集人才是由于其财力雄厚，因而慨叹"士之穷而财力之能聚人"。其实，正是由于卢见曾的幕府处于乾隆盛世，位居经济发达的扬州，而卢氏本人又求贤若渴，凭借着他两淮都转盐运使的身份，其幕府自然具有号召力，其财力亦允许他能够组织文人燕集、唱和和编纂、刊刻书籍。因此，可以说卢见曾幕府的出现是占尽了天时、地利、人和。卢见曾幕府可说是乾隆初年扬州除马氏"小玲珑山馆"之外，非常重要的文人聚集中心，

① 孙鼎臣：《论盐二》，葛士浚编《皇朝经世文续编》卷四十三，光绪二十七年上海久敬斋铅印本。

② 袁枚：《与卢转运书》，见《小仓山房诗文集》，上海古籍出版社1988年版，第1508页。

③ 金兆燕：《严漱谷先生七十寿序》，见《棕亭古文钞》卷七，《续修四库全书》第1442册，第345页。

④ 袁枚：《与卢转运书》，见《小仓山房诗文集》，二海古籍出版社1988年版，第1508页。

正如马朴臣所言:"先生操如椽之笔,主盟坛坫者三十载。历宦屡擢,其政绩之敏练廉正,播在朝野者不具论。吾第言其诗,夫天之曩时所以位置先生者,未尝不佳且称也。颍川、扬州是庐陵、眉山两公酒香墨瀋,流连蕴藉之区,而先生踵之。宦颍而西湖栉沐出焉;宦扬而平山堂气韵森焉。四方名宿、怀文抱道与夫一技一能之士,奔走若赴玉帛敦盘之会,曰欧苏复出矣。先生政事之暇即与诸君击钵刻烛,飞笺撒翰于山亭水榭之间。诸君或钦手慑气,先生故谦让不遑,适馆餐者乐忘归度,无不倾囊倒箧而赠也。"① 由于卢见曾为官方文化人的代表,其幕府对于扬州一带文学风气的转变与复归,影响甚或更大。因此,有必要对卢见曾幕府的文学及学术活动及其影响进行深入的考察。

一、卢见曾幕府文学活动

卢见曾以诗名于世,因此其幕宾也多为诗人,其初任两淮盐运使时,就"筑苏亭于使署,日与诗人相酬咏,一时文宴盛于江南"②。王昶尝言:"(卢见曾)素慕其乡王阮亭尚书风流文采,故前后两任盐运使各数年,又值竹西殷富,接纳江浙文人唯恐不及。如金寿门农、陈玉几撰、厉樊榭鹗、惠定宇栋、沈学子大成、陈授衣章、对鸥皋兄弟等,前后数十人,皆为上客。而是地主马佩兮曰璐、秋玉曰琯,及张渔川四科、易松滋谐,咸与扶轮承盖,一时文酒,称为极盛。"③ 其幕府的宴集活动为其赢得了声誉,使其成为当时江南地区的文坛盟主。

卢见曾是一位诗人型的官员,自幼饱读诗书,来到扬州时,扬州已经从"扬州十日"的伤痛中恢复过来,逐渐恢复了往日的繁华。在卢之前很多具有声誉的文学名人光顾扬州,使得扬州成为文

---

① 马朴臣:《出塞集序》,《续修四库全书》第1423册,第513页。
② 李斗:《扬州画舫录》卷十,中华书局1960年版,第228页。
③ 王昶:《蒲褐山房诗话新编》,周维德辑校,齐鲁书社1988年版,第8页。

人学士及游宦们向往之所。此时的扬州，正如孔尚任所言："为天下人士之大逆旅，凡怀才抱艺者，莫不寓居广陵，盖如百工之居肆焉。"① 许多爱好风雅的盐商，如马曰琯昆季、江春等人，常常组织文人雅集，《扬州画舫录》云："扬州诗文之会，以马氏小玲珑山馆、程氏筱园及郑氏休园为最盛。"② 不但如此，在扬州任过职的先贤也成为卢见曾效仿的对象，这些人包括欧阳修、苏轼以及卢见曾的山东同乡王士祯。因此，卢见曾任职扬州时，也是以欧、苏和渔洋自命的，袁枚曾说："卢雅雨先生转运扬州，以渔洋山人自命"③，而时人也乐意将卢见曾与诸位先贤相媲美，将卢见曾看作是当代的欧、苏、渔洋，如沈起元所作的《运使卢雅雨七十寿序》就给予了卢见曾这样的评价："公雅好吟咏，盖其才之俊逸，不以政事妨减矣也。今扬州古称佳丽，欧阳公建平山堂，东坡三过其地，赋诗志怀。而本朝渔洋先生，司里于此，四方名士咸集红桥，冶春唱和之什布海内。近岁翠华再幸，亭榭水木之观，视昔有加。公于是盐政多暇，凡名公巨卿，骚人词客至于其地者，公必与选佳日，命轻舟，奏丝竹，游于平山堂下，坐客既醉，劈笺分韵，啸傲风月，横览古今，人有欧苏、渔洋复起之恭。"④ 在这篇序文中沈起元描述了卢见曾幕府的一时风雅，并且刻意地将卢见曾与欧阳修、苏轼以及王士祯相提并论。法式善《梧门诗话》亦云："卢雅雨见曾都运维扬，招集名流，修葺平山堂。一时川沼呈秀，人物争妍，称最盛矣。都运诗《一起》云：'冶春宴罢风流长，画鹢系遍平山堂。大雅不作山林寂，寒号枉自搜枯肠。'隐然以诗坛长老自命。"⑤ 这些评价很显然

---

① 孔尚任：《与李婉佩》，见《孔尚任诗文集》，中华书局 1962 年版，第 540 页。
② 李斗：《扬州画舫录》，中华书局 1960 年版，第 480 页。
③ 袁枚：《随园诗话》，王英志校点，凤凰出版社 2000 年版，第 302 页。
④ 沈起元：《运使卢雅雨七十寿序》，《敬亭文稿》卷八，《四库未收书辑刊》第 8 辑第 26 册，第 277 页。
⑤ 法式善：《梧门诗话合校》，张寅彭、强迪艺编校，凤凰出版社 2005 年版，第 301 页。

与前人给予王士禛的评价极为相似，可见，在当时扬州官场和文坛上，卢见曾都是数一数二的人物，他凭借自己爱才好士的名声以及雄厚的财力，俨然是以文坛大佬自居，他也时刻以欧、苏、渔洋作为榜样，甚至希望别人把他看作能够与这几位先贤并称的人物。他通过抬高欧、苏、渔洋的方式，既表达自己对先贤的仰慕与追随，同时也是在暗示众人，希望别人也能给予他同样的评价，例如他改建了"三贤祠"，在祠中祀欧阳修、苏轼和王士禛，卢见曾的幕宾郑燮为祠堂撰写了碑文："遗韵满江淮，三家一律；爱才如性命，异世同心。"① 显然，卢见曾在刻意提升前贤在扬州的形象的同时，实际上是想通过这种方式来为自己赢得更高的声誉，他在努力追随着王士禛，不断追求自己与王士禛之间的认同。

像欧阳修、苏轼和王士禛一样，卢见曾以倡导聚会而闻名。在他的使署以及一些著名的景点，卢见曾主办了诸多这样的聚会，主客相得甚欢。卢见曾举办的这些聚会，使他结识了诸多扬州的名流与在野的诗人，他极喜与文人交往，可说相识满天下。其初任盐运使仅七月即获罪，而他被遣出塞是在乾隆五年（1740），这期间他大部分时间是在扬州听候发落，虽为去职之人，他还是参加了许多的文学活动，结交了诸多文人。其"坐台"出塞时，扬州的文士们还曾为其送行，可见其在扬州文坛已经颇有声望。其时，高凤翰为其绘《雅雨山人出塞图》（现藏故宫博物院），并题诗《丈夫行送雅雨翁赴军台》，图上题诗相送者还有十余位，如马曰琯、郑板桥、程梦星、杨开鼎、闵廷容、王藻、马位、马朴臣、马苏臣、方原博、闵华、符曾、钱陈群、吴廷采、周榘、李葂、江昱以及《儒林外史》的作者吴敬梓，而这些人正是此时扬州诗坛的核心人物。卢见曾尤其与"扬州二马"性情相投，多有交往，他曾赠马曰琯诗曰："玲珑山馆辟疆俦，求索搜罗苦未休。数卷论衡藏秘籍，多君

---

① 李斗：《扬州画舫录》，中华书局 1960 年版，第 53 页。

慷慨借荆州。"① 卢见曾多次出入"二马"之"小玲珑山馆"借阅图书，由此可以想见，卢见曾在马氏家中必然结识了不少文士，而由我们考索到的幕府文人来看，其幕宾及文友几乎可以说是"小玲珑山馆"文人群体的官方版本。

卢见曾召集文人雅集的地方很多，公事之余，扬州的亭台楼阁、水榭画舫都成为雅集的场所，卢见曾还在官署中建苏亭作为宴集的场所，马曰璐《沙河遗老小稿》卷六有《四月七日雅雨先生雨中招集苏亭》、江昱《松泉诗集》卷五有《四月七日雅雨使君招燕后园》。宴集的主题也是花样繁多，修禊、佳节和赏花、赏月以及文友的迎来送往都可以令众人诗兴大发、歌酒流连。如张世进《清明日卢雅雨观察招同泛舟红桥》所言："令节最宜文字饮，闲情不废管弦声。冶春故事年年续，未许琅琊独擅名。"② 杭世骏《清明日卢运使见曾招游湖上二首》其一亦云："华舫合唤新声劝，佳节欣招旧雨陪。"③ 像这样的聚会还有很多，翻检卢见曾幕宾和文友的集子，我们可以看到很多这样的记载，如严长明的诗作中，乾隆二十年有《卢雅雨观察招游平山堂，酒间赵损之有作因次其韵》、乾隆二十二年有《雪中和雅雨先生自金山放船至焦山韵》、乾隆二十五年有《雅雨先生召集江颖长水榭观荷分韵得霁字十四韵》、《雅雨先生出德州罗氏钦瞻家酿饮客杭董浦、蒋秋泾、江宾谷、陈授衣各赋罗酒歌，余亦继作》，江昱乾隆二十年作《陪雅雨使君泛舟至平山堂看梅归燕筱园分赋》、《雅雨使君招同襄平戴遂堂鲁郡牛真谷两冥府云间沈学子同游真州南园》、《真州返棹同雅雨使君暨沈学子游江村作》，乾隆二十一年作《丙子冬日雅雨使君放舟红桥题署两亭榭纪事四首》。在频繁的、规模或大或小的雅集、唱和过程中，卢见

---

① 卢见曾：《扬州杂诗》，《雅雨堂诗集》卷上，《续修四库全书》第1423册，第423页。

② 张世进：《著老书堂集》卷八，《四库禁毁书丛刊》第168册，北京出版社1997年版，第631页。

③ 杭世骏：《道古堂诗集》卷二十二，《续修四库全书》第1427册，第179页。

曾被越来越多的人认可，诸多文士将他看作是一代风雅的总持，这样的载述不胜枚举，如"大雅扶轮自足矜，风流宏奖至今称"①、"大雅扶轮巨望巍，耆英高会世应希"②、"风骚留胜地，湖海半耆英"③。

在卢见曾所举办的聚会当中，平山堂和红桥的聚会尤为突出和引人注目，因为王士禛也在这两个地方与野逸文士举行宴集与修禊活动。卢见曾在这两个地方主办的聚会极为频繁和重要，尤其是乾隆二十年（1755）和乾隆二十二年（1757）年的三月三日，卢见曾举行的红桥修禊，不能不说是清代诗坛的盛事，为其赢得了极大的声誉。其实，卢见曾选择平山堂和红桥这两个名胜与景点作为修禊、聚会的场所，也是为了彰显自己与欧、苏、渔洋之间的联系，以这种"取法乎上"的做法来标榜自己的风流儒雅。卢见曾初任运使时就曾举办过这样的聚会，如他所言："乾隆丙辰，余为都转盐运使驻此，与同年程太史梦星大会名士于平山堂。"④ 平山堂是扬州著名的景点，由欧阳修任扬州太守时兴建，平山堂可说是因为欧阳修而享誉天下，如沈括所言："后人之乐慕而来者不在于堂榭之间，而以其为欧阳公之所为也。由是平山之名盛闻天下。"⑤ 同时它也成为后人凭吊与怀念欧阳修的重要场所，所谓"过其地者，莫不仰止遗风，流连歌咏，而不能已"⑥。而对于卢见曾来说，平山堂无疑是一个绝佳的聚会场所，其《平山堂雅集》有句云："一石清才频代谢，

---

① 沈大成：《奉怀卢雅雨使君即次石芝园原韵四首》，见《学福斋诗集》卷三十二，续修四库全书第 1428 册，第 409 页。

② 杭世骏：《卢运使招集瑞芍亭即事》，见《道古堂诗集》卷二十二，《续修四库全书》第 1427 册，第 182 页。

③ 王昶：《雅雨运使招寿门、曲江、东有小集》，见《春融堂集》卷六，《续修四库全书》第 1437 册，第 403 页。

④ 卢见曾：《重建竹西亭记》，见《雅雨堂文集》卷三，广陵书社 2004 年版，第 492 页。

⑤ 沈括：《扬州重修平山堂记》，见《平山揽胜志》卷四，广陵书社 2004 年版，第 65 页。

⑥ 汪应庚：《平山揽胜志》卷一，广陵书社 2004 年版，第 1 页。

三分明月又吾曹。衙官屈宋分明在，虚左逢迎未惜劳。"① 诗中所言
"一石清才频代谢，三分明月又吾曹"，俨然是以欧阳修自比，对自
己提倡风雅颇为自许。在他的另一首与友人登临平山堂所作的诗作
中他写道："冶春宴罢流风长，画船系遍平山堂。大雅不作山灵寂，
寒号枉自搜枯肠"②，更是隐然以文坛大佬自居，其幕宾也在为其鼓
扬吹嘘："都转能留客，秋官最好文。"③

　　卢见曾在红桥举行的宴集为其赢得了更大的声誉，他曾在乾隆
二十年（1755）和乾隆二十二年（1757）举行过大规模的修禊活
动。这样的修禊也是卢见曾在效法王士禛，甚至可以说他举行的修
禊能够达到如此规模、为其赢得如此的声誉，都是借助了王士禛的
影响。的确，扬州自欧阳修之后，历代官员中雅好文学、提倡风雅
的人也不在少数，而元明以降，尤其是入清以来，能够担得起"大
雅扶轮"这样美誉的人，王士禛当之无愧。因之，对王士禛的追慕
与效法，使卢见曾极力想把自己塑造成当代的王渔洋，而红桥正好
成为这样的纽带。卢见曾经常召集幕宾、文友在红桥聚会，如王
昶客居卢见曾使署时就参加过这样的雅集，其诗集中有《卢运使雅
雨见曾招同张补山庚、陈楞山撰、朱稼翁稻孙、金寿门农、张渔川
四科、王载扬藻、沈学子大成、陈授衣章、董曲江元度及惠定宇、
江宾谷诸君泛舟红桥，集江氏林亭观荷分得外字三十八韵》④描述
了聚会的情形："上客延陈遵，名流偕郭泰"、"设席陈羊腔，行厨
出鲈脍"。乾隆二十年（1755）三月三日上巳，卢见曾就在红桥举
行修禊，四月，他又召集名士二十余人，再集红桥观芍药，卢见

① 卢见曾：《雅雨堂诗集》卷上，《续修四库全书》第 1423 册，第 423 页。
② 卢见曾：《春日陪姬尚佐司农钱香树司寇游平山堂步司农寄到原韵》，见《雅雨堂诗集》卷上，《续修四库全书》第 1423 册，第 434 页。
③ 金兆燕：《读戴遂堂先生与钱香树司寇卢雅雨都转平山堂登高之作次韵二首》，《棕亭诗钞》卷五，《续修四库全书》第 1442 册，第 139 页。
④ 王昶：《春融堂集》，《续修四库全书》第 1437 册，第 394 页。

曾《芍药》诗云："花开对面向西东，主客筵分缬缯同"①，以并蒂芍药形容主客相得甚欢。参与此次聚会的有郑板桥、金农、黄慎等人，黄慎作有《卢雅雨盐使简招，并示〈出塞图〉》："东阁重开客倚栏，醉中出示《塞图》看。玉关天迥驼峰耸，沙碛秋高马骨寒。经济江淮新筦月，风流邹鲁旧衣冠。只今重对扬州月，笑索梅花带雪餐。"②据《随园诗话》记载，金农在此次聚会中作《观红桥芍药赴卢雅雨之招》甚合卢意："卢招人观红桥芍药，诸名士集二十余人，独布衣金司农诗先成，云：'看花都是白头人，爱惜风光爱惜身。到处百杯须满饮，果然四月有余春。枝头红影初离雨，扇底狂香欲拂尘。知道使君诗第一，明珠清玉比精神。'卢大喜，一座为之搁笔。"③乾隆二十二年（1757）上巳，卢见曾再次主持红桥修禊，此次修禊规模极大、参与者极多，王昶、郑燮、陶元藻等六十三人参与了此次修禊，亲历此会的王昶记载了当时的盛况："乾隆丁丑，余在广陵，时卢运使见曾大会吴、越名士于红桥，凡六十三人，篑村与焉。有诗云：'谁识二分明月好，一分应独照红桥。'为时称颂。"④卢见曾此会作《红桥修禊并序四首》曰："扬州红桥自渔洋先生冶春唱和以后，修禊遂为故事。然其时平山堂废，保障湖淤。篇章虽盛，游览者不能无遗憾焉。乾隆十六年辛未，圣驾南巡始修平山堂御苑，而潴湖以通于蜀岗。岁次丁丑，再举巡狩之典。又潴迎恩河潄水以入于湖。两岸园亭标胜景二十……翠华甫过，上巳方新，偶假余闲，随邀胜会，得诗四律：'绿油春水木兰舟，步步亭台邀逗留。十里生香新阆苑，二分明月旧扬州。已怜强酒还斟酌，莫倚能诗漫唱酬。昨日宸游亲侍从，天章捧出殿东头。''重来修禊

---

① 卢见曾：《芍药》，《雅雨堂诗集》卷下，《续修四库全书》第 1423 册，第 445 页。
② 黄慎：《蛟湖诗钞》卷三，见《扬州八怪诗文集》，江苏美术出版社 1987 年版，第 47 页。
③ 袁枚：《随园诗话》卷三，王英志校点，凤凰出版社 2000 年版，第 72 页。
④ 王昶：《蒲褐山房诗话新编》，周维德辑校，齐鲁书社 1988 年版，第 70 页。

四经年，熟识红桥顿改前。潊汊畅交灵雨后，浮图高插绮云巅。雕栏曲曲迷幽径，嫩柳纷纷拂画船。二十景中谁最胜，熙春台上月初圆。'‘溪画双峰虹栈通，山亭一眺尽河东。好来斗茗评泉水，会待围河受野风。月度重栏香细细，烟笼远树雨蒙蒙。莲歌渔唱舟横处，俨在明湖碧涨中。（渔洋《冶春词》：邗沟来似明湖好，名士轩头碧涨天。彼一时也。）'‘迤逦平冈艳雪明，竹楼小市卖花声。红桃水暖春偏好，绿稻香寒秋最清。合有管弦频入夜，那教士女不空城。冶春旧调歌残后，格律诗坛试一更。'”① 此次宴集影响极大，可说是乾隆诗坛的一段佳话，据李斗记载："和修禊诗者七千余人，编次得三百余卷。"② 袁枚《随园诗话》亦载：'卢雅雨先生转运扬州，以渔洋山人自命，尝赋《红桥修禊》四章，一时和者千余人。"③ 李葂为之作《红桥揽胜图》。袁枚、金兆燕等都纷纷参与了和诗。当时参加修禊的郑板桥有和诗多首，《和雅雨山人红桥修禊》曰："甘泉羽猎应须赋，雅什先排禊贴中。""词客关河千里至，使君风度百年清。"④《再和卢雅雨四首》曰："才子新诗高白傅，故园名酒载青州（公山东人）"，"张筵赌酒还通夕，策马登山直到巅"，"关心民瘼尤堪慰，麦垄青葱入望中"，"皂吏解吟笺上句，舆台沾醉柳边城。"⑤ 郑板桥将这次修禊看作一次盛举，对卢见曾大加颂扬，这其中固然有溢美的成分，但卢见曾提倡风雅、招纳贤良，使扬州再度成为文人雅士向往之地，这是不可否认的。因而通过这些宴集，卢见曾也确实确立了当代欧、苏、渔洋的地位，时人更是这样评价他，很多人都把他与欧阳修、苏轼和王士禛相提并论，如董元度《扬州》诗描述并评价了这次盛会，诗云："吴头楚尾名贤聚，卢后

---

① 卢见曾：《雅雨堂诗集》卷下，《续修四库全书》第 1423 册，第 434 页。

② 李斗：《扬州画舫录》卷十，中华书局 1960 年版，第 228 页。

③ 袁枚：《随园诗话》卷十二，王英志校点，凤凰出版社 2000 年版，第 302 页。

④ 郑燮：《郑板桥全集》，卞孝萱编，齐鲁书社 1985 年版，第 129 页。

⑤ 郑燮：《郑板桥全集》，卞孝萱编，齐鲁书社 1985 年版，第 130 页。

王前雅宴同。"① 袁枚听说了此次盛会后亦有和诗四首，盛赞了卢见曾"大雅扶轮"的大君子风度和修禊的盛况，其诗曰："天子停銮留胜迹，大夫修禊采南风"，"人间此后论明月，未必扬州只二分"，"欧苏当日擅风流，重整骚坛五百秋"，"凭公好取芜城赋，画作屏风寄鲍照"②。未能与会的金兆燕亦有《丁丑夏自都门南归，舟过邗江，独游湖上，见壁间雅雨都转春日修禊唱和诗，漫步原韵即用奉呈四首》、《又次卢雅雨都转红桥修禊韵四首》③。可见，卢见曾以幕府为核心，广纳幕宾，鼓扬风雅，继王渔洋之后，再度"重整骚坛"，使红桥修禊和扬州再次成为文人雅士津津乐道的话题，也成为乾隆朝"文治"的一个典型象征。

二、卢见曾幕府对扬州诗坛的影响

清代扬州人文的再度兴盛在乾嘉两朝，它一度成为当时的文化中心，除了经济的复苏、商业的推助之外，盐运使卢见曾的扶持也功不可没，其幕府招贤纳士、广纳贤才，名士趋之若鹜，对于引领风气、鼓扬风雅的作用不容忽视。卢见曾任盐运使时，为扬州营造了良好的人文环境，这首先表现在他恢复了扬州的景致，为文人雅士吊古感怀、游燕唱和提供了场所，他曾说："平山堂废，保障湖淤。篇章虽盛，游览者不能无遗憾焉。"④ 因此，对于扬州旧景点的恢复是其营造人文环境的一个方面，如袁枚所言："扬州四十年前，平山楼阁寥寥，沟水一泓而已。自高、卢两榷使，费帑无算，浚池篑山，别开生面，而前次游人，几不相识矣！刘春池有句云：'两堤花柳全依水，一路楼台直到山'。"⑤ 卢见曾复任盐运使时，乾

---

① 董元度：《旧雨草堂诗》卷八，《四库未收书辑刊》第 10 辑第 13 册，第 770 页。
② 袁枚：《小仓山房诗文集》，上海古籍出版社 1988 年版，第 272 页。
③ 金兆燕：《棕亭诗钞》卷七，《续修四库全书》第 1442 册，第 157 页。
④ 卢见曾：《雅雨堂诗集》卷下，《续修四库全书》第 1423 册，第 434 页。
⑤ 袁枚：《随园诗话》卷六，王英志校点，凤凰出版社 2000 年版，第 150 页。

隆皇帝曾两次南巡，他借此机会为扬州锦上添花。王昶云："（卢见曾）修小秦淮红桥二十四景及金焦楼观，以奉辛未、丁丑两次宸游，其爱古好事，百余年来所未见。"①卢见曾通过对城市的建设，提升了扬州城的格调，使文人雅士们有了归属感。

其次，卢见曾极具人文情怀，其嘉惠士林、提倡风雅也是有目共睹，得到了大家的认可，其幕府规模之大即为一佐证。郑板桥就对卢见曾的知遇之恩感激涕零："窃念本朝风雅一席，自新城王公以后，六十年来，主者无人，广陵绝响，四海同喑。天降我公，以硕德峻望，起而继之，且又居东南之胜地，掌财赋之均输，书生面目，菩萨心肠，爱才如命，求贤若渴。宜海内文士，天下英奇，来归者如晨风之郁北林，龙鱼之趋数泽也。我公玉尺在手，因材而量，凡有一艺之长，不使无门向隅，登之座上，洗其寒酸，世有大贤，士无屈踬。"②严长明《送雅雨先生予告归德州》赞扬卢见曾："丹青会继三贤躅，禊饮谁酬隔岁春。"③袁枚亦赞曰："非公扶大雅，我辈何由遭。""三贤在何处，一贤今在兹。"④其幕府的文学创作活动，也转变了一地的风气，扬州成为一个具有文化氛围和文学气息的风会之地，各地的文士来到其幕府畅谈、切磋，所谓："幕府开江外，行台驻此州。燕游频共月，迎送亦同舟。"⑤幕府也成为一个平台，为幕宾提供了相识的机会，如袁枚和郑燮原二裨交已久但却无缘见面，直到在卢见曾幕府相见才了此心愿，《随园诗话》载："兴化郑板桥作宰山东，与余从未识面，有误传余死者，板桥大哭，以足蹋地。余闻而感焉。后廿年，与余相见于卢雅雨席间。板桥言：'天

① 王昶：《蒲褐山房诗话新编》，周维德辑校，齐鲁书社1988年版，第8页。
② 郑燮：《与卢雅雨》，见郑炳纯辑《郑板桥外集》，山西人民出版社1987年版，第86页。
③ 严长明：《严东有诗集》卷五，《续修四库全书》第1450册，第634页。
④ 袁枚：《小仓山房诗文集》，上海古籍出版社1988年版，第3122页。
⑤ 卢见曾：《题亢汾溪榷关即景图小照》，《雅雨堂诗集》卷下，《续修四库全书》第1423册，第436页。

下虽大，人才屈指不过数人。'余故赠诗云：'闻死误抛千点泪，论才不觉九州宽。'"① 就是这样，卢见曾以其幕府为核心，鼓励并影响着文人雅士的创作，也影响着扬州诗坛风气的转变，而其幕府的文学活动，也成为一段文坛佳话被后人所传唱、追思。数年之后，诗人赵翼不无伤感地感叹道："红桥修禊客题诗，传是扬州极盛时。胜会不常今视昔，我曹应又有人思。"②

值得注意的是，卢见曾具有文人和官员的双重身份，他既是一个爱好风雅的儒雅之士，又是被乾隆皇帝所重用的大吏，因此其幕府文学活动除了文人雅士之间的诗酒流连之外，不可避免地带有官方的色彩，或多或少地在传达最高统治者的意图。卢见曾幕府鼎盛之时，已是乾隆盛世，清王朝定鼎中原已过百余年，根基已固，内忧外乱也已基本平定，统治者此时开始注重"文治"。其实，从康熙五十年（1711）年戴名世《南山集》案"到乾隆二十年（1755）胡中藻《坚磨生诗》案"，这段时间恰恰是清王朝文字狱最严酷的时期。这是一个不需要个性、也不容许有不和谐声音的时代，统治者要求文学创作"凡其指归，务期于正"，实际上卢见曾也是以其幕府为中心来沟通朝野文士，让"清雅"、"醇正"成为文学创作的主流，卢见曾便是这样一位总持风雅、引领风气的官方代表。卢见曾贵为三品大员，曾为戴罪之人又能复职，可见乾隆皇帝对其还是比较信任的，卢见曾本人必定也能够领会乾隆皇帝的意图，因此，其幕府文学活动从某种意义上来讲已经超越了单纯的文人燕集。除了文人之间惺惺相惜之外，卢见曾幕府的文学活动究竟有着什么样的深层含义，我们不得不去思考。不可否认，卢见曾交接文士、提携寒俊，对于扬州一地文学气息、文化氛围的培养功不可没，但作为官方文化的代

---

① 袁枚：《随园诗话》卷九，王英志校点，凤凰出版社 2000 年版，第 237 页。
② 赵翼：《瓯北集》卷二十九，上海古籍出版社 1997 年版，第 635 页。

表，他也在以其幕府为媒介，来传达统治者的意图，转变着文学风气，正如袁枚所言："当明公未来时，其所谓二者，或以势干，或以事干，或以歌舞、卜筮、星巫、烧炼之杂技干，未闻有以诗干者。自公至，士争以诗进，而东南之善声韵者，六七年间亦颇得八九。盛矣哉！大君子之转移风气，固如是哉！"① 卢见曾有明确的文学主张，能很好地传达统治者的意图，认为应当鼓吹休明、有益于风俗教化，他曾说："自古一代之兴，川岳钟其灵秀，必有文章极盛之会，以抒泄其菁英郁勃之气。其发为诗歌，朝廷之上，用以鼓吹休明。"② 甚至对于一般士大夫所不重视的戏曲的创作，卢见曾也表现出了极大的热情，并且以有益于人心教化为标准来评判，他在《旗亭记序》中就明确表达了这样的意思："顾人情厌故，得坊间一新剧本，则争相购演，以致时下操觚，多出射利之徒。导淫者既流荡而忘返，述怪者又荒诞而不经。愚夫愚妇及小儿女辈，且艳称之，将流而为人心风俗之害，心甚非之而无以易也。"③ 对于不合人伦教化的作品，卢见曾是嗤之以鼻，因此其幕宾的创作就受到了他的直接干预，甚至会亲自修改，其幕宾金兆燕对此极为不满："兆燕不知自耻，为新声，作浑剧，依阿俳谐，以适主人意。主人意所不可，虽缪宫商，紊拍度以顺之不恤。甚则主人奋笔涂抹，自为创语，亦委曲迁就。盖是时老亲在堂，瓶无储粟，非是则无以为生，故湮涩含垢，强为人欢。"④《随园诗话》也记载了一事，可见所谓"大君子"对文学创作的制约，

---

① 袁枚:《与卢转运书》，见《小仓山房诗文集》，上海古籍出版社1988年版，第1508页。

② 卢见曾:《刻渔洋山人〈感旧集〉序》，见《雅雨堂文集》卷二，《续修四库全书》第1423册，第465页。

③ 卢见曾:《旗亭记序》，见《雅雨堂文集》卷二，《续修四库全书》第1423册，第480页。

④ 金兆燕:《程绵庄先生〈莲花岛传奇〉序》，见《棕亭古文钞》卷六，《续修四库全书》第1442册，第336页。

其曰：“予在转运卢雅雨席上，见有上诗者，卢不喜。”① 由此，我们可以看到，幕府中的幕宾虽名为宾客，实则需仰人鼻息，以顺主人之意，卢见曾也就是通过这种方式影响幕宾的创作，达到转移风气的目的。

此外，卢见曾在其幕府的一些雅集活动中还刻意突出了官方的背景。如乾隆二十二年（1757）的红桥修禊使卢见曾获得了极大的声誉，若考察其背景我们不难发现：这次修禊实际上是为了“润色鸿业”，彰显乾隆皇帝的“文治”而举行的。这一年乾隆皇帝再次南巡，驻跸扬州。卢见曾在此时举行盛会，其政治意义不言而喻。这次修禊规模既大，和诗亦多，恐怕与乾隆南巡不无关系，卢见曾幕府举行这次盛会显然讨好了乾隆皇帝，不仅为乾隆南巡锦上添花，而且成为乾隆所看重的“十全盛世”的最好的注解。再考察其幕府文人群体我们又可以发现，其幕府文人中很多都参加了乾隆八年至十四年的韩江雅集，是“小玲珑山馆”的座上客，而这些人大都有隐痛，或多或少地都表露过与朝廷的离立心态，卢见曾多与这些人相交接，或延为幕宾，或结为文友，除爱才好士之外，消除他们与朝廷的隔阂，将他们的创作归于“雅正”，恐怕也是卢见曾的一个目的，或者如近人黄濬所言，不想让这些人“去而为患”：“古人凡当一方面者，无不妙选幕僚，其作用有二，一则如今所谓专家治事；一则罗致有声名气节能力之才人，资其见识以救匡疏失，丰其俸养，勿使去而为患。”② 我们不妨将卢见曾幕府的文学活动与马氏昆仲“小玲珑山馆”做一个对比，从中可见卢见曾幕府实乃扬州文坛风气转捩之一大关键。首先，马氏昆仲和卢见曾都举办了诸多的雅集、燕游活动，其内容也无非是咏古咏物，流连花酒节令。但在人文关怀和意义旨归上却大不相同，马氏“小玲珑山馆”在那个

---

① 袁枚：《随园诗话》卷三，王英志校点，凤凰出版社 2000 年版，第 58 页。
② 黄濬：《花随人圣庵摭忆》，中华书局 2008 年版，第 362 页。

文网高张的时代，无疑是起到了养护士心、蔽避风雷的作用，正如严迪昌所言："究其实，小玲珑山馆中虽则'玩物'，并不'丧志'。雅集登临之类乃该群体白日人文生活形态，'听到夜分唯掩泣'则乃马氏兄弟及馆中骨肉之交的夜半心惊世事的真实心态"①，马氏兄弟在那个风雨飘摇的时代，为这些与朝廷离心者提供了庇护，使他们能够"绝俗"，在一定程度上使他们能够在创作和人格上保持独立；而卢见曾所举办的雅集，就少了这样的气氛，虽然也是登高怀远、春花秋月，但我们从这些诗作中看到最多的就是对卢见曾的歌颂，和对所谓盛世的赞美。卢见曾作为官方的代表，很享受这样的赞美，同时他也希望为盛世唱赞歌。其实卢见曾对当时的政治环境不是不清楚，严酷的文字狱就发生在自己的身边，而且自己也曾为远戍边陲的罪人，所谓"穷居塞外，有惓惓望阙之忧"②，他不能不去讨好最高统治者，去笼络更多的人为统治者唱赞歌，尤其是在乾隆皇帝非常看重忠信孝义、强调风教的情况之下。另外，马氏昆仲与出入"小玲珑山馆"的文士们结下了深厚的友谊，此种情谊使他们与兄弟无异，杭世骏为《南斋集》作序时就说："君真能推兄弟之好以为朋友，而岂世之务声气、矜标榜所可同日而语哉？"③可见，在杭世骏等人的眼里，马氏昆仲与文友们是可以称之为兄弟的，其地位也是平等的。而卢见曾的幕府当中，除了少数游宦之外，其他人都不可能与卢见曾地位平等或以兄弟相称，卢见曾有意无意的总是要维护官方的威严。因此，在其幕府当中也就少了那么一些温情，并且其对文艺的干涉，也是非常直接的，如袁枚曾为卢见曾荐士，而后其人却因文章不合卢氏心意而被逐出幕府，并且卢

---

① 严迪昌：《往事惊心叫断鸿——扬州马氏小玲珑山馆与雍乾之际广陵文学群体》，《文学遗产》2002年第4期。

② 徐世昌：《晚晴簃诗话》，傅卜棠编校，华东师范大学出版社2009年版，第420页。

③ 杭世骏：《南斋集序》，《丛书集成新编》第72册，台湾新文丰出版公司1985年版，第93页。

氏告诫袁枚日后不要再为其举荐[①]，曾出入卢氏幕府的全祖望也有
"疏狂容易犯科曹，幕府谁能恕折腰"[②]的诗句，其不平与委屈溢于
言表。总之，卢见曾在扬州任职时，与诸多文士相交接，一方面是
渴望得到像王士禛那样的声望，另一方面，卢氏想借扬州之地转移
文学风气。乾隆二十年（1755），马曰琯、程梦星、全祖望等韩江
雅集的中流砥柱分别谢世，预示着"小玲珑山馆"那个可以安其惊
魂、敞其心扉、展其才学、抒其积郁的时代已经结束，卢见曾此时
应运而为"扶轮大雅"者，以其幕府为核心，主持扬州人文几达十
年，形成广陵诗史的另一番格局。

第四节　曾燠幕府雅集与乾嘉之际
诗风走向

曾燠（1760—1831），字庶蕃，一字宾谷，晚号西溪渔隐，江
西南城人。清代中叶著名诗人，又擅骈文。乾隆四十六年（1781）
进士，改庶吉士。官至两淮都转盐运使。乾隆五十七年（1792）曾
燠擢升为两淮盐运使，此后直到嘉庆十二年（1807）升任湖南按察
使，十余年间驻节扬州，鼓扬风雅，广纳贤才，与同人诗酒唱和，
被认为是继王士禛、卢见曾之后，以高位主持风雅、重振扬州诗
坛的又一人，郭麐《灵芬馆诗话》云："扬州自雅雨以后数十年来，
金银气多，风雅道废。曾宾谷都转起而振之，筑题襟馆于署中，四
方宾客，其从如云，今所传《邗上题襟集》是已。"[③] 王昶亦云："维

---

①　袁枚：《与卢转运书》，见《小仓山房诗文集》，上海古籍出版社1988年版，第
1508页。

②　全祖望：《同馆出为外吏者，率以书诉困悴，戏答三绝》，见朱铸禹《全祖望集
汇校集注》，上海古籍出版社2000年版，第2057页。

③　郭麐：《灵芬馆诗话》卷四，《续修四库全书》第1705册，第378页。

扬为南北要冲。又有平山、蜀岗、虹桥诸名胜，女士大夫往来者篮舆笋屐，徘徊旬日而不能去。然二十余年觅船投辖，地主无人，每有文酒寂寥之叹。宾谷开东阁之樽，集南都之彦子，门下士被其容接者尤多。而擘纸挥毫，散华落藻，揽题襟馆诗两集，遂觉烟月争辉，江山生色。"① 他是清代扬州最后一个影响广被东南的风雅使节，其幕府吸纳了众多的人才，当世众多著名文士都被延入幕中或至扬州与其唱和，自曾燠出任两淮盐运使，"而天下称诗之士皆至于扬州"②。

对曾燠幕府之盛况，当时的名士钱泳有详细的记载："南城曾宾谷中丞以名翰林出为两淮盐运使者十三年。……中丞则旦接宾客，昼理简牍，夜诵文史，自若也。署中辟'题襟馆'，与一时贤士大夫相唱和，如袁简斋、王梦楼、王兰泉、吴榖人、张警堂、陈东浦、谢芗泉、王葑町、钱裴山、周载轩、陈桂堂、李菑生、杨西禾、吴山尊、伊耐园及公子述之、蒲快亭、黄贲生、王惕甫、宋芝山、吴兰雪、胡香海、胡黄海、吴退庵、吴彐庵、詹石琴、储玉琴、陈理堂、郭厚庵、蒋伯生、蒋藕船、何岂匏、钱玉鱼、乐莲裳、刘霞裳诸君时相往来，较之西昆酬唱，殆有过之。"③ 由以上载录可见曾燠幕府宾客之盛。而钱泳的记述更为细致地透露了其幕宾与交游圈的信息，由他所提供的这张名单可见，曾燠幕府集中了乾隆后期到嘉道之际的文化名流，可见其幕府影响之大，无怪乎陈康祺称其幕府为"龙门"："南城曾抚部燠，今人犹称为曾都转，以公宦辙留扬州最久也。红桥竹西宾从文宴之盛，远踵韩、欧、刘、苏诸公，近接栎园、渔洋、雅雨诸老辈，差几乎海内龙门矣！"④ 曾燠

① 王昶：《蒲褐山房诗话新编》，周维德辑校，齐鲁书社 1988 年版，第 143 页。
② 王芑孙：《题襟馆记》，《惕甫未定稿》卷六，《续修四库全书》第 1481 册，第 39 页。
③ 钱泳：《履园丛话》，中华书局 1997 年版，第 215 页。
④ 陈康祺：《郎潜纪闻二笔》，中华书局 1984 年版，第 503 页。

以其幕府为核心，使扬州文坛再度焕发出光彩。

一、曾燠幕府的文学活动

曾燠任两淮都转盐运使十余年间常与幕宾雅集赋诗，大批寒士入其幕府酬唱，对于起振扬州一地之文风功不可没，正如张维屏所言："宾谷都转处淮扬靡丽之区而澹于嗜欲，公事余闲，时与宾从赋诗为乐。开题襟馆于署后，周植花木为唱和之所。屈指官斯土者，自国初以来，无虑数十辈，而若风吹网，所过无闻，独宾谷挟其纵横跌宕之才，以雄视乎当世，令人爱慕比于香山、六一、玉局诸老不其伟與？"[1]清代历官扬州者，几乎不可胜数，然而能像王士祯、卢见曾、曾燠这样能够"雄视当世"者寥寥无几，这从一个侧面反映出曾燠等人有功于士林，远在京师的法式善《寄曾宾谷运使》即对曾燠提携寒俊、鼓扬风雅给予了赞扬：

> 梅花阴薄山吐月，官阁吟声时未歇。十年饱看蜀岗云，一竿梦钓西溪雪。王扬州后卢扬州，谁能一字一缣酬。题襟馆大亦如舟，孤寒八百来从游。[2]

曾燠在扬州时延揽素儒、不废吟咏，署中文宴几乎无日不有。自乾隆五十八年（1793）开始陆续付刻的《邗上题襟集》及《续集》、《再续集》，均是其与幕宾、文友的唱酬之作，为扬州文坛留下了一笔丰厚的文学遗产，如吴鼒所言："南城曾公转运邗上，清望既符，盐政以理，薄书克勤，啸歌无废，宾客之盛不减聚星之堂，湖海之士竝有登龙之愿。"[3]曾燠本人也描述了当时其幕府雅集之盛况："往者，扬州月夜，京口江春，梅花邓尉之山，桃叶秦淮之渡，靡不飞

---

① 张维屏：《国朝耆献类征》卷一百九十二，《清代传记丛刊》本第156册，第513页。

② 法式善：《怀远诗六十四首》，《存素堂诗初集录存》卷六，《续修四库全书》第1476册，第587页。

③ 吴鼒：《吴学士文集》卷十二，《续修四库全书》第1487册，第445页。

觞命酒，刻烛分题，众宾皆金鼓之声，贱子亦风云之气。"①他驻节
扬州十余年，交游既广，唱和亦多，着力为诗，诗集中几乎无体不
备，他与幕宾唱和之题材亦包罗万象，约略言之，以"或芜城吊古，
或蜀岗怀人，或悲芍药之余春，或爱芙蓉之初日"②居多，曾燠幕
府地处扬州华丽之区，府中文宴亦极一时之盛，幕僚与文友形形色
色，因之文宴的主题亦呈现多样化，反映出这一时期文人生活与创
作的各个方面，颇能体现乾嘉之际文人的复杂心态。分述如下：

（一）南园修禊

曾燠在扬十余年，幕府中宴饮不计其数。乾隆五十八年
（1793），曾燠刚一上任即举行了"九峰园秋禊"，《扬州画舫录》卷
七记载了这次修禊：

> 癸丑秋，曾员外燠，转运两淮，修禊是园，为吴穀人翰林
> 锡麒、吴退庵煊、詹石琴孝廉肇堂、徐闰斋孝廉嵩、胡香海进
> 士森、吴兰雪上舍嵩梁、吴白厂明经照。丹徒陆晓山绘图。

此次修禊之地为扬州八大名园之一的南园。与会者除曾燠外，
有吴锡麒、吴煊、詹肇堂、徐嵩、胡森、吴嵩梁、吴照等人，赋诗
之余，亦绘有秋禊图记其事。曾燠作《秋禊诗》云：

> 昨得兰亭春禊砚，便思招客兰亭游。兰亭此去一千里，春
> 禊故事谁知修。扬州红桥亦名胜，冶春词句今传讴。渔洋遗迹
> 继者少，百有余岁空悠悠。今年三月动嘉兴，颇乏知己相庚
> 酬。……明朝写出秋禊图，洗砚之人宜可识。③

他在诗中说明了这次宴集的起因，乃是无意间得砚一方，此砚
为绿端石所制，四面刻兰亭图并诗，故名之为春禊砚。曾燠乃效法

---

① 曾燠：《胡香海诗集序》，见《赏雨茅屋外集》，《续修四库全书》第 1484 册，
第 236 页。

② 曾燠：《乐元淑青芝山馆诗集序》，见《赏雨茅屋外集》，《续修四库全书》第
1484 册，第 231 页。

③ 曾燠：《秋禊诗》，《邗上题襟集》，嘉庆二年两淮盐署刻本。

王羲之等人兰亭春禊故事，于七月三日举行秋禊。诗中表达了自己得砚而思追慕先贤的意图，扬州文坛自卢见曾之后三十年，曾燠来任职之时已是"风雅道废"，但"冶春词句今传讴"，王士禛等人雅集唱和的风流韵事仍为众人津津乐道，视为文坛佳话。曾燠在慨叹渔洋之后踵之者寥寥的同时，亦颇以起振文风者自居，虽以得砚为契机，然效法之思，由来已久，只是由于"颇乏知己相庚酬"。同时他也暗示扬州风雅道废、"名士少长集"是由于无人提倡，而自己就是渔洋后身，渴望"江天雨霁"，一扫阴霾，重振文坛。同座之人对于曾燠鼓扬风雅大加赞扬，认为可与兰亭媲美，与红桥比肩。詹肇堂更是和诗认为曾燠举行秋禊之会，可谓前无古人，别出心裁，独树一帜，"兰亭之人今邈矣，续会兰亭效颦耳。秋禊古来无传人，可传之人自公始"，此事必成为又一文坛佳话，美名传扬千里，主客并得不朽，"明日城中传盛事，招得一群诗酒仙。先生此会垂永久，客亦附公期不朽"①。

这次"九峰园秋禊"是曾燠到扬州后首次举行的雅集，参加者虽不多，凡八人，但名列舒位《乾嘉诗坛点将录》者即有四人：云里金刚曾燠，活阎罗吴嵩梁，镇三山吴锡麒，拼命三郎徐嵩，可见其诗人幕府的性质。自此次雅集之后，曾燠幕府举行了不计其数的雅集和唱和活动，对于扬州文坛的振兴功不可没。

(二)"题襟馆"之雅致生活

曾燠在扬州时，在官署之中专门辟出一地，作为公事之余与人唱和之所，名之为"题襟馆"，并将唱和所得结集刊刻，名曰《邗上题襟集》，意为效法唐代温庭筠、李商隐、段成式等人的"汉上题襟"。如果说卢见曾之获得高名是由于其所主持的"红桥修禊"，那么"题襟馆"之于曾燠，则是其"大雅扶轮"的代名词。汪中曾言：

先生登高有赋，作器能铭，下笔成章，惊才飚举，同时作

---

① 詹肇堂：《秋禊诗》，见《邗上题襟集》，嘉庆二年两淮盐署刻本。

者清思奋发，逸足争驰。曾不逾年，积而成帙，名曰《邗上题襟集》，取义柯古惟其称也。……先生乡望、科第、文名、宦迹事事与文忠同，而是集之成又足增此邦之掌故，补前人之坠典，虽谓有过文忠可也。①

曾燠并未像卢见曾那样，刻意标榜与欧、苏、渔洋之间的联系与身份认同，而是将"题襟馆"打造成了扬州文坛一个新的文化符号。他"辟题襟馆于邗上，公余之暇与宾从琴歌酒宴，无间寒暑，海内名流归之如流水之赴壑"②。曾燠与友人、幕宾的唱和无论寒暑，几无间断，由是"题襟馆"之名益显，当世诗人慕名而来者益多。

事实上，《邗上题襟集》刊行在前，而"题襟馆"建成在后，曾燠一到任上，即与幕宾、文友举行了雅集活动，并且将所得之作刻板以行，这对于死水微澜的扬州文坛无异于一石激起千层浪，这一行为再次引发了文人们的创作热情，也吸引了大批文士前来游幕，当然也为曾燠赢得了雅名，孙星衍序《邗上题襟集选》就将曾燠与欧阳修相提并论："扬州为东南都会之地，海内人士经过斯土，必就一代主持风雅如欧阳文忠，为人伦之鉴。宾谷前辈都转驻节两淮，开翘材之馆，既收罗尤异者置之幕府，又于四方挟册之士，别自其高才。敦行者接纳之，投赠篇什，不下千首，授简之余，自为提倡，刊《邗上题襟集》，已而又择其最雅驯者重录成编，江淮为之纸贵。"③《邗上题襟集》的刊刻为曾燠赢得了声誉，于是其于官署中辟"题襟馆"，作为宴集之所，以维持这种声誉。"题襟馆"建成时，诸文友皆作诗为贺，如王文治有《宾谷来扬州，一时名士唱和成帙，择其优者锓版以行，题曰〈邗上题襟集〉，兹复于衙斋西北隅筑题襟馆以实之，为赋两首》其一云：

---

① 汪中：《邗上题襟集序》，见《邗上题襟集》卷首，嘉庆二年两淮盐署刻本。
② 叶衍兰、叶恭绰编：《清代学者像传合集》，上海古籍出版社1989年版，第248页。
③ 孙星衍：《邗上题襟集选序》，见《邗上题襟集选》卷首，嘉庆六年两淮官署刻本。

汉上题襟事，骚坛喜再闻。古今虽异地，贤哲自为群。

邗水秋风渡，平山日暮云。长空飞雁影。聊复点斜曛。①

扬州本为人文荟萃之地，具有深厚的文化底蕴，平山堂、红桥等名胜俱因文人雅集而名扬海内，曾燠来扬日，虽也与文友游平山堂、红桥，并留有诗篇，但大抵偶尔为之，并未刻意宣扬，相反，他刻意突出了自己的"题襟馆"，在自己及幕宾、文友的诗集中，以"题襟馆"为题的诗作比比皆是，在这样的描述中，题襟馆俨然成了扬州文坛的一个象征，曾燠也因"题襟馆"而声名日盛。当时的名士洪亮吉即为曾燠之"题襟馆"写了一篇骈文，赞扬其馆中风流：

题襟馆者，宾谷先生榷署中退食之地，亦公宴之所。其地也，踞四达之衢，半尘不入；处三江之会，百舫咸通。稍离听事之廨，别构精思之轩。仿汉上之名，据邗水之胜。……以是西北之彦，东南之英，有不登先生之堂者，咸若有所缺云。先生亦爱养人材，倾意宾从，有周朗之逸朋，无敬容之残客。……自癸丑以来，十年于兹。先生以政举尤异，当膺节旄。于是高斋宾僚，横舍弟子，恐盛事莫传，高会不再，属亮吉为之记。②

在洪亮吉眼中，"题襟馆"是一个"半尘不入"的清幽之地，环境幽雅，远离世俗的喧嚣，"奇石三面，回廊四周，高栋接乎层云，危垣隐于修竹"，俨然一个适合文人雅集、创作的世外桃源。而且此处汇集了"西北之彦"、"东南之英"，可谓人才济济，主人亦"爱养人才，倾意宾从"，宾主相处融洽，时相唱和，一时敦盘之盛，无与伦比。

曾燠的幕宾王芑孙亦作有《题襟馆记》，对"题襟馆"之由来以及其间文学之鼎盛描述甚详：

① 王文治：《梦楼诗集》卷二十四，见《续修四库全书》第1450册，第601页。
② 洪亮吉：《题襟馆记》，《骈文类纂》，吉林人民出版社1998年版，第721页。

自宾谷出为两淮转运使，而天下称诗之士皆至于扬
州。……因以其闲，选辰命酒，脱屦高谭，春秋佳日，杯觞流
行，纸墨横飞，人人满其意以去。而君之学亦繇是大进。……
居既作题襟馆，又合其主客酬唱之诗刻之曰《题襟集》。于是
题襟馆之名播天下，好事者传为图画。①

　　王芑孙在文中称"自宾谷出为两淮转运使，而天下称诗之士皆
至于扬州"，指出风雅大吏对于转变文学风气的作用，由于曾燠肆
力于诗歌创作，而对于幕中诗人关爱有加，"凡客之以文来者，莫
不延问迓劳，论其同异，指画是非"，互相唱和、切磋，"人人满
其意以去。"在这样的环境下宾主讨论诗学、切磋诗艺，无形中推
动了诗学创作，曾燠本人"学亦繇是大进"，而"题襟馆"亦名播
天下。曾燠在扬州时的诗文雅集主要集中在其"题襟馆"中，由
于其宾主唱和，"题襟馆"开始汇集并沉淀了许多文苑趣闻和诗坛
佳话。如前文所述，在宾客的眼中，"题襟馆"是一个雅静、清幽，
别有情调的雅集之所，其中人文气息很浓。其实，自明代以来，文
人们即主张张扬性情，开始寻觅日常生活之"道"，开启了一个生
活艺术化的时代。曾燠之"题襟馆"不惟是一个雅集的场所，同时
也是乾嘉时期文人追求雅致生活的一种体现。与王士禛、卢见曾不
同，曾燠并未在平山堂、红桥等具有象征意味的地点举行大规模的
集会，其重点放在了自己的衙署内，"题襟馆"之中。如果说，王
士禛、卢见曾幕府的雅集体现出了一种张扬的盛世气象的话，曾燠
幕府的雅集相对来说表现出的则是内敛，这一方面是由于曾燠所处
之时代已经是"盛世"末期，另一方面则恐怕是由于曾燠感觉到了
世易时移，自己无力再效法王渔洋、卢见曾，只好另辟蹊径，表现
出了一种闲云野鹤般的隐逸，来效法魏晋风度，为自己赢得雅名。

---

　　①　王芑孙：《题襟馆记》，见《愓甫未定稿》卷六，《续修四库全书》第1481册，
第39页。

他在"题襟馆"中刻意突出了两个意象：鹤与梅。曾燠于馆中周植梅花并蓄白鹤数只，俨然是魏晋风流。幕宾们又以此为题，为曾燠鼓扬、吹嘘，更彰显其雅名。曾燠作有《题襟馆种梅》，其中有言："寂寞题襟馆，岁寒念高朋"，"葩瑶虽未发，丰骨已自矜。于时方肃杀，欲验天心恒。此树得气先，便觉阳和升。"① 将自己与题襟馆中诸友比为高洁之梅花，一时和者甚多，众人皆推尊曾燠为主持坛坫者，对于其扶轮大雅表示赞赏。吴鼒《题襟馆种梅，同人赋诗，各以其姓为韵》诗云："五载东阁主吟社，风骚大雅亲持扶。"② 俞国鉴《题襟馆种梅，各以其姓为韵》云："水曹去后千百载，芳华消歇吟情孤。使君筑馆寄幽抱，聪筼恶木纷芟除。"③ 陈燮亦云："高枝兀傲不可驯，俯视石壁空嶙峋。"④

（三）题图、题画及金石考订

乾嘉之际，学者好古敏求，通经致用，研究范围几无所不包，反映在诗歌创作中，即表现为创作范围扩大，题材广泛。而且，清代文学艺术的发展处于一个集大成的阶段，士人们既精于创作又擅长鉴赏，堪称文艺全才。加之乾嘉考据学的兴盛，题图、题画及玩赏金石碑帖，也是文人雅士们雅集时的一项活动，这在曾燠幕府之中也有体现。如《题宾谷赏雨茅屋图卷》云："此时赏雨心，或虑识者寡。但取画图看，趣尚亦高雅。"⑤《题襟馆分咏先贤画像，予得二首》云："代易元嘉号，诗留正始音。桃花身世感，秫酒圣贤心。黄绮貌犹在，荆高悲独深。谁知填海志，归鸟是冤禽。（陶靖节像）。"曾燠幕府的此类诗歌虽以图画、金石入题，然细读之，却无学问与考据的连篇累牍、满眼充斥之感，反而殊有寄托，可见，

① 曾燠：《赏雨茅屋诗集》卷三，《续修四库全书》第 1484 册，第 26 页。
② 吴鼒：《吴学士诗集》卷二，《续修四库全书》第 1487 册，第 345 页。
③ 李坦主编：《扬州历代诗词》卷三，人民文学出版社 1998 年版，第 701 页。
④ 李坦主编：《扬州历代诗词》卷三，人民文学出版社 1998 年版，第 652 页。
⑤ 王芑孙：《渊雅堂编年诗稿》卷十五，《续修四库全书》第 1480 册，第 544 页。

曾燠与幕宾虽亦有以学问、以考据入诗之作，但其幕府以诗人居多，大抵是偶尔为之，聊备一格，此乃当时学术风气对诗人创作之影响。

（四）节日登临，赏花看月

节俗游乐、山水欣赏本为文人雅集之重要契机。正如钱钟书所论，山水之好"初不尽出于逸兴野趣，远致闲情，而为不得已之慰藉。达官失意，穷士失职，乃倡幽寻胜赏，聊用乱思遗老，遂开风气耳"①。曾燠所处之扬州，名园古刹众多，又有平山堂、红桥等富有人文内涵的诸多景点，这都为曾燠与幕宾游宴提供了绝佳的场所。曾燠经常与幕宾、文友游山玩水、赏花看月，并赋诗以纪之。

乾隆五十八年（1793），曾燠就曾于红桥举行修禊，詹肇堂作《拟红桥修禊词》十二首。此后曾燠又多次于红桥举行修禊活动，如嘉庆六年（1801）三月三日，曾燠举行湖上禊游，同人各赋诗，所得诗歌结为《湖上禊游诗》，王芑孙有序。②

此外，赏花也是一大乐事，以此为主题的诗作在曾燠及幕宾的诗集中屡见不鲜，如曾燠《三月二十九日与客筱园看芍药》、胡森《奉和宾谷先生筱园看花之作》、蒲忭《宾谷夫子召集题襟馆看菊》、刘嗣绾《三月三十日宾谷都转招同张警堂观察，梦楼、少林两太守，尤水村布衣，胡香海进士，黄海广文、双木明经湖上看芍药》等。

（五）致祭欧、苏等先贤生日

在扬州历史上，有两位文坛巨匠是不容忽视的，那就是欧阳修与苏轼，这两人都曾在扬州为官，无论其为政，抑或其文学造诣，都成为后世文人渴望、仰慕的对象。曾燠来扬州为官，又雅好文学，广纳贤才，以高位主持一方风雅，因此人们很容易将他与欧、苏联系起来，将他看作是当世的欧阳修、苏轼。

① 钱钟书：《管锥编》，中华书局1979年版，第1036页。
② 王芑孙：《湖上禊游诗序》，见《惕甫未定稿》卷二，《续修四库全书》第1480册，第643页。

这样的评价在其幕宾的创作中比比皆是，如詹肇堂诗云："苏公守维扬，其年五十七。先生今年三十四，转运淮南持玉节。后先相去七百年，适来与公做生日。先生南丰之子孙，与苏同出欧公门。"① 吴照诗云："今日醉翁年更少，江山重见咏歌新。"② 邓显鹤也称赞曾燠是当代韩、苏："惟先生主持风雅，为当代韩、苏，海内人士稍负异于众者，靡不思携业就正，思得一言以为荣。"③

　　曾燠对两位前哲的风雅也相当渴慕，每逢欧阳修与苏轼生日即举行祭祀赋诗，来纪念两位先贤。如曾燠某年十二月十九日，苏轼生日以异石三块作为贡品，来祭祀苏轼，并用苏轼《仇池石》诗韵作诗，中有"公为石磎，弗为碌碌玉。磨之既不磷，精气岂沦伏"，对苏轼"宁鸣而死，不默而生"的正直品格表示钦佩；"焚香礼公像，形影愿相逐"④，表明自己渴望成为苏轼一样的人物。同人以《十二月十九日致祭坡公作》为题，和者有吴照、汪中、喻宗泰、胡森、詹肇堂等人。乐钧和作《东坡先生生日，宾谷都转以异石作贡，同用坡集中仇池石诗韵》表达了对苏轼的仰慕，对其高洁品质大加赞扬："伊昔元祐朝，公做扬州牧。峻望齐蜀岗，清节照淮滨"，同时也将曾燠比作当代的苏东坡："使者南丰孙，风流远追逐。遗像陈高斋，寒梅粲金谷。"⑤ 胡森则赞扬曾燠政绩与文章都可以与苏轼相比肩，其诗云："文章政事相颉颃，西蜀西江映先后。即今此举亦足家，事以人传定非偶。"⑥

　　又如欧阳修生日致祭。嘉庆六年（1801），曾燠曾于六月二十一日集清燕堂拜欧阳修生日，曾燠作《醉翁吟》，自注曰：欧

---

① 曾燠编：《邗上题襟集》，嘉庆二年两淮盐署刻本。

② 吴照：《听雨斋诗集》卷十二，乾隆五十九年南昌刻本。

③ 邓显鹤：《南村草堂文钞》卷九，咸丰元年刻本。

④ 曾燠：《赏雨茅屋诗集》卷四，《续修四库全书》第1484册，第45页。

⑤ 乐钧：《青芝山馆诗集》卷十一，《续修四库全书》第1490册，第526页。

⑥ 李坦主编：《扬州历代诗词》卷三，人民文学出版社1998年版，第579页。

阳文忠公生日致祭，坐客同作。诗云："众人皆醉嫌独醒，幽谷之泉香复清。且与滁人日游宴，醉乡可以逃其名。"① 慨叹欧阳修壮志难酬。王芑孙、詹肇堂等皆有和作，王芑孙《醉翁吟》诗下亦有自注：六月廿一日，宾谷集同人于清燕堂作欧公生日，予方辍咏，因课同作。此诗编入《渊雅堂编年诗稿》辛酉年，即嘉庆六年。张云璈亦有《六月二十一日，曾宾谷运使召集同人为欧阳公生日》。《邗上题襟集》中记载了不少祭祀欧阳修、苏轼时的唱和之作，洪亮吉《宾谷前辈寄示六月二十一日为宋欧阳文忠公生日设祀诗，因赋和一篇寄正，并柬王少林太守、陈澧堂博士、史册厓文学》，阮元《宾谷都转以六月二十一日集平山堂为欧阳文忠公生日，设祀于扬州官阁，以诗奉简》。洪亮吉与阮元均不是曾燠之幕僚，可见曾燠为欧、苏二公生日会影响之广，使幕府外之士人亦积极唱和，以参与此雅事为荣。

（六）消寒消夏之会

曾燠幕府雅集名目繁多，严寒酷暑之际，还常常邀集同人举行消寒消夏之会。

乾嘉之际，消寒雅集成为文人雅集一种常见的形式，不仅京师的文人仕宦有此聚会，江南一带也流行起来，王端履《重论文斋笔录》云："嘉庆甲子、乙丑间，同人岁为消寒雅集。集必征文献或出新意以为觞政，不能者罚以巨觥。"② 这种文学风尚的流播，与曾燠这样的幕府不无关系，曾燠在京师时就曾参加过这样的消寒会，到扬州后，其幕府也常常举行消寒会。嘉庆十年（1805），曾燠组织了"题襟馆消寒六会"，与会者有郭麔、吴锡麒、乐钧、刘嗣绾、彭兆荪、金学莲、江藩、顾芝山、蒋秋竹、储玉琴等，皆一时名士。曾燠幕府消寒雅集的形式亦多样：有分题古玩字画，如曾燠

---

① 曾燠：《赏雨茅屋诗集》卷四，《续修四库全书》第 1484 册，第 49 页。
② 王端履：《重论文斋笔录》卷十二，光绪十五年徐氏铸学斋刊本。

《铁箫吟消寒席上赋》；有分咏杂物，如曾燠《赏雨茅屋诗集》中有《消寒集题襟馆分咏》，分别以寒芜、寒篷、寒寺、寒庖、寒笛、寒鸡为题；有分韵而作，如元章《长至后四日，题襟馆消寒小饮，会者十四人，以"刺绣五纹添弱线，吹葭六琯动飞灰"一联分韵，得吹字》、胡森《消寒会，分赋得望雪》；又喜作联句，曾燠尝将题襟馆消寒所作联句结集为《题襟馆消寒联句诗》，其幕宾吴蔚作序云：

> 专瑟难听，奚取子弦，高曲寡和，甯无同调，惟联句者，其能发金石于众口，合宫商之百变者乎？……于是远慕谢尚书、张使君之会，近仿朱检讨、查编修之体为联句诗若干首，雕镂山水，画绘虫鱼，论诗论史之识，知古知今之才。①

如吴蔚所言，题襟馆所作联句或"雕镂山水"，或"画绘虫鱼"，展现的却是"论诗论史之识，知古知今之才"，而作联句是因为"高曲寡和，甯无同调"，这恐怕就是钱钟书所谓"盖文人苦独唱之岑寂，乐同声之应和"②吧，因此联句这种带有诗艺竞技意味的创作，也成了题襟馆中一项重要活动。

二、曾燠幕府与乾嘉之际诗风走向

曾燠幕府为乾嘉之际最大的一个诗人幕府。以其幕府为核心的文事活动，既促进了文学创作的繁荣，又反映了乾嘉之际诗风之走向，亦体现了身处盛世末期的文人士子们的复杂心态，其影响值得关注。

第一，曾燠幕府与扬州文风的盛衰。毫无疑问，曾燠幕府的出现，再次使扬州文风极一时之盛。扬州文坛在乾隆初期，因有卢见曾之提倡，曾经一度繁荣。卢氏之后，虽历数任盐运使，而再无起继卢见曾之志者，因之扬州便"金银气多，风雅道废"，直到曾燠

---

① 吴蔚：《题襟馆销寒联句诗后序》，见《吴学士文集》卷十二，《续修四库全书》第 1487 册，第 445 页。

② 钱钟书：《谈艺录》，中华书局 1984 年版，第 171 页。

幕府的出现才改变这一局面，正如吴锡麒所言："若夫人才之盛衰，必视都转之贤否。盖朝廷设巡盐御史，例岁一代，不恒于官，惟都转使得其人，则或十年八年，日省月试，整齐而教化，以驯至于古风之丕变而无难。若曾公之来莅此任已，十有五年矣，和平静乐，为人所难，又能接物以诚，临事以断。"① 吴锡麒首先肯定了曾燠之"贤"，即曾燠之雅好文学、爱才好士，同时也指出改变一地文风非一朝一夕之事，而曾燠都转淮扬十余年，恰好具备了这一条件。当然，曾燠本人的雅好文学，是其幕府文学兴盛的一个先决条件，洪亮吉曾言："宾谷先生弱冠通籍，自秘阁而机庭，又以才干结圣主知，总理江、淮财赋者十数年，官事之暇，以诗文为性命，其天才学识又足以副之。所著《西溪渔隐诗》若干卷是也。"② 孙星衍也曾称赞曾燠肆力于文学，不贪慕货利，"扶轮大雅"的功绩：

> 世之为政者，或以货利溺心，或以虚无废事，深居则多壅蔽，偏听又不择人，目不视古今成败之书，幕僚胥吏皆得持权以侮之，则吏治荒，不独风雅坠矣。蒙吉枳桌山左，亲核爱书，不延宾佐，亦以公余整理旧业，以视前辈之文章政事，诚不能企及万一。然知古人仕优则学，及不殖将落之言，不敢以一行作吏废此事也。③

曾燠对幕宾的优礼，使名士慕名而来，也成就了曾燠幕府诗酒之盛，幕宾文友们纷纷赞扬曾燠，这样的诗句比比皆是，试举几例：

> 我至频倒履，我醉屡落帻。礼法容疏狂，此意古今泣。④

---

① 吴锡麒：《校士记》，《重修扬州府志》卷十九，嘉庆十五年刻本。
② 洪亮吉：《西溪渔隐诗序》，见《洪亮吉集》，中华书局 2001 年版，第 218 页。
③ 孙星衍：《邗上题襟集选序》，见《邗上题襟集·先》卷首，嘉庆六年两淮官署刻本。
④ 吴嵩：《吴学士诗集》卷一：《寄呈都转宾谷先生十三月前韵》，《续修四库全书》第 1487 册，第 329 页。

> 五载东阁主吟社，风骚大雅亲扶持。①

> 刘梅秦晁世不乏，使君爱客能招延。②

可见曾燠提倡风雅为文人雅士提供了良好的环境，使扬州再次成为文人骚客渴慕之地，殆曾燠离任，一切又归于平淡，如后人所论："宾谷官两淮都转时，提倡风雅，招邀胜流，遂有《邗上题襟集》之刻。渔洋、雅雨而后，主持坛坫，辄首推之。今日人往风微，大雅不作，芜城凭吊，韵事寂寥，世运与谭艺之盛衰，其关系有如此者。"③著名诗人赵翼也不得不感叹："禊饮红桥事久无，使君重把雅轮扶"、"却怜我昔扬州住，旅馆清吟兴太孤。"④

第二，幕府雅集所体现的世风与文风之流变。一般言清史者，多以乾嘉为一期，实际上乾隆、嘉庆两朝所表现之气象，已大相径庭：乾隆朝鼎盛一时，嘉庆朝则衰象已露，随之而来的是清代世风与文风的转变。就世风而言，经历了乾隆时期的鼎盛，嘉庆朝之政治、经济迅速衰落，封建末世气象毕现，如蔡景真所言："目下虽有丰亨豫大之形，实为民穷财尽之日。"⑤曾燠所在之重要盐业中心，也已开始衰败，不见昔日之辉煌，况且川楚陕之白莲教起义"连六七年不决"，而"扬州又东南风雨之交也，秦栈宿师，楚甸告饥，繇是有泛舟之役，繇是有輓饟之邮"⑥。覆巢之下，安有完卵，扬州乃至清王朝之衰落，从曾燠幕府雅集之规模亦可见一斑：曾燠驻扬十余年，虽然无论寒暑均有雅集，但无论从其参与人数上，抑

---

① 吴蔚：《吴学士诗集》卷二：《客扬州以素册十幅写宾谷先生集中诗意自跋一首》，《续修四库全书》第 1487 册，第 345 页。

② 李坦主编：《扬州历代诗词》卷三：《十二月十九日，致祭坡公作》，人民文学出版社 1998 年版，第 686 页。

③ 王逸塘：《今传是楼诗话》，《民国诗话丛编》第三册，上海书店 2002 年版，第 440 页。

④ 赵翼：《读邗上题襟集奉简》，曾燠《邗上题襟续集》，嘉庆二年两淮盐署刻本。

⑤ 蔡显：《闲渔闲闲录》卷三，民国嘉业堂刊本。

⑥ 王芑孙：《题襟馆记》，《惕甫未定稿》卷六，《续修四库全书》第 1481 册，第 39 页。

或其影响力来看，均不及卢见曾，此所谓"不独人才有消长之分，抑亦世运有盛衰之别"①。卢见曾在扬州时，可以得到"扬州二马"这样的富商的资助，刊刻书籍，曾燠幕府却难以做到了，正如李兆洛所言：

> 邗上当雍正、乾隆间，业盐者大抵操赢，拥厚资，矜饰风雅以市重，一时操竽挟瑟，名一艺者寄食门下，无不乘车揭剑，各得其意以去。至嘉庆时而盐贾芸芸，自顾不暇，无复能留意翰墨。②

乐钧也曾云"东南财赋重盐差，金多最足征风操"③，此言不虚。扬州商业的衰落，无疑也会影响盐运使的收入，使其无力再举行大规模、影响大的雅集了。从曾燠幕府雅集之创作，亦可见世运之衰落，嘉庆十年（1805），曾燠等组织的"消寒六会"，往还唱和之题给人肃杀之感，如《消寒集题襟馆分咏》以《寒芜》、《寒篷》、《寒寺》、《寒庖》、《寒笛》、《寒鸡》为题，曾燠和《杜工部四咏》以《病柏》、《病橘》、《病樱》、《枯枏》为题，一派衰败之气，盛世气象荡然无存。

就文坛风气演进而言，曾燠幕府雅集亦有新的特点。

首先，雅集中官方意识形态有所淡化。我们读曾燠及其幕宾的唱和之作，就可明显地感觉到诗风之渐变，其幕府雅集与"盛世"之卢见曾幕府相比，已是大异其趣。卢见曾幕府所体现的是一种"盛世气象"，其幕府雅集为"文学侍从"的气息很浓重，"润色鸿业"之功能也得到了较好的发挥，卢氏本人也自觉引导诗文创作复归于"雅正"。而曾燠幕府之雅集，其官方意识形态之影响就不

---

① 叶德辉：《乾嘉诗坛点将录序》，《乾嘉诗坛点将录》卷首，光绪丁未九月长沙叶氏刊本。

② 李兆洛：《跋储玉琴遗诗》，《养一斋文集》卷六，咸丰二年初刻本。

③ 乐钧：《寄曾宾谷都转四首》，《青芝山馆诗集》卷六，《续修四库全书》第1490册，第481页。

那么明显，甚至淡化，风雅沙龙式情调增强。曾燠幕府的雅集，或消寒、或春秋佳日、或赏花看月、或为欧、苏二公生日、或"题襟馆"消闲，这一切无不体现出文人对雅化生活的追求。但是这种追求，恐怕是不得已而为之，曾燠作为方面大员，位高权重，又处东南咽喉之地，理当鞠躬尽瘁，死而后已，何以醉心于吟咏，逍遥人世呢？其幕宾乐钧称他"十年热官冷如此，岂惟一廉报天子"[1]，难道曾燠真的无心仕进，甘愿守成么？恐怕不是如此，卢见曾和他先后来扬州任职，卢氏"热官热做"，曾燠却"热官冷做"，一方面是时势造就，另一方面与曾燠自身之认知有关。读曾燠诗集，可以感到其于乾隆朝初入枢桓之时，也是踌躇满志，渴望有一番作为，其《除夜》（自注：禁中宿值）云：

> 南亩占年翻雪壤，西师送喜过天山。
>
> 书生何补升平业，岁月催人鬓自斑。[2]

可见曾燠刚入翰林之时，亦渴望建功立业，有一番作为，从而慨叹自己一介书生无所作为，感觉岁月蹉跎，有时不我待之感。后来他甘于寂寞，逃于吟社，一方面与其座师毕沅有关：毕沅因讨伐白莲教不利，又因卷入宫廷斗争，在死后被抄家问罪，这不能不使曾燠感到仕途之险恶，乾隆后期，宫廷中政治斗争亦很激烈，和珅集团与太子集团之斗争，恐怕曾燠亦不能置身事外。另一方面，作为封建王朝之高级官僚，对于世道之变迁，曾燠不会不了解，凭借文人敏锐的感觉，他已经感觉到了"衰世"之来临，这一点也表现在他的诗作中：

> 壮夫安得不雕虫，志业消磨在此中。青眼高歌尝望子，百年多病亦成翁。
>
> 闻鸡起舞悲良夜，秣马长征向晓风。湖海蹉跎诗复健，可

---

① 乐钧：《宾谷都转膺荐入觐与同人送至秦邮，雨中登文游台酌别，归途成长短句却寄》、《青芝山馆诗集》卷十五，第557页。

② 曾燠：《赏雨茅屋诗集》卷一，《续修四库全书》第1484册，第13页。

怜心与世争雄！①

从诗中可以感受到曾燠之不甘心，他面对这风起云涌之势，多么渴望效仿"闻鸡起舞"的刘琨，能够建功立业，裂土封侯，然而最终他只能将这一片雄心壮志，寄托在"雕虫"之技上，消磨于吟花弄月中。面对这无力抗拒的"衰世"，他也只好感叹"可怜心与世争雄"。因此在雅集中，曾燠等人无心也无须在为"圣朝"唱赞歌，更多地关注于诗艺的切磋，曾燠作为幕主，对于幕宾创作的直接影响已处于式微状态。

其次，雅集中体现出"朝"、"野"离立之势的加剧。曾燠幕府幕宾来自五湖四海，亦无统一的文学主张，但相互之间结社、集会及一二好友之间酬唱赠答为形式的诗歌交流极为频繁，这样的诗歌交流，无疑是诗风演进最好的媒介。严迪昌曾经在总结清代诗歌发展史时指出，清代诗史嬗变的特点就是，不断消长、继替过程中的"朝"、"野"离立，这样的离立伴随着清诗发展的始终。如果说乾隆朝这种离立的趋势，被"圣朝雅音"所掩盖，不那么明显的话，时至嘉庆朝，内忧日重，统治者将目光放在平定内乱上，意识形态领域的钳制有所减弱，文网渐弛。这样的离立之势，又趋于明显，孟森《明清史讲义》中曾提到雍乾之后，文网渐弛后士风之转变：

> 嘉庆朝，承雍乾压制，思想言论俱不自由之后，士大夫已自屏于政治之外，著书立说，多不涉当世之务。……仁宗天资长厚，尽失两朝钳制之意，历二十余年之久，后生新近，顾忌渐忘，稍稍有所撰述。②

这一趋势，亦反映于曾燠幕府雅集之中，有两点应当注意：一是幕府雅集的作品中，已不顾忌时事，反映现实的作品较多。如有

① 曾燠：《酬兰雪病中论诗留别二首》，《赏雨茅屋诗集》卷六，《续修四库全书》第 1484 册，第 60 页。

② 孟森：《明清史讲义》，中华书局 1981 年版，第 614 页。

进言于曾燠的，"东南民力恃保护，何止八百孤寒愁"①。"兴利宜通河，除害先折漕"②。有言及兵事的，"黔楚风烟兵未撤，江淮根本用先储。枢廷早晚期公入，莫灵苍生愿久虚"③。还有关注民生的，"淮南米价近何如，乡里汙邪未满车。原草欲焦天不雨，川流已涸食无鱼"④。这样直接反映人民疾苦，转达人民呼声，关切社会现实的诗作，在以往的唱和诗中，是比较少见的，更何况雅集主持人是朝廷的方面大员。其实，曾燠本人就很关切社会现实，关心民瘼，他的诗中有"欲作农夫归老去，江西诸郡报田荒"⑤之句，对于饥荒表示担忧，他对战事亦很关切，如《闻四川官兵大捷二首》之一云：

> 朝闻九节度，驱赋过潼关。夕报三城戍，摧锋镇铁山。
>
> 妖人应破胆，圣主未开颜。困兽犹能斗，军前莫等闲。⑥

曾燠在听到官军大破起义军的时候，并未盲目地高兴，反而冷静地分析局势，提出"困兽犹斗"，不可掉以轻心，可见其对时局的关切。而他的这种关注现实的热情，必然在雅集或者日常相处中传递给幕宾文友，那么对现实的关注和反映，就会体现在诗歌创作中，这一点正如王瑶所论："每一种文学潮流……作风或表现内容的推移变化，都是起于名门贵胄文人们自己的改变，寒素出身的人

---

① 陆继辂：《曾都转西溪渔隐卷子》，李坦主编：《扬州历代诗词》卷三，人民文学出版社 1998 年版，第 777 页。

② 吴嵩梁：《京口舟中寄宾谷运使》，见《香苏山馆诗集》卷五，《续修四库全书》第 1489 册，第 16 页。

③ 吴嵩梁：《辛酉仲春四日，过广陵晤曾宾谷运使，留宿题襟馆，并招汪司马剑潭、邵大令无恙、王学博旸甫、乐明经莲裳、金手山秀才即席赋谢》，见《香苏山馆诗集》卷七，《续修四库全书》第 1489 册，第 58 页。

④ 乐钧：《寄曾宾谷都转四首》，见《青芝山馆诗集》卷六，《续修四库全书》第 1490 册，第 481 页。

⑤ 曾燠：《平山堂秋望》，见《赏雨茅屋诗集》六，《续修四库全书》第 1484 册，第 59 页。

⑥ 曾燠：《赏雨茅屋诗集》卷三，《续修四库全书》第 1484 册，第 28 页。

是只能追随的。"① 在曾燠幕府之中，因曾燠对关注现实的提倡，雅集当中才会大量出现这类作品。

二是由于曾燠无意设定矩矱、指示路径，创作多体现真性情、真心之作。严迪昌曾言："清诗发展到中期，真诗、见心灵的真情文字，大抵又复出之于'匹夫'笔端；挣脱羁缚，一展抒情主体个性精神的吟唱，重归于布衣、画人以及为'世道'所摒弃而遁迹草野、息影山林的谪宦迁客群中。"② 这就体现出了诗人群体对馆阁诗人所倡导的"清醇雅正"之音的背离。曾燠幕府当中，集中了乾嘉之际几乎所有重要的诗人，如郭麐、彭兆荪等人，尤以寒士居多。乾隆时期，《四库全书》等大型文化整理工作在帝王的倡导下，如火如荼展开，许多寒士或入四库馆，或入大僚之幕府编纂书籍。这一时期的寒士，学成文武艺，货与帝王家，或多或少都能稍获资助，不愁温饱。嘉庆时期，在社会整体衰落的情况之下，士人的生存状态也日渐艰危。以郭麐为例，郭氏乃是乾嘉之际一大名士，然而他的生存也已举步维艰，其《樗园销夏录》所载之遭遇，可视为乾嘉之际士人生存状态之典型：

> 庚戌岁，余游金陵，将求一馆，以为负米之养。当路贵人皆素相识者，莫为力。旅食半载，困而归。中寄家书，不敢明言，恐贻老母忧。典衣寄银云出自馆谷，或不足。③

以郭麐之才名，尚且不得温饱，而典衣度日，可见士人之生存状态已经差到何等地步。于是，生计之虞驱使众寒士唱出变徵变雅之心灵之音，褒衣大袑式的盛世之讴已不合时宜，也难以抒发士人之真实情感，因此曾燠及其幕宾都不约而同背离了"庙堂诗歌"的那种装腔作势。曾燠曾说："诗家体格，词意最要大方，而以清气

---

① 王瑶：《中古文学史论》，北京大学出版社第 1986 年版，第 31 页。
② 严迪昌：《清诗史》，浙江古籍出版社 2002 年版，第 653 页。
③ 郭麐：《樗园销夏录》卷下，《续修四库全书》第 1179 册，第 663 页。

行之，古之名公无不如此。不能学然后逃而入于险僻，务于小巧以悦庸流之而目，遂以此得名，其有从事大方家者或反厌而轻之。"①由这段论述可见，曾燠对于性灵之诗是比较赞赏的，而对于"学然后逃于险僻"的"学人之诗"则嗤之以鼻。的确，面对世事变迁，曾燠亦不免有朝不保夕之感，于诗中道出了"明朝风雨安能知"②、"容易惊心逼岁年"③之句。这样的感叹在其幕宾的创作中也比比皆是："不待晓风吹落尽，海山庭院已如秋"④，"莫更霓裳闲谱曲，听风听水总危音"⑤，"局促聊自保，大厦将安支"⑥，"主是暂时何况客，欢无长夜不如愁"⑦，"檐下孤相身世在，风涛不定总堪惊"⑧。这些诗句意象萧索、肃杀，一派衰飒颓唐之气，将这些诗句称之为"盛世哀音"毫不为过，可见随着文化钳制的减弱，士人们已无须过多掩饰，大可以发为性灵之诗了。

综上所述，曾燠幕府是清代扬州最后一个以风雅著称的幕府，自曾燠之后，扬州风雅消歇，昔日人文鼎盛之局面不复存在，·从这一点来说，曾燠对于扬州人文之影响是不能忽视的。乾嘉之际，世运衰落，大批寒士失去庇护，生活举步维艰，曾燠提携后进，接纳

---

① 曾燠：《与王梦楼书》，见《梦楼诗集》卷首，《续修四库全书》第1450册，第404页。

② 曾燠：《三月二十九日与客筱园看芍药》，见《赏雨茅屋诗集》卷二，《续修四库全书》第1484册，第17页。

③ 曾燠：《题襟馆消寒集分咏》，见《赏雨茅屋诗集》卷三，《续修四库全书》第1484册，第35页。

④ 乐钧：《题襟馆海棠将罢，怅然作诗》，见《青芝山馆诗集》卷二十一，《续修四库全书》第1490册，第618页。

⑤ 彭兆荪：《题襟馆夜坐》，见《小谟觞馆诗集》卷八，《续修四库全书》第1492册，第612页。

⑥ 陆继辂：《盆松和曾都转》，见《崇百药斋诗集》卷三，《续修四库全书》第1496册，第590页。

⑦ 刘嗣绾：《宾谷丈招同人宴集高咏楼并送谷人先生赴华亭恒斋还兴化》，见《尚絅堂集》卷三十五，《续修四库全书》第1485册，第268页。

⑧ 刘嗣绾：《和宾谷丈雨夕见示韵》，见《尚絅堂集》卷三十五，《续修四库全书》第1485册，第280页。

寒士，为风雨飘摇中的大批士人送去了温暖，为文人相互交接提供了场所。其幕府雅集盛极一时，其作为乾嘉之际世风与文人心态演变的一个典型样本，是值得人们去关注和继续探究的。

后　记

　　文学的意义和价值，不仅是审美的，而且是历史的。文学既是某一特定历史文化时空的产物，同时还忠实地再现了其赖以生存和发展的那个时代的社会文化，因此，所谓文学的文化学研究，实际上应包括两个层面的含义：一是结合大文化背景，即将文学置于文化的大背景下予以观照、分析和说明，也可以从某种文化视角切入来深入把握某些文学特征；二是以文学作品为材料来研究文化，即通过对文学文本中某类历史文化信息含量极高的事例的归纳、整理和总结，来揭示某种历史事实、文化现象和文化心理。这两个层面的研究，尽管关注的角度不同，实际上有着密不可分的联系，它们所强调的都是文字研究的整体性和系统性原则，着眼点都在于承认文学是历史文化不可分割的重要组成部分。

　　正是基于上述文学观念，20 世纪 90 年代以来，笔者持续不断地以文化学视角关注和研究清代文学尤其是清代诗歌。大约十多年前，笔者开始陆续指导硕士生和博士生以文化学视角展开清代文学（尤其是清代诗歌）研究。包括我自己的研究，其间重点关注了清初遗民诗群、扬州诗群、浙派诗群、三秦诗派、文字狱案与文学生态、幕府与文学发展等领域，并以此为基础，先后申报了国家社科基金项目和教育部人文社会科学研究项目，获立项支持。目前，这些研究正逐步深入和细化。本书的主要章节曾以论文形式在《文学遗产》、《社会科学战线》、《西北师大学报》（社会科学版）、《兰州大学学报》（社会科学版）、《甘肃社会科学》、《齐鲁学刊》等刊物发表过，这次结集出版，选取其中足以代表各自研究方向者，略加整理。

需要指出的是，本书虽题名为《文化视域中的清代文学研究》，但以实际内容而论，仍侧重于清代诗歌研究。同时，由于本书并非系统梳理清代诗群的存在状况和文化发展脉络，而是立足于清代的部分诗群，或描述其地域分布，或分析其诗歌创作，或展示其文学主张，或勾勒其交游线索，并联系了清代较为突出的文学存在与发展的政治生态与文化生态，力求借助上述所及的文化学视角的多个维度，揭示清代文学发展的某些带有普遍性的规律，对这些文学事实的分析与评价，均以客观反映清代诗歌发展为其立足点和出发点。另外，由于本书是一部合著，文出众手，体例行文上有未尽一致之处。如清初遗民诗人孙枝蔚，原籍关中，又旅居扬州，由于研究视角的不同，既可归之于清初关中遗民诗群，又可隶属于清初扬州诗派，纳之于三秦诗派亦无不可，在具体的行文中，我们充分尊重了各位研究者的理解和把握。

本书各章节撰写情况：总体构思由张兵提出，《前言》、《后记》和第一章由张兵撰写；第二章由杨泽琴撰写；第三章由王小恒撰写；第四章由冉耀斌撰写；第五章由张毓洲撰写；第六章由侯冬撰写。本书的出版，得到人民出版社吴继平先生的大力帮助，在此谨致真诚的谢意！

张　兵

2012 年 9 月 19 日于兰州

责任编辑：吴继平

封面设计：周方亚

图书在版编目（CIP）数据

文化视域中的清代文学研究／张兵 等著．

　－北京：人民出版社，2013.6

ISBN 978－7－01－012181－9

I.①文⋯　 II.①张⋯　 III.①中国文学－古典文学研究－清代

　 IV.① I206.2

中国版本图书馆 CIP 数据核字（2013）第 113409 号

文化视域中的清代文学研究
WENHUA SHIYU ZHONG DE QINGDAI WENXUE YANJIU

张兵　等著

人民出版社 出版发行

（100706　北京市东城区隆福寺街 99 号）

北京市文林印务有限公司　新华书店经销

2013 年 6 月第 1 版　2013 年 6 月北京第 1 次印刷

开本：710 毫米 ×1000 毫米 1／16　印张：30.5

字数：393 千字　印数：0,001 － 3,000 册

ISBN 978－7－01－012181－9　定价：59.00 元

邮购地址 100706　北京市东城区隆福寺街 99 号

人民东方图书销售中心　电话（010）65250042　65289539